慕容王朝

司马沧杰◎著

花山文艺出版社

河北 ·石家庄

图书在版编目（CIP）数据

慕容王朝 / 司马沧杰著. -- 石家庄 : 花山文艺出版社， 2020.5

ISBN 978-7-5511-4992-1

Ⅰ. ①慕… Ⅱ. ①司… Ⅲ. ①长篇历史小说－中国－当代 Ⅳ. ① I247.5

中国版本图书馆 CIP 数据核字（2019）第 236075 号

书　　名：慕容王朝
MURONG WANGCHAO
著　　者：司马沧杰

书名篆刻：杨松霖
责任编辑：卢水淹
责任校对：李　鸥
装帧设计：陈　淼
美术编辑：胡彤亮
出版发行：花山文艺出版社（邮政编码：050061）
（河北省石家庄市友谊北大街 330 号）
销售热线：0311-88643221/29/35/26
传　　真：0311-88643225
印　　刷：三河市航远印刷有限公司
经　　销：新华书店
开　　本：710×1000　1/16
印　　张：24.75
字　　数：360 千字
版　　次：2020 年 5 月第 1 版
2020 年 5 月第 1 次印刷
书　　号：ISBN 978-7-5511-4992-1
定　　价：68.00元

自　序

五胡十六国中的燕，演绎了慕容王朝的风采，是一段辉煌、令人慨叹的历史。

虽短暂，但与历史上著名的春秋战国、汉唐、宋明等朝代比，却并不逊色多少。如在浩瀚的历史沙滩上淘金，我关注了它们，捡拾起它们，在灿烂阳光下注视着它们发出的绚丽五彩折光。

了解这一段历史的人都知道，慕容廆、慕容皝、慕容翰、慕容儁、慕容恪、慕容垂以及同时代与之抗衡的冉闵、王猛、苻坚、桓温、谢安、拓跋珪，皆是历史上闪光夺目的风云人物。而其中的踏海征战、廉台之战、枋头之战、淝水之战、参合陂之战等等，都是改变历史的著名战役。倘若说战神，在中国历史上，慕容翰、慕容垂、冉闵皆熠熠生辉，榜上有名；倘若说名相，慕容恪、王猛、谢安亦是名垂千古，为后人效仿。

虽然抽取的慕容王朝这段历史仅有百年，却是整个中国历史的一个生动缩影。其兴也勃焉，其亡也忽焉。细细品味慕容王朝的兴衰，惊奇地发现，它与历代封建王朝创造繁荣的过程极为相似，而其衰亡，也经历了惊人相似的轨迹。这个浓缩标本给人无限遐想和思考，这亦是我写这部小说的动力和价值、意义所在。我们明白了一代英君名相的作用，也深谙了封建王朝固有传统体制下难以自我革命的种种无奈。尤其僵化的世袭制度，给国家带来了种种不确定性。慕容暐、慕容宝皆是亡国之君，亦是无法决定自身命运的悲剧人物。

虽然历史最终是人民群众创造的，但是不可否认，历史人物起到了某种关键的作用。慕容氏族的慕容廆、慕容皝、慕容儁、慕容垂以及冉闵、苻坚、拓跋珪等，都是这样的人物。但他们又是活生生的鲜明个体，特色迥异。我们体察他们的喜怒哀乐之时，没有必要将之作为洁白无瑕的圣人看待。

作为历史小说，我还是尽量地还原历史，合理想象，少一些戏说或主观的臆造。我想让读它的人能深入进去，更多地去思考历史，而不是满足猎奇和感官的刺激。

是为序。

引　言

此王朝兴起衰亡的历史，以及其中人物跌宕起伏的故事真实发生于公元 4 世纪。

公元 317 年，强大的西晋王朝因“八王之乱”而最终走向衰亡。中原大乱，北方各族乘势而起，割据一方，纷纷建立了自己的政权。而在辽河流域，迅速崛起了一个强大的慕容氏王国。鲜卑人慕容廆自称大单于，拥兵自立，趁东晋鞭长莫及，击破其他割据势力，在辽东打下一片天地。他尊崇汉文化，仿汉制设立郡县，开办学校，请大量汉族士人来辅佐，并让游牧子民过上定居的农业生活。无数晋朝官吏和百姓纷纷投奔，都城大棘一时繁华，辽东竟成乱世中一块祥和的净土。

但随着慕容国的不断壮大，内忧外患接踵而至，其首领慕容廆也在经受着各种危机和挑战。

百年波澜壮阔和风起云涌的历史由此拉开了帷幕……

慕容王朝

上部

一

大单于慕容廆端坐在龙椅上正在主持早朝。

慕容国政体一切皆随晋制。宏光殿内，文武大臣分列两旁。世子慕容皝和国相裴嶷列第一排；另两个儿子，征虏大将军慕容仁、广武将军慕容昭皆列武臣之中。

虽是胡族，但在统治文化上，早已完成汉化，早沦变为一个彻头彻尾的封建王国。作为王国的开拓元勋，慕容廆身材魁伟，容貌俊美，身高八尺，气度不凡。

眼下，他踌躇满志，正听臣子议论国家大事。

不断有新情况发生，影响着王国的安危。国相裴嶷报告，综合各方面得到的信息，西晋原平州刺史崔毖正纠集力量图谋进犯。

这崔毖所管辖地方与慕容国毗邻，也想趁乱扩充实力。此人自认为是南方有名望氏，一呼百应，中原流亡之士都来投奔。不料许多士族却绕过他的地盘，纷纷投到慕容廆这里。他心中嫉恨，暗中串联慕容国周边的高句丽国、文部鲜卑部、段部鲜卑部，欲一举消灭之；并允诺，慕容部被灭后，他们四家公平瓜分其地盘。而高句丽国、文部鲜卑部、段部鲜卑部多次与慕容国交战，被掠去了许多土地和子民，早就视之为心头大患，于是一拍即合，正欲合兵前来攻伐。

单独一家进犯，在愈发强大的慕容国面前，自然不值得担忧。但几家联合，却不得不令人担心。

世子慕容皝是慕容廆的嫡长子。他建议不等来犯，马上主动突袭，先攻打段部，打乱其部署。

他说："四者之中，段部为弱，且其新任首领段辽，狼子野心，不断侵扰，与我为敌。应趁其为王尚立足未稳之际，一举灭之。”

对这段辽，世子慕容皝恨之入骨。他与段部的前单于段牙，好不容易修睦。为了减小对慕容国的威胁，他还建议段牙将都城从介支迁都到更远的令支。段牙听之，迁都到令支。不料却惹来部落内达官贵人和一些百姓非议。段牙的侄儿段辽，拥兵自重，此时野心遂起，便借助部落人对迁都的不满，乘机起兵声讨，一路杀至令支，闯入大帐，杀死段牙，自立为王。

慕容皝早就想教训他了。如今又跟随他国来犯，慕容皝自然要选其下手。

征虏大将军慕容仁、广武将军慕容昭，与世子慕容皝是同母兄弟。虽是亲兄弟，但私下不睦。尤其这慕容仁有勇有谋，擅于揣摩父心，深得父王慕容廆宠爱，自然也早对世子之位有觊觎之心。只不过按立长不立幼的传统，因年龄排在慕容皝之后而屈之。

他自然要与世子唱反调。他奏请道：“我觉兄之议不妥，段部是母后之母国，且目前力量最为薄弱，对我并未形成威胁。且据我了解，段辽正欲献上千匹战马予我，以示友好。而宇文部却是心头大患，正在拼命扩充实力。据探子报，其民五万，能骑马射箭者已达三四万。且眼下其王宇文莫圭方死，子宇文悉得官继位不久，根基未牢，不如乘其不备，先行攻伐，掠其肥沃疆土，必有大获。如能大胜，其他怀有野心之国定会畏而却步。”

众大臣皆缄默。依慕容国目前实力，单独与这些小部落打一仗，皆有胜算。所以，两位王子说的可谓都正确。

这慕容廆，人称曹孟德再世。世间万事似乎皆难逃其眼睛。他问四子广武将军慕容昭：“昭儿可有好主意？”

慕容昭善谋，被称为小诸葛。他说：“两位哥哥所议皆有道理，但我以为还是先攻打高句丽为好。三国中高句丽虽不是最弱，但在我大后方。天下一有风吹草动，彼总是蠢蠢欲动，欲谋我慕容氏。芒刺在背不得不除。先难后易，一举攻占高句丽，巩固我后方，届时兵源和粮草无忧，再图段部和宇文部也不迟。”

这话自然亦有道理。三个儿子有三个不同的建议，殿上众臣面面相觑，谁亦不言。

慕容氏家族这一辈的子嗣个个出类拔萃。单独拿出一个，皆称得上威震一方的大英雄。实际上最出色的，还不是朝上这三位王子，而是庶长子建威将军慕容翰。这慕容翰性雄豪多权略，猿臂工射膂力过人，行师征伐必建奇功。其声威为远近异族所惮。此时不在朝上，正奉慕容廆之命坐镇扶余边境。因为他，扶余部自此不敢为寇，再无侵犯之意。不仅善战，还善于结交，爱好儒学，体恤部下，自士大夫至于卒伍，莫不乐而从之。如此文武全才的大英雄，可惜只是庶子。按照立子以嫡不以长的原则，他自然失去了立为世子、将来为王的机会。

慕容廆生了这些优秀的子嗣，又喜又忧。喜不再言，忧的却是到底传位给哪一个。依目前情景发展下去，自己百年之后，势必形成手足相残的局面。今天朝堂争论，实际上已现端倪。

但他虽立了世子，最终让哪个王子接班，其实心中并未笃定。

慕容廆便问国相裴嶷和谋臣逢羡、游邃、西方虔，以及东庠祭酒刘赞。这几个是他信任的部下，皆是他礼贤下士接纳来的汉臣。没有料到，五臣皆莫衷一是。于是慕容廆大为不悦，气愤地站起来说："外敌入侵，连如何应对也争论无果，我慕容氏又如何自保？限三天内，世子和两位王子各制定出抵御之策，再议。"说罢，竟面如纸灰，歪倒在龙椅旁边。

王子和众大臣皆惊，欲上前搀扶。不料慕容廆有气无力地说："退朝，我近日身体微恙，须静心休养，除国相裴嶷外，谁也不要打扰，违者治罪。"近侍缪恺也连忙说："众臣子散了，传太医，速回寝宫。"

消息从宫中传出来：大单于慕容廆回到寝宫中就卧床不起，粒米难进。

慕容廆突然生病了，而且病得不轻，且只允许国相裴嶷出入其寝宫，连王后段氏亦不允许探望。

二

慕容皝谨小慎微。

作为世子，他深知能登上此位，靠的不是本事，亦不是父王对自己的偏爱，而是"嫡长子"之位。单独论，领兵打仗、攻城略地，他莫若慕容翰，甚至亦莫若慕容仁；权谋诡道、攀附争宠，又莫若慕容昭。但他又似集诸特点于一身，虽无突出，亦无短板，且善于韬光养晦，颇能隐忍。他知道自己的处境，面对的既是兄弟，也是虎狼环伺。稍有闪失，便被后来者替之。

第二日清晨，慕容皝早早赶到大殿外等待早朝。这是他的习惯。他要让父王知道自己是兢兢业业做事。可到了寅时，周围站满了一大圈朝臣，还不见内侍出来宣告上朝。又等了一会儿，终于内侍宣之，大单于身体违和，仍不能早朝。他便和几位王子赶到寝宫，国相裴嶷迎出来说："你们父王病情渐重，不宜看望。"并传王意，要世子和王子专心研究御敌之道，提防外侵之敌。

慕容皝忙问："国相，不知父王所患何疾？"国相说："御医说像是风寒，浑身盗汗，高热不止。"

世子便径直回了自己的世子府。他把谋士封弈找来，述说父王得病之事。这谋士封弈虽是汉臣，但对世子忠心耿耿。听之后，也颇感奇怪："大单于身体一向健硕，从未有恙，也从未停朝。如是风寒，不应如此之重，连朝也不视。"

而慕容皝却说："人孰能无疾，正因平素不得患，一得之便烈，想必熬过几日便无事。"

世子之妾兰氏过来敬茶。世子虽有妃，亦即正妻段氏，但独宠这妾兰氏。且这妾得之，也是颇为传奇。世子与父征战讨伐边塞鲜卑素连、木津，大胜而归，晚宿于一片美丽的湖边。忽梦见一个美丽的姑娘来到他面前，上身是红袄，下身是素裙，且上俭下丰，裙长曳地，俊美潇洒。姑娘抚琴唱歌："顾盼兮生辉，淼淼兮踏波。陌上花开，仿若轻云，少年英雄，其心惴兮。"慕容皝便迎着她走过去，一把掠上飞骑，然后向马大呼一声：驾！这一声，却惊醒了美梦。回到都城，庆功盛宴之上，便向旁边的战将描述一番。殊不料，扬威将军兰淑虞听了顿时呆住。他想，这岂不是我的女儿兰淑仪？于是赶紧告知慕容皝说："世子殿下，真是惊奇，小女淑仪长相，以及衣着打扮颇有几分像您描述之女子，且亦习歌舞。"

旁边的五王子慕容昭闻之，也十分好奇，便命兰淑虞第二天就将淑仪送至宫中一验。第二天，兰淑虞带着女儿兰淑仪来到宫中，慕容皝一眼见到就惊诧不已，竟与梦中女子毫无二致。而其弟慕容昭也倾心女子美貌，告知母后段氏非此女不娶。此事在宫中自然引发一番风波。王后段氏深宠这幼子慕容昭，劝说世子将兰淑仪让于昭。慕容皝犹豫再三，还是舍不得，竟言天意不可违。段氏由此与慕容皝不睦，慕容昭更是嫉恨之。但慕容皝与这兰淑仪却是恩爱有加，且这兰淑仪貌美又足智，长于谋事。

兰淑仪说："待明日我到母后那里，再去打听父王的病情。但夫君是世子，须经日惴惴，不可大意。万事有因，这朝中每一个事情，无论大小，皆细捋之，都不可放过。"封弈说："夫人所言极是，世子乃万箭之的，应处处要防患于未然。"

事情果然非同寻常。大单于第三日、第四日皆闭朝。且不断有私下消息传来，说大单于病情加重，竟不能起床。而诸王子探望也一概拒绝，包括世子。

五子慕容昭来到母后段氏的宫殿，细细打听父王病情。段氏倒是准予探望了一次。她描述说只是弱不禁风，双目不睁，满脸赤红。慕容昭似有所悟，忽然说："母后这里或有蹊跷。前事不忘，后事之师。十多年前，晋惠帝在长安显阳殿因吃了司马越毒饼而驾崩，被赵王司马伦篡夺了帝位。说不定朝内就有狼子野心之人，行害父工。"

段氏大吃一惊，竟也怀疑起来。她说："尚书阳耽前几月招一方士来为你父王炼丹。传这个方士曾做过晋国的太医，为晋帝司马炎问过诊，其所炼还阳丹能强壮肌体，莫非是在这里下的毒，惹你父王重病？"

尚书阳耽跟随世子。慕容昭亦一惊，说："这阳耽是北平无终国人，曾担任晋国玄菟太守，与正欲图谋我慕容氏的平州刺史崔毖是同乡人，是从中原投奔世子来的汉官。莫非世子想里通外敌，弑父登位？"

这一说吓得段氏没有了主意。她知道，这慕容皝虽亦是自己亲生，但从小就令他猜不透，寡言少语却工于心计，常有惊世骇俗之举。母子俩越想越怕，便把国相裴嶷请来商议。

这裴嶷是大单于慕容廆最为信任之人，颇为清廉公正，行事缜密且大度，有定国安邦之才，是难得的帝君辅佑之人。初在晋朝任职，裴嶷升至中书侍郎，后任昌黎太守。晋乱，裴嶷返回南方故乡时曾经过慕容部族。慕容廆知其大名，恭敬而待之以礼，离开时还遣送资财。裴嶷一直向南走到西郡时，道路一时不通，便又返回投奔慕容廆。

其随从不解问之："故乡在南方，如何复向北行？同样是寄人篱下，段氏强大，慕容氏微弱，何必投弱弃强。"这裴嶷却独有眼光。他说："中原处于战乱，你争我斗，再向前走不是被打仗误伤，就是落入盗贼之口，皆是死路。不如先找一个可寄托立足的地方，待中原清明有序再回。段氏虽强大，但无远大谋略，我们经过他的领地时连理都不理，由此可见一斑。而慕容氏非一般胡族，不但敬贤崇德，还有实现霸王之业的志向，加之邦富民安，跟随他亦可建立功名矣。”

慕容廆见他投到门下，高兴得一夜未眠。此为难得之才，用之亦等于树了一杆胸怀天下、求贤若渴的大旗。随即委以重任，先是尚书，后又封国相。

三

裴嶷听后，一笑了之。

他说：“此事恐怕不太可能，阳耽乃信义之士，世子亦忠良孝敬之人。他们皆不会有负于我王。不过，王后放心，此事非同小可，以防万一，我定会禀报大单于，请他思虑和处理。在此之前，万不可妄议，亦不可乱传。”

慕容昭回到自己的王府，便将尚书令西方虔叫来商议。西方虔乃王后段氏和慕容昭的亲信，曾极力怂恿段氏废世子慕容皝，而重立慕容昭。他曾对段氏说：“论才德，皝最为平庸，仁、昭不俗。但仁颇得大单于宠爱，成为世子后定会与王后疏远，将来大单于薨后，还不知如何，还是立昭为世子最为妥帖。”段氏亦有此意。

西方虔思量之后说：“曹孟德有言，成大事者无须小节，何不先下手为强，将那方士拿下悄悄审问，如是当好，不是亦可，先做实下毒之事，再移祸于世子。”

慕容昭虽觊觎世子之位，更因兰淑仪之事嫉恨世子，但知此事绝非小可，弑君之罪弄不好会要了世子兄性命，便有些犹豫不决。西方虔说：“大丈夫做事须如虎狼，不应有妇人之仁，欲想上位，又有其他路乎？请允许亦将我之性命与殿下缚于一起，愿为殿下舍命换来前程。”

慕容昭于是应允。

尚书令西方虔正分管都城治安讼狱之事，便派廷尉李章将那方士密捕于廷尉府大牢，一夜工夫就屈打成招。供出是阳耽指使，在炼丹时加入雄黄和雌黄。长期或过量服用，令大单于中毒。慕容昭告之母后段氏，段氏迅将国相裴嶷请来，要求马上将尚书阳耽打入廷尉府死牢。

裴嶷赴入宫中，禀报病中的大单于。稍后，裴嶷出来告之段氏说，大单于慕容廆准允。

谋士阳耽入狱。

世子慕容皝得知西方虔以谋逆之罪名，派人抓了阳耽，心中大惊。细想之，方才明白定是慕容昭背后指使，欲将自己陷于危地。他想求见父王，为阳耽辩解，近侍缪恺婉言谢绝，说："单于病情加重，时常昏厥，太医换了新方子，正日夜检视，旁人一律不准晋见。还请殿下宽谅。"

慕容皝便把谋士封弈请来商议。

封弈闻之，心中悚然。他说："此事不妙，这慕容昭乃司马昭也，其谋害殿下之心昭然若揭。想那阳耽定也会被屈打成招，接下来就该轮到殿下进廷尉府承罪了。"

慕容皝倒是镇定。他想，这昭儿竟如此毒辣。此乃不只是要世子之位，还欲取我性命矣。他说："问心无愧，我不惧之，再说父王亦不会让他们得逞的。"封弈却说："殿下莫大意，就怕大单于真的重病，无力去廓清是非。到时殿下百口莫辩。还是要有应对为好。"

慕容皝说："眼下还请封兄暗中派人打进那廷尉府，传信于阳耽，死咬住不认罪。再是速入宫中，买通司药太监，将那医士所炼之丹也取一二，作为将来翻案之证物。想必司药太监那儿肯定会剩有一些药丹，慕容昭进不了寝宫，肯定拿不走。"妾兰淑仪说："父王寝宫有一个小太监是家父推荐进宫的，我去找他要那药丹。而廷尉府里的事，就劳封尚书去办了。"

封弈多有谋略，又擅长领兵打仗。他和阳耽是世子的左右臂膀。眼下形势瞬间变得凶险，他和世子必须迅速做出安排。

世子暗召其势力，作好应对，以备不时之需。相对兄慕容翰，四弟慕容仁、五弟慕容昭，慕容皝的势力要弱得多。慕容翰常年在外领兵打仗，掌握着几万大军。慕容仁、慕容昭也握有拱卫都城的重兵。而作为世子，虽也常随父王征伐，手下直接掌握的军队却没有多少，可以调动的也就是岳父扬威将军兰淑虞的几千人马。但封弈却暗中在汉人归顺的冀阳郡、成周郡、营丘郡、唐国郡中挑选和训练一批死士，组成一支近千人的地下武装，称之为黑虎营。这些人过去皆是晋朝将士，骁勇善战，平时亦卒亦农，关键时刻则拿起刀剑，所向披靡，是世子手中重要的杀手锏。一旦世子遭遇危险，这些人必将会舍命营救。

黑虎营星夜集结至大棘城外，随时听命。

事情果然如封弈预料的那样急转直下，直指世子。慕容昭派人将阳耽折磨得死去活来，最后趁其昏死之际，将其食指按在写好的状书上画押。慕容昭还纠集一些大臣，写出废黜世子奏本，连同状书一并交于王后段氏和裴嶷。

大单于慕容廆的病似有好转。听报后，有气无力地说，先令世子禁足，不许迈出世子府半步；再令慕容仁复查案情，待确实后再作定夺。

本是一派祥和的慕容氏族，转瞬间面临暴风骤雨。

大单于卧病不起、不久于人世的传闻很快传到平州刺史崔毖和段部、文部、高句丽首领的耳中。又有探子来报，几个王子发生内讧，世子被构陷获罪，身份不保。崔毖鼓动说："此乃良机，天要亡廆，再不马上出兵攻打大棘城还待何时？"而段部、文部、高句丽对日益壮大的慕容部早已忌惮，又恨又怕，巴不得马上就将之灭亡。于是一呼百应，四部集结军队，突破边境，昼夜奔袭，直扑大棘城。

慕容国内外急迫交困。

四

三子征虏将军慕容仁十分英俊，身材高瘦，人称赵子龙再世。他能征善战，又饱读诗书，是王子中父王最宠爱的。

他开始对突如其来的朝政变局颇有些看不透：父王怎么说病就病了呢？世子怎么就成了背后谋君弑父的嫌犯？

他又绝顶聪明。说世子谋害父王，慕容仁当然不信。慢慢似乎明白了其中的玄机。那受母后宠爱的慕容昭跳了出来，恐怕意在世子之位。这只是慕容昭的幌子而已。项庄舞剑，意在沛公。但他还不能断定，慕容昭上蹿下跳是否有母后背后支持。此时父王要他来复查案件，他不知父王到底何意。但父王卧病不能相见，他又无从得知。不知父王之意，又将如何行动，来把握事情的走向呢？

他拿不定主意，将祭酒刘赞叫到府中谋议。这刘赞可谓大儒，曾任晋朝四品御史中丞。投奔慕容廆后，慕容廆看中他的学问，特意让他作为慕容仁的老师，教其学习汉文典籍，以及掌管王国官制。于是，这慕容部落所设官制，皆习于晋，每每官员提拔封爵，慕容廆皆请教于他。

慕容仁对刘赞说："老师，眼下之局可如何破之？学生有些看不明白。"

刘赞熟思后不慌不忙地说："我意将军且不可轻举妄动。"

慕容仁说："老师所言差矣。今日请老师来是谋大事，何言不能轻举妄动？父王生死未卜，此事紧要矣。我料那昭儿已谋划许久，倘若我顺水推舟，助其一臂，定了世子之罪，世子之位就可能落入昭儿手中。说不定将来还能一下子登上大位，而我岂只作壁上观，替别人作嫁衣裳？想那五弟昭儿没有经世之才，也无赫赫战功，只包藏一腹祸心，他为世子我自然不服。再者，我掌管都城拱卫，手下有军卒万余，父王一旦大薨，自然亦可翻手为云覆手为雨，夺得大位。"

刘赞却摇了摇头。

他说："依我看大单于这病来得颇有些奇怪，似真假未辨。倘若假，恐是作了一个局，轻举妄动，恰入彀中。倘若真，世子之位不保，世子亦是阴狠之人，定会舍命以保，在所不惜。据我所知，世子曾让封弈暗中培育势力，加上岳父扬威将军兰淑虞，还有大将石琮，慕容昭未必能占得上风。倘若你搅局，火中取栗，世子、慕容昭，还有在外的慕容翰，都将视你为敌，一同对付，胜算自然不大。我听闻，镇守边境的建威将军慕容翰以探望父王之病和驰援都城的名义，集结一万兵士正准备星夜赶来。其亦不甘心，图的也是大位矣。"

慕容仁说："老师言之有理，但如此举棋不定，又如何是好？父王让我来审，我总得审出个结果来吧。"

刘赞说："那也不难。你可差人悄悄打听小太监是否往单于寝宫中运送了终衣。单于大墓早已落成，也可差人观察大墓周遭有否工匠忙碌。那裴嶷是仔细之人，大单于信任他超过你的母后。如单于病重有危，裴不会没有准备。如单于无大碍，你断不可顺慕容昭之意妄断，冤了世子。否则，最宠爱你的父王将亦对你失去信任。你可信其有也信其无，将罪责全推于那方士头上，然后让阳耽翻供，暂说阳耽与世子查无实证，把难题抛回大单于。这样，你便几方皆可不得罪。然后静观其变，联络诸将军，掌握军权，随时出击，占得先机，扭转乾坤。”

慕容仁说：“老师之计颇为周全，学生就依老师所言。”

慕容仁自然要拿出样子，正儿八经审问案子。每天在廷尉府升堂，讯问证人。慕容昭差人特意送上一筐新鲜的朱柰到仁府，说是从中原运来，让兄解审案之劳。言外之意不言自明。而慕容皝亦差封弈送来一坛好酒，却什么也没提。

几日后，案子审结。慕容仁让裴嶷将奏折呈报于父王。奏折中说，经审理，方士乃直接受那平州刺史崔毖所指使，暗害于父王。所谓尚书阳耽指使方士谋害父王之事查无实据，先前所以招供盖因难忍刑讯，胡言乱语，现已推翻供词。而世子所谓参与谋害父王之事，更是查无实据。故建议速将那方士凌迟；阳耽因推荐失察，由三品尚书降为五品尚书左丞；世子无罪可解除禁足。

这奏折自然皆出自刘赞之手。慕容仁暗中打探宫内掌管大王膳食的内侍，知每日送进的食物并未减少，同时退出来的仍如以往，说明大王饮食并无异常。这也说明，父王之病并无性命之虞。所以，一切当谨慎从事，尤其在大敌来临之前。

裴嶷很快从大单于寝宫出来，来到宏光殿，面对众臣，传达王旨：“仁儿聪慧，不负王命，可堪大事。所办之案，公正无私，笃实有据，所提之议，深思细虑，甚是妥帖，一切准奏。世子虽无罪亦应时时醒惕，现命代行大单于之权，率众臣和将领抵御来犯之敌，务必全胜。”

慕容昭和满朝官员十分惊异。这意味着世子不但无事，还深受大王信任，临危受命。

世子跪谢父王，又谢过三弟慕容仁，赶紧代替父王在大殿召集御前会议，研究御敌之策。此时，派去的探子来报，崔毖和三国联军离大棘城不足五百里了。

此为慕容皝第一次代父王行使王权，并指挥事关慕容氏族生死存亡的一场大战。形势急转直下。一方是父王病重，一方是大军压境。此时，父王让他指挥这场重要和关键的防御之战，对他来说，显然没有足够的心理准备；且又刚险逃构陷之灾，心中不免忐忑。御前会议因此开得一团糟。如何御敌，大臣和将领七嘴八舌，互不相让。他乱了方寸，也无说服众人的良策。裴嶷不得不建议慕容皝，会议暂先停止，待明日早朝再议。

慕容皝昏昏沉沉回到府上，已是黄昏。

爱妾兰淑仪善解人意。她已知御前会议之事，见之心情不快，便不再说什么，伺候其吃晚饭，还斟了酒于耳杯。

慕容皝说："速传封弈前来。"

她说："大事当前须静气，夫为世子，一邦之君，定能有克敌之计。"

慕容皝并无食欲，匆匆吃了几口，便走到府中的庭院散步。兰淑仪喜欢在府中养些鸡鸭，他见兰淑仪正指挥侍卫仆人为鸡筑舍。

鸡舍皆青石筑成，上留一出气口，可投食，而出口为一可抽动的青条石来堵塞。慕容皝说："众人养鸡皆篱笆圈之，何劳筑石舍乎？"兰淑仪却言："篱笆再密黄鼬亦可破之，唯有这石舍，坚固无比，纵再多，却也无计。"

慕容皝一愣，恍然有悟。然后自言说："我有防御之计矣。"

他回到屋中，便自斟自饮，并将心静了下来。待封弈和拖着伤躯的阳耽赶到时，他已有了主意。他对阳耽说："爱臣为我遭了大罪，速回府休养吧，此事我与封兄商议即可。"但阳耽却说："阳某有罪，让殿下受惊了，此役臣定当立于殿下之左右，共荣辱生死。"

慕容皝便不再说什么，他让兰淑仪以世子有疾的名义请来太医，先与那阳耽看伤。而自己却要与封弈对弈。封弈的棋艺强于世子，但这一天因为心慌，却败给了世子。世子赢了十分高兴，他对封弈说，你我皆是将来谋大事共天下的人，遇事须镇定自若。于是将自己的御敌之策告之于封弈与阳耽。

他说："先前朝中大臣在大的战略上争议不断。有的主张守城，更多的则主张主动出击，御敌于城外。我则犹豫不定。而现在，我主意定矣，就是集中兵力守城。段部、文部、高句丽皆强于骑兵，而我方强于弓箭。骑兵善机动却不善攻城，而弓箭手不善于机动却善于居高临下固守。孙子曰，十则围之。说明攻方与守方交战，须投以数倍乃至十倍的兵力方可得胜。且攻方还须有源源不断的粮草供应。大棘城较为坚固，利于固守。乌合之众久攻不下，定会一盘散沙。到时可适时出击，一击败之。”

三人一起谋划，很快就有了周全的方案。

五

建威将军慕容翰率一队精骑已从徒河赶至大棘，其所率大军还在半路之上。慕容皝显然胸有成竹。第二次御前会议召开，他不容置喙，将自己的作战方案一一布置下去：命尚书令逄羡负责后勤保障，日夜赶制盔甲兵器，动用五百之乘从城外运输粮食一百万担，发动城内外百姓迅速加固城墙。建威将军慕容翰分兵两部，一部暂不入城，而在城外五十里等待命令，作为奇兵，相机攻击，形成内外夹击之势。一部精锐设伏浮阳门。征虏将军慕容仁、都尉石琮率五千人马把守望月门，扬威将军兰淑虞、奋威将军鲁昌率五千人马镇守揭阳门，而自己和广武将军慕容昭率六千人马据守揽月门。

慕容皝如此安排，自有道理。因望月门、揭阳门外面临大凌河，有天险可守，故外敌联军定会集中兵力攻击浮阳门、揽月门。慕容翰大军连年在外征战，战斗素养最高，所以镇守敌军最可能集中力量攻击的浮阳门。而另一个城门，思来想去还是自己镇守最放心。

近三万大军镇守大棘城四门，背城一战，毫不示弱。

而探子又来报，崔毖加上三部来犯之敌共有十万之众。敌为我三倍之余，慕容皝心中倒吸冷气。自己的军队加上城中百姓尚不足八万之众。

阳耽狱伤未愈，却也在慕容皝的大帐之内出谋划策。他见慕容皝面有难色，向前宽慰说：“此三部联军不过相信了崔毖的蛊惑之词，贪求一时之利，乌合之众罢了，世子不必太忧虑。”

慕容皝说：“阳公可有对策？速速说来。”

阳耽果然足智多谋。他分析说：“敌八万之众，缺乏统一指挥，互不顺服，世子一定会败之。然他们军队刚刚会合，锋芒锐利，现在最希望我们立即迎战。如果我们盲目迎击，恐落入他们的计谋。我们且稳住阵脚，等待战机，其定会心生疑惑，相互猜疑。”

慕容皝说：“细细说来。”

阳耽说："殿下可知春秋晋国智伯率韩、魏两氏讨伐赵氏的故事？在晋阳城即将攻克之时，赵氏暗中派人出城说服韩氏、魏氏倒戈，韩魏两家于是临阵反水，以大水倒灌智氏大营，智伯兵败身亡。韩、赵、魏三家联手攻陷智氏封邑，一次杀害智氏两百多口，智氏家族反遭受了灭族之灾。还有战国时燕、韩、魏、赵、楚五国之兵联合伐秦，却因为楚军不战先逃而功亏一篑。故挟私而联，常联而不合。据臣所晓，现崔毖及三部莫不如此，他们各怀鬼胎，也怕我慕容氏与崔毖设下陷阱引他们前来共灭之，更担心三部之中有与我定下韩魏之谋的。我们就依此离间他们，等到他们相互怀疑、人心沮丧之时，自然无心恋战，自将退兵。"

封弈赞同。他说："就依阳公之计，我们马上派人渗透至三部军中，散布说那崔毖一事与我王达成了协议，将前后夹击，将三部消灭，共分三部疆土。"

阳耽也说："三部中宇文部最强，有四万之众，我们不妨再设下一计，让他们彼此皆失去信任。"

慕容廆说："好，兵不厌诈，就依二位。"当下，他派王后段氏出嫁时从段部带来的家臣段安星夜赶到段营，密见段辽。段安说："不知单于此次如何被汉人所惑，想那崔毖定没安好心，西晋亡后，东晋移朝建康，偏安江南，这崔毖不思归顺，却借三部攻打慕容氏扩充他的地盘，实乃想称王立国，独霸中原。且若慕容亡，段、宇文、高句丽亦终不保矣。宇文部强大，我料慕容亡后，崔必将与宇文合谋，仿今天之策直取段部。再下来，则是高句丽。王难道不知唇亡齿寒之理？"

最后这一句话狠狠击中了段辽的要害，让之心寒胆战。

段安又说："段部与我慕容氏联姻，段部是我王后的母邦，我们的大单于和王后如何会与之作对呢？外边传言我大单于重疾，实是微恙，现在已可吃掉一只羊腿，出兵迎敌不在话下。万不可听信谣言中了别人的圈套，引我们自相残杀。待击退来敌，我大单于定会与段部结盟万代友好。"

这段辽本是狐疑之人，听了段安的话，亦答应明日择机退兵。

慕容廆命令各城门紧闭，各部不得应战。然后大张旗鼓地派出使者，拉上五十车牛肉、十车美酒去犒赏宇文部。并故意路过段部和高句丽营前，令士卒大声说："崔毖昨夜已派使者来，与我大单于修好，答应今日退兵。

且我慕容氏与宇文氏已化解此怨，特遵大单于之命，将上好牛肉和美酒送去犒劳。”

宇文部的士卒不知是计，以为是真的犒劳，竟收下了酒肉，并大吃起来。段部和高句丽更怀疑宇文部早已与慕容廆同心，即收兵而归。

崔毖乃仰天而叹曰：“胡人毕竟是胡人，一群竖子，有勇无谋，早晚会成为慕容氏刀板之鱼肉耳，可惜合兵大事竟如此休矣！”

见敌散去，有人报于慕容皝。慕容皝大悦：“不战而屈人之兵，阳公之计妙哉。”正待回宫中报告父王，并请示是否追击。突然，属下来报：“只有宇文部无撤兵之迹。”

宇文部首领宇文悉独官显然识破了慕容皝的计谋。即使不识破，他也不会半路而退。因为此次讨伐慕容国，他期待已久。十七年前，他的父亲，也即上任首领宇文莫圭曾率军攻打慕容廆，以十万之众包围大棘城，最后却被慕容廆重创，并追击百里，俘斩万余。其手下大将孟晖还率数千人归降慕容廆，被慕容国封为建威将军。此仇不报又待何日，他早已摩拳擦掌。

他对崔毖说：“段高二部首鼠两端，狐鼠之辈，不可与谋。我有内探，慕容廆老贼确病入膏肓，世子领军不能服众，王子间亦不睦，正是慕容国羸弱之际，此时不灭等待何时？今日我当独自进取慕容廆之老巢，岂能用得着旁人！”

他身穿绯袍，腰佩玉带，随从为他打着金顶五檐黄伞，令人击鼓前进，率六万人马逼近大棘城池，连营三十里。

宇文悉独官非等闲之辈。宇文部亦非十七年前。在他的统领下，国力大增，精兵强将无数。宇文悉独官定要一雪前耻，攻取这大棘城，将慕容廆斩于马下。

他告诉将士：攻取慕容国无虑，慕容廆已重病不起，几个王子不足挂齿，三天内拿下大棘城，并放假三天，任之抢掠。

六

宇文悉独官的大帐内灯火通明。

此役他准备了十七年。在大棘城的宫中，他安插了间人。间人传出情报，说慕容廆重病不起，而世子难以服众。这是千载难逢的消灭宿敌的机会。但宇文悉独官心中仍然存有一丝惧怕。这惧怕就是来自慕容廆庶长子，建威将军慕容翰。十七年前那场大战，还是少年的慕容翰就已名声大震，斩杀宇文部百余人。这一次，悉独官要集中兵力攻打慕容翰。他想，只要击败了慕容翰，慕容国也就离灭亡不远了。

有探子来报，说慕容翰驰援主力在城北五十里扎营，正欲往大棘城赶来。宇文悉独官速分兵一部，赶往城北拦截。慕容翰的部将，冠军将军洪筹闻知，心生一计，派人假扮成段部的使者，在路上迎住宇文悉独官的骑兵，对他们说："慕容翰长久以来亦是我们段部心头之患，听说你们将要进攻他，我们心中高兴。我们发现了其大军扎营的地方，只要顺着我们指给的道路再行半个时辰，就可迎击他们了。"宇文部的骑兵见到使者，大为高兴，顺着所指道路骑马驰行，很快进入了伏击圈中。洪筹突然击鼓，伏兵四起，宇文军溃败四逃。

洪筹派人报告慕容翰。慕容翰心中大喜。此次率兵回守大棘城，他心中其实十分复杂。宫中的情况，他也知一二。如果依能力和功勋，父王大薨，他才是大单于最有资格的接班人。且他掌握着慕容国最精锐的军队，如果参与夺位，几乎无人可敌。他虽跃跃欲试，但一想到自己庶出身分，且世子早已明确，便又犹豫不定，恐篡位之后会被家族和天下人耻笑。说到底，他是一个忠于家族和顾名节之人。

不管怎样，大敌当前，还是要一致对外，解除危机。他绝不能眼睁睁看着慕容国在他手上亡掉。故虽心中对世子亦有不服，但还是顾全大局，按慕容皝的军事布置，主动进攻，并无迟疑。

恰乌云密布，风雨大作。宇文部士卒纷纷躲雨。俄顷，又云开日见。慕容翰见机率精锐从浮阳门出击，向敌营正面冲去。慕容皝则带少部分骑兵从揽月门出来进行包抄，直冲宇文部军营，放火烧营。双方短兵相接，慕容翰且战且退。宇文悉独官中计亲率万人穷追。慕容翰早已在城门外林丛中以步兵设伏。宇文军刚一进入伏击圈，他一声令下开始反击。只见火器齐发，火箭弓弩如飞蝗射入敌军。慕容翰前后夹击。宇文悉独官之弟宇文素本中箭身亡。

慕容翰城北城南两次使用设伏之计，虽灭敌不多，但却狠杀了宇文悉独官的气势。

兵中有人识得慕容翰，告之宇文悉独官。宇文悉独官已知自己的军队在城北中了慕容翰部将的埋伏，便知道这慕容翰确不好对付。知其主力在浮阳门，便集中力量转而攻打揽月门。慕容皝率军出城迎战，打败先头部队。但宇文悉独官不断增兵，慕容皝逐渐力战不支，退至城下。

此时，把守在揽月门之上的慕容昭却坐山观虎斗，巴不得世子慕容皝战死或被宇文悉独官俘了去。他以保护父王和城中百姓为名，严令不准开城门，只要求士兵在城墙上放箭。浮阳门的慕容翰正面对敌，虽敌攻势减缓，亦不敢派兵驰援。把守望月门的慕容仁得知世子危险，在都尉石琮鼓动下正要增援，却被祭酒刘赞拦下。他悄悄对慕容仁说："慕容翰兵力最强，相离最近，却不驰援。而慕容昭更是欲置世子于死地。故大单于将来怪罪，也会怪罪他们。不如佯装不知，待宇文部之军与慕容翰、慕容皝消耗殆尽之际，再出兵建奇功亦不迟。再说，世子统帅，以身作则，没有比战死沙场更令家族荣耀的了。我们不妨再等一下。"

世子之妾兰淑仪站立在揽月门城楼之上。她实在不放心自己心爱的丈夫。攻城战不久，她就跑到了揽月门。见城下慕容皝如困兽犹斗，体力不支，已无多少抵挡时间，且慕容仁不开城门、不派援兵，便急匆匆跑下城门向父亲兰淑虞镇守的揭阳门跑去。

她要去向父亲搬救军，救自己的丈夫。

这样见死不救的事情，慕容氏族以往的战事中绝无仅有。大单于慕容廆不会允许这样的事情发生，亦无人敢为。但此时，恰传大单于病入膏肓，王位处于飘忽不定之际。此时，自然就有人敢为了。

宇文悉独官听说困住了世子慕容皝，且无人增援，十分兴奋，告诉手下将士一定要活捉。于是阵中活捉世子的喊声震天响。慕容皝的部下十分恐惧。慕容皝却并不惧怕，他告诉士卒："宇文悉独官虽然人多如蚁集，但军中无法制，已处在我的计谋之中了，我们把敌主力引至此，建威将军慕容翰正集兵力断其后路，瞬间将会包抄上来。诸位只需奋力作战，不要忧虑其他。"然后，亲自呐喊，抱必死之念，引兵再度杀入敌中。

此刻，他已有必死之心。与其被捉，不如战死。

正当慕容皝筋疲力尽的危难之际，忽然城门大开，大单于慕容廆、扬威将军兰淑虞带一大队人马巍然杀将出来。慕容廆高呼："我是大单于慕容廆，宇文悉独官老儿竟敢来犯，正合我意，快送命来！"宇文部见本是重病将死之人突然威风凛凛杀将过来，顿时胆破，军心大散。大军瞬间如潮水般退去。

慕容翰的主力在洪筹的率领下也包抄过来。慕容仁、慕容昭皆出城追击。一时宇文部之军反被包围，成了瓮中之鳖。慕容军一路斩杀，宇文悉独官和崔毖带少数士兵逃命。慕容廆将他们大部士卒悉数俘获，还在敌方的指挥台上意外缴获了西晋皇帝玉玺三纽。慕容廆大喜过望，要裴嶷收起，说将来也许会派大用场。

此役大胜，慕容皝却高兴不起来。这一切似乎是父王给外侵者布下的一个大大的圈套，而他却充当了这圈套中的诱饵。而且从这个时候起，他明白了王位之争的残酷，已远远超越血缘。他认清了几个兄弟的真实面目，播下了仇恨的种子。

他要向父王参奏广武将军慕容昭不听指挥，断其后路，将自己置于死地的丑行。

封弈却说："万万不可，我观大单于作战凶猛，不像得病之人。且单于病时曾令裴嶷从柳城调回一万士卒守卫王宫，现在我明白了，似乎就是为此役突出奇兵作铺垫。我把从小太监那里拿到的丹丸交由太医查验，亦未发现里面有雄雌二黄。我料大单于恐是装病，以病为幌子，作了一个大大的局，引宇文悉独官和崔毖他们入彀。当然，恐怕也是考验世子对未来王位能否担当。将来上位之人，自然要胸怀天下，能容不能容之事。大单于慧眼如炬。如这些睚眦必报的小事参奉上去，反而让大单于小看了世子。"

阳耽也说："封公所言极是。大单于心中明镜，不然也不会在殿下性命攸关之际出手相救。这次考试，世子算是过关，而另诸王子则原形毕露。此恐怕也是大单于所不愿看到的。"

封弈说："世子之位充满凶险。世子还是要隐而不发，等待时机。关于此役其他王子的表现，在大单于面前，望殿下什么也不要说。要说，就说是大单于扭转乾坤。此役世子危险关头，指挥若定，视死如归，以后诸王子和众将帅恐怕再不敢小瞧。"

但慕容皝却觉得这次考试似乎并未像封弈、阳耽所说的那样完美。他感到自己捉襟见肘，也让父王看到了诸多短处。

夜晚，只有爱妾兰淑仪给他些许安慰。他知道了她跑到揭阳门为之求援的事，便紧紧抱住她说：“也只有爱妻关心我之生死矣。”

兰淑仪浅声说：“妾终于知夫之艰难凶险矣。早知如此，便不做这个世子。妾会努力，多生几个儿子，教会他们打仗，为夫分忧，保护他们的父亲。”

七

慕容廆并不罢休。他命慕容翰、慕容仁率军乘胜追击，借机侵入宇文等三部的边境，并威胁还要继续进攻。而三部十分惊恐，皆派使者请和。均称进攻大棘城不是我们的本意，全是因崔毖蛊惑。崔毖害怕慕容廆率军铲除自己，也派侄儿崔焘来请罪。

慕容廆拔刀相对欲杀之，却被世子慕容皝劝止。

他说：“崔焘乃可用之才，不如劝之为我所用。”慕容廆于是让崔焘回去见其叔父崔毖，还派一支军队跟着，要他告之崔毖：“要么被杀要么逃亡。”被逼之下，崔毖只好带着数十残兵和妻儿，投奔了高句丽。崔焘则投到慕容皝门下，被委以重用。

野心勃勃的崔毖没有想到，自己精心策划的一场围攻慕容国的战争，就这样落下了帷幕。他成全了慕容国的强大，自己从此却走向没落。慕容国不仅打了胜仗，助长了声威，还扩大了地盘，几乎整个辽东尽在掌握之中。大单于慕容廆论功行赏，包括慕容昭在内，三个儿子皆被封赏。阳耽献计有功，被恢复原职。世子慕容皝被加封特进将军。

慕容廆自然还要圆其重病之谎。裴嶷说：“大单于本来重病不起，听敌欲破城，心急如火，竟一下子从龙床上跃起，穿戴盔甲，纵马杀敌。敌退后，病却好了大半。此乃上天助佑我慕容氏。”众臣心中明白，自然不会信此鬼话。但表面上仍齐呼：“我王有上天庇护，定能安然无恙，万寿无疆。”

慕容廆的父亲慕容涉归，臣服于西晋。因在一场胡族动乱中保全柳城之功，被晋封为鲜卑单于。父亲去世，本是应慕容廆接班，但却被叔叔篡权，还要加害自己。慕容廆出逃后，重整力量，唤使叔叔的部下杀了叔叔，然后走上单于之位。他久历权力斗争，多次摆脱险境，可谓老谋深算。先前对宇文部一役，其实皆是他在幕后掌控。此既为瞒天过海的克敌之计，也是他借此试一试储君本事的一场考试。他要看看世子有无治军治国之才。

显然有些失望。年轻的世子缺乏经验，并不能独自应对一切风险，亦不能将几个兄弟全部掌控于自己麾下。危急之中，他不得不出手。

这样的接班人不尽如人意，即使登上大位，也不会一路坦途。而另几个王子的表现，却在他意料之中。几个王子皆有潜质，能力似乎不在世子之下。他们在世子危难时的表现，亦为他所理解。因为他知道，欲望是每一个人都有的，尤其是面对单于之位的诱惑。而且，现在的世子还不足于力压他们一头。

他召见国相裴嶷，想听一听他对这场考试的评价。

裴嶷说："世子的表现可圈可点，虽有稚嫩之处，但经过历练还是难得的帝王之材。尤其临危不惧，迅速掌控大局，果敢指挥了这场抵御之战。从用兵之略来看，皆无失误和纰漏。尤其离间之计，可谓神来之笔，一下子化解了一半敌军之力。可谓难得之帅才。"

慕容廆却不以为然。他说："世子的部署是没有多大问题。但是他最大的错误却是对人心估计不足，将自己处于危险之中。浮阳门、揽月门定是敌重点进攻之处，他判断没有问题。把慕容翰放在浮阳门也没有错，但他不应自己和昭儿一起守揽月门，更不应亲自带兵出城迎敌，将自己陷入绝境。若我真的重病，世子又陷入重围中被虏，大棘城岂不危矣，慕容氏族岂不危矣？作为主帅这是最大的错误。如果是我，则与慕容翰一齐守浮阳门，可进退自如，指挥若定矣。而让慕容昭独守揽月门，他也定会以死相搏，不会轻易让敌人攻破的。即使与慕容昭同守揽月门，也应派慕容昭出城迎敌，而不是自己充当英雄。所以，谋战更需谋人心矣。"

裴嶷方才明白。大单于就是大单于，他是能看透战争之外的东西。而这些东西却往往是决定战争的胜负。这一点，世子还有几个王子似乎还远远达不到。他于是说："世子尚未在其他王子心目中树立独一无二的威信。要不是大王危难之际带着淑虞将军解围，这场大战孰胜孰败还真是难料。"

慕容廆进而又问："国相可否想过，四子之中，孰更有帝王之潜质。"

裴嶷说："龙生龙，凤生凤。大王有福，翰、皝、仁、昭四子皆有君王之才，且各有所长，互不逊色。但要非说一二，臣以为翰文武兼备，最像大王，似是最合适人选，可惜是庶出。而仁深得大单于之心，聪明善解人意，运筹帷幄亦不弱于翰、皝多少，也是难得栋梁。只不过与翰、皝相比，稍显稚嫩了些。而昭少年英武，多才多艺，多次随单于征战，立下战功，也有君王之相，只是心胸略小了一些。而世子皝为人刚毅严厉，精通儒学，亦精通兵术，在攻伐谋略上略输于翰，在治国谋略上优于翰，如我选，还是以为世子更合适。大王初心已定，万不得已，就不要轻言立废，否则就会引起更大的混乱。”

慕容廆长叹一声说：“早知如此，还不如不生养这些王子。福之祸之孰又能料呢？不说这些也罢。对我慕容国下一步如何打算，国相可有高见？”

裴嶷上前一步，跪下说：“现晋王室衰微，孤处于江南，其治不能覆及远方，加之中原战乱，正是大单于大展宏图之时。臣建议建燕称王，高举起讨伐大旗，一统北方。现在北方各部族虽各拥其军，但都是如宇文悉独官这类顽钝愚昧的族人聚合而成，又如何能与王比，应逐个兼并，并挥师向南，乘势问鼎中原。”

慕容廆说：“国相乃朝中名贤，不以我这个胡人的僻陋而屈身远到北方来辅佐，这是上天把您赐予我。且时时帮我谋划如何夺得天下，令我感动，不知如何答谢。但国相所说建燕立国之宏图大业，我以为眼下还不是时候。三国时曹孟德挟天子以令诸侯，要的就是替天行道的名号。我们眼下亦需要这个名号，虽表面臣服朝廷，实为打着朝廷的旗号，名正言顺地扫荡虎狼之敌。将来有足够的地盘和力量，足以与朝廷制衡，方可考虑建我大燕，入主中原和一统天下。故眼下有一事还须劳国相。”

裴嶷说：“请大王吩咐。”

于是，慕容廆便让裴嶷带上缴获的玉玺及战利品出使东晋，告之战功，以示一如既往地听候朝廷调遣。在慕容廆看来，晋已名存实亡。晋愍帝被俘后，虽然晋室后代司马睿在建康称帝宣布复朝，但此晋与原之晋已大不相同，只是偏安江南的一个邦国而已。不过，刚刚建立东晋王朝，正期有人拥戴，也是与之建立关系的最佳时机。恰又打败了崔毖和宇文部，获得了晋之玉玺，还可邀功领赏。

虽为鲜卑，但慕容廆天生与汉人建立的朝廷有着非同寻常的关系。他崇拜和欣然接受汉人文化，重用有才学的汉人，采用汉人官制。他的慕容王朝是汉化最彻底的政权，他亦是汉化最彻底的胡族首领，这让慕容国能在众多夷族部落和国家中脱颖而出。

裴嶷便带上长史逢羡及一干人马，日夜兼程，浩浩荡荡往建邺奔去。

中原战乱，交通不畅，历经曲折，第二年三月，裴嶷才到达建康。孤独的东晋朝廷见有人来效忠，又献上丢失的玉玺，自然高兴。但仍存有大国的傲慢。一些大臣想这慕容廆远居荒僻之地，不过是个大部落的首领，便还以边裔的豪首来对待他的使者。

裴嶷力陈慕容廆的威势和胆略，并告之为朝廷行道，在北方扫平了诸多叛夷，使辽东成为北方少有的百姓安居乐业之地。王公大臣这才开始重视，以王的使者礼遇。晋元帝不但亲自接见，还派人陪同，安排使者在建邺城内游玩。

八

不同于北方的凛冽寒风，春日的江南春色醉人，风景格外优美。裴嶷与同行的长史逢羡泛舟秦淮河，旁有美女伺候，还有美酒相伴，俩人边喝边聊。

长史逢羡北海人，曾为晋昌黎太守，饱读儒学，后投奔慕容廆，成为其谋士。翰喜爱儒学，常与逢羡交流。俩人相投，逢羡逐渐成为慕容翰的朝中势力。他此次前来，实际上还有另一个不为人知的使命。

他与裴嶷说：“国相可觉大单于子嗣中哪一个更有王相？”

裴嶷却不直说，只是感叹道：“单于子嗣个个英武非凡，尤以皝、翰、仁、昭四子出色，可谓木秀于林。想想，整个国家恐怕亦挑不出多少这样优异的人才。虽生在王家，却可惜生不逢时。如不为兄弟，而为父子，该多好哇。”

逢羡说：“我以为四子中翰最有帝王之相。治国安邦，声名威望，世子皆不如也。我们何不择优而侍，成为栖凤之梧桐呢？这也是为大单于和慕容国的将来考虑呀。”

裴嶷佯装未听到，而指着秦淮河两边的垂柳、桃花，以及各种打扮的游人说：“真是美如画矣，好久未回江南，今日仿佛又回到梦中。长史是北方人，多赏一赏江南美景。”

裴嶷是谨慎之人。如此敏感犯忌的话题，非极可信任之人，是不能随便讨论的。或因为隔墙有耳，或会成为彼此构陷的把柄。再说，逄羡与他平素只是一般的关系，并无私交。他不知此人如此之言是何用意。

而逄羡却想借此将之拉入自己的阵营，一同拥慕容翰上位。他知道，国相是王位争夺中最重要的角色，他倒向谁，亦意味着谁更有胜算。

逄羡说：“江南景色虽美，可惜不归于我们慕容国。眼下，国相还是想一想谁成为大单于的继承人更合适，此却与你我命运紧密关联。若国相真心扶助长子慕容翰上位，翰一定会尊国相为师，继续让国相居一人之下万人之上之位。”

裴嶷不得不表情严肃起来。他言道：“此言差矣，慕容国朝中大事自有大单于考虑，岂是我们这些臣子该操心的。四子间本来有隙，如山顶之树，无风叶响，我们又何必在树下吹风呢。做臣子应该远离是非，逃避祸害，想跑得远远的还来不及呢。切不可在其间鼓动挑拨，否则兄弟残杀，我们的大祸就来临了。”

逄羡色变，马上说：“国相宽宥，弟酒后失言了。”便不再言，悄然退出，与侍女欢乐去了。而裴嶷却多有惆怅，又多喝了几杯。

此时的东晋亦是繁华其外败絮其中。朝廷内强人擅权，官员腐败。晋元帝司马睿已完全被昔日宠臣王敦架空。其心腹刘隗、刁协、戴渊皆被王敦斩杀。王担任丞相，而朝野官员中多数皆是王家之人或者亲信。司马睿皇帝徒具虚名，朝中任何事情几乎皆由王敦做主。

逄羡做过晋臣，与王敦过去相熟。但王敦嫌其位低，并不想见他。他送上奇珍异宝，王敦方在丞相府中相见。

逄羡鼓吹慕容翰具有雄才伟略，是慕氏家族真正的接班人，并附上慕容翰亲笔书信。书信中表示，本当为晋廷复兴大业甘效犬马之劳，只是碍于自己未上单于之位且孤军进攻难有成果，期待东晋大举北伐时，自当率慕容国上下响应。王敦当即回书信，许诺朝廷支持慕容翰登位，并到时将加封于慕容廆的官职全部加封于慕容翰。两人又密谋，一旦慕容翰为争位起兵受困，晋将派军北上支援。

这其实不过是一个没有多少用的空头允诺。王敦，以及晋元帝安于江南，此时并没有统一北方的强烈意愿。但他们亦乐于在混乱的北方寻找一个代言人或支持者，以表明王朝的存在。

与此同时，晋元帝司马睿也邀裴嶷长谈。

裴嶷对晋廷解当下之难，以及长远图谋，皆有精辟之见。司马睿闻之相见恨晚，觉得裴嶷深有文韬武略，是难得人才，欲以招纳。故裴嶷、逢羡将返回时，几次借故不予放行。

裴嶷一连几日长跪于宫殿门前不起，司马睿只得召见。

他说："裴使本是朝中名臣，何不留在江东以图复晋之大业？朕马上下诏让龙骧将军慕容廆把你的家属送来建康与之团聚。"

裴嶷推辞说："臣世代蒙受晋室的恩宠，因战事而远离，寄居荒远之北地。如今喜逢开泰之年，得以瞻仰朝廷，又赐恩诏，有意挽留在京师，对我而言，实为太幸运了。但我一想我王慕容廆远在边疆，犹心系王室，慷慨之气，义感天地，刚扫平贼寇，就派遣使臣，万里而来表达忠诚之心。如果我来而不返，他会如何灰心丧气。一定认为朝廷因为他偏远落后而抛弃他，使他的一片丹心孤存，这样不就懈怠了他心怀朝廷的心意了吗？因此微臣区区忘身为国，请求返还回报此行。"

裴嶷这话说得很是乖巧，但又恳切，言语中竟还是处处为晋室打算。晋元帝无奈，当着满朝大臣，不好强留，便终于同意他回国。

裴嶷回到大棘城，参见了大单于，并述说了晋元帝召见的过程，以及欲挽留被他谢绝的事情，慕容廆大为感动，当着众臣的面说："裴国相望重于朝中，却降位屈居于我这里，乃股肱之臣矣。慕容大业缘何不成？"

裴嶷建言说："此次南行我亲眼见，现今晋元帝徒有虚名，王成、王敦奸臣当道，晋之众臣无不侧目，朝廷纷争定会不断。而中原羯人石勒掀起纷乱，自称赵王，定都襄国。我慕容国在大单于的领导下，气势正盛，不如乘晋朝廷无暇顾及中原及北方之际，一举消灭周围之宿敌，让慕容国成为北方最强大王国，然后再图谋南入中原。"

慕容廆的野心被裴嶷极大地唤起。他大加赞赏道："国相之言正合我意。有如此出色的臣子，如利刃不能总是藏在刀鞘之中，该是拔刀相向，消灭那些贼寇之时了。"

众臣皆赞。于是，慕容廆命慕容皝、慕容翰、慕容仁、慕容昭出兵侵袭边境的宇文氏、高句丽、段氏、拓跋等部，拓展疆土。

九

慕容皝与慕容昭一起率军三万攻伐拓跋部。

此为慕容廆特意安排。三国围攻大棘城一役，慕容昭见死不救，慕容皝与慕容昭产生龃龉。虽慕容皝并没有向父王告状，但慕容廆却心知肚明。他这一次还是要故意试探一下，世子究竟能否包容或降服这个充满野心的兄弟。

而慕容昭此时却更不把慕容皝放在眼里。出发前，他曾对属下说，世子不配统领我们，大棘城一战，要不是父王带病突击，他早就成了宇文悉独官的俘虏。

大军自边境一路追击，深入拓跋部境内，并距都城盛乐仅有三百余里。

慕容皝召集将领，谋划下步进击方案。封弈说："我军应停止追击，在高地扎营，以待粮草。"

慕容皝问："缘何在高地扎营？"

封弈说："据闻，我军长驱直入，已让首领拓跋猗卢大怒。他集结了重兵，并派长子拓跋六修、侄子拓跋普根，以及将军卫雄、范班、姬澹带领二万大军前来迎击。所以应暂停追击，以观敌情。另外，之所以居高地扎营，缘于拓跋军多为骑兵。他们纵马上坡前来迎击，必然速度迟缓，不利于其发挥冲杀之威力。"

慕容皝认为言之有理，正欲采纳，慕容昭却极力反驳。

他言："封弈司马胆怯矣。今我众敌少，我强敌弱，就乘势追击。即使因粮草供给不去追击，亦应在平地扎营。因为平地前是一大片长满荒草的沼泽地，是防御敌骑兵的天然屏障，何必费时费力跑到远处高地上扎营。"

慕容皝问谋士阳耽："以为如何？"

阳耽说："必败无疑。"

慕容昭大怒，质问之："如果赢了如何？"封弈说："若不败，我愿伏剑而死。"阳耽亦说："我亦一死。愿当世子之面立军令状矣。"于是展纸疾书："若不败，甘愿以死。"

慕容昭见状更加愤怒，说："此役若不胜，我亦献上项上人头。"说罢也立下军令状，交于慕容皝。

慕容昭执意在平地扎营。慕容皝无奈，只好允诺。为防万一，自己又带一万人马在西面高地丛林上扎营。

拓跋猗卢率大军前来会战。他登山观察慕容昭的营垒，对属下笑道："慕容军太自以为是，所筑营垒十分随意，千疮百孔，并无章法，我可一击溃之。"

但他仍迟迟不肯下山一战，而是佯装懦弱，让人感觉到因士卒逃亡军队在不断减员。慕容昭更加傲慢，将俘虏的拓跋女人衣服脱下来，派使者送至拓跋猗卢大帐中，以羞辱其胆怯。孰料这却极大地鼓舞了拓跋士卒的斗志。

又过了几日，拓跋猗卢见慕容军已骄傲无比、懈怠异常，决定发起进攻。他乘慕容军中午吃完饭后，多数将士昏昏沉沉睡午觉之机，吹响进军号角。五千骑兵带着土囊和成捆树枝，飞驰而来，很快填平了慕容军大营前自以为万无一失、并不设防的沼泽。由此为突破口，打开了一条通道，拓跋猗卢亲率将军卫雄、范班、姬澹，及数万大军随后赶至，围住一个个营垒狂攻。慕容军顿时大乱。

此时，拓跋六修、拓跋普根也各率一万大军分二路包抄上来。拓跋军达到四万之众，远多于慕容军。慕容皝和封弈见状速从高地上带兵冲下来救援，慕容昭和驻扎在平地上的部分士卒与之会合，朝高地方向而逃。翻过高地，一直逃到边境，未见拓跋军追来，才定下心来。

慕容军大败，损失了一半的兵力。封弈、阳耽皆不满，拿出慕容昭的军令状，请求世子追究慕容昭之责。慕容昭却毫无悔恨之意，大声辩解，责怪慕容皝没有及时增援。慕容皝无比懊恼，拔剑以对。慕容昭方才低下了头。

回到大棘城，慕容皝、慕容昭遭到了大单于的严厉痛斥："骄兵必败，亏你们还读过兵书。闭门思过，一年内不允许带兵。"

旁边的封弈献上慕容昭那张军令状，并进言："是广武将军轻敌，并不听世子之言非要扎营于平地而致败。"

慕容廆看后，将那军令状撕得粉碎，向世子怒言："汝是统帅，岂容属下鲁莽。无德才令下属心悦诚服，将来又如何为王？”

慕容皝感到了父王对自己的冷落和不信任。加上之前的大棘城之战，他心灰意冷，不知不觉间与父王有所隔膜。除了早朝，他很少与父王见面。闲暇之时，与阳耽精研儒学经学和兵法，与封弈对弈；再者与爱妻兰淑仪在府中花园中散步，畅聊天文历史、人情世故。

其间，他已有了三个儿子。第一个儿子是世子妃段氏所生，名为慕容俊。孩子抱到父王慕容廆的跟前，他大为惊异，说：“这个小儿骨相不同于常人，脸面开阔，手长过膝，我慕容氏家族可谓后继有人了。”这是父王自他兵败拓跋部后，第一次在他面前露出笑颜。

生母段氏便十分骄傲，称赞儿子将是未来之世子。而妾高氏生性高冷，又没有段氏的贵族出身，亦无兰氏美貌，并不被世子所喜欢。所生之子慕容恪，自然也无人宠爱。这兰氏所生的慕容垂，却是三个儿子之中慕容皝最爱。不但因是兰氏所生，且这慕容垂虎头虎脑，聪明捣蛋，煞是可爱。慕容皝抱在怀里，就舍不得放下。

谋士封弈、阳耽皆建言说：“现在殿下轻闲倒是轻闲，与单于却疏远了不少。而慕容翰、慕容仁却深得父王信任。尤以慕容仁，将征战中所掳的人口和物资皆私藏于亲信的王公贵族之中，以此为资本扩充势力。目前已领兵五万之多，与慕容翰几乎相当。慕容昭虽因兵败，一时遭到了大单于的冷落，但后来几乎天天长在母后的宫殿。母后从中斡旋，据说重得大单于信任，时常陪伴左右。如此下去，加上有的人从中离间，世子之位恐不保矣。”

慕容皝心中感到了一种空荡荡而无丝毫着落的危险和恐惧。他明白，眼下自己即使不当这个世子，恐怕也难抽身而退。他要寻机奋起，以求主动。但表面上却不以为然地对封弈、阳耽和兰氏说：“我早已不稀罕这个世子之位，我的兄弟们既然如此钟情，就一切顺他们的愿吧。”

十

早朝之上，大单于宣布一件棘手的事情：赵国派使臣来，愿与慕容氏结为友好。同时送百匹绵千张兽皮。

他说："众臣和王子，我们慕容国可否答应？愿听众言。"

这几年，在慕容氏族走向强大的同时，在它与东晋王朝之间广袤的中原大地上，几经混乱，也逐渐崛起一个足以和东晋平分秋色的王国。

它就是赵国。

羯族人石勒趁西晋亡，迅速消灭了各种割据势力，占据了大半个中原。公元 319 年，他在襄国自立，称赵王。看着东晋朝廷无暇顾及，紧接着又宣称自己为大赵天王，行皇帝事。东晋方才出兵北伐，但晋军被赵大败。于是，石勒旋而称帝，与晋分庭抗礼。

赵之都城襄国，十分繁华，人口就有八十万之众。全国设三郡二十四县，疆土是慕容帝国的好几倍。晋王朝惧怕它的威胁，正筹谋二次起兵讨伐。石勒于是想拉拢慕容廆及周围部族，联合一起共同对抗东晋王朝。宇文部、高句丽、段部等皆虚意应允。

朝上议论纷纷。大臣西方虔、刘赞、鲁昌等皆以为应先答应下来，曲意奉迎，以图未来。因为这赵之实力不逊东晋王朝，且为近邻，直接面临威胁。如果拒绝，将意味着兵戎相见。而一旦开战，东晋王朝远水难解近渴，无法驰援，我慕容国必遭危难。

慕容翰、慕容仁皆反对联合。他们说："我慕容国既然臣服朝廷，接受封禄，就不能出尔反尔，与朝廷的敌人结好。况我慕容氏族承继正统，推崇儒学，岂能与那羯贼为伍。即使免不了一战，也定能一击败之。"

自攻拓跋失利以来，世子慕容皝很少在朝上说话。慕容廆也不问之。但今日慕容廆突然问之："世子可有主意？"

慕容皝说："我意不但要拒绝，还要斩了来使，将人头送于朝廷。"

话音未落，宏光殿内一片哗然。慕容廆倒是有了兴趣，他笑着说："拒之就罢了，缘何还要斩了来使？"

慕容皝说："晋元帝刚派使者任父王为使持节，都督幽、平二州，东夷诸军事，拜车骑将军、平州牧，进封辽东郡公，食邑一万户。还赐世代享有特权的丹书铁券，受命统辖海东，允许设置百官。这说明晋还是十分信任我慕容氏。且我慕容氏自先王起，就事奉朝廷，从未叛逆。今为赵使的几句空话，就抛弃了朝廷，投了恶赵，父王一世英名毁矣，慕容氏亦定会遭天下耻笑。虽朝廷目前势力羸弱，但奉以儒教，传承以训，百官有序，行止有制，终是正统。待以时日，必将兴盛。而这石勒则是夷蛮虎狼之人。宁平城一役，他大败晋兵，纵骑围而射之，将士十余万人相践如山，无一人得免者。晋太尉王衍投之，一言不遂，他命士兵半夜里推倒墙壁将之压死。此等人又如何靠得住呢？我慕容氏以德治国，高山景行，又岂能与之为伍？”

慕容皝又分析道：“如与之结盟，共同对抗朝廷，待赵之危解矣，后顾无忧，必欲图我。那时，我慕容国乞求朝廷驰援，人家定不会答应。而杀之来使，向朝廷表明我慕容国的态度，想必赵亦无可奈何。一旦侵我，朝廷在我危难之际，必定伸出援手，出兵北伐，形成南北夹攻之势。那石勒定不敢南北两线作战。我们又何惧矣？”

一时沉默，众臣皆不语。国相裴嶷说：“想不到世子如此远谋深略，臣亦赞同。”

慕容廆脸上露出一丝不轻易见到的笑容。这一次，他与世子的想法不谋而合，而世子也颇令他刮目看。他遂下令：“就按世子说的办吧，速将石勒使者绑送朝廷，以示效忠和绝不与羯贼来往。”

石勒闻讯果然大怒，召集众臣，宣布讨伐慕容国。他的第一谋士大执法张宾则阻止道：“陛下息怒。现在投鼠忌器，还不宜攻打慕容国。一则如今的慕容国实力不可小觑，且慕容廆的四个王子个个骁勇善战。二则如果讨伐，晋朝定会趁机北伐，到时我赵国不得南北两线分兵作战，能否胜矣实难预料。”

石勒狡诈善谋，觉得张宾之言颇有道理。但仍不甘心，一个劲儿摇头晃脑。此时，张宾看出了石勒的心理，便说：“陛下放心，臣有一计，何不借力打力，让别人去帮我们教训慕容廆呢？宇文部刚臣服于我们，急于立功，且与慕容氏又有世仇，就让他们出兵去攻打慕容廆吧。”

石勒顿时大喜，说：“此策甚好，就依卿之言。”

当年曾败于大棘城的宇文悉都官死后，其子宇文乞得龟成为首领。因为是小邦，又屡屡遭到慕容国的侵袭，为了生存，宇文乞得龟不得不寻找强大的国家作为靠山。于是宇文部便投靠了赵国。宇文乞得龟被石勒召到赵国都城襄国，要他马上攻打慕容国。

宇文乞得龟没有想到，投靠石勒后，竟如此倒霉，让自己成为炮灰。

但他也想替父王一雪前耻。便借机向石勒提出条件，除了军马粮草和各种武器外，还要求赵派出一支军队，从侧翼协助他进攻。

石勒答应，但前提是，这协助的赵国军队全换上宇文部军的军装。

石勒还告诉宇文乞得龟："孤将设计让汝最惧怕的慕容国第一战将慕容翰从战场上消失。"宇文乞得龟闻后大喜，说："廆老矣，没有了翰，慕容国又有何惧哉？"

原来，此前不久，一个叫王允的晋臣来投靠大执法张宾，说自己是晋元帝时宰相王敦的侄儿，听说赵帝礼贤下士，招揽人才，就跑来投靠。其时，王敦已死，因其谋害易雄等忠良之士，又在朝中树立党羽，王氏族人正成为朝廷清算的对象。这个王允怕受连累，便匆忙逃出了东晋。

大执法张宾便留在自己左右。

此时，王允听说赵国要攻打慕容国，就心生一计，以助宇文乞得龟之力。原来当年逢羡与裴嶷南使东晋，其与王敦密谋支持慕容翰上位时，这王允便在场。张宾闻后大喜，又与他一起周密谋划。第二天，按张宾的命令，他星夜赶到大棘城，假装来投靠故人西方虔，并向西方虔透露了一个惊天秘密。

十一

王允带来的秘密，在慕容国引起一场朝中地震。

他悄悄对西方虔说："慕容翰有叛逆之心。当年裴嶷出使东晋朝廷时，曾与王敦达成了一项秘密协定，朝廷封慕容翰为大单于，加二品特进。待朝廷北伐时，慕容翰将发动内变，废世子，逼慕容廆退位而代之，并率军向南进发配合，南北相应，平定中原。"

西方虔大惊。心想这慕容翰表面忠厚，却未料不安于庶子之本，竟有篡逆之野心。便马上禀报广武将军慕容昭。慕容昭似有些不相信，又亲自接见那位告密者王允。王允方告之："和王敦密谈的是一个叫逢羡的大臣，至于裴嶷有没有参与或背后支持，他并不清楚。"

慕容昭终于相信了。那逢羡是慕容翰的幕后谋士，这一点在朝中早已不是秘密。逢羡出面与晋密谈，肯定是慕容翰指使。他有些喜不自禁。这慕容翰拥兵自重，且在慕容氏族中势力强大，是他最为惧怕的角色，也是他登上王位的最大障碍。还有裴嶷，也是父王亲信，如果能借机除掉他们，岂不上天相助。他要马上禀报父王。但西方虔却劝他不必着急，要等待时机。要在最关键时刻出手，争取一击致命。

宇文乞得龟的军队集结完毕，欲南下攻打慕容国。石勒派大执法张宾率一万赵军策应他。张宾说："慕容氏内部正发生混乱，想必你进攻时，慕容翰的人头已落地，你就放心大胆地进攻吧。此役必胜。"乞得龟大为高兴，即亲率五万大军浩浩荡荡向慕容国进发。

大军压境。慕容廆召集众王子和大臣商议抗敌之策。慕容廆决定由慕容翰作为先锋，并率慕容仁、兰淑虞二部共同迎战。话音未落，慕容昭却有要事要奏。他说："当年国相裴嶷、太史逢羡出使东晋朝廷时，曾受长兄慕容翰之命，与当时宰相王敦达成了一项篡逆秘密协定。"接着，将王允的话当朝说了一遍。然后说，"此刻让长兄带兵恐有不妥，有此二心，临阵倒戈，与赵同流合污也说不定。"

朝上一片哗然。

慕容翰脸色惨白，如当头一棍。他坚决否认，说此乃一派胡言，不过是石勒和乞得龟使出的离间之计。

裴嶷也扑通一声跪下，大叫冤屈，说绝无此事。

只有长史逢羡默不作声，并不否认。

慕容廆眼睛一扫，知其中必有蹊跷。逢羡的默认，起码说明此事不是空穴来风。他即将慕容翰、裴嶷和逢羡三人押入大牢，接受廷尉部审讯。并派慕容昭调查此事。同时，改由世子慕容皝为前锋，建威将军孟晖为右翼，慕容仁为左翼，即刻出兵。

世子慕容皝再次被委以重任。他既欣慰又忐忑。欣慰的是，他终于又获机会。忐忑的是千万别重蹈上次覆辙。他知道这慕容仁也心存野心，必须时刻提防。

封弈说："此役不可如上次攻打拓跋。据报宇文乞得龟兵分两路，主路大军由他亲率，侧翼大军则由侄儿宇文悉拔雄率领。咱们也可兵分两路，世子迎击宇文乞得龟，而让征虏将军慕容仁王子去迎击宇文悉拔雄。各自为战，最后合力围歼，以免像上次那样，连累了世子。"

慕容皝有些犹豫。阳耽说："放心吧，这征虏将军慕容仁能征善战，又精谋略，非广武将军慕容昭所比。让他独当一面，对战宇文悉拔雄，应不会出现意外。倒是世子，兵力不如慕容仁雄厚，却迎击正面之敌，其实胜负难料。"

慕容皝便下令慕容仁，命其阻击宇文部军侧翼宇文悉拔雄。慕容仁一口答应，觉得这是他建功立业的大好时机。他十分得意，对最信任的谋士祭酒刘赞说："现在大哥和世子皆不被父王看重，看来将来掌握天下就是我了。此役我将竭力一战，定不让父王和众臣小看我。"

刘赞却说："此役能胜即可。世子位，以及将来大位之争形势尚不明朗，还是应保存实力，看形势再动。"但慕容仁年轻气盛，并不听之，亲带三万精兵，兴冲冲杀上战场。

宇文乞得龟据守浇水，见对方果然没有派出慕容翰作为前锋，便知石勒之计已成。他的气势顿时大增，未等大军集结完备，就率先头部队向慕容皝正面发起进攻。另派侄儿宇文悉拔雄抵御慕容仁。他知晓慕容仁骁勇善战，告诉侄儿说："慕容氏已有内乱，正是一雪前耻的机会，你一定顶住慕容仁，待我消灭了慕容皝，再回过头来与你会合，一举歼灭慕容仁，然后攻进大棘城。"

慕容仁没有料到这宇文悉拔雄十分难缠。激战两天两夜，消耗巨大，仍不能取胜。夜晚忽来北风，谋士刘赞想起诸葛孔明火烧藤甲兵，便为慕容仁献火攻之计。慕容军用松香、草艾、油脂融在一起，蘸到箭头上绑紧的棉布上，让士兵点燃后射向敌军。还令几十勇士，提着装上硫黄、硝石的坛子，悄悄潜入敌营，点燃引信后扔进大帐。大风中，只见满空中火光乱舞，敌营大乱。慕容仁发起冲锋，并剑杀宇文悉拔雄。

宇文悉拔雄所率军中，一部分士卒是赵军所扮。见宇文悉拔雄被杀，皆迅速逃跑。其他士卒也无心恋战，全部溃逃。慕容仁一路追击，大胜宇文部军之侧翼。

此时，慕容皝与建威将军孟晖正艰难抵御宇文乞得龟发起的进攻。这建威将军孟晖是慕容廆第一次大败宇文莫圭命时，率军从宇文部投奔慕容氏的。见到家乡之兵，自然先怯了三分。宇文乞得龟并不把慕容皝放在眼里，他向士兵大喊："宰了世子，杀了逆贼，为战死的父老兄弟报仇！"宇文军精神大振，个个大声嘶喊，纵马杀了过来。

慕容皝表面斯文，但打起仗来无比勇猛。他带头冲向敌军，挥剑左右劈杀。孟晖见之，精神大振，也亲率士卒奋勇杀敌。一个正面迎击，一个侧翼包抄，与宇文军厮杀缠绕在一起。战至黄昏，宇文军终不是慕容军的对手，已损失大半。宇文乞得龟停止进攻，以待援军。而慕容皝也折兵损将，无力再攻。双方僵持不下。

忽然，夜幕之中慕容仁率军从宇文军背后杀来，慕容皝则命大军出击，前后包抄。宇文乞得龟大败而逃。慕容皝、慕容仁率军追击，大破宇文军。乞得龟丢盔弃甲，单骑狼狈逃走。

慕容皝命慕容仁越过边境继续追击。慕容国大军在慕容仁率领下，一路高歌，直驱宇文部都城。最后，竟过其国境三百余里而还，尽获其国重器，畜产以百万计，民之降附者数万。石勒闻后勃然大怒，痛骂宇文乞得龟无能，并急欲出兵，一血耻辱。却被谋士张宾再次拦下。他说："大人高瞻远瞩，不计一时得失。如贸然出击，慕容氏与东晋联手，我们就更被动了。"

宇文部作为慕容国的宿敌，再次战败。虽心中不服，希望一雪前耻，但屡战屡败，很难从慕容国讨到便宜。这自然与慕容氏族汉化的程度较高、国势强大有关，亦因慕容氏族子嗣个个皆是战神。即使人人惧怕的慕容廆、慕容翰不出面，敌人也很难打败他们。

慕容皝、慕容仁凯旋，震动王朝。大单于慕容廆亲迎出城，臣民载歌载舞，都城大棘城大庆三天。慕容皝、慕容仁以及孟晖都被加封。

十二

如此重要的反入侵战役，慕容廆第一次缺席。

他并不惧怕宇文乞得龟。派出慕容皝、慕容仁领军抵御，目的就是以此来锻炼两个儿子，自然也是对世子的又一次考验。这一次，虽打了胜仗，但他对世子的表现仍然不是特别满意，而对慕容仁却是赞赏有加。

朝上，慕容皝和慕容仁将此役前后向他细细描述。慕容皝轻描淡写，而慕容仁却详细有加。

他一针见血，挑出了慕容皝战术上的问题："此役乞得龟是远道而来，且只率前锋而至，世子作为统帅应乘其立足未稳，集中所有兵力正面主动出击；或者以小部分兵力与之交锋，然后佯败设伏；但无需让仁儿分兵。只是让孟晖率一部抵挡宇文悉拔雄即可。”

慕容皝自然清楚。这一点他当时就已考虑到。但是父王自然不知道，他所以分兵，让慕容仁独自去战宇文悉拔雄，也是迫不得已，怕重蹈了拓跋一役的覆辙。而这一切又如何摆得上桌面？

他只好说：“父王指出的对，是属下无才。”

慕容廆对慕容仁却赞扬有加。他说：“战场上，将帅就是要依形势变化及时采取不同战术，仁儿利用风向进行火攻，可谓神来之笔矣。”

慕容皝心中寂落。他感觉到父王看他的眼神儿与看慕容仁的并不一样。父王对慕容仁的格外宠爱和真情流露，已不能完全掩饰。而慕容仁在父王面前似乎也比他放得更开，十分随意而无拘束，有时甚至像个顽皮的孩子。他感到这样的父子才是真正的父子，而他与父王已经隔膜至深。

退朝之后，慕容仁至后宫探望母后。他亦本应前去，却无心思，径直回到世子府，静默坐在书案前，沉思许久。兰淑仪领着幼子慕容垂进来，他才移开思绪，露出笑容。兰淑仪知其心意，将封弈、阳耽召来，摆上酒菜一起庆祝世子凯旋。几个人边吃边喝，也从头至尾，分析起这场战役的得失。

他说：“父王所言还是对的。我们是以逸待劳，对远路疲惫之师，应主动进击，直擒敌首。”每打完一场仗，他都要总结反思一阵。

阳耽说道：“军事之成败要总结，但打仗之外的事殿下也须留意。三王子慕容仁我们不得不防。”

慕容皝说：“也许是我小人之心度君子之腹了。仁儿未必会像昭儿一样。”

封弈说：“小心驶得万年船，还是防备些好。看此役收获最大的还是三王子慕容仁。父王对他的宠爱更厚一层。据说朝中有大臣被刘赞蛊惑，私下向大单于进言，欲改立慕容仁为世子，而大单于既没有反对也没有赞同。殿下要时时留心，以防万一，并有反制之策。”

慕容皝笑着说：“三弟仁儿若有意为世子，亦未尝不可。他聪明伶俐，领兵打仗和治理国家，比我优秀。将来为王，不也是我慕容氏之大幸嘛。

到时我自当隐居山林，不问世事，过神仙日子，岂不快哉。”

封弈笑着说：“那只不过是殿下一厢情愿的事情。到时就怕人家不会放虎归山，让殿下隐居山林。殿下可记得李斯临被砍头所说的话么，吾欲与若复牵黄犬俱出上蔡东门逐狡兔，岂可得乎？”

慕容皝面色顿时陷入阴郁之中。他明白：真有那么一天，无论是哪个兄弟上位，皆不会容他这个世子活在世上。

看着两兄弟从战场风光归来，并接受父王的赏赐和大臣们称赞，慕容昭心中颇有些嫉妒。

几个兄弟中，他虽然年轻最小，却聪明能干。稍加历练，在能力上不输于几个兄弟。且雄心更盛，少时就曾自比周公瑾，发誓要有所作为，登上大位。尚书令西方虔曾任他的老师，教授儒学经典，因欣赏之，特奏慕容廆同意，将自己的女儿嫁于他。因是末子，王后段氏特别宠爱。当初立世子时，就曾向慕容廆提议让这个心爱的小儿子来为世子。

王位对他来说，似乎并非遥不可及。而要实现这一切，另外三个兄弟就是他要清除的障碍。

前方打仗，后方他也在卖力调查慕容翰暗中勾连东晋，阴谋篡位之事。但一切并不顺利。对这莫大的罪名，慕容翰自然坚决否认，而长史逢羡也沉默不语。没有父王的许可，他不可能对慕容翰动刑，而对逢羡则是毫不手软。逢羡遍体鳞伤，气息奄奄，终于认罪。但有一个条件，要到早朝当着大单于和众臣，以及慕容翰的面，从实招来，甘愿领罪。

慕容昭欣喜，急忙向大单于慕容廆禀告。

慕容廆颇为犹豫。他知道如此一来，慕容翰将获大罪，最终不得不被抛弃。此子虽是庶出，但自己也甚是喜爱；且和自己一起，声名赫赫，被外界视为慕容氏族力量的象征。没有了慕容翰的慕容氏族，外敌的惧怕便少了三分。

他便召来世子慕容皝和慕容仁商议。

慕容皝素以严峻而名。此前父王让他断的案子，皆依律而行，从无宽宥。他说：“长兄功勋赫赫，但王子犯法与庶民同罪，如真有罪，父王应秉公办理，方可服天下。”慕容仁附和说：“我慕容氏族之所以强大，就是上下自循法理，尊卑长幼有序，以孝治于下。即使私通朝廷之罪可饶，但篡谋之心不可恕。”

慕容廆并不满意他们的回答，似感觉有落井下石之意。但也无奈，只好将此案公之于朝堂。早朝之上，裴嶷、慕容翰、逄羡皆被押上。当着文武百官，逄羡果然开口了。但一开口却让单于和百官惊愕不止。

逄羡浑身是伤，站立不稳，却并无惧色。他先向慕容廆跪下磕头谢罪，然后扬起了头，不紧不慢地说："此事与扬威将军慕容翰无关，亦与国相无关，臣幕后指使乃世子矣。"

逄羡所供之人，竟然不是慕容翰，而是世子慕容皝。这出乎所有人的意料。朝上大臣面面相觑，目光皆指向慕容皝。

慕容廆由惊愕变为大怒，呵斥道："临死还疯狗般乱咬他人，其心可诛，再仗责二十。"

当朝行刑。

刑毕逄羡仍喊冤枉，称所说句句是实。并说那宰相王敦亲笔写的允诺信就藏在家中正厅房梁之上。廷尉府即着人去取，果然取来锦盒一个。打开里面，确有一封书信。这封信迅即被廷尉府的廷尉送至朝上。慕容廆展开一看，果然是王敦写给世子慕容皝的信。

里面的内容与那王敦的侄儿王允所告发内容相差无几。逄羡称，自己出使前，是世子悄悄找到自己，赋予此使命。称此事办成，将来上位之时，将允诺他为国相。

慕容皝先是几乎不相信自己的耳朵，一下子木呆在朝堂之上，头里嗡嗡作响。而当这封信递到父王之手时，并由记事参军封裕当朝念毕后，他似乎一切都明白了。他反而变得坦然起来。他为这王室和朝中的私欲和薄情感到了一丝从未有过的绝望：为了世子之位，以及将来的王位，这些人竟无所不为，无所不用其心。

他淡淡一笑，眼中流露出冷漠的目光。他要看这场丑陋无比的大戏究竟如何收场。

十三

事情如此大反转，自然也让慕容翰惊诧万分，一时看不明白。

当慕容廆宣布将罪者押入死牢，长史逢羡被拖出大殿的一瞬间，逢羡回首疾速看了他一眼。他这才知道那眼光里的意义，泪水再也强忍不住。

此为逢羡临死之前还要助其一臂之力，剪除其竞争对手。

逢羡心中早为慕容翰的境遇不平。他以为无论是继大位还是立世子，应选最有能力的人，而不是看什么庶出嫡出。当慕容廆安排逢羡为副使与国相裴嶷一起出使东晋时，他就有了主意，冀望通过外部的力量促使慕容翰上位。

出使之前，他与慕容翰密谈，就商定了与东晋密约之事。慕容翰开始犹豫，但逢羡却极力劝说："大单于曾大病一场，说明身体已是晚秋之叶，说不定哪天薨落。争位之事不得不早谋。将军本是最合适的继承人，难道就因为庶出，而甘愿将命运交给别人主宰么。内力不逮，我们何不借助外力？"

逢羡回后，详述商谈成功过程，并将王敦之书给他。他看后惊恐万分，要逢羡烧之，说事再密也可外泄。而此无异于自己的谋逆证据，万不可保留。他还告逢羡说："父王身体无恙，大病之事，十有八九是故意为之，并不可信。父王明察秋毫，现在谋划争位之事还过早，弄不好反受其害。"逢羡回到府中，在烧掉之前，却照原书临摹一份，并将信中慕容翰之名改为世子慕容皝。他作了后手，一旦事露，可迁罪于世子。既可免祸，又可除去竞争对手。

这位舍命效之的逢羡，让慕容翰感之愧之。

事情出现惊天大逆转，这让慕容廆也颇觉蹊跷，不可思议。朝中之人皆知这逢羡是慕容翰的座上宾，怎会又成为世子的人？

裴嶷说："此事关系重大，事关世子声誉，不可仅凭逢羡一家之言和一封莫辨真假的信来定世子之罪。我以为世子是清白的，恐是赵国石勒的离间之计。还要再细审那逢羡，再作定夺。"

记事参军封裕忽然想起单于曾与东晋宰相王敦互通过书信。他建议将此信与之前王敦的书信进行比对，以确定此信是否伪造。慕容廆允之。封裕速至存放王室档案的甲库，取出王敦的信件，重回大殿。将两信摆在慕容廆面前，大单于和裴嶷一看，均大吃一惊：两信笔体一模一样。

慕容廆命令慕容昭再审，世子禁足，待事情查清后再作定夺。

退朝后，他单独召见裴嶷。裴嶷这才将出使时逄羡曾鼓动他暗投于慕容翰门下的事全盘托出。他说："逄羡暗通王敦之事臣确不知，也是臣之疏忽，请单于治罪。"

慕容廆说："不知情，何罪之有。再说，国相洁身自立，不结党营私，其品德在文武百臣面前还应嘉许才是。"

裴嶷说："多谢单于宽恕。此事说是世子委托逄羡与晋私通，并谋权篡位，我意绝不是真的。不过是逄羡移花接木、嫁祸于人的把戏。那逄羡书法了得，模仿炮制王敦的信并不是难事。至于是逄羡一人所为，还是慕容翰也参与其中，臣也无法判断。"

慕容廆肯定说："我料翰儿参与其中，但未必有胆量真敢篡谋，只不过是那逄羡唆使而已。"

裴嶷则说："无论如何，这对大王来说，却是一个不好的端倪。四子皆有意问鼎王位，并跃跃欲试。大王应有所决断，不可任之，否则会引来兄弟阋墙，手足残杀。"

慕容廆却说："卿大可不必忧虑。四子皆有鸿鹄之志，也未必全是坏事。在我们慕容氏族，就如狼群中的头狼竞争，只有选出最强悍的继承者，才能带领整个部落走得更远。角逐奋争之中，也许才看得清谁是真正的王者之材。"

裴嶷感到了这句话的潜台词。大单于实际是在说，世子之位并非一成不变。

慕容皝回到自己的寝宫，竟还是若无其事地看书下棋。晚宴还与兰淑仪吟诗作赋，观兰淑仪舞唱。一切皆好像什么也没有发生。

阳耽和封弈急急赶来，向兰淑仪述说朝上之事。兰也气愤不已，说道："长兄与另两个弟弟不同，平素宽厚，可不是栽赃陷害之人，今又如何与世子过不去？"

慕容皝却冷冷地说："就是因为我是世子，他不是世子。他虽默不作声，其实已对我痛下杀手了。"

众人急问世子可有对策，慕容皝说："诸人莫为我忧，假的就是假的，如水中之石，水没有了，石便自现。"

其实，他从大殿到世子府的路上早已把所有的事情想明白了，甚至有了一种强烈的渴望。那就是要牢牢把这个世子，以及未来的大单于之位，紧紧攥在手中。这个大单于之位属于自己，别人休想夺走。无论是竞争者，还是挡路者，都将倒在他的面前，让他从尸体上踏过。

这是一种置于死地而后生，亦如凤凰涅槃般的嬗变和新生。他的信念陡然强大。在他的眼里，其他王子，包括高高在上的父王似乎都已不足惧。

他一时变得更残酷无情，所有的计划油然而生。

他命阳耽找到兰淑虞大将军，让他派一队人马立即赶到玄菟城，将慕容翰在帐中雪藏的一个叫明姬的女人押往大棘城，秘密关押。然后令封弈带一队人马，星夜赶往无终城，将商人司马庄及所有账簿带到大棘城，也秘密关押。又让兰淑仪将母后及亲戚门下私有的“荫户”调查清楚，全部造册。

他要给反对他的人，在脖子上套上绳索，让他们一时动弹不得。

慕容皝平素不苟言笑，也不问时事，实际上世间的许多事情都尽收眼底。他性子阴郁，却又果敢，是个难以看透心底的人。难怪在裴嶷眼里，他才是最有可能登上大位的人。

那个明姬是慕容翰私养的最心爱女人，也是慕容翰的命门。

慕容翰长期镇守边关，与邻近的扶余国也是暗通款曲。扶余国出美女，有个倾国倾城的女子叫阳姬，是国王的宠妃。国王深宠，但此女子却与国相高奉关系不睦。高奉担心这么下去，国王会听从枕头风，对自己不利。正好阳姬在和另外一个同样美貌的妃子云姬争夺王后之位。高奉就跑到慕容翰镇守的玄菟城，吹嘘说自己的国家有个绝代美女叫阳姬，其貌如天仙，又擅长琴艺。慕容翰心动，竟化装成高奉的随从，随之偷入扶余皇宫一览阳姬之貌。不料一见倾心，茶饭不思，派使去向扶余国王讨要。国王这可为难了，高奉趁机劝谏，说这慕容翰骁勇善战，不答应弄不好会出兵攻伐。那个云姬正好为国王诞下一子，也鼓动国王应允。国王无奈，于是答允。这阳姬就成了慕容翰的金屋之娇，并令其迷恋到极点，犹如霸王与虞美人一般。

而那慕容昭在无终城依托商人司马庄一方面与拓跋部偷偷做军马生意，一方面暗中又与后赵做兵器生意，暗中培育势力，养募了一支私人军队。

王后之事亦非同小可。每当慕容氏大军外出攻掠大有斩获，便总有成百上千的外邦之户被掳至大棘城，一部分登记造册被分到各郡务农或游牧，成为慕容国中的国民。一部分却秘密被转移走，成了王后及亲戚的“荫户”。他们在王室或贵戚的田地里耕种，只向这些人缴纳税赋或租子，并不承担徭役。而国家却因为他们没有登记在册，一钱的税收也收不到。王后及贵戚如此中饱私囊，众臣及将军早有微词。

这些事情平素只藏在阴暗之中，是无论如何不能见阳光的。其中大部分，大单于慕容廆毫不知情。慕容皝祭出杀手锏，却要抖落一番，让它们见一见阳光。

十四

广武将军慕容昭却暗中高兴。

他自然没有料到逢羡来了这样一招儿。不禁也暗中叹道：真是忠诚至极，长兄有这样的追随者，亦令人羡慕。慕容翰暂先扳不倒，不过这样也好。世子早晚亦是他要除去的敌人，现在这白白送来的机会决不能让它轻易失去。

他悄悄地会见仍关在牢中的慕容翰，为他备了酒菜，装做一副关切和无辜的样子说：“真没有想到长兄替别人代过。怪弟没有明察秋毫，兄长千万莫记恨弟弟。奉令办案，我也是不得已而为。再说，为父王和慕容氏族着想，不能眼见篡逆之事而无动于衷。事实已证明长兄是冤枉的，所以今天备薄酒共饮，也算是赔罪。你我兄弟就痛快喝一场，明日早朝，我就向父王进言，无罪释放了长兄。”

慕容翰心中最瞧不起这五弟慕容昭，但亦知其心之险恶，只能虚与委蛇。他说：“五弟昭儿千万莫听那王允胡说，我乃庶子，对世子或王位早就没有非分之想。弟帮我洗却冤狱，将来有机会定当以报。”

慕容昭说：“依长兄来看，另外我们兄弟三人，孰更有王之相。”

慕容翰自然明白这问话的意思。他顺着答之：“论战功五弟自然比不上世子和仁儿。但论谋略和智慧还是五弟。五弟有帝王之潜质也。且五弟乃母后娇宠之子。有母后支持，定会遂了心愿。”

慕容昭问：“难道立长不立幼就不能改之？”

慕容翰说：“当然可以改，如长不贤，而幼有德，且具定国安邦之才，自然以幼代之，古亦有之。”

慕容昭高兴地说：“长兄的话如明灯，让弟心中十分豁亮。不过长兄欲彻底洗清罪名，还要揭发世子之阴谋。他虽是我们的兄弟，但其对王位的僭越之心昭然若揭。此次必须要父王掳去其世子之位，彰显国之法度。”

见慕容翰有些愕然，又说：“将来，还望长兄扶我登上世子位。待我上了大位，兄如不愿当国相，弟可将辽西给了兄，也让兄做一回王。”

慕容翰虽知其野心不小，但如此直白告之，却让他心中惊悚。他终于明白，岂止自己，几个兄弟都盯着大单于之位。即使自己逃避甘为局外人，恐怕慕容国也躲不过一场血光之争。

但眼下，他要摆脱困局，已别无选择。

第二天早朝气氛异常凝重。慕容昭先奏，他说：“罪臣逄羡重刑后无法站立，故不宜再押于朝上。但经过进一步审讯，逄羡仍然招认是世子与他一起谋反。他还招认，其暗投世子门下已将近两年了，世子常担心地位不保，故与他多次密谋，意图寻机提前上位。”

慕容廆静默着，他倒要看这场大戏如何演下去。

慕容昭又说：“建威将军慕容翰有事要禀父王。”

慕容翰革去官服，着素衣被押到大殿上。他满面泪水地说：“父王，儿臣实在冤枉，这与朝廷私自串通以图篡位之事，毫不知情。至于是否为世子弟所为，我也无法确定。不过，早在征讨素连、木津时，儿臣似乎记得世子酒醉后曾指着父王之背对儿臣说，‘廉颇老矣，兄可有意让弟早登大位乎？届时吾将封兄为镇国公和国相，共同开创大燕新的基业，入主中原，可否？’当时，我心大恐，无以言对。”

慕容翰显然是在刻意陷害。

朝殿内顿时哗然。大臣个个惊诧摇头，窃窃私语。而慕容皝却表情淡然，一语不发。

淡定的还有那大单于慕容廆。他问慕容皝：“世子可有其事？”慕容皝木然回答：“儿臣无从记得，父王以为有其事就有其事。”

国相裴嶷解围道：“此乃皆一面之词，尚不足为据。建威将军定是记错了。”他又问慕容昭，“广武将军可否将那告密之人押到大殿之上，亲自让大单于问个清楚。"

慕容昭却说："那告密之人王允未料此事在朝廷引起轩然大波，怕有人加害于己，早已逃至后赵。"

裴嶷说："这说明无据可证，仅凭那封信就定世子之罪显然不妥。若此信系罪臣逄羡伪造，陷害世子，也不无可能。故奏请大单于还是将此案搁置，等先擒了那王允，审问清楚，再对世子发落。"

大臣封抽、宋奭、皇甫岌皆附议，兰淑虞将军更是怒不可遏。他说："世子孝悌忠信，仁义高洁，断不会做这脏腑勾当，必是遭到奸人陷害，大王一定明察。"这淑虞将军跟随慕容廆多年，也称得上开国功臣，慕容昭和慕容翰对其言心中不快，倒亦不敢反驳。

慕容廆见状，只好宣布退朝。他说："翰儿不再羁押，与世子一样回殿中禁足思过。昭儿须加紧缉拿那王允。"

慕容昭的把戏和慕容翰的谎话自然逃不过大单于慕容廆的眼睛。他却并不急点破。他还要看看，在这储位之争中，到底谁的手段最狠辣。也许这个狠角色，更合适当他的接班人。

慕容皝一言不发地离开大殿。他犹如一匹争夺狼主的独狼，一时成了众狼挑战的对象，从胆怯而变得坚忍不拔。在这种挑战和父王的暧昧中唤醒了血性，毫无畏惧地拿起武器，迎面走向他那些跃跃欲试的兄弟。

他的反击开始了。

他让封弈把阳姬最心爱的玉佩和一绺头发送与慕容翰，让阳耽把司马庄画押的招供词送给慕容昭，还让世子妃段氏将"荫户"之册送与王后。

他还让阳耽传话给慕容昭："世子说了，自己欺君罔上，图谋篡位，其罪大焉。只求昭弟明天早朝速速奏请父王，赏毒酒，废世子之位，以了兄弟心愿。不过他喝下毒酒之前，大殿之上，当文武百臣，也定将兄弟们所有罪孽大白于天下，以求心安赴死。"

慕容翰、慕容昭以及王后接到慕容皝送去之物，皆大惊失措。

十五

慕容昭正与尚书令西方虔喝酒庆贺。

慕容昭说:“纵使找不到王允,因为有那封信,亦要单于废了世子之位。到时尚书令找几个大臣上谏。”

西方虔说:“为防万一,那逢羡可以永远闭上嘴巴了。如果活着,再翻供就得不偿失了。”正说着,阳耽求见。西方虔隐于一旁的暗间。阳耽把供词奉上,又说完了世子所传之话,然后告辞。

慕容昭一下子傻了,呆呆站着,不知怎么办。

西方虔走出暗间,看了那供词,叹道:“世子果然了得,竟是个厉害角色,我们轻视了他。眼下让他抓住了软肋,扼制住了要害,恐怕也没有别的法子周旋,只能低头妥协,先将其放过,找个台阶下。不然这司马庄的事让单于和众臣知晓,其罪亦是篡谋,不比世子小矣。”

暗中培植军队,必为了争夺大位,这见不得人的阴谋自然是大逆。慕容昭愤恨不止。眼看就要将对手打倒,却不料反被这落水之狗咬一口,竟要将自己拉下水。他说:“眼下,恐怕我们只能将这王允推了出去,让他承担一切,当替罪羊矣。”

慕容翰亦是悔恨和自责不已。谋士逢羡为了保全自己置生死不顾,虽是陷害他人,他亦只能随之把这台戏唱下去。且慕容昭也步步紧逼,为了保全,亦只能对不起自己的良心。他对世子心中无比愧疚。但没有想到,这慕容皝迅速反击,且一招致命。因为私自讨敌国的王妃为妻,也是欺王之大罪。况这阳姬可是自己最心爱之人。他唯一的选择恐怕只能是推翻大殿上对世子的诬陷。但他又犯难:这口又如何改呢?

王后亦是惊慌。虽然大单于慕容廆对此“荫户”之事睁一只眼闭一只眼,但倘若公之于朝堂,也必会沸沸扬扬,让人指责王后带头营私。她知道,这是世子在无声命令她不能装聋作哑:一是让她警告最心爱的昭儿,二是向大单于为之求情。

又过了几日,早朝之上,慕容昭将被打得奄奄一息的王允押上大殿。声称王允已抓到,并招供。原来他与那长史逢羡是一伙的,都投靠了赵王石勒,并按石勒的主意,演出了一场离间计,妄图让我慕容部内部大乱,然后石勒再乘机出兵讨伐。故之前对慕容翰和世子的所有指控罪名,皆是胡言乱语。

慕容昭泣曰:“儿臣昏聩无能,中了这离间计,扰乱了朝上,辜负了父王,又令世子和兄慕容翰蒙受不白之冤，请求重重处罚。”

慕容翰亦请求恕罪。他说：“儿臣被羁已久，脑中错乱，常昼夜颠倒，前日在朝中所言，皆是夜中所梦，恍惚间竟将梦境说出，实是该死。现在脑中清醒，世子孝悌严谨，恪守君臣之道，从未与我说过那样的话。”

此一番言论让朝中大臣又一次如坠云里。这翻手为云覆手为雨，来得实在太快。不过须臾，众臣皆明白过来，纷纷长吁一声。

裴嶷上前奏道:“王后昨闻世子蒙受不白之冤，甚为不满，特向臣保证，世子贤德忠厚，以自身担保，绝不会干出谋逆之事。亦请大王明断。”

慕容廆先是流露出一丝惊讶，继而平静。他说：“昭儿断案不明，引起朝中混乱，其咎难辞。虽中敌人之离间计，不过亦是出于为父王和社稷着想。且明察秋毫，及时反悟，彰明真相，故念其忠心，罚奏一年，禁足一月，解去军职。翰儿被陷入狱，思绪颠倒，亦符合常情，且及时将不实之词更正，足见其诚。即日速赶往玄菟城，以防边境不稳。”

他语气平淡，寥寥数语，似乎就要将这些日子朝中的惊涛骇浪抚平。众臣显然亦没有意料到。这显然不是大单于的风格。他向来是眼里揉不得沙子。

其实自一开始起，大单于就当成一出戏来看。大戏波澜起伏，让他看得过瘾。尤其最后一幕，他不明白这世子慕容皝究竟用了什么方法实现逆转，将那虎视眈眈的兄弟们迅速击垮，甚至令平素与世子疏远的王后也来为之求情。这一次，他倒对这世子刮目相看：这表面平静的世子，也许才是真正的厉害角色，也是未来合适的接班人。

一场大戏就要这样草草收场了。封弈与阳耽亦长舒一口气。朝中众臣开始对世子权术有所惧怕。而世子之位，貌似更加巩固了一些。

慕容皝似乎不甘，还要把戏唱下去。他告之父王：“儿臣之冤虽大白，但作为世子，仔细思之，亦有诸多疥癣之疾。对兄弟亦未时常关怀，以致相互疏远误解。今欲以兄弟相亲、消弭误会之名，请长兄和四弟到世子府一聚。”慕容廆欣然允许，说：“世子醒悟，善莫大焉，你们兄弟几个是该一醉解隔阂了。二人同心，其利断金；同心之言，其臭如兰。慕容氏族的基业，还要依仗世子与兄弟同心共创。”

毕竟他也不希望几个儿子在他还未死时就成为你死我活的仇人。但慕容翰与慕容昭心中忐忑，自然知道这也是一场鸿门宴。但父王和世子之命，却又不得不去。

酒至酣处，慕容皝半醉半醒，用挹酒的勺，敲击着酒樽说：“兄弟可知煮豆燃豆萁之事？曹植诗曰，煮豆燃豆萁，豆在釜中泣；本是同根生，相煎何太急！”

众人皆默。他又命人将一只活鸡奉上，拔出宝剑，猛然在空中一划，然后将鸡脖斩断，血溅空中。他大声呼道：“有暗中反我世子者当如此鸡矣。”，再命仆人将鸡血滴入酒中，与慕容翰和慕容昭同干。

慕容翰和慕容昭皆心中惧惊。他又悄悄对慕容翰说：“阳姬明日送往，请兄心安，前面之恩怨一笔勾销，但兄切记，为父王和慕容氏族安宁守好边境是本分，切不可有非分之心，更不要搅进是非之中。梦只能做一次，梦话亦只能说一次，不能有贰矣。”

慕容翰羞愧难当。说臣定当一生不忘世子之情，全力辅佐，绝无二心。然后借口说明日赶回边境，须回去准备，就先告辞了。临行，世子特赠一食盒，说是清蒸江南鳆鱼和烤饼，还热乎着呢。

慕容皝又与慕容昭痛饮一番。慕容皝假装醉说：“五弟今夜倘若酒醉失足，坠入阴沟，明日父王和母后看到尸体，可否怪罪世子？”慕容昭大惊，忙表达对世子的忠心。慕容皝也告之，之前诬陷本世子之罪暂且不究，不过限一月内将其暗募军队全部划归兰淑虞大将军麾下，否则就将司马庄绑缚父王大殿。他半开玩笑说：“我这杯毒酒父王暂时是不会赏赐了，到时你是否被父王赏赐就说不定了。”

临行前，慕容皝也送一食盒，说是炙蒸猪。此猪是人乳喂大，其肉鲜香无比，刚出锅，回家即食。

慕容翰回到府中，看了一回书，腹中有些饿意。便令侍从打开那食盒，竟惊魂未定：那里面岂是江南鳆鱼，而是自己谋士逢羡的人头。慕容昭回去后，其妾听说是人乳喂大的炙蒸猪，忍不住想打开那食盒品尝，不料也魂飞胆破：里面同样有一颗人头。慕容昭一看，识得那是自晋投奔赵的王允之头。

慕容翰、慕容昭知道这是世子警告他们。尤其是慕容昭对世子慕容皝更恨。但他不得不按慕容皝说的去办，将其暗募的军队全部交与兰淑虞。

自己辛辛苦苦的成果最后全归了世子。他咬牙切齿地说："此恶人必除，否则我将无出路矣。"

西方虔说："广武将军莫急，别忘了世子还有一个强大的对手，那就是征虏将军慕容仁。且这慕容仁是大单于最爱之才，谁当世子，我们就静观其变吧。"

十六

公元333年来临。

这对慕容氏族来说，注定是一个动荡之年。因多年四处征战，六十五岁的慕容廆身体已大不如以前，一切都显得力不从心。腿的旧伤复发，加之又新患眼疾，一次外出狩猎，不觉间竟从马上跌落。种种迹象表明，他似乎要与大单于这个位置告别了。

沉寂多时的王位之争再浮水面。

慕容昭最信任的幕僚，朝中祭酒西方虔，建议他要早有准备。西方虔说："倘若没有意外，大单于之位将很快降临到世子头上。所以，将军应有所图谋。"

慕容昭知道，自己早就与世子有隙，即使不想争位，一旦世子继位，恐怕也不会放过自己。他想起那一夜世子带给他装着人头的食盒，心里就发颤。他知道，世子心机深重，定是睚眦必报之人。

慕容昭说："祭酒可有方略？"

西方虔说："眼下听闻高句丽国有一女，姓知，名凤引，十分美貌，聪明过人，且善弈好舞。高句丽都城丸都城从王子到大臣无不拜之裙衩下。殿下可献之，定会得单于宠之。"

慕容昭说："父王善权谋不好色，母后也绝不会同意，此计差矣。"

西方虔说："天下男人岂有不爱色之人，只不过没有碰到心爱之女。且将老之人往往最不服老。这女子定会得单于宠爱。不过，母后那里，将军却一定说服。此女如为我所用，可出奇制胜，扭转乾坤。"

慕容昭即暗派使者赴高句丽。高句丽王高钊不敢不从，差人秘密将那女子知凤引送至大棘城。当夜便入慕容廆之寝宫中。王后段氏始有不悦，但经不住慕容昭几番劝说，也便默不作声。这知凤引果然非一般女子，娇柔百态，善解人意，让单于慕容廆喜不胜收，如返老还童一般。

此为慕容昭的第一步。他还要用那知凤引来勾引慕容皝，以离间世子与单于关系。这才是他真正的目的。

机会至矣。春猎开始，慕容廆到渔阳狩猎，世子慕容皝和广武将军慕容昭随行，大单于也将知凤引带在身边。慕容廆身穿盔甲，系一玄黄披风，张弓射箭，好不威风。而知凤引也是一副戎装，肩上是红披风，紧随其后。此时残雪还未尽消融，英雄美人共驰骋于一片白雪皑皑的桦林之中，让旁边的众臣无不羡慕。

慕容廆猎获了几只大麋鹿，便到大帐中休息。而知凤引兴致正高，慕容廆便让世子陪之再尽情纵马猎杀一回。慕容皝第一次见到知凤引，竟也被其美貌和娇柔吸引。俩人驰马一前一后踏雪奔向密林。孰料那知凤引骑马射箭毫不含糊，又一女侠之风，让慕容皝更是刮目相看。一只麋鹿跑过，知凤引策马追逐，张弓射箭，却未射中。慕容皝眼疾手快，一箭中之，让随从将猎物送于知凤引。知凤引下马含羞致谢，俩人便牵马走在林中，细细聊了起来。

原来这知凤引出身武将家族，只不过因父战死，家族败落。自己是庶出，为养家糊口，所以才弹琴习舞，以服侍达官贵胄为生。

塞上风烈，单于偶感风寒，早早在帐中睡下。知凤引便来到慕容皝的大帐，要与世子对弈。她说："听说世子棋艺了得，可否赏赐与奴婢一弈。"世子慕容皝正在帐中读书，见知凤引进来颇感意外，又不好拒绝。便说："我的棋艺远不如父王，听闻侠女屡胜父王，我又岂能是侠女的对手。权当向侠女习之。"

慕容皝不知如何称呼，便用侠女一词。那知凤引便说："世子谬赞了。能与世子对弈，贱女福分，谢世子之恩。"

慕容昭派人送至酒菜，知凤引自然知其意图，便说："世子，此为贱女从高句丽带来的随身侍女做的几道家乡菜，酒也是产自本国，特与世子小饮，还望不嫌弃。"慕容皝说："感谢侠女心意，那就先饮几杯，再与你对弈。"

知凤引便让送菜之人退下。两人举杯欲饮，知凤引却说："今日难得有机会与世子对弈，我们何不马上一决胜负？这些酒菜就暂且赏与世子的仆从吧。”慕容皝说：“也好。我亦想马上领教侠女的棋艺。”

于是俩人对弈，互有胜负，几近天亮。

两人不觉得困倦，可谓棋逢对手，鏖战正欢。忽然听得帐外喊道：大单于到。话音未落，慕容廆一步跨进帐中，怒气冲天地说：“逆子，我要瞧你们干的好事！”

但见到他们衣冠全整，分坐于棋盘前，凝神秉烛对弈时，慕容廆立即愣住了。知凤引和慕容皝赶紧起身，然后朝大单于跪下。

慕容皝说：“儿臣闻知凤引棋艺了得，未经父王允诺与之对弈，请恕罪。”知凤引也说：“昨见大王不适，早早睡下，未在帐内伺候，偷了次懒，也望大王赐罪。”

大单于慕容廆没有再说话，便带知凤引到自己的帐中。他问知凤引：“昨夜世子对汝可有不轨不敬之举？”知凤引说：“无之，只是下棋，我早有备，令大王最亲近侍从王瞻立于世子大帐外，嘱之世子如失分寸，我定呼之。不信大王可招来询问一二。”

大王将王瞻召来。王瞻保证说，只是下棋，绝无异样。慕容廆便不再说此事。但心中对世子已有芥蒂。而世子慕容皝如梦方醒，惊出一身汗来。封弈告之，那知凤引是慕容昭为讨父王欢心，特意从高句丽选来的奇女子。他这才知道自己差点又中了慕容昭的圈套。吃过那酒菜的侍从皆沉睡如泥，如此来看，还是这知凤引没有存心害己，不然喝下那酒定会铸成大错。他愈发仇恨起这慕容昭来。

十七

大单于慕容廆结束狩猎和巡视回到大棘城已是初夏时分。

经过这一次长途跋涉，他的身体状况越来越差，食量已大不如前。段氏、慕容昭和近侍缪恺，三人控制了慕容廆的饮食起居。慕容廆除屡屡宠幸知凤引之外，慕容昭还从扶余、段部、后赵选来了十几个外域妖艳女子，皆奉于他。有时一夜连续宠幸数人，几乎耗尽了他残存的大部分体力。慕容廆身体越来越虚弱，每日早朝，变得无精打采。

他令近侍缪恺广征名医方士，求不老之药。

尚书令西方虔，便乘机将晋朝一方士孙正召入宫中，告诉王后段氏，说这孙正内擅丹道，外习医术，研精道儒，学贯百家。尤善于长生成仙之术，是晋之名医葛洪的得意门生。慕容廆闻后大喜，命其为太医首，专为自己医治疾病，并炼制长生不老金丹。

这孙正医术果然了得，亦算是正道之人。他全面检查了慕容廆的身体，询问了日常起居和饮食，对段氏和慕容昭道："大单于病入膏肓，将不久矣。"

两人大惊，皆问何因。孙正说："大单于风寒已久，其身早已外感六淫和内生五邪，此时最忌男女之交媾。宠幸太多，则体内已空无可支。"

慕容昭怒曰："休得胡言。重金聘你来，就是为了父王长生不老。今却言父王命不久矣，如此造谣惑众，污蔑君王，小心汝的狗命。"

孙正无可奈何地说："天下帝王君主皆拒死亡，但欲长生求仙者，当以忠孝和顺仁信为本。若德行不修，而但务方术，皆不得长生也。"

慕容昭拔剑相对，告之孙正："父王之疾医也得医，不医也得医。否则你将大祸临头。"孙正只好说："开药炼丹皆可，但求大单于先戒了女色，独自静养半年。"

大单于吃了药，尤其服了孙正炼就的褐色丹丸，且几日不近女色，精神果然神爽一些。但没挨过五日，便宣知凤引入寝宫，当夜又宠幸不已。

慕容昭见状，便召来尚书令西方虔商议。西方虔说："英雄迟暮，便常以宠幸女人来证明自己未老，亦人之常情矣。既然大王不久于世，将军又何必忤逆，不如顺之而为，让大单于兴致以归，也算做儿子的孝道。不过，将军上位之事应趁此早做打算。"

慕容昭说："不知有何指教？" 西方虔说："可让王后劝说大单于，早日立下由将军继位的遗旨，待大单于薨，马上控制朝中局面，除掉或囚禁世子，即可宣告上位。"

慕容昭便来到母后段氏的寝宫。他奉上一件据说是千年银狐皮做的皮袄。毛细如银针，柔顺如丝绵，曾是扶余国的国宝。段氏大喜，抚之不舍，感慨之："我生三子，唯昭儿最合我意。"

慕容昭便说起让王后段氏逼大单于遗旨之事。段氏断然拒绝。她说："你父王断不会听我的。再说，世子已立，昭儿何必非要做这个单于？倘若你父王走了，你我母子相依相偎活在这个世上，不去操心那么多事，自由自在，不亦很好吗？”

慕容昭说：“母后不愿帮儿臣，儿臣也不勉强。世子与我已水火不容，曾当儿臣之面引剑血断鸡颈，以示警告。还将那王允的人头装在食盒中送我，让儿臣小心。若真是他做了单于，儿臣定不会有好下场的。相依相偎？身首两异也说不定。望母后三思。”

说罢泣流满面，伏在段氏身上不起。段氏之心一下子软了。

段氏待大单于高兴之际，喝退了内侍，便与之说起慕容昭所言之事。慕容廆大怒：“汝纯是妇人之见，皝儿、翰儿、仁儿、昭儿，四子中论治国安邦唯他资质最弱，战功更不及其兄。虽亦聪慧，但心胸不广。如无其他三子来争，倒也罢了。孤即使让他坐上那单于宝座，恐怕他也坐不稳矣。此事无须再说，你嘱昭儿安分些，不要与那些兄们相争，做一个与世无争的清淡之人，过自己的快活日子，或许这样方能活得长久些。”

段氏叹了一口气，说道：“世子乃阴狠之人，将来继位恐亦不会饶了昭儿。这一切皆命矣。”

慕容昭闻之，心中大怒，并生怨恨。此时慕容廆眼疾更重，腿疾又发，行路也日渐吃力，不能视朝。他收买近侍缪恺和宫内卫士，不让外人接近单于。并传大单于和王后之令：因眼疾和腿疾，大单于暂不早朝。一般事务，国相与世子处置，重要事情需要议决，则由国相到单于寝宫定夺。

他又将太医孙正软禁，不再给大单于那褐色的丹丸，也让知凤引和那些姑娘们离开大单于。

大单于终日难耐，坐立不安，捶胸顿足，但碍于脸面，又不好发作。他实际上已被慕容昭牢牢控制。

慕容廆一日终难忍受，令缪恺拿来笔砚，写下了遗旨。当面把国相裴嶷和王后段氏、慕容昭叫来，将那遗诏交予裴嶷，并说：“此旨待孤死后可宣，并扶昭儿登位。”裴十分惊惑却又不敢言，只说请大单于放心，臣定当竭力。

慕容昭马上跪下，大呼：“谢父王垂爱。”待裴嶷走后，马上让缪恺将那孙正叫来，让父王服下褐色药丸，又将知凤引和众姑娘引入寝宫，陪单于快活。

慕容昭也惊奇孙正丹丸之神效，并问之孙正。孙正说：“此丹丸能迅疾唤起人之潜力，让人奋如壮年。偶服可壮阳补肾矣，久服则损体力、助阴虚。加之每日宠幸女侍，更会加重这种损耗，终会淘尽脏腑之精气神儿。故应劝大单于节欲，不能再饮鸩止渴。否则单于薨逝不出一个月。”慕容昭则说：“此语只待与我一人言，万不可泄露半句。否则，命不保矣。再说，父王一生操劳，将逝之际，只要父王高兴，就且随之去吧。”

十八

大单于慕容廆患病不能早朝的消息悄然传到边关。

镇守与赵接壤边境的慕容仁听后坐卧不安。他是慕容廆最喜爱的儿子，也是当初立世子时，单于心中最心仪的对象。如果不是碍于“传长不传幼”之古训，以及众臣的反对，世子之位早就是慕容仁的了。

慕容仁思父心切，几次传书要求回大棘城探望。但世子和国相均以边境情势紧急，且大单于之病正在好转而回绝。此时为敏感之时，外敌环伺，蠢蠢欲动，如镇守边关的慕容翰、慕容仁皆回到都城，一旦遭受外侵，将会使国家陷入危险之中。而世子慕容皝不希望他们回来，也是怕生内乱。

但慕容仁亦非等闲之辈。他同样在都城和宫中安排了眼线，其中就包括慕容廆身边的一个贴身内侍。内侍接到慕容仁的指令，借机偷偷转达了慕容仁欲看望父王的意思。慕容廆趁内侍缪恺不在之时，也悄悄写了一份密旨交与那内侍。内侍借故出宫将密旨送与祭酒刘赞。

几日后，刘赞快马加鞭派人将密旨送至边关军营。慕容仁一看，上书“即密召仁儿觐见”。于是星夜飞马直奔大棘城。

手持密诏，慕容仁终于与父相见。半年不见，慕容廆已形容枯槁。慕容仁不禁掩面而泣，久跪不起。慕容廆喝退内侍，握着最疼爱之子的手，也唏嘘再三。他面带愧意而言：“我将不久于人世，一生中未能立最心爱之子为世子，也是父王此时最大憾事。望仁儿不要埋怨父王。”

慕容仁泣流满面，他哽咽说：“儿臣不要王位，只要父王康健，长生不老，能让我们尽孝百年。”慕容廆说：“要怪就怪我错生了你。想你们兄弟四人，既有进取之心，也有为王之能，为何竟一齐成了我慕容廆的儿子？孤亡后，你们兄弟四人为了我这单于之位，想必有一场丕植之争，汝可想好应对？”

慕容仁言不由衷地说：“父王放心，既立世子，儿臣自当遵从祖训，拥戴三兄，决不心动。儿臣只求为父王守孝三年，然后找一块容身之地，与妻儿终老，安身立命。”

慕容廆却说：“若能如此，当然最好。不过知子莫如父，你亦是心高志远之人，定不会自甘寂寞，受人摆布。再说，即使你真想做一个世外之人，别人恐怕亦未必让你做得成。今父王告儿几句话，务必记在心间，方可避祸，成就一生功业。”

慕容仁跪拜说：“儿臣洗耳恭听。”

大单于慕容廆向慕容仁说出了自己琢磨了许久的筹谋，这也是为自己最心爱的儿子所做的最后一件事。他说：“你回去后即可重整军队，将北线边关所有将士尽在自己的掌握之下。如此，慕容国近半军队就落入你手。手握有军权，方可有回旋之地。我亡后，世子定不会容汝兄弟三人，想必翰与昭会反。但你却不必要反，镇守平郭城岿然不动即可。如召你回城，就言父王刚薨，外敌蠢动，边关吃紧，自当在平郭设祭台，而绝不可回都城奔丧。待都城平定，无论是翰儿还是皝儿继位，想必不可能是昭儿继位，汝可与之商谈，分据辽东，与之分庭而治。想必他们暂时还不敢言战，定会应允。如此，汝可在乱中保全。待后，如新立之王无道，你可伐之代之，光复我慕容氏族大业，拓展疆域，建立大燕，入主中原，登上帝王之位。如此我当在九泉下安矣。”

英明一生的慕容廆本来以为继承人的问题不急，可容时间考虑解决。他却没有料到自己身体却每况愈下。到了这个时候，他知道避免王位之争，已是不可能了。他也只能最大限度地化解，避免自己死后血溅王位的惨剧发生。

慕容仁泣不成声，再次跪拜，言儿臣定当肝脑涂地，谨遵教诲，帮父王实现慕容氏族大业。慕容廆颤抖向前，抱起慕容仁说：“后人说曹操知人善察，难眩以伪。识拔奇才，不拘微贱，随能任使，皆获其用。与敌对阵，意思安闲，如不欲战然；及至决机乘胜，气势盈溢。勋劳宜赏，不吝千金；无功望施，分毫不与。用法峻急，有犯必戮，或对之流涕，然终无所赦。

雅性节俭，不好华丽。故能芟刈群雄，几平海内。这段话我牢记之一生，也学之一生。故最后亦学孟德，终要把大位给予皝儿，但孤却不愿你成为孟德最心爱的植儿。你我父子一场，就此别过，恐为今世最后一面，仁儿定莫忘父言。”

慕容仁连夜迅即赶往平郭。刚到平郭，就调兵遣将，将七万大军牢牢控制在自己手中。

世子慕容皝每日在宏光殿中的偏殿处理朝政，显然没有察觉这一切。对父王之疾，他曾到寝宫中探视，见父王与知凤引对弈，只是稍许消瘦并无异常。忽一日，世子府来了一女子，说是从宫中带来一封信，欲交于世子。慕容皝见到女子，识得是知凤引从高句丽带来的贴身侍女。打开一看，信原来是那知凤引所写。她在信中说：原闻世子卓尔不凡，一见果然。小女子虽风月场的卑贱之人，但也知荣辱廉耻。宫中情况，世子可能还被蒙在鼓里未知。大单于时日不多，还望早有准备。信中便将慕容昭如何用那褐丹丸控制单于，如何让女子轮流引诱单于宠幸，以及单于身体如何每况愈下亦写得清清楚楚。

慕容皝方知单于已被慕容昭控制。他不禁大怒，骂慕容昭道：“真是彘犬不如，为了篡位，什么都干得出来，有朝一日定当诛之。”他命侍者将封弈、阳耽速召至世子府。

封弈也带来了令他吃惊的消息。他说：“从宫中可靠的内侍得到消息，前几日大单于曾下密诏，令征虏将军慕容仁回宫，父子谈了大半夜。之后慕容仁连夜返回平郭。今早从边关传回的消息，慕容仁正加紧调动和集结军队，一些本不隶属的，也被他以军情紧急调用。他现在拥兵自重，恐怕就是准备到时与世子相抗衡，逼世子就范。”

阳耽说：“朝廷之中也有一些传闻，说是大单于已决定将位传于五子慕容昭，并写下了遗旨。不过，遗旨之事那倒未必是真，依大王磊落之性格，应该不会让慕容昭继位，也不会干这逾矩之事。不过慕容仁就说不准了，单于一向偏爱。为慕容仁出谋划策，助他与殿下争夺大位，倒也未必不可能。不管怎样，殿下还是要早有行动，将其余军队掌握在手上，以不变应万变。万一慕容仁、慕容昭、慕容翰三兄弟联合与殿下作对，那形势就危矣。”

朝中形势瞬息万变。慕容皝感到了危险的降临。他急召深得信任的大将军兰淑虞、石琮商量对策。兰淑虞说："都城及周边的三万军队基本都在我们控制之中，慕容昭手下几乎无兵可用。但慕容仁手中握有十万大军，慕容翰握有五万大军。他们一旦作乱，则无人能挡。关键是如何将慕容翰手中五万人马争取至世子手中，这样就可在兵力上能与慕容仁抗衡，保世子即位无忧。"

封弈说："扬威将军慕容翰同样野心勃勃，从他手中夺过五万大军又何其容易。"

十九

慕容皝陷入困境之中。

这意味着，一旦大单于去世，他这个世子已无力控制局势。慕容昭可借所谓的遗旨在王后的帮助下捷足先登。而慕容翰、慕容仁皆可带兵讨伐，硬夺王位。如果他们三者联合，甚至两两联合，那他这个世子只有任人宰割了。

慕容皝愁眉不展地从宏光殿回到世子府。兰淑仪正看着儿子慕容垂在花园弯弓射箭。只有七岁的慕容垂，却体格健硕，臂力惊人，手挽百斤硬弓箭箭中的。如此来看，将来定是慕容氏族的一员勇猛战将。这让慕容皝多少有些开心。他和兰淑仪坐在花园的亭子里，品着侍者端上的新茶，说些闲话。

这一刻是世子慕容皝一天最放松的时候。他感谢上天赐给他这样一个好女人。

兰淑仪在他面前摊开一张纸。她说："奴婢知夫君不易，恨不得能为夫君担下所有忧愁，但惜之愚钝，故想了一天，不知能否为夫君解开了心中绳结。"

那张纸上只写了两个字：国相。

慕容皝马上就明白了，顿时眼前一片豁亮。他攥住兰淑仪那纤细之手说："我梦中得你这奇女子，也是上天助我慕容氏族矣。"

慕容翰手下有三大将军宋晃、平熙、张泓，而首要的是宋晃。此人为朝中左长史宋该之堂弟，而宋该又是国相裴嶷之高徒。如能争取裴嶷，则可将慕容翰的军队收于囊中。但兰淑仪之意还不仅如此。裴嶷跟随大单于多年，深得信任，也在朝中百官中威信极高，如能得到他的支持，也意味着控制了整个朝中。

裴嶷是关键一枚棋子，得到他整个危局可解。兰淑仪说："世子当以学生之卑恭前去拜访，说服国相。再说，国相平素与夫君和睦无隙，还时常在父王面前帮夫君说话，这说明心中十分看重夫君，奴婢觉此事有八成把握。"

慕容皝说："爱妻所言极是，我即刻求见。"

于是慕容皝深夜到裴府拜访。

见世子登门，裴嶷脸上诧疑，但似乎又在意料之中。他在晋朝廷和慕容国为官多年，眼光独到，熟谙人心，亦练就了在各种危机面前进退自如、明哲自保的本领。这个时候，世子登门，想必是打他的主意。而自己，也是到了站位抉择时候了。

裴嶷将慕容皝引至上座，并奉茶，躬身站立说："世子以尊贵之躯，亲临鄙处，真是让陋舍蓬荜生辉。老臣感动，还望多多指教。"

慕容皝急忙站起，扶裴嶷坐于一旁，谦逊地说："国相乃是我慕容国之栋梁，公正无私，披肝沥胆，可比周公、管仲、张良、孔明，正如父王所说，拥有国相这样的人昭示上天助我慕容氏也。但皝不才，贪痴顽劣，无论国事还是学问，未能经常向老师学习请教，还当宽恕之。"

裴嶷急忙站起，面向世子，低下头说："世子之言万不敢当，殿下文韬武略，天下雄才，在下倒是请教不够。"

慕容皝又扶裴嶷坐下。他觉得再过分客气，反而显出不够诚恳，于是，干脆说出腹中之言："父王近来得了重病，不能持政，为子心中惴惴不安，只能向上天乞求，盼父王早日驱除病魔，身体安康，重展雄风，成就我慕容氏族之大业。但也虑父王之病积重难返，万一踏云驾鹤，我将如何才好？所以今问计于国相还望不吝赐教。"

裴嶷沉默了一会儿，他反问道："一旦大王逝薨，殿下可否想好了继位为王之事？"

慕容皝说："心中已决，定当义无反顾，竭尽全力，抑私为公，恢弘父王之未竟大业。"

裴嶷又问："殿下又想做一个什么样的君王呢？"

慕容皝答："当以光武帝刘秀为榜样。"

裴嶷大喜，又将慕容皝扶于椅上，说："光武帝乃中兴之君与定鼎之帝矣，亦是臣最仰慕的君主。他每旦视朝，日仄乃罢，数引公卿郎将议论经理，夜分乃寐，而且延揽英雄，励精图治，载兴炎运，四海咸安，有君天下之德而安万世之功者也。殿下以此为榜样，时时自励，乃我慕容氏之大幸。请受臣一拜。"说罢便跪在慕容皝之前。

裴嶷早就意识到自己又面临一个新的人生十字口。当初西晋亡，是选择东晋新朝廷还是慕容廆的慕容国，他毅然选择了后者。如今，大单于将亡逝，王子为王位而争，是站在世子一方还是另外的王子一方，他必须做出抉择。他知道，这种选择关乎自身，也关乎所选王子的命运。因为自身是一个很重要的筹码。

实际上，自他来到慕容部就一直在细致观察几个王子，看究竟哪一个才是最合适的接班人。几个王子皆非凡之人，各有其长，但最终他还更看好世子慕容皝。慕容翰某些方面更像大单于，能成贤王而不会成为明君。慕容仁似乎更聪明，但权谋上还是稍差于世子。而慕容昭则短在心胸上，离明君则更远。在这一点上，作为饱学儒术，且久在官场历练的汉臣，自然比一个驰骋草原、在马背上打出天下的胡族大单于眼光更独到。今天与慕容皝的对答，更坚定了他把赌注押上世子身上的决心。

国相裴嶷弯腰起身，即从密室捧出了慕容廆将单于位传于慕容昭的密诏，并拱手交与世子。待慕容皝看完，然后将之在蜡烛上点燃，付之一炬。又跪下说："臣愿冒死以服侍世子登上单于大位，忠贞不二。"

这是慕容皝所没有想到的。他急忙躬身扶起裴嶷，并恭听国相一一为他指点。

裴嶷说："慕容昭实不足为惧，而慕容仁和慕容翰不可轻视。臣将即秘密派宋该去说服宋晃将军，而平熙和张泓将军皆是征虏将军鲁昌的门生，臣亦将说服鲁昌让他们为世子所用。朝中各臣，多已对慕容昭、段氏、缪恺把持大单于不满，若再把他们阴谋毒害大单于之事流传出去，定会有更多人站在世子一边。而最棘手的问题是都城和王宫的守卫，皆有尚书令西方虔掌管，而西方虔却是慕容昭和王后段氏的信任之人。世子还要待机从他手中夺得兵权。”

慕容皝回到世子府已是近黎明时分。

爱妻兰淑仪一夜未睡，在等着世子回来。慕容皝一进寝室，兰淑仪就看到了他那兴奋的脸。她问：“事成矣？”慕容皝笑着说：“成了，裴国相已是咱们的人了。”说罢将兰淑仪紧紧拥在怀里：“若非女儿身，你就是我的国相。”

将朝中最重要的人物裴嶷纳入自己囊中，意义非凡。这将极大改变世子在朝中势力的对比。慕容氏朝野几大势力，皆依附于单于和众王子身后。而这最大的势力当属依附单于身后的国相裴嶷。裴嶷忠正，为人宽和，又有极高威信，朝中不少重臣均依附之。另外还有渤海封氏和北平西方虔两大势力。西方虔势力，身后主要是王后段氏、慕容昭及一些王公贵族。表面强大，实际力量还比不过世子背后的封氏。当年，晋之东夷校尉封释与慕容廆私交甚好，临死前将儿子封悛、封抽及孙子封弈托于慕容廆。慕容廆皆一一重用。封悛任参军，封抽任长史，封弈任小都督，而封悛之子封裕则任记事参军，直接辅助大单于，参与重大军政决策。

如此，世子慕容皝背后已拥有裴氏和封氏两大势力的支持，自然增添了更多的底气，对未来之变有了更充足的准备。

二十

慕容昭和谋臣西方虔也在为未来加紧筹谋。

此时，大单于慕容廆几乎双眼失明，腿疾也在加重，应该没有多少时日了。慕容昭唯一可依靠的就是裴嶷手中的那道遗旨。西方虔说：“箭在弦上不得不发。据报，慕容仁和世子皆在调动军队，且慕容仁还潜回都城与大王密谈。现在到了生死一线间的时候了，将军应下决心做好几件事，方可扭转局面。”

慕容昭说：“愿听闻尚书令明言。”

西方虔说：“从现在起，将军要将都城的军队和拱卫完全控制在我们手里，戍守边关的王子将军一个都不允许回来探视大王。大王寝宫由王后和缪恺紧密把守，以病重静养为名，包括世子和裴嶷在内，一律不准踏入半步。大王一旦逝薨，则封锁消息，密不发丧。此时，先召裴嶷和诸大臣入宏光殿，先宣遗旨，让将军登基，公布天下，再行发丧。慕容翰、慕容仁要起兵造反，则可联合赵、段阻击。而世子慕容皝，须当即下决心暗诛之，并封官晋爵给那封氏，争取将其势力为我所用。”

慕容昭说：“善。”他急忙将此部署告诉王后段氏，要母后全力支持他。不过密杀世子之事，他却没有告诉王后。

慕容昭和西方虔将秘密豢养的黑衣武士传入密室，让他们当夜埋伏在世子进入王后段氏寝宫的必经之路，然后让王后段氏传话召世子进宫议事，企图半路截杀。

当夜，慕容皝接到王后段氏婢女的传话，说王后召集世子和诸王子商谈大单于病重之事，让世子速去母后寝宫，莫要拖延。

兰淑仪仔细观之，果然是王后段氏宫中之人。但她仍不放心，说还是奴婢先去一下，看是否涉险。慕容皝说：“多虑也，母后难道还要害我不成。”但兰淑仪似有预感，仍让一个侍卫与世子互换了装扮，然后慕容皝与几个侍卫匆匆赶去王后宫殿。

孰料半路真的遭到伏击。穿着世子之服的侍卫第一个被乱箭射杀；其它侍卫拼命抵抗，慕容皝落荒而逃。走投无路之际，却被一女子拉住。她说：“世子殿下，我是知凤引，速跟我来。”慕容皝只得逃入她的寝院。未几，一队宫兵叩门，为首的将军问知凤引：“姑娘可否见到世子殿下，我乃世子殿下护卫，闻世子殿下遭刺客劫杀，我们特意来救之。”知凤引正待说世子就在这儿，忽被慕容皝捂住嘴说：“不可告之，否则我命休矣。”然后就听门外宫兵小声说道，上头有令，见人就杀，不管世子不世子。知凤引佯装半醒，说道：“刚伺候完大单于回来，未见什么世子。”

当夜慕容皝就干脆住在了知凤引寝院。虽遭劫杀，但他神情自若，与知凤引对弈至半夜。知凤引更是倾慕世子，便甘为世子之人，投入其怀中。双双缠绵至于天亮，知凤引依依不舍。慕容皝对她说：“几次相救，来日定当不会负汝。”

堂堂世子遇刺，惊动了王宫，甚至都城。替王后传话的那婢女忽然失踪，后从一口井中找到其尸体，而那些黑衣武士早已遁形。王后段氏又断然否认派人传世子，说此夜正待在重病的大单于寝宫之中侍候。

一切皆死无对证。

但慕容皝断定此举定是慕容昭所为。淑仪、阳耽、封弈，以及裴嶷都为之捏了把汗。但慕容皝却说：“福之祸之所依，我的五弟昭儿其实亦为我帮了一大忙。我要到父王的寝宫告状，并讨价还价，削了西方虔手上的兵权。”

慕容皝一身戎装，独自一人来到大单于的寝宫。内侍缪恺自然拦阻。他说：“世子得罪了，大单于和王后有令，除王后外，一律不准晋见。”慕容皝见其早已心中生怒，从腰中拔出宝剑架在了缪恺的脖子上，威吓道：“阉人竖子岂不要小命乎，我乃世子，看望病中父王，有何不可？莫非你们有卑鄙勾当，谋害父王不成？”缪恺闻后，心惊胆战，只得退后。

慕容皝扬长而入。

大单于慕容廆倚躺在床榻之上已无力举步。听世子晋见，便喝退知风引等人。慕容皝虽心中饮恨，但见其瘦骨嶙峋、佝偻无神的模样，心中也不免一阵心酸。这和昔日威风凛凛、不可一世的慕容大单于已判若两人。

他跪下说道：“父王一向可好，儿臣没有料到病至如此，未能尽孝伺候，请恕大罪。”慕容廆说：“罢了。孤闻皝儿遇刺，可无恙？”慕容皝便说：“儿臣今日就是为此而来，连儿臣性命都不保，何况这宫里的父王。儿臣实在不放心宫中安全，所以还请父王下旨，可否将都城拱卫之任交给儿臣。”

慕容廆说：“孤知皝儿的意思，无非是要西方虔手中的军权而已，孤答应你就是。”说罢，命记事参军封裕前来，嘱之拟旨：大单于重病，非常之际，由世子慕容皝接管都城防卫，所有军队皆由世子掌管。然后命封裕立即将旨意传达裴嶷、西方虔等朝中大臣。慕容皝再跪，待了一会儿。俩人默默无语。还是慕容皝起身说：“今日朝中事多，多谢父王隆恩，望保重王体，待儿臣有空即来服侍。”言罢，便要离开。

二十一

但大单于却阻止了他。

慕容廆说：“皝儿，难道就没有别的话要对父王说吗？孤来日不多，恐怕父子间说话的时间也所剩无几了。”

慕容皝看他乞求的目光，心中不免一阵悲凉袭上心头。他跪在慕容廆的床前说："儿臣愿听父王教诲。"

慕容廆说："我一生戎马，四处征战，九死一生，在这混乱的世道为慕容氏族拼下一片生息之地。但一生也杀人如麻，有无数冤魂死在孤之刀下，犯下了许多不可饶恕的错误。不知皝儿如何看待父王一生？"

慕容皝说："父王乃命世之器，匡难济时之英雄。不仅为慕容世代子孙拓展疆土，打下一片江山，还刑政修明，虚怀引纳天下之士。这样的功绩可比肩秦王嬴政和汉太祖刘邦矣。至于杀人也是迫不得已，天下又有哪个明君不杀人如麻呢？"

慕容廆咳嗽了几声说："吾儿看父王将去，只说些好话宽慰矣。不过我这一生也算功过是非皆存矣。开拓疆土，抵御外侵，以及崇汉学、劝农桑、敦地利、任贤士，相比那些段氏、宇文氏等，亦做了不少好事。但也杀伐太多，令无辜百姓命丧黄泉或流离失所，没有脱掉胡夷之族的鄙俗，现在悔之晚矣，汝当常思父之过，时时戒之。"

慕容皝说："父王常教育儿臣说，狱者，人命之所悬也，不可以不慎。贤人君子，国家之基也，不可以不敬。稼穑者，国之本也，不可以不急。酒色便佞，乱德之甚也，不可以不戒。这些话儿臣一直时刻记在心里，时时警惕，请父王放心。"

慕容廆说："我知你对父王心存怨恨，倘若你坐在我这个位置上，也许就理解了。父王有十子，能治国安邦替代我的至少有翰、仁、昭和你四子。手心手背皆是肉，要怪只怪父王生下了这么多优秀的子嗣。龙生有九子，九子不成龙，各有所好。你们四个虽是英才，亦有优劣长短。孰来接替父，执掌慕容大业，为父确难以拿捏定夺。再者，为父母者，对膝下子嗣亦确有偏倚。你早已为父，定有所体验。但为父为王，轻重自然还是要分得清的。"

人之将死其言也善矣。此时慕容皝似乎感受到了父王的良苦用心，以及一个为父者心中之无奈。他的怨恨也在感动中融化，慢慢地消失殆尽。他说："儿臣知父一片慈心，从未怨恨过。"

慕容廆说："国之基业重于泰山，又岂可轻易判定执掌者？为父必不凭好恶，细观至察，选合适之才。父王一直在权衡，甚至犹豫，但最终还是要将这慕容氏基业交予你。不然的话，我早就废了你这世子之位。此乃万钧之嘱托，皝儿不必感之幸之，而要苦心经营，鞠躬尽瘁，守住这份基业，不负那些死去的慕容氏人。再者，翰儿、仁儿，乃至昭儿，继承大统，不是无能，而是无福分矣。儿必记住父王这句话，善待他们。唯宽能够容人，唯厚能够载物。尔为王如能把自己的兄弟都聚集在自己身边，使之全力辅佐，如成王与周公一般亲密，也乃大德大智也。万不可兄弟阋墙，自相残杀。父王不愿看到胡亥与扶苏、闾阖与公子缭、晋文公与公子光的悲剧重演，让我地下不宁矣。”

慕容皝泣曰：“父王放心，儿臣切记心中。定当与诸兄弟齐心，保住父王留下的这片基业，让慕容氏族千秋万代。”

慕容廆说：“孤虽为晋臣，不过一生亦不甘为晋臣。只因我们慕容氏族在虎狼环伺之下，势力尚未强大到建国称帝的地步。孤常说，积福累仁，子孙当有中原。见你子嗣儁儿，亦曾欣然说过，此儿骨相不恒，吾家得之矣。还望皝儿知父王一片心，励志发奋，入主中原，建我大燕，一统天下。”

慕容廆愈说愈兴奋，却不像垂老将死之人。这些话也让慕容皝一时感动无比、热血沸腾。他向慕容廆立下誓言，定当让大燕国在儿臣手中建成。尔后，慕容廆又传进记事参军封裕，令其将调军令符和王玺交予慕容皝。

慕容廆最后露出了孤独而无助的眼神儿。他对慕容皝说：“孤去后，儿即可就位矣。”

几天后，也就是公元 333 年六月四日的一个深夜，外面狂风骤雨，里面静寂得可怕。占据辽河流域广袤土地的一代英雄慕容廆溘然长逝，终年六十五岁。

此时，世子正在平郭巡视。慕容昭、西方虔、段氏决定封锁单于驾薨的消息。他们用锡棺密入尸体，每日行礼进膳照常进行，造成单于安然无恙的假象，暗中却在准备登位之事。

王后段氏、慕容昭将国相裴嶷召来，告之单于驾薨的消息，并索要单于遗旨。段氏说：“请国相准备，昭儿三日后奉旨登位，并在登位之时宣布国丧。”

裴嶷大惊。虚意应付，答应登位之时，定会当朝宣读遗旨。便秘派精干之人，火速离开都城，赶往平郭，告知世子。

世子慕容皝秘入都城，连夜与兰淑虞、裴嶷带兵闯入单于寝宫，宣布全城宵禁，并将慕容昭、西方虔、段氏、缪恺软禁。世子已掌握守卫都城和王宫的军队，且握有调军符和王玺，慕容昭想继单于位的梦想落空。

慕容皝命封弈、兰淑虞严密防卫，凡戍外将军回来奔丧，除贴身侍卫，不带一兵一卒。他没有听从父王的遗命和裴嶷等大臣的意见，大胆做出了一个决定：先为大单于发丧，后继位。

他说："我已是世子之身，孰敢来争？父王尸骨未寒即登王位，是为不孝。"

众臣闻知，无不肃然。

二十二

慕容国进入国丧时期。

国丧三个月。此间禁止各种庆祝娱乐，以及嫁娶。坊曲之地皆关闭。王公贵族和官员也不得与妻妾同房。慕容皝还让国相发出朝令，命慕容翰、慕容仁等王子自边关回都城奔丧。

慕容翰拿不定主意。一想起食盒中逢羡的人头，心中就有些惧怕。他攻伐无数，杀人如麻，面对敌人从无畏惧，但却对世子的阴狠有所忌惮。他怕此次奔丧，一去难回，自投世子的罗网。想到平素与国相裴嶷关系尚好，暗派使者送书至裴嶷，述说自己的忧虑。裴嶷回书说，世子绝不会做兄弟相残之事，建威将军无需自虑。慕容翰又闻慕容昭安然无恙，这才驰马归来。阳姬已奏请单于和王后段氏同意，纳为三妾。此次本该带她和儿子慕容钩一同奔丧，他以阳姬怀有身孕和儿子慕容钩得了伤寒为托辞，只带谋臣杨呈前来。他怕万一有变连累了他们。

孰料，宋该正是乘他回都城奔丧，悄悄前往，并带鲁昌的亲笔信，策反了他的部下宋晃、平熙、张泓。他还是被端了后院。

而慕容仁最为纠结。他想回来为最宠爱他的父王送最后一程，但又想起父王临死前不让他回来的忠告，始终拿不定主意。他知道自己拥军八万，是世子最大的威胁，世子必想尽办法除之。

他派人与都城中的祭酒刘赞悄悄联系上。刘赞传来话说，城中皆被世子控制，让他小心行事，最好别来。慕容仁便令最信任的部下庞鉴代他统帅，自己和部下翟楷率轻骑三万悄悄赶至大棘城。大军在离都城不足百里的鸣月山谷埋伏，不准埋锅造饭，只吃随身所带干粮。他令翟楷道：“我先带二十人进城，每日派回一人，如一日无人回，则次日起兵攻城。”

阳耽和兰淑虞决计要趁机羁捕慕容昭、慕容翰和慕容仁。一张大网已然撒开。他们安排一批从军中挑选的死士持短剑埋伏在宏光殿灵柩旁，伪装成侍者和守卫。宏光殿周围的屋顶和假山中又隐藏了众多的弓箭手，一待那三人进到宏光殿里守灵，就马上行动，全部缉捕；如有反抗，乱箭射杀。

如此布置，世子、裴嶷，及封弈并不知情。但无意中，却被兰淑仪从父亲兰淑虞的马夫嘴中得知。她大吃一惊，觉得如此杀戮，定后引起城内大乱，急忙从兰府骑马奔往宫中。

慕容翰、慕容仁、慕容昭以及另六位王子披麻戴孝，在世子的带领下，正跨过崇光门。眼看离宏光殿只有几十步了，忽然兰淑仪追上来，拦住了世子。她大声说道：“夫君，母后思念戍守在外的王兄王弟，正在寝宫中等着，不如让他们先觐见母后之后，再一同为父王守灵。”

慕容皝没有多想，便说：“那就遵母后之命吧。”

见世子和诸王子走远，兰淑仪才迈进宏光殿，找到父亲兰淑虞，悄声让他撤掉埋伏的军士。

她说：“世子有令，不能胡来。”

当晚，世子知情后，将阳耽和兰淑虞狠狠责备一番。他说：“多亏了爱妻，不然就要血溅灵柩，我既对不起死去的父王，也会留下了千古骂名。”

阳耽说：“此虽鲁莽，亦为下策，但能将所有隐患和宿敌一举灭掉。也是一劳永逸。”兰淑虞也说：“仁慈是做不了王的，老虎不吃肉，牙就要掉光了。”

封弈说：“那我就讲一个老虎的故事。有一只老虎穷追一只麋鹿。最后麋鹿知难逃一死，径直往悬崖跑去，毫不犹豫地跳了下去。老虎不知，拼命直追，到了崖边才发现前面没有了路，但此时想刹住腿也来不及了，只得也坠入崖中而亡。难道我们要做那老虎不成？”

封弈又说：“国相为慕容翰做了性命无虞的保证后，他才进城奔丧。国相一直爱惜名声，如擒杀慕容翰，世子亦失良相裴嶷也。而广武将军慕容仁拥兵自重，早有准备。世子和我已接暗报，他的三万大军早已埋伏在都城西百里之处。你们若下手，这三万大军定会攻城，大丧恐怕就要变成天下大乱矣。”

慕容皝也说：“父王已薨，各国使者前来吊唁，实为探察我情。如我慕容国内乱，亦定会引来外侵。再说，父王大丧，我却兄弟反目，趁机伏杀手足，众臣会说我斗筲之器，不可依托，我又有何颜面登上王位？故为父王举办大丧是当前最重要之事，尔后我方能登上王位，安定四方，成就大业。”

阳耽终于转过味来。他由衷赞美兰淑仪说：“世子娶兰氏，不只得一良妻，亦得一宰相矣。”

兰淑仪说：“你们谬赞，折煞奴婢。但奴婢也知，君王若要长久，还须一个仁字。克己为仁，天下归焉。”

二十三

大单于的葬礼十分隆重。

虽是胡族，但一切皆按汉制进行。

先是入殓。逝者入棺前须施以沐浴、缠尸、更衣、佩玉之俗。而慕容廆先前有遗训：气绝但洗手足，不须沐浴，勿缠足，皆浣故衣，随时所服。所以，一切都很简单，免了许多繁杂手续，身上穿的就是晋朝的三品官服。他还要求棺内无施苇炭，无藏金银铜铁。棺材涂漆三遍，口中所含无以珠玉，无施珠襦玉匣。

他很开明：“人死如灯灭，好似汤泼雪，若要还魂转，海底捞明月。如放太多的金银珠玉，引来窃贼，吾死也不得安静。”

再是出殡。包括“命赴”，即派人报丧；“小殓”，即人入棺前停床整日；“大殓”，即举行入棺仪式；“迁柩”，即把灵柩迁入祖庙。这些形式自然必不可少。迁柩那一天，只见整个大棘城全是人海。观者夹道，孝子涕涟。慕容皝率十个王子，扶椁送父。及至城外，则千乘万骑，迄彼峻山，群官庶僚，缟盖无数。

赵国、宇文部、段部、扶余、拓跋、高句丽等邦邻，也都派来使臣悼念。慕容国亦向东晋朝廷派使报丧。但路途遥远，即使朝廷派使臣来悼，也须几月以后，故不再等待。

丧礼五日之后，恰黄道吉日，世子慕容皝正式登上大单于之位。盛大典礼在宏光殿举行，慕容翰率王子，裴嶷率众臣参拜。尊先王后为太后，妃段氏为王后，封兰淑仪、高氏为王妃。

仪式之后，上朝议事。许久未朝，积案甚多。大单于慕容皝就国事一一安排妥当，散朝时已近午时。

虽与太后段氏有些芥蒂，但慕容皝还是携王后段氏，妃兰淑仪、高氏看望。见到慕容皝，太后似有愧色。她说："今皝儿继位，了我心事。亦贺皝儿，务求勤勉善治，晨兢夕厉，不负父王之托。今后母后将静心养老，一心向佛，不问朝事。"

慕容皝再拜说："儿臣不孝，对母后关切不够。尤其耽于政事，不能经常探望，嘘寒问暖。羊有跪乳之恩，鸦有反哺之义。此后定当改之，还望母后宽宥。"于是献上一双从晋都建康捎来的五彩锦缎重台履。段氏穿上，十分合脚，很是喜欢。自此母子和谐，相安无事。

号称慕容氏族第一战将的慕容翰，此时有些失魂落魄，感觉空有一身本事，而无任何作用。当年，父王每每托付给他杀敌陷阵的重任，金戈铁马，纵横驰骋，铁蹄所过之处令敌胆战心寒，其建立功勋赫赫，声威远播。而今整个大棘城，似乎已全是新单于慕容皝的天下。他备受冷遇，似乎已显得多余。

这几日他居于宫内母亲王氏的住处，以尽孝道。直到大单于死，母亲也没有被封为妃。他感到对不起自己的母亲。而母亲的愧疚却远胜过他。他在慕容翰前念叨："如果不是她这个小妾，而是妃子生了他，他就可堂堂正正地成为世子，登上大单于之位。"

裴嶷派人捎来话说：世子刚即位，一切尚未安定就绪。大棘城对他和王子们来说乃是非之地，建议他速回边关。

他自然知道世子还难以服众。城内外暗潮涌动，危机四伏。慕容仁拥兵自重，心怀叵测。而慕容昭不甘落败，亦想东山再起。慕容昭还曾与他密谈："人方为刀俎，我为鱼肉。兄、仁和我三人皆不会为其所容。何不起兵反之，将其碎尸万段，你我兄弟三人各占一方，分享这慕容国可好？"但有了上一次的教训，他实在不愿再与慕容昭打交道了。他想，昭仁联合，也未必是慕容皝的对手。再说这单于之位已定，与自己无关。争也是他们亲兄弟去争吧，也许他们争个头破血流，自己还能鹬蚌相争渔翁得利。

他告别了母亲，带着谋臣杨呈迅速动身，赶往边关。那里有他思念的阳姬，还有他心爱的儿子。

快马加鞭，刚出大棘城几十里，却被一队人马拦住。仔细一看，原是段部派出参加葬礼的使团。为首者乃段部首领段辽之弟段兰。葬礼之后，段兰也急欲赶回部落。他凑上前来说："大将军可认得我？我乃段兰，首领段辽之弟也。今路上恰逢，也算有缘，能否一起饮个痛快？"

慕容翰也知这段兰是一员猛将，且为慕容国而来，当即欣然应诺。俩人行至柳城，借宿客栈，大醉不休。慕容翰显然是喝醉了，嘴里不满道："翰蒙父王信任，从那里接受这建威将军之名，心存感激，岂敢不尽力。仰仗父王之勇威，所向披靡，无坚不摧，成就功名。这亦是上天助我慕容氏矣，非我贪念所至矣。但别人却说我有非分之想，指责我意欲何为，由此惹来嫉恨，遭人提防。这些岂我之过哉？"

段兰说："听闻那世子在单于未薨逝之前，就要挟病重的单于，先将王玺和调兵符抢在手上。如此来看，定是阴险之人。我料那新单于将来定不会容下你们几个兄弟。如此境地，将军又何必坐以待祸呢。兄段辽深慕将军威名和才能，曾多次与我言及将军，企盼将军能来我段部。不如带着你的军队归顺我们，将来灭了慕容皝后，让你重回大棘城为慕容国之主矣。"

慕容翰将酒杯一摔，断然拒绝。他厉色说："休要胡言，我乃慕容子嗣，当为氏族效力，又岂为敌用。如再拉拢我行叛逆之事，小心脑袋。"段兰却说："将军亦不必马上回绝，今日我们一见如故，将来一旦回心转意，可派人告我。"说罢，将自己的滇池驹送与慕容翰，然后骑上侍卫之骑扬鞭而去。

这滇池驹多由晋朝贩来，虽矮小，但适应山路，日行五百里，是难得的宝马。慕容翰甚是喜欢，骑上它与谋臣杨呈直奔边关。

二十四

回至辽东边关，慕容翰遭当头一棒。

此时，方知他心爱的阳姬已被宋该秘密带到了大棘城软禁。说是前方战事频频，在都城生子养育更为安妥。让他稍宽慰的是他心爱的儿子慕容钩被阳姬藏了起来，没能被一同带走。

此举令其怒不可遏，大骂慕容皝绝情寡义。当夜他酩酊大醉，一连几日，昏睡不醒。

终于，他清醒过来，召属下将军宋晃、平熙、张泓议事。他说："我虽忠心耿耿，毫无反意，但新单于并不信任，竟掳去我心爱的女人为质。你们以为我当如何？"

谋臣杨呈愤言："大将军文事武备，亦自有王之相，论拓疆开土，征战讨伐，其功更在世子之上。如不是庶出，本该为王，岂有今天被人欺辱之事。"

慕容翰亦怒言："母出身卑微，以妾身事父，岂是母之过矣？我一生为慕容氏族流血奋战，除了父王，战功无人能比。今不能登上大单于位，倒亦罢了，又为何一再紧逼？孰可忍乎？"

杨呈谏言："将军远离是非，隐忍不发，却仍厄祸难躲，遭人要挟。我看不得不反。段辽之弟段兰奉兄之命多次邀将军赴段部共商大计，皆被大将军严拒。如今我们不如假意归之，借其之力，打回辽东，除掉那些阴贼，登上大单于之位。"

慕容翰说："诸将军以为何？你们与我征战多年，生死与共，但说无妨。"

众将皆沉默不语。

过了一会儿，只有宋晃向前一步，跪下说："大将军乃匡世大才，自镇守辽东以来，抚慰汉人，善待其他胡族，令高句丽、扶余等部再不敢入我土地掳掠，百姓安居，无不敬赞。且大将军带军慈严相济，军中从将军到士卒，无不乐于随之。但投奔外夷之敌，事关名节，恐遭世人唾骂。且我辈家眷皆在大棘，一旦事露必遭杀之。还望大将军为属下多虑。"

话音刚落，平熙、张泓皆说："大将军对我们皆恩重如山，本该跟随，但我们也不愿留下叛臣贼子的骂名。"

慕容翰方知宋该的到来，已将这些曾与自己出生入死的将士离间。他们已经不听从自己的指挥了。他陷入长长的悲哀和无奈之中。实际上，他也不愿离开自己拼命换来的国家，而背负骂名逃往异族他乡。但眼下情形表明，这慕容国已容不下他九尺之躯了。

他决心已下。悄悄派杨呈为密使，奔段辽部商谈投奔之事。然后，独自星夜赶回大棘城。走前，他还要完成另一件重要的事情。

他化装成马贩子进城，找到国相裴嶷，述说爱妾阳姬被宋该秘密绑架至大棘之事。当初宋该刚回之际，裴嶷就曾斥之画蛇添足。裴嶷说："如此，慕容翰不反也反了。"今见慕容翰，裴嶷颇有悔色。他马上写下手谕，让属下找到宋该，让其放了阳姬。阳姬被送至裴嶷府上，裴嶷当面将之交至慕容翰手上，然后对慕容翰说："我在建威将军手上写一字，如写对了，点一下头。如错了，摇一下头。"

然后他用笔在慕容翰的手掌心中写下了一个"反"字，慕容翰摇了摇头；他用笔写下了一个"逃"字，慕容翰点了点头。

裴嶷说："如是第一个字，我自不会放你走，因为我是国相。现在，你悄悄离开我的府第，就当什么事也没有发生过。"

慕容翰大谢。怕再生变，连夜让阳姬女扮男装，与之骑马立即离开大棘城。

孰料，刚出城门，遇到一队护城军巡逻盘问。慕容翰与阳姬策马奔逃，护城军穷追不舍，乱箭齐射。慕容翰拔刀相向，怒吼："我乃建威将军慕容翰，闻母有疾回来探望，正急速赶回边关。尔等速速退回，否则杀之勿论。"

护城军头领听出他的声音，急忙退去。而此时，阳姬却倒下马来。慕容翰发现她身中三箭，血流不止。不到半个时辰，就带着腹中胎儿阴阳两隔。慕容翰抱着阳姬放声大哭，哭声如雷，震动周围十里的鸟儿全都惊飞空中。

慕容翰抱着阳姬回到了辽东城。厚葬阳姬后，他对这慕容国再无留恋之意，决计出走段部。不久，杨呈回到辽东城，称段辽十分器重将军，一旦归之，愿拜为抚威大将军，并以国师身份陪于左右，可谓一人之下万人之上。并呈上段辽亲笔邀请信。

慕容翰只是冷冷地将那信扔于一边，看也不看。

临行前一夜，他与众将一醉方休。宋晃说："我们也深为将军鸣不平。没能跟随建威将军同行，同生共死，心中十分羞愧。但也不会做对不起将军的事情。请将军放心，我们不但不会阻拦，还要等一个月后，将军安然到达辽后，我们再对朝中报告此事。"慕容翰脱下战袍，并用剑斩为两段，对宋晃、平熙、张泓三人含泪说："人各有志，我不勉强，希望你们爱护跟我多年征战的士兵，照顾好他们，将来战场相见，就如这割裂的袍子，各为其主。”

第二日，慕容翰便携儿子慕容钩和幕僚杨呈，一卒不带，径奔段部。宋晃、平熙、张泓三人和众将皆跪拜，目送慕容翰骑着滇池驹策马离去。

二十五

一个月后，慕容翰投奔段部的消息才传到大棘城。

慕容皝震怒，本要惩罚宋晃等下属，但又听到慕容翰未带走一兵一卒，便不再追究。他在朝上一声长叹，然后言不由衷地说：“孤实未逼长兄，还是他自己心虚了。孤还本依仗长兄据守辽东，将来南进中原，现在该如何是好。”

阳耽奏言：“叛贼之母还在宫城，应予斩首。”慕容皝说：“长兄投奔段敌，未带一兵一卒，说明良心未泯，恐怕只是一时糊涂，也许还有回心转意之时。其母亦为父王之妻，且毫不知情，何罪之有？不仅不能责罚，还要赡恤殷勤。”

朝上众臣闻之言，皆赞新单于仁爱。散朝后，又有宋该密告大单于，说裴嶷私自放走了慕容翰爱妻阳姬。慕容皝却没有责罚裴嶷之意。他对宋该说：“国相办事公正。以人妻为质，反会激叛臣逆反之心，此下策也。”

实际上，这对慕容皝来说，慕容翰的出走，也是一个不错的结局。慕容翰为慕容氏江山立下汗马功劳，他刚上位就杀功臣，有辱新王名声。如此，兵不血刃除掉了心头隐患，并将手下的军队掌握在自己手下，且让慕容翰背上骂名，岂不是最好结局。他又何必非要赶尽杀绝，遗留恶名。

慕容昭闻知慕容翰出逃，心中大悦。他对心腹尚书令西方虔说：“慕容翰逃到段部，定会引段辽来攻大棘城，慕容皝的日子不多矣。”

然而他也感到危机四伏。虽然，意图封锁父王死讯、以遗旨继位之事，慕容皝假装未知，并没有追究。但不断有消息传来，说慕容皝已派廷尉府暗查老单于重病的事情。而知凤引也已被秘密监禁。

慕容昭似乎感到兄长要向自己挥刀下手了。

慕容昭称病不朝，趁夜里化装成了外出砍柴的樵夫混出城去。城外随从早已准备好快马，他骑马披星戴月赶至平郭。慕容仁见他风尘仆仆，赶紧请入将军府。待慕容昭沐浴更衣后，摆上酒宴，喝退侍者，兄弟两人开始密谈。

慕容昭说："四兄可闻长兄慕容翰出走段辽？长兄一走，只要我们打败慕容皝，天下就是你我二人的了。若论聪明贤德，以及攻疆略土，嫡子中仁兄才是最合适的继位者。今听命于那慕容皝，如犬鹰般为之驱使，心可愿乎？"

慕容仁沉默不语。他还没有弄清慕容昭此行的目的。再者，如是慕容皝暗派他来试探自己，那也说不定。因为这慕容昭和慕容皝皆是权谋狡诈之人，不得不防。

慕容昭猜透了他的心思，便说："仁兄莫非还以为我是和世子串通一气，来陷害你之人？我与那慕容皝早已势如水火，之前的方士毒丸案、私通晋国篡谋案，父王皆让我审，最后虽手下留情，但已得罪了他，他断不会容我的。今天我是诚心与仁兄共谋大业，这一点大可放心。"

慕容仁说："昭弟多虑也，我是想，与新单于为敌，可是事关你我前途性命之事，不可不慎。万一走错了一步，后悔莫及，想退也退不回来了。"

慕容昭说："世子性乖戾，善权术，心狭隘，手下的谋士封弈、阳耽亦皆若范睢一般，睚眦之怨必报。慕容翰被逼走，下一个不放过之人定是你。弟闻之，你屡获战功，尤其击败宇文乞得龟一役，压世子一头，世子早就愤愤不满矣。当年崔毖率三国围攻大棘城，他对我们兄弟几个皆见死不救也是耿怀于心。如今他大权在握，又视我们为王位最大之威胁，定欲前账后账一起算，除之而后快，又岂会与我们为善呢？"

这一切慕容仁早就意识到。他说："弟言之有理，我们兄弟俩从小就依仗父王母后骄纵，常对世子无礼，多有得罪。现在失去了父王的庇护，世子又登上单于之位，我们又有什么办法与之相抗衡呢？想那长兄慕容翰谋略超人、功勋盖世，且在他逼迫之下灰溜溜离开了辽东。想当年赵武灵王之子赵章，也想从弟赵何手中夺回太子之位，发动了沙丘之乱，不也失败了么。不若暂且忍耐，静观其变。"

慕容昭说："仁兄此言差矣。我们都身为嫡子，这慕容氏族的基业理当有你我之份。且兄长与赵章不可同日而语，你素得人心，现又手握近十万大军，我在宫内也有威信，手下也有众多赴死者，只要里应外合，找机会除灭世子并不难矣。”

慕容昭于是将自己计谋全盘托于慕容仁，并说：“事成以后，你我平分疆土，你在平郭，我在大棘，共兴慕容氏大业。”

慕容仁仍有些犹豫。慕容昭说：“大丈夫行事，不成功则成仁，岂能仿效慕容翰到异域苟且偷生？”

慕容仁这才答应下来。俩人又仔细密谋一番。慕容昭稍事休息，连夜匆忙奔回大棘城。

慕容昭回到宫中，未洗尽脸上灰尘，就把西方虔等亲信请来商议。慕容皝继位以后，虽未免去西方虔尚书令之职，但已有名无权。西方虔已知自己绑在了慕容昭这根藤上，已然没有了退路。

慕容昭说：“我已与那征虏将军慕容仁商定里应外合除掉慕容皝之策。他已决定于下月初一起兵，待大军行至中途黄水，他会派人通知我们。到时，想必慕容皝定会派兵抵御，城内空虚。我们就伺机发动宫变，杀了慕容皝，由我代行大单于之事。”

慕容昭言毕，躬身向西方虔一拜：“此事已连累了尚书令，不应再让你有性命之虞。今大事已定，胜败乃此一举，无需你再尽力。尚书令可星夜携妻儿出城逃回晋朝。我已准备好车马金银，并安排好护从。待听到我的好消息，再回北方不迟。”

西方虔却说：“将军客气了。为了将军登上单于之位，臣早已有赴死之心。”

二十六

慕容皝登上单于之位后，已与王后、妃子迁至宫内。

但他没有搬至父王慕容廆的寝宫，而是在其寝宫旁边，将慕容廆原来读书议事的儒光阁加以整修，作为自己的寝宫。

儒光阁前面是一座假山，假山后面是宫廷内湖，虽然开阔，但不利于防卫。慕容昭觉得这是一个机会。

他没有了退路，必须要对慕容皝下手。思来想去，还是觉得在宫内下手最稳妥。他让内侍缪恺买通了太监，将西域产的一种迷魂香带了进去，偷偷顶换了寝宫内的安神香。这种迷魂香香气馥郁，沁人心脾，但却令人麻痹昏睡不醒。此外，还让负责添灯的太监多备几盆灯油于儒光阁之内。然后在假山之中暗伏打扮成宫中护卫的黑衣死士，备足箭矢。

他想趁夜，先用迷魂香使慕容皝昏睡，然后令扮成内侍的黑衣死士将灯油泼至寝宫的门窗，于午夜点燃。慕容皝万一苏醒外逃，假山中潜伏的黑衣死士则乱箭射之。如此，造成宫中不慎失火，或刺客刺杀的假象。事毕，他再派人到南城墙上点一火把。城墙外已埋伏好慕容仁派出的间人。间人一见火把，就会连夜告知驻扎在黄水的慕容仁。慕容仁便会宣布大单于慕容皝死亡，乘势向大棘城发起进攻。

此时，他再带人进宫，令裴嶷宣读父王遗诏，顺势登位，并与慕容仁里应外合。

慕容昭和西方虔制定的这个计划不谓不严密。

不日，传来消息，说慕容仁已秘密出兵到黄水。慕容皝早已料到，但却没有如慕容昭、慕容仁所料派兵前去抵御，而是将所有军队固守城内，准备以大棘城为依托，与慕容仁决一死战。同时，派宋该出城去辽东城，令宋晃率兵三万回援大棘城。

虽情况有变，但慕容昭亦不得不按原定计划实施。

是夜，原被安排侍寝的王后段氏，忽患热疾，于是兰淑仪便被顶替进入慕容皝的寝宫。这兰淑仪平素对香料十分喜爱，亦颇有研究。她感觉香炉中的香气不再是淡淡的兰蕙之香，而是更有西域特色的沉香和檀香混合之香。这种香气过于芬烈，她平常并不喜欢。但一想，是不是王后段氏喜欢此香料，特令人更换的。她悄悄起床，查看那备用香料，竟然还是老的香料。仔细一嗅，也是兰蕙之香。看来，只是这香炉中的香料被人掉包了。

她又四下观察，发现添灯的油盆竟比平素多了几盆。一夜自然是用不了这么多。她忽然有一种不好的预感，感到有事情发生。便悄悄回到龙床，将慕容皝唤醒，述说怀疑之事。

慕容皝也感到被这香气熏得头昏脑涨，便说：“莫非有人谋害我？”兰淑仪心生一计，她以大王夜中口渴之名，唤内侍进茶。然后慕容皝以剑柄将内侍击昏，撕开寝被为绳，将其缚住，以手巾塞住其口，按在床上。他换内侍之衣，低头走出寝宫。兰淑仪则手握宝剑，隐于龙床之下。

至夜深，忽然火光冲天。灯油被人悄悄泼至寝宫的门窗，并被引燃。守卫大惊，忙去救火，假山中一阵密箭，死伤大半。一黑衣死士冲进寝殿，挥剑照龙床一顿乱刺，然后飞起一跃，从窗户中逃走。顷刻，外面喊杀阵阵，慕容皝和大将军兰淑虞将黑衣死士团团包围，全部斩杀，并很快扑灭了大火，将兰淑仪从寝宫中救出。

新单于慕容皝又一次死里逃生。他惊魂未定，将兰淑仪揽在怀里说："差一点儿又要搭上爱妃之命。夫命该如此，可爱妃不该时时涉险。早知现在，夫宁愿不当这单于。"

兰淑仪却说："夫为妾之本。且夫又不是寻常之夫，夫为单于，一国之君。妾可亡，夫不可亡矣。"

慕容皝自然清楚是慕容昭在背后造反。封弈、阳耽皆建言速将慕容昭抓获，以免如惊弓之鸟，如慕容翰一样叛逃。慕容皝却有些犹豫。他问："贼昭谋反，太后可参与其中？"封弈说："太后专心念经，闭门未出，应该不会。"慕容皝这才叹了一口气说："不是兄负他们，而是他们负兄。无怪兄不念手足之情。"

他将大将军兰淑虞召来，命速将城门关闭，令其亲自率军抓捕慕容昭、西门虔及家族门阀。捕获后，皆押入死牢，等候廷尉府审讯。

而此时，慕容昭与内侍缪恺藏于宫中拉水之车正欲出城。缪恺手下一知情内侍欲立功，特向王后举报。慕容昭、缪恺在城门被擒获。兰淑虞率军冲入尚书令西门虔的府内，却见西门虔席地坐在正堂之中，怀抱先王慕容廆所赠宝剑，已服毒身亡。其妻儿家眷，亦尽服毒自杀。

慕容皝闻后说："亦谓忠士矣。"令掳去功名，为其全家厚葬。

他令封弈派出使者到黄水，捎话于慕容仁说："慕容昭、西门虔谋反，昭已被擒，虔已畏罪自杀。大单于知弟是受慕容昭欺骗蛊惑，只要到大棘城来与大单于一叙，化解前隙，还是兄弟一场，决不问罪。"

派出的使者尚未到黄水，便遇到慕容仁的反叛大军。使者被捉至慕容仁的战马前，将慕容皝的话全部告诉了慕容仁。慕容仁知道里应外合之事败露，仰天长叹，后悔道："慕容昭这个蠢愚之人，本不足为谋也。悔当初我竟相信这无用之人的鬼话，将我也拖至困境。"

他已没有了退路，于是杀了使者，以向慕容皝表达了必反之决心。

属下皆建议他干脆率大军攻进大棘城。他叹了一口气说："慕容昭事露，想必慕容皝早已有备，正以逸待劳。再说大棘城坚固，易守难攻，他也必会令辽东城的宋晃回援，我们未必能够取胜。还是从长计议罢。"

然后，他命大军回师平郭。

二十七

闻慕容仁大军自黄水撤回，新单于慕容皝心中松了一口气。如果与慕容仁一战，他也没有取胜的把握。

他眼下要做的，是稳住朝中局面。令封弈为太史令，掌管廷尉府，并彻查慕容昭谋害先王和当朝大单于，以及勾结慕容仁谋逆之罪。慕容昭虽求一死，但也难忍酷刑折磨，只好认罪。祭酒刘赞、太医孙正、近侍缪恺皆被捕，尚未严刑拷打，便统统招供。只有那知凤引却被秘密隐藏起来。

早朝，新单于向众臣公布了慕容昭伙同西门虔、孙正、缪恺等人毒害先王和暗杀自己的罪状，以及慕容仁、刘赞与慕容昭共同谋反的罪状。因罪大恶极，当严惩之。一干人犯给予车裂之刑，并诛杀九族。其余从犯，包括知凤引，皆杖杀、流放或贬为庶人。

众臣皆惊，无一敢言。

慕容皝接受了封弈、阳耽大开杀戒的建议。他要趁此在朝中立威，并肃清反对自己的势力。

阳耽说："一个圣明的君主，亦应法度严峻。单于刚登上大位，须杀一儆百，以正纲纪。尤其谋反篡逆，弑杀君王，更应严惩，使人感到敬畏。"而国相裴嶷却并不赞同。他说："用刑在于清明而不在于惨烈，施政重在信誉而不在于苛刻。慕容昭犯下了大罪定当严惩，但其他罪人多是胁从。如果单于不杀，而是将其流放，这些人定会感念其仁德之心，并深深悔罪。天下臣子百姓也定会被单于的胸怀所感动矣。这才是人人称道的圣君。"

慕容皝不为所动。

忽然大殿外侍卫喊道："太后、兰妃进殿。"听是母后和兰淑仪来了，慕容皝急忙迎上前去。太后段氏边拭泪边说道："昭儿有罪，但亦是汝一奶同胞，如杀之，母后愿一同赴九泉矣。"

慕容皝只好宣布散朝，好言相劝，费了很大的力气才将太后劝走。慕容皝回到寝宫，将兰淑仪唤来，问之："这慕容昭其心狠毒，几次谋害于孤，连你的性命也差点儿被他夺去，早该诛杀，爱妃又如何与母后一齐帮他求情？"

兰淑仪说："我已闻朝政争议。国相主张宽宥之言可取。自古来，宽严相济，刚柔并用，才是真正的治国之道。书言，政有繁简，事有缓急；势无常态，水无常形；宜宽则宽，宜严则严；刚柔兼顾，恩威并施。单于刚刚即位，当以严治天下，更宜以宽示天下，以彰仁政。对于慕容昭等人，我以为大王赐其毒酒就是最好的惩罚了。至于九族皆可放过，不予追究。子孙有官爵位者，盖不掳去，全部保留。如此，天下皆钦佩赞美其君主，有识之士莫不远道前来追随矣。"

慕容皝听了兰淑仪的话，似梦方醒。他对兰淑仪说："为君者的确当胸怀天下，而不能囿于私情。爱妻的胸怀胜过我十倍，难怪阳耽说你有王佐之才。就依爱妻所言。"

几日后，慕容皝在朝上重新宣布："新王刚任，为施仁布恩，宽严相济，遵从太后旨意，特将慕容昭一干罪犯车裂之刑改为赐死，其家族与此案无关之人皆免除一切惩罚。"

裴嶷一愣，带头大呼："吾王从善如流，善纳百言，乃黎民和慕容氏族之福矣。"

几日后慕容昭将要处死，念同胞兄弟，慕容皝还是决定来到死牢与之见最后一面，他想听一听这临死之人有何话说。国相裴嶷曾建议将之作为特赦罪人，流放至边境寒苦之地，派人看管，终身不得回都城。他一口拒绝。其实从第一次慕容昭捏造方士毒丹案企图陷害他，他就对这个亲弟视为不共戴天的仇人了。如果让其僵而不死，一旦有机会，慕容昭定会寻机反扑，成为最大的威胁。树德务滋，除恶务尽。他再也不会给这只张牙舞爪的老虎任何机会了。

他让随从带来至好的酒菜，与慕容昭一起吃他们兄弟之间最后一顿晚餐。

慕容昭见他进来，并不吃惊。他说："我猜单于定会来见我一面，无非是羞辱我，并以胜者的姿态，炫耀自己如何英明罢了。其实我这人从不认输，也从不后悔。我这人生来就是要当单于的。不会服服帖帖当你的臣子。既然做不了单于，死了也算心甘了。”

慕容皝说：“有我，你注定当不了单于。其实我一开始对这单于之位并未放在心上。正缘于你，我不欲做这个位子也得做。不过今天来看你，倒不是你想象的那般来炫耀一番。想想亲兄杀了亲弟，又有什么可炫耀的。还是念同胞之情，亦代母后，送你最后一程。你可放心，妻子儿女我一个不杀，如你待他们一般。西方虔和缪恺也宽恕其家族老小，一概不究。你若有话就说，不想说我们就闷头喝酒，权当一切在酒中。”

慕容昭说：“世间之人都愿生在帝王之家，但我却恨自己生在单于之家。败者王侯胜者贼，我说些什么又有何意义呢？早自知兄定不会留我一命，只盼速速了结，到阴间与父王做伴。唯一感到的就是对不起最疼爱我的母后。我死后悄悄葬之，勿要告之。”

两人不再言，而是沉默对饮。

几日后，广武将军慕容昭被赐毒酒。宫中侍者端来盛有毒酒的酒觞，以及酒勺。侍者念完赐死的诏令，慕容昭就用酒勺舀起毒酒慢慢饮入口中，边饮边品，如吞甘露一般。之后，毒发身亡，怀着饮恨与不甘走到人生的尽头。

慕容昭死后，遵太后之命厚葬于慕容氏族祖陵，立碑为：广武将军慕容昭之墓。

其他的罪人亦皆赐毒酒伏法。唯有一人，得以保全。此人便是知凤引。

慕容皝命封弈公开将知凤引以及那些迷惑先王的淫荡美艳女子全部杀之，背地里，却为知凤引在死囚大牢中找了一个替死鬼。行刑那天，令其穿上宫中侍女之衣，披头散发，将颜面遮住，并第一个被砍头。

当夜，慕容皝悄悄来到知凤引的住所，喝退内侍，又与之对弈至半夜。这女子绝代聪明，棋下得极好。有人说棋场如战场，但慕容皝与之对弈，全无战场上的厮杀掠夺，反而是一种静水深潜式的交流，令人舒畅无比。慕容皝还知棋竟有这种下法，竟深迷其中。对弈深夜，知凤引伺候慕容皝睡下，百般娇柔。知凤引说：“奴婢与单于一见倾心，仿佛命中注定，早就有因缘。再最后伺候这一夜，然后请将我杀之。如此，奴婢是完全属于单于一人。”

慕容皝未语，紧紧抱之竟感动得流下了一行热泪。他说："凤引对我有救命之恩，几次从悬崖边上将我拉回，否则能否坐上这单于之位或未可知，我又如何忍心杀之。明日我让阳耽亲自护送你回母国，并赠黄金十斤，好好地抚琴执子，过好下半生罢。"

知凤引说："也罢，只可惜凤引与王有共枕之缘，却无夫妻长相厮守之福分矣。"

二十八

从东晋朝廷传来了好消息。晋成帝闻慕容廆去世，世子慕容皝继位，特下诏：派侍御史王齐奔辽东祭奠慕容廆，并册封慕容皝为镇军大将军、平州刺史、大单于、辽东公，持朝廷符节、秉承皇帝旨意封官拜爵。这样的封赐与先王慕容廆尽同，足见朝廷对慕容皝的重视。

慕容皝的大单于之位名正言顺，具有了合法地位。这也是慕容皝盼望已久的事情。朝上，他令国相裴嶷准备迎接朝廷使者，筹备册封大典。

慕容皝如愿以偿登上王座，也得到了朝廷认可，但却不代表他的王位能坐得稳、坐得住。因为外有赵、段等敌患，内有慕容仁这块心病未除。但他却不想马上行动，而是静下心来理顺朝政。

安内然后再攘外。父亲慕容廆在位时，朝内外多有弊端。官僚结党营私，治国安邦的人才不能脱颖而出。许多王公贵戚私豢"荫户"，不少贫困百姓没有土地可耕种，便结伙成匪。包括与周边外邦，如段部、宇文部、高句丽、扶余、赵国的关系，以及采取什么样的抗衡战略，都要细思并有所调整。

慕容皝自幼熟读儒学，崇尚经学，在这治理王国方面，比他的父王慕容廆眼光看得更远和更深。

新政刚刚有些眉目，令人不安的消息传来：晋成帝派来祭奠慕容廆和册封慕容皝的使者一行，其舟船行至马石津，皆被慕容仁扣留。

慕容仁自然不会让他的三兄安安稳稳地当他的大单于。他声称自己才是继位者，要求朝廷正式册封自己为镇军大将军、平州刺史、大单于、辽东公。朝廷自然不会答应，慕容仁便挥兵向南，派兵攻击朝廷直接管辖的新昌。虽然新昌督护王寓奋力反击，将其兵击退，但足以引起朝廷震怒。朝廷急传圣旨要大单于慕容皝派兵肃剿慕容仁，解救被扣押的朝廷使者。

而发动肃剿慕容仁的军事行动尚未准备妥当。内乱之后，慕容昭、慕容翰留下的军队并没有完全整肃到位，失去了慕容昭、慕容翰、慕容仁，慕容氏族的军队缺少领军人物；而一些骁勇汉将，又不为慕容氏族信任。

慕容皝出兵实在是捉襟见肘。

裴嶷、封弈皆反对发兵征讨慕容仁，而阳耽却坚决要求出兵。他说："一国不能有二君，这慕容仁也伪称单于，定会给朝廷和国家带来不尽的麻烦和纷扰。且慕容仁陈兵十万，能征善战，乃当前最大威胁，不决心除之，大王和众卿又岂可高枕无忧？切不可养虎为患，到时悔之晚矣。"

慕容皝无奈。只得任命左司马高诩为广武将军，并领兵五万与自己的异母弟建武将军慕容幼、广武将军慕容军、宁远将军慕容汗，以及司马佟焘共同讨伐慕容仁。

这高诩乃汉臣，是慕容皝的老部下，多次跟随慕容皝外出征战，深得其信任和赏识，且精通兵法和天文，善于观察天象。一次慕容皝到他的家做客，竟发现上千册兵书和天文书籍充满密室，便说："爱将有这么多天下宝书，却藏在密室，不拿出来给我看，如何算得上是忠臣？"高诩却说："臣闻做君主的人掌大事要事，做臣子则要尽职尽责做分内事。管大事者逸，尽职者劳。所以后稷辛苦播种，而皇帝尧并不参与干涉。推演兵法和观天象需常常熬至清晨，乃辛苦之事，不是世子所应喜欢之事。"慕容皝由此更加喜爱这员汉将，经常一起探讨推演兵法。

慕容皝思来思去，朝中众将领里懂兵法又稳妥的，只有他最为合适。

讨伐慕容仁的大军浩荡出城。

慕容皝亲自为之壮行。但对此次出征，慕容皝心中却没有把握。这高诩熟读兵法，善于谋略，可手下的几个王子却骁勇善战。尤其那建武将军慕容幼，勇而少谋，好冲动。尽管临行前一再吩咐要听从高诩指挥，但未必听话。

大军逶迤东上平郭，行军速度不快。高诩并不着急，因为慕容仁是以逸待劳，自己是远途奔袭。他不想因急行军而让士卒太疲累。且敌军情况不明，他要等探子陆续回来，将对方排兵布阵探清以后，再决定对策。

但慕容幼对此不满，说是高诩惧敌，故意拖延，要求加快行军速度，打对方措手不及。高诩无奈，只得加快行军速度。又遇风雨，士卒又累又冷，十分疲惫。

慕容仁派出间人，不断探听征讨大军的情况。当听闻慕容皝并未出征，只是令高诩率慕容幼等几个兄弟前来征讨，便放下心来。他对属下说："乌合之众何足挂齿，让他们有来无回。"

他早在高诩大军必经的汶城布下口袋阵，等着高诩来钻。

征讨大军将至汶城，此处已距离平郭城不足百里。张诩得探报，前面发现慕容仁的军队。张诩便派广武将军慕容军率军前去迎击。孰料刚一接触，敌方就溃不成军。慕容军说："都说四兄的军队无坚不摧，原如此之弱，徒虚名耳。"便率军策马前追。张诩方觉有诈，挥旗要求撤退，但那王子骄横惯了，哪听得进去。

果然，追出没有多远，前面是一片沼泽之地。沼泽之地后面，横着一条大河。慕容仁的军队谙熟沼泽中的道路，顺着插着小旗的曲径很快逃到河岸，登上大船到了对岸。慕容军追过去，那曲径的标旗被最后通过的士卒拔掉，虽有胆大的纵马过去，皆陷入沼泽之中。

正在迟疑，四周喊杀声震天。慕容仁军仿佛天降，冲杀过来。慕容军陷入重围。慕容仁军长年戍守边关，久经沙场，骁勇无比，岂是张诩这杂牌之军所能抵挡。眼看难以支撑，慕容幼领军欲去救援，被高诩阻止。张诩说："敌方有备，我们恐怕是中了人家的诱兵之计，将军去了怕只是投火之蛾，白折了兵，无济于事。"遂令全军后撤，保全主力，再从长计议。

慕容幼作战凶猛，力大无穷，使一把百斤的镔铁大刀。他见状大怒，说岂能贪生怕死，不管兄弟死活。便不服将令，带兵呼啸冲去。高诩无奈，只得命全军出击，然后命慕容汗带一队精锐左翼包抄接应，司马佟焘另带一队右翼包抄，成扇面攻势，以求反包围。

慕容仁还是肩披红色斗篷，头戴白色头盔。此装束高诩之军亦皆熟悉。他立于高处亲自督战，并大喝道："皝贼无道，谋害父王篡位，并残害手足，我反之亦是替天行道。慕容氏族兄弟们，我们原本一家，行军打仗在一个锅里舀食，不必互相残杀，只要投降，我定念旧情不杀。"高诩的军队皆知慕容仁作战勇猛，战无不克，听之大喊，便心中动摇。而那佟焘也曾是慕容仁的司马，早就有归附之心。见慕容仁立于高处指挥，便让兵士全部放下武器投降。自己跑到慕容仁面前，跪在地上，请求立即归顺，纳入其麾下。慕容仁大喜，亲自扶佟起来，令其率部挥戈反向，杀向高诩。

很快，高诩大败。多亏慕容汗带一军侧翼包抄，内外夹击冲出一条血路，高诩才率残军逃出重围。

高诩大军还未到汶城，就折兵损将。高诩自己也肩膀中箭。而慕容幼、慕容军则皆中了慕容仁军的绊马索，掉在地上被生擒。高诩痛心至极，进退两难。想想自己也是熟谙兵法之人，竟糊里糊涂，打了一场毫无章法的败仗，更是惭愧不已。此时，慕容仁派使来劝降，说大将军久慕高诩之才，如能为之所用，当厚待之。高诩斩掉劝降使一只手臂，以示对慕容皝的忠心，又怕慕容仁乘势攻击，便即率兵返回大棘城。

高诩见到大单于慕容皝，长跪不起，以求死罪。但慕容皝并未责罚，嘱其疗伤。他说："此役大败，孤也有过。未经熟虑，仓促出兵，且用人不当，焉能不败。"

二十九

大单于登位后的第一场战役就宣告失败，且败给了自己的兄弟。这让慕容皝声誉极大地受损，甚至说是一场耻辱。朝中一时哗然。

而慕容仁却气势如虹。乘汶城大胜之威，又挥军西进，从慕容皝的管辖下掠取了几个城池。辽东多地军心涣散，许多守将未战就弃城而逃。

慕容皝此时担心辽东城失守，速派封弈和慕容汗驰援固守。此城位置十分重要，占据之，可东连平郭，西望大棘城。

封弈不敢怠慢，日夜兼程。待来到辽东城，却见城门紧闭，士卒排列城墙，严阵以待。再定眼一看，上面挂的是慕容仁大将军之旗。封弈心中一沉，知道自己还是来晚了。

把守此城的是大农孙机。这大农乃钱粮官，掌管国家钱财及租税赋敛，为尚书令西门虔属下。西门虔被抓后，其手下的孙机怕遭连累，星夜逃亡辽东城，并纠集势力，掌控了这座城。他摇摆不定，意图投向慕容仁。

封弈与城上孙机对话。他说："大农孙机，新单于继位，本应在尚书府听命，却私自逃离都城，纠结势力，应予严惩。但念其为单于守城有功，将不再追究，速将城门打开，我和慕容汗将军在此抵御慕容仁叛军。”

孙机本欲开门，手下却说：“听闻新单于慕容皝派去讨伐慕容仁的军队大败，众多城池都纷纷投向慕容仁。慕容仁正集结力量准备围攻大棘城，到时真正坐在大单于位置上的说不好就是他。我们不如投慕容仁，以免将来被连累。”孙机遂下定决心，说：“我是尚书令西门虔的门下，曾一齐服侍广武将军慕容昭。尚书令和将军均待我不薄，是我的恩人，想不到被慕容皝那奸雄所害，我等弃暗投明，已拥戴慕容仁大将军。如尔攻城，我定与城亡。”

说罢，箭如密雨般从城墙上射下。

慕容汗见状大怒，正欲攻城。封弈忽闻慕容仁大军正向辽东城进发，怕腹背受敌，便阻止了慕容汗，将军队撤回大棘。慕容仁大军于是不费一兵一卒占领辽东城。然后继续向西展开进攻，东夷校尉封抽、护军乙逸、辽东相韩矫，皆不敌而被迫弃城。慕容仁很快占有辽东大部分地区。他自称平州刺史、大单于、辽东公，还仿照先王慕容廆，建制封官，命司马翟楷兼领东夷校尉，原平州别驾庞鉴兼领辽东相。

大棘城很快将成为慕容仁的下一个目标。

慕容皝感到了慕容仁的咄咄逼人。而此时，段部首领段辽和鲜卑各部都与慕容仁遥相呼应，侵袭边境。赵国亦发出战争威胁，声称要再次联合讨伐，夺取大棘城。

慕容国的新首领感到从未有过的巨大压力。

早朝乱成了一锅粥。众大臣围绕主战还是主和分成两个阵营，互不相让。封弈、阳耽、兰淑虞、高诩皆主战，而裴嶷、鲁昌则主和。主战者言：慕容仁不但占据辽东，屡屡东进，还私自扣留要挟朝廷使者，自封大单于，如再一味忍让，国将亡矣。应集中兵力，并由大单于亲自挂帅，与叛贼决一死战。主和派则言：因先王已故，慕容仁、慕容昭叛乱，慕容翰外逃，军队实力已不比当年。而慕容仁攻城略地，正在气盛，与之硬战则会以卵击石，没有胜算。而且周围的段氏、宇文、赵等虎视眈眈，正准备乘虚而入。一旦全面开战，慕容国内外交困，形势危矣。

主战、主和派从早上争论到傍晚散朝，谁也说服不了对方。慕容皝左右为难，难以决断。此时他感受到了当这个单于的难处，更理解了逝去的父王。

慕容皝心中烦闷，便离开寝宫四处闲走。他由世子府搬至宫中，因事务缠身，常常从早忙到夜晚，竟多日无暇散步。今日偷闲，却无情致。夕阳西下，映红了半湖，景色堪如画卷，但难入其心。

天已近黄昏，心仍如乱麻。他待要回宫，却见一少年倚石看书，十分投入。他十分好奇，支开侍卫，悄悄走近，这才发现是他的四王子慕容恪。

慕容恪的母亲为高氏，是慕容皝之妾，性格淡平，不喜热闹，平素不受宠爱。母贱子难贵，所以这四王子远不如王后段氏所生慕容俊更受父王的关注，更不像慕容皝与二夫人兰淑仪所生五子慕容垂那般备受宠爱。慕容恪也延续了母亲的性格特点，不喜欢抛头露面。除了习武，平素只爱待在母亲的房内读书。

今天，慕容皝才是第一次仔细地打量他。

见单于已至跟前，慕容恪忙跪下磕头说："不知父王驾到，儿臣失礼。"

慕容皝说："是恪儿吧，许久不见竟长这么高了，如我没有记错，你该有十几岁了吧。"慕容恪说："禀父王，儿臣十四岁了。"

慕容皝见其昂首挺胸，颇有静气，双眼有神，好似胸有韬略，便问："所读何书，如此入心？"慕容恪说："回父王，乃《孙子兵法》。"

慕容皝更有了兴趣，微笑着说："恪儿可有体会，不妨给父王说一说。"慕容恪说："'故将有五危：必死，可杀也；必生，可虏也；忿速，可侮也；廉洁，可辱也；爱民，可烦也。凡此五者，将之过也，用兵之灾也。'我却觉得此言大谬也。"

慕容皝十分好奇。一个十几岁的孩子能读懂此书就不错了，竟还有自己的见解。他问："如何大谬？"

慕容恪说："前三危我以为说得有理。一个带兵打仗之人，只知硬拼，不知巧取，就有失败被杀的危险；而贪生怕死，自然也就有被俘虏的危险。一味急躁愤怒，缺乏冷静，也有被轻侮的危险。但后两危儿臣却不认同。一个将领清廉，宽仁爱民，又有何危？"

慕容皝一愣，随后解释说："孙子此言自然是有道理的。一个将领太廉洁自律、仁义爱民，不一定全是可称道的优点，反而会成为被对手利用的缺点，甚至是致命的要害。比如一个将领太拘泥于道德礼法，或是太顾忌麾下士兵的性命，太担心战争给当地百姓带来的痛苦，凶残的敌人就会利用了他的‘爱民可烦’，在他犹豫不决和处处被动中给予致命一击。对他自己来说，因贻误宝贵战机而导致失败，将是对自己国家和臣民的不负责任。所以对将领来说，慈不掌兵。在战术上说，兵不厌诈，以战争取胜为最终目的，不计较交战中是否遵守道德之规。你未带过兵打过仗，所以不明白的。”

但慕容恪却不以为然。他说：“父王之言自然有道理。但我以为，如果身为将领，视其士兵生命如己，待士兵如儿女，而士兵在危亡时刻又岂能不为将领冲锋陷阵而不惜一死？一个将领如果爱戴百姓，不为私利四处征伐，不在战争中伤及无辜，百姓又如何不拥护他，并尽其财物支援，甘愿奉献儿孙为伍？如父王许允，儿臣甘愿一试，率一支军队，按儿臣的想法带兵打仗，锻造仁义之师。”

慕容皝十分惊奇：一个十几岁孩子尚有此眼光，将来又如何了得？看来慕容氏族注定代代出英才。他说：“恪儿学而思之，博古好学，善莫大焉，当努力发扬。有朝一日，孤定会满足你的愿望，让你率一支军队。不过，眼下父王倒还有一个问题想问你，知之为知之，不知也不足为怪，尽可说实话矣。”

慕容恪说：“愿聆听父王之言。”

慕容皝问：“现在我慕容氏族内忧外患，可谓危机四伏。有人言战，有人言和，父王首鼠两端，莫衷一是，你可有好策为父解忧？”

慕容恪想一想，说：“此事儿臣亦有闻，其实父王还有两种选择：不战不和，亦战亦和。”

慕容皝眼睛一亮，满脸惊讶。这后两种选择，自己和大臣还真是没有想到。他说：“恪儿详说，那我应如何选择才最好？”

慕容恪说：“亦战亦和，须左右周旋纵横捭阖，眼下父王缺乏实力，不宜用之，因而只能不战不和一种选择。但不战不和，亦不是无所作为。表面上还是要战，给敌人以随时出兵的假象，让彼不敢轻举妄动；而暗地里加紧备战，扩充兵员，增加辎重，广为练兵；同时暗中派出使者，游说敌人，离间和瓦解同盟。待兵力强大，时机成熟，则出其不意，一击胜之。”

慕容皝啧啧称赞：满朝文武，竟不如这一乳臭未干的孩子。他如获至宝，自此每日上朝，皆让他列入群臣之中，发表意见，参与朝政。

三十

英才少年慕容恪初露锋芒，结束了朝廷的争论不休，也进入了慕容皝的视线，从此参与到朝政之中。一个十几岁的孩子，开始成为举足轻重的人物。

慕容皝果断采取了慕容恪的计策，宣战而不出兵，暗中不断扩充实力。同时又悄悄派太后的贴身内侍到平郭，传达太后的口谕，让慕容仁不忘父王教诲和母后亲情，莫做慕容氏族之罪人，更不准勾结外敌，引狼入室。还要求他立即释放慕容幼等兄弟。

慕容皝还派密使带上礼物到赵国、段部、高句丽和宇文部游说，细说慕容仁与慕容昭合谋，僭越礼制，觊觎王位，共谋叛乱之罪行，而新单于慕容皝又如何具有雄才大略，仁德治国，属下臣子百姓莫不感恩戴德，并愿与诸友邦和睦相处等等。还警告他们，剿灭叛贼慕容仁指日可待，万不可看错形势，助纣为虐，做出有损友好和睦的错事。

慕容皝的计策果然奏效。慕容仁本该乘势而进，联合段部，直捣大棘城，夺回王位。却因为母后的口信，陷入犹豫不决之中。而赵国、高句丽和宇文部亦变得不那么高调。只有段部依仗慕容翰的投奔，摩拳擦掌，跃跃欲试。剑拔弩张的局面渐渐趋于缓和。

丁衡、游毅、孙机等慕容仁信任的大将和谋臣，见慕容仁据兵不动，关键时刻优柔寡断，皆十分着急，纷纷建言道："我们随将军起兵反皝，早就搭上了性命和家眷，必求将军坐上单于之位。现在应一鼓作气，联合周围各部，攻进大棘城，杀了那慕容皝。此时万不可有仁慈姑息之心，让那慕容皝有喘息机会。否则卷土重来，必让我等死无葬身之地。到那时悔之晚矣。"

慕容仁说："父王临终前只是令我拥兵自重，占据辽东，与慕容皝分庭抗礼。现在若联合外邦攻打国都，灭了世子，自相残杀，岂不是冒天下之大不韪？"

丁衡言："先王说的没错，但那是先王最保守的计策。现在形势突变，世子不得人心，将军仁德天下。士卒倒戈，国人依附。我们应顺势而为，乘胜而进。"

慕容仁仍难下决心。他将刚从慕容皝那边临阵叛降来的司马佟焘请来商议。他说："司马曾跟随我多年，亦师亦友，且对世子那边的情况也了如指掌，故请不吝赐教。若我与那慕容皝决一死战，孰胜孰负？"

佟焘受宠若惊地说："罪臣感激大王还如此信任。臣实话实说，若两相交战，势均力敌。现慕容皝手中军力与王相差不多，但有朝廷支持，后方补给占优，如拼力一搏，也有胜算。而王现在士气正盛，势如破竹，一决死战，亦可旗开得胜。"

慕容仁又问之："据说段辽虎视眈眈，又有长兄慕容翰相助，也欲攻大棘。如我们联手，胜算又如何？"

佟焘说："当然是大王胜。"慕容仁又问："联合外敌，攻占自己的母国，那慕容氏族人又将如何评论我呢？"

佟焘说："肯定是骂大王狼子野心，为世人所不齿。"

慕容仁又问："依司马之见，我该如何？"

佟焘说："可有两种选择，或战或和。如战，则联合段氏，一举灭之，但也恐引狼入室，留下后患。如和，则分庭抗礼，积蓄实力，站稳脚腿，逐步蚕食。若段氏被慕容翰蛊惑，趁机向慕容皝进攻，那将军就虚与委蛇，同意联合却不派一兵，坐山观虎斗。到时两败俱伤之际，相机出兵，一举攻进大棘城，杀了世子慕容皝。"

慕容仁说："我终是慕容氏族之人，又岂可勾结异族进攻自己的国家，让母后和家人蒙羞。还是如司马所说，先不着急采取行动，看看情势再说。"

晚上慕容仁设宴招待慕容幼、慕容军等王子，劝之归降，留在辽东。慕容仁说："那慕容皝乃严苛和狭隘之人，长兄逃走，五弟被杀，我被逼反，都源于他心胸太小，难以相容。你们成了俘虏，即使放了回去也绝没有好下场。眼下兄自据一方，亦自封为大单于，且正是用人之际，不如与我同心戮力，重振我慕容氏族大业。如遂我愿，定会封官加爵，不会亏待诸位兄弟。"

慕容幼说："我等被俘，兄念手足，不但没有杀了我们，也未虐待。

反而好生招待，心中甚是感激。但兄终为谋反，犯下大逆之罪，我等岂能不分青红皂白，背叛世子，被天下人耻笑。兄如不能放了我们，可杀之，我等无怨。”

慕容军亦说：“性命握在长兄手中，请随意处置，我们既是败将，且死在兄长手上，了而无憾。”

慕容仁说：“何为谋反，何为大逆？成者王侯败者寇。当年祖王慕容涉归去世，本该父王继位，却由其弟慕容耐篡夺上位。后来慕容耐被杀，方又迎父王为单于。如今的段辽，不也是杀了其叔段牙登上王位的吗？如果是一个好帝王，何必在乎他是如何登上王位的。”

慕僚皆劝杀之。慕容仁却说：“他们乃我手足。斩断手足，挥刀向内，慕容皝做得，我慕容仁做不得。明日就放了他们，并派人护送出平郭。”

不料，慕容幼听了此话，竟感动得泣流满面。他说：“今方知四兄宽厚仁慈，定可依靠，弟决定不再回大棘城侍奉世子，愿誓死相随四兄，终不悔矣。”慕容军见状亦说：“弟亦愿跟随兄长。”

慕容仁十分高兴，弯腰将他们扶起，皆封为虎威大将军，并领军三千。

此后，慕容仁逐渐停止了进攻和扩张的步伐。而段部首领段辽却野心勃勃，几次派信使到平郭联络慕容仁，意图与之联合，东西夹击。慕容仁答应得很好，却不派出一兵一卒。

他似乎更愿做他自封的单于，在平郭大兴土木，扩建宫殿，并任命各地官员，还一切如大棘城内那个王朝，每日早朝议事。

慕容皝终于得到短暂的喘息。这短暂的喘息，异常宝贵，使他迅速积蓄力量，摆脱危机。

而等到公元 334 年，段辽终于按捺不住，大举派兵征伐慕容皝时，慕容皝已具有足够的实力对付他了。

三十一

段辽和其他马上勇士不同，表面上看更像是一个白面书生，甚至颇有些羸弱，但却是一个有头脑和远见的人。在他的领导下，段氏的疆域东至渔阳，西至辽水，扩大了很多。

对慕容翰他梦寐以求。得之如获至宝，邀为座上宾，任其为抚威大将军，官职在其弟段兰之上，重要事情皆与之商议。

他以为，手中有了慕容翰，就更无惧于慕容国。

他诚心诚意地向慕容翰请教："慕容和我段部，同族同源，皆为鲜卑，为何这些年慕容国不断强大，崔毖联合三国都无法取胜，甚至无惧赵国那样的大国，敢于对抗，而我段部仍为小国，受人欺凌？"

慕容翰说："其实无他矣，就两个字：汉化。慕容国自先王慕容廆起，读汉书，学汉典，用汉人，拜汉官。慕容国有教习四书五经的学堂，段部可有乎？我等王子自幼除了骑马射箭，还研习儒学，段王可识得汉字乎？慕容国从国相到郡守，多是投奔来的汉官，段部焉有？我们的单于每日早朝，官制完全等同于晋，段部能做到乎？慕容国中的百姓已大多务农桑，不再游猎，段部如是乎？如段部亦想强大，须走汉化之路矣。"

段辽听后，心悦诚服，马上推行汉化，穿汉衣，办汉学堂，让百姓学着种田，让官员学习汉典；还用了几个汉人为官。但因下面抵触，多是半途而废。

段辽只得罢了。他对慕容翰说："猴子穿衣戴帽，究竟不是真人。还是顺其自然吧。"

但他又颇感焦虑和危机。南部是正在崛起的赵国，北部则是逐渐强大的慕容国。处在夹层中，段氏部落生存艰难。他因此主张积极向外扩张，向南向北不断骚扰蚕食，甚至寻机发动战争。

慕容翰却极力反对。

一日大堂议事。段辽雄心勃勃，决定派兵进攻慕容国的柳城。

慕容翰说："大王慎重。现在我们屡屡侵入赵国边地，掠夺其人口和土地，恐怕赵国早就有了灭我的决心。现在又去攻打慕容国，这岂不是要与两个强邻为敌吗？凭我们现在的能力，不足以同时挑战两个强邻。此乃自取灭亡的危险之举。且柳城地理位置对慕容国来说十分重要，它东距大棘城不足二百里。一旦落入他人之手，等于从西北向大棘插入一把尖刀，都城亦会朝不保夕，慕容皝定会死命来守。依我之实力，与之正面相对，并无多少胜算。臣觉得现在的策略还是与强邻和睦相邻，韬光养晦。我料赵国与慕容国迟早会有一战，到时我们可坐山观虎斗，乘两败俱伤之际，再出兵掠取柳城和赵国城池，扩大疆域。”

段辽却说：“赵国与慕容国水火不容，孤正是利用这一点，夹在中间，两边下刀割肉。料他们投鼠忌器，只会喊疼，不会有所行动。”

慕容翰说：“大王不过自以为是。割得疼了，两边化敌为友，联合攻我，也未尝不可能。”

段辽说：“大将军过虑了，慕容皝称臣于晋，号称是晋之辽东刺史，与晋朝联合攻赵还差不多，绝不会与赵联手。再说，慕容皝还有一个心腹之患，就是他的弟弟慕容仁。现在攻取柳城，正是最好时机。孤派大将军和弟段兰领兵二万，三日后出发，共同攻打柳城。孤等你们的好消息。”

慕容翰说：“现在匆忙开战，恐怕国家的灾难从此开始。”

此时的慕容翰心中十分矛盾。想起爱妻阳姬无辜被杀，以及自己被逼出逃，心中就陡然生出复仇之心。但想到自己真的率大军攻打自己的母国，心中又不免感到凄凉悲伤，并不情愿。他是慕容子孙，不愿背上一个叛臣贼子的骂名。

都城令支热闹非凡。他失意地走上街头，想到酒肆里借酒消愁。这里不同棘城，作为异乡人，偌大的街市并没有人认识他。前面有一圈人围得严严实实，且人声鼎沸。他毫无兴趣，正欲绕过，却听得里面喊：“又射偏了一点点，真乃可惜。”他才知道里面有人比赛射箭。

他号称是慕容氏族第一射手，对射箭有着超出常人的敏感和兴趣。他挤进去，才发现一堆人在百步之外向前面的门屏上射箭。门屏上画两只孔雀，箭要射进孔雀的眼睛里才算射中。几个人上来，看上去皆是军中之人，却无不射偏。唯独一个英姿飒爽的年轻女子却一箭射中。众人皆惊叹，而女子却说：“难道这令支城竟无一男儿乎？”

慕容翰本不愿多事，但这句话无意刺激了他。他走上前去，拾起弓来，搭上两支箭，轻轻拉开，稍一瞄准，将箭射出。两支箭到门屏前竟然分开，各中一只眼睛。

他放下弓箭便走，并扔下一句话：“休要狂言，天外有天。”

众人都惊呆得说不出话来，心想天下还有这等奇人。忽然明白过来，便围住了慕容翰，说壮士不能走，这可是段慧公主以箭艺招夫，射中了要成为王婿。慕容翰大惊，才知道惹了祸，便飞也似的逃走了。好在，现场并没有人认识他。

慕容翰在酒肆里先是畅饮。继而想起了自己的父王慕容廆和可怜的母亲，以及朝思暮想的阳姬，还有自己现在的境遇。便击节放声高歌："悲莫忡兮生别离，思夫君兮长太息；望美人兮登高楼，突而来兮忽而逝；乘大风兮驾云旗，举长矢兮射天狼。余所善兮犹可悔，壮士去兮难以回。"

酒肆中，有一人认出了他是射箭之人，急忙跑去告诉了段慧公主。那英姿飒爽的段慧来到酒肆时，慕容翰已是烂醉如泥。段慧公主将之扶到马上，一直拉到自己的府中，并在一旁亲自照料。半夜中，半醒半醉的慕容翰在灯光中仿佛看到了阳姬，便将这段慧拥进怀中。段慧慌忙说道："莫要无礼，我是公主。"但却身不由己，任由慕容翰紧紧搂住不放。

当第二天亮时，慕容翰醒来看到怀中赤身的女子，一下子傻了。他明白公主已成了自己的女人。

段辽知道后，却十分高兴。阴差阳错，如此可将这慕容翰牢牢拴在段部，岂不是更好。他为自己的妹妹段慧和慕容翰举行了大婚。婚后第二天，慕容翰便和段兰领军前去攻打柳城。

段慧虽不如阳姬那般美貌，但亦是段部最美丽的女人。她闻知自己的男人是慕容国赫赫有名的慕容翰将军时，便决意将自己的身心全部交给这个男人。临行前她依依不舍，一直将丈夫送至城门之外。

她说："嫁了你，你就是我的天。不管胜败，一定全身活着归来。你回不来，我亦会追随而去。"

因这个女人，慕容翰心稍有宽慰。他知道，自己又遇到了第二个值得珍惜的好女人。

当慕容翰率大军兵临柳城之下，看到熟悉的土地和城墙，百感交集。曾几何时，站在城墙上抵御外敌的就是自己；而今天，位置却完全颠倒。

他对段兰说："你主攻城池，我在城外二十里大道上设防，以阻击援军。"

慕容部的大将石琮守卫柳城。他加固城墙，紧闭城门，并不出城迎战。段兰轮番攻城，一连数日，皆被城墙上密箭射退。段无计可施，加上粮草供应不及，只好暂且退兵。

段辽亲临边境督战。知后大发雷霆，对段兰一顿训斥，又令慕容翰为主帅，增兵五千，再攻柳城。

慕容翰心中虽不情愿，但也没有了退路。他与段兰率军再至柳城城下。慕容翰不愧身经百战，久经沙场，他采用车轮战术，让士卒背门板倒行来到城下，架上云梯，令士卒着盾牌轮番攀城，昼夜不停。

大将石琮曾随慕容翰多次征战，对此攻城术自然熟悉。他也采取相应战略，将守城之军分成三拨，每一拨放完箭后，立刻撤下，换上另一拨。虽然段军人数众多，却无法攀上城墙，终无法克城。

随慕容翰一起投奔段辽的谋臣杨呈悄悄对慕容翰说："将军何不用火攻？现在北风正劲，秋干物燥，可用箭镞绑上油棉乱射向城门，待箭镞密集后再射火箭引之，定会燃起冲天大火，烧掉城门。此时进攻，势如破竹。"

慕容翰说："此城乃母国所属，里面皆是随我征战杀敌的故下，又如何忍心灭之。我自有分寸，久攻不克，且互不损伤，这样便好。"

三十二

战情立即传到大棘城。

听闻慕容翰率军指挥攻城，慕容国上下皆大惊。国相裴嶷、司马封弈建议迅速增兵驰援，不然柳城失守，门户大开，段辽和慕容仁前后夹攻，大棘城必失。

慕容皝本欲亲征，但封弈阻止。他言："危急之际，大单于应坐镇都城，以防慕容仁乘机起兵。而这柳城由我和慕容汗出兵救援即可。"

慕容皝便派慕容汗和封弈率军五千迅速增援柳城。慕容汗骁勇善战，但性急躁。慕容皝特意告诫说："贼军气锐，加之慕容翰多谋，勿与争锋，解围为重。"慕容汗满口答应，但却未记心里。闻柳城战至酣处，他立功之心更切，嫌大军行军速度太慢，带一千余骑兵为前锋，从小路直插柳城。封弈百般劝阻，慕容汗并不听从。

而段兰听从慕容翰的建议，早已在这条小路的牛尾谷设伏。

大棘城通往柳城有两条路，一条是大路，一条是小路。当初段兰欲在大路设伏，慕容翰却告之定要在小路，并亲自将设伏点选在小路的牛尾谷。

他说这牛尾谷形如牛尾，进狭出阔，你就在阔处设下重兵阻击，然后也在狭处重兵埋伏。敌正面被击退，退至狭处时，伏兵四起，敌必惊慌失措，乱作一团，则全歼之。

段兰说：“将军如何知援军走小路不走大路？”

慕容翰说：“慕容皝派军救援，必是我的五弟慕容汗。因慕容幼、慕容军被俘，尚在四弟慕容仁手中生死未知。所能派出大将，只有慕容汗。而这慕容汗虽骁勇无敌，但心高气傲，常常轻敌。为立战功，他必带精兵抄小路，以最快速度驰援柳城。”

果然如慕容翰所料。慕容汗与段兰之军在牛尾谷遭遇。慕容汗被困于峡谷中，前堵后截，伤亡过半。后来赶到的封弈冲破牛尾谷的进口，才使遭伏的士卒撤出，方免全军覆没。

段兰方觉得这慕容翰果然厉害。他对慕容翰说：“我们不如集中兵力乘胜追击，一鼓作气，打到大棘城去。”而慕容翰心中不愿，感到这场小胜足以可向段辽交差，便劝阻段兰说：“作为领军将领，应当慎重，知己知彼，不到万全的时候不可妄动。现在敌方的偏师虽被挫败，但主力还未败。且慕容皝狡诈多谋，喜欢深藏不露，如果他亲自统帅举国士众抵御我们，而这柳城的石琮也会待机出城，前后夹击，我们孤军深入，寡不敌众，就会陷入险境。况且我们接受大王之命时，曾当面夸口一定打一场胜仗，今天能得到这样的胜利已经很不容易了。如再一味冒进，万一失败，你我功劳和声誉皆失，又有什么脸面回去面对大王？”

段兰似乎识破了他的心计。他不满道：“我们马上追上去，慕容汗这些败将被擒已成定局。驸马犹豫不决，恐怕没有别的道理，只是忧虑趁势灭亡你的国家罢了。不过你放心，我们率军打到大棘城，杀了慕容皝，只要向我段部称臣，我和大王也可让你来当慕容国的新单于，然后再助你打败辽东的慕容仁，这样你们慕容氏的宗庙也不会绝祀的。”

慕容翰心想，这段兰亦太不自量力。他摆出一番不高兴的样子说：“段兰将军此言差矣。我当初既然投身依附于段辽大王，早已与慕容氏族恩断情绝，已没有再返回的想法。况且想回，恐怕也无路可回。如此来说，故国的存亡，和我又有什么相干？我现在只是全心全意辅佐大王，为段氏出谋划策，并且珍惜你我的功名罢了。”说罢，就准备独自返回。

段兰无奈，只得依从。大军没有乘胜追击，而是一起返回柳城之下。

封弈和慕容汗狼狈回到了大棘城。单于慕容䲜当着朝中重臣，将慕容汗一顿训斥。多亏封弈阻拦，不然军法从事。退朝后，慕容汗不免对慕容翰恨得咬牙切齿。他带兵来到慕容翰之母的寝宫，将其绑缚，要杀之报复。而寝宫中的一个侍从得以逃脱，连夜逃到柳城，将此事报告了慕容翰。

慕容翰无比愤怒。他觉得应该给慕容䲜一点儿颜色。他向城门之上的石琮怒吼："我母一生饱受委屈，与世无争，如今慕容䲜却让慕容汗杀了她，我岂能一忍再忍，今日定当拔了这柳城不可。"言罢，命士卒再次攻城。他采用火攻之计，不到两个时辰，柳城大破，石琮从北城门仓皇而逃。而慕容翰命令士卒不可滥杀俘兵和城中百姓，亦不准抢掠财物，违者一律斩首。

石琮逃回大棘城，慕容䲜方知是那慕容汗惹的祸。便集结大军，欲亲征柳城，与慕容翰一决胜负。

只有少年慕容恪在朝中反对出兵。他言："如父王亲征，而柳城久攻不下，叛贼慕容仁必将出兵攻取大棘。父王就会在大棘和柳城间犹豫不决，将自己陷入困境。此时儿臣以为，应以和为上，伐为下。"

慕容䲜还是决意出兵柳城。他认为，无论慕容仁是否乘机大举进攻都城，柳城战略位置十分重要，都不能让段辽得到。否则，段辽以此为跳板，定会不断骚扰，时刻威胁都城安全。

此时，侍从送上一封信，说是兰妃送来的。她说自己不方便上朝，让将信速交单于。慕容䲜展开一看，纸上只有四个字：先礼后兵。慕容䲜马上就明白了。

他下令将那慕容汗革去爵位和军职，押入牢中。速将慕容翰的母亲送回府中，好生宽慰。并让国相裴嶷带着慕容翰、慕容䲜最小之弟慕容评一起，作为议和信使火速赶到柳城，向慕容翰说明和赔罪，并要求他速带段军退出柳城。

然后，自己亲率五万大军，随后向柳城进发，摆出一副决战的姿态。

慕容翰在自己的帐中悄悄接待了裴嶷和慕容评。裴嶷是他唯一信任的朝中重臣，而慕容评自幼与他关系最好，曾随之习武练箭。听到解释，慕容翰松了一口气。他让人端上酒菜好生招待。

裴嶷说：“大将军爱国之心未泯，心系慕容氏族，自然不会希望亡国灭宗。现在大单于正集结所有兵力亲征柳城，因而大棘城空虚。叛贼慕容仁闻听段辽攻取柳城，正准备派军西下。如果大将军不退出柳城，而是与大单于一战，慕容仁定会乘机攻占大棘城，到时后果不堪设想。还请大将军速作出决断。”

慕容翰说：“如不是慕容汗欲杀我母，亦断不会攻下这柳城。我生是慕容氏人，死亦是慕容氏鬼，投奔段部实属无奈。男儿大丈夫顶天立地，孰又愿成为遭人唾弃的叛臣贼子？国相素于我有恩，评儿自幼与我亲好，岂可负了你们一番心意。我会很快退兵的。”

很快，慕容翰抢掠了柳城的粮草供给和辎重，便出城欲返回段部。段兰坚决反对弃城而归。他言：“柳城好不易攻下，便为我段部所有，又岂可拱手送还。如将军执意要退，我愿自己率军守城。”慕容翰说：“慕容皝已率五万大军与我决战，大军正在路上。我且畏之，无把握取用，何况汝乎？到时打了败仗，连这些粮草辎重都得不到。现在打了胜仗，还攻陷了一座城池，已属大胜了。”

慕容翰和段兰回到令支城。段辽大悦，亲自将慕容翰扶到王座旁，对群臣说：“我段部得此驸马，如虎添翼，那赵国石勒和慕容氏慕容皝有何惧哉！”说罢，晋封之为抚远大将军、令国公，赏金百两。

见丈夫打了胜仗，公主段慧高兴，亦是百般娇媚。虽是胡族女子，马背上长大，但豪爽中不乏温柔。慕容翰失去了阳姬，又得到了新的心上人。寂寥之心得到了慰藉，在异乡不再感到孤独。俩人十分恩爱，如胶似漆，一时成为大王段辽最宠爱之人。

而段兰心怀不满。他将战场上慕容翰消极退却之事密告其兄段辽。他说：“牛尾谷一役本应乘胜追击，却寻找借口任敌逃遁。而柳城本已攻下，又以无法战胜慕容皝大军而主动放弃。足见此人身在曹营心在汉，并不是真心为我段部，不如寻机除之，以绝后患。”

段辽却说：“弟目光短浅矣。慕容翰乃上天对我段部的恩赐。如此大才，岂可杀之？牛尾谷大胜和攻取柳城，乃段部首次重创慕容国。单独依靠弟，能成此大事乎？只要有这慕容翰在我段部，赵国和慕容国皆有所忌惮。此人以后还有大用，弟还是收起嫉妒之心，虚心向他请教吧。”

段兰听了，表面不说什么，心中却更是生气。

三十三

柳城解围。

慕容皝闻后，松了一口气。他派石琮率一部前行，继续镇守柳城。大军则半路急返，迅速撤回到大棘城。慕容氏族的又一场危机，暂时度过。

慕容皝将慕容俊和慕容恪召至寝殿。两英俊少年，愈发得到他的宠爱。他经常将他们唤至跟前，商讨军政，纵论天下大事。

慕容俊身材高大，脸阔鼻宽，颇有帝王之相。其出生后不久，先王慕容廆见之大悦，说此儿骨相不同寻常，我慕容氏族后继有人。此子乃王后段氏所生嫡长子，勤思好学，性格沉稳。如不出意外，定是王位的接班人。慕容皝、王后段氏平素皆喜爱有加。从他身上，慕容皝看到了自己儿时的影子。但自从上次湖边偶遇慕容恪，慕容皝对这个庶出的王子也刮目相看。慕容恪几次在关键时候，提出不同见解，且化解复杂局面，让慕容皝觉得这个王子有着不同寻常的潜质。不但眼光独到，长于谋略，身上还颇有尧舜圣德之风。

他想，如果俩兄弟联手治国，其功将远远在自己之上。

他在为慕容氏族的长远打算，也为自己百年之后选择最佳接班人作准备。而从现在起，就要不断历练他们。

他问慕容俊、慕容恪："柳城一战如何来看。"

慕容俊说："自然是父王镇定自若、运筹帷幄，揽挽狂澜于既倒，扶大厦之将倾。"

慕容皝问："可有过失矣？大胆直言。"

慕容俊犹豫一下说："用人有误，不该用慕容汗。"

慕容皝又问慕容恪："恪儿如何看？"

慕容恪说："战事成败缘于指挥谋略，但关键还在于人心。用兵之道，攻心为上，攻城为下。心战为上，兵战为下。儿臣以为此役胜负变化、城池得失，皆缘于长伯慕容翰之心起伏矣。父王看准了这一点，派国相和叔父为使求和，可谓抓住了他的心。慕容翰身在段营心系慕容氏族，如是早亡了那份心，我慕容氏危矣。”

慕容皝说：“恪儿看得更深一些，可仔细说说看。”

慕容恪说：“朝上儿臣已详闻此战详况。依长伯慕容翰之谋略，攻下小小柳城其实并不在话下。当时北风呼啸，如用火攻，不出一日城亡。此计长伯慕容翰定早想到。之所以不用，而是不想让柳城失矣。而听到母亲将要被杀，才不得不用此计，以此要挟父王保全其母性命。此为行孝子之心矣。而牛尾谷设伏也定是长伯慕容翰之计。但留有余地矣。倘若是我，将增派一倍的兵力，扎紧两端之口，封弈大军定则全军覆没。可见手下留情。亦是以小胜给收留自己的段辽一个交代，同时也证明自身价值。倘若他真心让慕容国亡，则会借牛尾谷伏击战全歼封弈将军大军，早早攻取柳城，并与逆臣慕容仁联手，东西呼应。如是，我慕容国两面受敌，父王将无力反击，大棘城失守亦是迟早之事。”

慕容皝心中不免一紧。战争最高的境界是攻伐人心，这小小的慕容恪竟然悟到了这一层，可见十分了得。他又问：“如果你去攻打柳城，还有其他克之的办法乎？”

慕容恪说：“除了火攻，亦可风攻，亦可水攻。风攻亦是利用强劲北风，在城墙前筑一高台，点燃湿草和硫黄，让风将浓烟吹至城墙，在守城士兵无法睁眼之际，架云梯攻城。水攻是将柳城西的努鲁尔虎河大坝掘开，水淹柳城，但此为下计。当然，还可挖地道、凿城墙等皆费时费力。”

慕容皝问慕容俊：“俊儿以为如何？”慕容俊说：“恪弟熟读兵书，所思深远，用兵之谋更高，我虽为兄，不如矣。”

慕容皝心中高兴。他还要出题考一考两个王子。

他先问慕容俊：“那父王下一步将如何图谋？”

慕容俊说：“我慕容国四面环敌，但当前威胁最大的还是段部、赵国和慕容仁，而尤以段部和慕容仁为当务之急。段辽虽有野心，却勇有余而谋不足，尤其眼光短浅，无深谋远虑，其军力亦不强，可慢慢与之周旋，不足惧也。而叛贼慕容仁则不同，勇谋兼备，军力强劲，方是父王心头大患。一日不除，如芒刺在背。儿臣以为宜早图谋之。”

慕容皝也问慕容恪：“恪儿以为然？”慕容恪说：“俊兄言之有理。攘外须安内，慕容仁占据辽东，终是要迫切解决之威胁。但我以为可恩威并重，以柔克刚。慕容仁几次拒绝与段辽联手，说明其良心犹存，不愿与狼豺为伍残害我慕容氏族。”

虽然观点一致，但慕容皝也从他们话中辨识出他们的同中之异。一个是“早除之”，一个是“怀柔之”。这也许是“苛政”与“仁政”之分。慕容皝由此想：天下君王各有不同，其执政风格也许自小时，便植入了他们骨子中。

慕容皝十分满意地说：“善。汝子可教，还当多读勤练。从即日起，父王将让你们各掌管一支军队，并率兵打仗。”

两王子皆跪下道谢：“儿臣定不辱父王之命。”

其实慕容皝早就下定决心要进攻慕容仁。拥有十万大军、占据辽东的慕容仁，才是威胁他王位真正的对手。但他却笃定，再不能贸然出兵。必须寻找有利战机，且一击致命，将之彻底击垮。

时机来临。

公元 336 年冬。这一年的冬天格外寒冷。寒潮席卷整个中原大地，很少结冰的江南河流湖泊，竟也迎来结冰奇观。太湖竟全部冰封，冰面厚得能在上面通车。而身处北方的大棘城更是冰天雪地。

连日北风呼啸，暴雪不止。守城的士兵冻得拉不开弓，拿不住兵器。巡逻一圈，就冻得直哆嗦。慕容皝登上城楼，却喜颜悦色地说：“雪势如此，如添二十万大军。”

昨夜，慕容皝秉烛夜读《资治通鉴》，当读到汉光武帝刘秀的故事时，竟击案而起，兴奋不已。公元 23 年，身为破虏将军、行大司马事的刘秀，被皇帝刘玄派去邯郸平定河北。殊不料，王郎在邯郸称帝，并派兵围追堵截。天气骤冷，雨雪连绵。刘秀的大军被追到了滹沱河边。派先锋前去侦察，回禀说，河上漂流着冰块，没有桥也没有船，无法渡河。刘秀又派谋臣王霸亲自去察看。王霸知道，大军已没有了退路，如说实情，将起内乱。只能回来禀告说，河面结冰，且冰层坚硬，可以渡河。于是大军冒雪前行，王霸心中忐忑，做好以死谢罪的准备。但一到滹沱河，王霸惊呆了，河面居然真的结冰了。于是踏冰过河。大军刚过完，河面的冰层竟全部开裂。刘秀逃过一劫，不久回军邯郸，斩杀了王郎，统一了河北。

此典故却让大单于慕容皝眼前一亮，突然有了一个决定：踏渤海之冰攻伐慕容仁。因为几日前他听外臣禀报，多年不结冰的渤海居然结冰了。

他悄悄派王子慕容俊率十人，秘密探路。速去速归，为大军开拔做好准备。

三十四

慕容俊率十名挑选出的精明强干的侍卫，星夜兼程，欲抛开陆路，沿渤海奔赴慕容仁所在的平郭。

一路行程艰难，大雪封路，经常迷失了方向。待到海边，慕容俊却傻了眼。渤海虽已结冰，但却是薄薄的一层，车马根本无法承载。

他和侍卫调转马头准备回去禀报。忽然，他做了一个令随从吃惊的决定：等冰。

他说："父王想用踏冰奇袭之计。而没有载人之冰，就无法击败慕容仁，我们空手回去又有什么意义呢？天气愈来愈冷，我料冰会越来越厚。"

环顾四周，百里之内无人烟。冰天雪地之中，他们筑雪屋，搭马棚，化雪水，以待冰厚。白天点起火堆取暖，夜里十人以虎皮狼皮为铺盖，相挤在雪屋之中，度过寒冷漫长的冬夜。

天果然越来越冷。冰层不断加厚，每天清早他们跑到海边探看冰层，皆一阵惊喜。但几天后，已有两名侍卫在寒冷中死去。终于到了第五天，慕容俊的马站在了海冰之上。他们一阵欢呼，纵马沿海岸向东奔去。

一路飞奔，行进五日之后，慕容俊抵达了历林口。这历林口是大沙河的入海口，从这里登陆后离平郭仅十几里。此时已是傍晚，慕容俊心中一阵惊喜，便跳下马牵马向岸边摸去。不料突然冰层塌了下去，马惊恐逃走，而他却掉进了冰窟之中。

他大喊一声："救我。"一阵刺骨的寒冷马上触及全身，他感觉自己的身体向下沉，心想自己将要死去了。可惜的是，自己无法亲自回去向父王禀报探路之情。就在此时，忽然他觉有一条大鱼冲来，将他向上顶起。他借势跃起，冲出海面，然后攀住冰沿，重重呼出一口气。侍卫急忙用绳索和长枪枪柄将他从冰窟中拉出来。然后逃进岸边一片树林之中，生起火来，为他取暖。

他这才发觉，自己无意中掉进了海边打鱼人凿开的冰窟窿之中。他向侍卫们讲述了自己被鱼顶起获救的事，侍卫们皆十分惊奇，说一定是神鱼相救。

其中一侍卫还说：“今日之事如此神奇，定暗藏玄机，恐怕亦是天意。王子定有帝王之命矣。”慕容俊沉默不语，心中却十分高兴。他想，看来是上天让自己的这位长伯慕容仁败矣。倘若来日做了帝王，一定在此修一座庙宇，来感谢救他的神仙。

若干年后，慕容俊为王，还真的令人在此修建了一座庙，名为“海龙庙”。只不过传说救他不再是一只大鱼，而是海中小龙王。

他们乔装打扮，扮成商人。一路上竟没有遭到任何盘问，顺利进了平郭城。看来，慕容仁根本没有防范。他似乎觉得时值寒冬，大雪封山，道路不畅，慕容皝即使敢于来攻，也不会选择这个时候。更让他更没有想到的，当他前呼后拥，从平郭最繁华的大街上策马而过时，他的侄子慕容俊却正暗中虎视眈眈地看着他的一举一动。

慕容俊又一路探听到慕容仁扣押东晋使者的地方。将来大军进攻平郭，重要的任务是要救出东晋皇帝派出的册封使者，而且不能被误伤。他们一一标记，然后选择陆路返回大棘城。一路上又是十分艰难，挨饿受冻，当一个月后策马走进大棘城城门时，跟随他的十个侍卫只剩下了两个。

慕容皝像迎接英雄似的迎接他的归来。而对他带来的消息，更是高兴得手舞足蹈。他对慕容俊说：“一旦攻克平郭，击败慕容仁，你俊儿便是最大功臣。”

朝会之上，他突然郑重宣布：年不过了，集中五万大军，东讨慕容仁。

众大臣无不愕然。裴嶷、封弈皆说：“如此冰天雪地，道路阻封，供给困难，士兵寒冷，岂是打仗的时机？不如明年春暖花开再作打算。”

但慕容皝主意已定。他说：“这一次我要踏海讨仁，夺回辽东！”

众臣不解，皆言冰上行军是很危险的事，要征战也必须走陆路。

慕容皝却说：“慕容仁背叛孤，且与慕容氏族亲人为敌，神灵和百姓无不恨怒。此前些年渤海之水从未冻冰，自从慕容仁反叛以来，连续结冻已经两年。这说明慕容仁引发天怒。天要他亡，又岂能不亡？我们奉上天旨意，踏冰乘海前去剿灭那逆贼吧。”

谋臣高诩说："大王英明。我观天象，这寒冷之天还将持续数日，想那渤海之冰定会结厚。如此来看，慕容仁天数已尽矣。"

封弈亦说："那慕容仁定不会想到此时大军出动征伐，更不会想到从海上前去，此为出奇兵矣，定会有意想不到的效果。"

慕容恪说："父王踏海征伐，兵法典籍亘古未有。不仅出奇兵，还兵贵神速，海上行军速度比陆路要快，还可缩短二百多里路程，乃神来之笔。"

慕容皝也豪情冲天："过去汉光武帝曾在滹沱河踏冰一战，完成了大业。今日我也顺应天意，剿灭叛臣贼子，一统先王创下的伟业。我计已定，谁敢阻拦或不服从命令者，军法严处。"

见慕容皝如此坚决，众臣皆不再反对。

慕容皝命裴嶷和慕容恪、慕容评等守护大棘城，自己和封弈、慕容俊亲率大军从昌黎向东进发讨伐慕容仁。此时，爱妃兰淑仪怀孕即将分娩。临行前她忍着寒冷，和王后等嫔妃送慕容皝至南城门。慕容皝对兰淑仪说："等着我的好消息吧，到时我慕容氏族一定会双喜临门。我会举行盛大的庆典。"

时至年关，大军却整肃而发。天气愈发寒冷，冰天雪地，行军速度十分缓慢。不到十天，许多马匹和士兵冻死。又走了几天，终至渤海边。慕容皝发现，渤海真的结了一层厚厚的冰。

慕容俊纵马到海冰之上，发现冰比他探路时冻得更加结实。他对慕容皝说："父王，此真乃天助我也。"

踏海之前，大军就地驻扎三日。慕容皝要求补足给养，带足柴草粮食。而所有的辎重，担心冰层难以承受，全部卸掉。为防意外和便于伪装，大军行进路线远离海岸视线，且分成十几段，前后拉开十几里距离。白天，马披白色兽皮，士卒皆披白色的斗篷。蜿蜒行进，远看如一白色巨龙。晚上，则在海上安营扎寨，点起一堆堆篝火。慕容皝与士兵一起破冰捉鱼，啃羊腿喝酒，然后击釜而歌。军队上下士气无不大增。

海上行走了三天。到第四日晨，竟雪停天晴，一轮红日喷薄而出。慕容皝与慕容俊、封弈、阳耽站在帐门外，眼望远方白茫茫的冰海，对封弈、阳耽等大臣说："我可是比当年汉光武帝踏冰过河威武多矣。"

封弈说："乃英雄本色矣。"

慕容皝又感慨万分。他说："我一生钦佩三国之曹公孟德。他内灭二袁、吕布、刘表、韩遂等顽敌，外降匈奴、乌桓等异邦，统一中原，不知孤一生可否像他一样成就一番大业。"阳耽言："大王雄才不亚于曹公，又有俊、恪诸优秀子嗣，今日先灭了叛贼，来日定可入主中原，成就伟业。"

慕容皝高兴地说："但愿如阳卿所言。"他对慕容俊说："俊儿可记得曹公之观沧海？如记得，命为父一颂。"

慕容俊说："还记得。"便在大海之上，大声诵道：

东临碣石，以观沧海。
水何澹澹，山岛竦峙。
树木丛生，百草丰茂。
秋风萧瑟，洪波涌起。
日月之行，若出其中；
星汉灿烂，若出其里。
幸甚至哉，歌以咏志。

慕容皝和众臣随之，皆豪情万丈。

踏海行进又几日，终于抵达历林口。为出奇兵，大军又将多余的装备供给全部甩掉，士兵只带二日粮食，分左中右三路，迅即上岸向平郭进击。

因为慕容皝的骑兵装束与平郭驻军并无差别，路上行军，百姓并不感到异常。慕容皝大军行进神速，抵离平郭城仅有七里的时候，慕容仁才得到前方哨兵的报告。

慕容仁却又犯了轻敌的极大错误。他正在宴请宇文部的使者，听闻慕容皝的军队打过来了，并不惊慌，还以为不过是小股军队深入侵袭劫掠。他令慕容幼、慕容军率军五千士卒前去围击，并说："两弟立功的时候到了，定当全歼之，让他们连一匹马都回不去大棘城。"

顷刻，慕容幼派人回报，说从大旗和军队数量上看，是慕容皝亲率大军来攻。慕容仁顿时惊慌，率三万大军仓促出城迎战。

全军在平郭城西北列阵，与慕容皝之军对峙。

三十五

慕容皝对于平郭城自然熟悉。

他与慕容俊、封弈反复研究，制订了详细的攻取计划。慕容皝在城西北迎接慕容仁，并吸引其军主力。慕容俊率一队精骑偷袭东门，争取快速攻入城中，占领慕容仁的宫殿，解救东晋前来册封的使者。封弈则率一军绕到城西，佯攻西城门，牵扯慕容仁与慕容皝交战的主力，以及守城的力量。三军约定午时三刻，同时发起攻击。

慕容皝身披盔甲，威风凛凛。他高声喊道："慕容仁，虽为王子却起兵谋反，篡逆犯上，犯下不赦之罪。今孤踏冰三百里讨伐你，汝死期到矣。"然后命慕容汗、慕容评率军出击。慕容仁大喊一声："汝才是真正的逆贼，逼兄杀弟，惨无人道，今日送死，我就成全汝。"说罢派慕容幼、慕容军率军迎战。

茫茫雪原之上，本是兄弟的慕容氏族两支大军陷入了一场惊天动魄的厮杀。

慕容军见只是慕容汗、慕容评率军冲将过来，并不放在心上。因为当年先王慕容廆活着的时候，冲锋陷阵还轮不上他们。他策马持枪，向慕容评冲了上去，不料坐骑被一树墩绊倒，本人也滚下马来。慕容评亦是狠角色，纵马过来，一刀劈杀了他。慕容幼见兄毙命心中大怒，不免红了眼，挥舞起百斤的镔铁大刀，杀入慕容评、慕容汗阵中。只见大刀轮转如飞，挥舞自如，无数人头落地。慕容评、慕容汗见之，皆退逃败下阵来。

慕容仁见状，心中大喜。决定乘其阵脚未稳，一举歼之。他挥舞令旗，令全军出击。而慕容皝也毫不示弱，令全军迎击。两军绞杀，兄弟肉搏，难解难分。

此时，忽然在慕容仁大军的背后，火光冲天，喊杀阵阵。封弈本应在慕容皝发起冲击同时佯攻平郭西门，但却因迷路耽搁了三刻，到了午时六刻才发起火攻。而此时，慕容俊也偷袭东城门成功。因正值新年，许多守城将士懒散，刀枪入库，盔甲都没有穿戴整齐。慕容俊的突袭一时让他们惊慌失措，一路溃逃城中。慕容俊乘胜追击，占领了慕容仁的王宫，解救了东晋使者，并派兵至西城门，与封弈里应外合。

慕容仁听报城西门将要失陷，方才陷入极度慌乱之中。他不得不从主力中分出一军，由慕容军率队向西援救西城门。而慕容皝之军却愈战愈勇，开始占据了主动。慕容皝让士卒高高树起了招降旗，并派人高喊："慕容仁是逆反，终不是正途。大单于仁慈，凡降归将领一律不杀，官职俸禄与过去无异；士卒亦皆无罪，临阵倒戈者立功。"慕容仁军开始分崩离析，大将丁衡、游毅皆被慕容汗、慕容评斩杀。而慕容皝军越战越勇，势如破竹。

慕容仁见大势已去，便听从孙机建言，决定率军西奔，撤向辽东城，再图东山。但归拢将士，才发觉所剩不足三千。正在踌躇是否继续收拢部将，属下来报，城中的佟寿、郭充、翟楷、庞鉴等将领，皆已败于慕容俊，仓皇向东北逃跑，投靠高句丽。

他叹了一口气说："看来是天要亡我仁矣。"

慕容仁西撤辽东城的道路，早已被慕容俊先前探路时掌握。慕容俊便派探路侍卫协助慕容汗，率五千轻骑疾追不舍。

逃亡中，慕容仁随众越来越少，大多投降或叛离。且道路皆是深雪，行了不足五十里，马已累得大汗淋淋。慕容仁见追兵甚急，便让慕容军设伏阻拦。但刚一交战，慕容军就率部投降。他明白，大势已去，硬拼已没有意义。

慕容仁与侍卫十几人隐藏于一个村落之中。而辽东城距此还很遥远，成功逃亡已不太可能。谋臣孙机对慕容仁说："不如让我换上大单于的盔胄，来冒充大单于去抵挡他们。而大单于可化装成打猎的民夫，就近逃往宇文部。"

慕容仁哀叹："我不会成为长兄慕容翰那样可以寄人篱下的人，那样的话还不如让我赴死。"说罢令侍从将其捆绑，说，"我这个大单于恐怕只能做到今天矣。你们将我交给慕容皝吧，他定会免你们一死。"

孙机等人不听，护之再逃。当时天已黑，道路难辨，转了一圈却又莫名其妙地回到了村庄。而此时，慕容汗的大军已至，团团将村子围住。

孙机换上慕容仁的盔胄，骑上他的枣红马，意图引开慕容汗的追兵。但很快被慕容汗的手下斩于马下，士兵将其首级割下送至慕容汗面前，慕容汗识得是孙机，便令士卒再搜。慕容仁终于在一个猪圈中束手就擒。他狼狈不堪地被推至慕容汗面前。慕容汗急忙下马解之缚绳，对慕容仁说："弟自小慕兄之威名，如落入大单于之手，定不会念手足之情，我可给兄一匹快马，迅即逃之。前面是龙虎山，明日我追至山上，就报告说兄昨夜已坠崖而亡，尸被雪埋，无处查找。望兄隐姓埋名，度过余生，万不可再与慕容氏族为敌。"

慕容仁说："兄乃亡命之徒，弟尚念手足情而怜助，兄死之更无憾矣。今败之，只怪天不助我，亦怪自己疏忽大意，但当初起兵之事终不悔矣。世子慕容皝要的是兄之性命，不得之不会罢休。兄又何必连累弟，做徒劳之事？速将我押解至他的帐下。"

慕容仁被押至慕容皝的大帐前。此时，慕容皝却不想见他，而是传令严密关押。如何处置这位犯上作乱的兄弟，他还要仔细再想一想。

慕容汗、慕容评皆为之求情，希望看在手足的情面上饶其一死，贬为庶民，流放大漠。而封弈和阳耽却劝单于即刻将其处死，以永绝后患。封弈说："慕容仁必杀之，定不可恕。此为吃人猛虎矣。一旦放虎归山，他日定会东山再起。到那个时候，纵踏冰过海，也无济于事。"

慕容皝则有些犹豫。慕容翰逃奔段部的事，已让他颇感后悔。如留在身边，那段辽又岂敢兵犯柳城。眼下，整个部族缺少慕容翰、慕容仁这样的骁勇大将，如能为其所用，慕容氏族又何惧天下。

对是否杀掉慕容仁，慕容皝决定先不作决断，押至大棘城再说。

封弈的手下追上了慕容仁的大将翟楷、庞鉴，将其斩首，而佟寿、郭充则逃奔高句丽。慕容皝命士卒一把火烧了慕容仁的单于府，对之前投降慕容仁的广武将军慕容军饶其一死，捋去所有封号，贬为庶民，永不得进大棘城。慕容仁军被俘的士卒全部充入慕容俊的军中。慕容皝封石琮为汝阳侯，守卫平郭城。大军即刻开拔，冒寒雪回师大棘城。

慕容皝挂念他即将生产的爱妃兰淑仪，也担心兵力完全空虚的都城安危。

三十六

凯旋的慕容皝遭受到了心理上的沉重打击。

大军离大棘城不足百里，城中信使来报：兰妃因难产命悬一线。慕容皝心急如焚，率一支轻骑快马加鞭赶往都城。

他甲胄未卸就奔到兰淑仪的寝宫。但已晚矣，爱妃兰淑仪因难产已故。慕容皝率军亲征，她夜夜难以入眠，无时无刻不关注前方的消息，直到前几日才传回消息，说平郭城已被攻克，她才放下心来。而不料当夜就要生产，血流满席，胎儿却下不来。她知命将危矣，却硬撑着丈夫的归来。终于，撑到慕容皝奔进宫门的那一刻，她呼出了最后一口气，轻轻喊了一声："我的王。"闭上了眼睛。

慕容皝万分悲痛，亲自为爱妻守灵。他对着兰淑仪说："我与爱妃约定双喜临门，我打败了叛贼，一喜登门，而得子的那一喜爱妃缘何不送给老夫，而送来一悲兮？"

众臣和慕容世嗣无不动容。

慕容皝以王后的礼仪厚葬兰妃。他领着自己和兰淑仪唯一的儿子，那个不足十岁的慕容垂，一起为兰淑仪送葬。整个大棘城都陷入悲伤之中。百姓皆流着泪观看葬礼，无不为贤惠的兰妃早逝而惋惜。

葬礼之后，慕容皝伤心至极，几天闭朝，不理政事。裴嶷、封弈几次劝谏，要他莫因私情而影响国家大事。

兰淑仪不仅是慕容皝妃子，亦是他挚爱的人，还是辅佐国政的良相。对慕容皝来说，失去了她，等于失去了半个国家。

慕容仁从前来狱中探望他的母后段氏口中知道了兰淑仪离世的消息。他长叹一口气说："我命该绝。"母后段氏不解说："我已向你的兄长求情，他答应了免你一死，还准备让你到司农司任职，又何言这丧气话？"

慕容仁说："皆知这兰妃是单于兄最宠幸之人。如今她死了，兄定会归罪于我。失妻之痛，定会让我以命来还。"

太后段氏不再说话。知子莫如母，她知道慕容皝亦是阴狭之人。但失去了慕容昭，作为母亲实在不忍失去第二个儿子。他去见慕容皝，欲再次向他求情，却被王后段氏拦住。这王后段氏乃太后段氏的远房侄女，当年还是太后段氏亲自为儿子允下的这门亲事，以求与段部长久和睦。王后段氏说："母后大人，单于失去兰妃悲伤过度，不思不想见任何人。来日平静了，他定会到母后寝宫请安。"

太后段氏心中一阵发紧。他知道，慕容仁命不保矣。

第二天，慕容皝早朝。他当朝宣布慕容仁七条叛逆大罪，下旨立即枭首处死。

行刑前，他令廷尉监为慕容仁沐浴更衣，并将之带至宏光殿。在这熟悉的大殿之上，慕容仁与慕容皝目光交锋。这是他们兄弟相别近三年后又一次相互在大殿上相遇。只不过一个端坐在高高的单于王座上，一个作为阶下囚被迫跪在大殿冰冷的砖土上。

但慕容仁却毫无畏惧和胆怯。他说："起事之时，我已有死的打算。不过死也要死在都城，能离父王母后的墓更近些。看在手足之薄面上，只求速死矣。"

慕容皝说："你们兄弟三人，为何要背叛我，难道真是因为我无德无能不配这单于之位？若我们兄弟一心，慕容氏族何愁不会中兴，今日恐已入主中原乎。"

慕容仁说："兄小时就以峻严苛厉而名，与我们素有隔阂；且心如沟壑，厚土难填。一旦成为单于，依兄之心胸，更不会容下我们。而我们各有雄心，亦不甘为你所驱使。这恐怕就是我们慕容氏族的悲剧吧。说到底，既生瑜何生亮。我和长兄慕容翰、弟慕容昭也许本不该生在慕容家。"

慕容皝说："孤为灭汝踏冰乘海三百里，死了无数将士，且搭上了爱妃之性命，今日定不会再让汝苟活。我本想凌迟，但念你心中尚存良知，还未完全泯灭与慕容氏族之情，几次拒绝外敌联手灭我的图谋，所以不会让你死得痛苦。但兄亦想知，今日临死，汝可后悔没有与那段氏、赵国联手攻我？也许，今天坐在单于之位的是你，而跪在下面的是我。"

慕容仁说："弟从未后悔，我始终牢记父王从小对我们的训示，不做与外敌勾结残害氏族的事情。今日兵败，也许是天意，我已无话可说，赶快送我上路吧，让我早日与父王团聚。再说，大棘城里许多人都等着看兄处死弟的场面，尤其等着看我的头挂在城墙上呢。"

慕容皝说："兄杀汝亦是伤天理之事，情非得已，休怪为兄。如有冤屈就到九泉之下向父王述说罢。"

慕容皝念在兄弟一场，没有对慕容仁用刑折磨，而是好酒好菜之后，押赴刑场，改枭首为斩刑。慕容仁死后，遵其遗言，没有埋在慕容祖坟，而是厚葬于平郭城，所有封号一概保留。

围绕王位的一场轰轰烈烈的兄弟纷争，暂时以二死一逃而落下了帷幕。慕容氏族内部纷争归于平静，慕容廆终于在单于之位牢牢坐稳，此后再无人敢于挑战。

被从平郭营救出的晋使，十分感激慕容廆，也为之举行了册封仪式。慕容廆从悲痛中走出来，又恢复了往日的霸气。

闻慕容廆出兵平郭，进攻慕容仁。段辽又骚扰柳城，进行抢掠。慕容廆决定再次亲征。他亲率三万大军浩浩荡荡向柳城进军。段辽没有料到慕容廆如此迅速消灭了慕容仁，见大军开来，急命各自军队后撤百里。

慕容廆将大寨扎驻柳城。剿灭慕容仁一役，王子慕容俊大放异彩。而这一次，他要让刚满十五岁的慕容恪率军征战，一试锋芒。

慕容恪对慕容廆说："儿臣侦探得知，此次攻我柳城，段辽亲自为先锋，而段兰在边境驻扎作为策应和保障供给。故正面之敌应是段辽主力，父王应避强就弱，可派一支轻骑兵绕过段辽主力，夜袭段兰部，并作大声势，他们猝不及防，以为是大军来攻，定会溃败。"

慕容廆听从此计，令慕容恪率一支精锐夜晚绕过段辽大营，突入后方，猛击段兰。段兰根本没有料到，果然大败，四处溃逃。慕容恪缴获了他们的粮草和补给，却并不马上撤退，而是命士兵就在敌方的军营中驻扎。士卒吃着敌人的军粮，战马喂着敌方的草料，最后将拉不走的粮草一把火烧掉，五天之后才返回柳城。

他料到段辽在没有弄清对方是否主力的情况下，不会贸然行动。

慕容恪又向慕容廆建议说："我们打败了段兰，又抢了他们的补给，段兰无功而归，必感到耻辱，我想今晚他们就会绕到我们后方偷袭，不如在柳城西南的马儿山附近设下埋伏等候他们上钩。"

慕容廆对这个十几岁的天才少年又一次暗暗称奇。他对战场的那种嗅觉和敏锐，让慕容廆甚至感到胜过自己。这将是慕容家族的又一名冉冉升起的战将。他让大将高诩带领骑兵潜伏在马儿山各条道路上。不久，段兰的骑兵果然来到，高诩和慕容恪前后夹击，再次大获全胜，并斩杀了段辽的大将荣保。

三十七

慕容皝的重要谋臣，曾任军谘祭酒、辽西太守、东夷校尉的阳耽，病入膏肓，将要终结一生。

自踏海征战慕容仁归后，他就染上风寒，卧床不起，久治不愈。

他一生耿直沉敏，竭尽全力辅佐慕容皝。慕容皝到府中探望，阳耽闻讯让家人着好官服，向南跪在厅堂迎之。

慕容皝见之大惊，忙上前搀起，说阳公缠病在身，何须行此大礼。

阳耽依然跪着说："尊敬的君王，让我提早为您行臣王之礼吧，否则臣一生不再有机会了。现在，我慕容氏族疆域辽阔，纵横千里，军力强大，百姓乐业。大单于称雄于辽东，治理有方，且踏冰三百剿灭逆贼，又带兵亲征重创了段部，声威大震。我想该是实现大单于梦想的时候了。所以臣以将死之人，力劝大单于顺从民意，宣布建国，正式称王。"

慕容皝说："阳公所言关系重大。如今我们虽亦称国，但只是自称而已。先前之西晋，如今所谓之东晋，两个朝廷皆视我们为夷族部落，不封王，只封单于和刺史之官职，所有文书上也不称之为国。先王对此耿耿于怀，薨逝时也有建国立王之遗言，我亦一直孜孜以求。但建国称王不是小事，势必引起周围各国的猜疑和嫉恨，尤其朝廷亦定会反对，还是让我再想一想吧。"

阳耽说："此事已水到渠成，单于不应犹豫，当立即决断。而国号臣亦思虑多日，不如就称之为'燕'吧。周武王灭商后，封其弟姬奭于燕地，燕地在燕山之野，燕国因燕山而得名。从此壮大，成为战国七雄之一。臣考之，其都城先为蓟城，后为临易，再是辽阳。最终，秦王嬴政派王贲率军进攻辽东，俘虏了燕王喜，燕国方亡。秦在燕地设渔阳郡、右北平郡、辽西郡及辽东郡，此体制延至晋，与今基本相同。今慕容国之疆域，与古之燕大致相同。故臣以为，不如就地建立燕国，以表重振昔日七雄时燕之兴盛。如此，定能号召天下，广振人心，吸引有识之士，唤起万钧之力，为入主中原奠定基础。"

慕容皝听后，热泪满面，对阳耽说："阳公不愧我的股肱之臣，替我想到了心里。一切定当遵之，不负阳公之厚望。而当今正是建国用人之际，阳公有恙，我又如何舍得你去。将赏万金，召天下良医为阳公医治。”

阳耽说：“臣已无用矣，如今大王麾下人才济济。除了封弈，慕容俊、慕容恪已是栋梁之才，可堪大用。裴嶷老矣，可以封弈为相，慕容俊为世子，重用韩寿、裴开、阳骛、皇甫真等人，则大局定矣。”

慕容皝说：“我一生中唯一感觉对不起的是爱妃兰淑仪。故关于世子人选，一直在俊儿和垂儿之间犹豫。依我来看，兰妃所生的那垂儿，虽还未成年，已是与众不同，加以调教，想必定是定国安邦之才。”

阳耽说：“臣建议还是立慕容俊为世子。慕容俊为嫡长子，且能深谋远虑，又能杀伐决断，定是天子之才。加之慕容恪的辅佐，即使大王百年之后，燕亦无忧矣。如立慕容垂，则会引发朝内不满，甚至兄弟阋墙，祸乱无穷。在立世子之事上，大王绝不能像先王那样，立而不挺，怀有暧昧之心，而摇摆不定。”

慕容皝说：“阳公所言有理，我皆记于心，望静心养病，早日康复，再为我出力。”

而阳耽跪送慕容皝，并说：“燕王请受臣最后一拜。”

两日后，阳耽离世。慕容皝命为之厚葬，并加封为龙骧将军。

建立国家，并成为一国之王，甚至一统天下，坐上皇帝宝座，一直是慕容皝内心的憧憬。如同他的父亲，尽管出身于胡族，但饱读典籍，对汉人的统治方式却充满迷恋和向往。他们都不愿只是一个夷族部落的首领或朝廷恩赐的一个刺史，而是一心想成为秦王嬴政、汉高祖刘邦那样睥睨天下的帝王。这也是为什么慕容氏族一直向晋称臣，并与段部、宇文部、扶余等部落氏族明显不同，在内完全实行汉化统治体系的原因。这也注定他们对中原有更大的野心，并比其他夷族部落在崛起之路上走得更远。

但是贸然立国称王，是要冒极大风险的。周围的各部是否会一致声讨，朝廷会不发兵讨伐，以及将来如何处理与邻邦的关系，这些都应考虑并有所准备。

慕容皝料到，东晋朝廷断然不会同意。从以往看，晋之封国，皆是册封于开国功臣、皇子，要不是就是归顺边塞异族异邦。慕容氏族所辖的地方，晋一直视之为州或郡。如慕容氏族这样的部落或州郡皆晋升之为王国，必引发其他部落效仿，造成四处割据，朝廷难以统治。

恰逢十月初一寒衣节，慕容皝来到兰妃之墓祭扫。他喝退他人，一个人向兰妃述说建国立王之事，然后对着坟墓说："要是爱妃在世就好了，我岂有这么多的疑惑。"话音未落，忽然一阵阴风而过，墓旁的大树上掉下一树枝，恰落在慕容皝的头上，将其单于鹰顶金冠砸落。慕容皝一愣，马上露出笑容说道："我知道爱妃之意了，你是让我把单于之冠摘掉，而戴上王冠矣。有爱妃之意，我心已决。"

其实慕容皝亦早已看清形势。现在中原纷乱，赵国不断向外蚕食。北方慕容国、段部、宇文部、高句丽、拓跋部相侵扰争斗，朝廷已无力北伐平定。即使反对，亦无计可施。再者，慕容部历来归顺朝廷，朝廷也需要其作为牵制北方势力的一枚重要棋子，不会轻易翻脸。

朝会之上，他向众臣抛出阳耽临死之前的建议，并说出兰妃墓前所见之征兆。他问道："众臣以为如何？"

一阵沉默，继而众将和大臣跪下一片，皆呼道："奏请大单于顺从天意，尽快成为我大燕之王。"

慕容皝没有料到如此，自然心中高兴。他说："列位请起，本单于欣然准奏。诸位臣子跟随先王南征北战，打下这片江山，成为燕国之基石。如今我遂顺天意民心，宣布建国，此亦是遵先王之遗言矣。从此，众臣万民终于有了自己的国家。我亦定当念将士之忠勤，知战伐之辛苦，宵衣旰食，焦思劳神，与众臣协力同心，以期永固，以致升平。"

他宣布，特命国相裴嶷率列位大臣，筹备建国大典，择吉日举行。

公元 337 年十一月，慕容皝举行隆重的建国仪式。正式建立燕国，大赦天下，布告四方；自立为燕王，并登燕王位；乘坐以黄金为饰的根车，用六匹马驾车，出入清道警戒。

任封弈为国相，韩寿为司马，裴开为奉常，阳骛为司隶，王寓为太仆，李洪为大理，杜群为纳言令，宋该、刘瞻、石琮为常伯，皇甫真、阳协为冗骑常侍，宋晃、平熙、张泓为将军，封裕为记室监。追尊父亲武宣公慕容廆为武宣王，母亲段氏为武宣后，立夫人段氏为王后。册立慕容儁为太子，一切如同魏武帝曹操、晋文帝司马昭辅政时一样。并特派阳骛为特使，出任建邺，说明情况，请求朝廷正式册封。

三十八

阳骛未到建邺，东晋朝廷就已闻知慕容皝擅自建国称王。朝上一片哗然。

少年皇帝晋成帝大怒，说："那慕容氏虽封其为单于，但实为朝廷任命的管理一方的地方官吏。一个刺史竟敢建国称王，这还了得。"说罢，就要以逆反之界，兴兵讨伐。而辅政的中书监庚冰却反对。他说："慕容氏占据辽东，若派兵讨伐不仅路途遥远，且须绕道赵国。而赵国石虎野心勃勃，正扩充实力，意图占据整个中原。如朝廷与慕容氏开战，石虎定会背后截击，或者乘机入侵江南。不如先积蓄实力，待时机成熟大举北伐，将赵国和慕容氏族一齐灭之。"

晋成帝说："依庚卿之言该当如何？他们的使者即将到来，若是不准，又恐这慕容皝倒向赵国石虎，联合与孤为敌。"

庚冰则言："慕容皝投入石虎，似不可能。陛下可先不答应，只说朝廷要慎议。"

于是慕容皝派出的特使阳骛受到冷落。不日，即返回大棘城禀报。朝廷不允，这自然在慕容皝意料之中。

众臣颇感失望。慕容恪却说："朝廷不承认我燕国，亦是好事。何不以此为由，转而假意向赵国称藩，与之联手剿灭段氏。那赵国石虎定不会怀疑。"

此计一出，众臣愕然。慕容皝却眼前一亮。

太子慕容俊说："恪弟深谋，目前威胁我燕国之外敌，无非赵、段、宇文以及高句丽。尤其是段部和宇文部勾结一起，不断侵袭骚扰。而段辽自恃强大，不自量力，还屡屡侵犯赵国，想必那石虎早已视为眼中钉。两国联手灭段之计，儿臣来看可行，且是一着妙棋。如我们灭了段氏，既可扩大疆土，也可以此向朝廷报功，禀告替朝廷剿灭了乱贼，再次请求答应我们建燕称王之请求。"

国相封弈奏言："计是好计，只是那石虎生性暴残，出尔反尔。与之联合，无异于与虎谋皮。还是谨慎为好。"

慕容恪说："欲出奇兵，就要剑从偏锋，再说我慕容氏族历经千难万险，又何惧石虎之虎狼？”

慕容皝又一次感到这慕容恪的卓尔不群。他熟读兵书，却不拘泥。骁勇善战，却精于谋。循常规又常有惊异之举。如此大胆巧妙之计，非一般谋士所想。他问慕容恪：“这是个好主意，但这石虎也是狡诈之人，如何又让他深信不疑呢？”

想不到慕容恪说：“可以我为质。”

慕容皝说：“那我就带着恪儿前去赵国，与石虎一会。”

封弈诸大臣担心燕王安危，皆反对。慕容皝说：“不入虎穴，焉得虎子。我去了，那石虎才不会生疑。”

慕容皝先派使者使赵，告之燕王为两国修睦，将亲自拜访赵王，并商谈向赵称臣之事。石虎大喜，告诉使者说：“燕王识大体，果然不凡，我赵国将以大礼欢迎燕王的到来。”

这赵国由石勒建立。早年的石勒，出身于羯族，家境贫寒，曾被人掠卖为奴。西晋牧主汲桑反晋起事，自称大将军。石勒投之，并率人攻打郡县，释放囚徒，十分勇敢，很快被封为讨虏将军。汲桑兵败，又投于刘渊。那刘渊乃匈奴人，趁着八王之乱，割据并州，建立汉赵国。后来石勒在汉人张宾辅助之下以襄国为根据地，先后灭了王浚、邵续与段匹磾等西晋在北方的势力，与刘渊之子，亦即汉赵国新主刘曜决裂，自建赵国，称赵王，行皇帝事，都襄国。

这石勒虽不识字，但在行军中设君子营，让汉族儒士给他念《左传》《史记》。他极力倡导汉化，求贤纳谏、优待士人、劝课农桑，还建立三试入仕的选才制度。赵国于是很快进入鼎盛，占据大半个中原，与东晋以淮为界。石勒虽为明主，亦行事暴虐。屠城坑俘如家常便饭一般，屠刀之下反抗者鲜有幸存。宁平城之战，对着数十万已经放弃抵抗的晋军和随军百姓，石勒命手下士卒分骑围射，斩尽杀绝。

石勒驾崩，其皇位由儿子石弘继承。翌年，石勒的侄子石虎废杀石弘，自立为王。这石虎继承了石勒之暴虐，有过而无不及。其攻下青州，下令屠城，整座城仅余下七百多活口。有一胡僧吴进言于石虎说，胡运将衰，晋当复兴，应当让晋人服劳役来压制晋的气运。石虎便让尚书张群征发附近各郡的男女十六万人，车十万辆，运土到邺城以北，修筑华林苑及漫长的围墙。成千上万人被苦役折磨死去。

石虎虽残暴，但对这慕容氏族却畏惧三分。他知道这慕容氏族从慕容廆起，就英雄辈出，战神鹊起。慕容翰、慕容仁、慕容皝等个个足智多谋、骁勇善战。虽然自恃国家强大，但真的与燕较量起来，他心中也有一丝胆怯。现在听说慕容皝建燕不被东晋承认，一气之下向自己称藩，自然高兴不已。

慕容皝亲率使团，来到了赵国的国都襄国城。

这襄国城，因其城墙宽可卧牛，故称卧牛城。城池宏伟，历经十八年才建成。都城人丁号称百万，乃北方最繁华之地。

赵王以最高礼仪接待慕容皝。他在华林苑太武殿台举行盛大的宴会为慕容皝洗尘接风。

慕容皝参观了石虎的太武殿。其台基高二丈八尺，长六十五步，宽七十五步，用有纹理的石块砌成。殿基之下是地下宫室，安置卫士五百人。大殿用漆涂饰屋瓦，用金装饰瓦当，用银装饰楹柱，可谓珠帘玉壁，巧夺天工。宫殿内安放白玉床，挂着流苏帐，造金莲花覆盖在帐顶。又在显阳殿后面建造九座宫殿，挑选士民的女子一万余人安置在殿内，佩戴珠玉、身穿绫罗绸缎。又设置女太史，专门负责教她们占星气，各种杂术、技巧，以及马上马下的射术。还有一千余女骑兵充当皇帝车驾的侍从，都戴着紫纶头巾，穿熟锦制作的裤子和五彩织成的靴子，腰系金银缕带，手执羽仪。

如此气派，东晋的皇帝都远远不如。

慕容皝看着太武殿巨大的钟、九龙、翁仲、铜驼、飞廉暗暗称奇。赵国国相介绍说，这都是从洛阳搬运到邺城的。陆路用四轮缠辋车运载，车辙间距四尺，深二尺。水路则专门建造了可以载重万斛的大船。运载中有一口钟沉于黄河，为此招募三百名谙熟水性的人潜入黄河，用竹质的大绳捆扎，然后用一百头牛牵引起重滑车，这才把钟拉出水面。

慕容皝听之，啧啧称奇。这和他大棘城的宫殿相比，可谓一个天上，一个地下。

三十九

当晚，石虎头戴通天冠、身佩玉玺，循周礼的规定先礼乐一番，然后与慕容皝一起观赏杂技表演。

群臣坐满，美酒佳酿尽情享用。殿上挂着大铁灯，上有一百二十盏灯火。在灯下有数千戴金银佩饰的宫女和石虎观看表演。在殿外，三十部鼓吹同时演奏，鼓乐震天，场面极为震撼。

俩人执手称兄道弟。得意之际，石虎说：“晋帝薄情矣，想当初你们慕容氏族斩了我的信使，并将头颅送于那朝，以表忠心，今又如何？连想成为藩国都不允。不过，晋帝苟延残喘，用不了多久就会被孤所亡。燕王弟向孤称臣，乃明智之举。今后燕有赵这棵大树依靠，又有什么可畏惧的呢？”

慕容皝举杯敬谢：“良禽择佳木而栖，贤臣择明主而仕。皇兄这棵大树王弟自然是靠定了。”

石虎问：“先帝石勒当年曾自夸功德在汉光武帝之上，而燕王弟今以为孤能和古代哪位君主相匹？”

慕容皝心中虽感到有些可笑，但还是奉迎说：“皇兄神武筹略可比汉高祖刘邦，雄艺英武可比魏武帝曹操。有史以来，轩辕黄帝第一，皇兄可排第二。待皇兄一统天下，将是亘古未有之圣君。”

石虎捋须大笑，但亦有自知自明。他说：“燕王弟取笑孤矣。但思来想去，他们的名气虽比孤响亮，不过尔耳，哪又有孤如此威风八面。秦始皇那阿房宫即使建成，又岂能比得上孤的宫殿。”

慕容皝说：“这世间总有一些小邦如苍蝇跳蚤般令人讨厌，且不自量力，常常向强大的国家挑战，如蟊贼一般，趁主人不注意，干些偷鸡摸狗之事。所以请求皇兄能与弟合作，南北夹击，一起将那可恶的段辽灭掉。”

说起这段辽，石虎亦颇为头疼。段经常出兵扰袭赵国，尤其最近派大将段屈云打败幽州刺史李孟，竟将赵国的幽州夺去。石虎说：“燕王弟之请求当不在话下。既燕王成为孤的臣子，燕为赵之藩属国，自然要为弟出这口气。但孤亦担心燕万一失信，假意事赵，而实与段共谋赵矣。孤还要想一想。”

石虎故意为难，实为测验慕容皝之心。

慕容皝早就料之。他说：“皇兄若不信臣，弟可让自己随行的儿子慕容恪为质，留在赵国。待灭了段辽后再归。”石虎一愣，又马上高兴地说：

"虽是君臣，但你我亦是惺惺相惜之兄弟，兄弟之间又有什么可以怀疑的呢。质子之事孤看就不必了。"

慕容皝心中窃喜，想这石虎还是勇有余而谋不足。换作自己，决不会轻言放弃质子之事。两国决定联合伐段，到约定之日，分别从南北出兵，一举灭掉段部。

当夜，慕容皝宿在宫殿外的鸿胪馆。这鸿胪馆负责招待前来朝觐的藩国国主、外吏，以及外国邦夷派来的特使。其建筑宏伟，与建德宫遥相呼应。且内部装饰豪华，亦不亚于宫殿。慕容皝知道自己身处险地，了无睡意。夜半时，他起身换上赵国杂役的衣服，与贴身侍卫悄然逃出鸿胪馆。城郊树林中早已备好几匹快马，他纵身上马，迅速狂奔至边境。

这是他早已与慕容恪计谋好的。宴席之后，他便告之慕容恪："今天大殿之上，那赵国太尉夔安看我眼神不对，定会劝说石虎杀我。今夜我将单独逃之，如此我与你们才都安全。"

果然，寅时，一阵嘈杂，石虎的部队突然包围了鸿胪馆。为首的将军说皇帝要请燕王早朝再议伐段之事。慕容恪说："我燕王因有紧急国事昨晚提早回国了。我是王子，有事可替之决断。"

石虎闻之，说："罢了，逃了也好，是这慕容皝命该不绝。剩余的那些使者也都放行吧。"

原来昨夜宴之后，太尉夔安对石虎说："此人骨骼巨壮，身形魁梧，颇有帝王之相。世间也传言，此人颇如三国之曹操，乃雄毅不凡之人。将来皇帝统一全国，扫平各方荡寇，恐必为其所扰，不如杀之，称其在赵暴病身亡。然后借帮助太子即位、保护燕国不受外侵之名，占领燕国，扩展疆土。"石虎觉得言之有理，急忙让其安排，捉拿慕容皝。

但负责行动的将军，因国宴上喝多了酒，又跑到妓所大醉不醒。负责传达命令的尚书，直到半夜才寻到，并将之唤醒。没有捉到慕容皝，太尉夔安更加不安。他不但验证了自己的判断，甚至还觉得这慕容皝将来必是赵之劲敌。

燕王慕容皝虽经大险，但亦不虚此行。他通过实地观察，终于摸清了赵国及君王石虎的情况。知彼知己百战不殆。这赵国，不仅是燕之威胁，也是入主中原的最大绊脚石。他必须对之有所了解。

慕容皝回到大棘城。他即召集国相封弈、太子慕容俊、渡辽大将军慕容恪商议。他说："今孤到赵国，很是大开眼界。虽赵疆土广阔、国力强大，且都城繁华、宫殿豪奢、国君雄霸，但石虎骄奢淫逸，残暴无常，大兴土木，苦役百姓，这样的国家盛极必衰，终不会持久。且这石虎狂妄自大，耽于享乐，未有远谋，实乃胡亥纣王之再世矣。我料这赵定不会长久，三年之内必生内乱。故赵不足畏也，我们大可照计行事。"

慕容恪说："父王所言甚是。我细观都城百姓皆是满脸苦色，而满朝文武皆人人自危，刻意奉承，言不由衷。又听闻几个儿子荒淫无度，且手足相残。虽宫殿豪奢，但国家大厦将倾。至于联合伐段之事，儿臣料石虎定会践约。因石虎与晋分庭抗礼，以大国自称，如一旦食言，怕被天下人耻笑。且联合伐段，少派军队，可省国力，又能夺回失地，扩大疆域，于己有利，不会不就范。"

果正如慕容恪所言。过了几个月，石虎派使主动来燕商定共同出兵伐段之事。双方约定，赵国与燕国各从南北于八月五日进攻段部，会合于令支。

石虎为此精心准备，任支雄为龙骧大将军，姚弋仲为冠军将军，率步兵、骑兵七万人为先锋，从正面攻入段境。还招募骁勇善战士兵三万人，全部拜授为龙腾上郎，作为后援。又命桃豹为横海将军，王华为渡辽将军，率领十万水军由漂渝津出发，绕道水路作为策应。

慕容皝也应声而动。他亲自领军，与慕容俊、慕容恪一起率五万大军攻打段辽都城令支以北诸城。

强敌云集，大军压境，令段辽胆战心惊。他这才明白，猴子挑战老虎的结局。他召集群臣商议，不知如何是好。

其弟段兰说："听闻是那慕容皝向石虎称藩，并要求赵国协助其攻我段部。所以，这燕是祸端，着实可恨。因而请求大王集中兵力攻打慕容皝，以解心头之恨。且燕军近在咫尺，而赵军远离千里，我们不如击退燕军之后，再去对付赵国不迟。"

慕容翰则极力反对。他说："段兰将军差矣，今赵国大军在南边攻来，足有十万之众，且气势汹汹，势在必得，才是危险所在。大王应当集中力量前去抵御，否则有亡国之虞。而慕容皝心怀鬼胎，不过是借机教训我们，图谋侵占几个城池罢了，并不会真心与赵配合，故不值派军去抵御。且这次慕容皝亲自挂帅，士卒精锐，如与之交战，恐难取胜。如大军失利，又如何再与赵军抗衡？”

段兰怒道：“尔虽投我，但心中偏袒母国，前一次攻打柳城就是被尔所误，失掉了彻底打败慕容皝的机会，以至召今日之祸患。今日我和大王再也不会上尔之当。”

慕容翰面露愠色，再次劝阻段辽不要派军与燕军交锋。但段辽却执意派段兰率主力与慕容皝交战。慕容翰无奈，只好说：“段兰将军认为臣有贰心，不信任臣，故请大王不要派臣与他同去。臣只求陪伴在大王左右，保护大王。”段辽应允，与慕容翰一起率剩余之军向南进发，抵挡赵军。他与段兰约定，段兰一旦克燕军，迅即向南驰援自己。

慕容翰预感这一次段有覆顶之灾。但他觉得段辽对他不薄，并不愿弃他而去。他令段慧收拾家当，将儿子慕容钩带在身边，随时准备逃亡。

赵燕联合灭段之战，首先在北方打响。慕容皝亲率大军与段兰大战。段兰有勇无谋，岂是慕容皝的对手。不过几日，慕容皝就占领段部五城，斩杀敌首级过千，掠走大量的人口和牲畜。

燕军本该按约定继续南上，在令支与赵军会合。此时封弈却禀告燕王慕容皝说：“我们打败了段之主力，也得到了应得的疆土和物资，再打下去就会消耗我们的力量，不如就此撤军，让石虎来与段辽相拼。”

慕容皝说：“善。这石虎当初在襄国城还想取我性命。有其不义，就有我不仁。”于是派将士守卫夺得的五城，其余大军撤回大棘城。

燕军以最小代价，换来了最大收获。

四十

段兰的军队损失大半，见燕军撤去，便马上收拢集中，向南进发，与段辽会合，共同抵抗赵军。

段兰兵败，见到慕容翰低下头颅，不敢再与其为敌，一切皆俯首帖耳矣。慕容翰有了话语权，他献计于段辽：“眼下最要紧的是保存实力，以小搏大。与赵军相遇后，万不可恋战。稍战即退，退之有序。然后利用我军熟悉地形，寻机设伏，以少胜多。”于是段军一路败逃，赵军则一路追击。终于在徐无一带，段辽设伏重创赵军。

段兰甩掉头盔，面向士兵，削发为誓。他向士兵怒吼："石虎残暴无德，决不能让他侵占了我们的土地，凌辱我们的妻女。段氏男儿，一个不留，战死沙场。"段军在段兰率领下，个个皆杀红了眼。慕容翰亦率军纵马杀向赵军，挥刀砍杀敌军。激战中，他瞅准机会，一个转身，弯弓怒射。箭射中赵军龙骧大将军支雄的面颊。支雄倒地而亡，段军乘机发起反击，赵军溃败。

段兰兴奋，以为胜利在望，指挥大军向南追击。慕容翰急忙阻拦，大声喊道："段将军不可追击，应速集结军队，退回令支，以城固守。"但段兰早已听不进他的话，继续南进。而此时，赵国大将姚弋仲率三万龙腾上郎援军赶到，从水路前来桃豹、王华也率军包抄上来。被追击的赵军也回戈以向，段军大势已去，近五万人战亡。

段兰拼命搏杀，率不足十骑杀出重围仓皇而逃。而段辽闻之前线大败，带着妻儿及王公贵族一千多户，欲放弃令支逃往密云山。

段辽要慕容翰与他一起逃亡。慕容翰说："我本是逃亡之人，今逃亡之地段部沦陷，我再与沦陷之地的人逃亡，岂不令天下人耻笑。就是逃亡，我也要自己再选个地方。"他与段辽辞行，并将爱妻段慧与儿子慕容钩托付于段辽。他说："我不知接下去欲往何处，但不管去何处，皆有危险，对妻儿不利，故还得烦大王照料。"段辽却哭泣着对慕容翰说："想来真是惭愧，段氏江山竟葬送在我的手中，我死后无脸再见列祖列宗。我固执己见，不听取你的高见，竟不自量力，同时与两个强邻为敌，最后自取败亡。固然是咎由自取，又让你丧失安身之处，心中更感惭愧。"

慕容翰说"当初王肯收留我，还任我大将军，将美丽贤惠的妹妹嫁我，翰没齿不忘。今段部亡矣，也是天意。望王忍辱负重，卧薪尝胆，如越王勾践，重整旗鼓，东山再起。"

两人唏嘘再三。段辽说："将军最后可有其他嘱托。"慕容翰说："若王走投无路，切记投赵也不要投燕。"段辽想了想，没有想明白，便说："何故？"慕容翰却说："不要问原因了，记住我的话即可。"说罢各分东西。

慕容翰想了想，便策马向北。他要投奔宇文部。

石虎率军进入令支，却久不见慕容部会合。才闻慕容皝早已带着丰厚的战利品，班师回国。太尉夔安对石虎说："这慕容氏与段氏同为鲜卑，皆是些出尔反尔、贪图私利、不讲信用的宵小之徒，不如乘此发兵，狠狠教训一下慕容皝。”石虎亦大怒：“小小燕国竟敢欺骗玩弄朕于股掌，孤要亲自讨伐，活捉那慕容皝。”

于是十几万大军就地在段部休整，并补给粮草，然后浩浩荡荡向燕国开进。

慕容皝正在为此战大胜且收获颇多而沾沾自喜。突接来报，说赵大军十万已越过边境向大棘城开来。边境守军大败，赵军所向披靡，且沿途官吏守将纷纷倒戈。成周内史崔焘、居就郡守游泓、武原郡守常霸、东夷校尉封抽、护军宋晃等人投降石虎。石虎大军不费一兵一卒，收降了燕之三十六座城池。

自然亦有忠烈之士。武宁郡守孙兴杀死降将，关闭城门死守。朝鲜郡守孙泳，率部抵抗赵军。乐浪郡守鞠彭，其郡失守后坚决不降，带领同乡勇士二百多人突围投奔大棘城。但都是杯水车薪，丝毫挡不住赵国大军的进攻。

慕容皝急忙派封弈、慕容评率军前去迎击。但很快溃败而归。赵军乘胜追击，并兵分几路，开始形成对大棘城的包围之势。

石虎大有灭燕之势。

和上次崔毖勾联三国围攻大棘城不同，这一次燕真正处于亡国之危中。慕容皝脸色凝重，召集众臣商议。

司马韩寿建议在赵军未完成合围之前，速率大军撤出大棘城而退往平郭。他说：“石虎固执且残暴，现在正在气头之上，不打下大棘城肯定不会罢休。不如避开锋芒，先撤往平郭，保住实力，再做打算。”

近一半多的大臣同意韩寿所奏。

只有封弈、慕容俊、慕容恪等少数人反对弃城。慕容俊说：“如果弃城，燕军恐会人心慌乱，如赵军紧逼，定会成溃败之势。再说，大棘城至平郭，一路平坦，很难设伏，恐怕退不到平郭，就被赵军消灭掉了。”

慕容皝犹豫不定。

此时，众臣中突然站出一人，大声说道：“臣坚决反对弃城。”

慕容皝一看，原来是先王的侄孙慕舆根。此人年纪不满二十，却也随慕容皝四处征战，立下不少战功。而给慕容皝留下深刻印象的，是他的善射。

一次行猎，有一野羊立于崖上。慕容皝令左右射之，莫有中者。而这慕舆根自荐求射之，竟一发而中。

慕容皝问："缘何反对弃城？"

慕舆根说："虽然敌强我弱，我王也不应离开都城。战，气势也。王是一国之君，更是将士和百姓的心之依托。王在，将士的胆魄就在，敌虽强而不畏。王不在，则将士心不在焉，稍有风吹草动，便六神无主，溃败于瞬间。臣以为，莫被石虎兵威所迷惑，而要坚守大棘城挫敌锋芒，以待战局变化。战局有利，则伺机出战，还是能击败赵军的。将士百姓皆闻青州被石虎所屠之惨，难道大王要让大棘城重演此悲乎。"

慕容皝不语。敌强我弱，他在想像硬拼的结局：燕也许如段部一样灰飞烟灭。

国相封弈说："现在强敌压境，国家安危系于王一身。此刻王唯有一种选择，就是坚守都城，与赵决一死战。石虎的凶残暴虐天下共知，他的灭亡亦指日可待。只要渡过眼下一劫，燕就会有灭赵之机。再说，他的军队远道而来，人疲马乏，只能速战。我们只要死守，过不了多久，他们必退无疑。"

慕容皝仍不表态，但心中似乎已有了主意。他似乎在等待着什么。此时慕容恪走到龙椅前说："我曾闻自周武王起每至大战前皆占卜龟兆。左司马兼广武将军高诩素观天象知天文，亦精于占卜。何不就此占一卦矣。"

慕容皝准之。

高诩将卦板置于两只筒中，一曰内卦，另一曰外卦。请燕王一一抽之。在内卦中慕容皝抽得的竹简上写有一字"风"，而在外卦中抽得的竹简上写有一"山"。高诩一看，大喊一声："我王吉也。"

慕容皝说："何为吉矣？"

高诩说："我王要和赵国石虎一战，内卦代表我方，外卦代表对方。我方抽得'风'，而赵抽得'山'。岁云秋矣，是草木摇落的季节。我是风，赵是山，卦象显示的正是秋天的风吹过大山，结果必是落木萧萧下矣。故此战如秋风扫落叶，赵必败矣。"

见此，燕王慕容皝厉言："我秉从父王遗志，取得天下做了燕王，大燕国基业还未开始，岂可逃跑或投降。我决心已下，誓与都城将士和百姓共存亡。孰再议降逃，以叛逆大罪论处。”

慕容恪心思缜密，又总能把事情看得更远。其实他早已与高诩合谋，准备了那占卜筒以备用。而那占卜筒中的竹简其实都是一样的。一只筒内全部写的是“风”，一只筒内写的全是“山”。他知道父王定会选择一战，但最终还要找个借口说服持异议的臣子。

于是，慕容皝坚守城池，并不主动出战。石虎陈兵城下，双方相持几十天后，石虎决定安营扎寨，伺机攻城。

从慕容廆起，大棘城就曾多次被异邦围攻，所以十分重视维护城墙的坚固，以及军事设施的建设。且在破解围城上，慕容氏族的将士经历了无数次战役，早已稔熟其中的战术。

赵军四面合围，自恃兵力雄厚，日日夜夜攻城不歇，击鼓和伐木的声音响彻城外。兵士背负木板，手持火炬，攀缘登城；同时调集弓箭手向城上远射，掩护攻城士卒。燕军在慕容皝指挥下，昼夜力战，滚木礌石源源而下。直攻了数日，城仍不能破。赵军气势衰竭，粮运不济，石虎开始犹豫是否下令退军。而燕军士气大振，固守城池的信心更足。

战事出现转机，正朝燕军有利方面发展。此时有暗报，石琮率二万大军自平郭增援，已埋伏在赵军之后。慕容皝说：“大破敌军时候到矣。明日清晨是敌最疲劳也是防御能力最弱的时候，此时恪儿可带五千精骑兵，出城北门攻击围城最弱的赵军一部，将敌兵力吸引过去，然后我率大军从南门冲出去攻击其余部队，同时俊儿率一小队精骑借机突出重围，与增援的高诩会合，与其从赵军背后发起攻击。这样赵军猝不及防，定会大溃。”

千钧重担落在了英雄少年慕容恪头上。慕容恪却说：“儿臣只带二千骑兵即可，其余三千可拨给太子兄。这二千精骑个个勇猛无比，以一当十，平素皆儿臣亲自训练，朝夕相处，心领神会。”

慕空皝似还有些担心，说：“恪儿万不可恋战，一击即回，以防陷入重围不能自拔。”

四十一

慕容恪却有必胜之心。

他仔细观察了对方，发现赵军虽人数众多，但却慵懒散漫，战斗力不强。久攻不克，将士多有急躁厌烦。又加上长途奔袭，劳累病乏，补给不足，士卒皆无精打采。夜晚，许多将士将盔甲脱掉，战马放牧于田野。

次日卯时一刻，慕容恪对两千骑兵高声说道："养兵千日，用兵一时。杀敌立功和检验你们的时候到矣，众将士只要按我训练时的要诀，保持好队形，出刀快准狠，则敌必败矣。"

慕容恪从百姓中亲自挑选了这些士兵，又按自己的想法训练了他们。他十分讲求战术和士兵的军事素养，要他们学会动脑筋去打仗。其两千精骑，马不但是精心挑选出的，且对马的训练也是一流的。骑兵与马在作战中已做到了合二为一。

虽然只有两千，但如此训练有素的精骑却能以一胜百。清晨，天还蒙蒙亮，城门偷偷开了一扇，身背弓箭、左手持盾、右手扬刀的一队精骑兵悄然冲出，杀向敌军。两千骑兵呈三个三角形阵。中间最大的三角是主阵，两旁辅阵稍小，都是尖角朝前。这样的骑兵阵形，对突破赵的步兵防御产生奇效。对方尚未形成队形，就已被砍了头颅。不仅锐不可当，自身防御也密不透风。那盾牌皆是用藤条编成，蒙上一层生牛皮，不仅轻巧且无比坚韧。赵军射来的箭矢，甚至扎过来的长枪，皆可抵御。慕容恪带领两千精骑来回折杀，一时赵军惊恐混乱，你冲我撞，丢剑弃甲而逃。时近中午，慕容恪两千精骑竟斩杀俘获赵军三万余人。慕容皝则乘胜带大军一路追杀，与高诩、慕容俊合围，又消灭敌军二万余人。燕军一鼓作气，又将赵军赶到凡城，然后设防而归。

慕容恪以两千精骑消灭赵军三万人马，一时声名大震，令赵军闻风丧胆。赵军从此畏惧燕军，不再轻易来犯。而赵军中却唯有大将石闵一军独全。这石闵之军，进退有据，攻守皆善，毫无慌乱。燕军却没有占到便宜。慕容恪惊之，心想这赵军中也有良将，那石闵必是精通兵法和善于治军之人，

慕容皝又命驻守辽西的将军慕容评进攻赵国边境。石虎仓促派石成、呼延晃、张支应战。慕容评大败石成，并斩杀呼延晃、张支。

赵国皇帝石虎真正领教到了慕容氏族打仗的厉害。攻取段部后他本应见好就收，而今有些后悔贸然攻进燕国。但对那段辽他却决不放过，下令追击，赶尽杀绝。

此时段辽带着妻儿老小、宗室族人以及部落头人等千余家，如丧家之犬从令支出逃到平岗密云山。刚刚喘息，便闻赵军正尾随追来，心中惊慌，不知所措。

似乎只有投降一条路可走。燕军大败赵军的消息传来，本想乖乖就擒的他，又萌发了降燕的想法。犹豫不定之际，忽然想起了慕容翰临别时的告诫“若王走投无路，投赵也不要投燕”，虽不明白为什么，但最后还是决定听从慕容翰的话，派儿子乞特真向石虎投降。

儿子乞特真和妻子、族人却劝他降慕容皝。他们皆说：“听闻那石虎十分残暴，连妻儿、太后和前君都敢杀，投奔了他，倘若一言不合，岂不危矣？”

慕容翰的妻子段慧却说：“我的夫君之言肯定有其道理，妹妹还是劝兄降赵。”

段辽想了半天，最后说：“石虎灭我部落，是段最大的仇人。倘若来日复仇，燕还许能助。我意投燕，此意已决。”

慕容皝闻讯段辽将降，十分高兴。太子慕容俊又心生一计，他向慕容皝建言：“父王可再给那石虎扎上一刀，让他彻底知道我慕容氏族的厉害。儿臣之意让段辽继续假意向石虎投降，并谎称燕军也正派兵前来剿杀，请求石虎派人救援，然后在必经之路设伏，全歼赵之援军。”

段辽按慕容皝的要求，继续派儿子乞特真向赵军投降，并要求石虎增兵密云山保护他。石虎得知消息，便派征东将军麻秋率兵一万前来保护段辽。不料却在三藏口突遭到慕容俊七千精骑伏击，一下子损失一半多人马。其司马阳裕也被燕军活捉。

慕容皝十分高兴。此役最大的收获不仅是击败了石虎的心腹大将麻秋，还得到了一位仰慕已久的人才。此人才便是麻秋的司马阳裕。这阳裕乃是慕容皝已故谋士阳耽的侄儿，更是石虎所爱之才，官至尚书左丞。阳耽曾几次向慕容皝提及阳裕，说是不可多得之辅才，将来有机会得到，一定要予以重用。

阳裕非寻常之人，胸有治理天下的旷世之才。少时父母双亡，兄弟也都早年死去，独自一人生活，即使是宗族之内也无人能知道他的才能，唯独他的叔父阳耽在他小的时候就看出其不凡。说此人不仅是我们阳氏一门的出色人才，还是辅佐君王的难得相宰。后来石勒攻克晋之蓟城，询问手下枣嵩说："幽州人士，谁最可任用？"枣嵩说："北平阳裕，干事之才。"石勒又问："如像你所说，其所侍奉的车骑将军王浚为何不任用他？"枣嵩更会说："正因王浚不能任用他，所以被明公您得到了。"

石虎仰慕其才，召入朝任尚书左丞，在身边留用。听闻段辽投降，于是特派他随麻秋大军纳降。

阳裕被燕军捆缚，推至慕容皝大帐之中。慕容皝见之，双眼有神，颇有风骨。便即命人解缚，执手请入辅座，表达仰慕之心，及欲重用之意。但阳裕却说："我本晋臣，曾背叛朝廷而事赵。如今被俘，已心灰意冷。所事诸君，胸无远虑，少有大志，热衷攻伐，疏于仁政，非百姓所爱戴之圣君矣。今欲告老还乡，当一村翁耳。"

慕容皝知其清高，便不再言纳用之意。他忽然说："阳公才高，可闻当年佛肸邀孔子出仕一事？"

阳裕说："只知一二，愿得其详。"

慕容皝说："当年佛肸叛乱时，曾派人召唤孔子。孔子欲往。子路拦之，说从前我曾听老师说过，君子是不去侍奉做坏事的人，而如今佛肸盘踞中牟叛乱，召您却不拒绝，这岂不是前后矛盾、言行不一吗？孔子说，我是说过这话。但是，你不知道有种坚固的东西，是怎么磨也不会磨薄的；有种白色的东西，是怎么染也不会染黑的。难道我是那藤上的匏瓜乎，只能系而不能食？圣人犹如此看得开，何况我辈乎？"

阳裕自然知道此典故。但他听到从这个胡族首领的口中讲出，还是十分惊讶。他想，这慕容皝竟如此熟读汉籍经典，定非段辽、石虎之流，必是心图天下之人。

慕容皝又说："如今华夏分崩，九州离散，朝廷所能统治之处，仅是淮水之南。想高傲隐居，以待圣明，这犹如等待黄河之清。古人因此而有岁月如白驹过隙之叹。我虽不才，但敬奉晋廷，推崇儒学，施行仁政，自认比那段辽石虎更胜一筹。阳公的叔伯，曾是我股肱之臣，君刚痛失之，而阳公就到我身边，这岂不是天意乎？"

一席话说得阳裕心中温暖。几日后，他请求觐见燕王。一见面就跪下说："人择明君而臣，阳某愿终生侍奉燕王，请受臣一拜。"

慕容皝大喜，将之扶起。于是，君臣相谈甚欢。阳纵论天下大事，常有惊人之语和独到之见。不久慕容皝就任之为郎中令，后升任抚远大将军、左司马。

四十二

段辽率余众降归于燕。

慕容皝把段辽接到自己国都，奉为上宾。包括慕容翰的妻子段慧和儿子慕容钩，也是好生照顾，让他们到慕容翰母亲的宫殿中居住，婆媳共处。段辽几次请求慕容皝帮其打败赵国，夺回领土复邦。但慕容皝却借故绕开话题，不与其谈论此事。因此，段辽无比郁闷。

慕容皝其实并不信任这段辽。为了掌握他的一言一行，特寻来一位会弹奏歌舞的绝色美人，赏赐给段辽，名其曰以解段辽在异国之心闷。段辽很是喜爱，视为知己，心中有什么话皆和她说。一日，段辽乘坐的皂轮牛车与太子慕容俊所乘云母牛车在一条小路上对向相遇。段辽不得不让自己的车退让路边，并下车致礼。段辽于是心有不甘，想想自己也乃一邦之主，过去在令支也是乘云母牛车，现在竟寄人篱下，心情更加郁郁寡欢，当夜喝得酩酊大醉，大骂太子慕容俊。属下趁机劝他与旧部联络，杀掉慕容皝逃出大棘。他虽胆怯未敢答应，却愤愤在几案上写下一行字让那女子看：燕贪婪无道，毫无信义，迟早将亡。以表示仇视之情。那女子将他的言行一字不差写下来，暗中派人报告给慕容皝。慕容皝为验证虚实，又赏赐给段辽许多珍宝玩物。段辽乘醉全部摔碎，或送给下人。慕容皝闻知大怒，说："终是狼子野心，轻狡反复小人，不可信用。"于是将段辽赐死。段辽终成段氏鲜卑的亡国之君。

临死之前，他忽然想起了慕容翰的那句话："投赵不投燕。"他似乎明白了，石虎虽凶残，但却以仁义大国自居，好面子，常常善待投奔者。而慕容皝虽表面仁德，但内心多疑，严苛狠戾，决不放过背叛者。

他冷笑道："知其弟者莫如其兄也。"然后，一口喝干赏赐的毒酒。

石虎被慕容皝大败，心有不甘，本想重整力量进行报复。却忽接暗报，说东晋征西大将军庾亮见赵燕大战，正趁其后方空虚，调兵遣将，发起第二次北伐。石虎大惊，怕东晋趁机抄了他的老窝，急忙调军回邺城。

此次他集全国之兵力，并亲自率兵征战，虽得到了段部的大部分地盘，清除了段辽这个隐患，但亦尝到了巨大的耻辱：堂堂大国却败于小小的燕国。

不久，东晋征西大将军庚亮突然死去，所谓的北伐再无音信。石虎开始琢磨报复燕国。其信任的大将李农献计说："段已亡矣，唇亡齿寒，那宇文部和高句丽与燕世代有仇，定会更加忌惮燕国，何不与之联合共击燕国。"

石虎听之，便派使到宇文部和高句丽联络。三国共同商定，将来一旦灭燕，共分其土地。那宇文部和高句丽对慕容皝称燕王，不断向外扩充，早就如鲠在喉。

石虎吸取上次兵败教训，不再鲁莽行事，而是做长远打算。他让渡辽将军曹伏带领青州的士众攻占离燕国最近的一个海岛，运送谷物三百万斛供其士卒食用。又用三百艘船运送三十万斛谷物到高句丽，让典农中郎将王典率领一万多部众在其邻近燕国的海滨垦荒屯田。然后，将主力屯于青州附近的乐安城，下令在青州建造战船一千艘。这一次，他要渡海从燕国的东部平郭一带登陆，与宇文、高句丽前后夹攻。

赵国声势压人，大战仿佛一触即发。但此时燕国上下却不再惧怕。

左司马阳裕奏言："石虎渡军北上，须看天气大潮，并非一朝一夕之事。臣以为除了在平郭加以防范之外，可重兵出击，突入他的北境，向南一路猛攻。石虎定会恐慌，将渡海北上之军抽回。如此便可破了他联兵夹攻我燕的计谋。"

众臣皆赞同。慕容恪说："左司马此计甚妙。石虎将主力屯于乐安城，蓟城南北必不设备，今若攻之，定出其不意，可尽破也。"

慕容皝说："善，就依阳公和恪儿之计，三日内大军南进，直插赵之蓟城。这一次我还要亲征，定要狠狠一击，让那石虎心中喊疼，再也不敢轻易冒犯吾燕。"

公元340年春天，慕容皝率十万大军南入赵境，破居庸关口，一路横扫，直抵蓟城。蓟城大将石光虽拥兵数万，却闭城不敢出。燕兵于是长驱大进，攻破武遂津，入高阳城，一路斩杀抢掠，掳掠赵国三万余户扬长而去。

石虎接报，惊得目瞪口呆，自此心中畏惧，不敢再打燕国的主意。

慕容皝觉得与赵国打了如此胜仗，自然不能白打。谋士阳裕正好建议继续派使者至东晋，向朝廷报捷，并继续讨封燕王。慕容皝准奏，派长史刘翔前去东晋都城建邺。在东晋朝上，刘翔便将慕容皝如何战胜石虎大军，以及扫平段辽之事，大肆渲染一番。他说：“吾王心向建邺，全力侍奉皇帝，从无二心，且在北方为朝廷效力，牵制石虎，讨伐逆臣贼子，劳苦功高，还望成全晋封燕王之事，以资鞭策激励。”说完还奉上慕容皝的效忠信。信中表达了慕容氏族坚决侍奉朝廷之诺，请求朝廷正式授予燕王玺绶。还恳切表示，当朝廷大举北伐讨逆之时，慕容氏族自当全力协助，南北相应，助朝廷平定中原。

这一次，晋成帝态度大变。慕容皝打败石虎，也让晋廷知道了燕之分量。为了让慕容皝继续牵制石虎，使赵国之不敢贸然南下，以求得东晋之安，对晋封燕王一事，晋成帝准备破例应允。

孰料，执掌朝廷中枢的中书监庾冰仍然坚决反对。他说：“辽东公慕容皝为朝廷扫平逆贼，其忠可嘉，其功可彰。朝廷可加官晋爵，升一品护国公。但其没有经朝廷批准就自立燕国、自封燕王，且自设郡府，坏了朝廷的纲常。陛下绝不能应允。”

这庾冰虽是外戚身份，但雅素垂风，天性耿直，是个清廉谨慎之人。一次儿子庾袭借了十匹官绢，庾冰知道后大怒，狠狠打了他一顿，并将绢布都送回官府。晋成帝对之亦十分敬重。

这一切自然在谋士阳裕的意料之中。他早替慕容皝谋划出应对之举。闻庾冰之言，燕之特使刘翔当朝将慕容皝的奏折递了上去，请求晋成帝以史为鉴，亲近贤达，不要亲信外戚。然后刘翔又将慕容皝另一封信捎给庾冰，信中指责他掌握朝权，却未能为国雪耻，只安枕逍遥，雅谈卒岁。

庾冰知道慕容皝的上表后就已心中不安，看了这封信后便有些恐惧，知道这慕容皝乃奸雄之人，说不定还会做出不利于他的事，于是又奏请晋成帝顺应慕容皝的请求。他说：“臣昨夜难寐，又思封慕容皝燕王之事，感觉也似有道理。按以往之规矩，皇帝封王一般局限于皇族之内，但对朝廷有特别功劳之人亦可封之为异姓王。汉高祖刘邦曾言‘非刘不王’，最后亦封韩信为齐王。辽国公慕容皝击败石虎，荡平段辽，亦应属大功之人。”

晋成帝见他如此之说，便顺水推舟说：“国处危难，四分五裂，难得慕容氏如此忠心耿耿，以示慰勉，就封之为燕王吧。”

于是慕容皝被东晋朝廷封之为燕王，以及使持节、大将军、都督河北诸军事。朝廷派来了特使，带来了诏书。大燕国举行了隆重的册封仪式。

慕容皝终于名正言顺地成为了燕王。册封仪式之后，他第一件事就是手捧燕王玺绶告慰先王，至慕容廆陵墓奠拜。

四十三

慕容翰骑马孤独行进在大草原之上。

落日余晖照在他的脸上。他却面无表情，内心充满惆怅。昔日慕容氏族的第一号英雄，却落得如丧家之犬一般。

他点燃一堆篝火，将宰好的猎物架在火上，边烤边思考。前面就是大路岔口，他要决定是投奔宇文部，还是继续前行投奔高句丽。

十多日奔波，且遭遇了一股盗贼，他感到身体有些吃不消。最后还是决定就近投奔宇文部。

他亦知道，投奔宇文部充满变数，吉凶难料。当年宇文部进攻大棘城时，慕容翰曾将宇文悉独官大败。如今则是其儿子宇文逸豆归执政。此人如记前仇，定会借机让自己死无葬身之所。

但慕容翰却没有其他的选择。

见到了投奔前来的慕容翰，宇文逸豆归表面高兴，给予礼遇，但是内心很是妒忌和惧怕，担心不会为己所用。丞相莫浅浑说：“此人谋略和才能皆不输于大王，现在只不过因为兄弟相残而无立身之地，难料是否真心投靠大王。留在大王身边终是心腹大患，不如寻机杀之，也为大王未来称霸北方除掉一个对手。”

这宇文逸豆归的心胸远不如段辽，便听从丞相之语，下决心要杀掉慕容翰。

几日后，兵败逃亡扶余遭拒的段兰，也来投奔宇文逸豆归。而宇文逸豆归对其却并不信任，亦欲杀之。

宇文逸豆归设下了鸿门宴，欲借言语不合杀掉慕容翰和段兰。

在这个所谓欢迎慕容翰、段兰的宴会上，丞相莫浅浑已安排杀手埋伏在幕帷之后。细心的慕容翰早已察之，知道危机四伏，便故意喝得大醉。纵使宇文逸豆归和群臣百般羞辱，只是装傻充愣。

这宇文部虽与慕容氏皆为鲜卑，但风俗迥异。宇文部男子全部髡头，即不兴蓄发，反要“剃头”，仅留部分头发做装饰。而慕容氏则为索头。这一切皆源于宇文部从根子上并非真正的鲜卑，而是加入鲜卑的匈奴人。所以宇文逸豆归要拿慕容翰的鲜卑祖宗开玩笑。他说：“听说，听说你的先祖莫护跋爱戴着步摇招摇过市，今天孤就做了一只，可否戴给众臣一观？”

说罢将一只步摇冠拿来。这步摇冠形状如倒立的斗，笼冠上镶有枝叶似的金叶片，摇动即响。戴在头上，一走一晃，一晃一响。这种戴步摇冠的习俗因遭人嘲笑，早就被祖先废弃了。慕容翰从未见过，只知有此一说，想不到宇文逸豆归竟以此让自己露丑。他二话没说，戴在头上，扭着屁股，摇摇晃晃在大殿上走了好几圈，说：“巍巍壮观乎？”此举立时惹得宇文部众臣大笑。

宇文逸豆归还要羞辱段兰。段部同样为鲜卑族。酒过三巡，宇文逸豆归对段兰说：“听闻你们的始祖段日陆眷年轻时曾被卖给库傉官氏作奴隶。库傉官老爷觉得嗓子不舒服要吐痰时，就让段日陆眷跪下，张嘴接住，并一口吞下，尔后还要面向西方大声祈告主人的智慧和福气转移到自己的肚子里。今天可否也让我如库傉官老爷一般演示一下，看看你有没有继承祖宗的传统。”说罢咳嗽一声，就要吐痰。

段兰大怒，冷冷地说：“听说你们宇文氏族喜欢留光头，且上面留两撮长毛，名为髡头。大王可否让我跨在脖子上，把那两撮毛当缰绳，验证一下能否当马骑。”

宇文逸豆归一愣，正要给莫浅浑使眼色，让埋伏的人杀掉段兰。慕容翰却马上凑过去，满嘴酒气，向上张开大嘴对宇文逸豆归说：“请把大王的神禄赏赐给臣子吧。”

宇文逸豆归哈哈大笑，说：“我只是与你们开个玩笑，岂能像库傉官老爷那般来对待归顺英雄。”说罢搀起慕容翰，让他坐在身边，连杯痛饮，最后也酩酊大醉。

慕容翰、段兰终于逃过一劫。

当夜他们押在一起。段兰感谢慕容翰救了自己一命。慕容翰指着窗外的月光说："今日能活命，尚不知明日还能否看到月亮。"段兰说："虽不惧死，但一想到国亡而无人复矣，心如刀绞。"慕容翰知其不甘心，便说："我有一计，可使我们俩皆活矣。你明天偷偷告诉那莫浅浑，就说那鲜卑祖先檀石槐的印绶被我得到，偷偷藏在燕都大棘城内。宇文逸豆归自然梦寐以求，不会杀我。而你密报有功，也会得生。"

那檀石槐是鲜卑族最神圣的人物。据说，他的母亲白天走着路，忽然闻听惊雷，仰天一看，一个枣子大小的雹子掉入其口，吞之竟有了妊娠之身，十月后便生下他。

檀石槐在十几岁时就将前来掠夺牛羊的敌人打得落花流水，成为部落头领。后来统一鲜卑各部，形成鲜卑大联盟；并不断扩张，南抄缘边，北拒丁零，东却扶余，西击乌孙，尽据匈奴故地，东西一万四千余里，南北七千余里，网罗山川水泽盐池，形成强大的鲜卑族群，并与强大的汉朝对峙。汉朝每年交纳给鲜卑巨额岁币，单是青、徐二州就达到二亿七千万钱，还特遣使持印绶封檀石槐为王。而这印授，随着檀石槐死后，以及鲜卑的四分五裂，也不知去向，但其却是每个鲜卑分支都想得到的圣物。

第二天，丞相莫浅浑责怪大王宇文逸豆归没有将他们杀死。宇文逸豆归说："我只是像戏弄小丑一般借酒戏弄他们一番，丞相如杀之可随便。"

丞相莫浅浑来到关押他们的地方，先将段兰提至刑场。

正要斩头，那段兰说："我知一秘密，不知丞相想听否。"莫浅浑说："临死之人皆耍此花招儿拖延耳。"说罢就要行刑。段兰说："是关于檀石槐之印绶。"

莫浅浑来了兴趣，阻止了刀斧手。段兰却说："丞相须答应不杀我才说。"莫浅浑说："先要听你说的什么。"段兰说："我昨晚听那慕容翰梦话，知道了一个大秘密。原来那檀石槐之印绶被他得到，偷偷藏在了大棘城宫殿内。"

莫浅浑说："信口胡说，可有证据？"

段兰说："那藏印绶的图就缝在其衣内。可将其灌醉，趁其熟睡后将衣服偷偷取出。"

莫浅浑依此，果然在其衣中发现一图。他没有惊动慕容翰，急忙禀告宇文逸豆归。宇文逸豆归欲审问慕容翰，莫浅浑却说："不妥，这个秘密知道的人越少越好，不如就此佯装不知。待他日我们打进燕国，攻占了大棘城，再逼迫他去寻出印绶。"

宇文逸豆归说："丞相之意甚妥。那就杀掉段兰吧。"

莫浅浑却说："我答应饶他不死，他才将此秘密告我。出尔反尔，恐被他瞧不起。不过，此人如何处置我已考虑好。他是石虎的敌人，我们不如缚之将其送到赵国，卖个人情，让石虎来决定他的生死。他虽知印绶的秘密，但石虎是羯人，祖上属于匈奴，对这鲜卑印绶定不会感兴趣。"

宇文逸豆归说："就依丞相所言。"

丞相莫浅浑虽不杀之，但仍不放心，派人暗中监视慕容翰。慕容翰从此佯装癫狂，终日酣饮。有时躺着就大小便，居舍臭气熏天，无人光顾；有时被发歌呼，拜跪乞食。宇文部举国贱之，见他纷纷躲避。监视的人报告宇文逸豆归和丞相莫浅浑。宇文逸豆归说："我看那所谓的大英雄慕容翰过眼云烟罢了。此人自暴自弃，已行尸走肉一般，无须监视，可供其一些食物，只求不死矣。"

慕容翰见周围再无监视之人，知宇文逸豆归和莫浅浑中计，不禁暗笑其愚蠢。他来往自由，把宇文部的山川形势，城中布防，在居舍画成图，然后都默记在心。

堂堂的大英雄负辱偷生如此，慕容翰可谓拿得起放得下。他有一种预感，总有一天，在自己的母国大举进攻宇文部时，自己一定会有用武之地。

而段兰被押送至赵国以后，石虎知道这宇文逸豆归表面效忠，实际上也是借刀杀人。他与太尉夔安商量说："听闻段辽投奔慕容皝，却为其所杀，天下皆笑话燕王心胸狭隘。如孤亦杀段兰，恐怕被天下耻笑，以后天下英才孰还来投奔于孤？"

夔安说："这段兰有勇无谋，不怕他犯上作乱。不但不杀，还可用之，以让天下人明白吾皇之开明。"于是，石虎不杀段兰，反命其率领原来的部众五千人，回到故都令支屯驻。

段兰感恩至深，果亦没有再反。后来就在令支终老去世，由其子段龛接管部众。

四十四

一晃几年过去了。

燕国与赵国石虎一战意义非凡。不但让赵国惧怕，也让周边的其他敌人有所忌禅，燕国赢得了难得的和平期。这几年，燕王劝课农桑，减轻徭役，因而国力蓄积，天下太平，百姓休养生息。

慕容皝却始终清醒：弱之肉，强之食，不被别人吃掉，就要吃掉别人。燕之刀已磨得锋利，该是挥刀向敌的时候了。

一日朝会之上，慕容皝对群臣说："现在应该说我没有什么不满足的了。实现了先王的遗愿，建立了我们自己的国家，让黎民百姓过上太平日子。想想，能有今天，全依仗先王打下的坚基，及众臣们的孜孜不怠。自然也有长兄慕容翰浴血奋战之功。昨夜忽然梦见了长兄。梦中长兄被宇文逸豆归砍断了手足，含泪乞求我救之。醒来方觉是噩梦。于是孤甚不安，半夜未眠。想他当初并非谋乱，只是因心有猜忌，且被慕容昭蛊惑，才出逃段部。兄虽居于他国，但心向母国，私下为吾燕谋算，算是忠臣。段亡后，闻之投靠了宇文部，不知其过得如何？"

慕容恪说："臣闻长伯投奔宇文逸豆归后，却不被信用，为求保命，整日装疯卖傻，如行尸走肉一般。如父王宽宏大量，给其改过自新机会，容长伯归之，定会为我大燕出力。"

封弈亦说："建威将军生性淳善，逃离母国，亦是一念之差，如我王不计前嫌，定会感恩不尽。"

慕容皝说："好。我一直善待长兄的母亲和妻子，就等着他归还这一天。太子和恪儿可派人联络之。如能回到母国，定当重用之。"

燕王重提慕容翰，自然不是缘于其梦，那不过是慕容皝的托辞而已。燕王有了扩张之野心，便去找旧臣裴嶷商议。这裴嶷虽不再担任国相，但慕容皝仍留任其为太史令。裴嶷不枉国相，依旧目光如炬，一下子洞察出他的内心。他告诉燕王："王征乱伐暴、廓清帝宇的时机已到，可先宇文后高句丽。但完成此举，须不得少了一人。此人蛰伏已久，王早该呼之而出了。"

燕王问之："老国相之教诲甚得我心。敢问此人名甚？"裴嶷无言，只在纸上写了一个大字：翰。慕容皝虽有意外，但很快会意一笑。他向裴嶷拱手致谢："老国相，我自然会考虑的。"

于是才有了所谓的梦中故事。慕容俊、慕容恪便派商人王车到宇文部经商，借此寻找慕容翰，并观测他的心意。

商人王车不认识慕容翰，便让慕容翰的妻子段慧扮成伙计，俩人赶着牛车，拉着货物，来到宇文部的都城紫蒙川。

大街之上，段慧一眼便认出了流浪乞讨的丈夫。见其惨状，不禁泪流满面，急忙欲上前相认。而王车却机敏地将其拦住。他要细致观察，确定无人监视，才能与之联系。

一连几天，王车仔细观察，竟以为慕容翰真的疯癫了。如此之人，难以想象能成为叱咤风云、威震八方的大将军，率领燕军攻城拔寨。便想放弃，回去如实禀报。但段慧却要求他再当面一试。于是王车买了一只羊腿，不经意在他面前经过，递之说："想吃羊肉，但不知此国羊肉如此难吃，远不如燕国的细嫩。看来，真是橘生淮南则为橘，生于淮北则为枳。不吃罢了，权当施舍于你吧。"

慕容翰见之，猜到是慕容皝派来的人，一句话也不说，只是捶击胸部颔首而已。

王车心领神会，到了夜晚，与段慧一起，尾随他来到了他的居舍。屋内臭气熏天，王车急忙捂住鼻子。而段慧却与之抱头痛哭。她说："我的亲夫，这一辈子竟还能相见，不是做梦吧。"

王车说："我是燕国商人，燕王只是让我们来看看你。你们夫妻得见，我们就回去了。"慕容翰知道此地凶险，亦怕连累妻子，就立即送他们离开紫蒙川。

慕容皝听到王车的回报，大喜。他心有灵犀地说："看来长兄是想回到母国来了。"他让慕容恪特意为他准备一副称手的硬弓长箭，让商人王车回去，埋在紫蒙川通向边境大道一侧，作好记号，并悄悄通知慕容翰。这慕容翰臂力惊人，其弯弓之力三石有余，箭矢也比平常的长半尺。

王车埋好弓箭，并传递信息于他。慕容翰知道家里人已正式召唤他回去。他自然比谁更了解这个做了燕王的兄弟，亦明白即使回去，下场恐怕比那死去的两个弟弟不会好多少。但他已无路可选。寄人篱下作犬马的日子早已过够了。而且从见到心爱的女人那一刻起，他就下定了决心，纵使死亦要死在自己的母国和亲人旁边。

于是趁着黑夜，盗取了宇文逸豆归的乌龙马，并将那埋在路边的硬弓长箭挖出来背在肩上，一路向边境奔逃。

很快就有人发现，并报告给宇文逸豆归。宇文逸豆归大梦方醒，急派丞相莫浅浑率百余骁骑举着火把追赶。

终于，追了一夜，第二天早上在临近边境处，追上了慕容翰。莫浅浑怒喝道："大王好意收留你这逆贼，你却不思报恩，为大王所用，反而装疯弄傻，欺骗大王。今欲逃之，为燕通风报信，害我宇文部，我必为大王擒之。"

慕容翰说："丞相，我长久客居他国，过够了这豕犬不如的生活，现在只想回到故乡，与妻子团聚终老，绝不会为燕通风报信。且已上马，就再没有回去的道理。还望高抬贵手，翰定会心中感激，日后回报。"

莫浅浑吩咐手下说："莫听他胡说，一个疯子醉鬼，手无缚鸡之力，绑了再说。"

慕容翰却说："我过去每天佯装痴呆欺蒙你们，其实昔日之武功未尝荒废。你们再要逼我，则是自寻死路。"

莫浅浑仍然指挥骑兵纵马挥刀扑将上来。慕容翰掉转马头迎上前去喊道："我曾长时间居住在你们的部落，心存感激依恋，不忍心杀死你们。你们离我一百步把刀竖起来，让我用箭射击刀环，如果一箭穿过，就此掉头返回；如果射不中，你们再杀我不迟。"

宇文部追赶的骑兵解下佩刀插在树干上，慕容翰拈弓便射，正中刀环而过。莫浅浑大惊，只得和骑兵目送他离开。

莫浅浑自言自语说："我王糊涂，早该杀了他。"

回到王宫，他对宇文逸豆归说："此人竟是装疯，不但武功未失，且已对我部了如指掌，将来助燕军来犯，定会让我们吃亏。"

宇文逸豆归气得将酒杯狠狠摔在地上说："那我鲜卑先祖的圣物也定会得不到了。真是恨不得将其碎尸万段，方解我恨。"

慕容翰回到大棘城，慕容皝大为喜悦，摒弃前嫌，设家宴款待。第二日早朝，他执其手，当着众臣的面说："今我长兄归来，燕国又多了一员护国大将，此乃天助我也。江山永续，本固邦宁。一举消灭那赵国、高句丽、宇文部，指日可待矣。"于是，授慕容翰护国大将军，朝中位置列于太子和国相之后，诸王子大臣之前。

慕容翰终于和母亲、爱妻、儿子团圆，过上了梦寐以求的安逸幸福生活。但造化弄人，孰又知这是福之始，还是祸之始呢？

四十五

慕容翰的回归，让慕容皝开始具体实施东破高句丽、北灭宇文归的宏伟计划。

他与谋臣阳裕仔细地草订了这个计划。这是实现入主中原梦想的第一步。为了去除后顾之忧，放心大胆地谋取中原，必须先摘掉宇文部和高句丽这两根脊背上的芒刺。同时可扩大疆域，攫其资源，为前方战事提供强大的后方保障，

而究竟是先攻取宇文部，还是高句丽，慕容皝并没有想好。

早朝之上，他向众臣提出了谋士阳裕和自己酝酿已久的计划。众臣中意见纷纭，而赞同者居多。

燕王对慕容翰说："我特别想听听长兄之高见。"

慕容翰说："王弟英明。宇文部贼心不死，意图吞灭我慕容氏族，总是挑起祸端，屡屡侵犯。而高句丽被曹魏重创后，近七十年来，不仅未亡，还重建了丸都城，不断向我燕地扩张。他们皆为燕之大敌，如今我燕国强盛，军力大增，确是该考虑消灭他们的时候了。"

慕容皝问："可有胜算？"

慕容翰说："臣以为消灭这宇文部，易如反掌。宇文逸豆归篡窃得国，群情早已不附。再加上此人性识庸暗，手下没有可堪大用之将才，所以防卫之力并不强大。虽俯首赵国称臣，但距之太远，远水难解近渴，无益救援。加上臣久在其国，悉其地形。今若击之，必定百举百克。不过臣还是以为先将之放于一边，先难后易，进取高句丽。"

这其实才是慕容皝要听的重点。

高句丽向外扩张的势头越来越猛，除了南征百济，北讨契丹、扶余外，还全部占领了玄菟、乐浪，使辽水以东的大片土地纳入其版图。高句丽国的迅猛扩张，让慕容皝心中不安。这岂止是脊背上的芒刺，完全可称之为身后悄然蹲着的一只猛虎。而能否将这只猛虎打趴下，慕容皝心中无底。

燕王急切地问："为何要先征伐高句丽？愿长兄细说。"

慕容翰说："这高句丽与我国近在咫尺，容易突然发起攻击，可采用奇袭的战术。虽兵力比宇文部强大，但只要运筹得当，也可一战而胜。如先攻击宇文部，我们要长途奔袭，向西走很远的路。高句丽闻之，知道宇文部灭亡后，祸患将降临到自己的头上，必定会乘虚而入，袭我平郭，乃至大棘。所以留下少量兵力，不足以守御。留下更多军队则又不能一举攻克宇文部。而先袭高句丽，宇文逸豆归是自私狭隘之人，料不会乘机从远方来攻击我们。如来侵犯，我们也来得及抽出军队防御。攻克高句丽后，再回过头来消灭宇文部，就易如反掌了。两个宿敌被打败之后，我燕便可以尽得东海之渔、西漠之牧，国富兵强，再无后顾之忧，图谋中原大计可施也。"

慕容皝听了十分高兴。封弈和太子慕容俊、渡辽将军慕容恪皆附声赞同。慕容皝决定先谋取高句丽，命国相封弈和大将军慕容翰立刻着手准备。

公元 342 年冬一个夜晚，五万燕军在慕容皝的亲自率领下悄然向东，冒着小雪大举讨伐高句丽。如同踏海讨伐慕容仁，慕容皝又一次选择天气恶劣的冬天出征，意图采用突袭的方法，打对方一个措手不及。

高句丽国王高钊，已是第十六任国王。他向赵国称臣，自恃有强大后盾，平素并不把燕放在眼里。慕容皝的讨伐大军出发后，安插于大棘城的间人飞马来报。而此时，他正在王宫里为太后过生日，喝得微醺。听到来报，大惊失色，酒杯落地。速至大殿上，召集群臣，匆忙备战。

偏隅一方的高句丽，在遭受曹魏讨伐的灭顶之灾后，除了边境的小规模冲突，已七十多年无大的战事。从他这个国王到将士皆懈惰不堪。战争忽至，整个朝野，慌乱失措。

高句丽都城丸都，位于长白山脉中，崇山峻岭，易守难攻。而通往丸都城有两条路，北道平阔，方便大军特别是骑兵和辎重车行进；南道险狭，只能适合小部分步军行走。

高钊对其弟高武言："燕大军士卒众多，又有辎重，且久居平原，不擅攀山，故定不会去南道自讨苦吃，而必走北道。王弟即率五万人马在北道准备迎击，务必大胜。为防万一，本王带着五千老弱之兵在南道驻扎，以防敌小股军队偷袭。"

众将言诺。此时，宫内太监报告国王高钊，说宫外有一名自称为知凤引的女子求见。高钊一惊，没有想到此人竟在高句丽国内。他知道当年迫于压力，将此女子送至慕容国宫中，供慕容廆消遣。想必她对燕国的情况十分了解，便说："速宣此女子上殿来。"

来的果然正是知凤引。知凤引秘密回国后，隐姓埋名，居于都城角落，开一酒肆。他闻知燕国大军将至，国家将亡，便急忙赶至宫中，向国王建言。

知凤引说："燕王乃沉稳雄健之人。既然亲率大军远道而来，必是蓄谋已久，有胜之把握。且慕容翰回归，燕军实力不可小觑。我王应做最坏打算。可先将王室、国宝及重要物资向新罗、百济边境转移。并速派使者至新罗、百济，请求派兵增援。丸都城虽固，但燕军皆善攻城，恐是守不住的。"

高武怒言："汝乃服侍慕容氏贼的卑贱之人，大军当前，不为国人鼓气，却未战言败，为燕军长志气，实乃该杀。"便挥剑向前。

高句丽国王高钊喝止了他。面对知凤引，他亦有一丝愧意。当初就是他无奈之中将这知凤引派人送至慕容国。如今这知凤引能活着回到母国，亦算幸运，又如何再忍心杀之。他说："姑娘是好意，本王感谢拳拳之心。如今敌军压境，应同仇敌忾，一举将燕军击败，岂可不战而逃。你退下去吧。"

知凤引正待转身而退。高钊突然问之："你可认识那慕容皝？"

知凤引说："认识。"

高钊又问："现在自燕入我都城有两条路可走，你以为慕容皝会走南道，还是北道？"

知凤引说："燕王足智多谋，善出奇兵。如我是燕王，定会走南道。"

高武又怒："妇道之人，从未入伍，又缘何懂得兵法。我王勿听其胡言，扰乱了心智。我即刻集结兵力，赶往北道。"

高钊只得宣布散朝。知凤引边出宫门边叹道："国将亡，民之祸至矣。"

此时燕军已至高句丽边境。慕容皝也是面对选择：从北道进攻还是从南道进攻。

慕容翰说：“那高钊世袭王位，从未领兵打仗，并无多少谋略，他必据常情来忖度，认为大军从平坦宽阔的北道而来，当重北而轻南。而我应当率领主力由南道攻击，出其不意，其都城丸都就危在旦夕。另遣偏师由北道进发，以吸引敌人。即使偏师遭到敌军强烈攻击，亦不必忧矣。因为一旦我军自南道突破，兵临城下，北道之主力敌军定会一片慌乱，息战回退，以求守城。到时我们就前后夹击，灭其主力。”

慕容皝听从了慕容翰的建议，派副将王寓与慕容恪带一万五千兵马走北道，自己与慕容翰一起，率四万大军主力走南道。主力弃其辎重，以骑军为主，星夜行进。而王寓和慕容恪率领的北路之军，以步兵和辎重为主，缓慢行进，以期与南路同时到达丸都城下。

高钊在南道口扎下大帐，料燕军最快还得几日才至，故正在帐中与众将军饮酒。突然喊杀阵阵，一队队骑兵如从天而降。他跑出大帐，看到漫天的燕军，顿时垂头丧气。五千多老弱之兵，任人宰割。他知道大势已去，慌忙带着随从逃往丸都城内。燕军最显眼的人物乃小将慕容垂，他手持双槊，纵马左右削扫劈杀，毫无惧色，带领数名骑兵先行冲垮敌军战阵。自此，年仅十三岁战将横空出世，一试锋芒，并成为慕容氏族又一位战神。

燕军南路大胜，却不急攻城，而是迅速驰援北路。

此时北路王寓与慕容恪所率之军人数虽少，却气势如虹。将领鲜于亮，以前曾是石虎的手下，在大棘城之战中被俘加入了慕容恪的军队。他一直受到慕容恪的赏识，并被不断擢升。刚一交战，他就大喊道：“像我这样卑微的俘虏，当初是因为承蒙渡辽大将军厚爱才有今天。如此大恩又岂能不报，众将士，今天我们就要力战到死！”说完，就带着一队骑兵直接冲杀高句丽军，身中三箭仍挥刀砍杀不停。高武之军虽兵器优良，连战马皆有铠甲，且以逸待劳，但几十年无大的战事，士卒多未经历过战场厮杀，见燕军凶猛如恶虎，早已心中胆怯。又闻南路已败，更无心恋战。高武意欲将兵撤回城中，令属下急忙向空中抛射金色鸣镝。那鸣镝飞行中翼孔鸣响，发出撤退警报。高句丽军于是转身向城中溃逃。但半路迎面正遇到慕容皝率南道援军赶来夹击。左长史韩寿又斩杀高句丽将领阿佛和度加。燕军士气更盛，高武所率主力大部被歼灭，只有少部分逃至城中。

高钊紧闭城门。似早有准备，派士兵将水从城墙上浇下，一夜之间，城墙全变成了冰墙。攻城士兵难以攀城，攻城陷入僵持。

慕容皝见状十分着急。而慕容翰却想出一计。他令士兵上山砍柴，然后将成捆的柴草摆于一段冰墙之下，点火烧墙。同时密箭射向城墙，防止士兵自城上浇水。冰在大火中融化成水，浸湿了城墙。城墙变成碎土成片坠落。夜晚敌军再度浇水成冰，而白天燕军又大火焚墙。几日后城墙壁凹进一坑，慕容翰则指挥一队士兵隐于其中用铁茅掘洞，日夜不停。一日后城墙被凿穿，燕军冲入城中，打开城门。慕容皝没有遇到多少抵抗，就占领了高钊的王宫。

高钊在一队人马的掩护下，打开城西门，慌乱中带着家人骑马逃跑。轻车将军慕舆根追击百里，抓获太后和王后返回，而高钊只身逃亡。

慕容皝端坐在高句丽王高钊的王座上，打量着金碧辉煌的大殿，不禁叹道："高句丽自朱蒙称王以来，已近四百年，但今都城却被本王所破。所谓亢龙有悔，盛极而衰，否极泰来，此乃天道也。"

慕容恪说："我王所言极是。开国之际，新君雄心万丈，举贤任能，勤勉开明，励精图治。而成功后则贪图安逸，不思进取，甚至荒淫无道。其后代也多软弱无能、慵懒昏聩之辈。我燕当以高句丽为戒矣。"

此时，有一侍卫进来，在燕王耳边低语说，有一名为知凤引的女子在王后的宫殿中求见。燕王慕容皝闻后眼睛一亮，忙与侍卫来到那宫殿中，见到了穿着宫女之服、半掩面庞的知凤引。几年不见，那知凤引仍是那般漂亮。眼中多了一丝忧郁，更是楚楚诱人。慕容皝忍不住将之拥入怀中。

那一夜燕王便与这知凤引宿于高句丽的王后之宫。自然先是对弈至半夜，然后是缠绵至天亮。

燕王说："你与我回国，我封你为妃。"

知凤引说："贱婢没有想到这一生还能与王相见。更没有想到，是在贱婢的国家被灭亡之际相见。念在贱婢与王尚有一丝情意，故斗胆请求大发慈悲，下令保全了贱婢的国家。贱婢与千万高句丽国民世代感激王之恩德。如王执意灭之，贱婢无自己的国家可立足，愿死在王前与国俱亡。"

慕容皝没有想到，这知凤引竟如男儿，亦是一心尽忠保国的忠烈之人。便将之扶起说："本王答应你。给那高句丽王一个改过机会，只要他向燕称臣，本王就不让他作亡国之君。但你得跟我走。”

知凤引跪拜泣曰：“能再见王一面，并侍奉一夜，已是贱婢的造化和上天对贱婢的莫大垂怜。自此一生再无奢念。贱婢不会再离开自己的国家，也不会再给王增加任何烦扰。至于向燕称臣之事，即设法禀告我王，我料定会同意。”

慕容皝知其心意已决，不再勉强。

几天后，高钊派人送来信。谢罪后，诚心向燕称臣。

慕容皝坐在高钊的王座上，看完了这封信，他对下面的慕容翰、慕容恪和阳裕说：“这高句丽暂且还留给高钊吧。高句丽自朱蒙建国已有三百多年了，本王不忍心灭之。想必这次足以给那高钊教训，不敢再侵扰我边境，觊觎我疆土。”

四十六

慕容皝和慕容翰、慕容恪、慕容垂等率军返朝。

燕军只留下左长史韩寿殿后。韩寿的属下献计说：“既然我王不亡其国，也不留兵戍守，现在他们君主逃亡，百姓和士卒流散，其实皆潜伏在不远处的山谷之中。我大军离开后，他们必定又会聚集在一起与我们作对。不如挖出老高句丽王的尸体，带走太后和王后，再给宫殿放把火，夷为平地，一解心头之恨。”

韩寿所率之军在北道曾与高武主力激战，多有伤亡，于是应允属下。燕军便发掘高钊父亲高乙弗利的陵墓，收缴府库中历代积累的财宝，掳获民众五万多人，焚毁高句丽王的宫室，又毁坏丸都城郭，然后由北道大摇大摆撤军。

高句丽将士和百姓从大道两旁的山上眼睁睁看着自己国王的尸体和太后、王后被掳走，痛哭流涕，却不敢下山相救。高钊听闻燕军撤退，才敢偷偷回到都城，眼见将士百姓垂泪，以及成为废墟的宫殿，更是痛心疾首，竟要拔剑自刎。多亏知凤引上前阻止。她说：“大祸临头先保住国家再说。我王乃一国之君，应学韩信、勾践，忍不能忍之辱，率领臣民以图再兴。”

高句丽军汇聚，已有万余，将军皆要出兵追击，与燕军决一死战，却被高钊拦下。他清楚，如果挥兵追击，也许换来的是亡国的代价。

燕军回到大棘城，慕容皝方知韩寿擅自主张之事，为此大怒。他说："此举鲁莽，有辱燕国之声誉，岂不令高句丽举国痛骂本王？"当即杖责韩寿二十，又撤去了他的左长史之职。

他命封弈将高句丽太后、王后在宫内安顿好，并亲自探望表达歉意，又在王宫宴请了太后、王后，然后命慕容恪将其与老高丽王的尸体送至丸都城。高句丽王高钊颇受感动，第二年初春亲自至大棘城，向燕国称臣，进贡珍宝异物。慕容皝又派慕容恪镇守辽东，顺势将高句丽重镇苏城据为燕国。

经此惨败，高句丽自此再也不敢轻易来犯燕国，转而把扩充的目标指向半岛南方，大举进攻百济，结果依然以失败告终。公元371年，百济的近肖古王率军反攻高句丽，夺占了高句丽大片领土，并在战场上怒箭射死高钊。这位在位四十年的高句丽王一生颇不走运，临死又吃了一次败仗。其弟立夫立，又称小兽林王，成为高句丽第十七代王。

高句丽一举平定，在辽东只剩下宇文部一个劲敌。慕容皝于第二年春天再次亲征，率领五万大军直逼宇文部。

宇文部南边是山地，北面是草原荒漠。盛产战马和牛羊，百姓多为牧民，战时骑上战马亦可为兵卒。宇文逸豆归自恃兵源雄厚，且有大山为屏障，易守难攻，故不把燕军放在眼里。

他坐镇都城紫蒙川，先派遣国相莫浅浑率军迎战。

折冲将军慕舆根、抚远将军慕容评以及英雄少年慕容垂皆请战，欲速攻之。慕容翰却说："宇文部依有利地形，且以骑兵为主，一旦开战，他们挥马下山，势如破竹。如果硬打，我军势必伤亡过大。我以为不如智取。这莫浅浑我倒是了解，身为国相，长于谋略，短于军事，很少领兵打仗，却骄肆狂大。不如佯做胆怯迟疑，故意麻痹之。待之懈怠，再攻击不迟。"

慕容皝听从了慕容翰的计谋，将大军驻扎在边界燕国一侧，并不着急进攻。莫浅浑一开始如临大敌，倚山势筑牢防线，严阵以待。几天后，对方仍迟迟不动。再几天，对方拔寨以归，只剩下了几个大帐，兵亦不足一万。莫浅浑说："看来燕军是怕了我们，不敢来攻。"属下有人劝之进攻，打过边界。莫浅浑说："不可，小心有诈。再说我们离开了天险之障，冲击到敌方，就无优势可言，而成为俎上之肉。”

莫浅浑于是松懈下来。他平生喜欢两样事，喝酒和田猎。此时见军情不急，便召集士兵到山林中打猎。正至春天，野兽纷纷从洞中出来觅食，收获颇丰。莫浅浑十分高兴，就在军营中吃着烹好的猎物，喝着美酒，好不惬意。见领帅沉溺在纵酒田猎之中，下面的军队也几乎不再设防。

慕容翰说：“莫浅浑奢侈怠惰已到了极点，现在我们可以一战了。”

慕容皝便派慕容翰带领骑兵进击。慕容翰在宇文部时，早已把地形研究深透。他知道有一条小路可越过大山屏障，直插莫浅浑的防御后方。于是乘夜突击，突袭莫浅浑的军营。

莫浅浑宴请属下，已喝得大醉。有士卒来报：“燕军已至。”莫浅浑却对属下说：“胡说，那燕王不敢来攻，诸将只管痛饮。如敢来一步，我将那燕王生擒来给诸将敬酒。”属下大笑，皆说：“那就让燕王来吧，看我们如何戏弄他。”俄而，燕军忽至，慕容翰率军杀进大帐中。莫浅浑急取弓箭，双臂无力，不能将弓拉满。慕容翰一把擒住，问之：“国相可识得我？”

莫浅浑方才惊醒，忙说：“是翰将军也。败于将军手下，亦不为耻。可杀我报功矣。”慕容翰念当初放过自己，暗将其释放。莫浅浑率小股残兵逃走。

眼看屏障大开，慕容皝正待率军长驱直入，宇文逸豆归却派使者来求和。使者言：“我军中正传播瘟疫，死伤大半。主力莫浅浑的军队又被打败。现在只剩下一些老弱病残之兵。愿献出一千战马和一千户人家与燕，以求息战。”

慕容皝对部下说：“宇文逸豆归意借和谈赢得喘息，本王不与之和，集结大军，速向紫蒙川进发。”

慕容翰却说：“宇文部有一大将涉奕于，此人善战亦多谋略，深得宇文逸豆归赏识。我料此计定是他出。以得瘟疫求和为幌子，实为派人来探听我军虚实矣。我们也可将计就计，佯装王和将军们意见不合，需要再议，先打发使者回去，并与宇文部谈判，以观察他们的兵力部署。”

慕容皝说：“知彼知己，此计可矣。”

涉奕于果然厉害。其实他早就设好埋伏等待燕军来就范。不过，他也略施小计，故意派出使者，让慕容翰上当。燕军果然中计派来使者，与宇文逸豆归讨价还价。而每当燕使至时，涉奕于就故意将辎重和精骑掩藏起来，只让一些病残和老弱士兵出现在燕使面前，还在军营大帐旁边营造出几千座新坟，以示瘟疫流行得厉害。

先后派出的三拨燕使回来后，皆言敌军中空虚，宜火速攻之。

慕容恪却有些大惑不解。他说："两国打仗，应该彼此夸大自己强大之力，以震慑敌方，而现在宇文部却故意显示自己的短处，是否有诈令人生疑。"

慕容翰亦大悟："定是那涉奕于的障眼法。瘟疫早不得晚不得，偏现在得。我以为燕军现在不可进攻。"

慕容皝却对慕容翰不悦："大军为将军所谓的将计就计已耽搁多日，粮草锐减，士卒烦躁。当断不断，反遭其乱。如再不进攻，错过了机会，拿将军是问。"

他还是有所戒备，派慕容恪率一万人马殿后。其主力大军一路进发，所向披靡。但眼看就到宇文部的都城紫蒙川时，却在白虎川一带遭到涉奕于八万大军埋伏。

燕军猝不及防，伤亡惨重。但天有不测风云。正当涉奕于缩小包围圈，意图全歼燕军之时，天忽降大雾。慕容翰曾对这一带地形十分熟悉。他亲率一队精骑将包围圈撕开了一个口子，引大军逃出山谷。宇文逸豆归急令大军回防，在紫蒙川城前迎战。

此时，慕容恪率殿后的一万士兵赶至。燕军又得以重振。

慕容皝领教这涉奕于的厉害，便也想将对付莫浅浑的计策如法炮制。他对慕容翰说："涉奕于勇武强悍，应该稍稍回避，先不着急进攻，等到敌军滋长了骄气，然后再一举拿下他们。"

慕容翰却说："此次与莫浅浑之战不同。宇文逸豆归的精锐之军全部在此，现在如果战胜他们，就不费吹灰之力灭掉宇文部族。我军现在打败了莫浅浑，又冲出埋伏圈，侄儿慕容恪的精兵也已赶到，所以不必被之前的小败而虑，而挫伤我们士兵的锐气。应迎其锋芒，主动出击，奋力一战。"

说罢，他与慕容垂嘀咕半天，然后纵马向前，对涉奕于大喊："涉奕于将军，我乃燕国建威将军慕容翰，彼此也是老熟人了，可否我们俩单独战一回合？”

涉奕于不知是计，正战在兴头，拍马前来，大喊道：“你这个出尔反尔、包藏祸心的燕贼，有何颜面妄称将军，当初首领就不该留汝性命。”言罢持长枪对准慕容翰的眉心刺来。眼看就要刺中，慕容翰却突然身子下探，藏于马颈之下，疾速错过。

此时，燕军忽然散开，让出一条路来，少年慕容垂拍马迎着涉奕于冲来，双手中各握一把长槊，左一槊架住涉奕于的刀锋，右一槊直刺涉奕于的心窝。身手矫健，干净利索，一气呵成。涉奕于沉重地从疾停的马上摔下，一命呜呼。

那槊一头是锤，一头是尖长的剑，长有一丈八。别人只是单槊，而慕容垂孔武有力，却又身体灵活，精于马术，所以使的是双槊。因而，冲入敌军，常常无人能挡。

宇文部士卒见自己的大将涉奕于竟被对方一小将一槊毙命，皆惊慌失措。继而一下子失去了气势，四处溃散。慕容皝命全军追击，杀得敌军丢盔弃甲。都城紫蒙川很快被攻破，宇文逸豆归连妻子都顾不得，带着几个随从仓皇向漠北逃去。燕军俘虏了宇文部剩余的大部分士卒，得到千余里土地，把他的部人五万余户迁徙到燕地昌黎，改都城紫蒙川为威德城，并派人驻守。

曾坐拥几十万人众的宇文部正式败亡。

这一仗，慕容垂再如耀眼的明星，令人瞩目。慕容皝宠爱有加，当着群臣的面大加赞赏，年仅十六岁的他就被慕容皝封为都乡侯。

宇文逸豆归一连逃了几天几夜，觉背后无追兵方敢停了下来。又累又饿，好不容易才看到一个村庄。便投宿其中一户人家，夜里竟惊厥不断，虚汗连连。随从四处寻医无果，几天后，死在了逃亡的路上。

慕容皝随后又派世子慕容俊与慕容恪带领一万七千名骑兵东袭扶余，将其攻克，俘虏了扶余王及其部众五万余口而返回。

东降高句丽，西灭宇文部，燕国实现了自慕容廆以来，从未有过的辉煌。慕容皝接受封弈和阳裕的建议，举行了盛大的祭告宗庙和庆功典礼，论功行赏各有等级。

四十七

打了胜仗的燕国举国欢庆。

为了讨燕王喜欢，各地纷纷报告出现的瑞兆。辽西郡守发现一对金龟，称是上天送与燕王之物。此龟金灿，当地从未见过。慕容皝十分喜欢，不料几天后就死掉一只。燕王于是说："看来此物只应天上有，到了我们人间岂能不夭。"

而柳城太守献来了一只大鼎。说是一场大雨后，天上出现彩虹，一位躲雨的方士走到彩虹消失的地方，就发现了这只被洪水冲刷出来的大鼎。

燕王请来谋士阳裕参观这奇物。孰料阳裕如获至宝。他对燕王说："想当年，黄帝也偶得天赐的宝鼎，还有凤凰衔着写有慎德、仁义、仁智六字卞图送给他，又有黄龙捧河图洛书献给他。这些都表明是上天佑我，以及天下安宁大祥之征兆。我意燕王应顺应天意，迁都宝鼎发现之地柳城。"

燕王慕容皝心一颤。思忖了一下，说："天意乎？本王就派阳公前去柳城实地勘察一番如何？"

阳裕高兴地答应，并马上起程。

几天后，在早朝之上，阳裕正式启奏，以那宝鼎说事，请求燕王迁都柳城。

满朝竟无一人赞同，众臣皆觉得理由似乎有些荒诞。

他显然早预想到这个结果，便又说："吾王英明神武，平定了内乱，消除了外患。一举打败了赵国、高句丽、扶余，灭亡了段部、宇文部，开创了燕国盛世。现在将要做的就是筹谋入主中原、一统北方之大计。而迁都柳城，正是为此。此地位置极重要，是东面、北面的库莫奚、契丹、扶余、高句丽入关进入中原的重要通道。扼守此通道，既可控制北部大漠和辽东，又可直接入关进军中原。"

接着又说："臣带着方士到柳城细细勘察，发现此地亦是风水宝地。此城坐北朝南，北、东、西三面环山，易守难攻，南面是河流平原，所产丰盛。方士言，此地千古难寻，早应为帝都也。"

阳裕提出迁都，实际上是有诸多考虑的。除了将都城向入关之口前移，便于将来出兵中原，更深刻的一层意义在于，通过迁都来整肃国家，冲破一些陈规陋习。这其实也符合燕王慕容皝的心思：一个新的燕国在他手中被缔造，也要有新的都城作为映衬，以兆示他的英明和新伟业开始。而他们这些背后的意图，难以摆在桌面上，更不会被众臣所马上悟解到。

所以慕容皝其实对迁都之事是支持的，不然也不会同意阳裕带方士前去勘察。但迁都兹事为大，他不便擅断。他要阳裕抛出话题，不动声色，看看大臣和将军们的反应。

国相封弈显然没有参透其中的奥秘。他见慕容皝日加宠爱阳裕，而有所冷落自己，心中早对阳裕有隙。他马上站出来说："迁都之事应该慎重。大棘城是先王所立都城，众臣百姓无不对其崇仰有加，草率迁都必将扰乱人心，令臣子和百姓无所适从。且耗费巨大，损伤国力。当年段牙就是因为欲要迁都，从而引起民怨导致祸端。现在吾王扫平贼寇，万民拥戴，正是国势鼎盛之时，万不可因迁都之事再生变故。"

此话令慕容皝心中不悦。因为段牙迁都正是当时他背后怂恿的结果。以此例来说服慕容皝，只会起到逆反作用。可慕容皝依然没有发作，若无其事地问："其他臣子可有附议？"

慕容翰心中自然反对。但他并不想多嘴，搅进朝中纷争。此刻见国相说话，加之依仗攻伐高句丽和宇文部的功劳，便按捺不住："臣亦有奏，臣以为迁都之事可以缓矣。我燕多年征战，百姓刚刚休养生息，朝廷亦应将精力用在发展农桑，减少徭役，降低赋税，开办教育，选拔人才上，并为南下中原，积蓄更大的国力，而不宜耗费大量财力建造新的都城。再者，大棘城乃先祖莫护跋所立。由此，一百多年慕容氏族立于辽东，在虎狼之伺中不败还兴。此为天佑也。故大棘城乃吾王之龙根，如果拔之，必会伤之于体。故万请谨之，不可贸然。"

这显然是慕容皝最不想听到的话。他没有说什么，问太子慕容俊有何见解。慕容俊则说："儿臣以为迁与不迁各有优劣，全凭父王定夺。"

慕容皝又将眼睛转向慕容垂。这是他最怜爱之人。少年慕容垂虽作战骁勇，但内心单纯无邪。慕容翰是他最崇拜之人，他想了想说："长伯慕容翰言之有理。"

老臣裴嶷年事已高，虽无实权，但德高望重，慕容皝仍要他上朝议事。

此事燕王又询其之见。他说："迁都之事还请王三思。柳城战略位置固然重要，但身陷山嶂之中，只有小块平坦土地，将来供给恐有不足。而大棘城周围土地肥沃，草地鲜美，曾被认作是颛顼之墟，风水绝好之地。"

左长史宋该善于邀宠，常得慕容皝夸奖。此刻他察言观色，显然读懂了慕容皝和阳裕之心。他大声说道："臣有不同之见。既有祥兆，就应附之。且迁都昭示我燕国图谋新的霸业，众臣和黎民百姓定当为之奋振。商把都从淹迁到殷，周平王把都从镐迁到洛邑，都成就了伟业。此举又有何不可呢？"

记事监封裕则反驳说："其实就迁都而言，迁与不迁应根据情势度之，西汉建国之际，有人劝高祖建都洛阳。高祖犹豫，问之群臣。而群臣皆秦岭之东人，都说周朝建都在洛阳称王天下几百年，秦朝建都在关内只到二世就灭亡了，不如建都在洛阳。只有娄敬、张良主张不迁。原因是秦地依山傍河，四面环山以为固，且物产丰腴。现在来看，大棘城的位置更像长安，周围也有天险可守，且有肥沃的土地和草原。倚此可以控制北方，虎视中原。将来入主中原，再谋迁都一事也不迟。"

众大臣莫衷一是，意见不一，迁都之事陷入僵局。

慕容皝面无表情地说："退朝，此事以后再议。"

四十八

慕容皝自然清楚，在迁都意见上的迥然不同，除了认识上的不同，还有门阀之见。

以封弈为代表的封氏势力，愈发强大。他感觉到似乎封氏有一只无形的手无刻不在影响着他的权威和决策。所以他又有意抬高阳氏的地位，将阳裕任为太史令与国相封弈抗衡，又任命阳骛为司隶，负责监督都城和各地方官。阳耽死后，他又重用阳裕，令其为大将军兼左司马，参与军政。

但是，今天的朝会，又一次证明了封氏的根深蒂固和强大。也许他可以对封氏的强盛坐视不理，却不容许自己的子嗣卷入其势力之中，为之裹挟。那将会演变成一场血腥的内斗，并有可能使他好不容易建立起的燕国毁于一旦。

让他惊悸和不安的是，这种苗头已现端倪。

慕容翰、慕容垂已坚定站在封弈、裴嶷一边。虽然太子慕容俊模棱两可，但阳裕、宋该定会拼命拉拢。而另一个重要的王子慕容恪正在边关镇守辽东城，他虽与太子无隙，但与慕容翰关系也非同寻常。

他令宫中的贴身侍卫朱金悄悄派人盯踪封弈、阳裕、宋该，以及慕容翰、慕容俊、慕容垂等人，并每天向他汇报。

一切果如他所想像。

朝会之争的当晚，封弈令家丁将慕容翰请进国相府，设宴款待。封弈对慕容翰大加赞誉，说："将军神勇，先王得之，如虎添翼，今王得之，如获至宝。讨伐宇文、高句丽，将军可谓大功盖世。特别是白虎川被围，多亏将军力挽狂澜，我王才得以突围。今朝会之上，又挺身反对阳裕迁都邪说，秉真可嘉，一片护国之心昭然矣。"

对封弈慕容翰开始还有些戒心。但听了这些赞扬的话，便有些飘飘然。他说："攻城拔寨，抵御强敌，翰确实尚未遇到多少对手。但深谋远虑、运筹帷幄，还是当属国相。翰归还母国，国相匡助，且善待我的亲人，心中感激。翰定当与国相同心，辅助吾王。"

封弈听了十分高兴。他说："大王有你我二人相辅足矣，又岂他人置喙。且迁都关乎燕之国运，定不可任由那阳裕在王面前蛊惑。"

慕容翰说："国相放心，如今王弟对我信任有加，我当力劝之。"

酒至酣处，竟说起王之子嗣。封弈问之："大将军以为王子中谁最有帝王之相？"翰闻言醉中惊醒说："此言不妥，今太子已立，你我不可妄议。难道忘了我的兄弟昭儿和仁儿前车之鉴了吗。"

封弈说："今日天知地知，你知我知，不过是酒后闲言，将军莫要紧张。"

慕容翰沉思了一下说："我以为那慕容恪文武兼备最有圣君之相，太子慕容俊稍逊之。而那慕容垂少年英才，颇有气度，亦有帝王之才。燕有恪、垂，天下可定也。"

封弈说："善。大将军目光如炬也。"两人畅饮，皆大醉。

而当夜，阳裕也到东宫拜访太子慕容俊。

阳裕强烈感受到了朝中封弈势力的强大。而改变这种力量对比，让他那天才般的筹谋为王所用并付诸实施，在紧紧抓住燕王的同时，必须还要攀附上太子。

阳裕虽为书生，但人生经历也令其变得更务实。他隐约感到，这慕容俊似乎与他更能相投。

和战场上凶猛暴烈形成鲜明对比，在平素日子里，太子慕容俊却十分静和，更似一个文人。他无其他嗜好，只是终日手不释卷。见阳裕来访，急忙前迎，执意将阳裕让于正座之上。

阳裕自然不能坐，而是落入偏座。他恭敬地说："臣打扰了太子殿下了。"

慕容俊依旧表现谦卑。他说："左司马是父王倚重的奇才，前来敝舍，是我的荣幸，拱手欢迎还来不及呢。"然后让侍从搬来椅子，与其相对而坐。

阳裕说："殿下读的是何书？"慕容俊说："是孔子的《论语》。读之百遍，每次皆有新的体会。"

阳裕心中闻之，心中不免生出一丝暖意和钦佩。这胡族的太子，竟如此认真学习汉家治国之术，可谓有卓识远见。他愈发觉得自己弃晋而投于燕的选择是正确的。

太子慕容俊亲手为他端上一杯茶。他忽然觉得眼前这慕容俊从容、平和、淡定，一些地方更像是自己。他说："《论语》讲的是治理国家的道理和方法。太子如此渴学，将来定是一位仁爱之君。臣虽涉猎，不过是匆匆而读，远不如太子矣。"

慕容俊说："这《论语》博大精深，汉武帝尊之为'五经之錧辖，六艺之喉衿'，古往今来，又有哪个士子不认真研习。可惜我愚钝，读百遍仍不能全得其精义。以后还望老师多多赐教。"

阳裕便说起迁都的事。他说："此事关国家社稷，太子位高言重，应劝说我王，尽快决断实施。"

慕容俊却面有难色。他说："迁都事关国昌，此等大事，父王英明，自然有所判断。再说，其事利大则行，其事弊大则止。而利弊得失，随时间推移，于众臣那里，定会越辩越明，水落石现。现在，众臣和王兄又各执一词，作为太子我贸然进言，又无成熟之见，岂不唐突，只会更加烦忧父王而已。"

太子当场拒绝，倒让阳裕没有料到，忙说："老臣鲁莽，还是殿下周全，所言极是。我们就静候燕王决之。"

但慕容俊却极聪明。他在拒绝后，又似有褒奖地说："左司马虽到燕不久，但对燕之忠心明月可鉴。其力劝我王迁都，皆为我燕社稷着想。这一点我定会择机告知父王，让父王深感左司马拳拳之心。此事我料终会有结果，还请左司马宽心。"

太子的言语十分得体，又温情脉脉，令阳裕感动。

阳裕明白，太子作为未来的国王，既不能忤逆燕王，又不能得罪众臣，暂且只能中立。但从太子的话中，他似乎也听出了弦外之音，感到并未白来一趟。

他见天已晚，急忙告辞。

封弈宴请慕容翰，以及阳裕拜访太子慕容俊，这些都被秘密监视的朱金报告于燕王慕容皝。慕容皝听后，冷冷一笑说："看来背后皆有玄机名堂矣。"

四十九

移都之事无人再提。

数日之后，慕容皝到巫阎山狩猎。太子慕容俊，以及慕容翰、慕容垂皆一齐随同。狩猎大军浩浩荡荡，迎着小雪，向前行进。队伍迤逶近十里。

百姓狩猎为了获取食物和毛皮，王家狩猎却远不止如此，而有其特殊的意义。从先王慕容廆开始，慕容氏族的狩猎已自成为一种规制。分别称之为春搜、夏苗、秋狝、冬狩。"春搜"，即春天搜捕猎取没有怀孕的飞禽野兽，如果是怀孕的动物则不可猎杀。"夏苗"则是夏天庄稼禾苗长得正盛之时，猎取吃庄稼的野兽。"秋狝"则是秋天猎杀吃家禽的动物。"冬狩"就没什么可区分了，飞禽走兽正肥，动物一般也不在冬天怀孕，正是猎捕的好时候。天子大型狩猎一般不安排在夏季，因春天有的野兽怀孕，夏天正是孕育出幼兽的时候。如果夏天进行大型狩猎，怕错杀小动物，遭上天之谴。

这一次则是"冬狩"。

慕容垂命士兵左、右、后三面驱兽，野兽受到惊吓全往前跑。慕容皝见野兽四逃，便纵马向前飞奔。一只梅花野鹿出现，慕容皝开弓射箭，猎物应声倒下。再向前追去，又见一只硕大的野猪拼命奔逃。他从后背的箭匣中抽出箭矢，正欲上弓，那野猪突然停下，回过头来面目狰狞，然后向慕容皝的马反冲过来。马顿时惊得跳起几尺高，慕容皝差点摔了下来，弓箭也掉落在地上。此时，突见慕容翰策马疾过，身子一弯，刀光一闪，野猪应声倒地。

慕容皝让马稳住，并弯腰拾起弓箭。心里却掠过一丝惊恐。这惊恐倒不是来自那头野猪，而是慕容翰的强悍。他似乎感到了一种威慑的逼近。而慕容翰却半开玩笑说："王弟操持国事，看来武功有所偏废，竟被小小一只野猪惊吓。"

慕容皝说："还是长兄英雄不输当年。本王这身子骨确是有些不济了。"

俩人都累了，信马由缰。马蹄踩着林中树叶沙沙作响，慕容皝又忆起了当年追随父王慕容廆狩猎的时候，俩人皆叹流光易逝。慕容翰借机却又说起迁都的事："王弟，兄仍要进言，迁都之事关乎龙脉，万不可听阳裕鼓动。如引来天怒，定会祸端不断。且先祖和先王就葬于这大棘城外，作臣子的哪有不守护祖庙之理。"

慕容皝闻之面露愠色，心中更加不快。他说："兄之所言本王自当会考虑的，此事不宜再提。"他由此在想，这王兄的回归，对于他来说是福降还是祸端，又有谁能说得定呢。

迁都一事虽燕王不提，但消息不翼而飞，引来了都城众多王公贵族和士子百姓反对之声。还有一些贵族、官吏和宗亲跑到宫殿外跪请大王将阳裕革职。士子封璧竟在宫门前剜胸死谏，血流大片。

慕容皝闻后大怒，召阳裕、宋该至寝宫，问道："本王已下令不再议移都之事，为何下面反而人情汹汹？"

阳裕禀告说："官吏、士子和宗亲闹事，皆封弈、慕容翰幕后支持。这剜胸死谏的士子封璧，乃封弈的族人。尤其那慕容翰，本是叛逃之臣，得到了大王的宽宥，不知悔思感恩，反而在大臣中吹嘘自己领兵打仗如何神勇无敌，称自己解了白虎川之围救了燕王，是打败宇文逸豆归和高句丽的头等功臣。据闻一次酒后竟言要让大王封之为监国。"

慕容皝闻之皱起了眉头。

宋该亦说："不知王还记得'许田围猎'之典故乎？那曹操拿走汉献

帝的宝雕弓、金鈚箭，射中奔鹿，借此彰显自己比天子更盛。那天围猎，那慕容翰抢在王前杀死那头野猪，也是有曹操之心。此人当初就不该收留，如慕容仁一样，终究是燕之祸患。且慕容恪、慕容垂皆与之私交甚好。这些人如果结盟，太子地位岌岌可危。”

慕容皝心猛地一震，如被东西击中一般。但仍十分镇定地说：“诸公所言皆是传闻，或私自揣度。慕容翰乃我长兄，现在又回归母国，殚精竭虑为本王出力，本王未见有不忠之举。此话以后不要在本王前言，你们速与国相将那些闹事的人劝说疏散。就说迁都之事，本王已搁置不议。还要告诉国相，令其好好管教那封鳖。”

封鳖表面上是封弈的同族，当初也是投奔他而来，但却是宋该的死党。他只不过用刀划破了胸窝，然后悄悄将私带的瓦罐中的鸡血倒在地上，装作奄奄一息。封弈将之搀扶起，令医速救之。封鳖言：“侄儿不走，欲以死来声援叔父，为民言。”封弈并不知宋该背后指使，流泪对之言：“傻侄儿，糊涂矣。汝哪是在帮我，反倒是害我。”

迁都之事，从此沉寂，无人再提。而国相封弈自此也备受燕王冷落。

不久，慕容翰提议要到边关代燕王劳军。慕容皝欣然允之，却悄悄安插人随之前往。慕容翰与慕容恪相见恨晚，秉烛夜谈，纵论军事和天下。

慕容翰颇为慕容恪鸣不平。他说：“侄儿亦有君王之才，可惜我们都是庶出的王子，而无君王之命。我历经磨难，早已看开，不知侄儿可心甘乎？”

慕容恪说：“人自当认命也。无君王之命，成一个辅佐之才又有什么不好呢？管仲、李斯、萧何、韩信、诸葛亮、荀彧皆如此，不亦名垂千古吗？”

慕容翰说：“我却不希望侄儿走叔父这条路。即使刚才侄儿所说的那些佐才，又多少有好的下场。狡兔死走狗烹，飞鸟尽良弓藏。伴君如伴虎，且君王多狐疑，不如自己为王。如有其志，叔父愿鼎力相助，我已与那国相暗中修好，可择机要挟你的父王，改立侄儿为太子。”

慕容恪说：“万万不可。我无君王命，亦无君王梦。这一点，我与叔父不一样。当今太子贤德，且胸怀远大，其才能胜过我百倍，我绝无觊觎之心矣。”

慕容翰一声叹息，说：“好吧。侄儿才是我所见到的慕容氏族中最贤达仁德之人，胸藏万军，心若止水，叔父佩服矣。”

又谈起迁都之事。慕容恪说：“此事叔父错矣，实不该搅进这是非之中。阳裕既然提出此事，定是揣摩父王之意，想必早已得父王默许。而国相反对，亦因父王宠信阳氏一族，心中不平，故意与之相抗衡。如今长伯站在国相一边，定会让父王生疑抱有目的。长伯须记住一件事，就是再也不提迁都之事。最好不问朝政，闭门谢客，告病于府中静养。否则将有大祸临之。”

慕容翰却毫不在意。他以为慕容恪过分小心。自己为慕容皝立下了赫赫战功，他又如何会对自己怀疑呢？但他仍然觉得慕容恪的话不无道理：这迁都之后亦暗藏着封氏与阳氏明争暗斗，不然为何那封弈主动宴请自己。

结束劳军，慕容翰赶回大棘城。一小队人马在一段山谷之中蜿蜒行进。时至黄昏，突然一支埋伏在道路两旁、来路不明的精骑向他们发起袭击。他的马被绊马索绊倒，自己摔下马来。密箭也从周围的树林草丛中飞至，侍卫围成一个圆圈，拼力以保。他鹞子翻身，迅疾骑上侍卫之马，左拼右杀，闯出一条血路，才得以脱险。一路狂奔，到了大棘城，才发现自己被流矢伤及小腿，沥血不止。

第二天，他一瘸一拐地向燕王慕容皝复命。慕容皝问之伤由，他说恐是宇文逸豆归的后人寻仇。然后，就回到将军府托伤不出。

他这才明白慕容恪的告诫是对的。这一队精骑如此精良，绝不会是仇人寻仇。肯定是慕容皝派出，燕王对自己已起杀心。

五十

慕容皝本来就是疑心很重的人。

听了封弈密宴慕容翰之事，他便将封弈召至宏光殿。

他说：“国相不遗力将本王扶上这大王之位，我终生不忘，且一直拿国相为兄长相待。昨日听言国相宴请了本王长兄慕容翰，且相谈甚欢，不知所言是私事还是国事？本王甚好奇。”

封弈大惊失色。他没有料到慕容皝竟在时时监视自己。忙说：“臣素来仰慕大将军之勇武，所谈皆是兵法战事。”

慕容皝说：“难道就没有说点我们慕容氏族的家事，醉话亦可告本王一听。我权当笑谈。”

封弈吭哧半天，说：“慕容翰大将军醉酒之中谈起了太子和慕容恪，说慕容恪文武兼备亦有圣君之相。如此大不敬之语，被我马上制止。不过，我以为他只是醉后胡言，其心并无谋逆之意。”

慕容皝装作不经意说：“恪儿确实贤德有才，长兄如此之说，亦不足为怪。也正如当年长兄远胜于我，而做了王的却是我。此为命矣，又何能与人言。”

慕容皝便不再说此事。他说：“近来战事渐息，不少大臣、郡守纷纷上书于本王，要求国家减少赋税，劝事农桑，还就革除朝中弊端提出了不少计策，我以为甚好，彰显吾燕臣子忠君护国之心。国相可先将这些奏章研阅，待朝上与本王一起共议。”说罢便让内侍将一沓奏章交与封弈。

封弈手捧奏章退出大殿，却惊出了一身虚汗。他回想方才所言，才觉言之有失，恐怕将会给慕容翰带来祸端。顿时心感愧疚。但一想，眼下表明忠心，以求自保最重要。若不吐露些实情，那燕王定会怀疑。此时亦只能对不起他了。

慕容翰提出要到边关劳军，慕容皝更加怀疑他是与慕容恪结盟。痛快答应后，让最信任的冗骑常侍皇甫真在慕容翰劳军队伍中安插了间人。慕容翰劳军时与慕容恪彻夜密谈之事通过飞鸽传书，皇甫真很快报告慕容皝。

皇甫真说：“自古为君王者莫不在社稷与亲情中抉择，而多数选择了社稷。大王定当早下决心，而不能有妇人之仁。杀之，太子无忧矣，迁都之事亦可定矣。”

慕容皝于是安排皇甫真半路截杀慕容翰，但惜未果。

慕容翰在爱妻段慧的精心照料之下，箭伤逐渐痊愈。他并没有敢将真相告知段慧，只是轻描淡写说：“倘若有一天我死了，你定不要难过。我都是死过好几次的人，这一生已无憾，所舍不得只有你一人。你一定要照顾好母亲和钩儿。”

过了很长一段平静时光。慕容翰觉得可能是慕容皝已放过了自己，甚至觉得可能真是宇文部或别的什么仇家寻仇，便有些放松。他埋头读些《诗经》《论语》和汉赋。亦常性起，作一些诗词。他怕武功有废，便在家中试着骑马拉弓。后来又纵马飞奔到校场，拉弓射箭，好不威风。而皇甫真早派人暗中监视，马上将这一切报告慕容皝。

他说："上次截杀慕容翰失利，以这位大将军的聪明，恐怕不会不猜想到是大王的主意。现在不顾箭伤，私下练习骑乘，如果不是想犯上作乱，也是想逃奔异乡。大王该是下决心的时候了。"

慕容皝于是命皇甫真即将慕容翰缉捕，并搜查其家中。皇甫真没有搜到慕容翰谋逆的证据，很是失望。不过，从慕容翰所作的诗词中却如获至宝。一首诗中写道："欲向中原兴帝业，却来巫阎狂畋猎。"那本是慕容翰参加冬狩回来后诗兴大发所作，其诗中所指亦是本人。但皇甫真却以此报告慕容皝，说诗中讽刺燕王不图中原霸业，只会享乐打猎。慕容皝更加恼怒，当朝宣布慕容翰十大罪状。除了目无君王、叛逃敌国、私放莫浅浑、私自与敌国婚、阴谋谋反，还包括当年与慕容昭串谋，故意陷害世子等等。

慕容皝说："本王几次给予其痛改前非的机会，孰料这慕容翰并无悔意，托伤病在家练习骑射，并纠结势力，伺机谋反。逼本王不得不兄弟相残，落下恶名，实乃大奸。本该车裂，但念其有功，特赐还家自裁。其妻儿概不追究。"

一切皆在意料之外。朝上鸦雀无声，众臣面面相觑。裴嶷、封弈反应过来，本欲求情，但见慕容皝那铁青之脸，顿觉得一切皆已没用。朝散之后，封弈回家大醉，然后痛哭涕流。他自言自语说："君亦虎矣，愚伴君如伴虎矣。"

皇甫真带兵将慕容翰押至其府。为防慕容翰有死党借机闹乱，将慕容翰的府邸围了个水泄不通，然后才让朝中的内侍端着毒酒进到慕容翰府中宣旨。慕容翰与妻段慧和儿子慕容钩抱头痛哭，然后一一诀别。他对段慧说："我一生悖逆不顺，但唯一快乐的事情就是遇到了你和阳姬这两个女人。也算是上天垂怜吧。她的墓钩儿知道，就将我埋在她身边。将来你死后，亦过来做伴。"

他跪下听完王旨，便独自步入书房，并对内侍言："我欲在室内自我了结，过半个时辰可开门检视。"

慕容翰沐浴更衣，仰天叹息说："当初我负罪出奔之时，已做好了死的准备。现在，得以复还母国，且死于家中，也算是最好的结局。死并不足惜，然羯贼跨据中原，我不自量，幻想还能为国家荡平宇内。这一志向不能实现，死后也会抱憾。我本一介武夫，何故生在君王家？这也是上天安排的命运吧！吾终得以与父王相见矣，也是高兴之事。”随即饮毒酒身死。

内侍在门外，听得仔细，将此言汇报给慕容皝。慕容皝沉默未语。呆坐了很长时间，眼角流下了一滴眼泪，自喃道：“父王见了长兄休怪弟不念手足之情，我如此狠手，也是为了燕之江山社稷。”

裴嶷大病一场，从此不问国事，半年后竟无疾而终。慕容翰妻段慧，抱着其夫尸体大恸，几天几夜不思饮食，头发一夜之间全白。亦想服毒自尽，却被那慕容钩拦下。国相封弈心中有愧，托病几个月请假不朝。

而镇守边关的慕容恪闻后万分悲伤。他自言道：“父王不该如此矣，燕由此痛失一员大将，于国损失巨大。”

慕容翰死后，一月有余未丧。众臣皆默而不敢言，只是司马韩寿在朝上直言：“大将军慕容翰一生为大燕国征战也立下了汗马功劳，据闻临死仍念念不忘统一天下的大业，恐是有谋反之心终无谋反之行，奏请大王准予厚葬，并善待其妻子。”

慕容皝厉声说：“汝再替罪臣美言，亦予以赐死。但念其跟随先王征战有功，准予厚葬。其子慕容钩已成年，特任乐陵太守。”

在燕国历史上，就军事才能而言，几乎无人能与慕容翰相比。即使慕容恪、慕容垂，亦稍逊之。

慕容翰号称常胜将军，一生攻伐无数但从无败绩。一代英雄慕容翰就这样在跌宕起伏中，结束了自己辉煌而又委屈的一生。

慕容翰死后，迁都一事果然再无人反对。燕王很快宣布实施。

峻厉的燕王用慕容翰之死警告了封、阳两派势力，让朝野噤若寒蝉，也终于卸掉了胸中积压了许久的块垒。

五十一

燕王慕容皝将建立新都的任务全部交给了阳裕。

在他看来，作为一代英君开辟了燕国，自然也要开辟新的都城。

阳裕实际也等于为自己背上了一个沉重的包袱。新王的都城虽不一定超过赵都襄国，但也要有应有的气魄。工程浩大，为赶在明年秋天迁都，各郡征集的木材、石材、砖瓦等，每天源源不断地运往柳城。阳裕还征召数万民间工匠，日夜不停。为建宫殿，柳城数百民房被拆，百姓流离失所，怨声载道。

一日，辽东一带发生地震。百姓皆言天怒于燕。朝会之上，司马韩寿和高诩等人借机上疏，说最近大地摇晃，天文星象有些错乱，恐有祸事。

慕容皝问："有何祸事，不妨直说。"

国相封弈便说："臣闻阳裕在柳城大兴土木，日夜不辍，匠人苦力皆苦不堪言，奏请吾王顾念黎民，可否适度减裁规制，一切简朴，则百姓莫不称赞吾王仁爱，体恤万民。"

慕容皝心中不高兴。他说："本王开辟新国，建一个新都又有何不可，却遭众臣屡次反对，指责本王不体恤百姓。难道本王亦是石虎之暴君乎？燕国疆土辽阔，民之百万。都城和宫殿自然也要有其气度。这也是壮国威之举，黎民百姓应该高兴才是。既如此，新都也无法与那赵国的都城相比。众臣不必再替本王忧虑。"

消息传到阳裕耳中，阳裕更无忌惮。又征万人劳工，且点燃通明火把，昼夜施工。工匠中累死者不计其数。各地运送造城之材的车辆将进城道路堵塞，连绵几十里。

阳裕为建新都已近癫狂，他对属下说："什么星象错乱，一派胡言。倘若宫殿和都城早日建成，早晨燕王住进来，晚上令我去死，也心甘矣。"

大祸骤至。

一夜，电闪雷鸣。一场从未有过的暴风雨突然光临柳城。所未建成的宫城竟悉数倒塌，无数工匠埋于石块瓦砾之中。一时哀鸿遍野，无数百姓逃离柳城。大棘城中谣言四起，说这是上天对燕王迁都和杀死慕容翰的报应。还有人说，慕容翰显灵，骑着白马挥着剑在大棘城宫殿前飞奔哀号。

都城人心慌乱。朝会上，众臣也是惊恐万分。封弈、韩寿、高诩等大臣更是纷纷上奏，要求顺应天意，改变迁都的决定，并将罪臣阳裕押入死牢，处以极刑，以向天谢罪。而宋该等人则说，迁都之策不能朝令夕改，只不过下了一场暴雨倒塌一些城郭而已。

慕容皝无计可施。他忽然想起了一个人。此人名阳协，官为冗骑常侍。这阳协虽在慕容皝身边任职，但因身体羸弱，且生性淡然，并不热衷于朝政。且谦恭俭约，刚直仁慈，颇有清誉。其位居朝廷高官，却如同布衣之士。对于流亡客死的士大夫，无不收葬善后，恤养遗孤。他虽是阳耽的堂弟，却对阳氏势力若即若离，朝政中常持中立立场。对于这迁都之事，亦从未发表任何意见。因此，封氏势力对之也是十分推崇敬仰。

这阳协因身体不适许久没有上朝。慕容皝特宣之至寝殿中，问之：“迁都一事朝中沸沸扬扬，久争不绝。本王却不曾见阳常侍有何见解。常侍以为本王该如何是好？”

阳协说：“臣愚钝，久不上朝，鲜闻朝事，亦不知如何应对。但臣有一建议，燕王何不亲临柳城一视，然后再予以定夺？”

慕容皝一想，说：“善。柳城建新都，本王还未曾亲临，那明日阳常侍就陪我一去。”

慕容皝率众大臣浩浩荡荡来到柳城。阳裕形容枯槁，跪在城门前要求降死罪以谢天下。慕容皝令人扶起，却未有半句指摘。一行人来到宫殿工地，只见满目疮痍，残垣断壁，臭味熏天。众大臣皆作掩鼻状。

阳协遂建议燕王在城西北十五里驻扎。大队人马来到这里，只见此地绿草茵茵，肥羊成群。北面紧挨着努鲁儿虎山，山势雄壮；前面是宽阔的大凌河，弯曲恰如卧龙。众臣皆叹，真乃风水宝地也。

阳协趁此向燕王奏言：“此地甚好，乃上天所赐。我刚刚找方士观测，方士惊叹不已，曰乃傲龙歇息繁衍之地，王室富蕴灵气之壤。不如以此为新的都城，辟名为龙城。”

众臣未等慕容皝开口，皆欢呼：“此乃上天所赐，吾王居此，定当龙腾九天。”而封弈、韩寿等人也说：“此乃天意，历尽劫波，终现此地。这才是天子该居住的地方啊。”

慕容皝十分高兴，既欣喜于得之佳地，又欣慰于君臣终于睦和。他任命阳裕、唐柱监工修筑龙城，建造宫庙。改柳城为龙城郡。所有工程一切从简，尽少耗费国力。

安排妥当，慕容皝不忘称赞阳协：“还是阳常侍真正为本王操心，恪尽臣子之道。特擢升为右司马。”

其实这阳协亦是非凡之人，颇有三国庞统之范。虽病在府中，但朝中之事无不细察。他闻新都宫城在风雨中倒塌，朝中迁都波澜又起，便感到慕容魗很可能骑虎难下，而族侄阳裕恐怕也会折戟于此。于是，悄悄骑马前往柳城，与阳裕会面。此时，阳裕已陷入困境，无计可施。而阳协却问之："柳城附近可有更适合建都之地？"聪明的阳裕顿时大悟。他说："城西北十五里有一块上好之地，最宜之。"叔侄二人纵马奔至。阳协说："真乃风水宝地，天不让吾侄儿亡矣。"

阳协早已思谋：暴风雨将新建宫城毁于一旦，此地不吉，自然不能在原地重建。但如果收回迁都之成命，又会让燕王有失尊严，下不来台。而在柳城旁边再选一块地方重建，似乎是折衷的最好办法。

阳裕说："我速告于燕王在此建都。"

阳协却说："不必着急，不出三日，燕王必会找我商议。由我出面，更显得了无痕迹，水到渠成。"

果然，一切皆在他的预料之中。燕王第二天就宣他入宫商议此事。阳协此举，令慕容魗和阳裕都摆脱了困境，也算是给了那些反对迁都的封弈等人一个绝妙台阶。

而不久，身体不佳的阳协便卧病不起，几个月后悄然病逝。因其名声德行，朝中大臣和那些得到他恤养和帮助的人皆为之送葬，整个大棘城几近空巷。

五十二

阳裕心中悲伤，却没有参加叔父阳协的葬礼。他想只有将龙城建造好，才是对叔父最好的答谢和祭奠。他将天下的能工巧匠皆招至龙城，日夜与之研究，设计建筑方案。他常有巧妙的构想，让匠人惊奇。所有城池宫阁的设计，皆由他最后审定。

虽然整个龙城较为朴素，但新建的燕王宫殿却相当奢侈。四面各有宫门，东门和北门有阙。周回二十八里，宫内有宣室、龙镇、琥珑、承明、椒房殿等三十余屋，承天阁和宝籍阁等藏书之所，还有六座小山和多处水池，大小门户近百。

殿以木兰为栋椽，以杏木作梁柱，屋顶椽头贴有金箔片，门扉上有金色的花纹，门面有玉饰，装饰着鎏金的铜铺首，镶嵌着各色宝石。回廊栏杆上雕刻着清秀典雅的图案，窗户为青色，雕饰着古色古香的花纹。殿前左为斜坡，以乘车上，右为台阶，供人拾级。础石之上耸立着高大木柱，紫红色的地面，金光闪闪的壁带。

经过一年多的建设，一座新的都城拔地而起。尤其宫殿壮丽巍峨，令人兴叹。

但谁又知，新都给燕王带来的是福兮祸兮？

公元 341 年，大燕国正式迁都。

慕容皝带着他的群臣，以及后宫家眷上万人浩浩荡荡从大棘城移都到龙城，在新都龙城举行了盛大的迁都仪式。慕容皝率众祭天祭地，又率子嗣祭奠先祖。他将后面的努鲁儿虎山改为龙山，前面的大凌河改之为龙河。他心里充满着骄傲和荣耀，因为在他手下有了崭新燕国，也有了崭新国都龙城。

忽一日，传说龙山出现白龙、黑龙各一条。慕容皝亲自率领群僚去观赏，原是龙云奇观，见西边天空之云成黑白二龙之相。主管祭祀的太常忙运来牛、羊、豖三牲，用太牢祭祀。只见二龙龙首相交，嬉戏飞翔，脱角而去。慕容皝十分高兴，返回宫内，赦免境内囚犯，把新宫命名为和龙，在山上建起龙翔佛寺。

而劳苦功高，也是他最忠实的臣子阳裕，却因监工修建龙城日夜操劳，染上了重疾，生命垂危。宫内御医束手无策，燕王慕容皝便派人到民间四处寻访名医，但阳裕之病终不起色。

慕容皝前去探望。

听闻燕王至府上，他却一扫病色，神采奕奕，如健康人一般。还命人摆宴，与燕王一饮三杯。

阳裕说："我一生流沛，侍奉多个君王，自从遇到燕王，我甘之如饴。能为王鞍前马后，是我阳氏祖上的功德，此生足矣。望吾王纳龙城新都之祥，君臣同心，早日一统中原，登基为帝。到时，我在努鲁儿虎山下，定为吾皇称颂。"

慕容皝说："早知这宫殿差点儿要了爱臣之命，本王定不会同意迁都。爱臣定要养好身体，还指望左司马助本王谋定天下。"

阳裕说："王乃尧舜之化身，天下之才闻其仁德皆不请自来，所生子嗣亦雄才伟略。鄙臣微不足道，即使离开了燕王，大统之业也毫不受扰。今能助燕王实现迁都之愿，臣就满足矣，死亦无憾。”

君臣相知，深谈至夜。

临别之时，阳裕说：“吾燕经年战事，徭役赋税皆重，百姓苦不堪言。还有诸多积弊，消耗国力。臣本想待新都落成之后，助王革故鼎新，清除顽弊，减轻役税，让百姓休养生息。现在看恐怕没有机会了，但臣闻近来不少大臣和各地郡守上书，直言时弊，提出善策，此实乃忠君之举矣。愿王善纳谏言，实施新政，厚积国力，为入主中原扎下根柢。”

慕容皝说：“善。本王不会忘记爱臣肺腑之言。”

第二天，慕容皝接报，说大将军左司马阳裕去了，终年六十二岁。慕容皝闻后泪流满面，甚为哀恸。燕国为之举行了隆重的丧礼。

朝上，慕容皝感慨说：“我在晋朝清平之世，一一观察许多朝士，忠毅清俭，诚信重义如同阳耽、阳协、阳裕这样的，实在没见几人，这样的辅佐之才又到哪里才能寻得到呢？”

众臣诺诺。忽然，朝中站出一人，乃是参军王宪，他说：“臣以为王言过之，朝中不绝忠诚之士，亦不乏辅佐之才，只是大王眼中只有阳氏三人而已。阳氏三人，大奸若忠。尤其阳协、阳裕二人，揣度王心，投其所好，鼓动唆使吾王不惜耗巨资迁都，不以俭素为美，反以奢靡为荣，营造如此奢华宫殿，众臣和国民无不因此怨恨我王。”

话音未落，大夫刘明亦奏：“皇甫真、宋该亦皆奸佞之徒，背后造谣陷害忠臣，怂恿吾王处死建威将军慕容翰，此乃国之大失也。奏请吾王将此二人逮捕入狱，交与廷尉府严加审讯。”

如晴天霹雳，朝堂上的人顿时懵了。虽然皆知两人生性秉直，但却未料竟敢如此大胆犯上，毫不顾惜燕王颜面。表面上痛斥奸臣，实则也是指责燕王慕容皝昏聩。慕容皝气得竟然一时说不出话来，倒是宋该大声说道：“作为臣子，如此欺君犯上，大肆攻讦诋毁我王，是可忍孰不可忍，奏请燕王速将此二狂徒推出宫门斩首示众。”

王宪、刘明显然已置生死于度外，愤懑积蓄已久，肆意暴发之后，心中如吐块垒，倒也痛快。二人皆跪下说：“君过不谏非忠也，畏死不言非勇也。今言别人不敢之言，亦算尽了一个臣子的忠心，我王欲杀治罪皆无怨言。”

此时，太子慕容俊不得不站出来摆脱尴尬局面。他厉声命令护卫：“速将两罪臣缚之，押至宫门之外，听候我王处置。”

慕容皝终于缓过了劲，脸铁青着说：“吾燕竟有如此孽障之臣，实乃不幸。既然要当忠谏的比干、关龙逢，本王亦做一回恶君商纣、夏桀成全你们，又有何不可？”然后，命刽子手即刻送他们上路。

除了宋该、皇甫真等人，其余大臣皆为二臣求情。慕容俊、慕容评、慕舆根等皆言：“王宪、刘明以下犯上实属恶毒，本应严惩。但刚移新都，就斩杀大臣，恐不吉利。还是先革职打入死牢再作处置。”

慕容皝亦不愿留下一个因谏言而杀忠臣的昏君之名。他稍稍将满腔怒火向下压了压，对众臣说道：“作为臣子，不知君心，不察君苦，肆意妄言，构陷君主，实乃恶臣。革去官职，交予廷尉府查审。”

随后，他怒气冲冲地喊了一声：“退朝！”

五十三

太子慕容俊是一个深藏不露的人。

他的韬略并不亚于他的父王。如果说他的父王慕容皝更像三国曹操，他则更像刘备或孙权。

他对政治和权力的嗅觉和敏感也是天生的。在迁都之争中，他始终不动声色，静观其变。他其实早已看清父王慕容皝的意图。但迁都之争中除去了慕容翰，并狠狠打击和削弱了封、阳两股势力，亦为他日后接班扫清了诸多障碍。自己为什么不乐享其成呢？尽管作为太子，他要出面救慕容翰，也许慕容翰还真有生存的机会。

他保持了中立，慕容翰之死与他无关，封、阳势力均不得罪，最后的赢家还是太子。

但他还是要行动，不能总是无所作为。特别是已有迹象表明燕王慕容皝的身体每况愈下。燕王日趋消瘦，体力日渐不支。御医已悄悄告之太子，燕王患上了消渴症，且此症并无良药可彻底医治，慕容俊必须早作打算。

他要借燕王之手肃清朝政之弊。王宪、刘明不过是他特意安排的前奏，而大戏还没有开始，尤其重要人物还没有出场。

这个重要人物就是封裕，渤海封氏人，已逝长史封抽的儿子，国相封弈的堂弟。官为记室监参军、太尉领中书监。他为汉人，四书五经及诗赋无不精研，且随侍慕容廆、慕容皝两代君王，掌管朝中记事，记录王的言行与政务活动。按王的要求，撰写王旨以及向晋廷的奏折。其暗中与慕容儁多有交往。

他也是耿介之人，对国之弊端深恶痛绝，痛言必须刮骨疗毒。慕容儁便劝其将所思所想写下来，择机上书燕王。对其上书之稿，慕容儁亦多次修改。现在，时机终于来到。在太子慕容儁的默许下，封裕又加以润色，正式呈奉燕王。

这是一篇言辞激烈、秉笔直言、直陈朝政弊端的谏书。在燕王那里所起到的振动作用，不亚于王宪、刘明的死谏。慕容皝读后，竟一夜未眠。他似乎觉得这燕国突然危情四伏，摇摇欲坠。

第二天的早朝，慕容皝特意扩大范围，让都城五品之上的官员都参加。他脸色凝重地说："有一位朝中重臣，且先不泄其名，因对本王之政颇为不满，愤而上书，国相不妨念给众臣一听。"

众臣面面相觑，只有太子慕容儁十分镇定。

国相封弈展开那封谏书，竟吓了一跳。上面那字他自然熟悉得很，一看便知是封裕所写。他弄不清这葫芦里卖的什么药。这封裕虽是封氏一门，且是封弈的堂弟，因在王身边服侍，为避嫌疑，平素二人并无密交，更难在一起交流国家大事。慕容翰被处死，封弈顿感燕王亦是警告封氏，便更加有意与同门相疏。封裕性格温和，不是慷慨激昂之人，平素并无出格之举，今日为何要向燕王上书呢?

封弈不想这些，大声念之："自永嘉丧乱以来，百姓流亡，中原萧条，千里无烟，饥寒流陨。唯吾武宣王慕容廆以德抚民，汉人和夷族，皆从遥远的万里之外，扶老携幼，前来归附，好像孩子扑入爹娘之怀抱。待燕王继承正统，于南击败赵，于东吞并高句丽，于北消灭宇文部，开拓疆域三千里，增加黎民十万户。万民众臣无不颂之。"

欲贬先扬，这也是上书惯用之法。封弈先是将慕容廆、慕容皝歌功颂德一番。接下来，则是谏书的重点。

"臣闻圣王管理国家，必薄赋而藏于百姓。古时，十成收获，只缴一成捐税，是天下最公平的法则。后来到了曹魏和晋，仁政萎缩。然而，租用政府田地和耕牛的，也不过抽取十分之六，自备耕牛的，对半平分，仍不至于现在的抽取十分之七或十分之八。”

“而王公贵胄、王家内戚，皆大肆兼并掠取田地。国家从段部、宇文部、高句丽、赵国、扶余缴之牧场、田地，不是被王赐之，就是被此等掠之。故疆域扩展千里之余，而百姓土地却鲜有所增。此等豪强，还私占荒地，强霸民田，吞并屯田，将逃捕罪民之田、官府空闲之田亦居为私有。贫苦百姓或因水旱饥荒，或因躲避沉重徭役，或被恶霸欺凌及钱债驱迫，不得已将腴田减价，典卖于王府豪家，又被精心设计，订立契书，不曰退滩地就曰水坡荒地，否则不肯承买。故国家户口较之从前增加十倍，而没有田产的约占十分之三四。恳请吾王，收回这些土地，交给无田百姓和新归附之民。没有耕牛的赏赐给他耕牛，并轻其赋税。如果这样，则军旗指向中原的时候，百姓皆会担着饮食，前来迎接燕军，谁还会拥戴石虎之暴君？”

这颇有先抑后扬的春秋笔法。直面问题，也要有所缓和，不至于被谏者暴跳如雷。

封弈继续读道：“河川沟渠，有湮没或堵塞的，国家都应使它畅通，旱天用来灌溉，积水之日用来宣泄。一个男人不耕田，就可能有人挨饿，何况游手好闲之人高达数万。故王应让有高贵品行的人担任农官，经常颁布命令激励劝导百姓务农。而今官员人数甚多，白白浪费国家粮食俸禄，对才干不能胜任者，应予以澄清淘汰。”

“吾王圣明，恩德宽厚，应广泛听取诸臣的意见。参军王宪、大夫刘明，皆在言语上冒犯吾王，王虽宽恕，饶他们不死，但仍免除官职。要求别人直言，却惩罚直言者，臣以为吾王无大量也，应择其善而从之，可复其官也。右长史宋该等摇尾拍马，轻率弹劾直言之士，妄图掩吾王之耳目，是为天下最大的不忠，应予严惩，以戒众臣。”

……

终于念完这洋洋洒洒的谏书，封弈自己都吓得有些哆嗦，心想这封裕也太大胆了。而朝中众臣亦皆为封裕捏了一把汗，皆不知所措。只有宋该上前启奏：“此谏书妄议朝政，讹言惑众，肆意诋毁吾王和良臣，比那王宪和刘明还可恶，请王速将其治罪。”

慕容皝说："右长史以为是污蔑诋毁本王，国相和太子以为如何？"

封弈知道这堂弟惹了大祸。虽同是封门，但又不能让人感觉到袒护。于是磕磕巴巴地说："此书狂言，不知天高地厚，竟敢曲解朝政，妄议吾王，扰乱人心，应当治罪。但臣以为此书虽骄肆狂妄，但也透出忠君护国之情，并非恶意犯上，还请吾王处罚时予以宽宥。"

燕王慕容皝沉默不语。大殿上众臣皆不深喘气，掉一根针似乎都听得到。许久，燕王将眼睛移向了太子。

五十四

慕容俊早已料到燕王会问自己。

他略作思考，然后说："臣以为此谏言虽多有妄言和大不敬之处，但所列之弊亦多有存在，所建之言亦颇有道理。我王圣明，定会明月入怀、恢廓大度，除旧弊，纳善言。故臣以为不但不能问罪，还应赏之。"

慕容皝说："还是太子宅心仁厚，以社稷为重，深得我心。本王又如何降罪于忠谏之人呢。我原以为朝中各官只关心自己的封官晋禄，丝毫不为国家操心，今天来看并不尽然。本王明言，此谏书乃中书监封裕所上。看到中书监的上书，本王深感慌恐，方知政之失亦大焉。"

他停了停，观察一下殿中大臣，又格外坚定地说："国之基是百姓，百姓之命脉是粮食，粮食之本是土地。必须还地于民、薄赋于民。本王决定现在把王室农庄全部撤销，土地归于司稼府。所有王公大臣及国戚内侍，皆将多占之土地缴还于司稼府和相关州郡。从本王登位之后国家所赏赐给诸功臣之田，皆悉数收回，并归于司稼府。司稼府和相关州郡将这些土地发给没有田地可耕之贫民，并由司稼府和州郡发给耕牛。税赋则依照曹魏和晋时以往的办法缴纳。河川沟渠对农田有裨益的，由州郡随时保养维护。而今天下未平，征伐频繁，官员的数量一时还不能减少，待到平定中原再谨慎定夺。臣属对君王直言相谏，纵有狂妄之处，也应择之善而纳。故王宪、刘明虽有藐视之罪，应该罢黜，但亦缘于本王政有所失，且无大量也。可悉复原职，仍可入朝。中书监封裕匪躬蹇蹇，深得王臣之体，其赐钱五万。并宣示内外，有欲陈本王过者，不拘贵贱，勿有所讳。"

众臣本想看燕王如何处置上书之人，却不料慕容皝不仅不治罪反而重重褒奖。封裕更是感动，长跪泣曰：“罪臣狂妄无礼，本该死罪，今吾王如此宽恕，定当肝脑涂地。”

慕容皝说：“爱臣能将国之弊诊得如此真切，国之良医也。良医不仅能诊病还要能治病，本王特命你为中书监领大司稼，负责本王方才之令的全力实施。国相辅之，二位爱臣定不可让本王失望。”

封裕显然没有料到解玲还须系铃人这一招儿。

他乃汉人，一介儒生，又如何撼动那些手握大权的将军、重臣，以及王亲国戚。从他们那里退回土地，无异于虎嘴里掏食。而减税也让国相封弈叫苦不迭。修筑新都龙城，耗去了国家大部分财力。还要减赋，岂不是雪上加霜。朝会散后，他怒气冲冲地对封裕说：“多管闲事，标新立异，自作自受，别指望我帮汝。”然后拂袖而去。

封裕带着司稼府的人将皇令贴遍了都城，以及下面的州郡。但十多天过去了，竟无一人来到司稼府将多占之田上缴。王庄皆掌握在内侍监手上，但幕后的真正主人却是王后段氏。封裕求见王后段氏，乞求将王庄移交，却遭到段氏冷遇。王后传话说：“小小中书监不过是写字的官儿，不好好记录朝事和王辞，越俎代庖管什么田地之事。庄稼正在成长，待收成后再说缴田之事。”

他这时才体会到了这变法革新之艰。

但这封裕也是刚毅之人。他脱去上衣，背负荆条，跪在王后宫门之外，一跪就是一天一夜。并高呼：“王命在身，王后恕罪。不纳王庄，唯有一死。”王后段氏被他折腾得在宫中踱来踱去，不得安宁。忽内侍来报，说封裕找来一丈白绫，欲缚在宫门之上自缢，以谢不成王命之罪。段氏无奈，只得命内侍监速将王庄契书交那封裕，口中愤言：“想不到这读书人如此可恶，竟跟王后耍无赖，以后定在王前状之。”

太子慕容俊没有想到介直之人封裕出此下策。他派人悄悄送去了参汤，让封裕补身。而封裕拿下王庄之田更信心大增，他征得国相同意，又出一布告，严令时限，各官员王族逾期不交田者，将上奏燕王，革去官职爵位，押入廷尉府。

收缴田地终于有了很大进展。但是唯独宋氏一族自恃朝中有宠臣宋该为盾，只是象征性地缴了一点赏田，便不再理会封裕。

封裕便带一队人马，与知情人来到边境明察暗访。竟发现仅右长史宋该、大将军宋晃兄弟俩，借攻伐段辽和赵国，就将边境十几万顷牧场和田地归为己有；还将掠来的民户偷偷截留，暗藏于这些私田中耕种。每年的所收之租，足可顶国家收入的十分之一。

封裕虽然料到宋氏兄弟有大量私田，却也没有想到有如此之多。正吃惊之际，却恰被宋晃的部下发现，即派兵追捕，封裕拼命奔逃。一时乱箭如雨，左右皆被射中，只有他死里逃生回到都城。

惊魂未定的他，却不想退却。第二天朝上，他即厉声参之，痛斥宋氏兄弟利欲熏心，私占大量田地，并不思悔改，拒不缴之，还欲杀朝中重臣，建议燕王将之押入廷尉府问罪。

宋该却似有准备，跪下泣言："我王明察，因臣忠心耿耿，且时常得到王之赏赐，竟惹来妒忌诬陷。前有王宪、刘明，今有中书监大人。臣早按王旨，将赏赐之田全额纳上，再无任何私田。而中书监却跑到边境，明为暗査臣之私田，实为因违王命无法交差，企图勾结赵军叛逃石虎，并引起边境骚乱。现宋晃将军正集结军队与入侵之赵军激战。若不信请派国相前去明察。"

这宋该是燕王宠信之人。慕容皝不相信宋该有那么大的胆子，敢藏这么多的田地。加之，近来王后段氏频频在自己耳边述说封裕的所谓恶行，对这封裕开始有所反感。他面带不悦，对封裕说："中书监竭尽全力完成本王之命当赞。但不可妄加揣度，借收私田而报私怨，以致忠臣寒心，与王有隙。今令国相前去边境详察，如正如右长史所说，定惩不饶。"

国相封弈速骑马前去边境。果见一小股赵军侵入燕地，安营扎寨。敌我时常发生激战，战事连连。宋晃对封弈言："我与兄冤矣，此交战之地便是那中书监所言我私占之田，今国相视之便知，如此战乱之地，荒无一人，又如何耕种？如何安居？"

国相封弈回去禀报燕王。燕王大怒，将封裕以欺君之罪押入牢中，而命国相封弈完其未竟之事。封裕羞恨交加，却又无奈，便在牢中大声诵念屈原之《离骚》："长太息以掩涕兮，哀民生之多艰……"封弈探之，大声痛斥："汝不想活矣？自比屈原，难道燕王是昏君楚怀王？一介书生，蚍蜉撼树，自不量力妄想扳倒朝中重臣，谈何容易。先受些苦吧，等我在外面周旋，想办法放汝出去。”

而宋该却更加得意跋扈，甚至并不把国相放在眼里。他又纠集一些被收回赐田的将军和大臣，联名弹劾封裕。他说：“封裕变乱成法，沽名钓誉。且不遵成规，妄意变更，众臣失田生计皆无所依赖，群情汹涌，咸称辞官为民。”

慕容皝此时也颇感到受封裕上书所累，自己一时心血来潮，除弊之变革有些过头。王后段氏亦劝之：“如将手下的重臣和将军都得罪了，将来治国和打仗谁又会为你舍命呢。”他决定有所退步，以平息朝野不满，当朝宣布：“中书监封裕办事不力，操之过急，且妄猜擅断，蒙蔽君上，使君臣疏离，罪不可恕，着剥去所有官职，贬为庶民，回家务农。”

但变革的那些措施，慕容皝却不让步。他清楚，入主中原的大业在即，没有强大的国力作为后盾，战争不会能赢。而这封裕也只能饱受委屈、自作自受，成为他与众臣和王公贵戚利益博弈中的可怜牺牲品。

五十五

封裕从大牢里出来，灰心丧志，欲回老家渤海郡终老。封弈送之，说：“太子殿下对你上书甚为赞赏，言你为燕兴立下了不世之功，他不便送你，特从自己的俸禄中拿出五万钱赠予。你就过你的平民日子吧，亦算善终矣。”

封裕感慨万分：“弟离燕归乡，犹喜犹悲。喜的是终于完成了革新除弊之新政，悲的是不能再侍奉太子完成入主中原的大业。替我转告太子殿下，家乡渤海还属赵国，待燕军打过来，我定当第一个走上城门去迎接。”

封弈亦告之：“那宋该兄弟已被我抓住命门，应该猖狂不了几时。其下场恐比你还惨。但我亦劝你，从此归隐，不问朝政。”

封裕说：“我心已倦，定当遵嘱。”便带着家眷，跨马而去。

封弈望其背影，心中颇为凄凉。他明白这封裕不过是太子慕容儁的一枚棋子。启用这枚棋子，可一箭三雕：推进了燕之革新除弊，打击了宋该等异己，削弱了封氏一门的势力。而这些都为将来自己登位以后站稳脚跟打下了基础。

他自然知道，太子的下一个目标就是清除这宋氏兄弟了。

太子在朝上向燕王提出建议举行籍田式，以彰显燕王劝课农桑。他说："自周、汉以下，各代多行之。"

慕容皝说："如何籍田式？"

太子慕容俊说："到这一天早晨，我王先以牛、羊、豕三牲全备的太牢之礼祭祀神农。再至近郊的君王籍田里执耒三推三返。群臣亦效之。然后下令让农夫将耕地全部耕播完毕。礼成之后，命天下郡县及时春耕。"

封弈附议："太子之建言甚好。籍田式，以劝率天下，使务农也。民以衣食为天，衣食以农桑为本。如我王亲自执耒耕种，天下的众臣百姓又有谁不予以重视呢？"

宋该自觉饱受燕王恩宠，故对太子所言亦敢非议。他说："臣不以为然。籍田式自周、汉以下，多有废而不举行者。晋之至此，并未施之。此举劳王且伤财，何必多此一举？"

然慕容皝却十分高兴，说："吾燕过去皆放马游牧，自先祖开始弃牧耕种，至今仍有百姓不愿业农，此乃最好的劝课农桑方式，本王纳之。"

恰逢开春，阳光明媚，大地转暖。

燕王慕容皝心情很好，身着九章平冕服，率百官于辰时来到龙城南五里的王家籍田。下了车轿，直奔籍田旁边的遮云亭。辰时三刻举行隆重"太牢"大礼，以祭祀神农。然后换上农装，来到田中，从司稼府司稼手中接过耕地的农具耒耜。右手扶耒，左手扬鞭，向前连续推三下耒耜。推完后，放下手中的农具，等待司稼走上前去，将种子播于燕王刚耕过的地中。

诸大臣和王公贵族，也纷纷来到田中，仿燕王之举，按官职大小，或五推耒耜，或九推耒耜，依次进行推耒礼仪。待礼毕，燕王慕容皝发出号令，旁边已准备好的百名农夫，将未耕的籍田全部耕完，播上种子。这时司稼府大司稼宣布："亲耕即毕，礼当庆贺。"

隆重的籍田仪式宣告结束。

回到朝中，燕王慕容皝依然十分兴奋，设宴款待众臣。宴毕，太子慕容俊忽然说道："臣有言要奏。"

慕容皝允之。

慕容俊说："臣奏请吾王降罪右长史宋该。今日籍田之礼如此重要，朝中重臣无一不至，而宋该借口脚气症却不参加，实属欺君抗上。”

燕王还没有反应过来。封弈一步上前说：“臣也有本要奏宋该。”说罢递上厚厚一奏本。

燕王翻了翻奏本，说：“国相要奏宋该、宋晃欺君罔上八条大罪，这又是从何而来？”

封弈大声说道：“第一条罪状，辜负了王的信任和恩典，阳奉阴违，暗中对抗吾王，拒不参加王的重要庆典。第二条罪状，欺骗蒙蔽吾王。前些日子，中书监查实他私占万顷边境土地之事，他却告之王那里一直在发生边境扰乱，自己不可能占地为己有。王派臣去验证，被他蒙蔽，看到那里真的正在发生边境战事。不过，臣也发现一丝破绽，对面的赵军所穿战靴却是我燕军式样的。后臣二次暗中调查，才发现边境根本没有战事，那场所谓的战事全是假的，赵军竟是他私地上的佃农假扮的。那假扮的佃农，臣已将之押入大牢，王可以随时提审。”

此言一出，朝上一片哗然。慕容皝更是一脸怒气。

封弈接着说：“第三条罪状，多次带兵在边境线上滥杀无辜，虚报战功，骗取名利地位。第四条罪状，夺取、侵占国家土地和战争中所掠财物、民户，仅私自掠占土地达万顷，私自孽养民户五千之余。每年私地所收之租，足可顶国家收入的十分之一。第五条罪状，招纳死党，结成团伙，超越职权，独断专行。第六条罪状，狂妄发动战争，挑起边境事端，以达到扩充势力，招兵买马的目的。第七条罪状，摇尾拍马，向君王献媚邀宠。第八条罪状，陷害忠良，弹劾介直之臣，阻断王之言路。”

八大罪状，已足够要了那宋氏兄弟的命，且明里暗里也捎带上了燕王。慕容皝虽觉有些逆耳，但当着群臣的面，亦不能发作。他立即下令将宋氏兄弟逮捕入狱。太子慕容俊提议，宋该兄弟一罪由参军王宪负责审理，定会不徇私情。

宋该闻后知道在劫难逃。那王宪和刘明曾因弹劾自己差点儿被处死，此时定不会放过自己。便仰天长叹：“我兄弟必死矣。”王宪果然用重刑，使其招供。然后，将其五花大绑，缚于庭中树上。四周架起一圈大火，烤得兄弟俩口渴难忍，请求给些水喝。王宪令人递上烈酒，俩人一口气喝下半壶，竟七窍出血而死。

王宪报于燕王："罪犯已招，但因饮酒过量而死。"

宋该兄弟已死，所有土地财产充公。反对燕王革新的声音也从此销声匿迹。各项革新举措全部顺利实施。

至公元345年秋天，这场由记室监参军、太尉领中书监封裕上书引起的燕国改革终于降下帷幕。这场改革基本治理了燕国豪强疯狂掠夺土地，以及有田不赋的弊端。贫民因有地可种不再流亡，国家因赋税增加而国力增强。

太子慕容俊还建议将先王在世时建立的东庠扩大，强制王公贵戚的鲜卑子弟念书学习汉籍，并择优录用官员。燕王慕容皝悉皆采纳。每月燕王还亲临东庠视察，考察优劣。他非常喜爱文籍，勤于讲授，学徒甚众，达一千余人；亲自撰《太上章》以取代《急就》，又著《典诫》十五篇。

而改革的发起者封裕却无人再提起。他默默无闻地在老家渤海郡耕读，并不闻千里之外的龙城所发生的一切。

这场史无前例的改革，让他这个离工最近的人丢掉了大好前程，也让朝中最炙手可热的宋氏兄弟丢掉了性命。

五十六

又经过了三年的时间。

燕国经济繁荣，国力大增，百姓乐业，成为北方一块人人向往的乐土。许多官员和人才从晋和赵投奔而来。国库里堆满了五铢钱和谷帛，地上全是茁壮的禾苗，草地上跑满了牛羊。

燕王慕容皝命慕容恪、慕容垂修筑南下道路，扩充军力，加强训练士卒。挥师南下、入主中原的愿望此刻在他心中又迫切起来。

一方面是国力的增强为战争发动增添了底气。另一方面，燕王觉得自己身体每况愈下。他的口渴症似乎严重起来，身体消瘦，浑身乏力，难以拉开硬弓，而且眼睛似乎也越来越看不清楚。

但他也知道，这中原也并非易得。赵国占据中原大部，国力雄厚，如庞然大物一般。比之面积小一半的燕国想吃掉它，如登天之难。晋占据中原西部，夺之亦如虎口夺食。

他只能等待机会。

但这机会似乎正向他走来。公元348年，消息传来，赵国皇帝石虎病入膏肓。而几个皇子对太子石宣虎视眈眈，赵内乱已露端倪。

消息令他兴奋不已。迫不及待的他，立即以巡视边陲之名，亲率大军到燕赵边境驻扎。他令士卒在边境展开演练，派间人至赵刺探军情，不断研究南下攻克赵国防线的军事部署。

他在等待一个契机。

士卒枕戈待旦，随时进发。

此时，强大的赵国随皇帝石虎的病重，正陷入一场皇室内乱之中。

皇子们皆继承了父辈嗜血残暴的血统。一切矛盾皆用最原始和最残忍的办法解决。太子石宣因不满其父石虎平素宠爱二子石韬，便乘石虎病重之际，派兵将石韬抓起来，剁掉其四肢，挖出眼珠儿，最后开膛破肚予以虐杀，还密谋弑父夺位。

孰料，石韬最亲信的仆从逃走，并拿着石韬的信物潜入宫中，向重病中的石虎报告。石虎大怒，强撑着身体坐起来，命宫中护卫速至东宫，将石宣捉拿。并下令用铁环穿透石宣下巴，将其锁于东宫之中。又将他的饭菜倒入石槽，要他进食时像猪狗一般。还不解恨，第二日又亲自监斩，将石宣绑到行刑台上，像他对石韬一样先拔掉头发舌头，砍断手脚，剜去眼睛，然后扔进熊熊燃烧的柴堆里活活烧死。石宣所有的妻妾儿女全都处斩。石宣的幼子才五岁，处斩时拉着石虎的衣带不肯放松，最后衣带都被拉断了。但石虎之心仍不为其所动，眼睁睁看着他被刀斧手一刀毙命。而东宫的官吏差役数千人全被车裂。东宫自此被拆毁，改做养猪场。

朝上，石虎叹着气对众臣说："朕后悔莫及，逆子一长大就想谋反夺位。真想拿把石灰好好洗洗肠子，怎么就生出这么多畜牲一般的子嗣。瞧人家慕容皝，子孙个个都是好样的。"

朝中老臣、冠军大将军姚弋仲直言不讳地说："儿子忤逆，做父母定会伤心，否则陛下也不会病得不能走动。但在儿子们幼时，陛下不选择品德好的人教育他们，才导致他们长大后背叛陛下。既然起了反心，且性格极端狭隘自私，当然做事就没什么可顾忌的。"

石虎闻后，心中更加恼怒。但当着众臣的面却又不好责怪姚弋仲。

其实石虎对自己的孩子还是很寄予期望的。去年此时，他命太子石宣祈福于山川。石宣建天子旌旗，威风凛凛，帅戎卒十八万，浩浩荡荡从金明门出来。石虎从后宫凌霄观边看边笑着说：“我家父子如是，如果不是天崩地陷，又有什么可忧愁的呢！朕就等着早日退位，抱子弄孙，天天为乐矣。”说这话才一年，即发生了眼前的惨剧。

处死了太子石宣，石虎又立十岁儿子石世为太子。朝廷刚刚安稳了十几天，就闻燕王慕容皝亲率重兵陈列边境。石虎大惊，说：“这燕王是乘人之危，想打朕和赵国的主意。真是狼子野心。”于是，急命中书监石宁为征北将军，与冠军大将军姚弋仲一起率十万大军北上边境，防止燕军偷袭。

他令太医想尽办法治好自己的病。他说：“朕死而无憾，只是这慕容氏贼野心勃勃、凶如虎狼，而太子幼小无能，赵恐怕危亡矣。”暴君石虎头一次感到了内心的无比恐惧。

石宁、姚弋仲大军星夜奔赴边境，并在边境另一侧安营扎寨，与慕容皝大军对峙。双方皆处于戒备之中，相互试探，并无进攻对方之意。

慕容皝让慕容俊、封弈、慕舆根研究突破石宁、姚弋仲南下之策。集结的军队仍继续训练，以等待时机。而自己则带一卫队前往密林中狩猎。

这一天，他的兴致很高，身体似乎也恢复得如之前未病时一样，接连射杀两只奔跑的野鹿。他甩开卫队，继续纵马前行，前面却突然出现了一条河流。

河流水可见底，他正要催马渡河时，河对岸出现了一位老者，身着红衣，骑着白马，举手向慕容皝挥动说：“这里不是打猎的场所，王还是回去吧。”

慕容皝感觉奇怪，这荒山野岭竟有如此仙人？他正要对答，却发现那老者转身不见了。侍卫此时赶上，他却没有将此事告诉他们，而是继续渡河，追捕猎物。未出五里，前面忽然蹦出一只硕大的白兔。他又有些惊奇，这森林中即使有野兔，毛多为灰色，很少有如此纯白如雪。他驰马射箭，孰料马突然倒下，慕容皝重重摔在地上。侍卫救起，慕容皝才说出见到老者一事。

至大帐之中，慕容皝心中狐疑。传随军的方士，并令其就所见解之。方士叹了一口气说：“燕王还是不要解之，一切随其自然吧。”慕容皝更加疑惑，挥剑逼之，令方士知无不言。方士则吞吞吐吐说：“依小人看，想必吾王遇到的是下凡的太白金星。这太白金星下凡时，乃化作一位白发苍苍、表情慈祥、身穿红衣的老者。有时则化为一只纯白的兔子。此神乃玉皇的特使，负责传信；且还是武神，掌管战争之事，主杀伐。太白经天或下凡，民更王也。恐怕吾王将不久矣。”说罢，跪下以头抵地说：“小人泄露天机，罪已至死，请砍掉我的头颅吧。”

太子慕容俊和国相封弈目瞪口呆，好不容易才反应过来。封弈抽刀欲砍向那方士之脖颈，却被燕王慕容皝制止了。慕容皝喃喃而言：“也许这方士所言是对的，该是上天召唤我的时候了。太子和国相宜早作准备。言者无罪，暂且放了他吧。”

太子慕容俊却不以为然，说：“方士之言不可全信也。汉武帝为求成仙，宠信李少翁、李少君、栾大诸方士，最后发现上当皆诛之。父王患有眼疾，所谓红衣老者也许是其一时幻觉而已。不足为虑。”

随行太医急忙医治，燕王慕容皝只是摔伤了腿，并无大碍。于是被架到马上驮回大帐。当夜却高烧不退，梦中惊呼父王慕容廆，以及兄弟慕容翰、慕容昭、慕容仁的名字。太医服下退热汤药，慕容皝不再惊厥，昏沉中睡去。

这一切其实皆是慕容翰之妻段慧幕后所为。

慕容翰死后，她时时不忘为夫复仇之事，联系段氏旧部，寻机刺杀燕王，但皆无功而返。这一次她本来率杀手悄悄随燕军至边境，意图趁机谋杀。军中方士乃是她安插的间人。方士出策：“闻燕王已病入膏肓，且平素迷信神灵，此时最怕恐吓。不如装神弄鬼，摄其魂魄，令其夜夜惊噩，生不如死。如斯，其命将不久矣。”于是，段慧在燕王打猎时，买通其两个侍卫，令其故意落在燕王之后。又派人扮成红衣老者阻止燕王前行。还让人故意施放白兔，在燕王必经的树林中以藤条为绊马索。导演完这一切，她便静候燕王驾薨的消息。

随行的太医建议燕王返回龙城。太子慕容俊只好命令留下少量军队监视和防备赵军，大军连夜拔寨直接开回都城。

途中慕容皝的病时好时坏。到了龙城宫殿之中，便已卧榻不起。王后段氏以为是恶鬼缠身，便找来燕国最著名的方士驱魔。慕容皝果然清醒，令段氏传来太子慕容俊和慕容恪、慕容垂。

他知大限已至，拉着慕容俊和慕容恪二人的手说："先王入主中原的遗愿眼看就要实现了，我却要离开了。本王无才无德，天生劳碌，看来是上天要降罪惩罚，不让我来做这个帝王。此为本王之大憾。恪儿贤德，亦有经世之才，是慕容氏族感动了上天，才派他来辅佐你。我将之重任赋予你二人，切莫辜负。"

他又将慕容垂叫到跟前，对太子慕容俊说："垂儿乃我至疼之子，一看到他就想起是我负了他的母亲，故定要替父善待之。兄弟同心，其利断金。同心之言，其臭如兰。慕容氏族的子嗣同心共力，方可实现一统天下的霸业。不能兄弟残杀，走本王的老路。"

他又对慕容俊说："今本王病患加剧，倘若不讳，你要速择吉日继位。身后之事务从俭约，以省民力。妃、夫人及以下不必从死，年少有父母者遣归。可将兰妃之棺移入孤墓之中，如此我便不再孤单。"

几日后燕王离世， 享年五十二岁。这位雄毅多权略的一代英君就这样匆匆告别了他的燕国，也告别了入主中原的勃勃雄心。

燕国为它的第一位王举行了隆重的葬礼。整个龙城乃至燕国，陷入一片悲哀。唯有一女子段慧喜极而泣，高兴地来到慕容翰的坟墓前祭拜。

慕容氏族的这一次权力更替十分平稳，没有上一代的同室操戈、兄弟相残。

太子慕容俊世袭爵位，正式成为慕容氏族新的燕王。他继续以封弈为国相，慕容恪为大司马。兄弟二人戮力同心，共治天下，开创了慕容氏族最辉煌的霸业，揭开了燕国新的一页。

慕容王朝

中部

五十七

赵国的都城已被石虎从襄国移至邺城。

当燕王慕容皝突然死去的消息传至邺城，病中的皇帝石虎颇为高兴。他哈哈大笑说："这步摇贼儿还想趁孤有疾打赵国的主意，想不到比我还死得早。"

但他也有一丝感伤，因为这慕容皝毕竟也是他的对手。对手离开了，他也病入膏肓，难免英雄迟暮。

石虎病情不断恶化，尤其至夜晚，胸口发闷，很难喘上气来。但他不想死。除了留恋这个世界，还因为他刚刚把十岁的石世立为太子，担心会掀起一场腥风血雨的皇位之争。

他的妻妾成群，身边从不缺女人，故诞下了十几个儿子。对接班人的事也不是特别上心。他总想，我还年轻，身壮如牛，这皇帝还要多当些年。过早地立太子，或太子立得太强，弑父夺位怎么办。对权力的贪恋使他舍不得把权力交给那些强势的儿子。但如今，他不得不安排后事：任命九子彭城王石遵为大将军，镇守关右；六子燕王石斌为丞相，总领尚书职事；张豺为镇卫大将军、领军将军、吏部尚书。其三人接受遗诏，共同辅佐太子石世，成为顾命大臣。

但正因此，一场为争皇位兄弟残杀的血幕，在他还没有咽气之前悄然拉开。

那石斌乃石虎的庶子。其母出身卑微，经常遭太子之母皇后刘氏的欺凌，故石斌素与刘氏不和。且这石斌性情暴虐，颇有几分像其父石虎。皇后刘氏闻知石斌辅佐太子和朝政，心中甚是恐惧不安。

他将亲信张豺叫到宫中与之商议。

张豺乃是汉人，虽领兵打仗的能力不是特别强，但聪明伶俐，善于投机。当年，张豺率兵攻入前赵的上邦，俘前赵皇帝刘曜的小女儿刘氏。见这刘氏貌美乖巧，为表忠心，随即将之献予中山王石虎。刘氏成为皇后，给石虎生下一子，即现在的太子石世。靠着刘氏，以及石虎的宠爱，他历任戎昭将军、吏部尚书、镇军大将军、太保、录尚书事、都督中外诸军事。其地位可谓一人之下众臣之上。

张豺自然亦不愿与石斌分享权力，他趁机怂恿说："此人使性谤气，且素与娘娘有节。如辅佐太子，恐对太子不利。不如设计除之。"

皇后刘氏先是犹豫，然后点了点头。此时，她亦只能依从张豺。

石斌此时正在襄国城驻守，交割完防务，本欲前往邺城受命，张豺却先一步派人告诉石斌说："皇帝疾患已渐见好转，不必挂念。皇上说过，燕王可在外稍作停留，待朕彻底痊愈后再去见不迟。"

石斌不知是计，且生性嗜酒好猎，由于闲来无事，于是就终日四处打猎，邀朋唤友，开怀纵饮。

数日后，张豺便在朝上假传石虎圣旨："石斌肩负监国圣命，却嗜酒好猎，征召不至，实无忠孝之心，特免去他的官职，以王归第。"然后，派其弟张雄率皇宫五百龙腾护卫突然来到石斌的王府宣旨。石斌听完所谓的圣旨，一脸茫然，琢磨半天，方知自己中计。但五百龙腾护卫已将王府围了个严严实实。他被软禁后，终日绝食，大骂刘氏和张豺。

朝中已无人为他说话。

另一个顾命大臣，彭城王石遵接到辅政的圣旨后，既想看望生病的父王，又想尽快接受任命，从千里之外的幽州快马加鞭赶往邺城。半路上听到了石斌被解职软禁的消息。他比石斌更有心计，觉其中有蹊跷，便停下来，速令人返回调来精兵三千护卫他进城。果然，他的护卫被明令不准进城，自己也被拦在了宫外。皇后刘氏以皇帝病情不稳需要静养为由，拒绝他们父子相见。

她说："皇帝有旨，彭城王只要在朝堂上接受任命即可。且接受任命后速回边关，以防边境节外生枝。若皇帝疾患有变，待听到圣命后再回邺城。"

石遵无奈只好在朝堂接受了任命。但他在邺城故意逗留，还欲到襄国去见石斌，共商大计。张豺闻之，心中胆战。与皇后刘氏商量后，忙派张雄赶到襄国，再次假传诏令，说石斌不思悔过，咒骂皇帝，意图谋逆，罪大恶极，特赐毒酒自尽。石斌于是被护卫五花大绑，按着头喝下了毒药。

石遵很快知道了消息，心中更加不安。宫中有变，恐怕父亲石虎早已被那刘氏和张豺所挟。正欲调三千护卫进城，张豺传言于他："彭城王石遵应按圣命速回边关，如再不启程，将派三万禁兵遣之。"

石遵恸哭不止，含泪率兵离开了邺城。

而恰在这一天，皇帝石虎病情略有好转。好似回光返照，久卧不起的他，竟能起身下榻行走。他来到太武殿的西阁，宫中龙腾护卫感到惊奇，上前列队拜见。石虎半清醒半糊涂，问道："尔等可有什么请求，速讲，孤可允之。"其中曾有一些人过去跟随过燕王石斌。这些人只知石斌被解职归家，还不知已被处死。有的回答说："陛下圣体欠安，应该让燕王石斌入宫主管警卫，典掌兵马。"有的说："燕王石斌旷世英才，请求立为皇太子。"

石虎不知石斌已死，责备一旁的张豺说："燕王不在宫中吗？速把他叫来！"张豺忙说："燕王在府里，因饮酒过量致病，不能入宫。"

石虎说："那赶快派人用辇车迎他入宫，我将把玺印绶带交付给他。由他代朕视政。"但等了大半天，石斌也未能入宫。石虎大怒，命龙腾护卫前去擒拿，不久便因眩晕而昏倒。

皇后刘氏和张豺这才松了一口气。

他们密谋，让御医给石虎服用一种安魂丹，令其昏睡不醒；又假称石虎的命令，任命张豺为太保、都督中外诸军、录尚书事。

公元 349 年初的一个夜晚，石虎在按惯例服下御医的安魂丹后，静静睡去。他狂躁一生，似乎太累了，外面的世界已跟他没有了任何关系。这一次，他没有能够醒来。时至辰时，皇后刘氏请来御医，才发现他鼻孔没有了气息。这位不可一世的英雄兼暴君，在华林苑中孤独地离开了人间。

他被安葬在显陵，上庙号为太祖，谥号武皇帝。他比对手慕容皝仅多活了不到半年。

太子石世即位。而皇后刘氏提议，皇帝准予，张豺任丞相。自此，赵国开始走向快速衰亡之路。

彭城王石遵行至河内时，得知了父亲石虎的死讯，于是驻足河内，拥兵自重，并请求朝廷准其奔丧。而皇后刘氏、太保张豺却以边境防务重要，拒绝他前来都城奔丧。这石遵素有武艺文德之誉，在石虎的十多个儿子中，当属比较出色的一个。他此时心中颇为郁闷：当初父王石虎宣布的三个辅佐幼主的顾命大臣，一个不明不白地死了，一个被严加提防晾在一边，而唯独只有张豺炙手可热，一手遮天。

他与手下的姚弋仲、冉闵、王鸾等大将饮酒，愤懑不平，想一醉解愁绪。酒至酣处，半醉半醒中，他拔出剑来大骂皇后刘氏和丞相张豺是妖孽，并说："狗男女，恨不得拦腰将二人斩断。"

冉闵、姚弋仲等察言观色，见状便劝他以清君侧的名义出兵攻进邺城，夺回丞相位置。

石遵似有清醒："我乃父王的儿子，连最后一面都不得见，故而恨之。倘若起兵，师出无名，还要慎之。"

姚弋仲却蛊惑他说："弟闻皇帝在位时，本想从彭城王和燕王两个长且贤的儿子中任选其一立为太子，尤其彭城王因为贤德更为先皇所中意。就是因为那张豺与皇后合谋，从中进谗作梗，才使幼子石世立为太子。如今该是重新回到正轨的时刻了。且皇后刘氏当朝，奸臣张豺独揽朝政，已招人怨。"

冉闵亦说："现在出兵都城时机正好。因张豺与司空李农不睦，曾与太尉张举共同谋划诛杀李农。张举却将此事悄悄告知李农。李农闻讯后逃到广宗，率领乞活等残余部众固守上白。皇后刘氏和张豺派军至上白讨伐李农，京师的守卫力量空虚。殿下如果声讨张豺的罪行，击鼓进军对他进行讨伐，又有谁不打开城门、掉转武器而迎接殿下呢。"

这冉闵本是汉人，父亲冉良是东晋的牙门将，后被石勒击败俘获。当时冉闵十二岁，石勒命石虎收他为养子，并改名为石瞻。冉良身高八尺，骁勇善战，勇力过人，多计谋。在那场赵国与慕容氏对决的大棘城包围战中，慕容恪率二千精骑大败三万赵军，赵军弃甲溃逃，唯有冉闵带领的一支军队未遭创伤。

石遵说："真的会有那么多百姓拥戴我？"

冉闵说："张豺、刘氏蒙蔽皇帝，独断专权，害死燕王，朝中臣子和百姓早就人人欲诛之。"

石遵听后冲到帐外，挥剑劈断了一棵小树，以此举为出兵誓言。几天后，他令人写下了一篇声泪俱下的讨伐檄文送至邺城，列数皇后刘氏、大臣张豺的罪过，声称要为先王讨伐逆贼，为幼主清君侧，将亲率五万大军直奔邺城。

起兵之前，冉闵愿为先锋。他说：“请让我为彭城王效力，不惜生死。”石遵见此忠心，十分高兴，答应其请求。他拍着冉闵的肩膀说：“本王得你这位良将，如虎添翼，攻无不克。继续努力吧，事情成功后，本王登帝位，让汝做太宰。”

冉闵心中大喜，说：“闵愿一生追随彭城王，甘为走卒。”

冉闵先锋大军陈于城外。冉闵颇多心计，他先派人到城中散布说：“彭城王本是前来奔丧，丞相张豺却阻拦儿子给父亲送葬。天下哪有这样可恶的奸臣逆贼。”那守城之兵士听了，皆说：“我们应当出城迎接彭城王，再也不能为张豺这奸臣守城了。”于是竟纷纷翻越城墙跑到了城外。龙腾副将张离也率领龙腾护卫两千人出城投奔石遵。

邺城几乎成了不设防之城。冉闵直入城中，并牢牢控制城门，迎接石遵大军赶至。

五十八

形势大变，眼看石遵大军就要入城。太后刘氏心中大惊，急召张豺到宫中商议。此时的她已没有了主意，边哭边说：“先帝的棺材还没有入土，而祸乱就到了。如今太子年幼，只能依靠将军了。”

张豺虽亦领兵打仗，奸诈心狠，但终是怯懦之人。见石遵大军至，也心中惧怕。他可调用的军队，其中一大部分被派到上白围剿李农，现在城中军队又大多不听指挥。他想了想说：“太后不必担心，太子已登基，料石遵不敢造次。但臣以为硬与那石遵对抗，恐无胜算。不如安抚之。”

他建议自己辞去丞相，让那彭城王石遵来当，并加封石遵为大司马、大都督、督中外诸军，总管尚书职事，给予他以持黄钺、加九锡等特殊权力和礼遇，并增加十郡作为他的食邑。

并说：“意欲夺之，必先予之。那石遵乃是贪婪之人，这一下我想该心满意足了。先渡过危机，待皇帝长大主事，再寻机除之。”

太后刘氏无奈，只得依之。

都城内，冉闵身穿铠甲骑着枣红大马率一队在前开道。石遵着丞相官服，乘坐石虎乘坐过的帝辇从凤阳门直入邺城。张豺等众臣皆在城门迎接。石遵登上太武前殿，先在石虎的棺材前捶胸顿足，装模作样地大哭了一场，然后退至东阁，召见众臣，商议国事。

张豺率众臣向石遵禀报军国大事。刚一开口，石遵便喝令："尔跪下禀报。"张豺虽知石遵会为难之，但未料如此羞辱。他说："我乃前丞相，现为镇卫大将军、领军将军、吏部尚书，凭何下跪于汝。"拒跪不语。

石遵破口大骂："可恶奸贼张豺，为了权势私利，蛊惑欺瞒先王，参与皇家立嗣，伪造假传圣旨，阴谋杀害燕王，还挟持幼主以令天下，是可忍孰不可忍。当庭斩首，灭其三族。"话音刚落，冉闵上前，手起刀落。可怜的张豺人头落地，满腔鲜血洒落东阁地上。

太后刘氏见血溅东阁，魂飞胆破，搂着太子一夜未眠。为保全母子性命，第二天拉着太子，对石遵和冉闵说："太子年幼，之所以立他为太子，那是先帝个人的情义所致。然而国家大业至关重要，不是他所能承担的。应当以彭城王为继位人。"

石遵心中高兴，表面假托辞让。他说："我乃太子兄长，如何与弟争位。且有违先王之意，传出去不被人耻笑。万万不可。"冉闵知其并非真心，便与群臣执意屡屡相劝。冉闵说："太子年幼无力治国，彭城王即位乃众望所归，先王亦早有此意，只是因为奸臣张豺谗言未能实现罢了。现在取而代之，既是上承父意，也是为了赵国的江山社稷。"

石遵说："既然是众卿之意，吾也不好硬辞。"于是在太武前殿即皇帝位，实行大赦。封石世为谯王，食邑一万户，不以对待臣子的礼仪对待他。废黜刘氏为太妃。

石遵一夜做了一个奇怪的梦。梦中自己好不惬意，正骑着一条锦黄色的龙在天上翱翔。穿过一片白云，偶然低下头一看，居然发现这条龙是没有头的。他大惊，正欲从龙身上跳下，龙却急速从天向地落下，眼看就要重重摔在地上。他大喊大叫，在这个时候他也吓醒了。令方士解梦，方士说："龙而无首，缘于首在另处。"石遵忽然大彻。当夜命冉闵带人将那在位二十一天的小皇帝石世绞杀，其头被割下呈于石遵。石遵令人将其头用斧子砸碎，扔于河中喂鱼。并曰：“旧龙首不去，新龙首焉存？”其母刘氏亦被赐毒酒。

不知是否报应，石世死后当夜，也即石遵继位的第七日，邺城忽然狂风暴雨，电闪雷鸣。自天而落的冰雹竟有鸡蛋之大，砸死行人无数。邺城的宫殿又因雷击起火，太武殿、晖华殿荡然无存，只留一地灰烬。大火连烧一个多月才灭，赵国王朝的乘舆服饰烧者大半，金石皆尽。更恐怖的是，天落红雨，殷红如血，洒遍整个邺城。

但新帝石遵似乎忘记了起兵之时曾允诺冉闵为太宰的事情。或许当初也本是一时兴奋，不过随便一说。登位不久他宣布：尊母亲郑氏为皇太后，立妃张氏为皇后，立燕王石斌的儿子石衍为皇太子。而冉闵只不过被封了一个武兴公，都督中外诸军事、辅国大将军 、录尚书事，辅佐朝政。

冉闵心中顿时不满，心中郁闷，可又不好说破。

石遵篡位，以及石世被杀的消息，传到石虎的另一个儿子沛王石冲那里。这位止在镇守蓟城的皇子怒不可遏。他对属下说：“先帝御封的太子，石遵竟然敢废杀，真是罪逆滔天，本王要亲自率军征讨。”石冲即亲率五万精兵向邺城进发。大军行至常山，跟随响应的各路人马已有十万之众。

新帝石遵急忙派信使，给自己的这位兄弟带去一封情深意长的亲笔信。他在信中说：“你我皆兄弟，血脉相连，何苦自相残杀？且我与石世，都是你的兄弟，谁当皇帝对你来说又有什么不同呢。我虽不才，但总比一个十多岁的孩子强吧。既然对江山社稷有益，又何必计较呢？今我登帝，定不会亏待兄弟，必将授与尊权重兵。”石冲看了信后，竟有一丝犹豫。但其帐下大将陈暹断然猛喝：“沛王糊涂，彭城王篡弑，天地不容，又岂可被一封信蛊惑就此罢兵。王如念亲情，怕伤了面子，大可自己回去，为臣我率兵将进攻邺城，擒获逆贼石遵。尔后再亲迎王之大驾入都城。”帐中诸将也多有附和。

见此，石冲只好扔掉那封信，继续前行。

石遵想起了冉闵，欲派其出征。而此时的冉闵对于未封太宰一事耿耿于怀，已对这石遵存有二心，借腿有疾而请辞。石遵授其黄钺、金马镫等御物，才派动他与大将李农一起率十万精兵去迎击石冲。

此时，曾被皇后刘氏和张豺讨伐的司空李农自上白前来归附新帝石遵，石遵已让他官复原位。

于是，赵王朝的两支精锐在平棘自相残杀，一时天地昏暗，死者无数。最终，石冲之军大败，三万劲卒被冉闵坑杀。石冲亦被冉闵俘获，就地处死。冉闵将其余降军招之麾下，实力大增。

这李农平素与冉闵关系至密。两人痛饮，李农深知其心，突然说出了一个让冉闵也吓了一跳的主意："大将军才德至上，岂是那石遵所比。与其仰人鼻息，不如取而代之，自己登基做皇帝，岂不快哉。如有此意，我定当全力辅之。"

冉闵想了一下说："善，大丈夫立世当有此鸿鹄之志。"

冉闵握有重兵，愈加骄纵，更不把新帝石遵放在眼里。借庆功酒宴醉酒大闹，失手杀掉了石遵最亲近的侍从。石遵心惊，召另外几个兄弟代王石鉴、乐平王石苞、汝阴王石琨、淮南王石昭等人秘密进宫，商讨杀掉冉闵。

石遵说："这冉闵恃功自傲，不忠于君主的迹象已明，如今我想痛杀之，如何？"几个兄弟都赞同说："养虎已为患，应当如此。"于是密谋，定于五日后在皇太后生日宴会上，将冉闵擒获处死。

但代王石鉴表面应承，内心却想借冉闵之手除掉石遵，自己登位。出宫之后，他便派人密告冉闵。

五十九

冉闵闻讯后大惊，马上与亲信密谋废黜石遵。当夜就派将军苏彦、周成率领披甲士兵四千人从南城门悄然潜入邺城内。第二天上午早朝散去，披甲兵以迅雷不及掩耳之势冲进宫内。许多侍卫尚未反应，就被斩杀。苏彦、周成在宫内内应的引导下，直奔南台的如意观。

此时，石遵毫无察觉，在如意观正和嫔妃下棋。一抬头，见周围皆是披甲士兵，便惊诧地问："宫中又无战事，是谁派你们来护驾？"

苏彦说："非护驾也，而是捉拿篡逆之贼。"

石遵束手被缚。他知大势已去，但仍不解地问苏彦、周成："造反的是谁？"将军周成故意不正面回答，只说："代王石鉴会成为皇帝的继承人。"石遵这时才醒过味来，明白是石鉴告密，而捉他的人肯定是冉闵所为。

他顿时叹息："可怜的石鉴，聪明反被聪明误，我尚且如此，他又能支撑多久呢。"

冉闵命周成在琨华殿将石遵绞杀。他说："念过去跟随过他，留个全尸吧。无德无信，弑杀亲弟，又有何资格坐到帝君的宝座。"

大将军李农建议冉闵登位，而冉闵却说："那石遵就是太急于上位，哪有垂钓者还没有坐稳屁股，鱼儿就上钩的。现在还不是时候。"

他让代王石鉴继位，自己为丞相、大将军，掌管军政大事。

其实，冉闵自然有他的想法。石虎有十几个儿子，大部分为王封侯，割据地方。他现在出头做皇帝，势必会群起而攻之，成为这些势力讨伐的对象。他还要稳下来，静观大势，设法挑动石氏家族内部相互残杀，也让更多反对他的势力冒出头来，一一被他绞杀。而石鉴既是傀儡，也是他的一个挡箭牌而已。

新帝石鉴自然亦看明白这一层。他知道冉闵是他最大威胁，不除之皇帝宝座绝不会坐稳。他本是邪毒阴险之人，即位不久便起杀心。

整个皇宫布满了杀机。一日，石鉴请冉闵到琨华殿商议国事，他令兄弟石苞及中书令李松、殿中将军张才率兵埋伏于殿的四周。冉闵刚入琨华殿中，殿门马上关上。石苞大骂："尔真乃喂不熟的白眼狼，我父待尔如同父子，尔却谋害了我赵两任皇帝，今还要对新帝不利，我要为他们报仇。"

臣子面君，入殿前须将刀剑等武器卸下，交由内侍保管。亏冉闵早就有防，时常将一短剑藏于袖中。此时，石苞持刀与李松、张才三人杀将上来。冉闵以短剑与之搏斗，虽如困兽，却而不惧。正危急之时，大将军李农率部赶来营救，张才被杀，石苞、李松逃走。冉闵身受轻伤，臂膀鲜血直流。

新帝石鉴装模作样从寝宫中赶来，询问伤情，佯装不知召见冉闵之事。他说："今日不适刚服下御医汤药，缘何召见爱卿？定是那石苞使的奸计，假传圣旨。朕定斩不饶。"然后传令龙腾护卫，立即捉拿石苞和李松，私下里却通风报信，令其潜逃。

石苞、李松欲投奔襄国的石祗。这一切皆被冉闵掌握。逃跑的半路上被李农派军围截。石鉴闻之，叹了一口气。他自言自语说："休怪兄无情。要怪就怪弟命不好。"在朝堂之上，他假装气愤地宣布："石苞、李松，假传圣令，谋害丞相，立即处死。"

虽然表面掩饰过去，但石鉴知道冉闵定会起疑心，便欲将冉闵置于死地。他又秘密召见羯族将领孙伏都，令其起事，攻打琨华殿。他说：“朕知爱卿有三千羯族死士，若为朕杀了汉贼冉闵，解了朕之困，朕让汝接任丞相一职。”

当日夜，孙伏都假意攻打琨华殿，并挟持石鉴。石鉴派人送信，并拿着自己的信物至冉闵府，要求率兵救驾。本想设伏在半路，将冉闵杀死。不料冉闵怀疑有诈，以城内兵源不足，需城外调兵为由，并未前来救驾。石鉴便命孙伏都直接攻打冉闵府。

冉府早有防备。孙伏都率羯族死士与冉闵的护军激战半日，终不能敌。无奈只好退回了琨华殿，意图联合石鉴的宫内护卫，守住宫殿，再联系城外其他石氏诸王，等待救援。

石鉴正与孙伏都琢磨如何对付冉闵，忽听到下面来报，说冉闵、李农大怒，正带着近万士卒拆毁宫殿的金明门，准备入宫。石鉴顿时魂飞胆战，忙将孙伏都安置于明台，告诉他们：“朕与之谈判，让他们放了你们。放心吧，朕的话他们不敢不听。”然后，令护卫打开宫门，亲自迎接冉闵、李农。

他对冉闵说：“羯贼意图杀朕和冉爱卿，朕已将他们假意安抚在明台，爱卿可速将他们处死。”冉闵、李农直接杀进明台。孙伏都知道石鉴出卖了自己，叹曰：“早知如此何必当初，此小人矣，不值卖命。”遂带领属下，与冉闵、李农之军拼命搏杀。李农怒斩孙伏都，三千羯族死士全部被杀。从金明门至琨华殿，横尸遍地，血流成河。

城内胡人闻孙伏都被杀蠢蠢欲动。冉闵发布通告令宫廷内外，五胡者凡敢动用兵器者一律斩杀。邺城内胡人更加惊恐，害怕冉闵斩杀胡人，有的攻破城门，有的越墙而出，死亡和逃亡者不可胜数。

冉闵对皇帝石鉴说：“我推汝登上帝位，汝不知感恩，却在背后谋害于我，是何居心？”

石鉴说：“朕这个皇帝不过傀儡矣，尔又何时真正拿朕当皇帝？尔拥军自重，大权在握，早有反心，可惜父王看错了人。今朕又重步前面两个兄弟后尘，成为短命皇帝，心不甘矣。但亦不必得意，朕的那些兄弟们定不会放过尔的。”

冉闵却没有马上杀之，而是将新帝石鉴幽禁在御龙观。为防止传递消息，冉闵命人将四周门窗全部封闭，每日三餐皆由宦官杨环从窄小的天窗用吊篮吊下。

但石鉴仍不死心，便对那杨环说："看汝聪明伶俐，朕封汝为中常侍如何？我乃皇帝，那冉闵不敢将朕如何。"

杨环大喜，说："承蒙皇帝看得起贱奴，愿为皇帝粉身碎骨。"石鉴便秘密派遣宦官杨环送信至城外大将张沈，让他们联系汝阴王，乘冉闵率军外出征伐都城空虚之际，打入宫内，解救新帝。

宦官杨环亦是势利之人，他权衡再三，却把此事报告给冉闵。冉闵大怒，终下决心废黜石鉴。

冉闵赏赐的毒酒端到了石鉴面前。他流着泪说："朕三次杀这逆贼，终不得成，看来老天也不帮我们石氏矣。"然后一饮而尽。

汝阴王石琨闻知新帝石鉴被杀，率军攻打邺城，但很快被冉闵、李农击败。

冉闵此时拥有士卒近三十万，旌旗钟鼓绵延百余里，即使在石氏鼎盛时期也没有这般威势。李农再乘机建言："胡族石氏已得到清算，汉人又回到了中原，一切如大将军所愿，是该称帝建国的时候了。"

冉闵说："善，吾将择吉日正式即位，众功臣也将得到奖赐。"

公元350年，冉闵登上帝位，大赦天下囚犯，改年号为永兴，国号大魏，史称冉魏。追尊祖父冉隆为元皇帝，父亲冉瞻为烈祖高皇帝，尊母亲王氏为皇太后，立其妻董氏为皇后，其子冉智为皇太子。以李农为太宰，兼任太尉、录尚书事，封为齐王。封其子冉胤、冉明、冉裕为王。文官武将晋三等官位，封爵各有等级。

冉闵推翻赵，终于建立了自己的国家：魏国。

但冉闵在中原大地搅起腥风血雨，万民惨遭涂炭。这给慕容俊侵入中原创造了绝好的机会。见赵国内乱，洞若观火的燕王慕容俊和大将军慕容恪火速集结大军二十万，陈兵边境。

他们感到了入主中原即将成为现实，只不过还缺少一个恰好的出兵时机而已。

而这个时机马上就来了。

六十

石虎共有十四子。而不到一年的时间，如今却只剩下了新兴王石祇和汝阴王石琨两个。

两人会合一起，陈兵襄国，商量如何对付冉闵。石祇哭着说："想我石氏一门，竟落到了这个地步，又如何对得起死去的先王和父王。"

石琨也十分悲伤。他说："两个兄弟被父王正法，六个自相残杀，四个被冉贼所杀，光复大业的重任如今落在了我们兄弟俩身上。兄你就继位为帝，我们戮力同心，攻进都城，杀掉那冉贼，重建我赵国。"

石祇听从石琨的建议，在襄国城称帝，改年号为永宁，任命汝阴王石琨为相国，姚弋仲为右丞相，姚襄为骠骑将军、豫州刺史。又任命苻健为都督河南诸军事、镇南大将军。各夷据守州郡拥有兵力的头领纷纷响应。石祇很快集起十万之众，令石琨率大军向邺城进发，讨伐冉魏。胡人据守的州郡也纷纷响应，派兵相助。

尚在襁褓之中的冉魏似乎正遭受到灭顶之虞。

但冉闵并不惧怕石琨。他已与之交过手，且早已了解这石琨外强中干，不过是只纸老虎，只会壮大声势而打不了硬仗。他毫无畏惧，亲率五万大军迎敌而上。两军在邯郸城南列队对峙。大战一开始，冉闵就毫不胆怯，手执两刃矛，只率一千轻骑飞驰杀入敌阵，左右拼杀，无数将卒应刃倒下，一役就与部下斩杀首级三千。石琨的军队都知道他的威名，见状都吓得纷纷溃退。

石琨只好掉转回头，向冀州方向败逃。

冉闵欲乘胜进军，直接攻占襄国城。

太宰李农谏言："今吾大魏刚兴，易先壮其根本，稳定天下。皇帝应该派兵先将原来赵国的那些无人管理或自立的州郡、城池一一收复大魏之下，而不必着急将苟延残喘的石氏遗族消灭。现在晋与燕皆虎视眈眈，觊觎我魏之领土。千万莫让他们浑水摸鱼，得到便宜。"

冉闵此时已傲慢骄横，听不进别人的意见。他言："这石祇才是朕之大敌，不消灭他们朕连觉都睡不安宁。至于那些郡县和城池早晚都是朕的，何必在乎一时。”

李农又说：“现在反对皇帝的声音很盛，攻打襄国定会惹来众怒。《左传》中说，众怒难犯，专欲难成。舍二难以安国，危之道也。不如一年之后再来攻打。想那石祗、石琨亦成不了气候。”

李农之言颇有道理，但冉闵根本听不进去。他大怒：“人皆言太宰与石祗的谋臣张举有非同寻常的关系，看来竟是真的。既然忘不了那石氏一族给你的好处，就投奔他们去好了。进攻襄国之意已定，再言撤兵者以私通叛贼论。”

李农心中不快，与冉闵之隙已形成，无奈，他只好带兵随同前往。

大军压城，石祗没有料到这被攻打之人反而攻到自己城下。于是拼命固守，双方相持长达一百余日。冉闵派士卒挖地道、造云梯、垒土山，从高、中、低三路意图攻克襄国厚重的城墙，但终无果。他转而建造房屋，翻地耕作，以示长期驻扎，困死城中的石祗。

石祗知冉闵暴虐，落入其手不会有好下场，于是非常恐惧。其太宰赵鹿进言：“现在能救陛下的，恐怕只有大都督姚弋仲和燕王慕容儁了，如他们出手相救，襄国可保矣。但陛下以皇帝之名义要求出兵相援，人家肯定反感，定会行不通。不如暂先去掉帝号，改称为赵王，然后以王之名义求救，并许诺好处。”

石祗没有办法，只好将皇帝称号降为大赵王。他暗中派出谋臣张举为使者，并让其趁着夜色从城墙附绳溜下，悄悄出城，到燕王慕容儁、大将督姚弋仲那里请求援军。

这姚弋仲雄武刚毅，曾为前赵将军，后来投靠石勒。他以敢言著称。当年石虎废太子石弘自立为帝之时，他称病不来朝贺。石虎再三召见才至，并质问石虎说：“您是辅佐之臣，为何反而夺权？”石虎十分尴尬，却又无可奈何。不但没责怪他，还升他为持节、十郡六夷大都督、冠军大将军。手下人不平，问石虎为何不杀之反而重用。石虎说：“此人刚直不阿，是可用之才，定不会负我。”现在，赵被冉闵亡，且石氏一族被冉闵斩杀殆尽，他对冉闵早心存不满。见石祗求救，马上答应出兵，遣其子姚襄率领三万八千骑兵自滆头前来声援。

而燕王慕容儁见到求救的来使，喜不自胜。他早就盼着这一天了。

贸然出兵，占领他国疆土，未免失去仁义，落入别人口实。而此时却是所谓的赵王求救出兵，名正言顺。慕容俊立刻以协助赵王石祗清剿内乱的名义派遣大将军悦绾率领三万披甲士兵进入赵国。石琨也从冀州前来援救石祗，三方大军汇聚，士卒共计十余万。

冉闵的敌人一下子强大起来。他面临的是一场生死之战。

卫将军王泰劝谏说："那石祗虽陷于困境，但外援已到，会更加顽固。而救兵四方云集，也想引诱我们出兵交战，以便让我们腹背受敌。我们应该加固营垒暂不出兵，静观态势，再采取相应的对策，一举挫败他们的计谋。现在陛下亲自临战并贸然出击，一旦失利，没有了万全之策，我们将陷入险境。如果要出击，也请求让我率诸将去与他们一战。"

冉闵有些犹豫。而此时跟随他的方士法饶却进言说："我星夜观天象，太白星行经昴宿，当杀胡王，一战百胜，千万莫失此良机。"恃强好胜的冉闵于是捋起衣袖高声宣布："天助我也，又有何惧，当迅速出击，斩杀胡王。"他留李农一部兵力继续攻城，其余则跟随他向姚襄、悦绾、石琨三路救援大军进击。

双方激战。然纵冉闵再勇猛顽强，也难抵挡三面夹击。石祗见援军已至，士气大盛，主动出城，很快击退李农围城的军队，并猛攻冉闵大军的身后。冉闵于是四面受敌，回天无力，终于大败。

冉闵愤而将那方士法饶父子杀死，肢解其尸体扔于野狗聚集之地。然后与李农及十余名贴身骑士乘着夜色逃回邺城。而其子冉胤及左仆射刘琦等大将被俘，石祗难消心中之恨，将他们全都腰斩。

石祗本应休整，稳固基础，以图将来。但见冉闵落荒而逃，却按捺不住，欲乘胜追击，一击败之。他重犯冉闵的错误，集结兵力，派手下大将刘显带领七万士卒，浩浩荡荡攻打邺城。

六十一

打了败仗的冉闵，在深夜潜还邺城。与当时率五万大军出城迎战石琨时的热热闹闹形成了鲜明对比。气急败坏的魏帝虽回到了都城，但却无人知晓这一消息。

城内外士卒和百姓闻听刘显率兵来攻，一时谣言四起，皆言冉闵大败，已被石祗擒获处死。而朝中一些大臣和将军，闻知兵败襄国，暗潮涌动，已开始对这位骄横暴虐、我行我素的冉闵失去信任，欲杀掉冉闵，拥立太宰李农为帝。

李农却拿捏不定。

李农亦是赫赫有名的赵国战将，但性格要比冉闵温和许多。他熟读汉书，亦精通梵文，更能善结人缘。石勒在世时，有一位僧人佛图澄来到赵国。石虎就让司空李农早晚问候，照顾其起居。李农与之学梵文，交流佛学，关系从密。李农现在忽然想起了这位僧人，便到邺城的邺宫寺找到他，请教自己如何选择。

这佛图澄乃是西域人。少年出家，能背诵佛经几百万字。他来到赵国弘扬佛法，与石勒相见。他知道石勒不信佛，于是用饭钵盛满水，然后念动咒语，一会儿工夫，钵中便长出一朵洁净的青莲，闪耀着五色的光芒。但石勒以为是妖术，仍不信服。当时石勒正与前赵的皇帝刘曜交战，勒问之："我要抓住逆贼刘，你帮忙看看有没有什么征兆？"佛图澄让童子斋戒七天，拿麻油沾些烟灰放在手掌上念起了佛经，过了一会拿起手掌让童子看，问童子看到了什么？童子回答看见一个军人，身材高大，长相白皙，气度不凡，有一个红色的绳子绑住了他。佛图澄说这个人就是刘曜。

石勒半信半疑。但是这件事真的应验了，没过多久他就擒住了刘曜。于是这位佛图澄就更加神秘。据闻佛图澄左边乳房旁边有一个小孔，可以直达腹内，孔有四五寸，有时有光亮从中间射出，就用棉花把孔堵住，夜晚拔出，满屋光明闪亮。石勒于是更加迷信之，恭敬地侍奉。到了石虎当了皇帝，更是崇拜他，让他穿绫锦，乘雕辇。到朝会的日子，太子、各位公卿扶持上殿，掌管朝仪的人唱名说"大和尚"，满座都得起身。

见李农至，佛图澄正在打坐，并未起身。他未等李农张口便道："太宰位极人臣，今尚在位，欲更进一步乎？何不退位让贤，颐养天年？"

李农心中却不平衡。他曾是赵国的司空，官位一度在冉闵之上。如今他又有几万乞活军，又有朝中众将臣支持，灭掉冉魏夺得国家也不是没有可能的事。

他问佛图澄："敢问大师傅那冉魏气数可否长久？"

佛图澄说："佛讲慈悲宽怀，治国亦应施仁政，杀伐不断，生灵涂炭，又岂能长久。"

李农告辞，但仍不甘心。那乞活军是潜藏于黄河南北的一支汉人流民地下武装，内部团结，作战凶猛强劲，战斗力远强于官军；既不属于官方招募，也不是民间自发，却又兼具官方、民间两种性质。李农早已成为这支武装的首领。因有乞活大军作后盾，他并不惧怕皇帝冉闵。

而此时，因为李农与乞活军不断勾连，已被冉闵所察觉。谋臣张艾说："此人太不识抬举，皇帝封之为太宰、齐王，领太尉、录尚书事，其子亦皆封县公，可谓一人之下，万人之上。且非亲而封王者，在赵尚无先例，也算官到极处了。如此恩宠于他，竟还要谋反，实在是可恶。"

冉闵说："他是要当这个皇帝了。"

冉闵杀心顿起。但他隐而不发，还要寻找一个除去李农由头。

刘显大军距离邺城只有不足百里。冉闵早朝，与众臣和将军商议克刘显之策。城内兵源不足，冉闵欲让其子冉明为大单于、骠骑大将军，把三千名归降的胡人分配到他麾下。孰料，光禄大夫韦謏言辞激切表示反对："皇帝今将降胡数千之人接之如旧，诚然是表达招诱之恩。然这羯胡本为仇敌，今之所以听命依附，苟全性命耳。一旦反戈生变，也是须臾之间，到时败而悔之，何所及也！古人有言，一夫不可狃，而况三千乎！安而不忘危，存而不忘亡。愿皇帝杀死这些降胡，去单于之号。"

冉闵大怒说："今刘显之贼，正欲攻城，尔等无退敌之策，却教训朕这样不行，那样不可，诚实可恨，推出斩了。"

这韦謏是位大儒，善著述，好直谏，历任七郡之守，都以清廉正直而著名，在朝中有着很强的影响力。李农与他平素关系紧密，见冉闵要杀之，便出来为他求情："陛下息怒，光禄大夫之言也是为了我大魏，虽有不妥，罪不至死，还请宽宥，革职令其还乡为好。"

冉闵更怒："朕是皇帝，所言是可以随便更改的吗？如再妄言，太宰之命亦休矣。"

韦謏被斩。朝臣都惊慌失措，商议半天也无退敌良策。冉闵又召卫将军王泰前来。王泰怨恨当初冉闵不听从自己的计谋，以患疮不愈而推辞。冉闵亲临探望，王泰执意声称疾病严重不便带兵。冉闵大怒，返回宫中，对左右的人说："都是些给脸不要脸的东西，孤难道非要你救命吗，等我灭掉群胡，定当杀之。"

冉闵于是整合全部兵马与刘显激战。

他让李农为侧翼，自己为主攻。他向士卒高呼："打败刘显，将士皆升三级。"手执两刃矛，带头杀入敌阵。一时竟大败刘显，追击到阳平，斩首三万余级。

刘显被包围。他秘密派出使者请求冉闵放过自己，并允诺以石祗的人头作为报效之礼。冉闵士卒也损耗大半，急于休整，便应允之，然后班师回朝。

回到邺城，有人禀报卫将军王泰招集属下将逃往关中。冉闵大怒，下令诛杀王泰，并灭其三族。之后，他又想起了李农，决定也一并诛杀。他在朝上说："李农与韦谀、王泰结党，以下犯上，且乱我军政，图谋勾结乞活军反叛，罪大恶极，特诛其并及三子。尚书令王谟、侍中王衍、中常侍严震皆其死党，一并处死。"

李农死前，十分后悔没有听从佛图澄的话辞官归隐，也后悔没有听从属下的话迅速起事，最终反而害了自己，以及无辜的儿子和臣僚。这位曾与冉闵共患难的袍泽兄弟感慨道："岂曰无衣，与子同袍。之前平起平坐之时尚能亲密相处。一朝分为君臣，不仅臣疑君，君更疑臣。此乃君臣相爱更相杀矣。"

刘显回到襄城，石祗却未因其大败而斥责，反而好言宽慰。但刘显杀心已定，半夜带兵攻进石祗的宫殿，砍下了他的头，并将其首级送到邺城。冉闵下令在邺城南城门外的大路口焚烧了石祗的首级。石虎在世的最后一个皇子石琨闻后，率军逃奔东晋。而晋穆帝却并不信任赵氏一族，将之囚禁，然后杀之。

强大且足以与东晋分庭抗礼的赵国，就此亡矣。

而冉闵治下的魏国并没有因赵国的灭亡，而换来短暂的休养生息。自此，连年战事，没有一个月不交锋。被他暂且饶过的刘显，得到喘息之后，在襄国城称帝，又重整再起，再次攻打邺城。虽然冉闵击败了他，收复了襄国城，但也引发了无数的百姓逃难。

中原又陷入一片混乱。无人再事农耕，一时人尽物绝。贼盗蜂拥而起，司、冀二州饥荒严重，人人相食。

六十二

燕王慕容儁却加快了问鼎中原的步伐。

大将军悦绾率领三万披甲士兵出兵中原，帮助石祇暂时打败了冉闵。之后，大军及时回撤，返回了燕国。

中原之行收获颇大，既掠夺了诸多粮食物资，又趁战乱占据了边境原赵国一侧诸多城池和土地。燕王慕容儁十分高兴，朝会之上擢升悦绾为冠军大将军，并赏赐诸将军。

悦绾奏言："此次南征，亲睹石氏和冉闵之暴虐给赵国百姓带来的痛苦和灾难。黎民流离失所，田地荒芜，食无余粮。冉闵残杀胡人无数，而天下胡人亦欲人人诛之。中原的百姓都盼望着仁德的燕王来拯救他们。我王应即出兵中原，荡平冉魏，此亦是上天赐吾燕之良机。"

封弈也说："燕王应该实施入主中原之大计了。我燕历三代数十载，承蒙先王和燕王励精图治，物产丰富，粮草充足，国力大增，此时正是实现先王夙愿的时候了。"

慕容评说："传闻那冉闵不但暴虐，还精于用兵。打起仗来凶猛无比，又颇有章法。不到半年石勒、石虎辛勤积累的赵国基业为其所毁，石虎六子亦皆丧于他手。且当年石虎围攻我大棘城，唯有他一支丝毫未损。料定是个不好对付的厉害角色，我王还是要慎重。"

慕容儁便问慕容恪："大司马以为如何？"

慕容恪说："当断则断，不断则乱。现在正是图谋中原的大好时机。冉闵忙于剿灭石氏一族，以及内部诸多反抗他的人，已焦头烂额，所以无暇收复和管理原属于赵国的那些偏远之州郡。而东晋朝廷内斗，此时亦无力出兵伐冉。大将桓温讨伐成汉后，士族忌妒之，执政司马昱引殷浩与之抗衡。赵国大乱后，桓温虽多次希望北伐，晋廷硬是不许，眼睁睁看着北伐的大好时机白白错过。如此形势，对我们出兵南下十分有利。我王绝不能白白错过这绝好机会。"

慕容儁问："那冉闵又将如何对付？"

慕容恪说："冉闵乘石氏之敝，起灭赵国，扫尽羯胡，确有雄略之才。又英勇善战，天下似乎无人可敌。但此人却短于长谋，不善怀柔。且逞勇暴虐，杀人无数，不施仁政，怨声载道，失败是早晚的事。据闻连与他共患难，立下汗马功劳的太宰李农都已被杀，可见其胸怀如何狭窄。打败他，并将其魏国纳入燕的囊中，岂非易事？"

慕容俊曰："善，冉闵连续征战，军力折损，一直未得休整喘息，眼下正是出兵时机。本王以为先出兵幽州，夺取其境内的蓟城。这蓟城位置十分险要，乃中原抵御北部夷族入侵的要塞，亦是北方势力进入中原的桥头堡。夺之，则如将一楔子钉进中原，既可虎视中原，又能进退自如。且此地离冉闵的邺城还很遥远，我们攻取，冉闵即使救援，亦鞭长莫及。"

众臣皆言燕王圣明。

其实出兵中原，慕容俊早已深思熟虑。但他相比先祖慕容廆、先王慕容皝，性子中更多一些柔和沉稳。他要多方听取意见，权衡利弊，才最终做出决断。

这蓟城属赵，赵亡后，冉魏无暇收复管理之城，仍由赵国的幽州刺史王午统掌。而王午不知投魏还是投晋，正为如何迈出下一步而犹豫。他根本没有料到燕军会来攻取蓟城。

慕容俊亲率五万大军从卢龙出发，浩浩荡荡先开拔至幽州刺史王午所在的无终城。王午接报闻之大惊，登上城楼向远处瞭望，见燕军旌旗蔽日，看不到队伍的尽头。知其来者不善，不战弃城而逃，只留下其部将王他守卫蓟城。于是，慕容俊轻而易举攻占无终城，又率军包围蓟城。

王他只有守兵不足千人，却拼死反抗。终于在燕国五万大军的围攻下，不堪一击。王他战死，而蓟城轻而易举落入燕军之手。

慕容俊与慕容恪骑马视察这蓟城，不禁心中欣喜。只见此城西北皆环山峦，是天然的防御屏障。东临渤海不足三百里，可尽渔盐之利。南面是开阔无垠的中原平原，盛产粮麻。依山靠海面向平原，又物产丰饶，既是战略要地，又是风水宝地。

慕容俊的心忽然一动，问慕容恪："大司马，燕何不迁都至此？"

慕容恪说："臣弟亦有此意。这蓟城地理和战略位置极佳，乃吾燕入主中原之跳板。定都于此，便于发动兵力，保障后勤，如万一生变，亦可经此退回辽东，正可谓可进可退之地。可惜冉闵只顾了杀戮，没有看到我燕的威胁和此城的重要。如换了我，必先牢牢占据此地矣。”

封弈也说：“燕军逐鹿中原，龙城作为大后方实在太远了。挥兵至此，就须几十日，且翻山越岭，大军早已疲惫不堪。而以此为都，则向南推进则轻而易举。”

慕容俊便征求属下大臣和将军们的意见。众人皆说：“我王英明，图霸中原，理应迁都。”

慕容俊屯兵于蓟城，只派封弈回到龙城组织迁都之事。因为战事要紧，所以在蓟城没有大张旗鼓地建造新宫殿，只是利用城中的郡守府，稍加修缮，变为王宫。除了军政诸衙，以及王室和大臣的家室，其余皆可缓迁。所有的迁都之事，皆围绕服务于对中原即将开展的军事行动。此次迁都尽管亦有一些将臣故土难离，因为有入主中原之军事图谋，故反对声音极小。都城迁到蓟城，燕军的一只脚其实已稳稳踏进了中原。

消息传到了邺城。冉闵大吃一惊，这才想起了李农的忠告。当初李农曾谏言冉闵不要去攻打已败退襄国城的石祗，而是派兵将那些无人管理或自立的州郡收回魏国。而蓟城就属此列。燕军占领蓟城的战略目的不言自明，冉魏的背后已悄然蹲踞着一只猛虎。

冉闵悔矣。其实他早该想到慕容俊这个强大的敌人。

他准备派兵北伐夺取蓟城。而正在调兵遣将之际，忽然传来消息，东晋大军来犯，直逼彭城。原来，东晋朝廷闻知燕军南上，并迁都蓟城，也按捺不住。辅政的会稽王司马昱上奏道：“前二次北伐，皆败于石虎和李农，如今二人已亡，冉贼无暇自保，正是北上统一的最佳时机。燕王慕容俊未奏朝廷贸然出兵，迁都蓟城，其图霸中原野心亦大白于天下。此时皇帝应速速起兵，先燕一步，夺取中原。”幼主晋穆帝年仅十岁，并无主意，自然同意。于是派殷浩率三万精兵北伐。

冉闵左右为难。谋臣张艾奏道：“祸端来临，陛下应区分主次。如今北伐之晋军乃我魏之大威胁。皇帝不如先派兵抵挡殷浩大军，而派遣使者到蓟城，以示友好，并一探虚实。”

冉闵便派大司马从事中郎常炜出使燕国之新都蓟城。

六十三

魏使常炜很快到了蓟城。慕容俊把常炜请到宫门外双阙下接见。

常炜年近六旬，瘦骨嶙峋，一脸傲气。他通晓经史，为人正直，素有文名。因而他并不把燕王慕容俊放在眼里。

有大臣建议将此人杀之，以告诫冉闵燕魏间不会议和。也有大臣主张棒打一顿，煞其傲慢。慕容俊却说："一个臭酸士人，杀之，抑或棒之，又有何益？恐辱了本王的清誉。不过，倒是可以借机好好羞辱此人，让他无颜回去禀报冉闵。对他来说，这比杀之棒之更难消受。"

慕容俊高高在上，盘腿坐在龙椅上，故意摆出一副不屑的样子。大臣分坐大殿两边，而让常炜立于中间，放上一只很矮的凳子。

常炜傲立，面对高高在上的慕容俊却毫无气馁。他说："蓟城乃我魏国国土，燕王久居辽东，怎么将都城迁到这儿来，是我还在梦中，还是燕王没有睡醒而糊涂了？俗语说，家有高堂，子不远行。燕王不据守其庙堂宗祖，以续其业，跑到我们这魏国来干什么？"

燕王含笑不语。今天他要看热闹。

皇甫真站起来反击。他并不正面回答常炜之言，而是质问说："冉闵本是石氏的养子，才能平庸，未读过圣贤之书，且辜负其帝圣恩，篡位行逆，四处杀伐，涂炭生灵，将石氏一门赶尽杀绝，如此之人又有什么祥瑞应兆而称帝号？"

常炜十分淡定地答道："上天要扶佑帝王，其祥兆深奥之理各不相同。三王时为狼乌，汉、魏时为麟龙。寡君顺应天命主宰一国，岂能没有祥瑞？而这祥瑞之兆又是你我浅薄之辈能看得到的吗？再说寡君征战杀伐，亦是贤君治国之手段，商汤放逐夏桀、周武王讨伐商纣王，但孔子没有贬低他们，反而赞美。野蛮的胡人残暴作乱，屠杀宰割百姓，寡君拔剑消灭了他们，百姓得救，可以称得上功高苍天，勋同高祖。这怎么能说是篡逆和滥杀呢？至于出身更无可指责。王侯将相宁有种乎？宰相必起于州部，猛将必发于卒伍。魏武帝曹操是宦官的养孙，没有人确知他的出身，兵众不满一旅，但最终能成就大业。寡君如此恭敬地顺承天命，有什么不可以呢？"

本要羞辱魏使，反而让对方占了上风。慕容俊和众燕臣倒有些尴尬了。

封弈又换了一个话题说："石祗去年派使者张举来向我们请求救援，张举告之，石祗才是真正的继承者，还说传国玉玺就在他的襄国城，不在你们冉闵那里。自古以来，握玉玺者掌国，如此来说，那冉闵又有什么资格称之为君呢？"

常炜反问说："国相可知这玉玺之来历乎？"

封弈说："自然知道，这传国玉玺又称传国玺。秦王嬴政十九年，秦破赵得和氏璧。后一统天下，嬴政称始皇帝，命李斯用小篆雕刻传国玉玺，正面刻有'受命于天既寿永昌'八字。由此，玉玺成为历代正统皇帝的信物。历代帝王皆以得此玺为符应，奉若奇珍，视为国之重器也。得之则象征其受命于天，失之则表明其气数已尽。凡登大位而无此玺者，无不被讥讽和轻蔑。"

常炜说："国相所言极是，但玉玺自此行踪飘忽不定。接下来的事情国相可知一二？"

封弈并无研究，只好摇摇头说："倒愿闻其详。"

常炜说："秦王政二十八年，始皇乘龙舟过洞庭湖，风浪骤起，龙舟将倾，始皇慌忙将传国玉玺抛入湖中，祈求神灵镇浪。玉玺由此失落。八年后，华阴平舒道竟有人又将此传国玺奉上，说是一渔者在洞庭湖打鱼捕得一巨鲟，自鱼腹而得。传国玉玺复归于秦。秦亡，传国玺得归刘邦。外戚王莽篡权，向年幼的皇帝索要传国玺。太后怒而詈之，并掷玺于地，破其一角。王莽令工匠以黄金补之。莽兵败被杀，禁卫军校尉公宾得传国玺，又献于更始帝刘玄。赤眉军杀刘玄，立刘盆子。国玺易主刘盆子。刘盆子兵败宜阳，将传国玺拱手奉于汉光武帝。东汉末年，袁绍入宫诛杀宦官，段珪携帝出逃，玉玺失踪。至献帝时，董卓作乱。孙坚率军攻入洛阳。某日辰时，兵士见城南甄宫一井中有五彩云气，遂使人入井，见投井自尽之宫女颈上系一小匣，匣内所藏正是传国玉玺。孙坚如获至宝，将其秘藏于妻吴氏处。后袁术拘吴氏，又夺得玉玺。袁术死，荆州刺史徐璆携玺至许昌，时曹操挟献帝而令诸侯，至此，传国玺得重归汉室。曹丕建魏，乃使人于传国玺肩部刻隶字'大魏受汉传国玺'，以证其非'篡汉'。司马炎依样而行，称晋武帝，改元泰始，传国玺归晋。晋永嘉五年，前赵刘聪俘晋怀帝司马炽，玺归前赵。十九年后，赵国石勒灭前赵得玺，于右侧加刻‘天命石氏’。石虎死后，寡君建魏，玉玺自然属魏。”

封弈说：“而那石祗却言之凿凿地说玉玺在他那里，且说是宫中的内侍和护卫盗出送与，要不然如何敢称赵帝？”

常炜依然不紧不慢地说：“天之神玺，自然在寡君那里。寡君杀石氏胡贼的时候，邺城的胡贼基本都被杀光。偶有漏网者，也都潜藏在阴沟暗渎里不敢见天日，这些人又怎么知道神玺在哪里，又怎么可能窃之送与那伪君石祗？张举虑其主被寡君灭亡，一心求救，自然可以编出这些荒诞的话来。对心怀鬼胎之人，又有什么不能胡说的呢，何况只是编造一个玉玺。”

这一回合常炜仍占上风。

皇甫真又抛出另一个话题：“听闻那冉闵可笑至极，竟想出要为自己铸造金像，可惜金像坏裂而没有铸成，这恐怕也是天意，又怎么能说那冉闵不是篡逆，而违天命乎？”

常炜有一丝慌乱，然后却说：“铸造金像的事，我从来未闻。很难说是不是别有用心的人，故意编造的谎言。”

封裕又说：“从中原投靠到我们燕国来的人都这么说，先生何故隐瞒和否认？”

常炜正义凛然说：“只有奸伪的人才妄想伪造天命用来迷惑人。或假造符瑞，或用蓍草龟甲占卜来加重自己的分量。如今寡君头上飘有符瑞，手中握有玉玺，占据中州，受命乃是天经地义。又何必反真为伪，去造什么金像！”

慕容俊见燕臣皆不是这常炜的对手，便笑着说：“大司马忠心护主之心可鉴，也令本王钦佩。不过既然冉闵大将军可以残杀赵君，并将其国家窃取，本王为何不可占领赵国一个小小的蓟城。本王自然也明白大司马的来意，大司马尽可放心，晋北伐冉闵之魏时，本王不会策应。”

常炜说：“不乘人之危，助纣为虐，也算是明君矣。”

但慕容俊仍不愿放他回去。他还想试一试这常炜到底是不是真的硬骨头，也想查证一下那玉玺到底在哪里。便将常炜绑缚立柱之上，令人堆积柴火在其身旁，令皇甫真私下威胁说：“先生今落入燕王之手，生死未料，还是说真话罢，何必为那冉贼掩饰，莫要惹燕王发怒，徒然自取灰灭。”

常炜神态自若，抗言道："石氏一族贪婪残暴，当年石虎亲率大军攻打大棘城。虽最终无功而返，然而他们却志在必得，一定要消灭你们。吾大魏皇帝如今诛剪石氏，固然不全是为了燕国，但也帮助你们消灭了仇敌。从道义上你们应当感谢和支持大魏，现在却帮石氏说话而责难我们，这难道不奇怪吗？我听说人死之后，骨肉埋到土壤，灵魂升上天空。承蒙君王的恩惠，请尽速添薪纵火，使我得以对上天诉之冤屈，对我君表达忠贞之心，也了无遗憾矣。"

皇甫真无话以对，并报之燕王。慕容俊顿时对此人起了仰慕之心。又有大臣请求杀了这冥顽不化的常炜。慕容俊说："他为了自己的主公而不怕遭杀身之祸，实乃忠臣也。况且冉闵纵有滔天之罪，跟他的使臣又有什么关系呢？双方交战，使者处于其间，这也是为人臣者通常的事。"便令将常炜软禁起来，好生招待。

当夜，慕容俊又派常炜的同乡人赵瞻前往常炜软禁之地，看望和说服他："先生为何不以实话相告？假如燕王生气了，要把先生真的烧死了，先生又如何？"常炜说："我自从结发以来，连布衣平民都不曾欺瞒，何况对于千乘之主。曲意苟合逢迎，是我所不屑做的事情。添上柴薪，加大火势，死得其所，我视是燕王对我的恩惠。"说完便面向墙壁躺在床上，不再跟赵瞻多说一句。

几个月后，慕容俊将其从蓟城释放。常炜没有说服燕王从蓟城撤兵，更没有制止燕王对魏的继续进攻，无颜回邺城回复魏王，便隐居于燕王控制的中山。慕容俊闻后，迎其妻子儿女于中山相聚，并赐妾一人，谷三百斛。而常炜念其恩惠，终于投奔慕容俊，官至大司马。

六十四

蓟城南北九里，东西七里，开十门，是幽州最繁华的地方。

慕容恪纵马在大街上，却见慕容垂骑马驱赶着一群囚犯向城外走去。囚犯有老有少，有男有女，边走边哀嚎。

慕容垂见到慕容恪，急忙下马行拱手礼，问候道："大司马可好。"忽然，囚犯群中一披头散发的女囚冲出，一把抓住了慕容恪战马的马辔。她说：

“我们是守将王他的家眷。如今却无辜将被拉到城外处死，死得冤枉。”

慕容垂大怒，欲挥刀斩之。慕容恪却将其喝止。他想了想说：“不杀亦可，汝须说服我也。”

那女子说：“大司马可知刘备宽宥手下叛将黄权家眷之美谈乎？作为蜀将，黄权虽战败降了曹魏，实属无法选择，亦盖因刘备失策所拜。属下恨之，缚了他的老小欲杀之，但刘备却下令释放。他说，孤负黄权，权不负孤也。这才是一个明君所应表现的。我父王他乃赵将也，保卫蓟城，其职责也。故与燕军以死相拼，亦是迫不得已。况终被燕军所杀，两怨相了。然今燕君还要将其家眷斩尽杀绝，与刘备相比，能说是明德仁义之君乎？”

如此伶牙俐齿，且又透出才识之气，令慕容恪不得不刮目相看。他命慕容垂说：“姑且将其都放了吧，我自当会禀告燕王的。”

那女子深深一拜说：“谢谢大司马，我定会将燕军的仁德广告天下的。”

又过了十几日。慕容恪、慕容垂率小队人马出城至真定勘探大军南进路线。回去途中突遇匪贼抢掠南行逃亡百姓。他们赶跑了匪贼，救下百姓。慕容恪发觉有一女子患疾昏迷不醒，便令人用马驮回蓟城府中施救。几天后，那女子被女侍领进慕容恪的书斋，向他致谢救命之恩。

慕容恪方才打量这女子，见其体长纤细，容貌美丽，竟一下子呆住了。

那女子说：“奴婢乃蓟城守将王他的女儿。因自小喜歌舞，父亲取名翱蝶。大司马两次相救，实乃再生父母，特来跪谢。”说罢，行跪拜之礼。

见此女，慕容恪有一种说不出的好感。他说：“罢了。既然身体无恙，就差人送汝和家人出城，还你们中原的家乡。”

王翱蝶泣曰：“父已战死，兄弟失散，母亦死在盗贼刀下。原本是想至鲁口，投奔那远房的叔父，亦即被燕军赶走的幽州刺史王午。但路途遥远，恐独自一人难以成行。大司马如不嫌弃，愿做府中奴婢。大司马劳顿时，奴婢可唱歌跳舞为大司马解烦。”

慕容恪允之。于是，这王翱蝶成了慕容恪府中的女侍。她有清丽动人的歌喉、婀娜曼妙的舞姿，常给慕容恪疲倦之心带来抚慰，不知不觉间令其进入忘我的境界。且这王翱蝶绝顶聪明，熟悉史事，好诗赋，颇有书卷之气；常能引经据典，开导慕容恪心中积郁。

慕容俊牢牢占据蓟城，并以此不断向外扩张，几个月后鲸吞了大半个幽州。

此时，冉闵率军正与东晋殷浩的北伐军大战，无暇顾及燕的扩张。他仍然幻想燕国的胃口没有那么大，并不敢大举进攻中原，只是借机图谋侵袭占领边境上的一些小城。

而燕国进军中原已箭在弦上不得不发了。

慕容儁召集慕容恪、封弈及相关将军商议，抓紧筹备粮草以及武器辎重，趁冉闵尚无喘息之机，向中原进攻。而第一个目标就是中山。

这中山的位置十分重要，正处于燕国新都蓟城与魏国冉闵都城邺城正中间。北距蓟城和南距邺城皆五百里余。燕军占领了中山就等于将一把尖刀逼在了冉闵的额前。

接连几个早朝，燕王与众将军大臣讨论进攻中山的战略和细节。这又是一次长途奔袭，战线拉得很长。无论是战术还是供给，对燕军都是一次考验。

慕容儁说："这几日实在是太累了，听说大司马得了一位绝顶聪明和美貌的女子，能歌能舞，不如众将军和大臣一起随我到大司马府一睹风采，亦为我们一解烦忧。"

慕容恪不好拒绝，只得引燕王至府上。王翱蝶身穿一条云雀红裙，淡妆素雅，踽步前行，来至燕王面前躬身施礼："奴婢拜谢燕王。"

慕容儁为其吸引，竟毫无反应，过了一会儿，才讪讪地说："不必拘礼，这几日劳心朝中大事，皆倦怠矣，可否为我们歌舞一曲，以解疲乏？"王翱蝶款款一笑说："遵燕王命。"

随着丝竹，她一会儿手执花枝，回转纤细身姿，作颤颤然的舞步，娇柔百态。一会儿，舞姿翩然，奔跳起跃，衣袂飘飘，如风如蝶。那燕王如醉如痴，一边一欣赏一边叹曰："北方有佳人，绝世而独立。一顾倾人城，再顾倾人国。舞艺如此精湛绝妙，世间少有矣。"

封弈亦说："大司马好福气。"

自此，燕王相见恨晚，竟隔几日便至大司马府中，或欣赏其歌舞，或与其交流诗赋。而攻取中山之事，却放在一边。

王翱蝶看透了慕容恪的心。一日她请慕容恪到自己的卧房，为慕容恪歌舞一曲后，摆上酒席，令乐工和侍从退下。几杯酒后，她执慕容恪的手说：

“奴婢的命是大司马救下的，且奴婢心亦一直是大司马的，不如今夜让奴婢伺候大司马，成为大司马之人。明日告之燕王，酒后失矩，已纳奴婢为妾。这样绝了燕王的心思，亦去了大司马之忧。”说罢宽衣解带，铺床纳被。

慕容恪将王翱蝶抱于怀中许久，然后说：“我们都是王的人。明日准备入宫吧。”然后起身头亦不回，走出了那女人的卧房。

慕容俊得王翱蝶后，大喜，并格外宠幸，不久封为蝶妃，地位在王后和一般王妃之间。蝶妃熟读史事，颇有见的，常参与政事，被允可以与大臣们一样上殿。而蝶妃却愈加低调，从不恃宠娇肆。燕王对大臣常说：“楚王有樊姬，吾有蝶妃。”

公元352年的四月，春暖花开之际，慕容俊派慕容恪率大军长驱直入进攻中山。一路竟没有遇到有力的抵抗。虽然此时，冉闵已率军打败了殷浩的北伐军，将晋军赶至淮河以南，正挥军北上，以应对燕王的威胁。但冉闵显然还没有料到燕军行动如此之快。等到燕山陈兵中山城下，冉闵才接到报告。大军再去驰援已经来不及了。

六十五

好在冉闵手下的大将侯龛驻扎真定，离中山不足百里。冉闵急派侯龛前去增援。而侯龛与中山守将白同平素不和，侯龛心中并不愿相救。

侯龛的部下建议：“白同乃冉帝亲信，如果一直违令不去救援，恐怕皇帝追究下来将军难辞其咎。”但侯龛仍不起兵。

白同死守中山，慕容恪久攻不下，便围而不打，转而分兵攻打常山。

侯龛部下再次建议：“现在慕容恪去攻打常山，不如驰军救援。若不和，寻机杀之。然后我们守城，等待皇帝率军救援。那时，功劳就是大将军的。”侯龛听众属下之计，率兵救援。燕军暂时退去。白、侯两军会合于中山城内。

白同十分感激侯龛不计前嫌，便设宴招待，他端着一大杯酒敬侯龛说：“皆说侯将军乃挟私之人，今知谬也。吾见皇帝，定当为将军表功。自此你我兄弟同心，抵御燕贼，共事魏主，不亦乐乎。”

侯龛也十分高兴地说：“深谢白将军。今日击退燕贼，心中高兴，欲以剑舞献于白将军，可否？”白同知道侯龛擅剑舞，多次舞于冉闵，便说：

“辛劳了。”

侯瓮在白同面前挥剑起舞，既有阳刚又有阴柔，引来阵阵喝彩。孰料，侯瓮一个箭步上前，逼向白同。只见剑光一闪，白同人头落地。他用袖擦去剑上的血迹说：“不知高低的东西，以为皇帝宠爱就忘乎所以，大将军我岂是来救汝，而是来杀汝。”

白同属下正欲反抗，侯瓮埋伏四周的士卒上前以剑抵住咽喉。侯瓮说：“其余不究。愿离开者放行。”他派人报告冉闵，白同临阵投敌，已被本将军斩首。

慕容恪攻克常山，截断了中山城内之军的后撤之路，又引军奔赴中山。此时慕容评率另一支大军也赶到，两军一起合围中山。久困之下，城内粮草供给中断，侯瓮不得不出城迎战。他挥摆大刀，杀得几进几出，血染战袍。慕容评乘其疲乏之际，一箭怒射，将其射伤。侯瓮仓皇逃进城中。

属下建议他投降：“如今两路燕军围城，且常山已落入燕军手下，又没有了退路。皇帝又迟迟派不出援军，咱们又杀了他的爱将，不知是否追究。不如暂且交出城池，保全性命，以图来日。”

侯瓮无计可施，说：“本想以身相殉，做一回英雄。可再固守下去，城里的百姓就要饿死了，为了他们，就让我当此罪人吧。”于是，在城上挥摆旗帜，表示降燕。然后打开城门，让燕军入城。

中山落入慕容恪手中。

冉闵得知侯瓮杀了白同并将中山拱手送与燕军，大发雷霆。便着急调兵遣将，欲与慕容恪决一死战。他实在不能容忍燕军长驱直入他的国土。他要像对待石氏兄弟和晋军那样，给予致命一击，彻底将燕军赶出魏国。

他集结大军，誓与燕军一拼。

司徒刘茂、特进郎闾皆为冉闵旧部，他们皆反对硬拼，秉直进言：“那燕军比石氏残余和晋军更勇猛善战，现在又乘胜大举进攻。彼众我寡，还是请陛下先且避之势头，将重兵陈于邺城，只派小股骚扰，待其骄惰，然后集中兵力以沉重一击。”

冉闵却不以为然。他大怒道：“朕正想与那燕贼一战雪耻，夺回幽州，斩杀燕王，将他们赶回龙城。今天遇到慕容恪来挑衅，正是最好时机。尔等反而劝朕避之，一再退让。那魏国百姓又如何说朕？”

司徒刘茂、特进郎闿退出大殿，脸色铁青，相互说道："吾君已昏聩矣，此行必不会还矣，我们何必坐待戮辱。不如趁国未亡，自行了断矣。"于是回到家中，饮毒自尽。

冉闵闻知，心中又恨又痛。他知道，尽管身处困境，但这些臣子却没有背叛于他，而是宁死不弃。但他仍不纳刘茂、郎闿之言，愤而率军进发，并驻扎于同中山近在咫尺的安喜，意图在此同燕军进行决战。

这一次，在冉闵看来，狭路相逢、背水一战，才是他和魏国唯一的生路。

他喝退侍卫，在帐外的一处高地上独酌，边饮边流下了一行眼泪。在他周围，就是新创立的魏国国土。可这魏国国土如今已是支离破碎。赵将姚弋仲占据滠头，率部归顺了东晋。另一员大将苻洪占据三秦，自称大都督、大将军、大单于。这些曾一起共事的将军现在皆成为他的劲敌。还有众多的州郡，投降了燕军。

魏国连续征战，已无国力支撑更大的战事。甚至到了士卒挨饿、军粮皆无法正常供给的地步。但如果再行退避，把大片国土拱手让与燕军，下一个丢失的就是他的都城。魏国就真正离灭亡不远了。

他认为，不如趁慕容恪刚到，还没有站稳脚跟，集中兵力打一场大决战，如果赢了，就能把鲜卑人赶回辽东；而一旦输了，即是魏亡。这样做确实很冒险。但冉闵似乎相信自己的命运总是幸运的。

但是这一次他心中有一丝沮丧，并不完全像以往那样自信。

率军出城前一天。冉闵白天睡觉，梦见一群羊，背上驮着鱼从东北方徐徐而来，并进了他的皇宫。他百思不得其解，便也到邺宫寺拜高僧佛图澄求解。佛图澄双手合十，沉思许久方说："此梦不祥矣，此乃兆示鲜卑人要占领中原，以邺为都。恐魏国将亡矣。"

冉闵心中一惊，又问之："此次朕将亲率出征，可能胜否？"

佛图澄说："刚才法轮上的铃声说：'棘子庋岗，仆谷秃当。'恐怕是凶多吉少。魏帝还是慎举矣。"

冉闵，小字棘奴。但冉闵并不信这一切。战胜来犯敌人，保卫他辛苦得来的国家，是他血性使然，也是必须的选择。

他向侍卫高声叫喝："再来两坛酒。"

六十六

冉闵之军亦是充满血性之军。

尽管在朝上，众臣和将军对能否打败强大的燕军持怀疑态度，甚至丧失了信心。但真正到了战场上，面对对面入侵者的旌旗，将士则血性大发，犹如发威之虎。

他们拥戴自己的汉人皇帝，对自己新的国家充满热爱，对入侵者充满仇恨。当年石虎统治时，曾驱汉丁十六万运土筑华林苑及长墙于邺北。时逢暴雨，漳水水涨，死者数万人。后又驱汉丁四十余万营建洛阳、长安二宫，造成尸积原野。还将邯郸以南中原方圆上万里的土地划为其狩猎围场，规定汉人不得向野兽投一块石子，否则即是“犯兽”，将处以死罪。如今，好不容易建立的汉人国家，又面临同是胡族的鲜卑氏族的威胁，魏军上下同仇敌忾。

外面秋风瑟瑟，冉闵的指挥大帐里一片悲壮。冉闵流着泪对自己的将领说：“如今十万鲜卑胡贼入侵我魏，国家将亡矣。难道我们杀死了石氏胡贼，夺回了汉人的天下，还没有过一天好日子，就要让鲜卑人再来当我们的皇帝吗？众卿可愿意否？”

下面皆大声喝道：“头可砍断，血可流尽，也要把鲜卑胡贼赶出魏国，让我皇既寿永昌！”

但冉闵环视他的将领，心中也生出一丝悲哀。帐中所立者，已经没有多少可以为他独当一面的大将军了。要是李农、王泰还在该多好啊。他开始有些后悔，喃喃地说：“朕也许错怪了太宰李农和大将军王泰了，难道是天将亡魏乎？”

众将皆沉默不语。

魏军与燕军在安喜展开了厮杀。冉闵并不惧怕慕容恪，虽然人数上处于劣势，但却一次次向燕军主动进攻。这魏军从石氏赵军中脱胎换骨，在冉闵的调教下已判若两军。他们或者以凶狠和快速的冲击为特点，正面交锋，毫不惧死，即使剩下最后一个人亦决不后退。或者以少数骑兵引诱，大量步兵设伏，群起攻之。

尤其是设伏之术，犹如猎人捕猎。诱骑刚过，早已埋伏于壕沟之中的魏之步兵，用长矛和弓箭对付对方骑兵。燕之骑兵有的还未纵马过来，就早成了靶子，纷纷落马，然后骑兵掉头再与步兵合围歼灭燕军。

十场交战，燕军皆败，竟无一胜绩。安喜之战很快进入胶着状态。

慕容恪未料到冉魏之军如此难缠，陷入深深的苦恼之中。兵法云：大军速战。即两军交战，倾国而行，所以必须速战速决。而这样打下去，久拖不决，燕军士兵已开始惧战，已不利于燕军快速推进。

而冉闵同样焦虑。他的士兵作战经验丰富，勇敢无畏，且战术也十分奏效，无奈歼敌成果并不突出。燕军大都是善射的轻弓骑兵，机动力很强，尽管屡屡被击溃，但四散逃走后不久又得以复聚。冉闵的军队多为步兵，往往难追上全歼。冉闵胜了十场，显然没有取得他所希望的决定性战果。燕军不但没有被赶走，却仍在咬着他不放。

冉闵清楚，这里距离自己的大本营邺城有将近五百里的路程。离襄国城虽更近一些，但襄国城已城毁人亡。从补给和支援来看，冉闵已几乎没有了粮食供应。且冉闵军队连续征战了一年，早已是疲惫之师。

又一个令冉闵感到不安消息传来：燕王慕容俊带领大军自蓟城南下，很快就要到达中山。中山已成为燕军与冉闵决战的前线大本营。慕容俊将在这里坐镇指挥，集结军队，策划继续南进之策。

再这样打下去，魏军肯定挺不住而将自取灭亡。冉闵不得不停下来，召集将军商议对策。谋臣张艾献计说：“今大势突变，吾皇不如退兵死守邺城，或向晋朝称臣求援，或联系赵国旧将姚弋仲、苻洪联合抗燕。先保全实力，再图将来。”

张艾所言亦是破解困局的权宜之计。冉闵倘若采纳，即使不能改变战局，魏军亦有喘息之机。冉闵却说：“乞怜摇尾的落败之犬，又有谁会救之？他们皆巴不得朕亡。朕一生不靠乞舍，多次绝处逢生。今亦当如此，奋力一击，以求自保。如不得求生，亦是天让我魏亡矣。”

车骑将军张温说：“安喜距中山太近，慕容俊主力大军将至，敌我众寡悬殊，恐有被包抄的危险。建议陛下别再向北进攻，而是率军往南边战边退，以此引燕贼向我纵深深入。如此可缩短补给线，又可将燕贼引入山林地带，让骑兵无法展开，利于我步兵灭之。”

大将军董闰也说："车骑将军所言极是，陛下可撤军至泒水南岸的魏昌附近扎营。如果慕容恪军不渡泒水，我军正好休整。如渡过泒水，则可利用泒水之南多水泊与丛林的有利地形，一举挫败燕军。"

冉闵说："善，就依二位将军之言。"魏军于是迅疾回退。渡过泒水，在对面的魏昌城扎营。

一道泒水，横在了魏燕两军之前。

而慕容恪却犹豫不前。此时的慕容恪部由于孤军追击，已经和慕容俊的主力拉开了距离，无法及时得到补给供应。即使渡河成功，对面魏昌城多是山丘丛林地带，一旦骑军溃败，背后泒水就是葬身之所。想一溃而散，散而复聚，显然亦已不可能。

思来想去，慕容恪还是决定渡过泒水与之一战。

他想，燕军大规模进兵魏国，激战冉闵，其入主中原的意图已昭然若揭。东晋，以及握有重兵的赵国旧将姚弋仲、苻洪皆十分震惊。如果僵持，冉闵向东晋称臣，引来援兵，后果将不堪设想。而姚弋仲拥兵十万，盘踞滆头，对燕军来说也如芒刺在背。后方的高句丽、扶余等邻国，如果乘虚而入，以雪前仇，也是难以预料的事情。

好消息传来，冉闵并未在对岸设重防。慕容恪毫不迟疑，马上命令全军渡河。

冉闵没有采取谋士张艾建议，在燕军渡河时进行阻击，而是放任慕容恪渡过泒水。他想把敌人完全引过来，使其背水而战，一举歼之。

燕军浩浩荡荡地过河。虽然河水不深，马亦可泅渡而过，但辎重却无法过河。见敌军过河，魏军向丛林地带退去，欲吸引燕骑兵来追，以设伏来一举击溃燕军。慕容恪早已识破，采用谋士高开之计，稳扎营盘，只击不追。

丛林战的希望落空，冉闵再次陷入焦虑之中。

此时正是春天青黄不接之际。冉闵因为军粮不济已接连斩了两任司库。谋士张艾主动要求前去征粮，冉闵嘱之："战胜燕贼全依托爱卿矣。三至十日定要征粮万石。"然张艾率军一去不返，逃之夭夭。

冉闵眼看许多士卒因饥饿倒下，已无其他选择。他决定将计就计，就在平原地带上与慕容恪进行决战，以迅猛之势，将燕军赶到泒水畔，使其背水而战，奋力歼之。

他让侍卫将自己的军粮匀于士卒。将军纷纷效之。大将军董闰战前对自己的将士说："吾帝将口粮让于尔等，天下还有如此护国爱兵之君乎？现在一切，皆拜燕贼所赐。待与之一战，定报此仇，狠狠杀敌，以躯报国。"

此时的魏军已到了杀红了眼的时候，众士卒群情激愤，血脉偾张。而燕军历经十败，已心畏魏军，临阵脱逃者愈来愈众。

六十七

慕容俊已率大军入驻中山，不断派人来了解前线军情，询问何时与冉闵决战。慕容恪进退维谷，一时难以理出头绪。他遇到了冉闵这个真正的对手。论谋略和才能，冉闵并不在其之下。

他与慕容垂苦思冥想，研究破魏军之道。慕容垂说："我们进攻魏军，惯用之术是派一队抗击能力强的骑兵抵挡敌中军的正面攻击，同时派出勇猛的精骑从两侧翼以速度优势快速合围，再依人数优势包抄全歼敌军。但对魏军，却往往无法奏效。缘于我军精骑突击和机动性虽强，却不能像步兵那样可组成严密方阵，以坚盾和长矛之墙进行防御。而反将过来，一旦魏军向我们进攻，却迅猛凶狠，十分奏效。尤以冉闵所率之重骑兵，骁勇无比，所向披靡，几无可克。与之对攻，我军并不能讨到便宜。故冉闵每每留步兵和弓弩手庇护左右两翼，亲率重骑兵突击燕军中军骑兵。此战术屡屡得逞。魏军的两翼还没有被燕军两翼骑兵突破，燕军的中军骑兵就已经被正面突破，进而导致燕军整个战场之溃败。"

慕容垂的分析一语中的。但燕军又该以什么办法来克敌，慕容恪却没有任何主意。

他从安喜连夜赶至中山，向燕王汇报军情。燕王慕容俊居于中山郡守的府衙，他和所率文武，对如何对付冉闵亦是没有办法。慕容俊劝他不必着急，恰好蝶妃也随他至前线征战。他便让蝶妃为慕容恪献上歌舞，以解其忧。慕容恪与蝶妃四目相对，彼此眼中既兴奋又哀怨。

蝶妃跳了东夷的《矛舞》、南夷的《羽舞》、西夷的《戟舞》和北夷的《干舞》。她跳得那样投入和动情，以至于殿上众文武皆惊呆得张大了嘴巴。而慕容恪知道，这是心爱的人专为他跳的。慕容恪心绪矛盾复杂，想见到她，却又不愿见到她。那晚，他喝得酩酊大醉。

前方战事紧张，他不敢耽误，第二天清晨便纵马奔向安喜。忽然，前方道路上出现了一匹枣红马。马上之人，竟是那蝶妃。

俩人骑在马上并行。蝶妃对他说："昨天朝上奴婢也听了前线的事情，昨夜翻了大半夜的书，也想了一夜。大司马不妨学一学战国时赵国的李牧。当年他与秦军交战，敌强己弱，万不得已，摆下了铁桶阵。靠扎起厚实的营寨，与秦军对峙，竟挫其锋芒。奴婢想，大司马对付冉闵，可否在一个'固'字上做文章。但到底如何，奴婢也想不出。"

说罢，与慕容恪告辞，催马而去。

慕容恪想了一路。至安喜大营，忽然灵机一动，一下子想出了克敌之妙计。他派人找来禁锢犯人用的刑具铁锁链，又名为"琅当"，细看了一番，命参军高开说："速在十天之内打造出一万斤琅当。如不能按期完成，以军法论处。"

高开寻遍方圆百里铁匠昼夜锻造仍不得，又快马将都城蓟城和中山、无终几个城内监狱的所有琅当收集运来，才勉强凑够。

他告诉手下的将士："冉闵勇而无谋，一匹夫耳。其士卒饥疲，甲兵虽精，其实难用，我已找到破敌之法，不足虑也！"燕军见慕容恪胸有成竹，恐惧之心稍有放松。

大战一触即发。双方似乎已达默契，要在魏昌城附近的廉台决一死战。这里是一片平原，西和南面是横亘连绵的无极山，东和北皆为河。

冉闵先要将敌军击溃，赶入河中，乱箭射杀。

除了重骑兵的战马，他命令杀掉了其余所有的马匹，以让士卒填饱肚子。他精选担任突击的中路重骑兵，而且他要亲率这支队伍直取慕容恪的中军大旗，让董闰和张温各率左右翼步兵缓步前进，随时固守。

这是春风拂面的一个上午，但无人享受踏青春醉的乐趣。近十万大军于廉台前的一块平原上对阵。号角吹响，战鼓擂起，早已等得不耐烦的冉闵率领魏军呐喊着向燕军冲了过来。慕容恪则下令左右翼前进，中军骑兵与冉闵对攻。这正中冉闵的下怀，冉闵骑着日行千里的朱龙宝马，左操两刃矛，右执钩戟，一马当先冲入慕容恪中军阵地。重骑兵在他率领下发起排山倒海般的突击，如一辆巨大的滚滚战车，势不可当，无数燕军被碾压在地上。冉闵眼看就要冲到了慕容恪的帅旗之下。

慕容恪依然沉着。但他也没有想到魏军竟如此血性爆发。他的杀手锏还没有亮出来。他相信一旦亮出，瞬间就会改变一切。

冉闵的重骑兵很快冲垮了燕中军的第一层方阵。他知道还有第二层。但统帅一般都把最强的士卒排在第一层方阵。所以第一层突破，第二层便易如反掌。他竟有些得意，高呼："将士们杀胡贼立功的时候到了，杀一人升三级，杀一将军得田万顷，钱十万。"

但和第二层方阵的燕军骑兵交锋后，他感到燕军不知为何变成了密不透风的血肉之墙。他再一仔细看，骇然发现慕容恪竟将第二层方阵的五千精骑之马皆以铁索相连。除非斩断铁索，或将挡路的每一匹马的马腿都砍断，使铁索坠地，否则，这铁墙挡在面前，连成一片，休想前进一步。这也意味着，连环马骑士被固定在马匹之上，无法自由地躲避与还击。这样的骑兵骑在马上，所能起到的最大作用，就是成为一个静态的活靶子，在马背上被一一屠戮。他们以生命来迟滞冉闵的进攻速度。

冉闵大呼："慕容恪小儿，竟拿战马和士卒为肉盾，如此残忍狠毒，岂能为帅？将士们，砍掉铁索，从他们身上踏过。"说罢弯腰狠命去砍铁索，但铁索丝毫未断。

心思缜密的慕容恪之所以将五千铁索连马放置在第二层阵，是借第一阵骑兵加以掩护，以防被冉闵提前识破，改变突击方向。等近在咫尺，发现铁索时，一切就都已经晚了。

这一招儿冉闵显然没有想到，异常残忍，但非常有用。不知道这五千名被选中的骑兵，要怀着怎样的勇气，才会甘愿接下这个必死的任务。

此为慕容恪受蝶妃启发想出来的"连环马"计。以牺牲机动性来换取稳固性，以人墙战术来牵制主力赢得包抄时间。第一道安排八千骑兵抵挡和冲击对方敌军，同时用于在前面遮挡视线以迷惑魏军。第二道则安排五千骑兵，战马马腿彼此用铁链相连，组成血肉之墙，咬住敌方进攻，打消耗战。而第三道除了保护中军之帅，还有三千机动骑兵是用来反包围的。

冉闵和他的重骑兵全部为燕军的铁索连马所纠缠。慕容恪指挥中军第三层骑兵迅速左右包抄冉闵的重骑兵；同时，指挥左右翼骑兵向冉闵滞留在后的步兵两翼发起突击。这一场惨烈的血战从上午打到中午。一队队骑兵和步军冲上来，又一队队倒下去，周而复始。被锁在一起的五千燕骑，也暴发了无穷的力量，用血肉之躯为两侧包抄的燕骑赢得了宝贵的时间。魏军前锋在冉闵苦拼下，甚至一度将要撕破连环马铁阵，眼看就要杀至慕容恪的帅位，但终没能力挽狂澜。慕容恪的中军骑兵成功抵挡住冉闵的冲击，其左右翼也消灭了冉闵的步兵，掉头包抄回来，对冉闵形成了重重叠叠的包围圈。

冉军兵力不足的劣势开始显现。在燕军的重重包围之下，他们一圈一圈地倒下。一圈倒下，燕军就离抵抗的核心更近一层。而燕军则不管死了多少，马上就会有新的生力军补充上来。层层包围之中，逐渐只剩下了核心：冉闵和他的几十个护卫。

如铁桶密围中的冉闵，见回天乏力，仰天长啸，高喊："鲜卑胡儿何奈我。"然后怒目圆瞪，使出最后的力气挥舞钩戟刃矛奋勇搏杀，燕军一片片倒下，其余见其状皆惊恐后退。他和护卫死战杀开血路，溃围而出。

慕容恪派兵急追。冉闵向东一路狂奔二十余里。突然，胯下的赤马朱龙放慢了步伐。冉闵一看，朱龙浑身皆是箭伤和矛伤，鲜血直淌。他连忙下马，牵马躲进一片树林。而朱龙此时却轰然倒地，再也爬不起来。这是他最心爱的战马，亦同样饿着肚子为他的魏国拼命。冉闵心疼，搂着马脖子痛泣不止。

朱龙因伤重和饥饿疲惫而死。紧追不舍的燕军骑兵团团围住冉闵。卫士拼死护主，皆被杀死。筋疲力尽、浑身是伤的冉闵束手就擒。

六十八

那日冉闵从邺宫寺离开后，高僧佛图澄就在邺西紫陌上自建坟墓。

冉闵被擒那一天，其皇后董氏忽然派人来请佛图澄至宫中一趟，说宫中出现了异象。佛图澄来到宫中，发现太武殿的墙上那些古代的圣贤、忠臣、孝子、烈女的画像，其人头竟然全都模糊不清了。有些画中的人头好似缩入肩中，只露出头发和帽子。这些画像是冉闵令人画上去的，时间还不至半年。佛图澄看到了，泪流满面，对董氏说："鲜卑人要打到都城来了，魏帝恐不保矣。”

回到邺宫寺寺院后，他自言自语道：“还要三年吗？不要。还要两年吗？不要。还要一年吗？不要。还要百日吗？不要。还要一月吗？也不要。”自此不再与人交谈，只是对弟子法祚交代说：“祸乱已生，壬子岁冉氏当灭。趁着祸乱未至，我先去了。”佛图澄于邺宫寺中去世，享年一百一十七岁。

廉台之战后，无数的燕军欢呼雀跃。他们终于心中不再惧怕，打败了不可一世的魏军。而走出煎熬的慕容恪只是长长舒了一口气。其实，单论沙场上士卒的拼死顽强，魏军还是胜燕军一筹。且从谋略胆识和领军打仗，他亦自叹不是冉闵的对手。冉闵才是这个时代当之无愧的战神。但幸运这一次却站在他一边。上天为他送来了王翾蝶，使他想出了对付冉闵的对策。他终于把握住了战局，在一连串的战败之后，战胜了冉闵。

但慕容恪并没有表现出多么的高兴。他的连环马计成功，是以五千士卒的生命为代价换来的。这有悖于他的战争信条。作为一个战将，他把士兵生命看得比什么都重。他最高的战争境界是不战而屈人之兵。但这一次，他背负的压力太大了。此役事关燕国能否挺进中原，更是燕军与魏军的生死较量。加上燕王亲自督战，他只能胜而不能败。但他违背了自己的初心，并为此深感内疚。

冉闵被押进大帐。慕容恪终于得以近距离观察到这令人战栗的对手。当年石虎派军围攻大棘城，他率三千精锐之骑大败三万赵军，唯有这冉闵所率之军保全。从那时慕容恪就对此人牢记在心，如解不开的谜一般藏在心里。

而冉闵也终于与传奇对手一见。

英雄相惜。慕容恪善待之，令人奉上酒菜，冉闵竟狼吞虎咽。吃饱喝足，俩人对视，竟无言。慕容恪知其心傲，定不会降燕，所以也没有劝降之言。他令人为之医伤，并尽快将之押送至都城。

前方大捷，慕容俊犒劳三军后，从中山回师都城蓟城。

他听闻俘获的魏君冉闵已押至都城，满心欢喜，令举国庆祝，大赦天下。并派人到龙城向其祖慕容廆、其父慕容皝的宗庙告慰报捷。这位曾一举灭掉石氏赵国，颁布杀胡令，让天下胡人无不惊悚的大英雄、魏国皇帝，如今却不过是他的阶下囚，自然他要好好羞辱一番。

朝会之上，慕容儁令卫士将冉闵押上，当着众臣的面质问之："本王一直不解，汝不过石氏之奴仆下才，如何敢妄称帝矣？"

冉闵全无怯懦，依旧龙骧虎视，豪雄之气丝毫不堕。他冷厉而又极其鄙夷地说："尔曹夷狄禽兽之类犹能称帝为王，况我中土英雄，何为不能称帝耶？"

慕容儁又说："汝乃石勒养子，背信弃义，灭绝石氏一族，又四处征伐，引战乱不断，所到之处遗户无几，又颁布杀胡令，屠杀异族几十万，可谓嗜杀成性，比秦人白起还甚。今终得报应，亦将被杀，可有悔乎？"

冉闵昂首，手捋胡须。然后说道："石氏一族残暴无德，兄弟父子相残，百姓痛苦不堪，是天要亡之，我不过是替天行道。至于胡人被杀也是咎由自取。自永嘉之乱以来，夷人大举入侵我中原，北地苍凉，衣冠南迁，胡狄遍地。胡人杀我百姓，占我良田，屠我祖庙，汉家子弟几欲被屠殆尽。匡复汉家基业，天下汉人皆有义务屠戮胡狗。冉闵不才，受命于天，自当灭之。尔等鲜卑慕容氏，本是鲜卑山下的放马之人，被人耻笑步摇，却不自量力，妄言称王。且兄弟相逼，血溅王位，吞并段氏和宇文氏，还将高句丽先祖从墓穴中掠走，如今又南上侵占中原，亡我大魏，所作所为，皆如强盗奸贼。对其宵小卑鄙之行径，不知可有悔乎？"

慕容儁无以对答。他本想嘲讽敌手，却未料对方乃铮铮铁骨。窘怒之下，命人鞭挞冉闵三百，送于北都龙城处斩。

廉台之战，魏帝被俘，魏军残败。其都城邺城亦危如累卵，摇摇欲坠，没有多少日子可支撑了。慕容恪派遣慕容评率军直逼邺城，并传达燕王慕容儁的口信给慕容评：攻取邺城后，务必找到传国玉玺。

而东晋朝廷闻邺城将破，执政司马昱也传信至离邺最近的濮阳太守戴施，要其立刻赴邺，夺取玉玺。戴施率领一百余名壮士进入邺城，假装要协助魏国守城，实际上是来夺取玉玺。

此时，城中弥漫着一种沉重压抑的气息。连年征战，民不聊生，田地荒芜，年轻的魏国早已粮荒。所有的粮食都被魏帝冉闵征用到军队。城中乏粮，城中已呈现人吃人的惨剧。石虎时的宫人成了被迫害的对象，几乎被饥饿的军人吃尽。

面对即将到来的燕军，魏国大将军蒋干和太子冉智闭城坚守。大将军蒋干与赶来的东晋濮阳太守戴施积极备战，加固城墙。

冉闵的皇后董氏，非一般女子，遇危不乱，颇有主意。她和太子冉智与蒋干、侍中缪嵩、詹事刘猗商议后事。她说："皇帝被俘生死不明，燕大军围城，城内饥荒，我料城破亦是迟早的事。所以你们不必死守，以免更多人伤亡。只要皇帝一日未崩，太子在世，那我魏国就算未亡。故传国玉玺绝不能落入他人之手。但此物只要留在世上，定有人相逼，吾等定会不得安宁，甚至性命垂危。今我毁之，让此物永远在世上消失。自吾皇以后，谁也别妄想成为它的主人。"

说罢拿出传国玉玺，让人们一一检视之后，令内侍将其击碎，放入火盒中焚烧。内侍以铁杵轻轻击之，那玉玺似通人性，立时粉碎，落地无声。内侍又捡起投入炭火之中，火盒竟升腾起一丝青烟。

蒋干和众臣皆面面相觑。

蒋干说："这玉玺今被毁之，那东晋濮阳太守戴施又如何交代。他来助我守城，其实是想得到玉玺矣。"

董氏说："那玉玺其实许多人并未亲见，只是听闻。我令宫中匠人复制一枚，可暂且骗过。"说罢，令内侍将一锦盒交于蒋干。

果然不久，戴施找到蒋干说："眼下燕军将至，道路不通，信不一定送得到。不如拿出传国玉玺交我，然后，我会派人驰马去禀告皇帝。皇帝见玉玺已献，定会相信你的忠诚，派兵驰援并运来足够的军粮。"

蒋干这才明白董氏之精明。他急忙派人将那假玉玺拿来，交给戴施，说："魏国、邺城，还有皇后、太子全依仗大人了。"戴施宣称派督护何融去迎接军粮，私下却命令何融怀揣玺印送往东晋都城建邺。

燕军大军已至。大将军蒋干和太子冉智闭城坚守，顽强抵抗。见城不克，慕容俊又派慕容军、慕舆根、大司马皇甫真等率二万人马赶来协助慕容评攻城。坚守两个月之后，东晋的救兵仍无踪影。蒋干见救兵无望，带领五千士兵出城与燕军决战。可惜只几个回合就败下阵来，带着残兵，不得不退回城内。长水校尉马愿、龙骧将军田香见魏国回天乏力，偷偷打开城门向慕容评投降。

城破在即。蒋干劝太子冉智逃走。冉智却决定留下来陪自己的母后，誓与城共存亡。蒋干无奈，只好听从冉智的命令，带着冉闵的孙子，也即冉胤之子冉定外逃。蒋干、戴施和冉定用绳索溜下城墙，趁夜逃走。

燕军攻进邺城，城中并无多少反抗。慕容评率兵来到皇宫，把冉闵的妻子皇后董氏、太子冉智、太尉申钟等诸王公卿士抓住，并遣送到蓟城。而书令王简、左仆射张乾、右仆射郎肃皆愤而自杀。

至此，只有两年时间，冉魏就彻底灭亡。

六十九

慕容俊得知攻取邺城，并俘获冉魏的太子和皇后大悦。但他最迫不及待的，还是想知道传国玉玺的下落。

他将皇后董氏和太子冉智请于寝殿，嘘寒问暖，赐予狐皮锦袄和宝剑。还告诉他们，冉闵禁于龙城，一切都好。

绕了许多弯子，终于回到正题 。他说："贵国的大司马常炜来使，曾言之凿凿，说传国玉玺就在邺城。本王当时还不信，因那石祗派张举来燕求援时曾说玉玺在他的襄国城。请问皇后这玉玺现在到底在何处？"

董氏说："自古以来，握玉玺者方为正君，玉玺自然在夫君手上。"

慕容俊说："今魏亡亦是天数。燕灭魏如魏灭赵一样，不过是替天行道罢了。你的夫君亦为顶天立地的英雄，本王仰慕，欲以重用，故一直未杀之。今魏亡，玉玺已无他用，何不将之交到本王的手上，以昭吾燕奉天承运，惠泽黎民，恩泽万世？"

董氏心中冷笑，心想这燕王亦是够虚伪的了。她微笑着说："夫君性命系于大王之哀乐，哀家和太子生死亦在于大王一念之间。且承蒙燕王厚待，哀家亦想将那玉玺奉于大王。无奈邺城将破之时，大将军蒋干和晋之濮阳太守戴施逼迫哀家，并将玉玺抢夺。此玺现在已送至建邺。"

慕容俊说："此事本王已有耳闻，但听说皇后给他们的玉玺是假的。传说当年王莽篡权，向年幼的皇帝索要传国玺，太后怒而掷玺于地，破其一角，王莽令工匠以黄金补之。而晋穆帝所得玉玺却没有那黄金补角，晋之执政司马昱已将献玺之人戴施处死。真正玉玺的下落，皇后定会知道，又何必欺骗于本王。"

董氏见无法再隐瞒下去，只好道出实情。他说："哀家知道那玉玺救不了夫君之命，燕王定会杀了魏帝。只不过在没有找到玉玺之前，想用玉玺来要挟哀家罢了。既然如燕王所说，魏已亡矣，那就让玉玺与吾帝一起亡矣，从此世上再无真正的皇帝，亦无真正的玉玺。故那玉玺哀家已毁矣。”

慕容俊见此女子如此忠烈，亦无二话，只好令护卫将其和太子押下软禁。但他却不完全相信她的话，令宫中内侍仔细搜查他们随身携带，终无结果，又令慕容评亲自到邺城宫中查寻，亦无下落。

他不得不暂且放下玉玺这件事情。也因为这世上没有了玉玺，他便下决心处斩已俘的冉闵。他知道，冉闵因杀胡，在汉人中有很大的影响力，留之必是祸端。不但不能留之，且要速断，以防灰烬重燃，冉魏复辟。当初就是怕冉闵的残部来搭救，他才将之秘密押往北都龙城看管。现在，他要亲自回到龙城监斩。不管怎么说，他要杀的可是一个国家的皇帝。这在慕容氏族的历史上还是绝无仅有的。

杀之前，他还是要再见一见冉闵。

被带至燕王面前，冉闵还是那样的桀骜不驯。但是慕容俊却不急不忙与之聊天。他问之：“魏帝被缚在牢中已近半年，可反思魏缘何而败？”

冉闵说：“燕乘人之危，乱中取胜。且使用连环马毒计，以士卒为肉盾，有悖人性。要是朕再有半年的时间，这世间要灭的不是魏，而是燕。”

慕容俊说：“也许吧。魏帝是盖世的大英难，在其身上一切皆可能发生。但可惜的是，命运没有偏向魏帝，而是偏向了本王。但我亦有一些忠告，自然这些忠告眼下对魏帝已然没有了意义。但还是想让你听一听，不知愿否。”

冉闵说：“羞辱一个将死之人，又有何用？只是满足那可怜的虚荣罢了。但燕王既然要说，就说吧，反正我亦在无聊地等待行刑那一刻。”

慕容俊说：“魏帝的第一个失误是过早地称帝。其实完全可以称王，或者让石氏的那些小皇帝再为汝多当一两年的傀儡。过早地称帝，暴露野心，引来众怒，包括晋朝的强烈反对。所以曹操如此厉害却不敢称帝矣。此为策略也。”

冉闵想了想说：“燕王或许言之有理吧，自八王之乱以来，五胡乱华，汉人受尽屈辱，偌大中原竟无一男儿挺身。朕登帝位，亦是想振臂一挥，一统吾汉之天下。孰料，廉台之败，却让鲜卑贼儿乘了先机。”

慕容俊并不恼怒，因为他感觉自己坐在胜利者和审判者席上。他继续说："韩非子言，君主不能表现得太聪明了，表现得太聪明了，下面的大臣就不用动脑筋，而唯命是从。君主也不能表现得太勇敢了，表现得太勇敢了，下面的将军就可能怯懦，只会盲从。魏帝就是太聪明、太勇敢了，以至于下面的人无所适从，无人能替汝分忧。而吾燕却人才济济，大将云集。本王只是坐在后方宫殿里吃着羊肉，喝着清茶，前方就能攻下汝的都城。"

冉闵默而无言。这几句话也许才触动了他的内心。

慕容俊说："本王将魏帝的皇后和太子亦带到了龙城。让你们最后见一面吧。不过放心，本王是不会杀他们的。如果能将玉玺献出，本王还将还魏帝一命。"

冉闵与董氏和冉智终得一见。董氏和冉智跪在地上痛哭不止。从不服软的冉闵却心头一热，眼眶湿润。他扶起了他们，轻声说道："早知如此还不如嫁与平常人家，生在贫寒之门。是我连累了你们。"

他又对冉智说："汝有贤德之心，危难之中放弃逃亡机会而守护母亲，朕甚感欣慰。倘若得生，就做一个平常之人吧。切不可为父报仇，或存有复国之志。自古朝代更迭，如流水一般，又有多少能永世？就让这魏随父一起亡矣。"

董氏又说起玉玺之事。冉闵说："爱妻宁为玉碎不为瓦全，不愧是朕之皇后，就让玉玺与朕，还有那国家，一齐离开这人世吧。大丈夫一生当轰轰烈烈，朕没有白活一生，今死已足矣。你们切莫哀伤。"

第二天，燕国士兵将冉闵押往龙城西面的遏陉山处斩。此山形如卧马，又名马山。独兀前伸，其后与诸山相连延绵展开，山腹空阔，乃屯兵上佳之地，可扼守西进要道，亦为兵家驻地。冉闵毫不惧色，大骂胡贼，并言胡燕终为汉人所亡。

刀斧手刀起头落。冉闵死不瞑目，双眼圆瞪。旁观者无不为之扼腕叹息。

慕容俊命令士卒为之厚葬，并允董氏、太子送葬。冉闵死后，遏陉山行刑之地左右七里草木悉枯，蝗虫大起，一直到十二月都未下过雨。慕容俊闻之甚惊，派方士前去查看。方士回来告之，冉闵乃帝王也，死后魂灵将升天成为天上星宿。此为星宿怨怒之兆。建议重新以王礼祭祀，并加以谥号。慕容俊听之，封其为"悼武天王"，又封冉闵的儿子冉智为海宾侯。

当日，龙城忽然下起了鹅毛大雪，包围那遏陉山，一片白茫茫。世人皆说，此上天为魏帝冉闵昭雪。

冉闵之百战百胜，勇武霸气可比项羽。本应还有更加波澜壮阔之壮举，却因慕容氏的奋起，而悲壮地落下了人生之帷幕。

留给后人的，很少有谁像他这样，充满争议和褒贬。

七十

从蓟城弃城逃跑的赵国幽州刺史王午，跑到鲁口。他趁中原大乱，冉闵与石氏和燕国交战之际，扩充实力，建立安国，自称安国王。

至燕灭魏时，他兵卒已有五万之众。王午公开与燕对抗。他对属下放言："那可笑的步摇之贼竟意图独霸中原，本王要一血蓟州之耻，粉碎其美梦，将之赶至辽东老家。"

这鲁口离中山最近，处于蓟城通往邺城的南北通道之上。它犹如一座高山隔断燕南北之联系。慕容儁下决心克之，清除此眼中钉。

他压根瞧不起这王午，对慕容恪说："那王午原是小小的刺史，且吾燕之手下败将，却敢称王，臆想与本王平起平坐，真是厚颜。本王令大司马领兵剿灭之，捉到王午定当处死，以儆天下。"

但慕容恪却知这王午并非那么容易对付。他率封弈和尚书令阳骛攻打鲁口。果然，王午凭借城池之固，与燕军誓死抵抗。

鲁口城竟久攻不克。慕容恪心生一计，他派兵卒将城外成熟的庄稼尽数收割，将粮运回中山，意图困死王午。但王午仍不屈服。他令人在城墙上大喊："大司马失算矣，我王已屯粮几千万石，足够城内吃一年的了。田野中那点儿粮食就权当我王送与燕贼喂马耳。"

与那王午一同的，还有一位冉闵的征虏将军的吕护。此人阴险狡诈，邺城被破后，他曾绑架魏国的洛州刺史郑系投降东晋。但因嫌所赐之官太小，又背叛东晋，投奔王午。王午封之为太尉。他对王午说："安国王雄才大略，比那冉闵不知强多少倍，可惜臣投错了地方，如今才遇到了真正的明主。"但私下里却充满野心。

阳骛说："兵者，诡道也。高祖刘邦采纳了陈平之计，离间了项羽与范增。此计今亦可用。那吕护颇受王午恩宠，但却是奸诈势利之人。我们不如暗中派人招降，许以重位厚爵，引其反水，将王午杀之。”

慕容恪曰：“善。吕护投燕，可封抚远大将军。”阳骛便派弓箭手将慕容恪的劝降书射至在城墙巡视的吕护脚下。吕护见之，却拿给王午。待王午看后，以烛火烧掉。他说：“燕王欲离间王与臣，真是太小看臣对王的忠诚。此计休想得逞。”王午高兴，愈加信任吕护。

而吕护却另有打算。他见王午的部将秦兴，急欲立功，几次请求出城一拼，但王午却令之坚守不出。他便暗中挑拨，对秦兴说：“安国王何德何能，让我们兄弟来拥护他？当初就是他弃城而逃才让燕军攻占了蓟城和幽州，进而谋取了中原。现在又妒贤嫉能，怕你抢了战功，故意不让你出战。如杀之，我将拥兄继位安国王。”

秦兴乃心胸偏狭之人，果然暗生杀机。他趁王午夜宴酒醉，率兵闯入王午寝殿，一剑杀死王午，并宣布自己继任安国王。正在大殿试穿王服，以待明日登上王位，吕护忽然闯进，以谋乱之名将之绑缚，然后腰斩于街市，自称安国王。他将王午、秦兴的部下整合，封官晋爵，欲与燕军一战到底。

慕容恪通过城内安插的间人知道了城内变故。他没料到这吕护将计就计，竟自己取而代之登上王位。慕容恪无计可施，便驰马打猎。往城南不足十里，一条大河挡住了去路。此河名为滹沱。河水淼淼，碧波荡漾。他面朝河水沉思半天，又纵马回返，来回丈量距离。忽然高兴地对旁边的慕容垂说：“鲁口城指日可克。现在是万事俱备只欠一场大雨。”

慕容恪令士卒挖一水渠到鲁口城下。五日后一场大雨如期而至，滹沱河水势汹汹，自山而下，转石折树，水高丈余。慕容恪开闸放水，引滹沱之水浸泡城墙。不料河水汹涌，自城门灌入城中。城中守卒猝不及防，城门亦被冲开。慕容恪急令关闭闸门，大军乘机攻进城中。鲁口被克，吕护仓皇逃往野王。

鲁口之战告胜。至此，燕王慕容俊基本扫清了冉魏和赵国余部，占据了大半个中原。淮水以北基本成为燕之疆土。燕终于与东晋划江而治，分庭抗礼。慕容氏族入主中原的梦想终于在慕容俊这里化为现实。

且燕王改王为帝水到渠成，已成为燕朝野之大事。众臣接连上奏，奏章几天积成厚厚一沓。皆请求燕王称帝，不再向晋称臣。

众臣皆言：“燕之疆土已胜于晋，若不称帝，恐被天下人耻笑吾燕王不敢为帝耶。况那石虎、冉闵草王皆可称帝，吾燕王远比他们圣明，又如何不可？燕王应顺从天意速速登基，以诏天下。”

但慕容俊却将奏章扣住，一个不批，亦不表态。

封弈似乎猜到了他的心思：古往今来，又有哪个王不想称帝。只不过还要故意自谦，矫情一番，让下面给一个民间难违、不可推托的理由而已。

他就要铺上这个台阶。在一个早朝，他和阳骛便慷慨激昂地再次上表，要求燕王称帝：“帝者，生物之主，兴益之宗。其独断乾坤，决定国之命运与黎民之生死荣辱。吾王文韬武略，圣贤仁德。因石氏之衅，首图中原，燕士协其筹，冀马为其用，一战而平巨寇，再举而拔坚城，气耆傍邻，威加边服。今我大燕南至汝颖，东尽青齐，西抵崤黾，北守云中，已雄踞中原。如果不改王之称号，乃无以称成功，传后世。故吾王应当一生拥苍生入怀，以天下为己任，成为担国之重担者，万不可再夷由。”

阳骛亦附奏：“燕王称帝大可不必看晋之脸色。想吾慕容氏族三代向晋称臣，但晋又给予了我们什么呢？当年石虎三十万大军犯我，本希冀出手相助，但晋却按兵不动。燕王之位，当年也是迟迟不愿授予。挺进中原，剿灭冉魏，晋亦虎视眈眈，暗中授意赵魏之降将阻挡骚扰。晋可谓从未信任过吾慕容氏族，不过是当一枚棋子使用而已。今之江山皆我慕容氏子孙血洒大地所得，与晋何干？再说，入主中原，一统天下，也是先王之遗愿。只有称帝，才可名正言顺，扫清中原各方余孽顽寇，开创慕容氏族新的基业。”

慕容俊说：“此前先王称王时，晋就阻绊。今若称帝，定会与吾燕彻底决裂。若晋举兵讨伐又当如何？”

封弈说：“王不足虑也。晋穆帝年少，由司徒蔡谟与会稽王司马昱辅政。安西将军桓温灭成汉国，收复蜀地，威名大震。蔡谟、司马昱有所疑惧，招清谈名士殷浩参与朝政，专和桓温作对。因而朝中掣肘，很难融和。再者，虽晋统一了南方，其身国力依然羸弱，不过凭着长江天险，偏安江南。朝中之官，一方是南迁避难的中原士族，一方是南方大族，之间时常发生冲突，内乱频生。臣以为他们很难会在短时间内举兵讨伐。即使来战，我燕国国力雄厚，三十万燕军久历沙场，也丝毫不惧。”

慕容俊似有心宽，便又问慕容恪：“大司马有何见的？”

慕容恪稍略沉吟，然后说：“其实称帝与否亦各有利弊，还应遵从吾王之内心。称帝可以扬吾帝威、壮吾国势，令四方臣服，令万民振奋。但亦有弊矣，会过早暴露图谋，成为众矢之的，惹来众敌。国君亦易盲目自大，失去应有清醒，引来政失。石虎、冉闵、石祗皆受其累也。故古有贤君言‘缓称王、广蓄兵、多积粮’，就是韬光养晦，暗地积蓄力量，以待雄起之日，一鸣惊人。”

燕王听出了慕容恪的潜台词：此时还不至称帝之时，事情当缓。他亦想起了冉闵临刑前自己曾对他的教训：其误在于过早称帝。

他想，既然如此，那就再缓一缓，看一看。于是说：“大司马言之有理，眼下刚刚入主中原，四方尚未完全安定，朝中之事多如牛毛，称帝之事暂缓吧，亦告诉众臣不要就此上奏了。近来国事繁多，本王实在累了，也要歇息一下。”

当夜他夜宿蝶妃之处，将朝上之事说与她，然后问之：“爱妃以为如何？”蝶妃说：“处至急之事愈宜缓。大司马所言极是。奴婢读史，知每逢新帝登位前，必有祥瑞之兆预示天意。奴婢想，既然众臣和黎民皆一心拥戴我王登帝，自然亦是顺上天之意。上天有意，那祥瑞之兆定会来临。”

慕容儁将蝶妃拥入怀中：“还是爱妃所言爱听。”

七十一

半年之后。

一日朝上议事，燕王内急如厕，宣布暂时休息，其他大臣便四处走动，聊天说话。

阳骛忽然发现，在正阳殿的西椒房上，燕子竟筑了一个硕大的巢。再一仔细看，发现生下三只雏燕。更奇怪的是每个雏燕脖子上有竖立的白毛。

阳骛惊奇，对周围的大臣说：“很少见到燕子脖子上长有竖毛，难道是什么征兆？”

那位曾舌战燕国群臣的常炜，如今已是朝中的大司马，他说：“自然有其征兆。燕，亦是燕鸟。头上有毛冠，指大燕如龙腾般兴起，毛冠竖指通天是仕宦之冠的征象。在正阳殿西椒房筑巢，是至尊的君王亲临前殿使万国来朝的征象。三只雏燕，是应合了天地星三统的应验。”

阳骛啧啧称是，觉得言之有理。朝会重开，他和常炜马上报告了这件事情。慕容俊十分好奇，走下龙椅亲自察看，也感惊异，对常炜的话便半信半疑，但嘴上还是说：“燕子也飞入平常百姓家筑巢，且几只雏燕只是长相有异，说明不了什么，不必在意。”

又一日，凡城有人捕捉到一只怪鸟并献给燕王。这只鸟很是不同寻常，头若凤，身和爪若龙，且身上披有五色构成的图案，叫起来声音低沉粗犷，响震四方。朝堂之上，众臣称奇，皆言从未见过。皇甫真请来方士，方士说：“此为神鸟也。传说凤凰降生五胎，分别是赤色的朱雀、青色的青鸾、黄色的鹓鸰、白色的鸿鹄和紫色的鸑鷟。青鸾属风，朱雀属火，鹓鸰属光，鸿鹄属水，鸑鷟属电。五方神鸟，分别为东方发明，南方焦明，西方鹔鹴，北方幽昌，中央凤凰。神鸟五彩正应了这种征兆，指的是圣明的王朝将继承上天赐予的五行图谶符命来统辖天下。”

众臣听后，马上跪倒一片，皆呼：“上天有兆，请吾王顺天意而登帝位矣。”

慕容恪亦说：“上天既然一再传来征兆，看来为帝已是天意。一切皆有数，天意不可违。顺天意而行，方可使国家走向太平盛世。还请吾王思虑。”

慕容俊似有心动，但嘴上仍然说：“我原本属于大汉射猎之乡，遵从披散头发、衣襟朝左的风俗，历数的图谶符命难道有我的份儿吗？你们如果褒美推举我，贪求非分的愿望，这实在不是我所应听到的事情。”

又过了几日，早朝慕容俊刚坐至龙椅之上，封弈就迫不及待地说：“臣有要事要奏。”说毕手捧一锦匣当着众臣的面奉上。

他说：“此为传国玉玺，由那冉闵之妻董氏献出。邺城被攻破时，董氏将此玺缝于贴身宫女的棉袄之中，才未被那逃跑的大将军蒋干和晋之濮阳太守戴施掠去。故那蒋干和戴施无法交差，便以假玉玺蒙骗晋帝。冉闵之妻董氏本还幻想那冉魏东山再起，见吾王英明，一统中原，便彻底死了心。吾王仁慈，封冉闵为悼武天王，其子冉智为海宾侯。董氏感恩，又闻祥瑞之兆，便主动献之，言此玉玺现在应该回到圣明的君主那儿。”

其实玉玺之事是有意为之，只不过在群臣前面演一出戏而已。

在此之前，慕容俊曾召封弈、皇甫真商议。他说：“非本王执意辜负你们，称帝之事非同小可，弄不好亦是冒天下之大不韪。仅有征兆不可，尚需一个名分。要是那传国玉玺在本王手上，那就再名正言顺不过了。”

封弈说：“此玉玺几次失而复得，早已真假难辨。西晋亡，此宝落入赵，后又为冉闵所得。现在此玺已被冉闵之妻董氏所毁，真假更是无从考定。东晋在建邺复朝之初，晋文帝司马睿便私刻之，声称玉玺在此。再说，这冉闵所藏之玉玺，是真是假，亦未曾可知。吾王何不效仿晋文帝，亦私刻一枚，就说攻克邺城后，由那冉闵之妻董氏所奉，并封董氏为奉玺君。天下之人又有谁知道吾王之玉玺不是真的呢。如以后再迁都于邺城，则吾王为帝更名正言顺矣。”

慕容儁欣然应允。封弈便根据传说的样子，找来工匠仿之，用一块上好玉石，三日内雕刻成现在呈送的传国玉玺。还故意摔坏一角，以黄金镶嵌之。

封弈、慕容恪、皇甫真等大臣皆说：“天象运行所显的运数已全在吾王身上应验，请吾王速速称帝，不可再延宕，以违天意。”

慕容儁大喜。说：“善，既然传国玉玺失而复得，归到本王手中，看来称帝已是天意。本王只可顺之。”

慕容儁稍一沉吟，又说：“臣子之心可鉴，不知民意如何。”

皇甫真说：“大王一统天下，吾燕的子民又有谁不额手相庆呢。臣随大将军慕容评攻入邺城后，在冉闵的宫内曾偶得到一物。那是石虎派人去华山求签，得到的一块玉版。上面写道：‘申酉之年，不绝如线。壬子之年，真人显现。’求签的典籍官没有敢呈给冉闵。我想，该是出示此物，并大白于天下的时候了。如是，所有燕人，包括原属冉魏的子民，都认为这是吾王称帝之应兆。”

这皇甫真与广威将军慕容军、殿中将军慕舆根等人攻克邺城后，不爱任何珍宝财物，只收集图书典籍而已，没想到偶得这一玉版，并在以后派上了大用场。

慕容儁说：“国相和太尉两位老臣用心矣，本王当谢之。”

高诩建言说：“大燕接受天命，上承北方之帝黑精之君，命运传承相连，取代晋执掌天下，应该实行夏的历法，用周的冠冕，旗帜崇尚黑色，祭祀用牲应为玄黑色。”

慕容俊又说："善。一切准奏。国相封弈和大司马慕容恪，以及太尉皇甫真、尚书令阳骛一起，即刻筹备登基典礼。"

称帝之事终于尘埃落定。

公元352年，慕容俊正式称帝。大赦境内囚犯，建年号为元玺，设置百官。任封弈为太尉，慕容恪为侍中，阳骛为尚书令，皇甫真为尚书左仆射，张希为尚书右仆射，宋活为中书监，韩恒为中书令，其余官员封官授职各有等级。追尊祖父慕容廆为高祖武宣皇帝，父亲慕容皝为太祖文明皇帝。冉闵之妻董氏因献玺有功，被赐予"奉玺君"之号。同时改革政制，改置司州为中州，设置司隶校尉。

随从他的文官武将、各藩属国的使臣中参加登基仪式的人，都升官位三级。参加廉台之战、鲁口之战，以及攻取蓟城、中山、邺城的将士皆有不同的赏赐。阵亡之将士，将军加赠二等，士卒则免除子孙的赋税。殿中旧时的臣吏都根据才能提拔叙用。

还立妻子可足浑氏为皇后，世子慕容晔为皇太子。

闻燕王称帝，晋穆帝大怒，速派使者前来阻止。慕容俊对使者说："汝回去告诉你们的天子，我承担了百姓的困苦，被大燕的臣民推举，已经称帝了。"

七十二

几年之后，慕容俊将都城迁至邺城。燕帝慕容俊终于住进了石虎扩建的豪华宫殿，亦正式过上了帝王的日子。

一切都在变化。随着后宫更多佳丽的出现，他对蝶妃也不如以前那般深爱了。

慕容俊喜欢她的歌舞、美貌，亦喜欢她的聪明、文采。而且更重要的，蝶妃对他来说不仅仅是妃子，还是一位良师益友。朝中大事，慕容俊多与她商量。而这些却是皇后可足浑氏所不具备的。可足浑氏无日不担心皇后之位旁落。她使尽全部精力，四处为皇帝选择蝶妃的替代品，或擅歌舞、或擅诗赋、或貌美惊人的女子填入后宫。皇帝不断尝到新鲜女人的滋味。久而久之，蝶妃对皇帝来说，就愈发变得不那么重要了。

这可足浑氏皇后，长得并不美丽。但非等闲女子，善解人意，且富有心计和手段。她是慕容俊的第一个妻子，过去因出身一般，被人瞧不起，多年与皇族贵戚关系不睦。因生有慕容晔、慕容暐二子，方得慕容俊宠爱。慕容俊登帝位后，她由王后晋升为皇后，从此不再隐忍，颐指气使。

但蝶妃却乐于此。她不争宠，更不怕寂寞。每日读书赋诗，习惯了这种平常的日子。只有皇帝因朝中大事找她议论时，才偶尔被宠幸。他们变得更像是一种知己的关系，彼此相敬如宾。

在她心里，大司马慕容恪的影子永远难以割舍。

但是，久而不孕的她，却忽然传出了怀孕的消息。而且据太医所诊，应该是个皇子。慕容俊心中欣喜，又格外关注起蝶妃来。每日下朝，几乎都先奔至蝶妃的寝宫。

可足浑氏与御医魏彬密谋："蝶妃颇有谋略，擅理朝政。皇帝因此格外宠幸，朝中每遇大事多与她商量。现在又怀有子嗣，将来生下来皇子，定会悉心传授其治国之术。待皇帝昏老之时，母子齐心，架空皇帝，左右朝政，也是说不定的事情。如此，则太子和哀家之位不保矣。女人怀孕，本身危险很大。不如在临盆之前，乘机毒死蝶妃。事成之后，哀家举荐汝为黄门令，掌管宫中所有事务。"

魏彬却说："恐怕不妥。蝶妃所吃之药，皆要由全部御医检视，还要命内侍先尝。"

可足浑氏说："我会一一跟他们交代，汝只要做自己的事情便可。"

魏彬沉思很久，说："愿为皇后效犬马之劳。不过，如果出事，皇后一定要为奴才担待。"

魏彬捣碎毒药掺入附子，带进蝶妃府。他悄悄取出附子，掺到御医专门制作的安胎丸药中，正准备让内侍给蝶妃服下。蝶妃却叫住他，令内侍从书架上拿下了一摞书。她说："我爱读史，常令人至民间搜罗奇书，正好寻到了几本难得的医书，今送与御医，以感谢对我的精心照拂。"

魏彬一看，有王叔和的《脉经》《论病》，还有葛洪的《肘后备急方》。此二人皆东晋最为盛名的医者。这些医书世上少存，万金难寻，正是医者梦寐以求的宝贝。魏彬急忙跪下拜谢。

他似乎有些良心发现，借故安胎丸略有潮湿，需要焙干，将放有毒药的药丸拿至药房，将药丸中的毒药换成麝香，再让蝶妃服下。没过多久，蝶妃腹痛，汗透亵衣说：“我感到腹中不适，莫非所服之药有差池？”魏彬说：“药是所有御医共同讨论后才开的方子，绝没有差错。”至半夜，蝶妃腹痛厉害，几次昏厥。接着突然大流产，血崩不止，浸满卧榻。蝶妃奄奄一息。御医全部赶到，马上会诊，为蝶妃急服止血药。至凌晨时分，血才止住。蝶妃从鬼门关得以逃脱。

慕容俊闻后大怒，将御医魏彬和所有内侍关入大牢，予以严审。魏彬坚不吐实，否认用错药。皇后可足浑氏去见燕帝为之求情：“陛下息怒，女人生孩子流产也是常有的事。奴家已调查清楚，御医和内侍在这件事上皆没有错误，还是放了他们吧。”

慕容俊说：“放了亦可，每人杖责三十。”

蝶妃绝顶聪明，自然知道此事必是皇后暗中谋划。自此，每至皇帝找她商议朝中政事，她便借口身体虚弱，以及患了头晕症而推辞。她更加双耳不闻窗外事，一心只读圣贤书。

蝶妃平素却与慕容垂的夫人段氏相投。那段氏不仅美貌，且出身显贵。父亲段末丕，在世时为段部鲜卑的大单于。当年也是和亲，慕容皝与段末丕俩人为慕容垂定下这门亲事。听闻流产，段夫人进宫探望。

蝶妃向段氏述说了自己的遭遇和怀疑。那段氏素与皇后可足浑氏不和，听了蝶妃所述，亦为蝶妃不平。她说：“那皇后素来跋扈，心毒如蝎，姐姐何不向陛下告发皇后，将之废黜？那皇后之位也许就是姐姐来坐了。”

蝶妃却说：“后宫皆被皇后掌控，纵使告发也会不了了之。再说，我也不想当那皇后。要怪只怪命苦矣。”

姐妹说了一会儿话，段夫人就告辞了。回去之后，便将此事告诉了丈夫慕容垂。慕容垂知道慕容恪心中一直对蝶妃放心不下，马上骑马去了大司马府，全部述予慕容恪听。慕容恪沉默不语，俄顷才喃喃而语：“亦是我害苦了她。”

他后悔当初不听蝶妃所言，若那一晚将之纳为妾，也就没有现在的事。慕容垂劝他将皇后的阴谋告于皇帝，慕容恪却说：“蝶妃已是陛下的人了，此为皇帝的家事。我若搅于其中，皇帝定会疑心，我恐怕跳进黄河亦洗不清了。”

那一夜，他痛苦难眠，挥笔写下：“恨人神之道殊兮，怨盛年之莫当。抗罗袂以掩涕兮，泪流襟之浪浪。悼良会之永绝兮，哀一逝而异乡。无微情以效爱兮，献江南之明珰。虽潜处于太阴，长寄心于君王。”那是他们共同喜欢的《洛神赋》中的篇章。第二日，他将此书和最名贵的高丽参、上等当归鹿茸，一齐让慕容垂带回家，由其妻段氏悄悄转交蝶妃。

蝶妃收之，泪流满面。她自然明白那篇章中的含义。

七十三

自此，慕容俊便将兴趣和注意力从蝶妃移到太子身上。

那太子慕容暐乃燕帝的嫡长子，年方十五，深得慕容俊喜爱。他性情温和，熟读经学，且十分聪慧。

立其为太子之前，慕容俊曾问慕容暐的老师李绩：“朕此子有何优点？”

李绩说：“太子殿下大德有八，至孝，聪敏，沉毅，疾谀喜直，好学，多艺，谦恭，好施。将来历练之后，定会与陛下一样，成为一代圣君。”

但慕容俊的内心深处却始终有一丝丝不安。

作为慕容氏的第三代、或曰第四代接班人，和父辈相比，太子所缺少的是戎马生涯。且慕容暐虽聪慧好学，却不喜武艺，尤不擅骑马射箭。慕容氏族从不缺少君王之才，眼下这慕容恪、慕容垂还有慕容评、慕舆根皆武艺高强、功高盖世，又敢说哪一个不做皇帝梦呢？先祖慕容廆去世后，慕容翰、慕容昭、慕容仁与太子慕容皝争位相残的过去历历在目。他常常担心这一幕在其身后重演。

这成了他的心病。与最信任的心腹皇甫真讨论此事，皇甫真说：“依臣之见，慕容评、慕舆根颇似当年的慕容仁、慕容昭，心似有狭隘，德行略逊，恐难以为君。慕容恪、慕容垂能征善战，文武兼备，确有君王之才。而其中慕容垂更似当年的慕容翰，虽才德服人，却少了些持重。只有慕容恪，才德至高，心若止水，既可为君，亦可为辅，为慕容氏几代难得之人。”

虽表面平静，但这话却深深刺痛了慕容俊的内心。与他的感觉一样，他死后最不放心的人，也是对太子构成威胁最大的人，恰恰就是这慕容恪、慕容垂。

他因此在暗中不断扩大慕容评、慕舆根的实力，以制约抗衡慕容恪和慕容垂。他令慕舆根都督秦、雍、益、梁、江、扬、荆、徐、兖、豫十州河南诸军事，暂时镇守洛水。而派慕容恪、慕容尘和阳骛领兵去讨伐段龛，慕容垂、慕容虔、平熙去讨伐丁零敕勒。慕容评官至太傅，总理朝内事务，逐渐取代年老的国相封弈，协助他和太子处理国内军政大事。

远离皇城，且各自一方，也许是避免他们彼此形成更大势力的巧妙之法，也是对年弱太子最好的保护。

他在朝上对众臣言："吾燕国内部基本太平，外又有大将讨敌镇守，朕累了半辈子，现在想歇息了。以后日常军政事务皆由太子处理，事关重大军机方可奏朕。"

他要让慕容暐尽早参与政事，得到历练。

一日，慕容俊传太子到宫中后花园。慕容暐赶到后，看父亲正修剪一棵大树。他用刀斧将旁枝砍下，只留中间的主干。慕容暐帮忙将砍下的树枝拖曳一旁。

干完了，父子俩在旁边的亭子中休息喝茶。慕容俊故意问之："朕将慕容恪、慕容垂、慕舆根、阳骛皆派至边境，平复叛乱，抵御外敌，而让汝临政，可知为何？"

慕容暐说："儿知父之心意。自先祖以来，燕主皆经历磨难，四处拼杀，费心劳神，才得今天下。而儿臣生于富贵，锦衣肉食，要想将来接掌天下，必须学习练达。将叔伯们调离都城，就如刚才修剪树木，防止旁枝压过主干，以避免他们结势成盟，为儿臣将来铺平道路，创造历练之机。"

燕帝十分满意。又问："如果他们真的有了异心，汝又如何对付？"

慕容暐说："以德争取他们，以礼约束他们，若无效则削职革爵，甚至兴兵讨伐他们。"

燕帝十分高兴。他谆谆告诫说："朕要汝每日和群臣见面，听断和批阅各臣各司奏报，就是要汝学习如何当好这个皇帝。上有尧舜之君，下有尧舜之民。汝当记住为君五要：一是做仁德之君，不可施暴政。二是做明察之君，不可被奸佞所惑。三是做勤勉之君，不可须臾懈怠。四是做善断之君，不可优柔寡断。五是做宽容之君，不可心胸狭隘。朕做君主以来，从未偷过懒，一切事务，唯恐处理得不当，有负上天之托。要像朕这样，方可保济天下矣。”

太子慕容晔说：“谨遵父王教诲。儿臣还要比父王勤勉几倍才行。”

燕帝还让慕容晔到廷尉府亲自断案，每日将断案之事向他报告。

一日，邯郸报来妻杀夫一案。当地官衙判决成立，将妻押入死牢。妻之长兄告到廷尉府，大呼冤枉。慕容晔细察，觉得似有纰漏，便缉拿犯人的邻居婢仆加以审讯。果然妻不是凶手。案中抱病多年的丈夫死于庸医的误诊，婆婆素恨儿媳，便力证子为其所杀。燕帝听了大加赞许：“刑法不可不慎矣，太子仁德明断，朕可无忧。”

又一日，都城护卫巡逻中捉到一伙盗贼，其中一人申述冤枉。廷尉府的廷尉说：“明明看到你手中拿着珠宝等赃物又何言冤枉？杖击三十。”慕容晔却阻止行刑。再仔细审问，果然冤枉。此人竟是一财主家的儿子。五个盗贼偷了财宝，还劫其为人质。见巡防护卫追到，急将所盗财宝的包袱交与他背。燕帝闻之，十分奇怪。他问太子：“汝如何辨出此人不是盗贼？”慕容晔答之：“《周礼》中就有以五声听狱讼。一曰辞听，二曰色听，三曰气听，四曰耳听，五曰目听。观其颜色，不直则赧然。《尚书》中也有简孚有众，惟貌有稽之说。此人一看就是忠厚老实之相，自然不是盗贼。”燕帝便说：“断狱者不可不读书矣。”

燕帝慕容俊愈发宠爱太子，而太子慕容晔愈加努力勤政。

但太子与慕容评却因此生隙。慕容晔审理刑司，将太傅慕容评审定的诸多案子推倒，为重判的罪犯减刑。慕容评不悦，说：“太子仁慈，但作为当政者还须以猛治国，刑用重典，方能惩戒不法之徒。”

太子却说：“我不觉太傅言之有礼。立国之道，仁厚为本。法不过是辅助，还是要慎用重刑。”

两人常常争得面红耳赤。慕容评对太子积怨渐深。

公元356年的春天。太子自南部巡察回到蓟城，就已染病卧床。御医诊之为瘵病，服药后身体时好时坏。慕容评闻此病难以彻底治愈，便心存二心。他此时还领受皇命，担任二皇子慕容暐的老师。便以此为托辞，故意将朝中诸多事务交于太子办理。太子日理万机，每夜时常至子时方可休息，病情不断加重。

白天不至，每至夜晚慕容评却进宫陪伴太子处理公务。他在太子劳累不支时便奉上一杯绿茶，说：“此香茗乃产自巴子国，是臣下特意从千里之外为殿下弄来的，为时下最好之茶，故提神颇快。”

太子慕容晔说：“感谢太傅，有了这香茗，我就能帮父王多做些事情。”

而慕容评实际是为了偷偷往太子的茶中放一种名为五石散的药剂。此物由三国时曹操养子何晏发明，据说服后不仅能治病，还能让人觉得神明开朗。太子于是更加不知困倦。

带病理政，更致身体倦乏，亦加重了病疾的进程。一日半夜，他咳血不止，以至吐了满殿的血，竟昏厥在宏光殿中。

已升为御医总管的魏彬带着所有御医急忙赶至，在宏光殿中就地诊治。服药后，太子不再咳血。魏彬无意发现了案头太子喝剩下的那杯茶。他用鼻子嗅了嗅，顿时大惊，悄悄将剩余茶水倒入一手巾，藏在了袖筒。

内侍急忙将太子送至东宫，燕帝闻讯也连忙前往探望。

见父前来探望，慕容晔勉强起身说：“儿臣不孝，惊扰了父皇。父皇放心，儿臣谨记五要，定不负父皇之嘱，尽心学习理政。”

慕容俊心中一热。他说：“自今日起，太子休息，待御医准后再理朝政。”

孰料，第二日午后，太子慕容晔突然抽搐了几下，然后离世，年仅十六岁。

慕容俊闻知，握着太子的手，痛哭不已。他命皇甫真将御医总管魏彬押至，厉声问之：“太子之病如此之重，为何不报告，亦不劝止，以至还让太子昼夜理政。”

魏彬这才将那手巾拿出，说有人偷偷为太子提供了五石散服用。且这五石散与瘵病正好相克，服用只会加剧疾患进程。燕帝大惊，命皇甫真立即缉拿当夜服侍太子的侍者，还未到后宫内侍居住之处，就传来那内侍在后花园上吊自杀。

燕帝将慕容评召来。他问道：“难道宫中有人试图谋害太子乎？”

慕容评表现得无比悲痛。他哽咽着说：“据臣了解，太子时刻不忘皇帝激励和爱宠，怀揣志向，披肝沥胆，夜以继日，就想多为皇帝分担。这五石散可以提神，恐怕是太子为了夜晚批阅奏折和处理政务不困倦而自服矣。太子如此之贤德，众人仰之，又有谁会无端加害。”

燕帝慕容俊想了想，慕容评所言亦是。慕容恪、慕容垂、慕舆根皆被派至距离都城很远的地方讨伐敌人，纵使他们想害太子也没有机会。他泣然泪下，喃喃而语："看来倒是朕害了太子。"

慕容评说："但那御医总管魏彬和服侍太子的内侍皆有难辞之咎，应抓起来全部处死。"

燕帝恨恨地说："准奏。"

慕容俊自此陷入丧子的极度悲哀和痛苦之中。他得了一场大病，浑身乏力，食欲皆无，虚热盗汗。待当他身体复原之后，头发胡须都白了。

慕容评心中窃喜。他终于借机除掉了太子，且做得天衣无缝。他立刻联合皇后可足浑氏向燕帝奏请新立嫡二子，即年仅六岁的慕容暐为太子。这慕容暐亦是自己的学生。未料，慕容俊还未从悲伤中走出来，竟气愤地说："太子刚薨，暐儿太小，朕不准。此后亦不准再提立太子之事。"

七十四

太子离世之时，慕容恪、阳骛正领兵讨伐段龛。

这段龛乃段兰的儿子。当年段兰被宇文逸豆归押至石虎的赵国，石虎不仅没有杀段兰，反而命其率领原来的部众五千人，回到故都令支屯驻。段兰在令支终老去世，由其子段龛接管部众。

段龛性格勇猛鲁莽，颇似他的父亲。但其部下，有一名贤者，名叫辟闾蔚。此人曾是赵国石虎朝中的司马，段兰羁绊赵时所识。段兰对其十分仰慕，赵亡后，便邀请至令支。他熟读经书，颇有仁德，帮段兰拓展疆土，广揽人才，发展农耕，是难得的辅佐之才。段兰临死特意将之托付于段龛，还告诫段龛十年内不能与燕为敌，否则必亡矣。辟闾蔚帮段龛趁冉闵之乱，集聚三万军力，开拓黄河以东大片土地，屯兵广固，建立齐国。还亲自作为段龛的使者出使东晋建邺，主动称臣，向晋穆王献上宝物，以求以晋为齐国后盾。

在他周旋下，东晋同意封段龛为齐王，授鲁国公。

段龛十分高兴，便以齐王自居，号令众下。他由此睥睨天下，并不把燕国放在眼里，不仅公开与燕为敌，还派兵不断侵扰燕国边境。

一日他与群臣共宴，一边啃着羊腿，一边对部下说：“想那步摇小儿，竟也敢称帝。本王明日就派兵剿灭之。”宴毕，竟真要集结军队，向邺城开拔。

辟闾蔚却坚决反对与燕为敌。他说：“齐王难道忘记了先王临终的嘱咐了吗？臣知齐王与慕容氏有亡国之仇，但现在燕国正值强盛之际，连冉闵都被他们打败了。齐王应学勾践卧薪尝胆，励精图治，扩充疆土，等待时机。待国家强大到足以与燕相抗时，再雪耻不迟。”

其弟段罴骁勇而有智谋。他赞同辟闾蔚的主张，亦阻止说：“今之慕容氏疆土超过了东晋，号称拥军三十万。齐不是其对手，望兄不可盲动。”

段龛又说：“那本王就派使者先给慕容俊送封信，由王友辟闾蔚来草就，羞辱一下这步摇贼儿。”

辟闾蔚坚辞。他说：“如果修书，于王来说徒泄个人私愤而已，于国来说无异于灭顶之灾。那燕王慕容俊登帝不久，心高气盛，见信后定会派兵来伐。我们何必自寻祸端？”

段龛不悦：“慕容氏贼只是虚张声势而已，不会有胆量来攻打吾齐国。倘若敢来，我有几万大军和坚固城池，又奈我如何。”

辟闾蔚见劝说无益，便告病不出。他对其他大臣私下说：“吾王乃孺子也，岂可凭恃意气？齐将亡矣。”

几日后，段龛果然派人给燕帝慕容俊送去一封檄文。文中说：“慕容廆不过是朝廷所封部落单于，过去还卑鄙地打着为朝廷扫平谋逆的旗号，四处征讨掠夺，灭我段部。今其子孙竟僭越逾礼，称王为帝，其何德何能？不过如沐猴而冠，不知廉耻，自取其辱。尔等稍候，吾将替朝廷行道，联合天下之士共讨逆贼，将步摇小儿赶回辽东。”

段罴闻知此文，亦捶胸顿足，仰天长叹。他说：“今齐国羽翼未丰，与燕为敌，自不量力。王友辟闾蔚所言亡国之大祸将至矣。”

果然，慕容俊见信后大怒，立斩来使，派慕容恪、阳骛即刻领兵讨伐，定将段龛人头带回。

燕军五万大军向齐国开拔。段龛闻之，心中虽怯，但表面仍装出一副不放在眼里的样子。段罴建议齐王段龛，齐国大军应在黄河设伏，并将黄河沿岸所有船只收缴烧毁，把燕军挡在黄河对岸。因为燕军一旦过河，就会对广固城形成包围之势，到那时齐军就会陷于被动。

段龛却说："本王就是让燕贼放马过来，在我齐国境内将之歼灭。"

燕军轻易推进至黄河北岸。慕容恪惊异对方既无伏兵，亦无防守。他怕有诈，但先以轻舟渡河，试探虚实。但仍无阻击。大军安然渡河，对岸亦无一卒迎击。慕容恪对阳骛说："段龛有勇无谋也。我要是他，一是毁掉渡口和船只，二是对岸设伏，三是可在我大军靠近河岸时掘堤放水。敌众我寡，三计皆施，定将我军挡在黄河对岸。如此天险弃而不用，恃强逞能，又缘何有资格统领三军？"

燕军全部渡过黄河，距广固不足百里。段龛这才率军三万前来迎战。燕军装备精良，且皆是与冉闵作战之师，勇猛无比。仅战一日，段龛便大败。右长史袁范被斩，数千名士卒投降燕军。段龛逃回广固，闭城固守。

此时段龛方知燕军和慕容恪的厉害。遂派人向东晋求援。东晋派离广固最近的徐州刺史荀羡率军前往解围。荀羡行至琅琊，竟畏惧燕军不进。

段龛无计可施，决定死守广固城。而其弟段罴却颇有微词，他要求主动出击，乘夜率一支队伍悄悄出城袭击燕军后方大营和军粮。段龛勉强答应。孰料，燕军早就防备，段罴偷袭失败，差一点将性命丢掉，只带十几人回城。慕容恪见状，令燕军在广固城外四周挖出一道深八尺、宽一丈二的壕沟，登时一道天堑出现在了广固城外。

段龛见状更迁怒于段罴："汝成事不足败事有余，现将我齐陷入绝境，复何言哉？特革去大将军之职，速回家思过。"

段罴却说："将齐陷入绝境者岂能是我？说到底还不是王兄自己。如在黄河设伏，阻敌于外，何有今日之窘境？王兄只需固守，让我率一支精锐再次出城与之死拼。如能告捷，王可以驰马追击；如败，可马上出城请求投降。如斯，也不失千户侯之身份。"

段龛闻之大怒："本王与燕有世仇。今未分胜负却言降敌，乃动摇军心矣。再胡言，定斩不饶。"

而段罴却言："与其困死，不如战死。王兄不可一错再错，毁了段氏复兴之业。"说罢，披戴盔甲，执意要求出兵，而一些将领也随之附和。双方僵持半天，段龛突然从王座上下来，从侍卫腰间拔出剑，竟一剑刺向段罴，怒言："再有不听将令者，同此下场。"

段罴猝不及防，被刺身亡。众臣大惊，再无言者。

七十五

慕容恪这一次包围广固，只围不攻。

军帐之中，诸将领劝他速战速决。慕容恪却不着急，他说："与敌战，有时须急，贵在神速；有时须缓，等待时机。如敌我势均力敌，且有强大后援，为避免腹背受敌，须急速进攻，占据优势。如我强敌弱，且敌无外来援军，就可以守代攻，牢牢控制，等待他们困乏或内乱。兵法上有十围五攻之说，便是如此。段龛善于笼络，其属下亦多善战之将，并非一盘散沙。此前之所以败，并非他们兵力不强，而是兵术谬也。现在固守天险，上下同心，攻守都会力量倍增。如我急攻，不过数日，定可以攻克，但亦会令我士卒付出更大伤亡代价。"

阳骛说："属下闻，激水之疾，至于漂石者，势也。鸷鸟之疾，至于毁折者，节也。是故善战者，其势险，其节短；势如弩，节如发机。过分仁慈和爱兵，有时会成为累赘，贻误宝贵战机。大都督应一鼓作气。"

慕容恪却说："慈亦可掌兵。爱惜士兵，士兵才会感念将帅之德，于胜败关键之时奋起一搏，不惜赴死。我自廉台之战以来，深为连环马计而自责。梦中常现那些士卒组成血肉之墙，任人杀戮的惨状。为此，我便常常无法安眠。兵为战之本，作为将领，还是要珍视士卒性命。我反复虑之，此役还是以持久之策来取胜最佳。"

阳骛和诸将都被感动。阳骛说："还是大司马看得更远，我们就且将这段氏灯油熬干枯便是。"于是筑造房屋，屯田耕种，将壕沟挖得更深。连砍柴的小路也都被切断，用来缩小包围圈。段龛辖境内的人争先恐后地运来粮食送给燕军。而段龛环城自守，城中所储之粮殆尽。

慕容恪的壕沟沿城墙南东西三面联通，只是北面未全面挖开，中间留下了一里多。就是为城里突围特意准备的。时至元宵，慕容恪故意撤去壕沟四周的士卒。并大摆宴席庆贺节日，许多士卒喝得酩酊大醉。一些士卒还走出军营，与城外百姓一起赏灯。段龛见燕军松懈，便要趁此突围。入夜，段龛悄悄打开北城门，集结全部兵力出城。刚至城北树林中，就被慕容恪伏军包围。段龛拼命一搏，才得以逃回城内，其余士卒全部覆没。段龛其弟段钦，以及众家眷皆被杀。燕军让一俘虏将段钦人头送至城里，城中诸将士皆惊恐万分，全无固守的斗志。

几日后，段龛将两手反绑于身后出城投降。慕容恪终以最小代价攻克广固城。

慕容恪早听说段龛手下有贤士辟闾蔚，官拜王友。他求贤若渴，想收为己用，便派人四处去寻找。孰料找到后，辟闾蔚已亡。他听闻段龛降燕，竟在家悬梁自尽了。慕容恪唏嘘不止，他说："这辟闾蔚明珠暗投，以德报怨，宁为齐死，真名士也。"

因燕帝慕容儁曾当朝宣布要那段龛的人头，慕容恪欲杀段龛。当夜，住在齐王府中的慕容恪正在写奉章，忽然侍卫拿着一枚碧绿的虎形玉佩禀告说："门口有一僧人求见，说大司马见到信物定会召见。"慕容恪看见那玉佩刻有建威两字，便说："快请进来吧。"

那玉佩是建威将军慕容翰留下的遗物。慕容恪自小就听说过，祖父慕容廆曾给每个儿子一枚虎形玉佩，并刻上所授将军号名。他亦见过父亲，即燕王慕容皝的虎形玉佩，因其被授为平东将军，故其虎形玉佩上刻的是平东两字。由此，他知道来的人定是段慧。

段慧步入室内，正要向慕容恪行礼，却被拦住了。慕容恪说："婶娘不必，多年不见，一向可好？"

段慧剃发归佛，但眉宇间依然那样美丽。她说："我已出家，早已担不住如此敬尊，就称出家人吧。今为了段龛侄儿特向大司马求情。看在我和建威将军的薄面，可否饶其一命？当初我和兄段兰皆嘱其不要与燕作对，就是不听，以落今日田地。如其处死，段氏则无后嗣矣。"

慕容恪允之，令属下将段龛押解至邺城。

段龛士卒中投降的有数千人。慕容恪抚慰安定其民众，留下镇南将军慕容尘镇守广固城凯旋。

慕容儁欲杀段龛。慕容恪说："段龛已降，如杀降将，有碍燕帝之仁德。还是安抚，令其为吾燕效力吧。"慕容儁听之，任其为伏顺将军。但几年之后，段龛终因谋反被杀。

而慕容垂也出师大捷。他和慕容虔与护军平熙等人率领五万步卒骑兵到塞北地区讨伐丁零敕勒，大败敌方，斩杀俘获共十余万人，缴获十三万匹马，牛羊不计其数。

慕容俊大喜，方从痛失太子的悲伤中走出来。朝会之上，他对慕容恪和慕容垂及众将领皆一一封赏。慕容恪被封之为太原王，慕容垂被封之为吴王。

朝上，众臣皆借机广唱赞歌，纷纷鼓吹燕帝之英明。但赞歌多了，亦觉乏味。

此时，大司马常炜之谏便颇为引人注目。他滔滔不绝地说："吾燕虽改换朝代创建制度，但朝廷考核选拔人才之策，却因循汉晋的做法。如不能为祖父和父亲殓尸下葬之人，不许在吾清明的朝廷跻身为官。这虽是王道教化之原则，但也非不可更改。礼法和制度贵在适时势，每一朝代皆有增删，故汉高祖率兵入咸阳时约法三章，而秦人安定。自近来中原战乱，连年战事，有时遭遇城池沦陷，全军覆灭之灾祸。军队士卒也常被坑埋水淹。故家中仅剩下孤苦伶仃之儿孙者，十有八九。另秦、燕、晋各割据一方，父子常处在不同的邦域，存亡吉凶的音讯杳然如隔天外。故有时孝子不能奔丧也是无奈之事。纵使粉身碎骨也无补益，肝肠寸断也挽救不能。而因此满腹才华而无处施展，一身才智却不能列于官位，实在是痛惜，恐怕不利于明察荐举出身微陋之栋梁，也不符尽揽当代贤才的用人之道。臣窃认为不甚安妥。"

常炜敢为直言，甚至常有冲撞之举，但慕容俊却十分宽宥。

慕容评嘴角撇了撇。他老谋深算，自然清楚这谏言背后竟是对着他而来。

慕容垂在此次讨伐丁零敕勒中，身边有一名为高弼的随从，屡屡献计，为慕容垂得胜立下了功劳。此人曾在晋做官，颇有学问。慕容垂欲为之封官，但被太傅慕容评驳回，理由是因战乱未能为父奔丧。慕容垂便将高弼引见给慕容恪，慕容恪与之畅谈，亦认为是大才。他便找到常炜，意欲让他来谏言。常炜素来仰慕大司马慕容恪，欣然应之。

慕容评慑于慕容恪的威名，并不敢与之作对，但心中并不服气，而于慕容垂更是心存嫉妒。他自然不能眼睁睁让对方势力做大。他说："大司马常炜所言不妥。舜二十岁以孝闻名。汉以孝治天下，孝廉是选官之科目。朝廷考核选拔人才入仕参政，就是为了治世化民，若空占官位而无化民之德，那即是尸位素餐，民亦不服。”

慕容评虽亦有学问，但论道却远非常炜的对手。常炜说：“太傅此言不敢苟同。汉代的确在选拔人才时有孝廉之说。当时选才，一曰秀才，二乃孝廉。秀才须对儒家经典有一定造诣，而孝廉则只要孝道即可。故东汉中后，以秀才出仕之人甚少，导致朝廷人才不足。让一个目不识丁的人做了官，岂不误事乎？孔子曰，今之孝者，是谓能养。至于犬马，皆能有养。不敬，何以别乎？孝养不止于形式，更在乎内容，心中要急父母之所急，想父母之所想。故单以能否为父奔丧而论德行，不亦大谬乎？”

慕容俊不明就里，只是见之急论，心中好笑。他打圆场说：“廷尉监是德高望重的大儒，精通《论语》《尚书》，朕细察之所述，值得采纳。廊庙之材盖非一木之枝，粹白之裘盖非一狐之皮。现在天下尚未安宁，丧乱还未平息，国家远未强大，正值广揽人才的时候，不可能才能和品行兼备。暂且除去此规，到天下统一后再重新商议。”

慕容垂忙说：“陛下英明，此规将诸多可用之才拒之燕朝门外。臣门下有一名高弼的汉士，在讨伐丁零敕勒中立下大功，却因战乱未能为父奔丧而无缘封官晋爵。还请皇帝开恩予以提携。”

说罢便将高弼功劳簿奏上。

慕容俊方才觉得好似一切皆预先设计好似的，心中掠过一丝不安。无奈，只好点头。高弼被封为吴国典书令，郎中令，辅助吴王。孰知，这高弼却为他带来了弥天祸端。

七十六

燕帝慕容俊自从慕容垂举荐高弼那次朝会以后，心中不安，几次夜里失眠。他不放心的还不是前台的慕容垂，而是后台的慕容恪。他清楚，高弼一事必是慕容恪从中运作或出谋划策。慕容垂是请不动常炜来为他说辞的。他感到了慕容恪及身后的力量。这位庶出的兄弟才是对他的子嗣能否在他死后顺利继承帝位最大的威胁。

还有一件事令其不快。皇后可足浑氏买通了蝶妃身边的内侍，并由其得知，蝶妃小产后，慕容恪曾让慕容垂之妻段氏偷偷捎给蝶妃高丽参、当归等补品。皇后便将此事密告于他。他知后，心中更加猜疑。那慕容恪当初亦心仪蝶妃，是自己夺人所爱。他想，慕容恪难道不会因此对自己产生怨恨而生二心吗？

他将阳骛召至寝宫闲议。

这阳骛字士秋，亦是他最信任的大臣。此人仁德正直，文武兼备，不擅张扬。且生活非常简朴，朝中重臣仅他一人乘弊车瘠马。慕容皝活着的时候，就曾对慕容儁说："阳士秋忠心耿耿，很有才干，可托付大事，你要好好待他。"

他对阳骛说："阳公乃朕最信任之臣，今召来就是说说闲话，唠唠家常，不必拘束，可随意畅言。此次跟随太原王出兵征战段龛，可对太原王有何评价乎？"

慕容儁意图从阳骛嘴中套出慕容恪是否包藏野心，纠结势力。

阳骛显然还没有悟到这一层。他说："太原王乃德才之人，治军更是远胜于臣。此次远征颇有体会。他关注战略人局，不因小事劳师动众，不崇尚军法威严而严苛士卒，而以个人恩德信义施惠于属下，将士无不诚服。且当军士违悖军法，罪当诛杀时，他亦是私下秘密把人放走，而另外捕杀盗贼首级冒充。故麾下多敢死之士。"

慕容儁说："太原王爱卒如子，在军中威望极高，朕何尝不闻。"

阳骛感触至深地说："彼与臣治军截然不同。臣崇尚法峻，违者严惩。但他所率之军，看似阵营不整，却防御甚严。小战或有小挫，但大战却很少有败。每逢出兵，都务求少伤士卒，兵不血刃。主张修文德以服远人，不宜以兵戈取。臣感大司马不像一个胡族百战名将，反而更似一个汉人饱学儒生。因为爱惜麾下士卒生命，面对困守坚城的敌人，屡次围而不攻，哪怕因此耗时长久，也在所不惜。且俘虏敌将后，多以德望感化之，哪怕是屡降屡叛的顽敌也给予宽宥。实在感化不能的敌将，不得不杀之的，还因此心中抑郁不乐。"

慕容儁问："听说此次征伐中他还为没有从段龛那里得到一个贤士而颇为惋惜？"

阳骛说："那贤士名辟闾蔚，据说颇有治国之德才，是他帮段氏父子重兴大业，建立了齐国。"

慕容俊心中更是一紧，他脱口而出："太原王如此广揽人才，莫非心有所图乎？"

阳骛大惊，方觉自己无意中被燕帝带入了险境。太原王慕容恪乃燕帝之弟，又是朝中万人之上一人之下的重臣，自己的嘴可不能随便说辞，搅进这莫大的是非之中。他连忙跪下说："太原王对皇帝忠心可鉴，绝无二心，臣可拿性命担保。"

慕容俊笑了，说："朕故意说笑矣，看把阳公吓得。太原王是朕之弟，又是朝中公认贤德之人，朕又何时怀疑过太原王。"

阳骛说："依臣看，太原王乃周公、诸葛之人，难得的辅佐之才。虽崇尚仁德，爱慕人才，但绝非与皇帝存有二心，绝不会暗中培育势力。若他不值得信任，臣以为朝中便无可信任之人矣。"

慕容俊说："朕自然相信。但太子晔儿已故，而二子暐儿年幼，且德才尚不如晔儿。朕亦是担心死后，重生争位之变，动摇吾燕之根基矣。太原王也许无意帝位，就怕身边有奸佞鼓动，而身不由己。"

阳骛说："若臣还在，定会以命守护太子登位。"

慕容俊高兴地将阳骛从地上拉起来，执手说："朕深知阳公乃股肱之臣。今朕令阳公将今日谈话密告太原王，并建言他自立为君，看他反应如何，并告知于朕。"

阳骛说："臣遵帝命。"

当夜，阳骛进入慕容恪府中，将燕帝找他问话之事全盘推出。慕容恪却并不惊讶，只是说："吾久慕阳兄之德，今却令吾大失所望。此乃君臣密语，阳兄应守口如瓶，方为忠君矣。"

阳骛说："太原王如此忠心耿耿，仍遭猜疑。而欲立之太子又才德平庸，不如在燕帝驾崩之日，让我们辅佐太原王登位。以贤德之人为君，这样才算为匡复正道。"

慕容恪没有像阳骛所料大怒，而是哑口失笑。他言："此语不像阳兄心中所言，倒是像奉陛下之命来试探吾矣。吾之为人阳兄知之，既以为臣，就无意为君。僭越太子或弑君夺位之事，吾一生又怎可为？"

阳骛连赔不是，不得已说出了燕帝让他来试探之事。他说："燕帝雄才伟略，却唯有心之太细。"

慕容恪说："吾一心事君，且只将精力用在练兵征伐上，朝中和宫内之事并不置喙半句，就是怕惹来非议和引起陛下不安。今后当更自惕之。"

阳骛对慕容恪更加钦佩，第二天便向燕帝慕容俊复命："太原王乃最可信任之人，像臣一样对燕帝忠心耿耿。"

慕容俊稍有心安，但仍心有疑虑。又想起立太子一事，觉得此事不能再拖了。他必须趁自己年轻，有更多的时间来庇护太子，使其历练，羽翼丰满，以便将来顺利接续。

他把慕容评召来，商议重立太子之事。慕容俊问之："太傅为皇子暐儿的老师，以为德行如何？"慕容评回答："吾帝有福，皇子聪慧而且仁德，将来必是定国安邦之才。"

慕容俊知道，慕容暐的才智远比不上其兄慕容晔。慕容评如此之说，不过是讨好自己罢了。他说："太傅辛苦了，明朝会之上可以奏请，朕还欲听众臣之见。"

慕容评知燕帝立慕容暐为太子心已定矣，马上说："皇帝圣明，此为国兴大事，举国额庆，众臣高兴还来不及呢，又谁会反对呢？"

早朝，孰料慕容评还未开口，太原王慕容恪却第一个站了出来。他说："臣有要事要奏。"

燕帝说："准奏。"

慕容恪说："承天之运，吾皇之威，现在一举击败段龛和丁零敕勒，天下太平，众臣各尽其职，百姓安居乐业，吾帝亦身体泰康。若说缺憾之事，就是吾燕尚未立太子。此事关乎国运民安，奏请吾帝心虑。"

燕帝故意说："此事不急。朕还未有想好扶植拔擢之人。作为储君，事关重大，不可不慎。"

慕容恪再奏："国无储君，犹如房无中梁。一日不立，则一日不固。为了燕之江山社稷，请陛下速下决心。"

燕帝慕容俊漫不经心地问："大司马可有心仪人选？"

慕容恪说："二皇子慕容暐无比聪慧贤德，在众皇子中脱颖而出。且又是嫡生，臣以为是最佳人选。"

慕容俊本要慕容评来开这个头，孰料慕容恪却第一个站了出来。他知道，这是慕容恪以此表达不二之心，让他不再生疑。他便高兴地说："既然大司马有荐，众臣以为如何？”

慕容评说：“唯克果断，乃罔后艰。太原王已言众臣之心声，此为众望所归。”话音未落，众臣亦皆言：“众望所归，吾皇可速速决断。”

燕王慕容俊说：“善，朕就在今日朝堂之上诏令二子慕容暐立为太子。择吉日行礼。”

满朝之中，只有一人未言，乃为老臣封弈。虽为国相，因年事渐高，很少理事。散朝后他步履蹒跚地回到家中，酩酊大醉，喃喃而语：“陛下挟私不能择优而立，吾燕离亡不久矣。”

老臣封弈眼光老辣。他知道，那慕容暐并不具备帝王之才。

虽然燕国将边境推至长江边，在中原与晋隔江而治，俨然成为大国。而此时，另一个强大国家也正在燕晋的西面秦岭一带悄然崛起。它就是秦国。

公元351年，秦国苻健称帝，定都长安，宣布不再向东晋称藩。晋屡次派褚裒、殷浩、桓温等率军伐之，苻健皆成功抵御，国势渐固。

整个中国大地，晋、燕、秦三足鼎立之势逐渐形成。

尽管慕容俊雄心未减，意欲统一，成就霸业，但迫于天下大势，也只能积蓄力量，静观其变。

七十七

立了太子，慕容俊稍有心宽。但没有多久，正值壮年的燕帝慕容俊突然大病。

这病来得颇为蹊跷。先是发热高烧，再是惊厥多梦。御医们研究半天，也摸不着头脑。开始以为是天花，不敢用退热之药，想等痘疮出现以后再说。但痘疮始终也不见出来，便服下退热之药，一连十剂。慕容俊高热渐退，但仍失眠不寐，噩梦连连。

一夜，他忽然梦见那已死冉闵和赵君石虎在宫中琨华殿追逐。石虎追着冉闵说：“忘恩负义的贼儿竟杀孤四子，弑君篡位，亡吾赵国，我要尔拿命来偿。”冉闵一边跑，一边指着一旁的慕容俊说：“大赵王休怪，是他最终夺了你的江山，占了你的宫殿。要索命找这个胡贼去吧。”

石虎放过冉闵，怒目圆瞪，穷凶极恶地向他扑来。石虎喝道：“你个胡儿小贼，奸佞之徒，不安于你的辽东，却来到了朕的中原，侵占了我的皇宫，又假传玉玺，伪称皇帝，难道不怕遭天谴乎。”说罢紧紧咬住他的臂膀，并不撒嘴。此时，石虎又唤他的十四个儿子一齐前来。慕容儁大惊失色，拼命挣脱，不料胳膊还是被咬得鲜血直流。他挣扎逃进大殿，从侍从手中拔得宝剑向石虎砍去，却一刀砍在了大殿的柱子之上。此时石虎青面獠牙，率他的儿子又向他猛扑过来。他死命挣扎，大喊：“皇甫真速来护驾，朕危矣。”于是梦中惊醒。

当晚一旁陪侍的正是皇后可足浑氏。她在慕容儁的惊喊中醒来，发现大燕皇帝已是浑身虚脱，心衣被汗水浸湿。忙将负责皇帝内侍的宦官中常侍涅浩叫来。众人将慕容儁扶起，坐于椅子之上。

可足浑氏说：“皇帝梦魇，喝点水压压惊吧。”

慕容儁方发觉这只是一场噩梦，不由得松了一口气，便将此事述与二人。可足浑氏和涅浩皆认为是这石虎阴魂不散，寻仇报复。于是将慕容评请来商议。慕容评请来了方士，方士说：“此乃石虎原居住之皇宫，正是石虎和他的儿子冤魂不散，自然在月亏之夜窜出闹事。待我做法事以道行趋之。”

方士在皇宫中大做法事，宫殿中到处贴满了各式各样的咒符。此举引起众臣侧目非议，朝中流言四起。

而燕帝晚上仍然噩梦不断。

方士说：“我之道行匪浅，一般魔鬼不在话下。但恶鬼石虎已成顽魔，法力镇压不住。唯一的法子就是掘墓挖尸，在阳光下鞭笞之，令其魂飞魄散。”

早朝，慕容评大声奏道：“石虎亡魂不散，夜扰吾皇，诚属可恨。建议陛下按方士之说，率群臣掘墓鞭尸，以严惩这贼魔。”

慕容儁有气无力，问众臣：“太傅之言可否？”

此事荒唐，但大臣们多是缄言不语。孰料郎中令高弼奏言反对。他说：“请吾皇莫受那方士所惑。臣以为皇帝日夜操劳，多思伤神，因而噩梦罹患，静养一段即可。那暴君石虎作恶多端，天人共怒，早已打入地狱，陛下又何惧之。倘若再不放心，夜晚可增派宫中护卫，手持火把在皇帝寝殿四周环立，即使有妖魔也不敢近身。如皇帝亲自开棺鞭尸，传至天下，恐有失我燕道德威名，为外人耻笑。”

慕容评大怒说：“休再胡言，方士之眼可透阴阳，又岂是吾辈所能理解。再说，朝野之上，还有什么比陛下圣体安康重要的事情吗？那石虎父子一生暴虐，人神共愤，死后还要作恶，不该惩之吗？没有挫骨扬灰，就是对他的恩典了。不如此，那石虎父子阴魂再去侵扰皇后和太子，汝能承当得起？”

高弼低头，不再敢言。见此，慕容恪和慕容垂，以及封弈、阳骛等臣皆附和。

几日后，慕容儁果然亲率大臣浩浩荡荡赴城外的石虎之陵鞭尸。

石虎之墓在邺城的西南方向二十七里的紫金山脚下。慕容评命士卒将陵穴打开，却只看到旁边的木棺中有两个女人的尸体，正中间的石棺竟是空棺。此陵竟为虚陵，石虎并未葬在其中。这样的陵寝在帝陵中虽少见，但亦不是没有过。皇帝为防被盗或仇人焚毁，故意为之。但却没有料到石虎之陵亦是如此。

慕容儁大失所望。显然，石虎死前也意识到自己一生作恶太多，怕遭人报复，故作此安排。陵中合葬女人，一个是郑樱桃，一个是安定公主，皆石虎的正妻。石虎未寻，但两个女人却不能轻饶。中常侍涅浩命方士鞭挞一顿，在其身上烧掉咒符，尔后将墓掩埋。

慕容儁并不罢休，他令慕容评继续寻找。慕容评令士卒在邺城内张贴告示，偿金百两以得石虎陵墓所在之处，果然很快就有了结果。

城中有一女子，名李菟知，其夫为石匠，曾被宫中招募，为石虎建造墓地。此人精明，知道墓地建好后，会将所有知情的工匠灭口。便未等工完，假装病亡，终得以逃脱。回到家后夫妻俩连夜逃亡，隐姓埋名。后其夫在战乱中被冉闵军所杀，这李菟知又回到邺城投奔亲人。他曾从其夫口中得知石虎所葬之地，见偿金百两，贪念而生，便到官府举报。于是慕容评得知这石虎真墓葬于东明观之下。

这东明观与原虚陵距离并不远，相差五里而已。慕容评又找来探墓者，很快墓穴具体位置被寻到。于是令士卒挖掘。孰料此墓极深，达数十丈，棺似悬空，四周皆石壁。士卒费了九牛二虎之力，才剖棺出尸。虽死了五六年，其尸竟僵而不腐。石虎身穿龙袍，头戴冕冠，面容模样竟栩栩如生。

见石虎竟死而不腐，慕容俊愈加相信方士之言，亦愈加气恼。阳光之下，他竟让中常侍涅浩搀扶，踏上那石虎的尸体，边踏边骂之：“死胡，死胡，何敢怖生天子！尔国乃冉闵所亡，与吾何干。”然后，令方士数其残暴罪行，在其身上贴满咒符；又令士兵手持马鞭，一遍遍挞之。

直至太阳将落，方士才令住手。方士说：“且将这恶尸投入河中浸烂，喂鱼虾罢了。”士卒方将那尸体扔进漳河。而此尸冲至大桥之下，却倚桥柱而不下流。

慕容俊解了心头之恨，悻悻离开了石虎的寝陵。满以为从此高枕无忧，可夜晚还是经常失眠和噩梦不断。梦到的不仅有石虎，还有他下令杀死的冉闵、段龛。

慕容评与皇后可足浑氏、中常侍涅浩还有方士商议。慕容评说：“这石虎已遭鞭挞，按说早已魂飞魄散，缘何还在宫中徘徊？”

方士说：“这阴魂或许托附在某种力量之上继续作祟。”

慕容评问：“能是什么力量呢？”

方士说：“比如皇帝如果招致巫蛊之祸，那阴魂就会聚拢在巫蛊之力上不散。”

可足浑氏问：“何为巫蛊之祸？”

方士说：“巫蛊为一种巫术。让巫师祠祭或以桐木偶人埋于地下，诅咒所怨者，被诅咒者即有灾难。”

慕容评建议皇后可足浑氏速查。他说：“方士言之有理，说不准就有恶毒者借巫蛊谋害陛下。”

皇后可足浑氏将信将疑，便令涅浩在内宫中四处暗查。

七十八

虽然皇帝身体有恙，但皇后的寿诞不得不办。不过，与往年比，排场要小了许多。

皇后可足浑氏在后宫举行庆宴，王公贵戚皆被邀请。慕容垂的夫人段氏自然要去恭贺。这段氏不仅美丽，且出身显贵，平素有几分骄傲。而可足浑氏出身低微，对之多有嫉妒。平素二人有隙，多有言语冲撞，并无多少来往。

段氏只上贡了一张上好的狐皮。而其他的贵戚所上贡之物，多以金器宝玉和高句丽千年野参、西域肉苁蓉等名贵特产。可足浑氏嫌其礼物太轻，便故意在宴席上刁难她。

她说："久闻段氏家族好舞，父母过生日儿女皆要献舞，今日哀家高兴，王妃可否跳舞助兴，哀家定会有赏。"

段氏却说："皇后多有不知，我段氏女子虽好舞，但只为父母而舞，不为兄嫂而舞。"

皇后觉得没有面子，便说："既然不能舞，那就吟唱一曲，亦算为哀家助兴。"

段氏说："请皇后宽恕，段氏突患喉疾，医嘱不能大声说话，况歌乎？"

可足浑氏干生闷气，却又不能奈何。

宴后，其他妃子和贵戚按惯例排着队，与皇后辞别。段氏故意显示不满，在大庭广众之下，背对皇后，轻轻弯了一下腰。这一不显眼的细节很快被可足浑氏发现，她再也无忍受了，怒斥道："大胆的段氏，竟敢藐视皇家法制，对皇后大不敬，可知罪否？"

段氏说："我焉能不知皇家法度，自小便在王家长大，又至燕已有五年矣。不像皇后，生于不懂君王法度的寻常人家。"

皇后知道这是当众羞辱她的出身，怒气冲天："家法伺候。重责二十大板。"

段氏却说："我是皇族，不是后宫中人，看谁敢打。"

一听此言，果然无人敢打。蝶妃此时站出来打圆场。她假意训斥段氏："皇后母仪天下，万人敬仰。汝虽为皇族贵戚，亦应臣服于下。速向皇后跪下赔罪。否则吾将报告陛下，让吴王惩罚汝。"

段氏只好跪下，向皇后言："是我失敬，请皇后莫与我一般见识。"心中却咬牙切齿。

此事不了了之。

一日，可足浑氏召中常侍涅浩询问宫中追查巫蛊一事。那涅浩乃是阴险歹毒之人，知前几日皇后与段氏抵牾，便对可足浑氏说："据臣私下了解，那吴王慕容垂手下的典书令高弼曾习巫术。谁敢保不是那慕容垂和段氏指使他来诅咒皇帝，好及早篡夺大位呢。”

可足浑氏眼睛一闪，心有一丝恐惧不安。自己的第一个儿子慕容晔立为太子后不久夭亡，现在的太子慕容暐年龄更小。如皇帝驾崩，慕容恪无意为君，那慕容垂或许就是觊觎王位的最大敌人。当年先王就曾有改立慕容垂为世子的想法。况平素自己就与慕容垂和其妃段氏不睦，皇帝如果不在了，那慕容垂说不准会谋反以废黜太子。不如趁此除之，永绝后患。

她说：“中常侍有何证据？”

涅浩说：“我自有办法。”当夜，他命宦人在皇帝的宝座下，以及宫内外专用的驰道上埋藏了用以诅咒皇帝的偶人，然后，向慕容评报告巫蛊案已找到嫌疑者。

慕容评有些惊奇，问之：“又有谁如此大胆？”

涅浩说：“乃吴王慕容垂。是宫中护卫夜中曾看到其妃段氏的女侍曾在皇帝驰道上逗留过。她还买通了皇帝宫中的内侍，在皇帝宝座和寝宫中偷放了一些偶人和咒符。”

慕容评将信将疑，但他心中倒是乐意这个结果的出现。

他与慕容垂素有芥蒂。一次，慕容评的家臣驾着车马行驶在国王所专用的驰道中，这自然属于大不敬。慕容垂见之便将慕容评的家臣抓住交给了廷尉府。慕容评知道后赶紧派人向慕容垂求情。他说：“我并不是袒护家奴，只是实在不想惊动燕王，只怪我平素没有教导好左右。希望侄儿能宽恕这一次。”但恃功居傲、颇受燕王慕容皝宠爱的慕容垂哪管这一切，径直上奏。慕容皝大为感慨，赞赏有加：“人臣当如是尽忠也。”并当众惩罚了慕容评。

除了芥蒂，慕容评还在心里嫉妒慕容垂。小小的年纪就战功赫赫，名声大震。与之相比，他这个叔叔辈的还真是有些汗颜。这一次尽管他也怀疑皇后在背后构陷慕容垂，但也管不了那么多。他马上进宫密告燕帝慕容儁，并要求速去吴王慕容垂府和吴国尚书令高弼处搜查。

慕容儁似有吃惊。他将信将疑，犹豫再三。他自然明白其中的利害，如果查实，那慕容垂将人头落地。他问：“可有多大把握？吴王乃朕兄弟，不可不慎。”

慕容评说：“已有一些证据。正因为是陛下兄弟，恐怕才有反意。如不追查，陛下岂不是要被这篡逆者害苦了。”

慕容儁最终还是下了决心。他想，且不管此事真假，他要借机将慕容垂除掉，为将来的太子顺利继位除去一个威胁。哪怕这慕容垂对燕国有多么的重要。

慕容评自然是搜查顺利。

不但在皇帝的宝座和驰道上挖出了满是咒文的偶人，还在皇帝的寝宫搜到了一些咒符。另外，在高弼住处，以及段氏的女侍身上搜到了尚未写好和发出的各种咒文咒符。其女侍和所买通的宫内侍者均已招供。

一张大网漫天落下，已将慕容垂紧紧扣住。

燕帝慕容儁本来要下令抓捕慕容垂问罪。但他还是觉得应该事先让慕容恪知情。慕容恪被召至宫中，慕容儁特意让慕容评将此事述说于他。慕容恪心中大惊。他知道，一定是慕容垂中了他人算计。

他极力劝说皇帝，不要动手抓捕慕容垂。他言：“臣敢保慕容垂对陛下还是忠心耿耿。且他亦为燕国立下了赫赫战功。若要反，其带五万大军外出征讨丁零敕勒之时，早就反矣，亦不会今日采用如此愚蠢之策。不如先将段氏和高弼关押，加以审讯，如果证明慕容垂主谋或参与其中，再抓捕不迟。”

他又故意对旁边的慕容评说：“太傅亦是长辈，自小看着这慕容垂长大。我料也和我一样，以为他不会有逆反之意。就劳太傅，将此案认真审理，大白于天下，水落石出。”

慕容评本来想说些什么，这一下反倒张不开嘴了。这慕容恪在朝中的地位，已无人能抗衡和取代。他的分量，即使皇帝慕容儁心中也得细细掂量。又何况他这个太傅。

燕帝和慕容评只好同意慕容恪的建议。慕容垂得以保全，段氏和高弼被押进死牢。

慕容恪亦清楚，他对慕容垂所能做的，亦只能到这个地步。尽管自己在皇帝心目中有重要的位置，但却不是皇帝最信任之人。尽管他一再表现得对皇位毫无兴趣，竭尽辅佐之能，但也时时察觉到皇帝对他的戒备和警惕。此案他不宜插手，否则自己抑或被搅进去说不清楚。他知道慕容垂之妻段氏与蝶妃相好，如果皇帝或慕容评从中大做文章，惹火烧身的或许就是自己。眼下能做的恐怕就是提醒慕容垂老老实实待着，信天由命，不要做任何事情。

慕容垂如天打雷轰，面对突来的变故，先是大惑不解，继而仰天长叹。

表面上是妻子段氏惹恼了皇后，但根本上还是自己对皇位的继承者构成了威胁，从而引来了杀身之祸。他忽然对周围的环境产生了一种仇恨，对他曾无限忠诚的大燕似乎再无好感。

但他还是听从了慕容恪的劝诫，将自己困在府内，以酒度日，半醉半醒。

他知道自己的命运已被别人把握，就像待宰的牛羊一般。

七十九

没有将慕容垂直接下狱，慕容评心中颇有遗憾。但他亦想，只要将高弼和段氏下狱，俩人定会难忍酷刑。一旦招供，慕容垂被除亦是迟早之事。

依照皇后可足浑氏的私下吩咐，他向皇帝建议将段氏与高弼分别交与后宫大长秋和廷尉府廷尉严加拷问。皇帝明白其意，自然同意。因为这大长秋即后宫总管，由皇后直接调遣，而廷尉府又属太傅慕容评亲管。高弼和段氏皆落入了他们手中。

于是，段氏和高弼很快被施以重刑。要求交代幕后的主使人。而段氏和高弼也明白，他们所谓的幕后主使人无非就是慕容垂而已。

慕容评本以为一个时辰即可问出口供，所以，命侍从在牢中盯守，一有结果速报，自己与皇后、涅浩在宫中把茶闲话。但到了晚上还没有结果，便传来大长秋和廷尉狠狠训斥一番。大长秋和廷尉连夜再审，动用更厉害的酷刑，但段氏和高弼仍然不招。

又几日，各种酷刑轮番使用，段氏和高弼皆被折磨得奄奄一息。慕容评特意将消息透露给慕容垂，从不落泪的英雄慕容垂暗下热泪。

这亦是他最阴暗难挨的日子。燕国皇弟，又是吴国王，杀伐无数，功勋卓著，威名赫赫，却无力保护自己的妻子和臣子，眼睁睁看着他们为自己受尽折磨。万般无奈之下，慕容垂偷偷遣人告诉段氏说：“爱妃怎能忍受这种凌虐荼毒？他们想要你招什么，你就满足他们吧。夫不怪你什么。人孰无死，要死咱们能死在一起，亦是最好的结果。”

但段氏乃烈性女子，闻之说：“妻妾难道还怕死乎？但若我一旦按他们的意思自诬，上对不起段氏的列祖列宗，下肯定会连累夫君，辱其一生英名。我是绝不会那样做的。”

蝶妃向皇后可足浑氏替段氏说情。她言：“那段氏虽骄纵放肆，却不至于谋逆。皇后仁德贤淑，还是饶过她吧。”

可足浑氏知其失皇帝之宠，早已不将之放在眼里。她说：“哀家知你们平素相好，如此慌张，为之求情，莫非蝶妃亦参与其中？”蝶妃被噎得无话可说。

她又向皇帝为之求情。孰知皇后早已进谗，告知皇帝蝶妃素与段氏密切，且因失宠怨恨陛下，很可能亦参与了巫蛊案。皇帝慕容俊厉色说：“有人告发蝶妃亦参与罪孽，朕正想问你话呢。想不到你还为他们说情，这不是不打自招吗？”

蝶妃却面不改色，正言道：“奴婢知道人的寿命长短是命中注定的，人的贫富也是上天注定的，非人力所能改变。修正尚且未能得福，为邪更没有希望。若是鬼神有知，岂肯听信这邪毒的祈祷？万一神明无知，诅咒又有何益处。奴婢非但不敢做，并且不屑做矣。若陛下掌握了确凿的证据，就令人将奴婢押往大牢吧。”

燕帝信之，又念在不久之前的恩爱之情，特加怜惜，不予追究，并且厚加赏赐，以弥补心中的愧疚。

慕容垂无奈，又求之于慕容恪。慕容恪知道是皇帝要将慕容垂置于死地。否则，慕容评和皇后不会这么放肆大胆。他说：“有妻若此，夫复何求？她是在以己之命救你，你就遂了她的心愿吧。再说，现在我去找皇帝求情无疑火上浇油。”

慕容垂无比愤懑地说：“陛下夺了兄之挚爱之人，又构狱陷害我的妻子，你我兄弟总是一味忍让，又待何时？不如真的反了，让兄来当这个皇帝如何。”

慕容恪听后大怒：“莫要胡言。孰来为帝，皆循祖制和天道，不可乱序。兄无为帝之才，一生愿为王佐，不想背上篡逆的骂名。弟切切牢记，不可再有此谬念，亦不可一时气愤随性而言。此话只能说这一遍，不可再与人言。”慕容垂只好说：“请谅愚弟言失。”

慕容恪是在等待时机。

慕容评和可足浑氏见此审讯没有进展，亲自到狱中拷问。可足浑氏对段氏说："汝以出身贵族自傲，今却沦为阶下之囚。而哀家仍为皇后，如汝为哀家一舞或吟唱一曲，兴许哀家一时高兴，会免汝一死。"

段妃却咬牙切齿说："尔心肠歹毒，构陷好人，枉为后宫之首。吾皇娶了你真是看走了眼。我死了，尔等下场也不会太好。我会眼睁睁看着报应的到来。"

可足浑氏气急，下令施烙刑。终于在这一次酷刑后，段氏不甘受辱和痛苦，咬舌自尽。慕容评慌忙审讯高弼，诈之说："吴王妃段氏已招，尔等亦速速招来。"

而高弼仍闭紧双眼，坚不吐口。

朝会之上，有一人挺身而出，为慕容垂言。此人乃老臣封弈。虽依然尊为国相，但大权已被太傅所代。念其年纪和一生劳苦功高，皇帝特准许他早朝可上可不上。但今天他郑重其事地穿着一品官服，早早就来至大殿门口。

他说："启奏吾皇，老臣跟随先王和陛下至今，自量还算得上是忠臣。今以性命为吴王担保，其决不会有谋逆篡位之心。如有确凿证据，老臣甘愿一齐接受惩罚。如无铁证，奏请陛下速将狱中关押之人放行，亦应追究诬陷之徒的罪行。"

慕容儁不知，对这慕容垂，先王慕容皝活着的时候曾对国相封弈有嘱托。慕容皝察觉慕容儁不甚喜欢这慕容垂，担心自己死后会对慕容垂不利，故嘱咐国相一定庇护之。慕容垂是他与最爱之人兰淑仪所生，他亦一直心中愧对兰淑仪。封弈始终牢记。今见慕容垂遭人陷害，早就按捺不住。

这就是慕容恪所等待的时机。他见封弈直谏，亦上奏皇帝说："臣赞同国相所言。闻吴王之妻段氏屈打致死，朝廷已议论纷纷。臣以为所谓的巫蛊案纯粹无中生有，全是那方士胡说八道，以搪塞其法术不堪。当年汉武帝时，恶吏江充与太子刘据有隙，遂趁机陷害太子，说刘据用巫蛊诅咒皇帝。太子恐惧，起兵诛杀江充，后遭武帝镇压兵败，皇后卫子夫和太子刘据相继自杀。牵连者达数十万人，史称巫蛊之祸。武帝后来知道真相，修建思子宫，于太子被害处作归来望思之台，以志哀思。此事足以为训，万不可在吾燕重演。”

单是一个，其言或许没有分量，但封弈、慕容恪一起上奏，则所言甚重。剑锋直逼皇帝慕容俊，也让慕容评出了身冷汗。所谓的巫蛊案已引起众臣不满，同情慕容垂者越来越多，再纠缠下去，无论皇帝，还是太傅慕容评也觉无法交代。

众臣鸦雀无声。但沉默却亦是对封弈和慕容恪无言之支持，对皇帝形成巨大压力。

未等慕容俊说话，察言观色的慕容评先跪下，请求皇帝降罪。他说："此案至今没有审出结果，或许是真的冤枉了吴王妃段氏和尚书令高弼。我怀疑，那巫蛊是冉魏遗留下的贼子暗中串通宫内之人报复陛下。已请求皇后令大长秋将宫内所有内侍一一甄别，对服侍陛下的，则全部更换，以绝后患。至于吴王妃段氏乃忠义之女，皇帝可赐其贞烈君，予以厚葬。对吴王厚加赏赐，以示安慰。高弼恢复原职，晋爵。”

慕容俊知道这是慕容评为他收场，也只好顺阶而下。他走下龙椅，来到慕容垂的跟前，握着他的手说："皇弟受委屈了。亦是朕对不住弟媳段氏。汝是朕之弟，为燕立下汗马功劳，朕又何曾不信之。若不信之，早就抓弟入狱审问了。皆是下面办事不力，朕又失察，害死了好人。将那中常侍涅浩革职，逐出宫中。诬陷王后段氏的女侍处死。太傅罚一年俸禄，皇后禁足一月，以示训诫。”

慕容垂急忙跪下说："叩谢陛下为我洗清冤狱。亦请不要责罚皇后和太傅。臣当以死来报效皇恩。”

慕容评也跪了下来。说："谢皇帝不杀罪臣。臣亦冒犯了吴王，特向吴王赔罪。”

慕容恪自然要站出来圆场。他高声奏道："吾皇明察秋毫，匡正冤狱，乃仁爱厚德之君，更是众臣福分。而太傅亦是为了陛下安康永寿，忠心可鉴。吴王虽失爱妻，但亦会为此而欣慰，心中定不会怨恨的。”

慕容垂说："王兄所言正是。”

封弈却未言一句，黯然下朝。他早看清了这里面的肮脏勾当。从此，他便常托病不朝，只待在家中看书习字。

慕容垂含泪为爱妻段氏举办了葬礼。为照顾段氏留下的两个年幼的孩子慕容令和慕容宝，慕容垂又向皇帝、皇后请求再娶段氏之妹为妃。皇后可足浑氏并不放心这慕容垂，请求皇帝同意，亲自做媒将自己的妹妹长安君许配给了慕容垂。这长安君因是皇后之妹，自然为正妃。慕容垂不得不把段氏降为妾。但他却十分冷淡王妃，而与段氏感情笃深。

而蝶妃经历了巫蛊案后，更加心灰意冷。她最反感宫中的谗构、嫉妒、排挤、陷害之类的争斗，为免今后的是非，她缮就一篇奏章，自请前往长寿宫侍奉太后，把自己置于太后的羽翼之下。慕容俊允其所请。

大燕国一切又归之于平静。但那个跃马横枪、勇敢无畏、霸气十足，号称天下第一战将的慕容垂从此却逐渐消失了；留下来的，是谨小慎微，随遇而安的慕容垂。而由此引发的兄弟之隙，也是无法弥合的。这亦在暗里伤了燕之元气，为以后的衰落和败亡埋下了伏笔，留下了注脚。

八十

燕帝慕容俊的身体渐有好转。

他忽然想至南部边境巡视。一日，他与慕容恪来到长江边上，望着南面的晋国，心潮澎湃。他说："朕一生未至江南，据闻那边百姓说话啁声喃语，庄稼一年三季，四处皆是稻花之香。真想去看一看啊。"

慕容恪说："等陛下灭亡了晋朝，一统天下，倘若喜欢住在南面，亦可定都建邺。"

慕容俊高兴地笑了。他说："太原王的话说到朕心里，但愿有那么一天吧。"他的心思仍然在于统一天下，成为秦始皇嬴政、汉高祖刘邦那样的一代圣君。

回到邺城不久，有消息传到宫中。常山郡的常山寺有一棵参天大树自己竟连根拔起。和尚在清理树根的时候，发现大树底下藏着七十块玉璧，七十三块玉圭，色彩精奇，与平常的玉完全不同。

而此时，宫中有一多年废弃的古井中长出一尺高的竹笋，引来许多人好奇观看。

阳骛说："这也许是上天的意思，来征兆吾皇才是天命所归之人。"

慕容俊心中激动，特意让尚书令段勤前往两处祭祀。这从天而降的尊贵礼器和古井中的竹笋，似乎又勾起了他的梦想和欲望。他召集众臣商议，图谋再度进攻东晋，然后回师消灭秦国。

但如此大幅度扩张，且两线作战，同时对付两个强大的敌人，自然在朝会中引起了很大争议。

慕容恪说："晋占据江南，根深蒂固，土地肥沃，且守长江天险。虽国力衰弱，且朝廷内部混乱，但尚有大都督桓温等一批重臣，故还轻视不得。可待其内生动乱，寻机图之，眼下不必着急。而秦却正在由弱变强，苻坚杀死暴君苻生自立，重用贤臣王猛，朝内众臣一心，国力大增。此应急灭之，否则将来会更加难以对付，甚至成为吾燕威胁。故臣以为先打秦国，后再伐晋。"

阳骛、慕容垂皆赞同慕容恪所奏。

而慕容评、慕舆根则主张出兵伐晋。慕容评说："三分天下，吾燕最强。东起辽东，西至黄河，北近大漠，南临淮北，有着用不完的粮食马匹和征不尽的士卒。燕名副其实为天下第一强国，而那晋气数已定，内乱频生，何足惧矣。"

慕容评的话道出了燕帝的心声。慕容恪不再说什么。但他觉得现在出兵还不是时候。燕国目前还没有足够的实力消灭秦晋两个大国，一定天下。

慕容俊则决定："各州郡检核人口，每户只留一丁，其余丁壮全部征发为兵。大司马要将军队扩大到一百五十余万，在邺城集结，以准备南下伐晋。"

此政一出，竟民怨沸腾，多地发生对抗和脱逃兵役的事件。

大司马常炜又按捺不住，给皇帝写了一封长长的谏言书。他说："百姓还在凋敝之中，这种仅留一男丁的招兵之法，自古未有，恐怕百姓将难以承受，国家将有土崩瓦解之迹象。"并且，还陈述了燕国十三件不便于民的弊政。

慕容俊读后大怒，将谏书扔到一边，要廷尉府派人将之抓起来治罪。但又想起这常炜的性格，便又罢手。

他想起了一个人，即已故太子慕容晔的老师李绩，便召来一叙。他将常炜的谏书递给李绩，说："朕欲将常炜治罪，可否？"

李绩看完谏书说："陛下还是罢了。吾燕已经很久没有大规模的战事了。无论是大臣和百姓都已习惯了过平稳日子，故无人愿意再起征战。再说，百姓刚刚得以休养生息，如按皇帝现在征兵之法，确会带来百姓的恐慌和民心的浮动。不如采用石虎当年“三五占兵”的旧法，将征兵改为三丁抽一、五丁抽二，把发兵时间再放宽到第二年春天。”

慕容俊却说：“春秋末年，齐晋秦楚诸大国都衰落了，但吴越等小国却兴盛强大起来。故人心是不能骄惰的，军威是不可废弃的，胜利是不可长期拥有的。只有战争能够镇压邪恶，保护文德。如只享天下太平，人人苟安，敌人打过来，都不知兵戈是什么东西了。”

李绩说：“天下是打下来的，陛下的主张自然很有道理。但事无全利，亦无全害。为君者既要坚持主见，又要适势而变通，权衡利害多寡。如果事情能两全其美岂不更好。”

这李绩眼光独到，颇有韬略；且以风节知名，清辩有辞理，是难得人才。他原是石虎旧臣，其少年就官至郡功曹。当时石虎亲征段辽，攻占范阳。石见士卒挨饿大怒，欲杀负责供给的太守。随军的李绩仗义执言说：“此地在我赵国之北境，与敌寇接壤。闻皇帝舆驾亲戎，将除掉残贼，无论婴儿还是白首，咸思效命。不是单纯为国，亦是自求安宁。身处草野的百姓都心甘情愿如此去做，何况大臣们怎敢故意懈怠而让供给不足。恐怕主要是因年景不好，家家无粮，无所取济。臣以为这也是情有可原的事情。”

石虎见说话的竟是一少年，虽是谏言，却入情入理，不仅没有责怪，反而心中高兴，便将那太守免了。李绩由此闻名。赵亡后，至鲁口投奔安国王王午。王午将其任为主簿。征东将军邓恒对王午说：“这李绩的家乡在北方，父已降燕，今虽在此，终不会为我所用，留之将会是祸患，何不杀之。”王午却说：“李绩于丧乱之中捐家立义，是重情义节操之人，若怀嫌害之，必然会丧德失心，让跟随我的部下失望。”但王午怕李绩终为邓恒所害，便资其路费让他还乡。

他却投奔至父亲所事奉的燕国。慕容俊开始责怪他背亲后至。李绩说：“臣听闻过春秋时豫让的故事。他为了报智伯的知遇之恩，逃到深山，后更名改姓，伪装成受过刑的人，进入赵襄子宫中刺杀杀害智伯的仇人。所以报恩又有何前后之说呢？再说，皇帝正大行唐虞之治，臣来的正是时候，怎么能说归顺之晚也。”

慕容俊听了反驳，反而大悦，说："这也是臣子奉事主人之节操矣。"于是，让他成为了太子慕容晔的老师，教授经史子集。太子习政后，他便离开太子，任司徒左长史，掌管朝中经典史籍。

慕容俊说："长史之议亦算是变通折中吧？倘若皆能接受，朕就依从吧。这也许就是当皇帝的难处。但到了明年春，再去出兵讨伐，亦可能错过了发动战事的最佳时机。"

燕帝又说："常炜谏书中还言朝廷征发名目繁多，朝中各司纷纷往地方上派出不同的使者，让郡县苦不堪言。这一点言之有理，朕亦改之。除了军情紧急之外，其他征发只用责成郡县去办就行，不得再从朝中直接派人到地方。已经派去地方督察的，全部召回。"

李绩赞叹道："陛下既是无所不能的圣君，亦是通达人情世故的明君。"

燕帝大笑，说："世上哪有什么圣君明君，全是你们这些臣子迎合奉承出来的。"

八十一

时至傍晚，君臣言欢，燕帝便设宴招待李绩，并召太子慕容暐做陪。一边喝酒一边谈经论史。当说到东周时周灵王的太子姬晋之时，慕容俊忍不住流下眼泪。

这姬晋天资聪颖，温良博学，不慕富贵，喜爱静坐吹笙，乐声优美如凤凰鸣唱。十五岁行冠礼后，以太子身份辅政。晋平公派当时名流师旷前往朝见，问他以君子之德、治国之道，他旁征博引、侃侃而谈，令师旷钦佩不已。但后来却因病去世。由此，慕容俊想起了死去的太子慕容晔。他感慨地说："过去听到曹操痛惜儿子曹冲，孙权悼念儿子孙登，我经常说他们是因为喜爱自己的儿子，才说亡子多么聪明奇特，还怪他们没有大雅之风。可是，自从儿子晔儿亡故以来，我的头发胡须都半白了，才知道二主那样伤心是有原因的啊。"

他对李绩言："汝说晔儿才德究竟怎样，朕今天哀悼他，将来的人不会也感到朕很奇怪吧？"

李绩回答说："献怀太子在东宫的时候，臣荣幸为太子讲授经史子集。

太子聪慧，尤对《论语》爱不释手。其心得远胜过臣，经常问得臣瞠目结舌。此前臣亦曾向皇帝说过，太子有八德。在太子身上，臣还真看不到一点缺点。如不英年早逝，定是如皇帝一样的圣君矣。”

听了李绩的话，慕容俊更加伤悲。他说：“长史虽然是在赞美他，但是如果晔儿尚在的话，朕即使死了，也没有什么可担忧的。朕虽然不能实现唐虞之治，也没有气度将天下禅让给有德之人，但还是希望吾燕的未来国君有才德，受命无极，给天下带来福祉。新太子暐儿还小，气度和才德都还没有养成。长史还有什么可以教导的？不妨直言。”

太子慕容暐就坐在旁边。李绩看了一眼太子，感到皇帝的话还真是难以回答。迟疑再三说：“新太子天生聪明睿智，臣刚才所说八德，也基本具备。只是太子年龄尚小，天性未泯，如果在打猎和丝竹两个爱好方面能有所收束，加紧经书的习练，则无可挑剔。”

慕容俊则对皇太子慕容暐说：“太史教诲如苦口良药，以后定当勤勉好学，躬体力行，像汝死去的兄长那样。”

慕容暐勉强点了点头。他时年十岁，已有好胜之心。口中言诺，心中却对李绩产生了反感。

公元360年正月，慕容俊对外的扩张，进攻东晋的计划正式实施。他在邺城郊外，对集结的军队进行检阅。五十万大军枕戈以待，喊声阵阵，杀气腾腾。大司马慕容恪、司空阳骛已经做好准备，就等慕容俊一声号令向东晋开拔。

但意外发生了。是夜，慕容俊旧病复发，又开始高热昏厥，浑身如散了架一般。一连几天，御医试遍各种退热之方，效果不佳。

慕容俊只能命令集结的军队暂时待命，进攻东晋的计划暂时搁置。

这一次，他有一种不好的预感，觉得自己来日不多，恐怕不能亲自实现天下一统的目标了。

躺在在病榻上，他心中焦急不安的不再是伐晋之事，而是身后之事。他回想起这些年的往事，从汉赵之刘渊、刘曜，到赵国之石勒、石虎，还有段氏、宇文氏，以及秦之苻健、苻生、苻坚，无论开国君主如何英武，国势多么盛大，但接下去却国运多舛，几乎都逃不脱君位争夺、子嗣残杀的魔咒。现在太子年幼，且天分又似不足，而慕容恪、慕容评、慕容垂、慕舆根等等却个个强悍，皆有帝王之干略，亦有争帝之野心。思来想去，他觉得可依靠的只有慕容恪。且他是极为关键的人物，若他无意争位，且甘心辅佐幼主，其他人则不敢有觊觎之心。

他决定还是要亲自试探一下。倘若不令自己放心，他要趁自己尚在，另外筹谋，设计将慕容恪、慕容评、慕容垂、慕舆根全部除之。命阳骛、李绩辅政。但这亦是一步险棋。

燕帝将慕容恪叫到了病榻前。他说："朕患疾久矣，反反复复，但这次恐有凶险。今天将弟召来，亦是想说说朕心中肺腑之言。先王死后，兄才德疏浅，在贤弟的全力辅佐下，一路跌跌撞撞，历经千险，才接续了燕之江山社稷，实现了先王入主中原的遗愿。除了未能灭秦晋，一统天下，想想这一生还有什么可遗憾的呢。再说，人生的长短是命中注定的，拼命抵抗又有什么用呢。"

慕容恪安慰他说："皇帝尚在壮年，既寿永昌。眼下，不过是一场病患而已，又有什么可悲观的呢。想想以前，皇帝率领我们从辽东战至中原，一路跋涉，败段兰、石虎，灭冉闵、王午、段龛，又有什么不可以战胜的呢。病患亦是如此。待再熬过几个时日，陛下龙体定会康复的。"

慕容俊说："回顾朕一生，亦善恶共存、是是非非、瓦玉集糅。干过许多好事，亦干过一些坏事，更不乏对贤弟冒犯伤害。贤弟能包羞忍辱，既往不咎，始终忠贞不贰，令朕威德矣。朕知贤弟喜欢蝶妃，可为了私欲，竟夺其所爱。此为大谬，兄一生感到愧疚，亦对不起蝶妃。朕死后，若蝶妃愿意回到贤弟身边，我会留下诏令准之。"

慕容恪被燕帝打动，跪了下来，泣曰："不是陛下对不起臣，而是臣为陛下做得太少了。因为臣子的无能，让陛下为国家日夜操劳，积下今日之疾。故该惭愧的是我们。另外，蝶妃对陛下一往情深，所说诏令之事，万万不可。"

慕容俊见铺垫已成，方才说出想说之言："此次病疾凶恶，朕恐是在劫难逃，虽死而无足惜。但秦、晋对燕虎视眈眈，未能消灭，乃吾大患。太子年龄幼小，才德有限，朕担心他无力经受过多的磨难，也耽误了大燕统一的伟业。朕想远追宋宣公的后尘，把国家交给贤弟。遗诏吾已写好，望贤弟万所不辞。"

那宋宣公是春秋时期宋国第十三任君主，曾立儿子与夷为太子。宋宣公病重，便舍弃太子，让位给弟弟公子和。

慕容恪诚惶诚恐地说："万万不可，自古以来君主传承有序，子继父位方为正道。如传于臣，则乱了纲常，毁了吾慕容氏族的名德，令天下人耻笑。太子虽然年幼，但天性聪慧，稍加历练必定成器。即使陛下百年之后，亦不用担心。如臣还在，定会拼尽老命全力辅佐。现在还请陛下不要谈继位的事情。消灭晋、秦，一统天下，还指望陛下亲临筹谋，率臣冲锋陷阵矣。"

慕容儁生气地说："兄弟之间哪里用得着这样客气。难道还有谁比贤弟继位更合适的呢？作为将来慕容氏族社稷宗庙的主人，太子远不如王弟。当初父王要是将位传于贤弟你该多好，又何必有今天。"

慕容恪说："陛下如果认为臣能够承担天下重任，臣又怎能不竭力辅佐太子，让太子稳坐天下呢？"

见慕容恪说得如此坚决，慕容儁心中仿佛一块石头落了地。他暂时放弃一切的怀疑。其实，不管他愿意不愿意，病入膏肓的他，亦只能信任眼前这个兄弟了。他明白，燕离开了自己，再失去了慕容恪，别说消灭秦、晋统一天下，或许连江山社稷也难保住。

他说："吾弟果然有周公之德。太子有了叔叔辅政，朕死了还有何忧虑的呢？"

他又放心不下地说："朕未能击败秦、晋两敌，乃一生遗憾。吾燕强敌环伺，西面之敌苻坚因王猛辅佐，人心思齐，盗贼止息，田畴修辟，帑藏充盈。而南面之敌晋穆公在桓温的辅佐下，西灭成汉，又伐强秦，亦国力日缓。如再不起兵征伐，将来吾燕恐成秦晋刀板上的鱼肉。故朕死后，丧事简办，宜迅速挥军南下，直取建邺。"

慕容恪说："待陛下病患稍一平复，臣即率军南下，攻取那建邺。"

燕帝又把太子叫来，对他说："孺子可知，朕本想禅让于汝的皇叔，孰料皇叔高风亮节，不仅坚辞不受，还要倾力扶助汝治理天下。快快跪下，行大礼谢之。以后朕不在了，国事家事一切当听皇叔训诫。"

太子慕容暐言诺，欲行大礼，却被慕容恪扶起。慕容儁又将李绩召来，当着慕容恪和太子面说："左太史李绩是朕所欣赏之人，清廉方正，且忠诚坦荡，能够堪任大事，朕荐于吾弟和太子，一定要重用和善待之。"

太原王慕容恪、太子慕容暐皆说："臣谨记陛下教诲。"

八十二

燕帝慕容俊又单独留下左太史李绩一叙。

他对李绩说："朕这一次恐怕真的支撑不下去了，吾刚才欲传位于太原王，太原王坚辞不受。太子年幼，羽翼未丰，亦只能托孤于太原王。太史以为太原王可信乎？"

李绩说："臣以为太原王乃少有贤德之人。托付于他，太子无忧矣。"

慕容俊又说："朕还想令慕容评、慕舆根、左太史与慕容恪一齐作为顾命大臣，辅佐太子。左太史以为如何？"

李绩想了半天，说："有一件事，臣其实早就想对陛下言，但又苦于没有证据，几次欲言又止。当年献怀太子慕容晔吐血晕倒宏光殿，不久便逝亡。作为太子曾经的老师，臣亦颇为不解，去过宏光殿察看，还找过御医查问。那御医魏彬曾迟疑再三，最后方告诉臣，太子乃被五石散所害。而往太子茶中偷放五石散的，很有可能就是太傅。太傅每晚陪伴太子处理政务，有偷放的机会。其他宫内的内侍没有这个胆子，且亦讨不到那五石散。可惜那御医魏彬和相关内侍很快被处死，成了死无对证之案。臣想，可能献怀太子得罪了太傅，而太傅又是当今太子的幼师，太傅便起了歹心。谋害了献怀太子，太傅可算一举双得。既报复了献怀太子，解了心头之恨，亦可为自己的未来铺平道路。"

慕容俊心中大吃一惊。依他对慕容评的了解，并非没有这个可能。他说："那就速令护卫抓了那慕容评，立即审讯。如果属实，凌迟处死。趁朕未死之际，除掉这个大奸。"

李绩说："现在没有了人证物证，太傅定会咬牙不认。即使当时捉拿，因没有人亲见，恐怕亦审不出什么罪来。此事已境过时迁，只要他忠心于太子，全力辅佐即可。不过，臣担心太傅会与皇后和太子结成同盟，来与那太原王掣肘。如此太原王就会与慕容垂结盟，朝中则水火不容。臣只是承蒙皇帝宠幸，在朝中并没有势力和威信，故不宜当这个顾命大臣。臣推荐阳骛，此人忠诚刚直，乃三朝元老，朝中颇有影响。如果他来当顾命大臣，定会处事公正，牵制双方，不至于朝中生乱。”

慕容俊感叹说：“左太史乃现世之张良，可惜朕未能早将卿招至身边。吾心中有数矣，一切就依左太史所言。”

几日后，皇帝慕容俊病情加重，已不能抬起头来说话。于是就召来慕容恪、阳骛以及慕容评、慕舆根等人，接受遗诏，辅佐朝政。正月二十一日，大燕国皇帝慕容俊离世，年仅四十二岁，共在位十一年，谥号景昭皇帝，庙号烈祖，葬于龙陵。太子慕容暐即位，改元建熙，尊母亲可足浑氏为皇太后。慕容评继续授为太傅，同时加授慕容恪为太宰、阳骛为太保、慕舆根为太师。

慕容氏族上第三个最伟大人物，同样怀着满心的不甘，在壮年告别了他未竟的大业。但他亦为慕容氏族做出了巨大的贡献，使一个夷胡之族完成了入主中原的梦想，将疆土从东北辽河流域扩充至长江以北，让燕成为当时实力最强的大国。

他还是一个文武双全的皇帝。自初即位至末年，博观图书，讲论不倦，览政之暇，所著述四十余篇。还是一个勤勉的皇帝，性随和，慎威仪，未曾以慢服临朝，虽闲居宴处亦无懈怠之色。

此时，亦是燕最辉煌和耀眼的时期。

慕容王朝

下部

八十三

燕帝盛大的葬礼在邺城举行。

与燕王慕容皝较为简单的葬礼不同，慕容俊的葬礼则全仿照晋朝皇帝的规制来举行，十分繁琐、复杂。

太子慕容暐和太宰慕容恪召集朝会，确定皇帝的谥号为景昭帝，庙号烈祖，其陵寝为龙陵。满朝官员统一穿戴素服，在自己的官署里面进行斋宿，并依序到皇帝灵堂哭丧。太了、诸王爷、皇子、郡主，以及皇后妃嫔穿戴麻衣从宫门开始哭丧，一直进入灵堂。朝廷下令，民间的娱乐场所关闭，官员百姓不得在国丧期间嫁娶，不得饮酒和吃肉，寺观各鸣钟三万杵，停办一切祭祀典礼。百日之后，此规方可解除。

二十七天之后，燕帝正式出殡。百官素服送别，从宫门哭至陵墓。太子在陵寝前举行安魂之礼，叩拜四次，献帛和酒，读祝文。燕帝入土后，太子还要抱着燕帝的灵位回宫。将灵位请入筵殿，行安神礼，叩拜四次，然后献酒，读祝文。

葬礼结束后，皇后、嫔妃、太子，以及诸大臣皆疲惫不堪。

蝶妃虽穿着丧服，依然美丽。燕帝慕容俊的驾崩，对她这个可有可无、早已失宠的妃子来说，倒亦是一种精神上的解脱。她既没有表现得多么高兴，亦没有多少哀伤。

但她觉得一个改天换地的机会来了。这个机会对她所钟爱的人来说，无比的重要。

皇后可足浑氏正忙于太子的登基，无暇宫内的管理。蝶妃以给太后出宫采买供品的机会，出宫至慕容垂王府，与太宰慕容恪相见。

慕容恪怜惜地说：“是我害了你，让你吃了这么多的苦。”

蝶妃却说：“奴婢在皇宫，吃穿无虞，终日陪太后说话，习读诗文，亦算自在。太宰勿要挂念。”

她对慕容恪说：“太宰的机会至矣，奴婢愿尽全力送恩公坐上龙座。”

慕容恪和一旁的慕容垂闻之皆吃惊。慕容恪说：“皇帝刚崩，蝶妃怎能妄言，说出这般令人吃惊的话来。将坐上龙座的，是太子矣。”

蝶妃说：“不是太子，应是太宰。朝中谁人不知，那太子资质平庸，根本不是继承大位的合适之人。而能让我燕恢宏壮大，成就霸业的，唯有太宰。若只是为了愚忠和所谓仁德的名声，而置国家前途和百姓安危于不顾，一味逃避、谦让，将给国家招致祸端和危难矣。这样的人又怎能称得上是贤德的人呢？真正为国家黎民着想的大贤，是不会计较那些虚名的。汉武帝刘彻的太子之位，就是从兄刘荣手中夺得的。曹丕亦夺了东汉之位，司马炎亦夺了曹魏之位。这些圣明之君，众臣和百姓拥之，又有谁骂他们是篡逆之贼呢？”

慕容垂说：“嫂之言不无道理。先帝在时，心藏疑虑，对兄多有提防。我就曾建言兄取而代之。现在续接皇位，正是时机。大丈夫应以天下为己任，成大事不计小节。个人节操又有谁在乎呢？”

慕容恪沉默不语，低头喝茶。

蝶妃说：“现在我已将皇后和太傅慕容评的命门捏住。如果将二人一网扫尽，那太宰登上皇帝之位，又有什么障碍可挡住脚步的呢？”

慕容垂好奇地说：“嫂竟能制住皇后和太傅？有何把柄落入手中？”

蝶妃说：“皇后可足浑氏企图毒杀我的证据，以及慕容评毒害献怀太子的证据，皆在我手。有了这两个证据，还不能将之置之于死地吗？”

蝶妃乃聪明果敢之人。从怀孕那一天起，慕容垂夫人段氏就告诫她，母以子贵，要提防皇后起了嫉心加害姐姐。那一日御医魏彬送来安胎丸，神色似有不安，中途又借故药丸潮湿需烘炙回了御医房。服药时，她长了心眼，三丸便少服了一丸，将那少服的一丸攥在手心，偷偷藏了下来。后来，她死里逃生，陪伴太后，便借口太后有疑症，需请宫外名医来诊，请来了民间的一位神医。这位神医只是嗅了嗅，便告之药丸中有麝香、雄黄，此为打胎药，非安胎药。蝶妃已意料之中，嘱那神医三缄其口，悄悄用手巾包好了那药丸。第二日，她借口不适，在自己的寝宫单独召见了那魏彬。

她把手巾展开，露出那褐色药丸，轻描淡写地说：“这是我小产那晚魏御医事先给我服下的药丸，我嗓口眼小，咽不下去，特意留了一丸。昨天让来给太后看病的宫外神医亦瞧了瞧，他说你开的这药丸甚香矣。我一闻还真是。”

那魏彬腿发软，尚未听完就浑身冒汗，面如灰土，跪在地上说道：“请蝶妃开恩，饶罪臣一命。”

蝶妃说：“我料你一个小小的御医，绝没有胆子敢害陛下的骨肉和爱妃。就说出那幕后主使吧。我饶你不死。”

魏彬说：“要奴才招亦可以，但蝶妃须保证到此而已，不予追究。否则，都是一死，罪臣是不会说半句的。”

蝶妃说：“那就依了你。”

于是，魏彬便将皇后可足浑氏如何欲用毒药加害于她，他如何临时起了恻隐之心，将毒药换成麝香交代得清清楚楚。蝶妃念其良心未泯，只是训斥，并未告发追究。忽然有一日，那魏彬慌慌张张来至太后宫中找她，说那慕容评害死了献怀太子。

他说：“那一晚太子昏倒在大殿时，我无意发现了太子饮的茶中有五石散成分，又查问了夜晚当值的内侍，皆说是太傅经常亲自为太子冲茶。他们还听太傅对太子说，那香茗产自巴子国，十分珍贵，特意讨来献与太子。此害人之事虽与我无干，但太子已故，作为御医总管，我脱不了罪责，恐命将不保矣。在我死之前，请蝶妃拿来纸笔，让我将他们毒害你和太子的事全写下来，若来日有机会，定为我申冤。”

叙述到这里，蝶妃将魏彬所书的供词递与太宰慕容恪。慕容恪看后咬牙切齿，愤愤地说：“歹毒之人矣，千刀万剐不足消我心头之恨。”

蝶妃说：“明日至早朝时，太宰就当满朝文武公布这封供书。我亦愿上朝做证。太宰可当朝将那皇后和太傅绑缚，押入死牢审讯，并宣布自己摄政。待处死了皇后和太傅，天下稳定，可择机废太子而登基。”

慕容垂说：“此计可行矣。当断则断，不断则乱。兄就按嫂所言去做吧。弟当鼎力相助。”

但慕容恪长叹一口气说：“我已在先帝临死前，郑重其事答应他全力辅佐太子。篡逆之事，兄死亦是不会做的。你们亦死了这条心吧。此事今后不许再提。时候不早了，请弟送蝶妃回宫去吧。”

蝶妃含泪而别，边走边跺脚说：“先帝自私矣，不顾江山社稷，只想把位传给子嗣。但太宰不可糊涂。若只为了自己的一世清誉，而不为燕之长远打算，我翱蝶亦鄙夷矣。”

慕容恪不为所动。几天后，在太宰的主持下，太子慕容暐即位，并举行盛大的登基典礼。

慕容氏族的孩子皆少年英雄。他们自小就接受战争之洗礼，在艰难困苦中磨炼成长。从慕容廆、慕容皝、慕容俊、慕容恪以至慕容垂，皆是十几岁就独当一面，能征善战了。而至慕容暐，却如寻常家的儿童，玩兴十足，脱不掉稚嫩。他喜欢打猎，以及与宫中内侍、宫女一起吹拉弹跳；而对那些所谓用来治国治军的《论语》《孙子》等经典，以及骑马射箭之类，却没有多少兴趣。

他似乎并不像这个家族的子嗣。

八十四

燕帝归西，新帝登位。一切尘埃落定。

按照燕帝慕容俊四元老辅政的遗嘱，燕迎来了慕容恪、阳骛、慕容评、慕舆根四驾马车式的权力格局。

虽是四驾马车，但还是以太宰慕容恪为主导。

因为有许多军国大事等着处理，慕容恪便召集阳骛、慕容评、慕舆根到新皇帝慕容暐的寝殿议事。慕容评似早有准备，首先开口。

他说：“我皇年幼，尚不能完全理政。虽然先帝托孤于我们辅政，但臣以为，不如同时恭请太后视政为好。太后视政，古亦有之，且传为佳话。譬如宣太后曾为其儿子昭王辅政，赵威后曾为其儿子孝成王辅政。还有汉代的吕后、邓太后，晋的褚太后，都开创了为幼主视政之先例。今太后可足浑氏贤淑聪慧，精通军政，威仪天下，如能视政，燕之百官皆心中安定。我燕定会勃而兴之。”

此言论颇让慕容恪十分意外。先皇就是因为新帝年幼方遗命四臣辅政，今何必把太后搬出来，岂非多此一举？但一想，亦在情理中。慕容评之所以如此，必定先与太后串通，意图架空自己。他曾是皇帝的启蒙老师，又一直与太后关系亲密，如果太后临政，朝中说了算的不是慕容恪，而是他慕容评。

但慕容恪并不反对。他平静地说："太后视政，不知是出于皇帝之意，还是出之太后之意？"

虽然此事早已与皇帝和太后一起密谋商定，但慕容评却不敢当其他人明说，急忙说："非太后之意，乃老臣之见。"

慕容恪说："太后视政，古确有之，太傅既已提出，不知诸位以为如何？"

阳骛心中自然如明镜一般。他说："太傅此言我以为不妥，有悖于先帝的遗诏。先帝是让我们辅佐新帝，而非太后矣。至于太后视政，古确有之，但也弊病丛生，遭人诟言，甚至为擅权者和内宦祸国带来可乘之机。宣太后的儿子都十七岁，她还为之摄政四十一年，形成了秦国上下只知有太后、穰侯、高陵、华阳、泾阳，不闻其有王的怪事。最后昭王不得不强令母后退回宫内，收回全部大权，逐四贵于关外，改任范雎为相，才得以亲自执政。此事难道欲在我燕重演乎？"

慕舆根亦说："太原王乃是先帝的亲兄弟，新帝的亲叔叔，和亲母又有何不同呢？定会像亲父亲一样辅佐陛下。故臣亦觉太傅所言不妥。"

慕容恪面向龙座上的新帝说："先帝临终命我四人辅助我皇，且有遗诏。但四辅难以定论，一切还当皇帝定夺。如我皇同意太傅之言，则我四人退出职权，一切全凭皇帝和太后调遣，全力辅佐，绝不懈怠。"

慕容恪并不是简单将难题抛给年幼的皇帝，实际上亦是借机考验一下新皇的资质和能力。即使新皇慕容暐同意，他也有办法让太后无法视政。因为他背后还有众臣的支持，特别还有一个舍命以谏的常炜。仅凭新帝和太后、慕容评，是把握不了朝中大局的。

新皇慕容暐虽资质平平，但亦有几分聪颖。从他心里，他宁愿让叔叔慕容恪摄政，亦不愿让他那个爱叨叨的母后摄政。尤其他听到宣太后摄政四十一年之事，更是担心母后亦会如此。他说："国家大事，朕以为女人最好少掺和为好。既然先帝临终已将我托付于叔父，且已有遗诏令四大臣辅佐，太傅就不要多嘴了。一些军政大事皆由太宰和其他三位重臣做主。"

这回答倒让在场的人有些吃惊，尤其慕容评。明明是之前商议好的，这慕容暐却说变就变了。

慕容恪说："臣感激皇帝的信任。不过臣还有一事要奏。"

慕容暐说："太原王请讲。"

慕容恪说："臣向新皇举荐长史李绩。此人才学出众，德比周公，臣欲请皇帝封之为右仆射，来作为臣的助手，帮助处理军政大事。"

慕容评自然要反对。当年太子慕容晔为五石散所害死后，他就耳闻这李绩背后曾怀疑和调查过。且这李绩颇有才能，如果为慕容恪所用，慕容恪将如虎添翼，朝中更没有自己的立足的地方。

他说："李绩虽为先帝信任，但臣闻其曾跟随石虎左右，且是赵国刺史王午的主簿，故难保不存二心。我闻章武太守已卒，太宰如想重用，就让他去接任吧。"

慕容恪反对说："李绩有王佐之才，让他去担任地方官大材小用。还请皇帝定夺。"

慕容暐因为之前李绩曾在父亲和自己面前说自己不如死去的献怀太子，早有前嫌。此时便说："太傅之言有理，就按太傅说的做吧。"

慕容恪再次力争说："重用李绩，亦是先帝临终前嘱托，陛下当时亦在场矣。"

新帝慕容暐显然不高兴了。他说："其他各种军政要务，朕皆可委托给叔父自主，唯独李绩之事，尚请叔父让我独裁吧。"

李绩结果不仅没有升迁，反而被调出朝廷，任章武太守。

慕容恪亲自为他设宴饯行。离别时，一脸的愧意。李绩却说："此乃天意，谁料正当英雄壮年的先帝去世了呢。不然我们定会倾力辅佐，一统天下。我亦知太宰辅政的难处，从此相别，不知何时相见。"

骑上马，他对慕容恪说："太宰王仁慈贤明，君子矣。但治国理政不可过分崇尚墨学，一味兼爱，亦不是杀人越少越好；该苛厉时苛厉，而不可慈宥。否则，反受其乱矣。"

他又回头对慕容恪说："我主幼小昏弱，燕之有太宰尚可无忧，待太宰百年后，燕还能保全乎？"

说罢纵马离开。从此忧郁不乐，不久而卒。

八十五

正如李绩所言，慕容恪的辅佐之路并不顺畅。

太后未能垂帘听政，心中恼怒，几日不吃不喝，以绝食相威胁。而新帝几次探望，均吃了闭门羹。

新帝慕容暐心中恐慌。但他知皇帝一言九鼎，定下的事是不能轻易改变的。便在太后寝殿前请罪，长跪不起。此时尚是春天，夜晚下了一场小雨，寒透薄衣。太后起了恻隐之心，只得令内侍将皇儿请进寝殿。

慕容暐跪拜曰："是孩儿不孝，忤逆了母亲。儿誓诺，今后凡朝中事情，皆请示了母亲后再去定夺。儿无德才，蒙母亲舐犊之情，忝列帝位。燕宁可少了儿，亦不可没有了母亲。请母亲爱惜身体，速速进食，否则儿长跪不起。"

太后可足浑氏流着泪弯腰扶起新帝。她说："哀家还真是饿了，儿就陪母共食吧。"

母子和睦。自此朝中大事，新帝多先请教于可足浑氏再做定夺。

一日早朝，围绕集结于邺城周围的几十万大军何去何从引发了一场激烈的争论。

常炜谏言："今先王刚刚驾崩，国内根基不稳，秦、晋，以及环伺各国也正暗中窥视，伺机侵扰。大军集结都城，边境缺兵不稳。且每日粮草供给，亦是一大难题。故建议南侵计划暂缓，将集结之五十万大军遣回原郡，并加强边境守卫，以稳定民心。"

这自然是一个稳妥的建议。皇帝刚去世，国家处于动荡之中，应以稳定为主。但如将集结好的军队遣回各郡，亦意味着先帝策划的宏大的南侵东晋计划，将不再实施。

这自然极其敏感，孰亦不愿触碰。但亦是当务之急。慕容恪只得请常炜当这个出头鸟。

阳骛、皇甫真等皆赞同。而慕容评等却强烈反对和质疑。

慕容评说："攻取秦晋，完成统一天下，是先王遗命。先王刚崩，就欲改弦更张，是何居心。且大军已集结多日，士兵枕戈待旦，箭在弦上不得不发。如今秦晋内乱不定，正是进击最佳时机，若错过机会，则养虎为患，反受其扰。当初先帝在位时，几次提出南下，皆被常炜等臣以各种理由所阻拦，以致屡错良机。请皇帝和太宰果断，迅速起兵。如他人心惧，我请独自率军南下。”

慕容评显然是在将慕容恪的军。

慕容恪说：“陛下刚即位，确需南下之胜利来彰显我帝英威。但国丧刚毕，举国尚在悲痛之中，臣子百姓不能自拔。此时伐晋，骑无力，卒无勇，戈无锋，实在不是兴兵的最好时机。且国乃兵之基。国家未恢复到平稳状态，举兵又焉能百战百胜？莫若待一切安定下来，再行筹谋。”

慕容恪也怕国内不稳，影响前线战局。

慕舆根却没有表明态度。新主刚立，依他之经验，少不了一番明争暗斗。他要选边站队，自然要观察一番。

新帝慕容暐说：“父亲刚崩，就悖离遗训。若父地下有知，该做何想？做臣子的可以装聋作哑，但做儿子的断然不行。此事朕已与太后商量过，一切依父王先前所言而办。太宰及三位重臣，速速准备大军南下之事，三日内开拔。”

众臣面面相觑。慕容恪只好说：“谨遵陛下所言。”

慕容恪无计可施。退朝后他与太保阳骛、太师慕舆根商议，他们亦不同意此时大规模出兵。又接南面边境来报，东晋早已察觉，桓温率大军三十万防卫。自长江上游至下游，军营密布，战船林立，旌旗飘扬。曾为安国王的吕护，自鲁口之役败后，降燕被封为河内太守。此时见燕帝慕容俊驾崩，转而投之于晋，被封为冀州刺史，占领野王与燕对抗。而秦国出兵潼关，向东瞭望，意有所图。

慕容恪对阳骛、慕舆根言：“大军不能南下，应迅速解散，回到边境，巩固边防。我要再次说服陛下，收回成命。”

他知道，事情的关键在于太后的态度。但如何说服太后，他却无计可施。但他忽然想起了蝶妃给他的那封魏彬供书。

他请求面见太后。太后虽不愿见他，但碍于其太宰身份，犹豫了半天，还是客气地接待了他。寒暄之后，慕容恪便道：“陛下刚刚就位，就不忘先帝嘱托，胸怀天下，欲建殊功。但天下形势大变，此时匆忙出兵，恐对国家不利。陛下至孝，恳请太后帮忙说服陛下，暂不出兵，以待时机。”

太后不慌不忙地说：“哀家早已不问朝事。听说朝上还有人以宣太后比于哀家，怕哀家亦像宣太后那样把持朝政。哀家得避嫌矣。故太宰所言之托，实不能依从。还请太宰谅解。”

这在慕容恪的意料之中。他说：“太后高风亮节，朝野无不赞誉。算臣多嘴了。”

他装作忽然想起了一件事，说：“近日臣处理公务，有人喊冤告状，说是御医魏彬的后人。他呈上了一封据说是罪臣魏彬被处死前留下的遗书。里面提到了太后，我一看全是污蔑之词，立责四十杖，轰了出去。这封遗书就在臣手里，不知太后有没有兴趣看那宵小之徒如何胡说八道。”

可足浑氏心中一惊，接过了魏彬那供书。看后更是大惊失色、坐立不安。她怒言：“大胆恶徒，竟敢诬陷哀家，岂能杖责，应该凌迟。”

慕容恪将那供书接过，说：“臣犹豫再三，本不想让太后知道这件事，就是怕惹太后生气。臣知罪了，愿自请四十杖。”

太后脸色瞬变，忙说：“太宰忠心耿耿，弥日累夜，尽心辅佐皇帝。哀家感谢还感谢不过来呢，又岂能杖责。至于出兵南下之事，事关国家社稷安危，哀家自会规谏皇帝的。太宰大可放心。”

第二日早朝，新帝慕容暐还不等慕容恪奏请，就先说：“朕昨日又反复思了一夜，觉得太宰之言有理，南下出兵还不是时候，巩固边防要紧，大军就先解散了吧。”

慕容评惊诧，正要进言。慕容暐说：“太傅不必多言，还是太宰想得更周到。”

八十六

这一切皆被老将慕舆根看在眼里。

位于四辅臣中末座的他，其实是一个不安分的人。他是慕容氏族的四世老臣，在守卫大棘城、南入中原等多次大战中，皆立下战功。不仅有才干，且自视极高。

他早就不喜欢慕容评，觉得此人虚妄自大，自私卑劣，难成大事，不是可托付之人。早朝之后，其心已决，将投靠对象选择了慕容恪。

依他观察，慕容氏族中，也包括整个朝廷，最有能力，亦最有威望者，除了慕容恪之外，似乎再也寻不出第二个。而依他来看，慕容恪定不会甘心辅佐这昏庸的慕容暐。如果此时依附于他，共谋未来，将来慕容恪登位后，定会重用自己，说不准能成为群臣之首。

他要推动朝中变局。先要做的，就是试探慕容恪。

他以长辈名分邀请慕容恪到其府中赴宴。两人把酒共欢，共同回忆起在大棘城击退石虎时的情景。慕舆根说："一生中老臣最佩服的就是侄儿，率两千轻骑击溃三万赵军。威武雄霸，亘古未有，老臣远不如矣。"

慕容恪亦说："叔父有胆有识，乃侄儿钦佩之人。当年石虎大军兵临城下，人心浮动，诸将皆劝父王放弃大棘城。还是叔父挺身而出，力劝父王不为敌惑，力守都城挫敌锋芒，以待战局变化。这一幕至今难以挥下。"

杯觥交错，俩人渐密。

慕舆根此时头脑发热。他趁着酒劲说："新帝年幼，资质平庸，难堪大任。而侄儿乃真正的君主之才。侄儿何不考虑兄终弟及？这在夏、商以及鲁、宋等都是合乎礼制的。如鲁炀公熙接替其兄鲁考公酉，宋微仲接替其兄宋微子。现在，太后掣肘，连慕容评那样的小人都想干扰政务，让侄儿左右为难。侄儿应该以天下大义为重，不必拘泥于君臣小义。如能废黜无能幼主，亲自登位，这才是匡复正道，亦是众望所归，燕之黎民百姓福分矣。叔父愿舍生推举侄儿。"

慕容恪将酒器往桌上一蹾，起身正色道："太师莫不是醉了？我与太师一同接受先帝遗诏还没有几天，太师怎能说出这种大不逆的话来？此当我未闻，太师亦当未说矣。"说罢离开了慕舆根的府第。

慕舆根一脸窘态。他压根儿没有想到这慕容恪不是慕容昭、慕容仁，也不是慕容翰。

慕容恪怕慕舆根再联系慕容垂谋逆，便把慕舆根与之密宴肆言之事告诉了慕容垂。他说："慕容氏族代代英才辈出，但是兄弟阋墙，为王位争斗，也曾耗糜了国力国势。自先帝以来，已无大位之争，却又有人兴风作浪。吴王弟也当兢惕之至，万不可如石氏子嗣为了帝位自相残杀，以至被冉闵灭族。"

慕容垂说："我早已知太宰之心。兄当放心，无论将来你在与否，我绝不会干出弑君僭位之事。如陛下不容于我，亦如叔伯慕容翰那般亡命天涯罢了。"

此言果然一语成谶。那是后话。

慕容垂劝慕容恪将之告发，让新帝来处死这慕舆根，以除后患。慕容恪却说："先帝方亡，新帝刚立，大局不稳，不便再生事端。他亦只是心存此念，未必敢反。"

慕容垂却节外生枝。先帝慕容俊死后，在慕容恪的庇护下，他已不再像过去那般低落沉寂。甚至因其赫赫战功，似有张扬，故亦不把慕舆根放在眼里。慕容暐宴请众臣，他借酒醉悄悄对慕舆根说"太师可想效曹丕篡汉、冉闵篡赵乎？知其不可为，方为明者。不然身首异处亦说不定矣。"

慕舆根明白与慕容恪所说之事已被慕容垂悉知。此事已被他人攥住了小辫子，倒不如孤注一掷。次日，他便进宫，说有要事要向可足浑氏太后和皇帝慕容暐秉报。然后跪倒在皇帝和太后面前，痛哭流涕地说："昨夜太宰慕容恪与太傅慕容评欲联合臣密谋造反，商定推举慕容恪登基，慕容评任太宰。自己不敢反对，虚意应允。起兵造反之日就在下个月皇帝春猎之时。"他请求皇帝准许他率戍城大营的精兵连夜将慕容恪和慕容评抓起来审问，以绝后患。说罢还献上一封自己伪造的慕容恪告天下诏书。

可足浑氏太后和皇帝慕容暐听后大惊。可细一琢磨，似乎又觉得哪里不对。太后相信慕容恪会反，却不相信素与他们亲近的慕容评会反。俩人心中大疑，皆怀疑这是慕舆根离间之计。可足浑氏说："太师忠心可鉴，哀家和皇帝自当加强防卫。此事事关社稷安危，又牵扯护国大臣之名节，不可盲目从事。须细细调查，得到证据再抓他们不迟。"

慕舆根只好说："请陛下和太后及早谋划和防备，如需臣去平叛逆贼，臣定会赴汤蹈火，在所不辞。"

太后悄悄找来了老臣皇甫真商议此事。皇甫真亦不相信慕舆根的话，但还是加强了宫中的护卫，并暗中派人监视慕容恪和慕容评。几日后，慕舆根又晋见太后和皇帝，说："国家现在面临很大危险，外有晋秦两大强敌正欲进攻大燕，疆土辽阔不好治理，每日皆有造反的逆贼，不如躲避强敌，北归辽东，迁都龙城，自成一体。"

此言一出，惹太后和皇帝大怒。加之皇甫真的秘密调查亦无结果，他们终于明白这慕舆根的用意。但太后还是不想处置他，只想吓一吓他。太后板着脸说：“念汝跟随过先祖先王先帝，为三朝元老，也为燕立下无数战功，其诬告贤臣和欺骗皇帝的死罪就免了，但要闭门思过，等待处置。”

慕舆根知事败毕，心中恐惧，便托病闭门不出。待几日后，却未见异常。他便若无其事地上朝，还四处游猎。一日，骑马游猎归来，至一桥上，他无意看到水中倒影，竟难以置信：那倒影中，自己竟头戴皇冠，身着龙袍。他又惊又喜，再仔细打量时，倒影又恢复了本来的样子。

八十七

慕舆根听闻都城方士中，平阳人丁进最为盛名，尤其以占卜十分应验。他悄悄寻至府中，塞上一锭重金，告之说：“昨日我在河边清楚看到水中倒影，竟戴皇冠着龙袍，难道有何征兆？”

丁进知其为朝中太师，便悄悄说：“此为天机，兆示太师将要登基坐殿乎。”慕舆根大喜，将其养在府中，奉为上宾。并招属下将领及朝中亲信共同密谋，意图谋反。还让这方士一起参与，并不避讳。

慕舆根掌管都城守卫，手中有羽林军八千。此外，城外集结的大军中，有两万骑军也是他的嫡系。近三万人马，如果起兵造反，确实可以扭转乾坤。

他还趁赵亡，笼络了一批羯族降卒武勇，作为心腹。这批死士约两千人马，平素皆藏身于他掌管的羽林军和他率领的骑兵之中。

终于确定了起兵之日。他以过生诞的名义，当夜将这支部队的将领召至府中，大摆宴席，暗中商量反叛之事。

他计划三更子时起事。等南宫门大开，迎接上朝官员之时，拥军入内，废黜皇帝，杀死太后，宣布自己登基。同时命豢养的食客冯虎率羽林军包围慕容恪、慕容垂和慕容评府，将其家中老少全部灭门。事毕颁布诏书，将集结城外正在疏散的大军全部归自己指挥，并一举扫清慕容恪、慕容垂、慕容评军中死党。

慕舆根令丁进在暗室中占卜。须臾，慕舆根从暗室中走出，向起事的人展示丁进所得的谶书：“根生帝室，枝出王裔。”并说：“方士刚说，夜观天象，紫微星有变，帝星已移位，起兵之事须快矣。”众人皆说：“此乃天意，当舍命奉迎新的天子。”慕舆根又对每人赏赐重金。

宴席一半，正是二更之时，方士丁进悄悄离席，溜出府外，来到吴王司马高弼的家中。他在太师府思来想去，心中不免恐惧。觉得这谋逆可是大罪，要诛杀九族，便想向朝廷告密，戴罪立功。因素与高弼相投，又知高弼是慕容垂的附臣，便将慕舆根密反之事告于高弼，让高弼速报告吴王慕容垂和太宰慕容恪。然后又悄悄潜回太师府。

高弼大惊，此时已近两更，他急忙赶到慕容垂府，将慕舆根起兵谋反之情告之。

慕容垂与高弼着急到宫中密报。半路上看到城门大开，城外一队队骑兵急驰入内，朝着自己和慕容恪的府邸方向奔去。他知道自己和慕容恪也成了慕舆根的诛杀对象，便让高弼手拿自己的腰中玉佩去城外大营调军保卫太宰慕容恪，而他自己直奔皇宫。

到了皇宫的正门，只见宫门紧闭。他拍打城门，唤来门内羽林军护卫，通报自己是吴王慕容垂，有要事要禀报皇帝。但护卫却说：“尚未到宫门开门时间，不管门外是谁，一律不开。”

慕容垂急中生智，从门缝中要来纸笔，写了“慕舆根要反，宫门不能开”两行字，令护卫传进去速交与皇帝；然后寻了一匹马，急速驰往城外大营。

皇帝被梦中叫醒，看了字条大惊，恰好老臣皇甫真在宫内值守，忙召集宫内羽林军警戒，并严令天亮时亦不准打开宫门。

三更时到，慕舆根率二千羯族武士出发，来到南宫门埋伏。天已微亮，此时宫门应开。但仍大门紧闭。又等待了一会儿，宫门仍未开。慕舆根知事已毕露，便令羯族武士硬攻。武士早有准备，将马车上的一根粗壮木头卸下，几十人搬在腰间齐力撞击宫门。撞了半个时辰仍没有撞开，慕舆根又找来一根更粗壮的木头，令两根木头同时撞击。宫门大开，众羯族武士便蜂拥入内。突然，一排密箭射来，接着就是一片喊杀声。原来宫中羽林军早在此等候，他们在皇甫真的指挥下一齐杀了上来。

高弼到了城外大营，见到了慕容垂手下的将领。但将领说调兵须有皇帝或太宰的调兵符，仅凭慕容垂的玉佩不行。此时，慕容垂恰好赶到，他拔刀说：“慕舆根谋逆，正举兵攻打皇宫和太宰府，我无法拿出调兵符，愿意护驾立功请带上武器速与我救驾，不愿去的也不勉强，但阻挠者杀之。”于是，一大队骑兵跟随他奔往城内。

慕舆根的叛乱直至傍晚才被平息。慕舆根战至最后，被乱箭射杀。二千羯族武士大多战死。南宫门附近血流满地，死尸横陈。太宰慕容恪、太傅慕容评和吴王慕容垂的府第亦被解围，叛军全被打散。慕容暐想，要不是慕容垂来通风报信，并率兵来救，说不定慕舆根早打进了皇宫，自己恐怕亦有生命危险。第二日早朝，众臣一同列举慕舆根的罪行，要求皇帝严惩其死党。慕容暐下令将慕舆根举家及党羽以谋逆罪公开处死，并枭首示众。

那平阳方士丁进因以慕舆根的同党被捉，他在狱中写信告冤。慕容暐亲自审讯，他说："谋逆那天，是我通风报信给吴王的尚书令高弼。且在暗室中占得的谶书其实是'根生帝室，枝出亡矣'，而根本不是'枝出王裔'。而我亦从未说什么'夜观天象，紫微星有变，帝星已移位，起兵之事须快之'的话。"

慕舆根已死，其说无从对证。但通风报信，高弼证明确有其事。而当夜邺城天空突然出现彗星，引起众人不安。皇帝便释放了他，令其占卜做法事，以消灾弭祸。而丁进便干脆懒在宫内不出，在宫中设堂作法。一日，他声称得到天机，向皇帝和太后可足浑氏进言："皇帝年幼，须太后亲自视政，此乃天意。而太师作乱，灾星过天，皆是对逆天行事的警告。太后如不顺从天意，燕之灾祸还将至矣。"

慕容恪闻之大怒说："区区一巫人，假借方术，蛊惑谋逆，干扰朝政，实为该诛。"命廷尉监常炜抓捕审讯之后，未经皇帝同意就予处死。皇帝闻知面有不悦，慕容恪谏曰："陛下以幼学之年继位，力不能逮，应广学先贤道德文章和历代圣君治国之策，不应沉湎于方术之中。此方士丁进，居心叵测，臣恐陛下被其所惑，误入歧途，故杀之。"

慕容评亦说："丁进该死。朝中之事岂容方士从中置喙。"慕容暐无奈，只好说："斩了就斩了罢，朕亦心静。"

先帝刚死不久，又发生了慕舆根逆谋和杀死方士的事件，一时众臣忧虑，城内恐慌。为防不测，一些王公贵族府中皆加强警卫，许多重臣出入皆有侍卫跟随保护。但慕容恪却显得举止如常，出入都只有一人跟从，不肯加添守卫。于是众臣和王公稍为安定。

八十八

新的危机接踵而至。

一日，忽有一骑士直奔太傅府。此人衣衫不整，面容疲惫，似长途奔袭而来。自称是河内太守吕护的将军，名叫付彬。他向慕容评报告了一件重要军情："驻扎在野王城内的吕护，正欲引领晋十万大军前来攻取邺城。他与桓温约好，引兵在长江北接应晋军渡河，然后合兵进攻邺城。"慕容评不敢耽误，即进入宫中，奏请皇帝速升朝，商议对策。

吕护投晋，燕国朝廷上下皆知。但勾结桓温，欲谋取都城，却引起了朝中震动。慕容暐说："这吕护如同三国时的吕布，出尔反尔，先帝当初就不该留之性命。讨伐吕护，当务之急，一切皆由太宰和太傅、太保决断。"

慕容恪此时脑中却蹦出一个大胆的计划：借机从晋手中夺取洛阳。

慕容恪虽反对全面向东晋开战，但图谋东晋的想法在他的脑中无时不在。洛阳对东晋来说十分重要。除了它是晋开国都城，且占据洛阳，北可渡黄河进逼燕北，西可遏制秦之关中，具有政治军事的战略意义。故大将桓温曾多次建议晋哀帝将都城迁回洛阳。而燕占之，在战略上同样可遏制晋、秦两个大国。

晋之注意力全在于他的都城，而不会料到他正在图谋洛阳。此时不谋取洛阳，又等待何时？

这是一招高棋。太傅慕容评、太保阳骛皆钦佩有加。慕容恪要摆出一副全力讨伐吕护、攻取野王的架势。同时悄然派兵向西，不动声色地拔掉洛阳周边的战略要点，一旦时机成熟，迅速发起对洛阳的进攻。

他颁布命令："太保阳骛守卫邺城，保卫皇帝。慕容评率慕容忠、慕容尘等一路向西渡过黄河攻取洛阳外围城池，皇甫真率军直攻野王，自己和慕容垂率主力直向南插，迎击准备渡江北下的晋军，切掉野王的外援。大军三日内完成集结，第四日早晨皆都开拔。"

慕容暐心中振奋，他说："众将军务必一切听从太宰之令，不得违悖。否则朕将重罚。"

皇甫真的两万大军在吕护属下付彬的引领下，迅速推进至野王城附近，并将之包围。吕护方知事情败露，忙闭城固守，并派人向桓温求援。

桓温的伐燕大军正在江边集结，忽接吕护的信使报告，知道野王被困，且慕容恪正带十万大军从邺城赶来，桓温便对是否继续渡江北上犹豫不定。

朝中大臣知燕王慕容俊已死，兴高采烈地认为收复中原的时机已到。见桓温临近出兵却又踌躇，皆说："燕王已死，那燕还有什么可怕的呢，大都督不应迟疑，应速出兵。"

桓温冷冷地说："慕容俊虽死，慕容恪还在，晋之祸端恐还在后面呢。"

桓温决定大军停止集结，是否北伐，暂且观望。

慕容恪隔江与晋军对峙，见晋军不敢动弹，便分兵一部，由护军将军傅颜率一万步兵协助皇甫真攻取野王。皇甫真采取的策略如几年前攻打广固一样，于野王城外修筑深沟高垒，阻断城中与城外联系。吕护军被围数月，外无救兵，内无粮草，只得令部将张兴率军七千出城迎战。燕军士众，且正在势头，几个回合，张兴就被傅颜打得全军覆败，自己也被燕军所杀。

燕军将张兴的头颅割下，挑在城下供守城士兵目睹。城内士兵皆惊惧，不敢出城再战。

吕护陷入困境。他知道，如此下去野王必破。一夜，他以护军将军傅颜营阵为突围口，率城中精锐兵力试图突围。孰料皇甫真、傅颜事先已做好防备，并设下埋伏，吕护部下死伤惨重。吕护仅率几人逃回城中，第二日宣布脱离东晋，再降燕国。

野王城破。

吕护跪在慕容恪的脚下说："我几次想归顺晋国，但他们薄情寡义，要么封官太小，要么见死不救，还是燕国仁义，待我宽厚。太宰天威也，护发誓不复反矣，愿终生追随。"

皇甫真建议慕容恪杀了这反复小人，但慕容恪说："攻心为上，攻城为下；心战为上，兵战为下。诸葛还曾七擒孟获，姑且再放他一次，看还敢反不。"于是奏请燕帝，封之为广州刺史。

桓温见野王城被克，便彻底打消了北伐的计划。大军从长江边撤回建康。而慕容恪亦结束了同晋军的对峙。

此时，慕容评的蚕食战役却隐蔽且富有成效。

他派平熙进攻洛阳城北的黄河渡口小平津，在黄河北岸牢牢扎下了根。紧接着，燕军铁骑迅速向南渡过黄河，开始了对洛阳南部周围地区的攻略。慕容忠攻占了荥阳、密城等地。慕容尘攻占长平。慕容评、李洪又攻占汝南、陈郡。接着，慕容恪又派大将悦希屯兵盟津，孙兴屯兵成皋，从西面和东面对洛阳形成钳式攻势。

经过近两年的布局，慕容恪的战略目标初步实现，洛阳已经成为彻底的孤城。

时机成熟，只差最后一击。慕容恪和慕容垂便带着数万精兵渡过黄河，直奔洛阳而来。

此时，桓温方才明白，并大吃一惊。他后悔不迭，慌忙集结和调遣军队，开始实施对洛阳援救。大军还未来得及派出，一个更震惊的消息传来：晋哀帝驾崩。

这晋哀帝司马丕，为求长生不老，终年服食丹药，结果中毒而亡。司马丕无子，到底选谁继任，意见不一。朝内动荡，大都督桓温不得不暂时停止对洛阳的救援。

守城的冠军将军陈祐见洛阳已成死城，又无援军，决定保存实力，放弃洛阳。他想趁燕军尚没有合围，率部向东逃往许昌。

八十九

而此时却有一勇士站出来，誓言与洛阳城共存亡。

他便是陈祐手下的扬武将军沈劲。此人出身于江南世家，父亲沈充在东晋初年参与王敦之乱，最终兵败被杀，其家族受到牵连。沈劲自幼便有气节，常思为国家建立功勋，以雪父亲谋逆之耻。他三十多岁时，自募士卒一千余人，自愿赶赴洛阳帮助陈祐戍守边境，才最终入仕，并被朝廷封为扬武将军。现在他认为彰明心志，为朝廷捐躯的机会到了。

陈祐平素颇喜爱沈劲，心有不舍，反复劝之。但沈对此不忧反喜。他说：“若我守城得成，将军可率军反攻，我设好酒宴在洛阳城中等待将军凯旋。若我守城失利，必以身殉职，将军可报请朝廷，只求赦免父谋逆之罪。”

陈祐说：“汝乃报国真义士矣。”只好含泪与之告别，星夜率军逃往许昌。只留沈劲与五百士卒留守洛阳。

公元364年秋，燕军向洛阳发起猛攻。洛阳虽然城高池深，守将沈劲亦拼命抵抗，无奈兵微将寡，形势堪忧。慕容恪此次改变战术，不再采取围困之法，而是重槌猛击。他召集众将说："平素你们对我围城之策颇有微词，此次则放手一搏，猛攻速战，一击克之。"

众将皆奋起，喊杀震天，以浩大之势从城的四面发起猛攻。无数架着云梯的士卒冲向城墙，而密雨一般的箭矢也同时射向城墙头上的守卫之卒。沈劲五百士卒，分布于周三十里的城墙上，顾了东顾不了西。

城很快被破。燕军蜂拥入城，守将沈劲仍率残军殊死抵抗。战至最后，沈劲身边已无一兵一卒，终于受伤被俘；但却神色自若，毫无畏惧。

慕容恪很是欣赏沈劲，不想将其处死，便对其说："我久闻将军清操，不知可否委屈做我的司马？"

沈劲说："我身为晋臣，岂能委身胡夷。我以五百士卒对抗尔五万大军，无异以卵击石。故今日结局，早就知道矣。终成报国之志，我心已足，但求速死。"

慕容恪肃然。回到大帐之中，对身边的将军说："沈劲惟忠惟孝，耻父之恶，致死以涤之，变凶逆之族为忠义之门，可谓不寻常之人矣。可惜不能为我所用，不如放之。"慕容垂说："沈劲虽然是贤德之人，但不为我所用，则定会为敌所用。如今赦免了他，肯定会留下后患。太宰还是成全了他吧。"

慕容恪遂命将沈劲处死，并厚葬。

慕容恪攻克洛阳之后，向西一路打到崤山。燕军声威大震，秦皇帝苻坚见状万分惊恐，赶紧屯兵陕城，防止燕军趁机进攻关中。之后，慕容恪令大将慕容虔驻守洛阳，又任命慕容垂为都督荆、扬、洛、徐、竟、豫、雍、益、凉、秦十州诸军事，征南大将军、荆州牧，让他带领一万人马，镇守鲁阳。虽慕容垂仅一万人马，但秦晋两家皆不敢来犯。

此后，前燕军继续扩张，又从东晋手中夺取兖州。燕国的版图和国势达到历史巅峰。

但杀沈劲之事却让他耿耿于怀。回到邺城，皇帝大摆庆功宴，为慕容恪、慕容评等诸将庆贺。而慕容恪却高兴不起来，他在朝上对皇帝和众臣说：

“我以前平定了广固，却没能救助那段龛的王友辟闾蔚；如今平定了洛阳，又使沈劲被杀。这些都是敌国的忠义之士，亦是燕国所需要的人才。虽然杀之都不是我的本意，然而实在有违初心，有愧圣贤的教诲。”

皇帝劝说：“太宰不必在意，他们虽然是仁德之人，但在战场上却是我们的敌人，杀之亦是迫不得已的事情。”

而此时廷尉监常炜借机上谏：“太宰痛惜人才，实令臣感动，颇有周公之范。周公辅助朝政期间，一听到有贤能拜访，嘴里嚼着肉也马上吐了出来，马上迎接，对人才不敢有丝毫怠慢，所以才有周公吐脯天下归心之说。现在国家不断扩大，但人才却远远不济，其原因就是负责选拔官员的尚书台存有弊端。以前各部门官员皆有定额，各尽其职，如今却官员增多，每年可增几百人，不分贤与才，一律应用。以前授官皆严格挑选的，如今选上来的官吏，多是靠门第和收贿荐举，以至于朝中大臣荐选官员时，都将推荐之人的名字写错。以前官员考评提拔皆有籍案可查，如今官吏的考核上却是徇私舞弊，有才能的人得不到提拔，而资历老的、贪赃枉法的、软弱无能的却得以提拔。人才关乎我燕兴亡，故一定要谨慎地选人。建议皇帝下令，将尚书台交由太宰亲自掌管，并整肃官吏之风，为我燕选出更多可用之才。”

这一枪显然扎向慕容评。因为慕容评掌管尚书台，并兼任尚书令，负责官员选拔任用和纲纪。他借此安插亲信，卖官鬻爵，收受钱财。

慕容评没有料到风头忽然刮向自己，急忙反驳说：“廷尉监所言乃道听途说，我燕中兴，治国清明，天下之才莫不负囊而来。尚书台恪尽职责，举荐选拔无数人才。连廷尉监这样的敌国人才都被重用，又如何言徇私乎？”

阳骛、皇甫真却支持常炜之谏。他们说：“尚书台是吏治之始，风气之先，朝中多有微词，应当整肃，交予太宰署理更为合适。”

皇帝显然已成熟了许多。他亦早对这尚书台颇有不满，便说：“廷尉监和太傅所言皆有道理。太傅掌管尚书台还是尽心竭力的。但朕也准廷尉监和众臣所奏，将尚书台交与太宰掌管。有非常之人才，才能建非常之业。太宰定当尽力，为朕选出更多更好的人才。此事就这样定了。”

慕容评还想反对，但却被皇帝拦了回去。他自然知道，这是太宰的主意，而那常炜不过是一杆枪而已。

慕容恪早上处理朝中之事，中午处理尚书台内之事，十分忙碌。他在封弈、皇甫真、阳骛、慕容垂等人的推荐下，先后选任了九位刺史；还公开招贤，举荐了近百名贤德的郡守县令。从朝中至外郡县，官员焕然一新。

慕容评心中并不舒服。朝中他的亲信大多被慕容恪以各种理由剔除，且卖官鬻爵的道路亦被阻断。他心中不甘，要伺机对慕容恪反击。

机会却很快来了。

公元365年燕境内多地发生水旱灾害，尤以幽州一带水灾和中山一带旱灾为重。皇帝派朝中大臣司隶校尉杜群视察。杜群回至朝中，马上向皇帝奏言："幽州刺史李铎救灾不力，致几千人命丧大水之中，潮白河中皆是泛起的死尸。更为可恶的是，此官还被告发贪污军粮十万石。"

慕容暐大怒："真是可恨，速将幽州刺史李铎腰斩。不知中山的旱灾百姓如何？"

杜群答道："中山一带的旱灾却救济得力，只有几人饿死。中山郡令刘宾功不可没。且爱民悯民，与百姓一起食不果腹，经常以野菜充饥。"皇帝转怒为喜："这刘宾才是朕之良臣，赏黄金百两，特晋升为三品常侍。"

太宰慕容恪缄言不语。他心中清楚，这李铎是慕容恪掌管尚书台时所荐官员，而中山郡令刘宾乃慕容评任尚书台时亲自所荐。

杜群奏言："尚书台选吏不慎，亦应追究。"皇帝无奈，于是革去了慕容恪的尚书令之职，改由慕容评重新担任。他对慕容恪说："不是朕不信任叔父，亦不是追究太宰之责，叔父实在太累了，朕只是帮叔父去掉一些肩膀上的重担而已。"

慕容恪依然是宠辱不惊，而慕容评脸上却终于露出了笑容。

九十

慕舆根谋乱被处死之后，慕容垂及时护驾有功，被命掌管都城防卫，且羽林军亦由其统领。因都城盗贼频发，还盗了几个朝中大臣的家，太宰慕容恪责令慕容垂严加整肃都城秩序，速将盗贼抓获。

慕容垂不敢怠慢，亲自参与抓捕，很快盗贼落网。原来这盗贼分为城东、城西两伙，皆从外地而来。一伙来自幽州的蓟城，一伙来自中山郡。他们皆是灾后流落至都城的流民。

慕容垂亲自审问。他问蓟城的盗贼头目刘七："大胆蟊贼竟敢到皇城盗财，难道不要命了吗？"

刘七却说："盗亦死，不盗亦饿死，反正都是死。"

慕容垂说："那盗也要盗你们的刺史李铎的家，是他救灾不力才让你们挨饿，四处颠沛流离。"

刘七说："其实你们杀的这李铎倒是个清官，一件布袍穿了十年也没换过，每天只食一个带肉的菜，百姓称他是'我民父母'。他的前任董响却是个大贪官，把朝廷兴修水利的钱全贪了，还在朝中买了一个什么常伯的大官。我前夜就是偷的他家，家中有一个地窟，全是金银宝玉和五铢钱。本来东西就要到手，无奈防卫太严，正翻墙时被守卫发觉，只好将那一布袋金银和五铢钱扔在了墙下。"

慕容垂眼睛一亮："说的可是真的，我乃朝中吴王兼大将军，如敢糊弄本官定打折你的腰。"

刘七说："我亦是将死之人，何必说谎，将军如不信我可带你去那董响家查察。"

慕容垂又令将那中山郡的盗贼带上审问。这一次他干脆直接问道："听说你们的郡守是个很好的父母官，与百姓一起吃慷咽菜；且救灾有力，郡内百姓皆能饱腹，只有几个人饿死，尔等却又为何出来做贼？看来早就是无恶不作的歹人，且到皇城犯科，应立即处死。"

那贼首名石秃亮，是胡人，曾在石虎的朝中当过差。他急忙说："朝廷全让那刘宾蒙骗了。中山大旱，颗粒无收。饿死的人无人去掩埋，其尸首堆成小山。听闻朝廷派人下来巡察，郡守刘宾在中山境内挖了上百个大坑，才将这些饿殍全部埋之。为防巡察的大臣看到，他还将所有流民全部捕入狱中，大多活活饿死。我们就是从狱中逃出，来至都城的。"

慕容垂闻后更是大惊，说这世上竟有如此欺君害民的恶官。他于是急忙派人至两地查检，刘七、石秃亮所述基本属实。他亦查清，那贪污水利款、官居常伯的董响，乃慕容评推荐的门生，于是，急忙将此情报告给慕容恪。慕容恪又亲自审问一遍后，带着口供上朝禀告皇帝。

皇帝大惊。急令廷尉监常炜调查此案。未过十日，案件大白，基本如盗贼所供。尤其那刘宾，胆大妄为，中山数十万顷朝廷没收田地、官家田地的夏税秋粮无一粒上交，变卖私钱，与上下官员尽行分受，以至于旱灾来临，官仓只有区区几万斤粮可赈。

但慕容暐对案情仍有一丝疑惑。他尤其不太相信那幽州刺史李铎是一个清白之官，便带着慕容恪、慕容评来到都城李铎的家中。李铎的妻子正在家里织布。慕容暐告诉他，李铎因救灾不力和贪污军粮被处死。他的妻子听了大惊，又十分不解。她说："我丈夫贪污了那么多军粮，却从不捎些回来赡养他的妻儿老小，看来亦真该处死了。"说罢出门，竟一头撞死在大门旁边的石狮子上。

这一幕让所有人惊呆了。慕容暐更是面如死灰，叹道："没有想到这女人如此刚烈。"他仍不放心，令人剖尸，检查其妻的胆肠，发现全是粗粮草菜。他又命廷尉府将刚刚捕捉到的刘宾处死，刨开肚肠查看，竟全是山珍美馐。

他眼中含泪，令慕容恪为李铎全家厚葬，恢复李铎被剥去的官职名禄，其子录为五品官员，以彰其清廉忠正。

虽然中山郡守刘宾、常伯董响没有供出慕容评收受他们的贿赂，但他们均是慕容评所举荐之人，慕容评理应承受连带之责。慕容暐于是又罢免了慕容评的尚书令之职，重新交于慕容恪。

未几日，都城邺突然发生了一次地震，整个宫殿都几乎被晃倒。皇帝大惊，一夜惊恐未眠。又一日，夜空中出现一颗彗星，此彗星拖有二丈长的尾巴，且其尾向西北，横扫三台星，一直延续了十多天才灭。紧接着国相封弈突然离世。

慕容暐认为这是上天再次警告燕国和他这个不称职的皇帝，于是率众臣至邺城附近龙山祭天谢罪。他向上天痛诉自己的无能和罪过，并诚心忏悔，希冀上天恩赐福祉，保佑大燕。众臣见状，无不心酸，亦对慕容恪、慕容评等重臣不能为幼主尽辅政之责而颇有微词。

第二天早朝，慕容恪行稽首礼，交还政权，请求退位。他在奏表中说："臣老朽愚昧，不能够治理国家，过分承受了先帝选拔任用的恩宠，又承蒙陛下不同寻常的厚遇，凭着浅薄的才能，窃居太宰的职位；既不能对上协调阴阳之气，对下治理各种政务，又不能任用称职的人，致使水旱失和，天地人之间的常道失去秩序。臣知空食俸禄会贻留祸殃，居于不能胜任之职位会招致悔恨。以周公的功勋与圣德，尚且近则引起太公、召公的不悦，远则产生管叔、蔡叔的流言，何况臣恩宠缘于皇亲而来，显贵非由自身才干而致，怎能长期玷污高官的职位，遮蔽了进贤的途径。臣车辕力弱而负任沉重，朝夕忧虑。虽尽心谋略，但未能成就诸事，一统天下。与盛汉相比自愧弗如，与先帝所托付更是相距甚远。臣虽然愚钝，但不敢忘记为贤臣让路的美德，于是恭敬地呈送太宰、大司马的印章绶带，希望得到允许。”

慕容评见状，亦跪拜请辞：“臣恭忝为太傅，且曾为皇帝作为启蒙老师，本该肝脑涂地报效先帝和皇帝的恩宠，却碌碌无为，用人失察，所举荐之人给朝廷和国家带来了祸害。其罪莫大焉，虽被皇帝宽宥，但终难辞其咎，思来想去，亦交出太傅的印章，一并请辞。”

两位辅佐重臣一并请辞，倒亦出乎慕容暐和众臣之料。朝上立时鸦雀无声。大臣们虽对二人辅佐颇有微词，但倘若二人真的辞去，恐怕朝中又难以找出比他们更有能力的接任者。从某种意义上说，慕容恪就是燕国的中流砥柱。没有了皇帝可行，但没有了慕容恪，却不敢想象国家的命运。

十六岁皇帝慕容暐虽尚年少，但在皇位上亦经过了五六年的历练，倒也能看明白一些事情。依他现在的能力，还尚未到自己完全主政的时候。即使主政，燕国恐怕也离不开慕容恪和慕容评。

他想了想说：“朕因不为天所庇佑，早年丧父，先帝临终，特别嘱托唯有依靠二公。二公每日为政事忙至黎明，虔诚辅政不敢懈怠，是品德高尚的皇室宗亲，功勋超过鲁、卫，美德亦达到了周公。因而我燕才能对外扫除群凶，对内治理九州，四海平安，政通人和。现在关西有虎视眈眈的苻坚，长江之南有亡我之心不死的桓温，朕正要仰仗二公出谋划策，来统一安定天下呢。二公怎能谦虚让位，而辜负了先王和我的重托。二位王公请舍弃独善其身的小德，而成就周公复兴功业的大志吧。”

慕容恪、慕容评又跪下，垂泪坚决请求还政。

慕容暐仍不允，坚拒他们辞让的奏表。他说：“建立功德的人一定要以善始善终为名节，辅佐王命的人要以成就大业为功。现在朕以区区一身，不称职地挑起了实现先帝遗志的重担，内忧外患，江山未稳，所建功业尚未成就，此时二公怎可轻言身退？宗庙社稷的重任，不仅是朕一人，也是王公忧虑之事。应当多想一想国家社稷和拯救万民，而不应崇尚追求个人的名节而违背大公矣。”

慕容恪、慕容评只好作罢谢恩。

慕容恪的辞让，让皇帝慕容暐滋生的骄肆有所收敛，自此更加依赖于太宰慕容恪，而疏远于慕容评和太后势力；也让慕容评更加明白慕容恪的位置不可撼动，自己只能屈居其下。慕容恪更加奋勉，日夜操劳。在他的治理下，燕之政局步入正轨，文治武备肃然一新，走入它的鼎盛时期。

九十一

万事万物，盛极必衰。

公元367年，大燕实际掌舵人太宰慕容恪，正在谋划南进战略之时，突然病倒。御医精心疗治，仍不见起色。朝野惊慌，议论纷纷。此时，太宰慕容恪在群臣心中的位置已超过了皇帝。

慕容暐十分担心，亲自到府中看望。他握住那冰凉的手，看着病容憔悴的面容，脸上挂满了泪。他恳切地说：“今日叔父之病全是为朕日夜操劳的缘故，是侄儿无能才让叔父遭此大罪。我燕全依靠太宰支撑，故千万不可抛侄儿而去。若是非去不可，亦要等侄儿完全自立，并找到叔叔这样的辅佐之臣。”

慕容恪说：“生死由天，非臣能变矣。陛下大可不必忧虑，我虽离开，还有众多贤臣扶佑。再说，陛下英武雄略，如今已完全可以主宰料理国事。国家亦正在强大，秦晋敌虏皆狐潜鼠伏。慕容氏族所日夜盼望的一统天下大业定会在陛下这里实现。我死亦无忧矣。”

他又向慕容暐说：“治理国家首要的是人才。吴王慕容垂的将相之才，十倍于臣。先帝因为注重长幼的次序，所以臣能位居其上。等臣死后，希望皇帝让他来代替臣的位置，把国家大事放心地交给他。他定会竭力辅佐，帮助皇帝完成大业。”

慕容暐说：“太宰放心，倘若真有一天叔叔不在了，朕定会依此照办。”

慕容暐口头答应，但心里对慕容垂却有几分戒备。这一点如父亲慕容俊一样，他亦对慕容垂天生充满敌意。

慕容恪又说："陛下还有一事相求，那蝶妃曾是臣亲自于敌眷中救出，与臣有兄妹之情。一生坎坷，且守护先太后有功。今先皇和先太后皆不在了，在宫中孤苦伶仃，请求允她出宫。她早有皈依佛门之念，就依从她吧。"

慕容暐说："蝶妃在宫中素有声望，朕依太宰就是了。"

慕容垂和蝶妃将来的安排和命运，是慕容恪离开这个世界之前最为牵挂的事情。尤其是慕容垂。他清楚，皇帝暗弱，一旦他离世，恐怕慕容评和太后将掌管天下。到那时，慕容垂定会遭受厄运。而离开了他的燕国，如果再失去了慕容垂，将陷入何等结局谁亦难以预料。他甚至能想象得到，雄心勃勃的桓温，以及早就对中原睥睨觊觎的苻坚，如何对燕国大兵压境、发起进攻。

他现在有些后悔了，没有在大病之前，将慕容垂推至自己的这个位置。他亦认识到，这恐怕是自己一生最致命的缺点：总是宽以待人，委曲求全，寻找平衡，维护所谓的面子和大局，而不是下决心去做想做的事情，应该做的事情。

他将慕容垂召来，满面倦容地将未竟之事相托："我死后，依燕现在之强大，三年可无战事。但三年后，料桓温定会北伐，苻坚、王猛亦会相机东进骚扰。汝务必确保皇帝和都城安全，再图胜之，千万不要首尾不顾，仓促应战。我已向皇帝推荐汝代替我的位置，汝定当万事隐忍，万事周全，尽弃前嫌。不可鲁莽，更不可与太傅言语相激，再生隔膜。"

孰料慕容垂却说："倘若兄有一天不在了，那太傅、太后，还有皇帝定不会容我。又怎么会把重兵放心交我手上？我早与兄立下誓言，绝不会起兵造反。不为燕臣，亦不为燕贼。顶多远走高飞，浪迹天涯。"

慕容恪无言，更加放心不下，又将皇帝慕容暐的庶兄乐安王慕容臧叫到病榻前，嘱咐说："我燕南有遗晋，西有强秦，他们时时刻刻都有进取燕国的野心，只是因我们没有内乱，才有所忌惮暂时没有动手。国家的兴衰，全看宰辅。大司马之职统帅全国军队，不可以由不恰当的人担任。我死之后，按亲疏一定会由你或者是慕容冲接替。你们虽也聪明能干，但年纪还太小，难以应付强敌环伺的时局。而你们的五叔吴王，天纵英才，谋略盖世，你们如能把大司马的职务让给他，大燕一定可以统一天下，击败晋秦等国。故你们千万不要为私欲所迷失，忘记燕之大任，时时以国家利益为重矣。”

慕容臧回答得很好：“谨遵太宰嘱托。”但心中却不以为然。

想来想去，慕容恪还是不放心。他又找来了太傅慕容评，也是要求他死后能够重用慕容垂，让他任领军的大司马。慕容评却不冷不热地说：“太宰养病为紧，又没有到了垂危之际，何言身后之事。燕国还等着太宰定乾坤，一统天下呢。”

慕容评走后，慕容恪心中一阵凄凉。才知道自己的一生中最大的失误是没有早早将慕容评这样的人清除，而由慕容垂掌握朝中大权。让朝廷和国家世代无忧，本是自己这个第一辅臣所应该做的事情。而今悔之晚矣。

又过了几天，慕容恪病势加重。慕容暐再次亲往探望，慕容恪忧心忡忡，再次推荐慕容垂。他说：“臣闻报恩莫过于荐贤，贤能的人才哪怕是隐于夯筑城墙的劳者中，都应该得到启用，何况是骨肉至亲呢。吴王文武全才，是当今的管仲、萧何，如果陛下能委于重任，则国家可保平安。”

慕容暐只好再次答应。

慕容恪说：“人之将死其言亦善。陛下宅心仁厚，但身为国君亦当苛厉以待。对太傅慕容评不可不用，亦不可重用。而慕容垂则是国家和陛下最可依赖的人，万万不可失去。否则，国家将陷入危亡矣。”

慕容暐不住点头，但却没有听到心里。

慕容垂将慕容恪重病的消息告诉了蝶妃。蝶妃赶到慕容恪的病榻前，望着一生所爱之人的病容，泣哭不止，竟许久不能自持。慕容恪握着她的手说：“我一生最对不起的人是你。我死后定要善待自己。早就听闻你愿入佛门，享受清静。我已向皇帝请求，陛下已答应。但我却不愿你受此清苦。”

良顷，在蝶妃眼前，一代贤臣，太宰慕容恪，满怀不甘和遗憾与世长辞。闭上眼睛后，他的两个眼角竟各落下了一滴眼泪，蝶妃轻轻为他拭去。

那也许是感谢父母和这个世界造就了他不平凡一生的眼泪；也许是没有能把慕容垂推举上自己太宰这个位置，从此将燕陷入险境而悔恨的眼泪；也许是悔对所爱之人的眼泪。但这一切的一切，只有他自己知道。

他是那个时代了不起的战神和常胜将军，也是那个时代能与周公相媲美、道德最完美的楷模。其一生，足为历史名相。

他的葬礼虽然在规制上无法与慕容俊相比，但其影响却有过之而无不及。无数的大臣、将军、百姓，闻之去世的消息，皆悲痛不已。前来吊唁的人络绎不绝，绵延十几里。

而紧接着，德高望重、为人正直，但早已年衰的另一辅佐大臣，太保阳骛也辞世。四大辅臣中，只剩下了慕容评。皇帝慕容暐宣布太傅慕容评兼任太宰。燕国进入了慕容评的权力时代。

皇帝慕容暐年满十七，已然成年。

朝上，老臣常炜奏道："太原王、太宰薨逝。太宰一职已定，唯有大司马还尘埃未定。臣经过慎思，并遵从太原王遗志，拟推荐吴王慕容垂任大司马。吴王战功卓著，谋略超人，由他来任大司马，实至名归。还望皇帝恩准。"

慕容评则反对说："大司马一职不仅善于领兵打仗，还要有贤德威望。而两者皆佳者，唯有乐安王慕容臧。"

皇帝慕容暐却胸有成竹。他语气坚定地说："都别争了，大司马人选朕已选好，乃中山王慕容冲。中山王虽年少，但却有亚夫、乐毅之材，此人为大司马，统领全军，朕放心矣。"

他显然是故意而为之。既没有按慕容恪的遗嘱委任慕容垂，也没有听从慕容评的推荐委任慕容臧。这就是他的小聪明。

如此荒唐安排，朝中众臣无不惊讶。慕容冲年仅十岁，乃皇帝的亲弟。他容貌俊美，骁勇善战，是一位少年英雄。但毕竟还是一个稚嫩的孩子，在能力和经验上无法与慕容垂，甚至慕容臧相比。

慕容评亦不再吭声。他心中明白，慕容恪死后，皇帝这只雏鸟看来也想振翅而飞了。

九十二

此时，八百里秦川的秦国亦陷入动乱。这场动乱给燕灭秦带来了绝好机会。

公元365年夏，原先臣服于秦的南匈奴右贤王曹毂、左贤王刘卫辰先后叛秦。秦帝苻坚御驾亲征。他率军征讨曹毂，令建节将军邓羌征讨刘卫辰。

前方打得正欢，后院却起了火。

被苻坚杀死的暴君苻生，有五个弟弟，皆割据一方，封侯为王。苻坚登基后，对这些叔伯弟弟没有痛下死手，一网打尽，而是姑息养奸，一味怀柔。如今祸害来临，淮南公苻幼认为苻坚远在朔方，长安空虚，于是秘密联系晋公苻柳、赵公苻双起兵反叛。晋公苻柳、赵公苻双犹豫半天，没有出兵。只有淮南公苻幼率军攻打长安。留守的卫大将军李威奋起迎击，一举将其击溃，擒斩苻幼。苻坚心惊，打败南匈奴后，急忙回师长安。

他担心剩余的几个王公继续造反，便将四个王公叫到长安，恩威并施，教导了一番。孰料，这反而惹恼了四位王公。四人一商量，干脆一不做二不休。晋公苻柳据蒲阪、赵公苻双据上邽、魏公苻廋据陕城，燕公苻武据安定，同时造反，声势浩大，对长安形成包围势态。

苻坚顿时陷入被动。四位王公联合起来，号称有四万大军。苻坚急忙派使告诉他们："我待诸位王公贵卿，可谓恩义至尽，今日何苦而反？我现在不打算征讨兄弟四人，你们也请速速罢兵，各安其位。我将像以前那样待你们，一切如故。"四位王公一起商量后皆不从。晋公苻柳还端出一盘梨子，四王公一人吃一个，以啮梨为信，坚决与其分道扬镳。

苻坚只有一战。他于公元 368 年正月正式出兵平叛。以后将军杨成世进攻上邽苻双，左将军毛嵩进攻安定苻武，辅国将军王猛、建节将军邓羌进攻蒲阪苻柳，前将军杨安、广武将军张蚝进攻陕城苻廋。苻坚还命令："对西线的苻双、苻武采取攻势，争取一击制胜。对东线的苻柳、苻廋则采取守势，皆距城三十里，坚壁勿战。俟双、武已平，然后并力取之。"

此是苻坚与辅臣王猛精心制定出的战略部署。乍一看，略有一点儿奇怪，前秦的一流将才如王猛、邓羌、张蚝全放在了主守的东线，而在主攻的西线，却只有杨成世、毛嵩这两个二流将领，显得颇不合理。但这亦是深思熟虑。如结合当时的秦、燕两国相争的情势，则就很容易明白了。之所以在东线摆出豪华阵容，是为了防备燕国趁火打劫，守而不攻，也是怕逼得太紧，苻柳、苻廋会投燕自保。而西面的前凉，国力军力均较弱，无此担心。

苻坚担心的事情终于还是来了。魏公苻廋盛言："宁予外人，不予家奴。"他以陕城为见面大礼，投降燕国，并请求燕军出兵接应。

前秦门户大开。苻坚大惧，马上集结大军，以固守华阴。

这对燕国来说，自然是天赐灭秦良机。正在陕城接受魏公投降的燕将慕容德上书皇帝，要求迅速增兵驰援，乘势攻取秦国。他说："此乃天以秦赐吾燕也。若与不取，恐日后反遭其殃。应该派皇甫真带兵赶往秦燕交界之地蒲阪固防，而吴王慕容垂带大军赶往陕城解围，太傅慕容评率大军作为后继，趁秦内乱直取长安。"

早朝之上，慕容垂、皇甫真及燕国众多大臣，皆赞同此议，要求速速出兵。

群情激奋，灭秦的机会终于来临了。皇帝亦心有所动，将期盼的目光转向了太宰慕容评。

慕容评却说："秦乃大国，众将云集，现固内乱，却实力不容小觑。陛下虽然英明但又怎能与先帝相比，我们虽尽心但又怎能与逝去的太宰慕容恪相比？他们在世时都对灭秦之事十分慎重，不轻易出兵，何况我们乎。还是静观其变，等待时机。待两败俱伤之时，再举兵一击尚为不晚。"

慕容垂说："当年先帝曾趁石虎、冉闵之内乱，夺取中原。如今这样的机会又来了，何必如此谨慎？如太宰胆怯，可命我率军出击，定将那苻坚灭之。"

慕容评厉声而言："汝不过顶了一个吴王的空衔，朝中之大事，又何由汝置喙？昔日太宰过于宠幸于汝，让你目无尊长，居功自傲。今太宰不在了，本当自醒，却还不思悔改。如再多言，臣当请求皇帝掳去汝的爵位和官职。"

慕容垂不再说话。而皇帝虽跃跃欲试，但见太傅如此态度，也不再反对。出兵的事情，就如此暂且罢了。

而此刻，秦之前线如火如荼。苻坚加大对西线的攻势，东线的苻柳、苻廋亦倍感压力。苻柳亦如苻廋，郑重向燕投降，并愿献出蒲阪。

苻廋还写密信给吴王慕容垂和皇甫真。信中说："苻坚、王猛，皆人杰也，谋取燕国已久矣。对那苻坚决不可仁慈。当年越王勾践灭吴时将吴王夫差流放甬东，以致后来的吴灭越。今不乘机取之，恐异日燕之君臣亦将有甬东之悔矣。"

而苻坚亦担心燕国乘人之危。他派使来邺，捎来一封亲笔信。信中警告说："燕秦两国向来和睦，秦不曾攻取燕一城一郡，亦从未乘他国之危有所图谋。今魏公苻廋等四王公逆反，实乃秦之国事。扫平这几个小贼如泰山压碎鸡蛋一般容易。望燕帝认清大局，以秦之敌为敌，莫做有损于两国友睦之事。否则秦将发誓不惜一切予以复仇。"

早朝之上，皇甫真持苻廋之信再次向皇帝请求出兵。他说："若先帝和慕容恪在，定不会放弃如此大好机会。"

慕容评却拿出了苻坚之信呈与皇帝。他说："别人说是唾手可得之猎物，我却担心是万劫不复之陷阱。如今我乃首辅，帮助陛下持家，所做出的决定关乎国家兴亡，可容不得一点儿闪失。我与司空皆侍奉四朝君主，如今皆老矣。我想告诫司空，切不可逞匹夫之勇，不顾一生的名声矣。"

皇甫真气愤至极，不再尊称其官衔，说："汝老矣，不再勇矣。但汝可想，秦如家门之猛虎，如不趁其受伤持杖而跪，待其复原时，恐已成其腹中之食矣。今汝为太宰，其位至高，可谓一言兴邦，亦可一言丧邦。"

慕容评却说："正因位高权重，我却不可逞一时匹夫之勇，而陷国家和陛下安危于不顾。"

皇帝慕容暐见他们争得厉害，不知该偏向谁。但显然苻坚的那封信在他心理上起到了恐吓的作用。他想了想，还是决定不再管别人家的事情，安心过自己的日子。他说："贸然出兵风险太大，亦不合国与国之间的道义。此事还是依从太宰之明见吧。且今后朝中不再提及此事。"

苻坚最担心的事没有发生。燕军龟缩，并未出兵增援苻廋他们。苻坚用了不至一年的时间，在得力干将王猛的协助下终于平息了内乱。那个魏公苻廋也被杀死，临死之前叹曰："皆说燕胡勇矣，不可战胜。实乃羊质虎皮，唯唯否否。我高估了他们，而致今日之祸矣。"

秦逃过一劫。从此，在王猛辅助下，秦走上了强大的道路，并终成为燕之大敌。而燕却陷入了内部腐化堕落的泥淖。

九十三

皇帝的寿诞即将到来。满朝文武在商议如何隆重地操办。有的大臣甚至建议在宫中建一座高十丈高的黄金塔，用来彰显皇威，纪念皇帝慕容暐之功绩。

常炜年老,又看不惯朝中败局,已告老还乡。于是朝中很少再听到谏言。

只有一人痛心疾首,再也忍受不下去了。

此人为尚书左仆射悦绾,榼卢城人,亦为燕善战之将。当年石虎之将张举进攻凡城时,悦绾凭城坚守二十日,终于转败为胜。冉闵灭石氏,悦绾奉命率兵增援石祗,亦大胜,以功拜安西将军。这尚书左仆射之职,相当于副国相,平素协助太宰管理国之农桑税赋和钱粮支出诸事宜。

他慷慨激昂地站出来说:“如今我燕百弊丛生,豪门贵族骄横跋扈,巧取豪夺,与民争利。最严重的是国库亏空,国家已没有钱来支撑战争了。下级官员和士卒的薪饷常常无法发放。如此鼓动皇帝奢靡,敢情不花尔等五铢。难道不替皇帝着想,今年过得了寿诞,明年又如何过?”

众臣沉默。只有皇帝惊奇地问道:“难道我燕连朕过生日的钱也没有了?”

大司农慌言:“确入不敷出。明年过寿诞,则要等明年征得后年钱粮再说。”

悦绾说:“陛下如不厉行改革,打击权贵,消除积弊,国家将陷入危险境矣。大厦将倾,一木难支。臣这个尚书左仆射,实在是当不下去了。”

慕容评斥之说:“左仆射莫在陛下面前危言耸听,我燕乃大国,虽国库暂时有所困窘,但待明年收成转好,定会充盈。”

见慕容评如此遮掩敷衍,皇帝则有些不高兴。他对慕容评的理政之才早就颇有微词,于是拉下脸说:“太宰莫要责怪仆射,国库如此空虚,倘若战争突至,怎能应付。我燕还要南灭晋寇西灭秦贼,又如何保障?难道让士卒空着肚子挥戈,战马不吃草而奔驰?”

慕容评不敢再言。

皇帝又对悦绾说:“尚书乃难得忠臣,忠言逆耳却利于行,朕愿听卿细言。”

悦绾便说:“我燕国的王公贵戚大多强占人口为‘荫户’,以至于国家的人口数竟然少于私家,导致国家仓库空竭,用度不足。如今燕、晋、秦三国鼎立,各自都有吞并天下的心思。然而国家的政纲法度不能确立,豪强贵族恣意横行,致使民户财力耗尽,租税不能上缴,国库空竭,入不敷出，官吏中断俸禄，士兵绝饷，官府靠借贷粟帛以供养自己。这些既不能让邻敌知道，又不能长久继续下去。臣以为应该断然罢免所有的‘荫户’，把他们全都清理出来，归还给郡县官府，纳入正式户册。”

皇帝慕容暐知道，所谓“荫户”，就是豪门贵族直接控制，国家并不立册登记的户口，包括战争掳取来的人口，以及偷偷迁移来的人口。还有先帝时期将皇家贵族所属领地田园租给农户耕种，使众多皇亲国戚或封赏重臣，皆将这些人口私藏在自己门下。自己收租收税，而国家却什么也得不到。

皇帝慕容暐击节称道：“本弊不除，则其末难止。尚书所言直中要害，朕甚赞之。”

皇帝正是血气方刚的年纪，他早已雄心勃勃，要开辟自己的新政。悦绾的直谏，不早不晚，正中其下怀。

包括除“荫户”在内，悦绾还提出了“新政五要”。即严择官、均职田、厚农桑、抑恩泽、减赋税。尤以均职田、抑恩泽给王公大臣带来的冲击力最大。均职田，就是对官员用来养家的俸田，统一标准。朝中一品至三品不超过二十顷，四品到县令不超过十顷，分级设定。抑恩泽，就是除现任朝廷二品以上主要官员外，朝廷不再随意对官员的后代亲戚授官。宰相、尚书令、大司马等主要官员的子弟、亲戚即使荫官，亦皆为试用衔。

慕容暐全部同意。他令太宰慕容评全力辅助，以悦绾为主，推行新政。

朝上群臣大多沉默。如此新政，剥夺的是皇家贵戚和诸多朝廷官员的切身利益。这些弊端，已故的太宰慕容恪辅政时自然也看得很清楚，悦绾亦多次向他建言。但他亦知除弊艰难，牵一发而动全身，故临死亦未下决心推动。

作为太宰，慕容评虽然心中不满，但亦不得不表态。他说：“陛下英明，诸多积弊影响国势，自当袪除。臣定当全力协助左仆射。”

尚书左仆射悦绾更是雄心万丈。他激昂地说：“承蒙皇帝信任，臣甘当燕之商鞅，为我燕大业勃兴死而后已。”

一场革除陈弊、清理“荫户”的鼎新之风在燕之朝野乍起。

悦绾的初步调查结果让皇帝和所有大臣大吃一惊：“荫户”数量竟要接近国家立册户口之数。这意味着燕国内实际人口中的将近一半是“荫户”。

朝上，悦绾愤言："已故太宰慕容恪为政崇尚宽和，以致王公贵族隐匿人口严重。其中各将军荫附户口的数目甚巨，导致风气衰败，朝廷威严不能树立，应首先全部罢除各将军所侵占的人口土地，充实国库，严明法令，以肃天下。"

悦绾为了皇帝的颜面，将责任全推至慕容恪身上，也让慕容评心中舒服一些。大司马慕容冲年少气盛，是皇帝新政的支持者。他说："仆射所言甚是。国家多一'荫户'，就少一编户。如此多的'荫户'不向国家交纳租税，不服徭役，国力岂能不颓，军队又岂能有充足的供给保证打胜仗。臣愿带头削去'荫户'。也望众将军服从陛下新政，自愿除去'荫户'。"

皇帝十分高兴："大司马晓明大义，可赞。子帅以正，孰敢不正？命悦绾亲自负责整肃，先从诸将军始，登记造册，将'荫户'全部变为编户。如有抵制，即革职查办。"

慕容暐又问慕容评："太宰以为如何？"

慕容评亦说："皇帝圣明，是该到了大刀阔斧除弊兴利之时了。臣定当整躬率物，全力辅助新政。"

九十四

悦绾使尽浑身解数，顶着重重压力终于为国家清理出了二十万"荫户"。

而他却成为众矢之的，常常在路上为不知名的人伏袭。故每次出行，皆先让一替身做衙门牛车前行。无虞后，再便衣乘马车前往。家人亦整日提心吊胆，不敢迈出家门半步。但此只是统计的一半，再往下清理就更难了。慕容评、慕容臧等重臣，以及皇太后、皇后的贵戚，皆象征性地上报了几十"荫户"，便不再理负责清理的司农官员。而诸多显赫重臣、大将军则观望之。"新政五要"也陷入泥淖，几乎推行不下去。尤其是均职田和抑恩泽，朝中之臣逆反和阻挠得更是厉害。

悦绾无奈。他实在不甘心这场革新就此罢了。但要继续，他就要向更大的人物发起冲击。他为自己准备了殓衣，选好了墓地。

朝上，他怒而向皇帝弹劾太宰慕容评及阻拦新政的重臣。他在谏书中言："太宰身为百官之首，本应身体力行，带头清'荫户'清职田，为朝中做出榜样。但却暗中结党营私，怂恿鼓动朝中重臣，阻挠新政。其‘荫户’过万，却只报十几户；职田千顷，却只退十顷。欺上瞒下，大奸似忠，请求皇帝革去太宰之职，严加惩处。否则新政将难以为继。”

皇帝大怒，召慕容评至寝宫，将悦绾的谏书扔至其脚下，气冲冲地说：“太宰明着说支持朕之新政，却背后百般阻挠，是何居心，又让朕如何信任？”

慕容评似早有准备。他说：“陛下息怒。臣确还有‘荫户’未曾上报。但那些‘荫户’皆是太后和皇后寄于臣名义之下。未有太后皇后允之，臣岂敢上缴。再者，太后皇后亦是没有办法，燕王慕容皝在位时，封裕上书，燕王纳谏发布命令将皇田交与贫苦人家耕种，所得田赋亦皆交与国家。自此以后，后宫支出捉襟见肘，只靠朝廷所拨入不敷出，没有‘荫户’收入不能为继。至于职田，臣确实就那么多。尚书所言千顷乃是构陷，不过是危言耸听，在皇帝面前沽名钓誉，捞取名利耳。”

慕容评软中带硬，皇帝慕容𬀩一下子倒没有什么话可说了。

但他最后还是表现出不满之意：“朕新政五要，乃是上任以来革故鼎新，要办的大事，事关国家兴亡。太傅不可不出力矣。”

慕容评说：“皇帝放心，臣定当全力辅助实施。对那些悖逆者严惩不贷。”果然，几日后慕容评报请皇帝阅批后，革去几个将军的职务。

悦绾之革新停滞。他仍再上谏书，但皇帝却没有了回音。

朝中之人，唯有老臣皇甫真看得明白。他将悦绾召至府中说：“仆射乃是秉直之人，能清出二十万就很不错了，亦算为国家立了大功。若想保命，就此罢了，即上书请皇帝恩准回乡养老。此为最好结局，亦是为国家立了大功，尽了臣子之本分矣。”

悦绾似有醒悟。明白皇帝如果都泄气了，那他的革新也就没有推行下去的必要了。便上书皇帝请求免去左仆射告老还乡。慕容𬀩正要同意，慕容评却说：“左仆射徒有虚名，如这样答应了他的要求，朝中会误以为陛下轻慢了他这个功臣。料不是真心请求告老还乡，不如不允。若是坚持，便是真的想辞，再允之不晚。”

悦绾坚辞。皇帝允之。而悦绾却犯下了一个错误，竟呈上《谢恩表》。《谢恩表》一般是在官员受到皇帝封赏或提拔重用之后，才上书的。虽然里面都是感谢的话，但皇帝看了却不高兴。慕容评乘机进谗说："左仆射这是故意为难陛下，以让群臣知道陛下卸磨杀驴，委屈了他这个贤臣。也是让陛下承担革新不力的责任。这不是让陛下在群臣面前下不来台吗？真是居心叵测。"

慕容暐虽然不完全同意慕容评之说，但心中更加不快。又下诏令，不允许悦绾辞职告老。阳骛对悦绾说："兴亡皆是命数，又岂是你我所能决定的。尚书就准备以死殉国吧。"

未过几天，一个漆黑之夜，悦绾在家中为盗贼所害。廷尉府将盗贼缉拿，乃是亡赵流民。皇帝慕容暐闻奏大怒，说："胆大妄为之徒，竟敢图害我朝重臣，速令将盗贼凌迟处死。负责都城守卫的羽林军中郎将失职，罚去一年俸禄。"

又过几日，边境传来急报。秦军骑兵骚扰深入洛阳城下，我军与之对抗，死伤三千，才将之赶出边境。皇帝慕容暐欲惩罚镇守洛阳的将军。慕容评进言："皇帝息怒，亦非全是将军之错矣。那悦绾蛊惑皇帝实行新政，将军们被清除'荫户'，又少了职田，立了战功子孙又不能荫官。这些本是激励他们勇敢杀敌的，现在都被朝廷收去了，他们遇到顽敌又怎会为朝廷和皇帝舍身卖命呢？"

众臣亦皆说："悦绾大诈似信，以变法革新欺骗皇帝，捞取个人功名，以致使贤者尽去，乱由是生，误天下苍生。劝陛下着即去除新政五要，还吾燕君臣和睦、捐躯赴国之风尚。"

皇甫真怒喝道："休要胡言，新政乃皇帝为了我燕之江山社稷永续、蓄发国势国威而实行。且亲力亲为，宵衣旰食。又如何引乱，如何误天下苍生？而今，国力大增，贪腐者除之，百姓欣然，新政大见成效。且左仆射悦绾功不可没。现在国家内忧未除，外患未断，新政自然不能全废。请陛下三思。"

皇帝自然明白皇甫真在朝中的分量，亦明白悦绾死于谁手。他言："准中书监所奏。"

大燕国一场革新就这样以悦绾不清不楚之死蒙上阴影，并偃旗息鼓了。也许悦绾似乎把问题想得太简单了，把一场关乎众多既得利益者，甚至你死我活的改革，寄希望在一个尚未完全立足的年轻皇帝身上。与上一场慕容皝借封裕上书力推改革，促使了燕国的强大，并成就慕容俊入主中原大业不同，这一场半途而废的改革则是燕国走向衰亡的最后挽歌。

而燕国的这些朝野变化，自然逃不过周围列强的眼睛。其中东晋一位强悍的人物看在眼里，不免心中窃喜。慕容恪的病逝，以及燕国朝中的纷乱，让他感觉晋北伐灭燕的机会来矣。

九十五

这位强悍的人物，就是东晋大司马桓温。

桓温亦是名门出身。其父曾是东晋的宣城太守桓彝。桓温出生不久，东晋骠骑将军、江州刺史温峤来访，见之甚是惊奇，忍不住赞之："此婴双目有神，两耳垂长，真英物也。"

其父心中高兴，就说："小儿能为温公看上，亦缘分矣。如能成温公这样的人，乃桓家荣耀，祖上有德。就取名为桓温吧。"

桓温之名由此而来。

桓温年少时就自比年轻时坐断江东的孙仲谋。晋发生内乱，其父桓彝被叛将江播杀害。十五岁的桓温，枕戈泣血，发誓为父报仇。无奈江播复投朝廷得以重用，身边总有护卫保卫，桓温几次下手未遂。后江播病死，江播的三个儿子听说桓温要来报复，在灵堂里暗藏利刃，以防不测。桓温却伪装成吊丧的宾客，将剑藏于袖筒之中混进灵堂，在背后突然下手，将跪在江播灵前的长子江彪砍死。另两个儿子大惊，慌忙逃出灵堂，却绊倒在地，也被桓温追杀。

杀了三子后，他竟手持血剑，出入江府如无人之境。之后，桓温名声大震，被誉为大勇大孝。还凭借此名顺利入仕，娶了晋明帝的女儿南康公主为妻，任琅邪内史。并得到当时的重臣安西将军庾翼的赏识，追随左右。庾翼病逝后，桓温接任安西将军，开始拥兵自重。

他不是安分之人，总是充满进取的野心。

公元346年，也即慕容皝扫平宇文逸豆归之际，他也瞄准割据巴蜀的成汉李家王朝。他向朝廷郑重提出奏折："臣欲西征李势。巴蜀自古来乃富庶之地，如果能灭之，既可以增加国力，开疆拓土，又可以巩固长江天堑。

请速恩准。”

晋穆帝年幼，掌政的会稽王司马昱却总怕他做大成患，不好控制。立即回他：“成汉一直与我朝相睦，不可贸然动兵。朝中最大威胁乃赵国石虎，一旦西征不力，石虎就会趁势南犯。安西将军应力戍边境，以防石虎大敌，不可再思西征之事。”

接到朝廷回复，桓温却不以为然，他将辅政的司马昱之流视为尸位素餐之徒，仍然执意西征。

属下劝之说：“如胜亦无功劳，如败将军则蒙受惩罚和耻辱。”而桓温却说：“既不能流芳百世，不足复遗臭万年也！”

在一个阴雨霏霏的秋夜，他统率一万精锐，悄悄开拔，直取成汉李势。

因为是突袭，桓温一路所向披靡，几十日后便直至成汉的心脏成都，锋芒锐不可当。但李势经营巴蜀多年，也不是昏庸之辈。在成都附近，他率军对桓温进行了有力反击。战况惨烈，仅万余人的桓温军连连失利，其参军龚护战死。

成汉军素以弓箭为长。其箭矢密如骤雨，嗖嗖射到了桓温的马前，令马畏步。诸将皆惧，莫敢向前，桓温只得下令退兵。

而负责传递将帅信号的鼓吏也吓得手忙脚乱。此时本应击后退之鼓，却在惊慌中误击前进之鼓。桓温闻听鼓声，转过头来正要呵斥那鼓吏，却见本已后退的士卒在鼓声下，皆回身向前发起冲锋。他将错就错，带头杀向敌阵，终于反败为胜，大败成汉之军。

他将鼓吏传到帐中，飞起一剑砍向鼓吏之头。却不见血淌，原来剑只是削掉了鼓吏的发髻。然后，他又令手下的司马将一锭金子送给鼓吏。他说：“刚才一剑是惩之失职错传将令，本要斩首，只怪我剑术不精，饶尔一命。这金子则是奖励，在胜败攸关因尔一鼓，我军奋勇杀敌，一克汉军。尔亦是有功之人。”

后汉王李势乘夜逃走，远遁九十里，最终决定投降。桓温将李势送往建康。成汉王朝至此灭亡。

平蜀之战使得桓温声名大振。但因擅自西伐，东晋朝廷对于如何处置桓温亦是莫衷一是。司马昱建言晋穆帝严厉惩之：“无皇帝命令和朝廷授权擅自发兵，此为欺君罔上，大逆不道。应着即剥去兵权，掳去大将军一职。”

而朝廷中诸臣却为晋能灭成汉而欢欣鼓舞。这晋失去大半江山、偏安江南后，难得有一场收复失地的胜仗，皆言：“将在外可根据情势，有擅主作断之权，不一定全听于圣命。且获大胜，大振国威，不宜惩罚。”

晋穆帝和司马昱也只好作罢。但司马昱担心他日后会更加难以控制，推荐扬州刺史殷浩参与朝政。而此时桓温治下有八州之地，自行招募军卒，调配粮草，逐渐形成半独立状态。朝廷对他已不能征调如意，调殷浩入朝，但求羁縻而已。

不久，赵国皇帝石虎病死，北方形势大乱。桓温目光如炬，看到了吞并中原的大好机会，立刻上疏朝廷，请求北伐。

他奏说：“赵贼石虎已死，朝中大乱，冉闵挟天子令诸侯，引发石氏诸王讨伐。此时应宜分东西两路举兵北伐，直取邺城。西路由臣自襄阳出发，经荆州、河内直取邺城；东路由建康出发，由中军将军殷浩率军，经广陵、兰陵、清河直到襄国。如此北伐大业几可成矣。”

晋穆帝本想同意，司马昱却极力反对。朝廷于是回言：“北伐之事乃朝廷大事，自然由朝廷运筹帷幄，已决定中军将军殷浩举兵北进。汝为荆州刺史，当在襄阳尽其本分即可。”

桓温大骂司马昱：“奸臣误国矣，那殷浩只晓文经不精武略，派他一个门外之汉率军北伐，焉能不败？”

殷浩果然被冉闵打败。桓温上奏朝廷，列举殷浩罪状，迫使朝廷将殷浩废为庶人。朝廷内外大权尽归桓温。

但东晋亦失了绝好的机会。而此时慕容俊、慕容恪乘机出兵进入中原，先夺幽州蓟城，后败冉闵，最终夺取中原。慕容俊称帝，燕成为与东晋相匹之大国。

桓温不免深深遗憾：“蕞尔小国，昨日还俯首称臣，今日却成为泱泱大国矣。皆是朝中那些尸位素餐者的功劳。”他不得不避开燕之锋芒，将北伐目标选为尚为弱小的秦国。而此时，朝中已无人再能阻止桓温北伐。

公元 354 年，东晋大将桓温亲率大军开向秦国。历经数次血战，生擒秦将领郭敬，击退淮南王苻生，顺利进入关中，转战至灞上。关中百姓牵牛担酒沿路迎接，许多老人更是痛哭失声。此时距离西晋亡国已近四十年矣。他们皆说：“没想过一生中还能再次见到晋之官军。”

九十六

而桓温却驻扎灞上，并不急于进攻。朝廷催促：“大军已至长安城下，如何迟疑，应一鼓作气灭掉秦国。”

桓温却以军粮不足为由，继续屯兵不前。正值麦收时节，桓温命士卒就地收麦。桓温亦在大帐之中醉酒逍遥。

一日，烈日炎炎。一个身穿麻布短衣、邋邋遢遢的粗壮汉子，径投桓温大帐求见。护卫见之，以为是流民，上前阻拦。桓温正闲得无聊，却说：“让他进来吧，本将军正想与人聊天。”

此人便是后来辅佐秦主苻坚的一代名相王猛。

桓温细看，此人面相生得不俗，脸阔、眉重、鼻长、耳大。他问：“何方人氏？”

王猛不卑不亢，竟端坐于桓温前，说：“敝人乃汉中一读书人，闻大将军收复旧国，特来一拜。”

桓温知来人非一般，便想知道他对时局的看法。王猛在桓温和众将之面前，一面扪虱，一面纵谈天下大事，滔滔不绝，旁若无人。桓温见此，心中暗暗称奇，脱口问道：“我奉天子之命，统率十万精兵举大义讨伐逆贼，一心为百姓除害，而关中豪杰却无人起兵响应，这是什么缘故呢？”

王猛回答道：“大将军不远千里深入北境，长安城近在咫尺，而您却不渡过灞水去把它拿下，人们都摸不透您的心思，所以不肯前来。”

桓温不免一惊。这表面邋里邋遢的粗人，却一下将他的心思看透。桓温驻足所以不动，自然有其思量。他想，自己拼命夺取关中，所能得的只是个虚名，地盘却要落于朝廷。与其与秦消耗实力，失去与朝廷讨价还价机会，还不如留敌自重。

桓温默然久之，无言以对；过了好半天，才抬起头来慢慢说：“江东没有一个人能比得上你的才干，就跟随于本将军左右吧，定不会亏待你的。”

王猛却道：“小人曾闻虎捉弄麋鹿，却被猎物的角刺伤了眼睛。大将军倘若再屯兵不动，恐怕亦会像老虎一样。孰胜孰败又怎么能说得清呢。”

说罢辞别。桓温心中又是一惊，又再三挽留，王猛还是头亦不回地离去。

秦国皇帝苻健闻听晋军收粮，猜到桓温军中粮草不足，遂采取坚壁清野之策，使得桓温大军粮秣不继。桓温被迫后撤，孰料秦军趁势追击，如猛虎下山，咬住桓温大军不放，桓温大败，伤亡甚众。

桓温这时想起了王猛的忠告，他更觉得这王猛非一般之人。他派人去找王猛，许诺赐给华车良马，授予都护之职，请他与自己一起南下。王猛仍坚辞不就。他从桓温的世故狡诈中，已经想象到了东晋朝廷里士族盘踞、你争我斗的局面。在这样的地方，恐怕很难有所作为。

桓温失去了唾手可得的秦国，亦与才可敌国的王猛擦肩而过。

几年之后，司马奕即位，史称晋废帝。大司马桓温完全掌握了朝政大权。他闻知燕之太宰慕容恪已死，慕容垂又不被重用，心中窃喜。

朝会上，他建议即刻举兵北伐燕国。他说："当年燕王慕容俊死后，朝中诸臣高兴地认为收复中原的时机已到，我曾反言讥之，说晋之祸端恐还在后面。因为慕容俊虽死，慕容恪还在。果然那慕容恪打败了我们，还夺去了洛阳。如今慕容恪已死，燕国就真的没有什么可怕的了。臣请求率大军一举灭之，统一中原，以告宗庙。"

晋废帝说："真是辛苦大司马了。吾晋江山破碎久矣，如孤能亲眼一见北方的黄河、渤海，死亦足矣。"

公元 369 年，东晋大将桓温率大军正式北伐燕国。

他率领五万步骑兵突然渡过长江，向北攻入燕国境内。燕军猝不及防，连连败退。桓温连续突破兖州、湖陆，生擒宁东将军慕容忠。

这一次桓温来势汹汹，推进速度迅猛。消息传至邺城，燕国朝廷顿时陷入极度惊恐之中。

慕容暐大怒："众卿不是告朕我燕如泰山一般牢固吗？不是说晋、秦皆畏服，不敢来伐吗？如今晋军长驱直入，而我燕军一击便溃，太宰、大司马和诸将军又当如何向朕解释？"

如此一击便溃、被动挨打，燕立国以来自然鲜见。慕容评面对皇帝的责骂，并不敢出声。他知道，自此燕国过安稳日子的幻想将彻底破灭。

慕容暐厉声问他："太宰，倒是说话啊。"

慕容评内心惊慌，但却装出一副不在乎的样子说："臣失职罪该万死。

但皇帝亦不必担忧，只不过是那桓温采用偷袭手段暂而得逞罢了，陛下可即刻命下邳王慕容厉为征讨大都督，率两万兵马，前去迎击。大军一至，定能将桓温一举击溃，赶出我燕。”

慕容厉仓促率军南迎，与桓温大军在黄墟对峙。

桓温远远看见帅旗下指手画脚的将军不是慕容垂，心中大喜。他告诉下面的将领：“本将军攻取邺城，活捉燕帝指日可待。那慕容恪死后，燕军已无魁首，除了慕容垂尚可外，慕容氏族亦再无英雄。那慕容忠已被我军生擒，这慕容厉更是无谋，只会逞匹夫之勇，看本将军如何戏弄之。”

两军大战，慕容厉果然硬拼硬冲。桓温令军佯装溃败，向后撤退；边退边战，一口气回退了二百里。一路上丢弃的盔甲、辎重越来越多。慕容厉站在高处瞭望敌军，发现其做饭冒烟的灶台亦越来越少。又过两日，仅有几十处灶台冒烟。慕容厉说：“桓温不过是虚名矣，当年我曾与晋军交兵，攻下兖州、泰山，将泰山太守诸葛攸大败。晋军实力不济，不堪一击矣。如今，刚一交战就落荒而败，恐计他们的士兵逃亡得已所剩无几了。看生火做饭的灶台，最多不超过三千人马。明日辰时发起进攻，一举歼之。”

当夜慕容厉和诸将皆喝得大醉。且慕容厉还和众多将领脱掉了戎装，只着内衣而睡。当夜喊杀声四起，晋军突然自四面八方进行围击。燕军惊慌失措，仓促应战。慕容厉穿戴好戎装盔甲，骑上马还没有寻到自己的军队，晋军就已攻进了大营。一阵拼杀，慕容厉独骑趁夜色逃回邺城。

桓温见状笑道：“我一个小小的减灶计就将之全军覆灭，看来自慕容恪之后，慕容氏无人再懂兵法矣。”他令大军向前推进，直指邺城。

慕容厉败回，立即被皇帝慕容暐问罪，并押入大牢。慕容评又迅速集结军队，任命乐安王慕容臧率军阻截桓温。但晋军势如破竹，慕容臧亦节节败退。晋所至之地，燕之刺史、太守纷纷投降。晋军另一路前锋邓遐、朱序攻占了林渚，离邺城不足三百里。燕国危矣。

九十七

正值初夏，山间绿树成荫，鸟语花香。桓温大军行进在山路上，逶迤几十里。

桓温奸雄，但亦有性情一面。欣赏着一路的景色，心中澎湃。当年他的父亲桓彝曾在晋惠帝手下任主簿，拜都骑尉。年幼的他曾跟随父亲到过中原，当时亦是走的这条官路，他清晰记得附近不远处似乎有一座宏大的庙宇，便命手下将领四处寻找。

不一会儿，手下将领回来禀报，路前方不足二十里，有一灵山寺，香火旺盛。桓温下令："今晚大军就在此寺驻扎。"

这寺建在山脚下。三面环山，前面是一条河流。桓温记得当年曾随父亲夜宿此寺。第二天临行前，还曾和老和尚一起在寺旁的空地上植了两株平仲树。他随父亲从河中取水浇之，竟被河水溅湿鞋子衣裳。

桓温驰马来到寺前。经过了五十多年，庙宇已有些破败，但那两棵树已长成了参天大树。他下马手抚大树，不禁想起了苏峻之乱中被杀的父亲，以及当年种树时的情景，自己一时竟泪流满面，不禁长叹："树犹如此，人何以堪！"

拜见了寺中的和尚，知道当年的大和尚早已圆寂，心情便愈发寂寥。傍晚他散步山中，走入一僻静处，忽然见一母猴盘在树上，不停向他哀叫。他让随从拿来食物放在树下，那猴子却不吃，依旧哀啼不已。他问随之的和尚何故。和尚说："似思子矣。恐怕军中士卒抓了他的幼子，请您施恩矣。"

桓温大怒，速派随将查寻。果然是手下的士卒抓了几只猴子玩耍。他马上命令将猴子放行，并给予捕捉者笞刑二十。见幼子归来，那母猴跳到地上，竟面朝他点了两下头谢恩，然后携子而奔。他是个有名的孝子，母亲去世，他辞去官职给母亲送葬守孝。由此又想到死去的母亲，不禁怜悯道："猴且思子肝肠寸断，何况人乎。我率之大军五万有余，又有多少母亲思虑他的孩子呢？"一时竟又泣然泪下。

桓温大军出山，进驻武阳。燕之兖州刺史孙元未战而降。桓温乘胜继续北攻，进入燕之纵深，眼看离燕都邺城越来越近。

邺城里的百姓惊慌不已，为躲避战乱，纷纷准备出逃。皇宫内更是一片混乱。皇帝慕容暐和太傅慕容评皆失方寸。

慕容暐坐在龙椅上向下一看，大臣一个个垂头丧气，满脸木然。巡视一遍，满朝文武，已无一人可当堪用。

慕容评奏言："臣乃该死，以致将国家和皇帝陷入如此危境。现在那晋贼桓温势头正健，万不得已，还请皇帝下令燕军回师辽东龙城，暂先退出中原，以图保全，来日再蓄兵反攻。"

而慕容暐大怒："汝想让我当败家子乎？先王先帝打下的江山在我手中丢失，朕又有何颜面见辽东父老？"

他如热锅之蚁，在大殿中走来走去，一边走一边说："一群无用之徒。平素就会讨好献媚，打起仗来却没有一个能顶用。"

慕容暐忽然想起了慕容垂。他说："吴王何在？"

而慕容评心中一颤，马上明白了慕容暐的意思。但他宁可燕亡也不愿让慕容垂出山。慕容评说："慕容垂屡次犯上，且对皇帝颇有怨言，早已被剥去军权，在家赋闲。臣以为吴王不可信用，如让他带兵，一旦临阵逆反，燕更危矣。臣愿亲自带兵迎敌，宁可死在阵前。同时建议陛下可向秦国求援，燕秦如能联合，共同抗击晋贼桓温，我燕定能保全。"

此时老将皇甫真闯入朝堂。他立而不跪，慷慨激昂地说："强敌桓温兵临城下，我燕灭亡已是须臾的事情，尔等还在这里坐而论道，束手无策，难道真的要让先帝在九泉之下眼睁睁地看着燕亡？此时亦只有吴王慕容垂可扭转乾坤，老臣举荐他领兵出击。如若不允，臣不等被晋贼所俘，先一头撞死在先帝坐过的龙椅上。"

慕容暐赶紧赐座。他也顾不得慕容评的反对，马上召慕容垂进殿听令。

而慕容垂却借口身患风寒，托病不出。皇甫真言："吴王受委屈久矣，今托病不出，亦乃常情。但如今正是国家危亡之际，皇帝何不效奉周公握发吐哺和曹公倒屣相迎的美德，亲自去探望吴王呢？"

慕容暐无奈，只得前至吴王府探望。慕容垂慌忙迎驾，皇帝嘘寒问暖。那个躲在家里、只想明哲保身的慕容垂，不得不站出来了。

慕容垂于是接替慕容臧任南讨大都督，统率各处人马共五万前去抵挡桓温。他借机启用一批自己信任的人才，紧急上书推荐司徒左长史申胤、黄门侍郎封孚、尚书郎悉罗腾参与军事。这一次，皇帝慕容暐十分痛快，一切皆准。

皇帝还接受了慕容评的建议，派出散骑侍郎乐嵩到秦求援，答应只要秦国出兵相助，就将包括洛阳在内的虎牢关以西的土地全部割让给秦国。

强大的燕国亦沦落到如当年的石祗一般，靠献出土地城池以乞求强援。

燕使乐嵩来到秦国，献上慕容暐的求援书信。秦帝苻坚立即召集群臣商议。未料，众臣皆一片反对声。

他们说："燕乃虎狼之国。当初桓温伐秦，一直打到灞上，燕也未派一兵一卒救援。五公之乱，他们还与魏公苻廋勾搭，想趁火打劫。如今他们要亡，秦凭何救之？更何况燕并未向我们称藩，我们更无理由派兵。"

唯独丞相王猛同意发兵。他说："燕虽然看似强大，但慕容恪死后，国势衰微。尤其太宰慕容评虽掌握朝政，却德薄才疏，无治国之能。他还嫉妒贤才，抑制大将慕容垂。现在朝中已无可用之人。桓温，晋之奸雄也。其尽握朝中大权，盛传怀有废帝自立之野心。恐其所图谋的不仅是燕，还有秦矣。唇亡齿寒，倘若桓温乘势攻下邺城，再进取洛阳，出兵崤山、渑池，到那个时候，皇帝又如何抵挡住他攻秦的步伐？晋、燕两伤，正是秦得其利之机。秦出兵与燕共退桓温，然后乘燕衰颓而取之，是为先救后取。"

苻坚说："宰相远谋深虑，就依此计。"

他召燕使乐嵩上殿，告之说："燕秦一直修好，今燕危，孤深感不安，即按燕主所嘱，出兵救燕。亦请乐使告之燕帝遵守信诺，一旦桓温退兵，即将洛阳在内的虎牢关以西的土地割让我秦。"

乐嵩欣然说："燕乃大国，定会守诺。"

苻坚便命大将苟池、邓羌率兵二万进至燕之颍川，寻机与晋军作战。

九十八

此时已是秋天。桓温一路扫荡燕军，终于进驻枋头。

枋头是黄河上重要的渡口。桓温站在这里向黄河北边望去，胸中心潮难平。他越过长江向北已跃进千里，踏进了燕国的核心地带。从这里向北，只有百里，就是燕之都城。他吞并燕国的志向指日可待。

但桓温也陷入矛盾和困惑之中。他的大军补给完全依靠水路。从这里往北至邺城，虽然路程不长，但却没有便利水道可通。在补给尚未保证的前提下，对于是否过河直击燕之都城邺城，桓温一时难以决定。

他与属下在地图前面仔细研究，终于想出方法。他说："没有水路，我们不妨建造一条。可从巨野泽挖掘一条百里的运河，将汶水与清水连接，然后引黄河水入清、汶。这样大军再沿水道顺清、汶北上，攻取邺城。”

谋士郗超则提出反对意见。他说：“汶、清二水和黄河，乃北方旱地河流，不似南方，水量不大，大船运输困难，水上通道过于脆弱。依托此道北上，如燕军坚守不战，又像秦人一样坚壁清野，我军补给困难，战事容易陷入胶着，于我极其不利。不如放弃水道，只带必要的食粮，沿陆路轻装疾进，避开要塞，直取邺城。他们慑于公之威名，惊慌之下，定会弃城北逃，遁回辽东。倘若敢于仓促应战，正好一举歼灭。就算他们固守，料也来不及坚壁清野。这样城外之粮就会落入我手，不惧长时间围攻。”

见桓温仍犹豫不定，他又说：“如桓公觉此策过于涉险，不妨就在枋头停步，修筑要塞，囤积粮食，增加辎重，等到明年夏天河水丰盈之时，再行进攻。如此虽有所迟缓，但可立于不败之地。”

桓温用兵谨慎，不打无把握之仗。虽觉得谋士郗超之言颇为有理，但仍有顾虑。他想，郗超提出的速攻太过冒险，万一攻克不利就会陷入险地，进退两难。而第二条建议，他又担心战事耗费时日过长，怕秦国乘机抄了后路。而长期不在朝廷，也担心朝中政敌兴风作浪，左右年幼的皇帝，以至后院失火，怕到时给自己弄个罪名，连朝廷也回不去了。

他其实还有一个担心，就是吴王慕容垂。尽管他派到邺城的间人探听到慕容垂已被朝廷弃用赋闲，但万一被重新启用，将对他是一个很大的威胁。对此，他也不得不防。

他最终还是坚持己见。命冠军将军毛虎生从巨野泽挖掘运河，连接汶水、清水、黄河，以此作为水运路线。工程完后，果然不出郗超所料，随着入秋降雨量减少，水路开始运行不畅，大船已无法通行。不过桓温亦早有二手准备。他命令豫州刺史袁真，进攻谯郡、梁国，凿通石门，连接睢水与黄河，引入睢水来加大黄河水量，保证水路运输。袁真成功地攻克了谯郡、梁国，但石门一时还未能凿开。

而此时，慕容垂已率大军火速赶至枋头以北，隔黄河与桓温对峙。他识破桓温之计，将手下一万轻骑兵交与慕容德，令他绕到桓温大军之后，紧逼石门，以阻挠晋军的开凿。

桓温闻知吴王慕容垂已至对岸，心中顿时泛起一阵沮丧。真是怕什么来什么。他在枋头停下了进攻的步伐，如当年攻秦驻军灞上，等待时机。

不久，石门会战，慕容德击败袁真，桓温凿通石门的计策落空。慕容垂这一招儿，击中了桓温的要害。桓温知道消息后，心中无比失落。

慕容垂的出现，全部打乱了他的节奏。他心中烦闷，走出大帐，与谋士郗超纵马至枋头城。

这枋头其实亦是一座名城。当年石虎徙关中豪杰及羌戎至关东，便以苻洪为流民都督，居于枋头。石虎死，冉闵立魏，苻洪在枋头自称大将军、大单于、三秦王，并修筑城墙、宫殿。而这苻洪便是现今秦帝苻坚的父亲。

因为出征半年，很久没有接近女色，桓温便来到一女闾中。其中一歌伎甚是美貌。他褫冠解带，与其同眠共枕，以期暂忘心中的烦恼。

其歌伎名刘莺莺，曾跟随过苻洪。第二天早上起来，刘莺莺对桓温说："公有帝王相，甚似苻洪大都督。"

桓温听后十分高兴。于是穿戴好大将军行装，身上更透出一股威气。他再让那刘莺莺看，不料那刘莺莺却说："面甚似，恨薄；眼甚似，恨小；须甚似，恨赤；形甚似，恨短；声甚似，恨雌。"

桓温说："那还有帝王相乎？"

刘莺莺说："怕只有将帅之相。"桓温之心又如沉谷底。他离开这女人，走出房门，起身上马，忽然又想起了什么。折回去挥刀将刘莺莺斩杀。然后一言不发，骑马而去。回到帐中，不怡者数日。

他本来心中希冀这次荡平燕国后，借不世之功，逼迫那皇帝下台，自立为帝。

战事胶着，时间也过得飞快。转眼间冬季即将到来，桓温处境越来不妙。大军拖在这里，供给不上；继续前进，又没有打胜的把握。而秦国援军正在东上，离枋头越来越近。桓温决定暂且撤退，命令焚烧舰船和辎重，全军改由陆路向南撤退。

燕军将领见状，皆要过河乘势追击。

慕容垂却下令阻止。他对众将说："桓温初退惶恐，必严加戒备，设以精锐殿后。如果贸然出击，未必得胜，甚至中伏亦说不定。不如先装作胆怯故意纵之。几日后，敌知我没有追击，必侥幸并昼夜疾趋。我们就等他士卒力尽气衰，然后沉重一击，定无不克。"

慕容垂派间人星夜赶至晋军前头，唆使当地百姓故意放出风来说，桓温撤退路上的河流、水井皆被慕容德的燕军下过毒，绝不可饮之。还在河边和水井旁故意摆放了一些中毒的牲畜。桓温便沿途命令士兵凿井而饮，士卒更加疲惫不堪。

而慕容垂只率八千精骑兵如幽灵般在桓温大军之后尾随。桓温之军南退八百里后，见后面并无追兵，便撤了殿后掩护之军，整个大军一路向南加速撤退。慕容垂突然加速，在襄邑一带发动袭击。而慕容德在桓温南撤时早已离开石门，率一万精锐轻骑，早早赶到襄邑，设伏以待。

慕容垂和慕容德相互配合，前后夹击，以两万轻骑军猛击桓温四万之众。晋军猝不及防，很快大溃，阵亡逃跑超过两万之众。秦国援军苟池、邓羌二将也赶到参战，桓温顿时大败。

桓温所率五万大军，此时所剩无几。他退至山阳，又收集逃兵散卒，勉强凑够万余。回到建康，朝中政敌疯狂攻讦。他却将战败之罪委于被慕容德击败的豫州刺史袁真。说袁真败于石门，让他凿通石门的计策落空，从而扭转了战局，并上疏朝廷，奏请废袁真为庶人。

而此后，桓温及晋再无能力犯燕。而桓温废黜幼帝自立的野心也戛然而止。

桓温虽北伐失败，却是对燕国最沉重一击。这个慕容氏族三代建立起的强大国家，由此一蹶不振，开始步入千疮百孔、任人宰割之路。

九十九

燕将桓温击退，亦是苻坚和王猛最想要得到的结果。

对秦、燕、晋三足鼎立的局面，秦自然还不想打破，尤其不希望由晋来打破。如果晋兼并燕，国势大增，下一步倒霉的就是秦国了。

故桓温兵败，苻坚亦大喜。他宴请王猛和群臣，当着众臣的面说：“丞相立下了大功，只派出了一支小小的军队，没有任何损失，就使秦得到了洛阳和虎牢关以西的土地。”

王猛谦逊地说：“臣岂敢贪功，全是陛下谋略得当矣。”

苻坚得到王猛，犹如刘备得到诸葛亮。当年桓温伐秦，驻兵灞上。王猛本欲投奔，但窥见其野心，觉得非可托付之人，便重回终南山结庐而习经典。他的老师说："学生决断对矣，汝与桓温岂并世哉？在此自可富贵，何为远乎。"

苻坚一举诛灭暴君苻生，自立为大秦天王。他倾慕汉学，潜心研读经史典籍。当苻坚向尚书吕婆楼请教经学时，吕婆楼便力荐王猛。

王猛出山，与苻坚一见如故，谈及兴废大事，句句投机。王猛官封中书侍郎，职掌军国机密，成为苻坚密臣。

苻坚亦有意锤炼之。京城的西北门户始平县豪强横行，劫盗充斥，民不聊生。苻坚闻之大怒，将始平县令革职，派王猛整肃。王猛到后，迅速查明，那原县令与豪强、劫盗皆有勾结，一起坑害了十几条人命。他令人半路上将卸任的县令抓回，审判后，竟拉至县衙门口，当众鞭挞至死，一时震动周围百姓。县令的同党气急上告，诉其滥杀朝廷命官。刺史派人逮捕了县令王猛，并押送至长安。

苻坚闻讯，亲自到廷尉府问之："卿不是教孤说，为政之体，德化为先。可孤派卿下去不久就恶刑杀人，又是何等的残酷？卿又如何自圆其说？"

王猛却平静地说："治安定之国可以仁礼，理混乱之邦则必以苛法。一切当随情势而变。现在，臣一心一意为明君铲除凶暴奸猾之徒，方杀掉一个奸贼，还有成百尚未伏法，此时陛下便以酷吏之名惩罚，臣委实不敢当。"

苻坚说："今日孤就要杀掉卿这个酷吏，可有怨言？"

王猛说："既无怨言，亦无悔。"

苻坚且叹且赞："猛乃管仲、子产一类的人物啊。孤爱惜还来不及，何言杀之。开个玩笑罢了。"说罢令人解绑。

王猛愈发得到苻坚赏识，接连升了五次官，竟做到尚书左仆射、辅国将军。朝中元老旧臣妒火中烧，一日散朝，刚出大殿之门，老臣樊世当众侮辱王猛说："我们曾与先帝共兴大业，却不得参与机密。汝无汗马之劳，凭何专管大事？这不是我们种庄稼而汝白捡粮食吗？"

王猛却不急不恼，冷笑说："班固曰，人分上智、中人、下愚。谁让你们无能？不光是汝种我收，还要使汝做好饭端给我吃呢。"

樊世肺都气炸了，跺着脚咆哮道："竖子可恨至极，迟早叫你头悬长安城门，否则我不活于人世。”

密臣告之苻坚。苻坚却说：“孤必杀此老朽，然后群臣方能整肃，朝中方能安定。”

不久，苻坚故意在朝上宣布诏令：“孤做主，特将恩颂公主嫁予司马杨璧。择日完婚。”

樊世女儿早与司马杨璧订婚。樊世着急，马上奏言：“皇帝有所不知，那司马杨璧已与臣之女订下大婚，并约定了婚期。还请皇帝收回诏令，臣定感激不尽。”

王猛借机发难：“樊世乃臣子，公然替女儿与公主争婚，目无君上，应当重责。”

樊世顿时气急，从殿中护卫中夺过佩剑朝王猛砍去，被众臣和护卫拉住，又以恶言破口大骂：“竖子，早晚要了汝之狗命。”

苻坚大怒：“樊世虽为功臣，但居功自傲，竟在朝上当着孤的面拔剑欲杀朝中重臣，此为藐视朝威，孤立斩不饶。”

樊世即被处死，众臣面面相觑，再无一人敢与王猛对立。苻坚私下却说：“孤拿一老朽之命来换王猛，亦值矣。”

王猛上调任侍中、中书令兼京兆尹。皇太后有个弟弟叫强德，在京城乃有名的恶少。酗酒杀人，奸掠女子，但谁也不敢“太岁头上动土”。王猛立即收捕强德，等不及奏报，便将他处死。待到苻坚遵太后之命派人持赦书飞马赶到时，强德早已陈尸于市。王猛又与御史中丞邓羌通力合作，全面彻查害民乱政的公卿大夫，一月不到，将不法的权贵二十多人铲除干净。于是百僚震肃，豪右屏气，令行禁止。

苻坚感叹道：“直到今日我才知道君主如何治理天下矣。”

王猛力荐苻融、任群和朱彤等一批人才担任朝廷要职，又荐房默、房旷、崔逞、韩胤、田勰等一批关东名士担任朝官或郡县官长，还亲率大兵讨伐，使匈奴刘氏、乌桓独孤部、鲜卑没奕干和拓跋代国等都先后归服了前秦。

在王猛的辅政下，秦国力大增，安定清平，一派崭新气象。百姓歌曰：长安大街，杨槐葱茏；下驰华车，上栖鸾凤；英才云集，诲我百姓；兵强国富，垂及升平，王猛之力也。

而皇帝苻坚则用人不疑，他任王猛为丞相，放心让王猛裁夺一切军国内外之事，自己则拱手于朝堂之上。他对众臣说："丞相文能提笔安天下，武能上马定乾坤。我好像周文王得到了姜太公似的，终于可以优哉游哉享清福了。"他还嘱咐太子说："汝敬事王公，要像侍奉孤一样。"

苻坚与辅臣王猛如鱼得水，秦之国势亦蒸蒸日上。

而如今，灭燕亦终于摆上了日程，成为君臣共识。王猛说："洛阳和虎牢关以西的土地算得了什么，吾秦现在图谋的是整个中原。慕容恪离世后，慕容评辅政，此人昏庸，已致燕陷入衰敝。桓温伐燕，又重创其国。秦灭燕的时机到矣。燕如今已成为秦刀俎上的鱼肉。"

苻坚却说："燕虽败落，但还有吴王慕容垂，据说此人勇武有谋。桓温伐燕功亏一篑，皆因此人。"

王猛说："臣闻此人素与慕容评和皇太后不融，只因此次打败桓温，建立殊功，方得燕主信任。但功高盖主，反受其累。想那慕容评亦定会想法除去此人。而燕主昏庸，并无主见。臣可使离间之计，助慕容评一臂之力，将慕容垂陷入万劫不复之境。吴王命亡之时，即我秦发兵攻燕之时。"

其实苻坚本欲先灭晋。他认为桓温北伐失利后，晋的实力大大衰落。心头大患桓温，亦被朝廷抛弃。但他知道晋是王猛的母国，猛不忍心灭之。亦装作糊涂说："那就多劳丞相开始筹划。举国征募新卒，并加紧练兵，修筑至燕的道路，备足粮草。"

一百

秦磨刀霍霍，而燕却毫无察觉，无动于衷。

皇帝慕容暐并未像他们的父辈那样，心中总是心存忧患，对强敌充满警觉；或者雄心勃勃，恨不得将所有的顽敌征服。他反而更喜欢安逸，甚至甘愿将头装在套子里，不愿听到和看到国家面临的危险、威胁。他派黄门侍郎梁琛出使秦国，主动与苻坚修好，以期秦不再要求燕践行当初求援时许下的割地之诺。

梁琛是一个缜密和头脑清醒之人。他回来后在朝廷上报告说："秦虽没有要求我燕践诺，但却加紧招募新兵，操练士卒，讲习武艺，修筑道路，也把粮草运到了陕东。依我看来，似乎没有打算与我们长久和平。

臣敢肯定其有窥探和图谋之心，应当慎重地防备他们。”

慕容垂说：“孙子曰，攻其无备，出其不意。臣建议此时不如集结兵力，突袭秦国，即使不能灭之，亦要占其陕东，逼其主动求和，放弃对我燕践诺要求。当年孙武率三万吴军千里奔袭，深入敌境，将楚军一举击破。臣愿学之，亲自带兵五万西进。”

此时的慕容垂因关键时刻力挽狂澜，被燕主慕容暐格外器重，因而说话亦颇多豪气。

大司马慕容冲也说：“以战求和，总胜过被动挨打，臣赞同吴王之见。”

慕容评却说：“我们刚刚击败桓温，国家虚弱，不宜再发动大的战事。如能不战而屈人之兵不是更好吗？而且现在两国互通来使，亲睦有加。只要我们不去攻击他们，他们断不会冒险入侵我们的。两国相处，亦如邻里兄弟。相互尊敬，你来我往，平安无事，为什么要彼此为敌呢？”

慕容垂说：“太宰老矣。以强凌弱，弱肉强食，一国兼灭相邻的另一国，由来已久。所谓的睦邻之义又岂以一厢情愿？秦、晋、燕三国之君皆称帝王之号，宣示自己才是正统，断不会长久共存的。今苻坚有大司马王猛辅佐，国力大增，正野心勃勃欲图我燕。桓温已不值得忧虑，最终为我燕带来灾祸的，恐怕惟有王猛。”

慕容评说：“休要危言耸听，别以为打败了桓温就觉得自己真是孙武再世。”

慕容暐却说：“举兵伐秦可有胜之把握？朕还要深思再定。”

几日后，秦派来的回访之使到了邺城，向燕转达了秦帝愿两国修睦的善意，却闭口不提燕践诺之事。

秦使还鬼鬼祟祟密见了吴王慕容垂。他递给慕容垂一封信函，说是秦帝苻坚亲自写给吴王的。还带给慕容垂千两黄金。信函中说：“孤久慕吴王盖世之英才，期盼与之结交。特奉送黄金千两只求吴王在燕帝前游说，燕秦联合共同伐晋。”

慕容垂不知是王猛之计，退回了信函和黄金，却答应了他们的要求。他告诉秦使：“请秦帝放心，我会劝说我帝与秦结为友邦，等明年春相约，一齐伐晋。”

慕容垂此言亦是迷惑秦帝，令其不防。此时，他正每日加紧训练兵卒，以等待燕帝突袭秦国的命令下达。

秦使将归，太宰慕容评禀报皇帝后，带使者至家中参观。使者看到了慕容评太宰府的豪华和家中堆积如山的财宝，十分羡慕，说："太宰家真是富有啊。吾秦无法相比矣。"然后又奉上千两黄金，悄悄告之："吴王已收下了我们君主的信函和黄金，答应到时与我们一起举兵伐晋。还望太宰在皇帝面前，亦多说些好话。"慕容评心中一惊，本来想收，听闻此言却又不敢收了。

朝中有人质疑，说秦使来燕，太宰不该带着他们参观自己的豪宅，而应让他们参观燕军才对。他们看到如此威猛强大的燕军，心中恐惧，定不敢来进犯。慕容评却在皇帝面前解释说："我这是在警告苻坚矣。使者看到我家中这么有钱，必想我黎民百姓也很富足，国家亦一定会富强。如此，他还敢来骚扰么？"

众臣窃笑。而皇帝慕容暐却说："太宰言之有理。"

几日后早朝，慕容垂又提出西进突袭秦国之请求。

慕容暐仍犹豫不决。老臣中书监皇甫真进言说："苻坚虽然也派使者来访，然而却私下加紧备战，谋取我燕之心昭然若揭。现在燕秦形势如同敌对战国，彼此不会信守诺言。尤其近来臣闻秦军从洛川出发至秦燕边境。所有险峻要害的地势，都被其了若指掌。观察虚实，窥听风声，而伺机采取行动，乃敌寇行动之常规。不但吴王要迅速出兵突袭，洛阳、并州、壶关几城皆应增添兵力加强防守。全国上下应广为征兵，扩充军队，加强训练，防患于未然。"

慕容暐问慕容评："太宰以为如何？"

慕容评说："秦国势弱，一向依仗我们作为后援。而且苻坚追崇刘备，喜欢施行善道，最终不会完全听信王猛之言。不应该轻易自找烦扰恐惧，而激起敌寇侵犯之心。即使他们集结军队，谁敢保证不是为伐晋而准备？"

慕容暐想了半天，最终否决慕容垂出兵奇袭秦国的计策。他说："虽不出兵，但亦应防备。就依中书监之议，加强洛阳、并州、壶关诸城兵力防守。"

慕容垂闻听，深深叹了一口气。他说："陛下仁慈，但又怎能以君子之心度小人之腹。今日不虞，他日之害。等那王猛率军打过来，就怕哭亦来不及矣。”

皇帝闻之不悦，倒亦没有说什么。他见时辰不早，便说：“众臣还有事奏否，无事散朝。”

慕容垂又站了出来，提出要为他的部将孙盖等人越级授官。他说：“对有功之人，魏王曹操不吝千金重赏；没有功劳的，一分钱的赏赐也没有。如此魏王的部下才为之拼死而战。此乃治军之道矣。如今臣所率孙盖等部将，在与桓温大战中摧锋折锐，攻无不克，皇帝宜重赏矣。”

慕容评却说：“桓温大败，皆皇帝英明决断。即使吴王所率之军有所功绩，陛下和朝廷亦皆有封赏。今吴王居功自傲，还挟私心，竟为亲信越级授官，难道不惧朝廷上下议论朋党营私乎？”

慕容垂说：“大败桓温，皇帝运筹帷幄，英明果断。可我之将士奋勇杀敌，扭转战局，立下了不世之功。如不以重重褒奖，国家再遇危难，便会无人以出，溢血杀场。”

见两位重臣针锋相对，皇帝慕容暐不愿搅入其中，一时无法表态。而慕容垂却愤怒不已，竟在朝上拂袖而去，将皇帝和众臣晾在了那里。

慕容评说：“如此之大不敬，皇帝应治其死罪。”其余众臣亦言：“吴王如此狂妄，罪不容赦。”

慕容暐却叹了一口气说：“退朝。”

慕容评知道扳倒慕容垂的机会终于到了。退朝之后，他密奏皇帝，说慕容垂私自与秦使媾和，并详细述说了秦使给吴王送来秦王密函和千两黄金之事。

慕容暐问：“如此秘密之事，太宰如何得知。”

慕容评说：“秦帝派来的使团至臣家中参观时，悄悄告知。还欲私自送臣黄金千两，要臣作为说客，说服皇帝同意秦燕两国一齐出兵伐晋，被臣拒之。”

慕容暐说：“吴王忠于朕和朝廷，且击败桓温立下了赫赫战功。没有确凿证据不得再提此事，以免中了秦敌离间之计。”

慕容评却说：“不管此事真假与否，皇帝不得不防吴王矣。如今战事已毕，但那慕容垂却不愿将部队交给大司马。且还增马扩兵，手下已有五万之众。已有人背后称其是燕之桓温矣。倘若他拥兵自重，并与秦王勾连，要挟皇帝退位，或可未知矣。即使吴王无有异心，然时机成熟，部下将龙袍强披于他身上，到时恐怕也身不由己了。皇帝可知汉高祖忍痛杀韩信之因？缘功高盖主，无法左右矣。”

慕容暐听了心中大惊，出了一身冷汗。他感到了吴王的咄咄逼人，包括今日朝上拂袖而去。

而慕容评从枋头之战中更感到他与慕容垂的难以共容。倘若再来一场这样的战事，他就会被慕容垂完全取而代之，在朝中毫无立足之地。

临退出皇帝寝宫，他说：“皇帝应该痛下决心了，吴王不可留矣。”

一百零一

慕容评又找到皇太后可足浑氏，述说慕容垂在朝上轻慢皇帝之事。可足浑氏说：“看来这慕容垂到了非除不可的时候了。如此下去，说不定是一个冉闵从我燕再世。”便请燕帝至太后的乐寿宫议事。

可足浑氏对这慕容垂一直心存嫉恨。她亦知，自己和慕容评逼死了其妻段氏，慕容垂定会寻机为之复仇。慕容垂的存在，对她和皇帝母子是最大的威胁，她必须借这次机会除之。

她对皇帝说：“吴王与秦使勾搭，早有谋逆之心。且在朝会上公然对皇帝大不敬。皇帝应速以谋逆罪和大不敬罪杀之。”

慕容暐面有难色。他说：“国家内忧外患，正是用人之时。吴王如再世孙武，可拒敌千里之外。如杀之，又有谁可替之。”

可足浑氏却说：“吴王确有武略，但现在拥兵自重，若如那冉闵、桓温一般反戈相向或要挟朝廷，皇儿可有办法？”

慕容暐不语，许久方说：“再让我想一想，再最后决断。”

皇帝走后，可足浑氏对慕容评说：“皇帝已默认，太宰就行动吧。”

慕容评便悄悄将中书省秘书监的秘书丞王继传唤至衙中，令其起草皇帝宣布慕容垂谋逆和大不敬之罪的诏书。王继根据慕容评的授意，连夜草就。并送慕容评修订，然后置于秘书监朱红花漆木匣之中，以待皇帝亲览。若皇帝同意后，再放入木匣之中。早朝之时，先由秘书监将那木匣至于御座旁的麻案石上放好。皇帝宣布时，可令内侍取之宣读。

那朱红花漆木匣多是用来盛放朝中人事任命，以及官员处置的诏令；而其他诏令则盛于大黄漆木匣中，平素置于尚书省之中。

那王继一天一夜未眠。好不容易等慕容评改毕，便放入那木匣之中，忘记落锁，便回到旁边的待召室呼呼大睡。慕容恪的儿子慕容楷，同为秘书监的秘书丞。早上他来到衙上，看到未上锁的木匣，十分好奇。打开后，便读到了王继草就的那份诏书，顿时大惊失色，慌忙将诏书原样放入匣中，悄悄至宫门外等待慕容垂下朝。因为其父，他自小便与慕容垂关系亲密。他要将这个惊天的消息告知吴王叔父。

因为吴王之妃乃皇太后可足浑氏的妹妹，故不便至吴王府密谈。在慕容楷的府中，慕容楷告知慕容垂，皇帝要密杀之，并说："叔伯可先发制人，剪除慕容评及乐安王慕容臧，掌握朝中大权。"

慕容垂瞬间心如死灰。他长叹了一口气说："我曾答应去世的太宰，此世永不做篡逆之贼。骨肉相残而让国家陷于动乱，这样的事，宁愿去死也不忍为之。"

慕容楷说："皇帝意已决，不可不早做打算。"

慕容垂说："朝廷实在不能容我，我宁避之于外，也不让后代指责我。"

慕容垂心中忧虑，进退维谷。他怕引起骚动，未敢将此事告诉几个儿子，只与长子慕容令商议。慕容令说："今欲保全家族，又不失大义，莫若逃到龙城，然后辞职谢罪，告老还乡，以待皇帝明察。将来一旦皇帝身边有周公那样的人辅佐，过不了多久会感悟到父王的忠诚而得以还朝，此幸之大者也。如其不然，则向内安抚燕、代，向外怀柔群夷，占据龙城以自保，亦可安身立命也。"

慕容令此计颇为周全，慕容垂赞同。不久，慕容垂以打猎为由，微服出邺，准备回故都龙城。到邯郸时，却出意外。其幼子慕容麟向来不为慕容垂所宠爱，得知慕容垂要其偷偷出逃龙城后，不仅没有跟随，还向慕容评告发。慕容评知情后，十分高兴。急忙骑马连夜奔入宫中，向皇帝慕容暐报告："慕容垂果然要反，他的儿子已向臣告密。皇帝应该痛下决心矣。"

慕容暐本在犹豫到底杀不杀慕容垂，此时不得不下决心。他遂派西平公慕容强率精骑追之。到范阳时，慕容垂派慕容令断后，慕容强不敢追赶。

时天色将晚。慕容令对慕容垂说："本来想据龙城以自全，今事已泄，恐怕是回不去了。秦主苻坚正广招天下英才，不如往归之。”

慕容垂却说：“先潜回都城，再从长计议。”

慕容垂乃散骑灭迹，傍南山又偷偷回到邺城，藏匿于石虎的寝墓显原陵。一干人又杀白马以祭天，准备起事杀进慕容评府。

慕容令说：“这太宰慕容评妒忌贤能，掌权以来，朝廷中没有人不痛恨他。若顺众心，袭其无备，取之如指掌耳。事定之后，革弊简能，大匡朝政，以辅主上，安国存家，功之大者也。”

正欲举兵，慕容垂又犹豫起来。他说：“如按你所说，事成则成为大福，不成则成为天下罪人，悔之晚矣。不如西奔投秦，可以万全矣。”

慕容垂遂含泪率部西行。他心中充满悲凉，此时正是日暮西山之时，在如血残阳中，与段夫人，子慕容令、慕容宝、慕容农、慕容隆，慕容恪之子慕容楷，郎中令高弼一起投奔秦国，只留妃长安君，也即皇后可足浑氏之妹于邺。

高弼望着残阳说：“此天人感应矣。自此一别，燕将如何？恐亦像这落日，不久落入西山。”

慕容垂又重走慕容翰当年离亡之路。不知这是否是慕容家族的宿命。

听闻慕容垂来归，苻坚大喜。苻坚对王猛说：“宰相真神人也，离间之计果然奏效。可见燕之朝野已混乱不堪、贤佞不分了。孤当亲自到郊外迎接。”

苻坚来到城东门外，远远迎接慕容垂。他执慕容垂手说：“吴王天生贤杰，旷世奇才，然燕却不容，秦幸得之，亦乃上天辅佑我秦矣。孤不但要与卿共定天下，待大功告成之日，还使卿返回本邦，世封幽州。这样卿去国不失为子之孝，归朕不失事君之忠，不亦美乎。”

慕容垂没有料到苻坚对自己如此高看。忙说：“我乃羁旅之臣，丧家之犬，能免罪服侍陛下心里就很高兴了，至于本邦之荣，岂敢奢望。”

苻坚封慕容垂为冠军将军，宾都侯，食华阴五百户。慕容令、慕容楷等人，皆厚厚款待，赏赐巨万。每次进见，都格外重视。秦众臣子素闻慕容垂父子之名，皆给予尊重。

闻慕容垂逃亡至秦，慕容评喜忧参半。喜的是终于这个朝中最大的敌人清除掉，忧的是让他逃到了秦国而没有要了他的命。其实，慕容垂蒙在鼓中，还不明白这一切皆是专为他设计而已。是慕容评令那秘书丞王继先起草一份皇帝宣布慕容垂罪状的诏书，然后故意放入朱红花漆木匣中。实际上皇帝并未知道世上还有这么一份诏书，更别说亲自修改。诏书上的御批，皆是慕容评假冒的。而那朱红花漆木匣是盛放绝密文书的，王继又岂能忘记上锁。包括在待召室大睡，皆是慕容评令其故意而为，目的就是引慕容楷上钩。慕容评知道慕容楷平素与慕容垂关系甚密，所以背着皇帝埋了这个套子。

可怜的慕容垂果然中计。

慕容垂叛逃一事，在朝野上下十分淡化，似无声息。众臣皆忌讳谈论。而皇帝慕容暐似乎觉得这样也好，没有了慕容垂，省去了许多麻烦。

满朝文武，只有皇甫真在朝上指着慕容评怒言："祸国殃民者，必斯人也。倘若桓温再次犯燕，试问朝中可有大将替代吴王出马？汝能行乎？如此挽狂澜于既倒，扶大厦之将倾的大才，弃之不用倒亦罢了，竟还逼走敌国，为敌所用。帝不知可记得伍子胥之事乎？当年伍子胥从楚逃吴，成为吴王阖闾重臣。后协同孙武带兵攻入楚都，掘楚平王墓，以报父兄之仇。现在吴王慕容垂外逃，为他们出谋划策，伍子胥般的祸患很快就到了，到时你们后悔去吧。"

皇帝慕容暐和慕容评面面相觑，皆无言以对。

而皇甫真退朝后，默默流泪，让儿女为自己准备了棺材。他说："等着吧，燕不久将大祸临之。"其子问："朗朗青天，海清河晏，何大祸临之？"他说："亡国之祸也。"其子又问："其祸因何而来？"皇甫真说："因燕失去了慕容恪，又失去了慕容垂，而秦有王猛矣。"

一切果如皇甫真所料。公元 369 年，也就是慕容恪去世的第三年，慕容垂逃亡的第二年，苻坚、王猛做好了发动战事的各项准备，终于撕开两国友善的伪装，向燕宣战。

王猛先是派使者使燕，传秦帝苻坚之函："当年秦国应来使之邀协助燕国击败桓温大军，但燕至今食言，未将洛阳和虎牢以西土地割让给秦。见书请燕帝速践诚约，派朝中大臣前至洛阳交割，不然休怪秦国无礼，以兵戎相见。"

慕容暐亦派当年使者乐嵩重使秦。乐嵩对苻坚说："秦国与燕国是友邦，燕秦间相互帮扶，犹如睦邻间相互走动，亦是正常的事。况将来秦有难之时，燕亦不会袖手旁观。故所谓割地之事，不过是使臣一时心急失言罢了。我皇并不知此事。臣今来秦特此说明，以死谢罪。”

秦王大怒，说：“秦出兵救燕，如此大事，仅凭儿使一句戏言就可乎？如今国家安稳了就失信不想践诺，何言大国，何言明君，岂不被天下人耻笑。”于是杀死使者，以燕失信为借口，由王猛统帅将军梁成、邓羌，率步骑三万，浩浩荡荡进攻燕国。

他们的首要目标就是夺取洛阳。

一百零二

慕容垂逃亡至秦，王猛心中却没有苻坚那样喜悦。他对慕容垂有一种天然的戒惕，甚至担心。他知道这慕容垂颇有雄略，将来恐为秦引来祸患。

他对苻坚说：“这慕容垂非一般之人，世雄于燕，且宽仁惠下，恩结士庶，燕、赵之间皆有人奉戴响应。其诸子亦明毅有才干，人之杰也。蛟龙猛兽，非可驯之物，不如寻机除之。”

苻坚却有自己的想法。他说：“丞相之心孤知也。但这慕容垂却杀不得。不仅不能杀之，还要为孤所用。慕容垂一世战功，与慕容恪一起打败石虎、冉闵之军，攻占蓟城、洛阳，又独自大败桓温。论兵法谋略和经验，除了丞相，吾秦无人能比。偏偏此人又是送上门，孤岂能拒之。现在我们就要进攻燕国，还要时刻防备晋国偷袭，国家没有人才怎么行呢。且这慕容垂刚投奔于秦，孤亦与之以诚相待，现在图谋害之，天下人该笑话孤没有肚量矣。”苻坚清楚，秦国将来对付晋国，需要慕容垂这样有战胜过晋军经验的将帅。

王猛虽不再说什么，但灭垂之心却无时不在。大军行前，他宴请慕容垂，以求胜燕之计。慕容垂说：“燕乃我的母国，丞相前去攻打，看在眼里而无力去阻止，我心本就不安。如果再去帮着出谋划策，将来又如何至九泉之下去见先王先皇呢。还请丞相恕罪。”

王猛不再勉强，说：“我知道吴王亦是义士，不会帮着敌人去做谋害自己国家的事。”

酒酣之余，他对慕容垂说：“我今要率军远行，吴王在宫城中保卫皇帝，将军可有什么东西与我，让我能睹物思人呢？”慕容垂不知是计，以为王猛真与他亲近，就把随身佩刀赠与王猛。

王猛率秦大军奔向洛阳，并以慕容垂的儿子慕容令为参军，充当向导。慕容垂不好反对，只嘱慕容令凶多吉少，见机行事，自我保全。

秦大军紧逼洛阳。燕军却没有充足准备，守将慕容筑一战即败。他缩退城中，向朝廷发出紧急求援。

消息传到邺城，慕容暐正与群臣共宴。他生气地问大司马慕容冲：“朕不是要你们加强洛阳守备吗，如何一战即败？”

慕容冲却说：“太宰说无兵可派。”

慕容评急忙辩解：“皆是臣等失误。臣以为那苻坚之贼只是说说而已，不敢攻我燕国，便大意了。臣速派乐安王慕容臧带兵三万解救洛阳，定将秦军赶回函谷关。”

慕容臧之军开始十分凶猛，很快在石门大克秦军，乘胜夺取荥阳。此时，慕容臧距洛阳不足三百。王猛派手下大将梁成、洛州刺史邓羌与慕容臧在荥阳城西大战，慕容臧军战败，死伤者达万余人，援洛步伐被遏制。王猛又修书一封送与洛阳城中的慕容筑，劝其降秦。慕容筑见援军不至，竟将洛阳城拱手相送。王猛又乘势命梁成全力进攻慕容臧，斩杀三千余人，俘获了慕容臧的将军杨璩，将慕容臧赶出荥阳。

几个月间，洛阳、荥阳连失。慕容暐捶胸顿足，在朝上大发雷霆。慕容评却安慰说：“洛阳乃燕之边陲，失之亦无大碍。秦乃小国矣，一时贪婪得之，亦如鱼饵卡喉，难以下咽。因洛乃晋之故都，东晋定会出兵从其手中抢夺。我们就等着好戏看吧。”

攻克洛阳之后，王猛用重金贿赂了慕容垂自燕带来的亲信金熙。王猛将慕容垂赠与他的佩刀交给此人，令他去慕容令营中劝反。金熙告诉慕容令说：“吴王深恐王猛的排挤谗毁，又猜不透秦王的心思，已经偷偷东归故国去了。吴王也要你赶快动身，与我一起，速奔母国，同他团圆。”

慕容令不知消息真假，但见了金熙和父亲的信物，疑虑消除了大半。迟疑了半日后，又想起临行前父亲的嘱咐，便于第二天夜里带着自己的旧部，投奔荥阳的慕容臧。

而王猛见计已成，将早已拟好的表文发到长安，向苻坚报告：“慕容垂贼心昭然，之子慕容令临阵叛秦，望陛下速将慕容垂及随从处死，再不可行仁慈之心。”慕容垂闻知消息，感到如雷轰顶，未敢骑马，携家眷扮作关东逃亡百姓慌忙出城。

苻坚闻知，速派一营人马追击。未出百里，终于在蓝田附近将慕容垂阻截。慕容垂顾及家人不敢硬拼。他绝望地说：“反正都要死，与其死无葬身之地，还不如回至长安引颈就戮。而那苻坚听我辩解，也会给一口好棺材裹身。”

押至大殿，慕容垂正欲辩说，却不料苻坚笑着迎上来，亲自解缚，还安慰他说：“卿家国失和，委身于朕。好儿子心不忘本，怀念故土。这不过是人各有志，不算什么大错。只是燕国行将灭亡，也不是卿的儿子慕容令能够改变得了的，可惜了又一个人才重入虎口啊。”

慕容垂感激涕零，跪下说：“陛下乃罪臣全家之恩人矣。小儿奔燕，忘恩负义，实为糊涂。臣对此确不知实情。今却以小人之心度君子之腹，怕陛下责罚，仓皇而逃。臣愿领一死。”

苻坚却说：“父子兄弟，罪不相及。孤又如何能降罪？”说罢扶起慕容垂，依旧如从前一样与他喝茶对弈。

而慕容令仓皇逃至燕后，方知中了王猛之计。慕容评对慕容令并不信任，怀疑是秦派来的间谍，远远将之和其弟慕容麟派到龙城东北六百里的沙城守卫。慕容令自知难免一死，干脆在沙城招募部下，准备攻取旧都龙城。而其弟慕容麟再次向朝廷告密。慕容令终被守备龙城的慕容亮斩杀。消息传至慕容垂耳中，他心中悲痛万分。此为长子，平素最为喜爱，且是被可足浑氏陷害至死的段氏所生。他喃喃而语：“想我早已愧对汝的母亲，而今又让我如何在梦中与汝死去的母亲相见？还不如杀了我。”

他痛恨不已，发誓要杀掉王猛为其子报仇。

王猛凯旋。他终于夺回燕曾许诺的虎牢以西，包括洛阳在内的大片土地。苻坚十分兴奋，举行盛大的庆功宴，还邀请慕容垂携家眷出席。见秦国上下庆祝打败自己的母国，慕容垂心中百味杂陈，本不愿参加，但还为自身性命难保而惊魂未定的他，又不敢不从。

他带上夫人段氏及几个儿子来到明光大殿。虽然他的官职并不高，只是个冠军将军和宾都侯，但苻坚却让他和夫人坐在第一排，享受与诸王侯一起的荣誉。舞乐笙歌，美酒佳肴，众臣武将一片欢快。慕容垂强作欢颜，心甚是落寂。

他还得携夫人向兴高采烈的苻坚，以及面露威严的王猛敬酒，以示恭贺。夫人段氏精心打扮，本天生丽色，便更加妩媚妖娆。苻坚的眼光竟全停留在段氏身上。

这段氏则为被可足浑氏陷害至死的段妃之妹。出身贵族，其父段末丕曾是鲜卑大单于，气质高雅。且她性情与其姐高傲刚直截然不同，不但颇有心计，且善于周圜。

她见皇帝苻坚留意自己，急忙恭恭敬敬向他敬酒，并恭维说："盛传皇帝神武伟岸，万民景仰，仁德可比尧舜。今日贱女一见，果然如此。夫能事天下最圣德之君，贱女亦不胜荣耀。愿敬皇帝一杯，感激容留庇护之恩泽。"

段氏声音同样婉丽，令苻坚心迷。他赞之曰："夫人如甄宓再世，美不胜言。吴王有艳福矣。"竟与段氏连喝三杯。

慕容垂看在眼里，心中并不舒服。他见王猛亦在注视自己的妻子，便心中一惊。急忙凑上去敬酒，以期分扰其注意。王猛却不喝，正色道："吴王屡得我皇庇护，可谓神明也助剧贼矣。但汝心中如何作想，我皆明白。吴王若聪明，当夕惕若厉。若有半点儿异心，伺机作祟，我将令汝万劫不复。"

当夜归府，段氏对慕容垂说："传苻坚甚喜美色，我料他明日定会传我去他的寝宫。王可有打算？如不想让妾前往，我可一死了之。"

慕容垂顿时感到莫大的耻辱，有一种生不如死的感觉。段氏与他情深意合，作为一个丈夫又如何舍得将心爱的女人拱手奉送他人。他拔出宝剑一阵乱舞，大声叫骂。而段氏却说："吴王定要镇静。府中仆人和周围邻居，皆有王猛耳目，当心隔墙有耳。若不从之，今晚我们可逃之。"

慕容垂很快镇定下来。自巫蛊案以来，他已学会了隐忍。从王猛警告他的话中，知道王猛一直在寻找机会灭掉自己。如果失去了苻坚的庇护，恐怕整个家族带来的是灭顶之灾。

他说："从燕随我们至秦有几十人之多，一起逃走目标太大，断不会成功。若我们两人逃之又有何意义？再说，我们又将逃向何方？"

他心似刀绞，面若静水，对段氏说："如爱妻心有不愿，自当回绝。

全家能死在一起，也是一个好的归宿。”段氏说：“妾知夫君卧薪尝胆之心，先保全性命再图未来矣。”

第二天，苻坚果然派来安车传段氏进宫一叙。段氏梳妆打扮之后，没有与慕容垂告别，就坐车随宫里人去了。她知道自己别无选择。吴王和儿子的性命，以及未来，皆掌握在她手中。

一百零三

苻坚终于下决心灭燕。

公元370年，王猛集全国之力，集结了十万大军，陈兵灞上，气势浩然。

秦帝苻坚亲自为大军送行。他对王猛说：“今孤命丞相东进中原，一举灭燕。先破壶关，平上党，然后长驱直入，夺得燕都，正所谓迅雷不及掩耳。孤当随后，舟车粮运，水陆俱进，为卿解除后顾之忧。”

王猛说：“我秦军强大，荡平残胡，定会如风扫叶一般，臣不劳皇帝亲受风尘之苦，只须坐在宫中听候臣的消息即可。如果说需要麻烦皇帝的话，就请敕命廷尉府给燕国被俘君臣预先造好关押牢房就行了。”

苻坚大悦：“卿胸有成竹，孤就听候攻取邺城的好消息。”

秦军兵分二路，一路由王猛带领径直东进，猛攻壶关，意图为直插邺城；一路由杨安率领迂回，向东北进军晋阳，意图夺取河东地区，然后挥师南下合围邺城。两路大军东进的消息传到燕都邺城，朝内一片惊恐。

慕容暐说：“都说我燕是大国，秦国是小国，小国不敢图谋大国。今日可好，祸端旋踵而至。众臣以为如何？”

慕容评说：“无惧，王猛是自取灭亡。请陛下准许臣带二十万大军前去上党阻击，定会像上次击败桓温一样，让秦贼丢盔弃甲，逃回关内。”

慕容暐却没有回答。他对太宰慕容评的能力早已看透，并不抱多少指望了。

他知道，此次王猛有备而来，必是灭燕，而自己身边却没有了扭转乾坤的慕容垂。周边的武将之中，能堪当大任的已是寥寥。他任用的大司马慕容冲年纪尚小，冲锋陷阵还可，但出征挂帅还不足以担当。他心中不免战栗，头一次感到了脊梁发冷，似乎感到这一次燕国的天真的要塌下来了。

他只好召散骑侍郎李凤、黄门侍郎梁琛、中书侍郎乐嵩、司徒长史申胤来到大殿商议。他有些焦急地问："王猛正率大军攻我燕国，朕问之，秦能战乎？"

这李凤一贯见风使舵，又见太宰慕容评也在一边，便说："秦国小兵弱，非王师之敌；王猛常才，又非太傅之比，不足忧也。只要太宰带二十万大军西出壶关，那秦军将会不战而退。"

梁琛、乐嵩却冷笑说："胜败在谋，不在众寡。秦远来为寇，安肯不战？且我当用谋以求胜，岂可冀其不战而已乎？"

慕容暐刚落下的心又提了起来。此时，前线来报："王猛攻克壶关，并打败上党太守南安王慕容越，所过郡县，燕将皆望风而降。"

满朝官员顿时一片惊慌。皆说："秦寇如影随风，再不阻止，用不了一个月就打到皇宫了。"

慕容暐更是吃惊，问司徒长史申胤说："燕危在旦夕，事将何如？"

申胤叹曰："陛下悔不该当初听信谗言，将慕容垂逼向敌国。如今王猛势头正健，朝中无人力挽狂澜，燕必亡矣。我们这些人离成为秦的俘虏为期不远矣。"说罢，竟在大殿上挥剑自刎。

这司徒长史申胤本协助大司马慕容冲掌管军事。慕容暐想从他那里得到克敌的办法，未料到却是这般结局。他内心更加惊慌，忙说："太宰速集二十万大军星夜赶赴迎战。此去定要全胜，彻底将王猛赶出我燕。"

他下达这个命令时，心中并无底气。他知道，一切听天由命吧。

慕容评心中畏惧王猛，不想主动进攻。故行军缓慢，想待前线王猛兵力消耗，并进入燕之纵深后，再与之对攻，争取一击胜之。散骑侍郎李凤献计："远道而行，虽粮草由朝廷供应，但柴和水却要依靠自己。不如阻隔山泉，卖柴售水。"

慕容评说："此倒不失晋财之道。令士兵砍柴汲水，当道售卖，所得钱两可用于战场上赏赐勇猛杀死的将士。"

但李凤明白，赏赐勇士自有朝廷出钱来办，这卖柴水之钱，定会归太宰大人，慕容评只不过找个托辞而已。他马上去办。于是，各路大军烧柴吃水皆要向散骑侍郎李凤的手下上缴一笔费用，积攒的钱两和绢帛一时如小山一样高。三军将士见之皆丧失斗志。

慕容暐闻之大怒，速派侍中兰玉快马加鞭捎信给慕容评，信中严厉斥之：“太宰乃高祖之子，大敌当前，应以宗庙社稷为忧。而今却置国家危亡而不顾，专门聚敛财富，是可忍孰不可忍。汝当想之，宫中收藏的珍贵财物，朕何时对汝有所吝惜？如秦贼大举进攻，攻占了邺城，汝之钱帛又将放到哪里去呢？皮之不存，毛将焉附。速将钱帛散发给三军，以扫平敌寇胜利班师为要旨，不得有误。”

慕容评心中不平，对散骑侍郎李凤说道：“不知是何人嘴碎，将此事报与陛下。侍郎速按旨办，将钱帛散发。”

李凤说：“收之容易，散发难矣。不如先将此钱帛藏之于此地，待大军凯旋后再取之。”

慕容评说：“善，打了胜仗后，再请求皇帝以此为赏。”

慕容评的大军行动迟缓。而王猛大军却火速东进，直趋潞川，与慕容评形成对垒。王猛所以未主动进击，是等待另一路杨安南下合围。

而此时杨安正全力攻打晋阳。燕军守兵五千，加上城墙坚固，两月未下。杨安心生一计，命令士卒昼夜敲锣打鼓，大声叫骂，以吸引注意力，暗里从城外向城内挖通地道，继而派精兵数百人潜入城中，大呼而出，杀尽守门燕兵，并打开城门。秦军蜂拥而入，转瞬间占夺了晋阳全城，又俘获东海王慕容庄。

杨安迅即挥师南下，赶至潞川，对慕容评形成东西夹击之势。而潞川离都城邺城已不足百里。

兵贵神速，慕容评本应趁杨安陷入晋阳攻城胶着之际，主动出击，与对面的王猛决一死战。敌寡我众，以二十万之众对决王猛的七万人马，似有胜算。然他却心中有惧，不敢主动进攻，而是被动等待王猛来攻。待杨安腾出手来驰援王猛，慕容评已在战略上不再占据优势。王猛所率之军，加上沿途投降和收编的燕军，已有十五万之余。

慕容评驻军在高冈上，已陷入被动挨打之中。

王猛派他的部将郭庆带领五千名骑兵，趁夜色走小道登上高冈放火，烧毁慕容评的粮草辎重。大火熊熊，站在邺城的城墙之上，皆可望见其火势。

慕容评惊魂失魄，所率之军皆有小股叛逃。他无计可施，只好被动应战。而手下将士早已丧失斗志。

王猛大军气势高涨。决战之际，王猛佩戴铠甲，威风凛凛，立马在阵前誓师。他慷慨激昂地说："我王猛受国厚恩，兼任内外要职，现在要与诸君一起夺取中原，一举灭燕。勇士们定当竭力致死，有进无退，共立大功，以报国家。我皇正在宫中翘首等盼我辈攻取邺都的好消息。此役大胜，我们将受赏拜爵于明君之朝，欢庆痛饮于父母之室。将士们，那该是多么荣耀、多么值得自豪的事情呀。再过一会儿，就随我一起，勇猛和尽情地杀敌吧！"

王猛的话就像烈火一般把将士们的热血燃烧起来了。众皆踊跃，破釜弃粮，大呼竞进，士气锐不可当。

一百零四

燕秦两军终于在潞川一决雌雄。

浊漳河畔，巍巍雄山，汤汤长河，在一片空阔地上，战旗猎猎，人嘶马喧。

秦军在王猛的指挥下，分东西二路主动进攻。一队重骑军先冲了上来，后面跟随着成千上万的步骑兵。秦军野猛，所向披靡。燕军虽然士众，但却无法抵挡秦步军的前后夹攻，损失惨重，其颓势已显。慕容评虽亦历经沙场，但却很少作为主帅。他显然缺乏指挥大战的能力和魄力。

十二岁的大司马慕容冲突然持长枪挺身而出，率一队精骑绝地反击，左右冲杀，竟拼开一条血路。燕军气势大涨，在慕容评的指挥下随后向外突围，将秦军的包围圈撕开了一个口子。慕容评灵光一现，又命慕容冲折马回杀，依靠兵力优势，进行反包围。

战场形势瞬间大变。

此时秦军中亦有一人挺出，乃王猛部下的一员勇将邓羌。

这邓羌虽打仗凶猛，但屡屡抗上，不服管教。秦将徐成侦察燕营归来误期，王猛要以军法从事。邓羌与徐成乃同郡部将，便替徐求请，却未被允准。邓一气之下便回营密谋反猛。王猛得到密报，派兵弹压。众将皆要求将徐、邓二人处死。王猛却出人意料地赦免，还赞扬邓羌说："将军对同郡部将尚且如此仗义，何况对国家呢？我不再忧虑敌人了。"此刻，王猛命以邓羌为将，率军与慕容冲抗衡，直插敌军中心。不料邓羌又讨价还价："丞相若答应给俺一顶司隶校尉的乌纱帽，那么您就放心吧。"王猛不悦，大声呵斥："我忍汝，乃赐汝颜面。莫要放肆，惹我军法从事。"孰料邓羌却跑回营帐蒙头大睡。王猛驰马径入邓营，高声喊道："本丞相答应汝，倘若败了下来，则必杀之。"邓羌乐得折身跳起，捧起酒坛子"咕嘟咕嘟"大喝了一顿，然后跃马横枪，率猛将徐成、张蚝等直扑敌阵，往来冲杀，如入无人之境。

燕军又占下风。

黄沙漫卷，遮天蔽日，秦燕两军鏖战至第三天，燕军终于大败，损失五万余人。王猛指挥部队乘胜追击，又歼灭敌军十万余人。

慕容评和慕容冲只带几个随从逃回邺城。慕容暐见之，痛心不已，问他："太宰不是说一定会打败秦贼王猛吗？我燕国大、人众、兵强、地险，焉能大败？"

慕容评浑身是血，跪在殿中痛哭流涕："臣亦尽力矣，无奈秦军过于强大。"

慕容暐六神无主，眼见王猛就要打到邺城，是守城还是弃城，他犹豫不决。太后可足浑氏亦来至大殿上。她说："何不先班师至辽东龙城，待皇帝和将士恢复了元气，再打回中原不迟。"

慕容评说："太后之言亦不无道理，王猛兵强，邺城恐怕是守不住的。"

慕容暐气愤地说："连邺城都守不住了，将来还打回中原？悔不该听你们之言。如朕依长伯临终所托，重用吴王，又何至今日！"他又生气地说："你们都下去吧，朕心烦得很。让我一人待着吧。"

老臣皇甫真直接冲入宫殿之中。他对一脸沮丧的慕容暐说："虽有慕容垂之能人而不能用，虽有上党之天险而不能守，老臣预言的亡国之祸果然到矣。皇帝可知为何而亡？"

慕容暐说："是朕愚笨矣。"

皇甫真说："陛下幼弱昏庸，既无韬略又犹豫不断。慕容评无能贪饕，把持朝政。燕可谓内无良臣外无良将，焉能不亡？"

慕容暐说："慕容评误朕矣。"

皇甫真说："只惜现在明白为时已晚。臣未能护国，无颜于世，亦不甘为秦之俘囚，我追随申胤而去矣。"说罢低头欲撞向殿柱。慕容暐急令内侍阻拦，并好言相劝，将其送归府上。

此时，正令大军在潞川休整的王猛，从秦派至燕都的间人那里得知，邺城城内防守并未加强，且朝廷对守城还是弃城犹豫不定。他命大军结束休整，火速向邺城开进。而自己则亲率一支轻骑，乘着夜色飞驰百里，到达邺城脚下。

他要巧取邺城。

他命手下将军和几十个士卒扮成燕军，拿着缴获来的慕容评调兵文书，混入城中。半夜，埋伏于城中的这些人放火为号，并对邺城南门守军发起袭击。他们高声喊道：“王猛之兵打进了城里，正向皇宫开进。”城中顿时大乱，残军和百姓四散奔逃。不久，南门夺下，后面跟进的大军正好赶至进城。

秦军入城，直逼皇宫，与燕军展开巷战。

燕帝慕容暐半夜被外面嘈杂声惊醒。他登上宫中的假山，放眼一看，只见邺城内火光冲天，四面喊杀。他问旁边的内侍：“宫中和都城的护卫哪去了？”内侍答之：“恐怕早已散去，皇帝赶紧逃吧。”慕容暐再想问话，那内侍早已头也不回地溜走了。

慕容评率军赶至护驾，告之内城已破，劝他即刻出城。慕容暐问：“无人守城乎？秦贼竟如出入无人之境，燕之气数尽矣。”

慕容评催促：“皇宫将破，再不走恐怕危矣。”慕容暐却下令拿酒来，一连喝了十几杯，然后仰天长叹，泪如雨下：“是我无能，对不起先祖先王先皇，丢了江山，亦苦了臣民。”然后放声大哭，旁边的太后、皇后、贵妃皆泪流满面。

他把三岁的皇儿叫来，那孩子对旋至的危险浑然不知，身上仍穿着锦衣。他说：“傻儿，这会给汝招来杀身之祸。”令皇后把皇儿的衣服换成寻常百姓家的，并亲自为之系上衣带。他告之在场的人：“大燕社稷就要完了，天地之神和祖宗都在震怒，这实在是我的罪责。但我也尽力了。今后发誓，纵有一线机会，我也会想方设法重新夺回社稷。如我今日死了，汝勿忘复国。”

于是，慕容暐与慕容评带着家眷，率几十人骑马乘夜打开北城门往昌黎方向逃去。闻知皇帝已逃，燕军军心大散。叛军夜开北门主动迎接秦兵入城。王猛未费多少周折，一举攻下邺城。王猛号令严明，官兵敢犯百姓者斩。燕民无失国之痛，无不欢庆，奔走相告。邺城附近原先劫盗公行，这时变成了远近清静。

慕容暐、慕容评如丧家之犬仓皇向北而逃。一路上，随从越逃越少，还遭遇了抢劫的强盗。最后连马也被抢了，不得不步行逃亡。几日后，终在中山附近被秦将郭庆、巨武率领的轻骑兵追获。巨武要把他捆绑起来。慕容暐说："汝是何等小人却来捆缚天子。"巨武说："我乃梁山巨武，接受诏命捆缚贼虏。"然后，又轻蔑地说，"到了这个时候，国都亡了，还称什么天子呢。"

王猛闻活捉了燕帝慕容暐，心中大喜。继而，面色凝峻地对属下感叹说："一个强大的燕国，亡于顷刻之间，正所谓庸人误国矣。"

郭庆、巨武将送慕容暐送到王猛的大营。王猛故意揶揄说："燕帝果然雄貌，非寻常之人。其实，燕帝何必逃亡，本将军又不杀之。不过我想起了一个典故。当年周武王伐纣，纣王被逼无处可去，自己登上摘星楼，命人架柴点火而焚。燕帝要是学纣王，我亦不拦着。"

慕容暐说："狐狸临死时头向着巢穴所在的山丘，我只是想回去死在祖先的坟墓前而已。"

王猛想到这慕容暐毕竟也是大燕皇帝，便也要留一份尊严给他，便释放了他，命令他返回宫中率领文武官员出来投降。慕容暐回去对旧臣说："我罪本该一死，但也念众卿之性命。姑且就学越王勾践，含羞忍辱，以待机会吧。"

慕容暐率众臣列队，正式向秦王臣服称帝。队伍中，只有老臣皇甫真望着王猛的马首揖拜。第二天，王猛在燕帝的大殿上召见燕臣。谈话间，亦只有皇甫真称王猛为卿。王猛说："昨天向我揖拜今天呼我为卿，为什么恭敬怠慢相差这么大？"皇甫真不卑不亢答道："卿昨天是贼，今天是国士，我对贼揖拜而称国士为卿，这有什么可奇怪的呢！"

王猛听后一愣，继而哈哈大笑。他非常赞赏皇甫真，对属下权翼说："皇甫真乃不凡的人。可惜老矣。不然攻燕不会如此顺遂。"

燕各地守将纷纷降秦，未几秦已占据燕绝大片土地。燕亦正式灭亡。鲜卑慕容氏历经四代，辛辛苦苦创下的基业，就这样在慕容暐手上土崩瓦解、灰飞烟灭。

而此时离慕容恪去世还不到三年。慕容恪临死前，曾言自己死后三年内燕可保平安，不会有大的战事；三年后外敌定会大肆侵扰，给燕带来危险。看来，他的预言大大提早应验了。

苻坚给王猛加官晋爵，封为清河郡侯；又赐予美妾、歌舞美女共五十五人，良马百匹，华车十乘。但王猛固辞不受。王猛镇守邺城，选贤举能，除旧布新，安定人心，劝助农桑。

没有了战乱的燕国旧地六州之民，如同旱苗逢雨，欢欣雀跃。

一百零五

苻坚亲率大军作为后援，亦赶至邺城，与王猛汇合。慕容垂随苻坚大军踏进了邺城。

熟悉的城墙、街道又呈现在他的眼前。马踏在宫前驰道上，他的心情随着马蹄声而起伏不定。这是当年自己在慕容恪指挥下，与慕容氏族的将士们浴血奋战，好不容易从冉闵手中夺来的邺城。城还是那个城，但姓秦不姓燕了。他走进自己破败的王府。过去的那些仆人有的还在，见之皆跪在地上说："吴王你可回来了，但回来又有什么用呢？我们马上就要被遣散回乡了。"

一些部下和臣子闻知他回到邺城，纷纷与他相见，然后痛哭不已。皆说："要是有吴王在，岂能亡国。"慕容垂心中愈加痛恨慕容暐、慕容评。而见到旧朝中那些曾与慕容暐、慕容评一起反对他的公卿大夫，慕容垂更有不悦之色。那些人有的怕遭报复，甚至跪在他面前认错，他也拂袖而去。

从燕一直跟随他至秦的心腹高弼见之，劝导慕容垂说："吴王遭受无妄之运，如今不得不栖身隐伏在异国他乡，自然心中愤恨。但是吴王亦是承受天命的人，上天让吴王与这些旧臣相遇，此乃鸿渐之始，龙变之初。愿王以仁慈之心宽慰他们，将来重振燕之大业，还得依靠这些旧臣子嗣，奈何以一怒拒之？窃以为大王不取。"

慕容垂深纳其言，但对那慕容暐、慕容评却怨气难消。

苻坚善待亡燕之臣，皆未杀。王公贵族、朝中重臣及家眷，一齐随秦国大军迁往秦都。

回到长安，慕容暐上门求见慕容垂。方一见面，便跪在他面前泪流满面，不肯起来。他说："我赶走了叔父，又成了亡燕之祸主，早该万死了。但实无颜面去见死去的父王，故才不知羞耻地苟活。如果叔父视我如路边的野狗，狠狠踢我几脚，我的心也许好受一些。"

慕容垂见其狼狈不堪的样子，恨意顿时消去大半。倒不是因为慕容暐的自责，而是觉得自己何尝不是罪人？如果当时听从长子慕容令的建议，杀死慕容评，并废黜燕帝取而代之，燕亦不至于速亡矣。他将慕容暐拉起来说："如果论亡国之罪，孰又逃得了责任呢。我是罪人，你是罪人，立你的先帝亦是罪人矣。以你的资质，又如何辨得忠奸和智庸呢？"

慕容垂又说："秦人尤其丞相视我们这些投降的燕人包藏祸心，恨不得灭之而后快。多亏秦王仁厚，留我们性命，还赏一官半职。你我寄人篱下，暂苟且偷生吧。以后不可来往，亦不可有任何复国之念，否则性命休矣。"

慕容暐含着泪说："我知道吴王定有复国之心，待时机成熟，侄儿当万死不辞追随。"说罢躬着腰离开。

慕容垂望着他的背影唏嘘不止，言之："天作孽，犹可违；自作孽，不可逭。燕亡于此人矣。"

而慕容评不久亦来到了长安，被苻坚任为给事中。燕朝上下原班人马似乎皆整个搬至秦国。他本来好不容易逃到高句丽，国王却不敢留，捆绑押送至秦。寄人篱下的燕国旧臣对之公愤汹汹，千夫所指。慕容垂亦向苻坚进言："此人大奸似忠，阴贼害物，燕皆毁于其，不应让这等恶人复污圣朝，愿陛下为燕戮之。"

苻坚却说："君使官以礼，臣事君以忠。在孤眼里慕容评亦为燕之降将，秦之新臣。如卿执意反对，孤亦给吴王一个面子，就令其离开朝廷，到下面任个太守吧。"

于是秦王苻坚以慕容暐为尚书，慕容垂为京兆尹，慕容评为范阳太守，皇甫真为奉车都尉。燕诸王也悉补边郡之官缺。

苻坚仍高看亡国之君慕容暐，一日还至慕容暐的府上探望。他天真地希冀以诚心和礼遇来感化燕国君臣，使其真正臣服于自己。慕容暐闻知，在府门外一里处迎接。见到秦王长跪不起，感动得满面热泪。苻坚从凤辇上下来，将其搀扶，心中亦不免一热。

苻坚说："卿亦曾为帝，行天命之人，今后不必拘礼。现在屈尊在孤的朝廷做一个尚书，真是委屈了。倘有任何不便，可告知孤，孤定当一一满足。"

慕容暐更加感动，泣不成语："臣乃亡国之君，不能尽承天之任，误天下苍生，实为最大的罪人。不但蒙皇帝不杀之恩，还有忝列朝中为官之荣耀。此等事情亘古未有。臣愿肝脑涂地报效皇帝，又岂敢有其他额外之求！"

慕容暐唤出其妹，也即清河公主来觐见苻坚。那清河公主年方十五，从小便有倾国倾城之相貌。她婀娜多姿，款款而至，向苻坚弯腰行礼。苻坚顿时为其美丽所惊呆。慕容暐又唤其弟慕容冲出来。十二岁中山王慕容冲，虽是男儿，生得唇红齿白，面如璞玉，相貌却像美女一样婉转媚人。苻坚眼前一亮，竟一时感到后宫美女在他面前都黯然失色。

姐弟俩令秦帝苻坚为之神魂颠倒。他看看这个，又转脸看看那个，过了好一会儿才说："皆传慕容氏出英雄亦出佳人矣，果不其然。孤今大开眼界，有幸识之。真乃北方有佳人，绝世而独立。一顾倾人城，再顾倾人国。"

慕容暐亦是有意让其弟妹出来。他敏锐地捕捉到苻坚那迷离的眼神儿，庆幸地感到自己的判断是正确的。他迅即跪倒在苻坚面前说："臣的弟妹久慕我皇威名，如不嫌弃，愿以终生服侍和陪伴左右为荣。"

苻坚没有料到慕容暐如此慷慨，喜露悦颜，说："孤亦慕英雄美人兮。就依卿之言。今日就可与孤一并回宫。"

慕容暐说："陛下稍等，容臣先嘱咐几句，再让弟妹随驾。"

苻坚不好意思说："还是孤心急了。孤先且回宫。今日你们一叙，明日亦可。"说罢向清河公主和慕容冲招招手，就登上了凤辇，返宫而去。

清河公主和慕容冲皆不愿进宫。尤其是慕容冲，挥剑向颈，说："宁可死在兄面前，也不会侍奉灭我家国的仇贼。"

慕容暐却跪在两人面前，悲极而泣："我又何尝愿让羊入虎口。如今燕亡于我辈，复兴乃大计。如果用我们卑贱之身可为复国做一点儿贡献，又为何推辞呢？你们到了宫中，既可让那秦王耽于美色逸乐，荒废国事；亦可邀宠来保护吴王等复国之栋梁，以图来日；还可等待时机，当场血刃仇贼。越王勾践卧薪尝胆，终雪耻灭吴。我们就暂且也做这样的人吧。"

清河公主和慕容冲眼望满面泪流的慕容暐，皆无语。

苻坚纳清河公主为妃，而慕容冲则成为其娈童。姐弟独占宠爱，其他的嫔妃，包括慕容垂的段氏，一时全都失宠。苻坚除了早朝，每日与姐弟俩一起厮混玩耍，夜晚则三人同宿共眠。苻坚一日早起上朝，因昨日与二人欢颜，饮酒太多，未曾脱衣，他的衣袖被慕容冲枕在下面。苻坚竟不忍惊动慕容冲，乃断袖而起。于是长安儿歌唱道："一雌复一雄，双飞入紫宫。"

皇后及朝中大臣皆担心姐弟成为祸乱。王猛更是怕苻坚玩物丧志，便一连数月恳切劝谏，坚决要将那慕容冲赶出宫去。但苻坚却充耳不闻，并扬言："男风自汉即盛行，先高祖时有籍孺，孝惠帝时有闳孺，文帝时有邓通，孤又有什么不可以呢？"

一日秦国上空有彗星突然出现，太史令张孟认为不祥，便对苻坚说："彗起尾箕，而扫东井，此燕灭秦之象。现在燕之旧部在秦皆得重用，篡谋之心不死，终将是秦之祸患，建议将慕容氏全部杀掉。"王猛更是提刀欲奔后宫，他对苻坚说："今年一直频频出现灾异，近日又现彗星冲天，此为妖孽侵犯陛下身躯的征兆矣。国无政，不用善，则自取谪于日月之灾。故朝廷政治，国家大事，我皇须倾力而为。臣劝陛下将那中山王慕容冲驱离后宫。陛下若不忍，臣愿提刀前去杀之。"

苻坚见王猛真的想杀掉慕容冲，且君臣愤怒，这才将之送出宫，至平阳任太守。慕容冲的小名叫凤皇。长安又有民谣说："凤凰凤凰停在阿房。"苻坚认为凤凰不是梧桐不栖息，不是竹子的子实不吃，就在阿房城种植梧桐、竹子数十万株以待凤凰。

被掳到长安的皇太后可足浑氏，闻听自己的女儿和嫡子充斥于苻坚的后宫，为其玩弄，心中悲愤羞辱，服毒而尽。这个一生妒嫉和不服输的女人，屈死在异国他乡，下场亦未比她害死的段氏强多少。苻坚闻之，亲自吊唁，并嘱丞相王猛以燕国皇后的礼仪埋葬。

旧帝慕容暐和清河公主在母亲的葬礼上哭得无比伤心。葬礼后，慕容暐对清河公主说："兄夜夜不能安眠，一想起被亡的故国，心里就对那秦王充满了无尽的仇恨。今母后又为我们含辱而去，不杀了那秦王誓不为人。妹妹可投机而行刺，事成后趁秦王早朝前设法出宫，我在宫外接应，并将联系叔父和城中旧臣，一起造反，打出长安。"

清河公主似有犹豫。但望了望母亲坟墓，还是点了点头。

一百零六

当晚，苻坚来到清河公主的寝宫中。

在通明的烛火下，清河公主本来貌美如花，今又因母丧多了一份哀怨，更加楚楚动人，令人怜爱。这更让苻坚神魂颠倒，迫不及待将清河公主宽衣解带，抱上卧榻。清河公主假装拒让，实却更加风骚。苻坚兴起，几番云雨，大喝痛快。事毕已是午夜，苻坚才感到疲乏，又甜言蜜语一般，然后进入梦乡。清河公主小心翼翼将苻坚的臂膀从身上拿开，起身来到外间，告诉守候的内侍说："皇帝累了，方已歇息。想必一觉至明，不会再找人伺候，你们就暂回舍中。万一有事，有我服侍。"

支开了内侍，她拿出了慕容暐交给她的绳子，并按照他教给的方法，哆哆嗦嗦将绳子打结，然后轻轻套在苻坚的脖子上。他望着眼前熟睡的仇人，忽然又想起了对自己百般的宠爱，一时竟又下不了手。

沉思犹豫了半天，又想起了兄长慕容暐的嘱咐，她终于开始拉紧绳子。可是刚才慌乱之中她误将绳子的活扣打成了死结，套在苻坚脖子上的绳套，竟然拉不紧。苻坚瞬间惊醒，脖子被勒得有些喘不上气来。他大喊一声："有刺客。"使出浑身的力气将绳子夺回，而清河公主也被重重甩在了一边。

这时苻坚才明白原来是清河公主想加害于自己。

外边的护卫听到动静忙欲进到寝宫护驾。苻坚看了一眼惊恐万分的清河公主说："没有什么事，孤做了噩梦而已。"

苻坚将浑身发抖的清河公主搂在怀中，抱到卧榻。他说："杀手皆是恶魔之人。如此尤物，又如何杀得了人？孤知道爱妃痛恨寡人，是孤让你们大燕亡国，又让你们的母后死在异国他乡。如果孤死了能抚平爱妃之心，孤也愿为爱妃而死。"说罢将绳子死结打开，结成活结，套在自己脖子上。

他说："爱妃就动手吧，孤保证不动一动。"

清河公主扑入苻坚怀中，泪流满面地说："是妾该死，罪不容赦。自此妾的心就是陛下一个人的了，亦愿随时为陛下而死。也请陛下能守护妾的家人。"苻坚应之，俩人絮语缠绵至天明。皇帝甚至误了早朝之时。

而慕容暐联络到慕容垂等人，守在宫门外接应清河公主。至天大亮，城门四开，也不见清河公主身影。慕容垂说：“事情蹊跷。如事败，此时定会搜捕我等。若事成，清河公主当已脱身。如此则只有一种可能，清河公主心软，没有刺杀那苻坚。王猛虎视眈眈，一直寻机除掉燕之旧臣。故侄儿今日之举颇为鲁莽，望以后不要再轻举妄动，否则会加害于诸位旧臣，误了复国大事。而皇帝宠爱清河公主，反是好事。公主可充当我们的保命符。起反复国之事还要寻找机会，从长计议。”

言罢，慕容暐和慕容垂等人迅速分散，各归其位。

但王猛却似乎嗅到了一丝危险信息。有人向他报告，近来慕容氏和燕旧臣暗中来往，似有不轨。他杀心又起，找来几个可靠的大臣，暗中谋划。

不久，秦大臣中突然传言四起，说鲜卑人图谋复国。一日，有臣子闯入明光殿大呼：“甲申乙酉，鱼羊食人，悲哉无复遗。”

苻坚大怒：“疯癫之臣闯入大殿胡言乱语，成何体统，推下去杖责五十。”

秘书监朱肜、侍郎略阳、赵整等乘机进言：“此臣子打不得，鱼羊即为鲜卑的鲜字，鱼羊食人就是鲜卑人图谋复国反叛。这恐怕是上天附之体来向陛下传达危情，请陛下下令将长安城中鲜卑人全部诛杀，以绝此患。”

苻坚听后更加愤怒：“燕人皆安稳守法，并无造反之意。汝是要让孤滥杀前来投靠和归顺秦国的人，让孤背负上薄情寡义之骂名乎？”说罢，要将闯入造谣的臣子推出斩首。

王猛一番求情，苻坚才饶过那假装疯癫的臣子。王猛终于明白，想让充满仁慈的皇帝杀掉这些包藏祸心的燕人恐怕已无可能，他必须另想办法。此时，秦与东晋在边境梁、益二州经常发生摩擦，战事不断。王猛便向皇帝建议派出使者出使东晋，以示诚意，结束纷扰，打开通商大门。他建议长乐公苻丕为主使，京兆尹慕容垂为副使，一齐率队出使。

他说：“此二人皆为能征善战的大将军，出使东晋亦可借机窥探其防守和阡陌交通，为以后灭之做好准备，故两人为使最为合适。”而王猛却暗中让苻丕在边境埋伏重兵，到时内外结合，一起斩杀了慕容垂；然后再禀告皇帝，就说慕容垂投晋被杀。

慕容垂心中清楚，王猛行的是调虎离山之计，必嘱人在半路中杀之，便托病惋辞。但王猛却不急，对皇帝言：“就待京兆尹身体康复，再出使也不迟。”慕容垂在府中日日如困兽一般，不知如何摆脱厄运。

突然，传来王猛重病不能上朝的消息。慕容垂深深松了一口气。他对妻子段氏言：“看来是天不亡我燕后人矣。”

慕容垂、慕容冲及长安城中九死一生的鲜卑人终得以安然地长舒一口气。

王猛重病不起，苻坚心急如焦，设神坛亲为王猛祈祷，并派侍臣遍祷于名山大川。碰巧有几日王猛病情好转，苻坚欣喜异常，下令特赦死罪以下的所有犯人。王猛为之感动，对前来探望的苻坚说：“想不到皇帝因贱臣微命而亏损天地之德，自开天辟地以来绝无此事，这真使臣既感激又不安矣。臣闻报答恩德最好的办法是尽言直谏，请让我谨以垂危之命，敬献遗诫吧。”

说罢将他的上书呈上。上书写道：“陛下威烈震慑八方荒远之地，声望德化光照六合之内；九州百郡，十居其七；平燕定蜀，如拾草芥。然而善作者未必善成，善始者未必善终。所以，古来明君圣王深知创业守成之不易，无不战战兢兢，如临深渊。恳望陛下以他们为榜样，则天下幸甚。”

苻坚读之，甚为感动。

又过一月，王猛病危。王猛睁开双眼，望着苻坚说：“晋朝虽然僻处江南，但为华夏正统，而且上下安和。臣死之后，除非自乱而亡，陛下切不可轻易举兵灭之。臣主张不伐晋，除了晋为臣母国，还因晋虽衰微，但势力尚在，且人才济济。晋攻秦，必败。而秦攻晋，亦无胜算。相互依存、相互制衡为好。而鲜卑、西羌降伏之族复国贼心不死，如慕容垂、慕容暐等，迟早成为祸害，应速铲除他们，以利于国家安定。”

苻坚握着王猛的手泪如雨下，不住点头。

王猛又说：“皇帝乃刘备再世，宅心仁厚，近乎圣人也。但也要辨别忠奸，提防巧言乱德、包藏祸心之人。治国以仁政为主，亦应辅以严苛。谨有仁德，不足以治天下。一切应随势而变，顺势而为。商鞅曾劝孝公说，圣人苟可以强国，不法其故；苟可以利民，不循其礼。作为一个君王，治理国家，掌管军队，不是任何时候都杀人越少越好。臣在时，尚能为陛下抵挡奸孽，匡正百官，严责罪臣。臣不在时则全依仗陛下自己。此为臣最不放心之处矣。”说完，冲苻坚淡淡一笑，抓住他的手，然后安详地闭上了眼睛。

苻坚三次临棺祭奠恸哭，对太子苻宏和众臣说：“老天爷是不想让孤统一天下呀，怎么这样快就夺去了孤的爱臣？孤无以报答，所能做只能是厚葬孤的挚臣。”于是，他命令按照汉朝安葬大司马大将军霍光那样的最高规格，隆重地安葬了王猛，并追谥王猛为“武侯”。

秦国上下哭声震野，三日不绝。

苻坚当着文武百官悼之：“古人言，微子效力而周革商命，伍员竭忠而吴克强楚，陈平献谋而汉诛项籍，许攸输情而魏破袁绍。而如今，景略尽智而秦霸西戎。秦失景略，犹如梁倾栋折，骤失倚侍。”

一百零七

王猛死后，长安城中的慕容氏都如释重负，而复国的欲望开始在心中萌动。

慕容暐悄悄找到慕容垂说：“秦恃其强大连年征战不休，北戍云中，南守蜀、汉，边境线有万里之余。兵疲于外，民困于内，我看危亡已近矣。叔父仁智英拔，必能恢复我燕。我们随时听从召唤，无时不等待起兵之时。”

慕容垂却笑着说：“天下事非尔所及。”这腹有鳞甲的一笑，淡定、沉稳，还有那么一点儿诡异。慕容暐似乎明白了，一切的运筹帷幄，皆藏于叔父的心中，只不过时机还不成熟罢了。

慕容垂在等待时机。因为他已看透，苻坚骨子里想做一统天下之帝王。如此，必会大举攻晋。而对失去了王猛的苻坚，攻晋也将意味着秦的衰亡。王猛死后，秦之法制日以颓靡，上下又重蹈奢侈之风。如果遭受一场失败的战争，秦将陷入重重危机之中，那时，复国机会就至矣。

王猛死后三年，苻坚就违背了他的遗言，按捺不住，欲出兵占领晋之襄阳。

襄阳战略位置极其重要，是秦东进灭晋的重要跳板。它西邻川陕，东连江汉，南通湘粤，北扼中原。对晋来说，襄阳犹为晋国之西门。襄阳失，则江陵危。江陵危，则长江之险不足恃。倘若长江天险不再是天险，门户洞开之后便是大片土地无险可守，直接威胁到晋都建康。

襄阳近邻秦境，而远离建康。苻坚早就视为嘴边肥肉，意欲出其不意将之夺下。

而攻取襄阳，苻坚还有一个目的，就是希望得到一个他日思暮想的人才。此人便是名誉天下的大和尚释道安。

释道安乃奇人也。父母早亡，被外兄收养。其人形貌甚丑，但天性聪敏。七岁始读私塾，便初显过目不忘、再览能诵之才。十二岁出家，师傅嫌他太丑，被驱役田舍劳作三年。十五岁时始读佛经，日览万言，即可背诵。他的师傅大吃一惊，方知人不可貌相。二十岁受具足戒，二十四岁入邺都拜佛图澄为师，又被佛图澄器重，常令他复讲佛经。他在讲经中，解疑释惑，挫锐解纷，语惊四座，时人皆称漆道人。晋孝武帝更是器重，视释道安为稳定天下的支柱。称道安不仅能规济当今，还必将陶津来世，为此特下褒奖诏书，给道安的俸给一同王公。

王猛病故，苻坚饱尝丧辅之痛，便更加思慕这释道安。他曾修书一封，派秘书监朱彤为密使，到襄阳求之。信中说："道安师傅，大德智人，乃神器也。孤日夜思之，诚心以求辅我大秦。望北游长安，弘扬佛道，度化吾民。"但无论朱彤如何游说，道安仍不愿北上。

而这次如果攻取襄阳，则这释道安便可为秦所用。

于是苻坚派长乐公苻丕和武卫将军苟苌、尚书慕容暐率步骑七万直接进攻襄阳。他嘱之："如那高人释道安亦在城里，须毫不能伤之，以礼相待，速送至长安。"

又派扬武将军姚苌、京兆尹慕容垂率军五万攻南阳。这样就将襄阳、南阳与已夺取的中原连成了一片。东晋疆域则被挤压，仅剩下东南一隅。

这一次，慕容垂和慕容暐都被派上了用场。苻坚没有把他们视为外人，还当成了对自已忠心不贰的人才。

慕容垂不负众望，很快攻克了南阳。

而襄阳却遇到了麻烦。襄阳城三面环水，东、南、西皆是沙滩和高山，大船无法靠近，唯一突破的是北面。苻丕迅速占领了南面的制高点，据此可观察城周边，甚至城内的情况。

襄阳城守将乃南中郎将、梁州刺史朱序，见秦军围城并不惊慌。他对部下将军说：“秦虽以十倍军力攻城，但无异以拳击沙，伤不到我筋骨，故不足惧也。襄阳乃水城，不同于其他陆地城池。北方之兵善于骑射，水战却非其所长；且又是远道而来的疲惫之师，攻不下来自然就会狼狈退兵。”

于是，依然每日畅饮，酩酊大醉。

孰料，长乐公苻丕手下大将军石越却乘朱序不备，于夜间用竹筏浮汉水，以五千精锐骑兵迅速出击，悄悄摸上了襄阳外城。于是杀声阵阵，晋之守军毫无准备，大败而逃。秦兵又夺走船只百余艘。待朱序一觉醒来，襄阳外城已落入秦军手中。

朱序叫苦不迭，只得仓皇退守，以死战保中城。而石越却利用夺得的这百余艘船只运送十万大军至襄阳城下。从此，旷日已久的襄阳攻坚战拉开帷幕。

襄阳受阻，慕容垂受苻坚之命，亦率军赶来参战。

苻丕欲急攻襄阳，慕容垂却说：“秦兵十倍于敌，辎粮堆积如山，只要稍迁汉、沔之民于许、洛，塞其运道，绝其援兵，譬如网中之禽，何患不获。而何必损兵折将，急于求成。”

长乐公苻丕乃苻坚庶长子。他与王猛一样，对慕容垂心存怀疑，并时时提防。苻丕不听慕容垂的建议，急令攻城。

时至五月，连绵大雨，汉水暴涨。慕容垂所率领的军队猝不及防，差点为汉水所淹 。他仓促率军至高处回避。而朱序乘机领水军渡水攻之。慕容垂和士卒站在堤上，身穿铠甲，手挽硬弓，箭无虚发。自清晨拼力死战，到日过中午，朱序的进攻仍不见减缓。慕容垂和将卒的箭射尽了，就短兵相接，与扑上来的晋军肉搏。秦军愈战愈勇，终将朱序击溃。朱序退回城中，感到不妙，方派人向朝廷求援。

东晋朝廷闻知秦大举进攻襄阳，满朝皆惊。晋孝武帝司马曜忙与宰相谢安商议，令冠军将军、南郡相刘波率兵一万，自水路营救襄阳。苻丕、姚苌率军与刘波在襄阳东南的汉江上进行大战。一番激战，刘波不敌秦军，被迫退回。而随后赶到的襄城太守龙直，则成功利用汉水暴涨，以战船将粮衣等物资送入襄阳城内。

朱序有了这些物资，信心又增。他镇守襄阳多年，自然在城防上倾注精力。凭借襄阳夹汉水，地险城固的有利地形，完善的守备，以及丰富的物资储备，他一次次将攻城的秦军击退。

从春天打到寒冬腊月，秦数十万大军仍被阻隔在城墙之外。

而守城的军民亦开始粮草不足，衣甲生满了虮虱。守将朱序年愈六十的老母韩氏，出身名门，明经通史，虽为女流却有胆识。她亲自走上城头巡城，发现襄阳城北隅城墙守卫薄弱，有被敌人攻破的可能，于是号召将士的女眷、使女，以及城内的妇女，抬土搬石，又在襄阳城西北隅内，赶修了一座长几十丈的斜城城墙。

襄阳城内众志成城。

一百零八

襄阳久攻不下，秦朝野哗然。

御史中丞李柔上奏弹劾苻丕："长乐公苻丕等人拥兵十万，重兵围攻小城，每天耗费万金，但久围而不见功效，请求召回送交廷尉加以追究。"

苻坚说："苻丕等人大量耗费，不见成效，确实应该被贬责斩杀。只是军队出征已久，不能无功而返，应该再宽恕他们一次，以战功来赎罪。"于是派黄门侍郎韦华持节到前线去见苻丕，并赐一把宝剑于苻丕，传话说："若长乐公来年春天仍不能克襄阳，便持此剑自裁谢罪。"

苻丕从韦华手中接过宝剑，高举头顶说："请侍郎传话于父王，儿臣定于一月内攻克襄阳。"他命诸军全力攻取襄阳，不惜一切代价。

而慕容垂又提出建议："长乐公不必太急。其实襄阳城久攻不下亦不全为坏事。因被困时间已久，外援不至，粮食将尽，正是内部变生的时机，长乐公可内外勾连巧取襄阳。"

苻丕这一次没有意气用事。虽心里不信任慕容垂，但亦觉得言之有理。硬拼至现在，损失了不少将士，亦耗费了时间。看来是该考虑智取了。他于是暗地令人挖通地道，派使者乘夜潜入城中，与朱序之都护李伯护勾连。那李伯护见城中已无给养，援军无望，早就有叛降之意。苻丕遂以高官重爵相许，他很快同意作为内应。苻丕还要求他将那名僧释道安看住，一旦城破，速擒之。

苻丕佯言撤兵回秦，令士卒毁掉营房，却将部队埋伏于百里外的山林中。朱序以为秦军久攻襄阳不下，粮草不继，退兵是实，松懈了襄阳城的防务。而此时，李伯护遣其儿子向苻丕送信，信中言：“襄阳城军民正是疏忽之时，长乐公可火速进攻。”

苻丕于是趁夜色出动轻骑万人，奇袭襄阳。夜幕降临，这时襄阳城的人们多日苦战，早已是疲劳不堪，以为敌军撤退，可以稍事休息。不料深夜时分，苻丕轻骑密布城下。哨兵发现，报告朱序。朱序马上令人在城头仓猝唤醒守城将士准备反击。此时，做内应的李伯护派亲信打开了襄阳城城门。秦骑兵在大将石越的带领下，锐不可当，潮水般地冲入城内。朱序见李伯护率一队人马向他奔来，以为李伯护是听令抗击秦兵的，忙说：“先不要管我，快去阻挡秦贼。”却不料李伯护指挥手下人将其围住，卸下刀剑，将其绑缚。

朱序此时才知李伯护降秦，便破口大骂：“尔为秦贼，出卖襄阳，又如何对得起皇帝和守城而死的士卒。”而李伯护却说：“南中郎将休怪属下，秦兵久攻襄阳城，援军刘波一战即退，皇帝不重发援兵，我们在此等死，还不如去秦国做官。到那里有享不完的荣华，何必守城困顿而死。”

朱序被擒，押至苻丕帐中。襄阳城一片大火，到处是秦兵的冲杀声。晋军失去朱序指挥，很快陷入混乱。朱序之母韩氏，见城破无法挽回，便率领一百多名妇女，边战边走，从南门冲出城外，奔入深山。

襄阳遂克。

李伯护又将名僧释道安擒住，交给了苻丕。苻丕押解释道安、朱序，胜利而归。苻坚闻之十分高兴。他对朝中大臣说：“朕以十万之师攻襄阳，除为得到襄阳，亦为得一人释道安耳。”

苻坚以为投降的李伯护毫无忠诚之心，令人将之杀掉示众。而对朱序，却以为此人能保持气节，十分赞赏，授任他为度支尚书。对那释道安更是敬重，任为国师，令人在长安城为之修建寺院，发放令牌，可随意出入皇宫。

慕容垂接受苻坚之令，负责大军断后，他要在襄阳城布防之后，再撤回长安。

走在满是瓦砾和尸体的襄阳城内，他回想起当年被秦所破的邺城，心中很不是滋味。此城在十万大军的压榨下，竟在几无外援的情势下坚守一年有余。而自己的燕国都城却在一夜之间即破。他在朱序之母韩氏赶修的那段斜城墙前驻足。想起攻城那夜，他率领秦兵从西北角发起猛攻，守城将兵虽顽强抵抗，残破有缺的老城墙仍被攻破。但孰料，攻破这一城墙之后，竟发现前面还有一城墙。那便是韩氏率城中女人新筑。朱序之兵很快退至斜城墙后固守，令秦军伤亡巨大。他拿来笔墨，情不自禁地在那段城墙上写下了三个字“夫人城”。

他想到，那慕容暐、慕容评、可足浑氏倘若如朱序、韩氏一般，拼命抵抗，燕也许不会亡国亡都。他叹道：“燕亡已十年矣，不知何时能复兴我燕矣？”

慕容垂率军很快回到长安。他先至宫中复命，苻坚得知是他献计，方速克襄，便更加信任依赖。回至府中，段氏见之面有喜色，十分不解，说：“仇国大胜，吴王缘何能高兴得起来？”

慕容垂说：“夺得了襄阳、南阳，秦帝必然骄纵自负，心生贪念。过不了许久，秦定会全面进攻晋国。而到那时，离秦亡燕兴便不远矣。”

苻坚果然因襄阳之胜而踌躇满志。他经常在夜间独自到大殿上，让内侍举着烛火照着墙上《秦天下大图》看个不停。秦之疆域东到海边，西接龟兹，北连大漠，南与东晋隔江而望，只有东南一隅尚未征服。苻坚对此很是耿耿于怀。

公元383年，也即攻取襄阳后的第四年，他认为时机已至，迫不及待地要对晋发动全面战争。他雄心勃勃，欲率百万大军，直捣晋之都城建康。

苻坚在大殿召见群臣说：“孤从继承大业以来，将近三十年了。每时每刻都思虑国之统一。如今四方大致平定，只有东南一隅，还没有蒙受我大秦之教化。孤粗略计算了一下秦之兵力，能有九十七万之众。我以为该是时候了，准备亲率大军东伐，完成秦之基业。众臣以为如何？”

慕容垂和秘书监朱彤皆赞同。慕容垂说：“孟子曰，虽有智慧，不如乘势。今我大秦国力雄厚，四方难匹。皇帝雄才伟略，又值壮年，完成一统大业的时机至矣，这亦是众臣无不翘首以待的事情。”

而尚书左仆射权翼及太子左卫率石越却提出异议。权翼说：“晋与燕不同。桓温死后，晋君臣和睦，丞相谢安善谋，大将军桓冲善战，对之不可小觑。加之晋虽国力衰弱，但仍为大国矣。我秦虽国力雄厚，拥有大军百万，但远路奔袭，至异国作战，恐难以一击败之。”

苻坚却说：“众卿何必顾虑胆怯。此若匠人欲在路旁建一座房子，心中没有主意，去问路人的意见，最后却因听太多不同的意见而莫衷一是。此事，孤心中自有决断。”

一百零九

群臣退下。苻坚独留其弟苻融商议。

这苻融乃苻坚最小的弟弟，亦是最器重的兄弟。他自小聪慧明辨，惊才绝艳，下笔成章，至于谈玄论道，即使是释道安也不能超过他；且文韬武略，善于骑射击刺，是百夫之敌；曾著《浮图赋》，文辞壮丽清新丰富，令无数才子折腰；后来随王猛学习为政之道，以明察善断著称。

任冀州牧时，有老妇人在路上遇到了强盗。一过路人追上去替老妇人抓住了贼，可贼却反诬。当时天色已黑，无法辨认究竟谁是贼，只好一并送至官府。苻融见了，笑着说：“这是容易查清的。可以让二人赛跑，先跑出凤阳门的就不是贼。”一会儿回来，苻融对后跑出凤阳门的人说：“汝是贼也，如何反诬别人？”贼不服。苻融说：“贼如果擅跑，必不会被人抓住，故不擅长之人必为贼。”贼诚服。

王猛死后，苻坚令其接替职位。

苻坚说：“我见阳平公欲言又止，莫非亦不同意我出兵伐晋？”

苻融说：“近来天象不利，不是大举出兵之兆。再者，我秦连年用兵，且刚刚平定苻重、苻洛之叛乱，取得征伐西域之胜，军队将士皆疲惫不堪，百姓亦皆盼着休养生息。如此劳师动众去讨伐晋国，先不说胜负，本身就不是国家之幸事。”

苻坚闻听生怒：“亏汝还是我苻氏子嗣，却不为秦之江山社稷着想。难道汝亦不盼着孤一统天下，像嬴政、刘邦那样建立不世之伟业？”

苻融痛哭流涕，重提王猛不灭晋之遗言，继续劝谏说：“知足不辱，知止不危，穷兵黩武，没有不灭亡的。况且我乃氐族，正统朝廷又怎么会臣服于我们。江东虽然很微弱，然而得到上天之助，终究不会灭亡。”

苻坚说：“此话好像应是晋帝之弟所言，今却从孤的兄弟口中说出。试想，帝王的历数哪有不变的呢？恐怕只授予有德之人。汝之所以愚笨，就是缘于不识变通大运的毛病。刘禅可谓汉的正宗之后，然而最终被魏所吞并。孤本欲将天下大事交付与汝，可汝却事事逆孤，令孤大失所望。”

苻坚怏怏不乐，当晚来到夫人张氏的寝宫。这张氏虽相貌平平，但读书颇多，素有见的，常得爱宠。张氏见之不悦，问其理由。苻坚一一说之，并问：“此事爱妻可有明见？”

张氏思量了半天说：“妾闻天地之生万物，圣王之驭天下，莫不顺其本性而畅之。故黄帝服牛乘马，因其性也。禹凿龙门，决洪河，因水之势也。后稷之播殖百谷，因地之气也。汤武之灭夏商，因人之欲也。是以有因成无因败。今朝臣上下皆言不可，陛下为什么一定要坚持呢。”

苻坚虽不赞同张氏所言，却不会轻易发怒。他问：“众人皆言不可，便不可乎，亦为常理。但曹公当年征乌桓时，因乌桓实力强劲，有天险可以依托，属下皆曰不可，只有郭嘉一人说可，最后却一举灭之，乌桓举族二十万降曹。这又当何说呢？”

张氏说：“妾不懂军事，但闻人君有伐国之志者，必上观乾象，下采众祥。谚言鸡夜鸣者不利行师，犬群嗥者宫室必将空。今秋冬已来，每夜群犬大嗥，众鸡夜鸣，伏闻厩马惊逸，武库兵器有声，这吉凶之理，诚非微妾所论，愿皇帝知详而思之。”

苻坚却不耐烦地说：“鸡鸣犬吠乃常事，又有何征兆？此军伐之事非妇人所豫也。孤不想再与妻言。”

张氏不再多言，只说：“若陛下执意伐晋，妾就有一个要求，陪伴陛下亲征。”然后，好生伺候苻坚睡下。但苻坚却感到更加心烦意乱，对出兵之事有些犹豫。尽管张氏百般温柔，他一夜未能安眠，忽然想了那高僧释道安，于是第二天一早来到了长安城外的五重寺。

他格外看重这释道安。不但尊以国师，还给予臣子从未有之礼遇。一次出游东苑，苻坚就命释道安与他同辇。仆射权翼当时就愤愤不平地谏道：“臣认为天子御驾亲临，侍中陪乘是职分。释道安是出家和尚，且容貌丑陋，为下贱之人，有辱天子威仪。皇帝怎能这样做呢？”而苻坚却大怒：“安公佛道天下之人无不敬仰，就拿孤的天下与之相比都不算什么。何况只是让他和孤同车共辇。汝愚钝，不要再言，快扶安公登辇。”权翼一时羞愧难当。

苻坚见到释道安，开口便道：“朕将与大师南游吴越，巡游各地，到会稽去看一看海，不知大师意下如何？”

从苻坚轻松的话语中，释道安自然听得出他的真实意图是要挥师南进。释道安说：“皇帝所言自然正确。但陛下应天命而治，有八州的朝贡，居于中心而制御四海，正应当养足精神，与民共乐，无为而治，施以尧舜之德矣。”

苻坚疑惑地说：“难道国师不明白孤之所言乎？”

释道安说：“贫僧自然明白皇帝恢廓之心。但东南一隅乃地势低洼和瘴气逼人之地，古来少有帝王安之以居，且当初舜禹游而不反，秦始皇去而不归，贫道以为皇帝此次也不宜出行。”

苻坚没想到他会说这样话，辩之说：“孤如此做，非秦之土地不广，民不足治，只不过怕怠慢了上天之意，误了统一大业。倘若安公所言，则帝王就不必省视四方以行教化了。”

但释道安仍然曲意劝之：“皇帝既然圣意已决，也可先驻军洛阳，以扬我大秦军威。然后养精蓄锐，威慑江南，令其俯首称臣。若其冥顽不化，再吊民伐罪，师出有名，江南可一鼓而下。”

苻坚却说：“孤有军卒百万，辎重物资堆起来比山冈还高，将马鞭投入长江足断其流。如此军力征服东晋，难道不若商风之陨秋箨乎？又何必师出有名，等待观望矣。”

释道安知道已没有谁能阻挡住他伐晋的脚步，但这何尝不是将秦拖向深渊的脚步呢？他说：“皇帝心系天下，有鸿鹄之志，又岂是小僧能领悟和置喙的。佛曰，一花一世界，一草一天堂，一叶一如来。万事万物皆有自身天生的佛性。就请皇帝按照自己的内心行事罢了。”

苻坚回至宫中，又召见慕容垂，再询伐晋之事。慕容垂则力主苻坚攻晋，他说：“弱并于强，小并于大，此乃理势自然，又有什么可难理解的呢。以皇帝之神武，威加海外，虎旅百万；而蕞尔江南，独违王命，岂可复留之以遗子孙哉。臣以为攻入建康，亦就是睡几宿觉的功夫。且诗云，谋夫孔多，是用不集。皇帝下断决心足矣，何必再广询朝众，非求得庸人的赞同。”

苻坚闻后大悦说：“与我共定天下者，独卿而已。”还赐慕容垂五百匹布帛。

其实在苻坚的心目中，很是看重这慕容垂。这吴王在燕时就攻占洛阳，打败桓温。至秦后，速克南阳，智取襄阳，更令苻坚刮目相看。苻坚知道慕容垂身经百战，尤其对晋有丰富的作战经验。他的态度，让苻坚最终下定决心。

但是慕容垂真正的居心，苻坚却未必看得到。慕容垂的一切言行，皆有其不可告人之目的。他听从苻坚之令，积极攻克南阳，又协助苻丕攻取襄阳，如此卖命就是诱使苻坚认为东晋不堪一击，为苻坚发动战争做好铺垫。继而又慷慨陈词支持苻坚，打消其顾虑，终使苻坚坚定南下决心。苻坚哪里想到，一个跟了自己十四年，且一直将其作为左臂右膀，视为知己的人，其心境却如此险恶。此时，苻坚以为离他的梦想和成功只有一步之遥。而他的这位知己，明明看到这一步迈下去就是万丈深渊、万劫不复，却依然撺掇他大步向前。

慕容垂已不是燕国的那个慕容垂。他变得越来越可怕，越来越深不可测。

不久苻坚自长安发兵。公元383年八月，他在灞上举行盛大的出兵仪式，将扮成晋孝帝模样的草人绑在立柱上，然后自己挽弓射之，箭矢直入眉心，称为出征箭。众将士直呼万岁，激昂沸腾。他亲率步兵六十万，骑兵二十七万，开始大举南侵。

消息传到建康，边境急报如雪片一般飞来，多时竟一夕十至。举朝上下，一片惊慌。百姓更是惊恐不定。所有人的目光都集中在丞相谢安身上。

但谢安谈笑自若，将所有急报掷于一旁，不理不睬。众朝臣大为不满，以为谢安过于超逸，怠慢朝政，置国家安危于不顾。

这谢安出身士族，经常在会稽东山游览山水，吟诗谈文。虽有辅国之才干，却宁愿隐居在东山，不愿做官。曾几次出仕，又几次归隐。到了四十多岁的时候，其弟谢万北伐燕国大败，朝廷看在谢安的面子才没有杀他，而是将之免为庶人。但此事使谢氏家族的声誉和权势受到了很大影响，谢安才开始受朝廷之邀和承家族之托，重新回到朝廷。

第二天又有消息上报，说秦军已过襄阳，直入晋境。晋孝武帝急言："丞相真是这样不以国事为重逍遥自在吗？"谢安道："以我来看，秦军南下，乃是自取灭亡。而对我晋来说，正是一举消灭他们的好机会。我是众官之首，若遇事像他们一样惊慌失措，岂不是更将朝廷和国家陷入混乱之中？陛下不必担心，臣自有应对。”

谢安目光如炬，这一切亦早在他意料之中。他建议孝武帝派谢石、谢玄、谢琰和桓伊等率兵八万前去抵御。

谢玄手下的北府兵虽然勇猛，但闻苻坚的兵力却是东晋的十倍之多，谢玄心里不免恐慌不安。临发兵前几次请教谢安，而谢安神情泰然，只回答道：“莫要焦躁，我已有安排。”然后，便沉默不语。

第二天，谢安竟驾车去山中别墅，与亲朋好友饮酒作诗；然后，又登山游玩，好不尽兴，直到天黑才返回都城。

谢石、谢玄等将领在他的家门口等得焦急，不住踮脚观望。看到他的马车到了，一下子都围了上去。但谢安仍不着急，沐浴更衣后才见他们，当面交代机宜事务。

他告知谢石、谢玄：“敌远道而来，且骄傲自大，而我则以逸待劳。所以应趁敌立足未稳之际，寻找战机，速战速决。第一役可在洛涧设伏，由北府兵担任先锋，采用突袭，一击溃之。下一役，我另有安排。”

车骑将军、荆州刺史桓冲在荆州听说秦军南下，都城形势危急，欲拨出三千精兵到建康来保卫。谢安却让他按兵不动，在荆州牵制秦军。

桓冲忧心忡忡，他对将士说：“谢公之气度令人钦佩，但却不擅兵法矣。秦大军将至，作为一国之相却还那样悠闲自在。兵少将寡，又差使一些没经验的年轻人去指挥。我看晋军都要像当年燕军一样，成为秦国的俘虏了。”

一百一十

苻坚大军日夜兼程，很快经南阳、信阳、固始至寿阳。

他令大军休整。此地已离东晋都城建康不足千里。大帐中，慕容垂恭维苻坚说：“陛下亲征，我军一路所向披靡，晋军闻风丧胆，此我帝之雄威矣。”

苻坚说：“众将士一鼓作气，十日内打到建康城下。”

慕容垂提议说：“不战而屈人之兵，善之善者也。尚书朱序乃晋臣矣，与对方的将军相熟，陛下不如派之前去劝说谢石，称述我秦之浩大军威，并现身说法，转述我帝仰慕和广纳天下名士之德，致招降重赏之意，如此不战而胜，岂不更好。”

慕容垂料那襄阳守城之将朱序跟自己一样，怀有二心，身在秦营心却在晋国。派他去游说谢石投降，无异于派人向晋军通报秦军的情况。苻坚不知是计，满口答应，并高兴地对朱序说："尚书就去告诉谢石孤是如何对待卿的，如能弃暗投明，我秦定会重用矣。"

朱序欣然前往。但一到晋营，就跪倒在谢玄、谢石面前，详述当初丢失襄阳之事，并悔恨痛哭不已。谢玄、谢石亦知道朱序是被叛臣出卖绑缚而降，便说："皇帝知你孤军而战，宁死不屈，使秦十万大军攻打了一年方能克襄。故汝守城有功，皇帝不会追究的。"朱序便将秦军的位置、兵力和部署一一告诉谢玄、谢石，还特别嘱咐说："秦军百万之军，正在陆续开进我国，如待最后兵力全部集结，一起向我进攻，晋军恐难以抵御。现在却正是时机，应迅速发动进攻。只要能击败其前锋部队，挫其锐气，尔后击破秦百万大军就无虞矣。"

朱序的情报和分析，与谢安的分析和交代十分契合。谢玄、谢石心中有了底气。

谢玄说："秦军远途而来，早已疲惫。且秦将以为晋军胆怯软弱，打起仗来不如秦军凶狠。今我反其道而行之，特意派出一支虎狼之师，采取突袭之计，如一把锐剑直刺其胸，亦使其畏惧矣。"

于是，他命北府军第一猛将刘牢之，亲率五千北府军突击秦将梁成带领的五万先锋大营。这北府军是由谢安亲自授意，由谢玄从流民武装中吸收精华并重组而成。他们之前大多过着茹毛饮血的生活，因而嗜血如命，好勇斗狠，战斗力极强；且大多与北方胡族有血海深仇，此为谢安对抗苻坚的杀手锏。

这刘牢之脸膛紫红色，胡子漆黑漫过半腮，两只眼睛斜吊，长相非常奇异。他性格沉稳刚毅，而且足智多谋。最初刘牢之在谢玄招兵时参加了北府兵，担任了参军一职，后来因为功劳升任鹰扬将军和广陵相。当夜，刘牢之将上百酒罐抬至军中，将军士卒每人痛饮几大杯，然后趁着夜色，按照朱序的指引，纵马奔向梁成大营。远远望见了秦军大营，刘牢之令士卒钳马衔枚，将马蹄包上麻布，悄悄摸近。至不到三里时，才让士卒点燃火把，擂鼓向前。北府骑兵杀死巡逻哨兵，突破防卫，将火把扔向营帐。然后个个以一胜十，挥刀杀向秦军。秦军军营被烧，猝不及防，四处冲撞。

他们在夜色中摸不清晋军有多少兵马，只听到晋军喊声震天，并不断看到身边的伙伴被砍翻在地。秦军顿时大乱，四处奔逃。统帅梁成已入睡，听到喊杀声，急忙穿戴盔甲，懵懂中骑上战马，还未来得及杀敌，当即被刘牢之挥剑斩首。秦军溃败，此役竟折损十名大将及五万士卒。

晋军则乘胜继进，一举推至淝水东岸，与秦兵隔河对峙。

前锋折翼，苻坚闻之大惊。那梁成乃他手下猛将，竟稀里糊涂为晋军所败，令他开始对晋军心有余悸。此时，派出的说客朱序已按谢玄的安排回到秦军，充当间者。他假惺惺向苻坚报告："晋军十分强大，足有三十万之众。不但誓不降秦，谢玄、谢石还追究他失襄阳之罪，差点儿杀了他。多亏晋军中有一闾里故友暗中相助，才仓皇逃回秦营。"苻坚竟信之，没有格外追究。

苻坚与前军统帅苻融登上寿阳城楼，南望晋军布阵齐整，将士精锐，又北望八公山上草木，感到皆类人形。他忧然而有悔色，对苻融说："弟之前所言确矣。此亦劲敌也，草木之中皆兵，何谓少乎？"

谢玄并不希望两军一直隔水对峙，使得战事久拖不决，这样对数量上不占优势的晋军显然不利。于是派出使者前往苻融大营进行游说："希望秦军后退，让晋军能渡过淝水，再决一胜负。"

秦军正想渡河而战。苻融听到晋军要过河来决战，岂不省事。便大喜过望，对苻坚说："我们何不应之，将大军埋伏在岸后一里，然后乘敌军一半至岸、一半至水之际，先以弓箭手密射之，然后再以铁骑数十万向水中顽敌冲击，使其全军覆没于河中。"

苻坚大悦，说："善。那就后退一里，让其过河。"

尚书朱序心中冷笑。他献上一计："阳平公水中灭敌之策甚好，不过还请皇帝下令让大军后撤三里，这样岸前留有余地，可利于铁骑冲杀，也可让晋军渡河时减少戒备。"

苻坚也欣然应之。

于是，苻坚令苻融将消息传到对岸："秦军答应晋军的要求，明早我军后撤三里。"

然谢玄亦早已料到秦军会在晋军渡河之时突袭。他于渡河处左右两翼各布置了三千弓箭手掩护；又将暗中搜集来的几百艘小船、突击制作的上千只竹筏和舢板乘着夜色密藏于岸边树丛之中。第二天天刚明，成千上万的士卒抬着小船、竹筏、舢板从对岸树丛中突然冲出，急奔水中。晋军沿四五里宽的水面开始强渡。

而秦军先头部队，此时却正按苻坚的命令后退三里。秦军阵营前后相距甚远，战线拉得过长，许多将士并不明白后撤的真正意图。当前军撤退之时，后方的将士误以为是前方部队打了败仗，所以立即便乱了阵脚。而晋军先头部队在弓箭手的掩护下，加速冲到对岸，乘着秦军阵脚大乱之际，即刻对秦军发动猛烈进攻。眼看时机成熟，潜伏在秦军阵中的朱序和其襄阳城旧部大声喊道："秦军败矣。"那些慌乱撤退的秦军更加忙乱，人马自相践踏，死伤无数。

苻融见秦军自乱，挥剑高声呼喊，令士卒镇定。但他的马被潮水般涌过来的乱兵冲倒，他亦从马上掉落地上。刚试图站起来，晋军忽至，一刀将其砍杀，血洒河岸。

苻坚在众将士的保护下，慌忙而逃，但臂膀亦受了箭伤。谢玄则指挥大军乘胜追击，一举收复寿阳。

谢石和谢玄派飞马往建康报捷。当时谢安正跟客人在家中下棋。他看完了谢石送来的捷报，却不露声色，随手把捷报放在旁边，照样下棋。客人知道是前方送来的战报，忍不住问谢安。谢安不紧不慢地说："没什么，那些年轻人到底把秦人打败了。"客人皆惊奇，说："奇人矣。不愧是皇帝所依赖的丞相，竟如此沉得住气。"谢安送走客人，回到内宅，却兴奋得再也按捺不住，跨过门槛的时候，一时着急，竟把脚上的木屐的齿也碰断了。他一下子抱住妻子刘氏，大声说："秦贼已败，吾晋无虞矣。"

苻坚一战即溃，再无雄心。他率领余兵开始回退秦国。一路上，当听到风吹过的声音及飞鹤的鸣叫，都以为是晋兵仍在后面穷追不舍。

淝水之战，秦军被歼和逃散之兵共有七十多万。

一百一十一

慕容垂所率三万人马却几乎完整无损。

他自寿阳分兵攻占郧城之后，故意放慢向东行军的速度，并没有赶到淝水参加晋秦决战。

苻坚西逃与慕容垂的三万军队会合。苻坚狼狈不堪，下马后几乎难以站立。见到慕容垂竟泪流满面，唉声叹气。他又知苻融被杀，更是捶胸顿足。他说：“阳平公是最有天资之人，孤都曾想把位传于他，现在先孤而去，让孤如何不心痛矣。”

他又自责说：“孤有负先王和氏族祖先，也辜负了已故的爱臣王猛。未曾灭晋，却先损失了几十万大军，亦令爱弟殒阵。孤乃秦之不可恕之罪人矣。”慕容垂搀扶其至自己的大帐中，令军医医治箭伤。慕容垂说：“皇帝莫要烦恼，胜败乃兵家常事，此次征伐不顺，却也摸清晋军之实，待回长安重整旗鼓，来年再伐，定攻无不克。”

苻坚又累又乏，躺下后进入梦乡。慕容垂的儿子慕容宝见之酣睡，便要提刀杀之。

慕容垂阻之。他看到苻坚可怜的样子，突然想起了自己的过去。当年，他从燕逃至秦国，惊魂落魄，哀莫大心死的样子，与今日苻坚何其相似。他对慕容宝说：“为父不会下手。秦王乃世上真君子，当年我和你们如丧家之犬，逃奔于长安，是他诚心收留。且对我们一直信任，礼遇有加，并几次阻止王猛谋杀我们。再说，秦王此时落魄，以赤心投命，我如乘人之危加害之，恐怕会遭天谴。故虽与之有灭国之仇，但亦勿忘救命之恩。”

慕容垂依然如臣侍奉君主一样，诚心伺候苻坚。大军向东开拔，一直沿途收集逃散的败兵，到洛阳时竟聚集了十余万人。苻坚看到大军浩浩荡荡，才面有喜色地说：“孤总算不用低着头回长安了。”

至渑池时，慕容垂去意已定。他跪在苻坚面前说：“臣忽然想家了，今将大军交与皇帝亲率，请求准予臣到北方去替皇帝安抚百姓，谒拜祖庙。”

北方是旧燕之地，慕容垂之复国意图不难猜透。但苻坚却说：“汝离故土已近五载，想念亲人亦是可以理解的事，孤准之，速去速回。朝中还有大事请汝辅佐。”他或许看透了慕容垂的心思。但又觉他无一兵一卒，不会搅起什么大浪来。

见慕容垂率亲属旧臣一行欲离开大军，谋士权翼急忙晋见秦王，力劝苻坚不可放虎归山。但苻坚却说：“慕容垂是当初投奔于孤的，不是降将，且亦为秦立下功劳，今愿自去，孤又有什么理由阻拦矣？再说，孤作为君王，已答应他，又如何反悔呢。”

权翼说：“王猛宰相乃匡世奇士，皇帝每拟之于孔明，其临终遗言要求皇帝除之，其言不可忘也。此人雄毅多谋，深藏不露，必怀有复国之心。此去，将不再复返，定会成为秦之敌人。不杀之，秦之祸旋踵而至矣。”说罢不管苻坚反对，派人在慕容垂必经过的黄河桥边设下埋伏，欲乱箭射杀。慕容垂却早已料到，他让慕容宝结了一个草筏，在无人处偷渡黄河，逃过一劫。

慕容垂直奔燕之故都邺城。他知道只有在那里才能招募旧部，集结势力，以图复国。

守邺城之将乃长乐公苻丕。慕容垂在城门外被守兵拦下。他说：“快去告诉长乐公，我是受秦王之命来安抚百姓，协助大将军的。”苻丕闻之，陡生疑心，知其来者不善，便不让进城，令其在城外待命。慕容垂便在城外住了下来，偷偷招集旧部，集结势力，策划复国之事。

此时，苻坚亦返回长安。他哭悼苻融等战死的将士，并告罪于宗庙。然后下令锻造兵器，监督农务，抚顺孤老及阵亡士兵的家属，企图重振国家。

一日接到报告，丁零族首领翟斌起兵反秦，准备攻打洛阳。苻坚又想起了慕容垂，即派使者至邺城，传命于苻丕，令给慕容垂一支人马，攻打翟斌。苻丕怕他谋反，平素并不给他一兵一卒，现在父王有命，便无奈拨两千弱卒交与其掌率；另派苻飞龙做副将，领一千氐族骑兵暗中监视。

他告诉苻飞龙：“汝乃秦王室之肺腑，地位虽低于慕容垂，但其实是帅也。慕容垂为三军之统，卿为谋垂之主。用兵制胜之权，防微杜贰之略，我全部委之于卿。卿当勉之，不负我望。”

慕容垂一路扩兵。许多燕之旧部，以及秦、晋散卒，闻其回到中原，皆蜂拥而来。行至沁阳，大军已超万人。苻飞龙虽处处掣肘，但已无法控制。

苻飞龙恐怕生变，便想杀掉慕容垂。他与亲信密谋，欲趁黑夜偷袭慕容垂的大帐。不料事露，慕容垂将计就计，设下埋伏。苻飞龙中伏被捉，慕容垂借此激怒所率士卒，大声说道：“自己背弃母国忠于苻氏，而苻丕却总是不信任，连城门都不让进，今又派副将苻飞龙谋害于我。如此逼人太甚，还不如反了。”旧部皆响应附和：“吴王有上天承命，岂可受此之辱。杀了苻贼，遂行复国大业。”慕容垂斩杀苻飞龙，对外宣称以秦为敌，打出燕军旗号。

他又派燕臣王腾、段延为说客，到洛阳劝说翟斌归顺燕军，一齐举兵反秦。翟斌部中有大批的燕人，当即鼓动翟斌答应。于是两部合一，士卒达两万余人，并挥师渡河北上，直逼邺城而来。

慕容垂当初带兵讨伐翟斌时，苻丕怕其谋反，只允许慕容垂带儿子慕容宝、慕容隆随军征战，而把另一个儿子慕容农和侄儿慕容楷、慕容绍留在邺城，名为保护，实为人质。此时，慕容垂派人将起兵之事偷偷告于城内的慕容农等人，让其迅速逃出城外，起兵相应。

慕容农、慕容楷、慕容绍换上百姓之衣偷偷溜出城门，又盗苻丕骏马百匹，连夜奔往邺城西北百里之外的列人。列人聚集了许多迁入中原的乌桓人。乌桓人与鲜卑慕容氏素来亲近，视燕国如母国一般。

慕容农早就计划利用这支武装作为自己反秦的力量。

他一路打听，终于寻到乌桓人首领鲁利的家。这是茅草与泥巴混在一起垒成的圆顶草房，还保持着原来在草原放牧时的居住样式。这样的建筑在中原倒显得十分另类。

鲁利长得又黑又壮。慕容农自称是燕国吴王慕容垂的儿子。鲁利闻之十分高兴，如见多年不见的老友，热情招待，端上了粗茶淡饭，但慕容农却笑而不食。鲁利对妻子说："我们实在可恶，今日贵人来至，家贫却无以酒肉相待，奈何？"其妻却颇有眼光，对他悄悄说："此郎有雄才大志，今无故而至，必将有异，非为饮食来。"

果然，慕容农对鲁利说："我欲集兵于列人，以图兴复大燕，不知卿能助一力否？"鲁利说："燕亦为乌桓人之国，自从失去了燕国，我们吃饭睡觉都觉得别扭。今为燕兴，无论死生，唯君是从。"慕容农又让鲁利带路去造访乌桓人最大首领张骧，对他说："家父已举大事，翟斌等咸相推奉，远近响应，故来相告耳。"张骧说："得旧主而奉之，岂敢不尽死乎？"

一百一十二

苻丕此时还蒙在鼓里。他在府中宴请宾客，欲请慕容农等人参加。但派去的人很久才回来，告知慕容氏族人皆不知去向。苻丕始觉有变，后悔没有严加看管。果然三天后，慕容农在列人起兵的消息传来：他以张骧为辅国将军、刘大为安远将军、鲁利为建威将军，率军攻破馆陶。

苻丕大怒，便派石越率步骑万余人前去攻打。鲁利等将请求修筑列人城，以做好防御。慕容农却说："今起义兵，唯敌是求，当以山河为城池。"

不久，石越大军来到列人城西。参军赵谦对慕容农说："这石越之军，虽披盔戴甲，武器精良，但人心危骇，不难攻破，可以急攻。"慕容农却说："彼甲在外，我甲在心，昼战则士卒见其外貌而惮之，不如待暮击之，可以必克。"

石越虽身经百战，但到了列人却战战兢兢。他听说乌桓突骑和乌桓宿卫是天下名骑，作战极其勇敢。且这乌桓人平时劳作，战时拿上武器就能打仗。穿衣打扮上又无从分辨，可谓防不胜防。石越小心，便设围自守，以防突袭。

慕容农笑着对诸将说："石越兵精士众，不乘其初至之锐来攻击我，却立上栅栏，以图防守，我知其无能为也。"

待到天黑，慕容农率军在城西列阵，牙门刘木请战。慕容农笑着说："凡人见到美食，谁又不想食之，何得独请。刘木勇敢威猛，精神可嘉，就以汝为先锋吧。"刘木遂率四百壮士突破敌阵，大军随后冲击，秦兵大败，石越被斩。

此役后，天下无数燕之旧部闻慕容农起事，纷纷投靠。慕容农军一月之余已有万余人。他应父亲的约定，挥师向东，奔邺城而来。

苻丕大惊，方知这慕容农不可小瞧。他正要集结兵力，再去剿伐，忽然有人来报，慕容垂杀死了苻飞龙，正回师北上，也向邺城进发。苻丕顿觉大事不妙，一边巩固城防，一边急忙派使到长安求援。

慕容垂和慕容农两军在邺城附近会合，一起围攻邺城。

苻丕非无能之辈。邺城在他手下，已变得坚固无比。攻城士卒一时云集近十万，搭云梯、挖地道，皆被苻丕击退。慕容垂还是第一次遇到如此顽强的抵抗，便召集群臣商议对策。

右司马封衡说："看来只能引漳河之水来灌城，但须挖一条引渠，工程浩大，且大水引至，不易控制，城中百姓亦会殃及。"

慕容垂犹豫再三，说："顾不了那么多了，邺乃我燕都城，不夺之又缘何称复国？”他令丁零族首领翟斌指挥人马开挖引渠。

而翟斌却恃功骄纵，索求无厌。因邺城久攻不下，又渐起叛心，对挖渠之事，并不热心。慕容垂见引渠工程进展缓慢，便去督察。翟斌却说：“如吴王给我一顶尚书令的帽子，水渠可二十日完工。”慕容垂心有不悦，说：“翟王之功，宜居上辅，但现在朝台尚未建立，此官职还不能设置。”

四子慕容宝向父亲建言：“此人头有反骨，定是摇摆不定之人，我见其已有反意，早晚是祸害，不如父王假意宴请他，我寻机杀之。”慕容垂说：“当初我们立下同盟，不可负也。现在只是不遵从我，就枉杀之，外人必说我忌惮其功劳和才能。眼下我正收揽天下豪杰以兴大业，不可示人以狭，让天下失望也。”

但翟斌心中怨恨，决意要反。他暗中派人与城内的苻丕联络，苻丕答应如能阻止大水淹城，将封其为秦国的抚威将军。此时漳河之水已引至城下，慕容垂已令士卒将壕沟挖至南城门。正待将水渠与壕沟连通，开始放水之际，翟斌却令其丁零兵趁夜毁渠，决堤放水。决堤之口越冲越大，根本无法填补。水淹邺城的计划于是流产。翟斌夜奔长安，慕容垂派慕容农、慕容宝军追之，半路截杀翟斌，而其余的丁零兵皆予以赦免。

秦邺城守军长期被围，粮草渐尽。此时苻坚焦头烂额，自顾不暇，派不出救兵。他自长安修书一封，并派人送至慕容垂。书中不乏哀怨之情：“吴王刚返邺城，便反秦复国，与孤为敌，难道忘了当初的承诺？燕亡，孤厚待慕容氏族，尤以吴王如手足，如还念一丝君臣旧情，撤出邺城，给城内苻丕一条生路。”

慕容垂持信许久，一言不发。随后，他移师到新兴城，为城中的苻丕让开一条逃逸之路，也算回谢秦王苻坚当年对自己收留和厚遇之恩。

但一月有余，苻丕并不领情，仍死守邺城。慕容垂旋又率兵重围邺城。

苻丕势穷粮竭。其部将杨膺、姜让说：“长安离这里路途遥远，且亦无救兵可用，不如上表晋廷，请谢玄派兵来援。”苻丕虽心中不愿，却也只好默认。但未料杨膺、姜让自作主张，答应谢玄如派兵来援，将称臣于晋。谢玄于是派刘牢之、滕恬之等率领二万人马救援邺城，并从水陆运来粮草接济苻丕。

刘牢之进至枋头。然后与苻丕内外联合，与慕容垂军大战。燕军连战不胜，士气低落。形势急转直下。

慕容垂急忙抽回军队进行整顿。他对将领说：“秦、晋乃乌合之众，一胜则俱豪，一失则俱溃，非同心也。今两军相继，其势尚未合在一起，此时不能与他们胶着相持，而应择其一急击之。”

慕容垂知道刘牢之远道而来，粮草不济。便故意在五桥泽一带大张旗鼓建设粮草大营，以此为饵引刘牢之上钩。他要借机打击刘牢之的气势，恢复燕军的信心。他料刘牢之必带北府兵来抢劫粮草，特意让张骧的乌桓兵作为主力，以乌桓兵对付北府兵。

刘牢之闻之，果然中计，率北府兵急行军百里，去抢夺慕容垂大军的粮草。此时慕容垂主力突然出现，乌桓突骑与刘牢之的北府兵展开大战。乌桓突骑机动灵敏，以快制慢，且人数众多，北府兵头一次遇到了克星。刘牢之大败，北府兵被斩杀数千人。

虽然北府兵打起仗来极为凶悍，以死相搏，但乌桓人精骑善射，马上战斗力极强，快如风，烈如火，以一敌百。常常在北府兵还没有转身和反应过来，就被射中，或成为刀下之鬼。刘牢之逃至邺城，收拾残军，并要求苻丕立即增兵给他。他要带兵出击，与慕容垂决一死战，以雪前耻。但苻丕对其傲慢无礼心生反感，却不派一兵一卒。刘牢之大怒，说：“尔为晋之臣矣，如何不听晋大将军之令？”

苻丕愕然。杨膺、姜让擅作主张，答应向晋称臣一事毕露。苻丕怒杀杨膺、姜让二人。而刘牢之见苻丕并无事晋之意，亦一气之下，率军回晋。

苻丕虽折了两员大将，又外失援兵，但仍不屈服。而久经沙场的慕容垂却头一次无计可施。

一百一十三

淝水之战后，秦元气大伤。每天，长安城皇宫里皆是一片混乱。各地反叛和举兵的消息接踵而至。除了慕容垂反叛，已降服的胡族诸部纷纷举兵。拓跋珪在牛川称王复国，姚苌等人也重新崛起。北方重新四分五裂。

皇帝苻坚内外交困，已无法控制形势。

更坏的消息传来。旧帝慕容暐的弟弟慕容泓，听说慕容垂攻打邺城后，也在辽东起事，自称使持节、大都督陕西诸军事、大将军、雍州牧、济北王，仍尊慕容暐为皇帝，推举叔父慕容垂为丞相，都督陕东诸军事，领大司马、冀州牧、吴王。他和慕容垂南北呼应，亦打出复燕的旗号，并率军快速向中原推进。

苻坚急忙派儿子、钜鹿公苻睿率五万兵力，与龙骧将军姚苌一起征讨慕容泓。

苻睿好大喜功，有勇无谋。姚苌建议说："慕容鲜卑皆有思归之志，故起而为乱，应该驱赶他们出关，让他们回至家乡辽东，不可与之硬拼。就像执鼷鼠之尾，犹能反噬于人。如果逼他们太甚，必定与我军死战。万一失利，悔将何及？故可鸣鼓随之，他们必将一路向前奔逃。"苻睿却不以为然，他说："这些可恶的鲜卑，不知感恩，反而乘机反乱，我要代表父王狠狠惩罚他们。"

苻睿继领兵截击，一路长途奔袭，在华泽与慕容泓军大战。慕容泓以逸待劳，大败苻睿并将其斩杀。

姚苌败逃，派遣下属长史赵都、参军姜协向苻坚谢罪。苻坚得知苻睿被杀，迁怒于姚苌，将赵都、姜协杀掉。姚苌惧怕，不再敢回长安，便逃奔渭北。

慕容泓原想南进，至邺城与慕容垂汇合。但屡次击败秦军后，遂改变主意。他决定西进秦都长安，直接亡秦复仇。

平阳太守慕容冲闻叔伯慕容垂和兄慕容泓起兵，也按捺不住，在河东起事，很快拥有八千骑兵，北上投奔慕容泓。慕容泓的兵力达到十万，已蓄足与秦决胜的实力。

于是，他派遣使者告诉苻坚说："秦行无道之事，灭我国家，以惹天怒。现在上天引导我伐秦，燕军所向披靡，攻取长安不费吹灰之力。而吴王慕容垂也即夺回燕都邺城，复国大业指日可待。还请秦王赶快准备大驾，奉送我燕皇帝以及宗室功臣回家。我将率大军保卫皇帝，返回邺都。并与秦以武牢为界，分割天下而治，永远作为睦邻，相安无事。汝的儿子苻睿轻敌无谋急进，被乱兵所害，并非我的本意。尚请宽谅。"

坐在龙座上的苻坚听完使者的传话后勃然大怒。他怒气冲冲地对大殿中站立的群臣说道："这慕容泓只不过是孤封的一个小小的北地长史，竟如此厚颜无耻来胁迫孤。秦到今日，皆是你们这些做臣子的无德无才，没有尽责尽职矣。孤甚是伤心。”

他又指着在朝臣中站立的慕容暐说：“燕亡乃天意。故孤灭燕，如燕灭冉魏，也是替天行事。虽如此，孤仍心中亏欠，故待你们慕容一氏，如弃儿归家一般。兄弟子侄布列上将，此乃古之未有矣。现在慕容垂、慕容冲、慕容泓个个称兵，挥戈向内，你们家族真是人面兽心，枉亏我以国士待你们。”

见苻坚气怒，慕容暐心中高兴，但脸上却装作恐慌。他急忙下跪，大声说道：“慕容垂、慕容泓等贼逆反，臣一点儿也不知道。就让我给他们写信，痛骂一顿，以解陛下之气。倘若还不能平息陛下之愤，臣愿替他们负罪而死，亦让他们彻底死了拥臣为王的贼心。”

淝水战败后，自己与随军的夫人张氏走失，最后还是慕容暐寻到，并将之安然护送至长安。想到这一点，苻坚仍不忍诛杀。他说：“尚书如真心事秦，就依汝之言，即刻写信招纳劝谕慕容垂、慕容泓和慕容冲，让他们知过即改，罢兵返回长安，孤可宽赦他们的反叛之罪。”慕容暐马上说：“臣即刻就写。如果他们心中真念我这个旧帝，定会很快到长安投降谢罪。”

而慕容暐却秘密派人对慕容泓说：“现在秦的气数已尽，长安怪异现象很多，将不能久存。我是笼中之人，肯定没有回归的希望。况且我还是燕王室之罪人，不值得你们再顾念。你们努力实现复国大业，可让吴王慕容垂做相国，中山王慕容冲做太宰兼大司马，你可以做大将军兼司徒，秉承我的旨意封爵授官。待听到我的死讯后，你就可以即皇帝的尊位。”

慕容泓闻知涕泪，向西跪拜。他于是心中更加焦急，命令大军急速向长安进军。他恨不得立刻攻取长安，将旧帝慕容暐解救出来。

一路急奔，士卒又饿又累。半路上又遭到秦军伏击，其部将高盖、宿勤崇大败而回。慕容泓不但不体谅，反而杖责八十。高盖、宿勤崇身上血肉模糊，趴在大帐中不能动弹，不禁泪流满腮。属下将领激愤汹汹，皆劝高盖、宿勤崇杀死慕容泓而反。半夜，高盖、宿勤崇指挥二百亲信包围慕容泓的大帐，火烧慕容泓。慕容泓刚逃出起火的大帐，不明就里，就被乱箭射死。然后，高盖、宿勤崇率属下来到中山王慕容冲的帐前齐刷刷跪下，要求慕容冲统领全军，并为皇太弟，承制行事，置百官。慕容冲见其兄已死，再追责高盖等人无益，即刻应允，成为全军统帅。并犒劳嘉奖三军，平息军中之愤。

几个月后，他率军兵临长安城下。

这是苻坚登位后，外敌第一次打到都城长安，亦是长安城第一次被围困。他似乎感到了秦国真正危险的降临。他令左将军苟池率重兵前去骊山迎击。于是，长安城外一场大战惊天动地。一连几日，尘土扬起，遮天蔽日，还有擂鼓声、喊杀声，站在长安城上皆看得到听得到。

慕容冲终于斩杀了苟池等数千人，由骊山继续向前推进。苻坚在朝上大怒，愤愤地说："那慕容冲乃孤的一个太守，苟池竟对付不了，真是该死。难道吾秦无人乎？"

话音刚落，领军将军杨定跪下说："臣愿去以雪前耻，将那逆臣慕容冲抓至陛下面前。"这杨定曾跟随王猛伐燕，打仗凶狠，又颇有头脑。苻坚平素十分欣赏，本想留至关键时刻再派上用场，现在亦管不了那么多。他说："孤给卿一万士卒，定当将那慕容冲挡在阿房城前。"杨定说："陛下，臣只带骑兵二千五百人足矣。"

杨定曾击败过燕军，故心中毫无畏惧。他独自带几十名骑兵直入燕阵，左右冲杀，然后返回，对手下的将士说："燕军很容易对付，只不过我们要比他们更狠一些。"于是，率军向燕军阵地发起猛烈进攻。他亲自用特大的黑色强弓射杀燕军将领，皆不虚发，一连射杀几人。燕军顿时大惊，向后溃败。杨定终于大胜慕容冲，竟斩杀和俘虏近万燕军。然后，乘胜出击，又在灞河渡水之间打败了右仆射慕容宪。

慕容冲遇到了真正的对手，心中亦惧。此时，大帐中站出一人，对慕容冲说："请中山王勿虑，臣有克敌之计。"

慕容冲见是小将领慕容永。这慕容永亦属皇室旁支，他的祖父慕容运是燕王慕容皝的叔叔。当年，苻坚灭燕，将皇帝慕容暐及王公以下鲜卑族四万多人迁到长安，慕容永也在被迁行列。慕容永虽为贵族，但在长安不得不与妻子卖靴为生；后来跑出城投奔慕容泓，被封之为小将领。

慕容冲问他："有何妙计？"

慕容永说："我观那杨定之军打仗凶狠，从来都是主动进攻，以势压人。我们不如乘夜在他们进攻的路线上挖下诸多马坎，然后以树枝和虚土掩之。

第二天他们进攻时定不会仔细观察，待骑兵和将军落入马坎，动弹不得，我们就迅捷上前杀之。”

慕容冲大喜说：“善，就按汝说的办。”第二天，杨定果然中计，他自己亦身陷马坎，被慕容冲一剑削去头颅。慕容永被升为黄门郎。慕容冲终于占了上风，他攻取阿房城，步步逼近长安城。

闻慕容冲打到了阿房城，长安城内人心惶惶。城内犹有慕容鲜卑数千人，慕容暐便秘密招集，准备埋伏于自己的府第周围，寻机刺杀苻坚，以与慕容冲里应外合。

他派人去请苻坚，谦卑诚恳地说：“犬子将要大婚，想请皇帝和其姑姑清河妃一起来参加宴席。不知可否？”

苻坚说：“外面战事连连，你的弟弟大军压境，如何此时娶亲？”

慕容暐说：“宫内宫外人心恐惶，臣就是专门挑选现在为儿子举行婚礼，要让人们看一看燕国旧帝作为臣子依然效忠于陛下，而外面那些叛贼早晚被陛下消灭。以此稳定王公贵戚和大臣之心。”

苻坚听过十分高兴，慨然应之。

然而，此后几天接连下暴雨，苻坚没有去成。所招集的鲜卑勇士就怂恿慕容暐乘雨势攻进宫中，斩杀苻坚。慕容暐却犹豫不定，未敢决断。几日后，走漏消息，护卫宫城的羽林军接到有人举报，马上将慕容暐一干人羁押。审讯后，即由廷尉报告给秦帝苻坚。苻坚大惊，遂下令诛杀慕容暐父子及其宗族。

下令前，苻坚十分不解。他对慕容暐说：“我待尔等不薄，如何不能将心比心呢。”慕容暐说：“亡国之恨那般容易消得？勾践卧薪尝胆终于灭吴雪耻，田单孤守下莒即墨终得克燕复齐，中山桓公隐于山野蓄谋二十载再复中山，他们都是忘不了家仇国恨。我也不例外矣。一想起地下的祖宗和散失的皇族子嗣，还有中原的子民，我整夜难眠，生不如死。现在好了，终于闭上了眼睛。只是不能看到吴王和大司马复国的那一天了。”

于是，城中鲜卑不论少长及妇女全被杀光，只留下了苻坚最宠爱的清河公主。而燕旧帝慕容暐被杀时只有三十五岁。

他一生几乎都生活在别人的阴影下。幼年时他被哥哥慕容晔的光芒所笼罩，少年时又隐藏在叔父慕容恪羽翼下，成年后又苟活于苻坚的怜悯恩惠中。他显然缺乏一个合格皇帝所应有的潜质，却又不得不肩负起一国之君的重任。直到生命的最后，依旧缺乏敢作敢当的勇气和决断。

自此之后，灭人国者如果不忍心对亡国之君下绝杀令，劝谏者皆以苻坚“柔仁邀名”的例子来作教训。故后代亡国之君及家族少有保全者。

慕容暐亡后，公元 385 年正月，慕容冲在阿房城正式称帝复燕，改年号为更始。他自然难忘当年枕席胯下被玩弄的屈辱，发誓要斩杀秦王苻坚。

一百一十四

慕容冲大军包围长安城。

仅仅过了十五年，一切似乎又轮回。不同的是，上次秦亡燕，这次燕亡秦。

秦帝苻坚执清河公主之手，走上长安城墙，来到最高的西门凤仪楼，凭楼观看围城的燕军。看到慕容冲的帅旗，不禁念起旧情。尤其想起当初与之嬉戏合欢的情景，竟心生柔意。他叹曰：“相见苦莫若不见，有情痛但愿无情。”

他派人送一锦袍于慕容冲，并捎话说：“孤赠送一领锦袍，以表明本心。我对卿的恩分如何，卿当自知；而别后重逢竟出现这样的变故，颇令孤心伤欲碎。”

慕容冲却将锦袍付之一炬，也捎话说：“我当年作亡国之奴，忍气吞声，受尽屈辱，与仇雠又何谈情义？今以天下为任，肩负复国大业，怎能看这一袍小惠。如你束手来降，朕也可不杀，待你如你从前待我们一样。”

苻坚闻后心生怒火，对清河公主说：“孤后悔当初不听王猛和苻融之言，灭了你们慕容氏族。以至于尔等竖子小人，竟敢如此猖狂。”

清河公主沉默无言，当夜在宫中自缢。苻坚闻之，大恸不已。但已无暇顾及，对太常刘忠说了一句：“先行入殓，待荡平叛贼，再以贵妃厚葬。”

慕容冲围城日久，长安城中乏粮，以至于出现人吃人的惨剧。宫中亦供给不足，苻坚以最后一点食材为宴，款待守城的将军，以示嘉奖。而打仗的将军，一宴也分不到几片肉吃，塞进嘴里不敢咽下，回到家吐肉以饴妻子。数月之间，长安城外战火四起，几番交战，不分胜负，双方士卒死伤无数。

苻坚见长安城无法解围，心中大躁，便派平原公苻晖担当前锋，令其速败慕容冲。慕容冲特意招募了几百女兵，只让她们骑着牛和马，穿着文彩衣，举着旗，手持长槊列于大军阵后。每个人拿着一个囊，囊里面装着土。早上，慕容冲向着苻晖的军队展开进攻。苻晖出战，兵刃交接，几个回合后，慕容冲就下令："班队出击。"于是，女人们奔竞而进，打开囊，扬尘鼓噪，一时间灰雾漫天，似乎有千军万马。苻晖之军竟不能分辨对方究竟有多少士卒，心中大怯。慕容冲趁机冲杀，苻晖于是溃败而回。

苻坚在城上观战。见苻晖大败而归，便怒骂道："汝乃孤最优秀的儿子，拥有最精锐的部队，却屡次被那无情小儿打败，活在世上还有什么意思？"苻晖知道自己被一帮女子耍了，心中本来十分郁闷，又令父王辱骂，竟一时难以自持，挥剑自刎。

苻坚泪流满面，后悔不迭。他喃喃而语："父岂是让尔去死，而是激尔之勇。如此痴矣，真是死亦不足惜。"

慕容冲听闻苻晖自杀，气势大增。他知道，苻坚手中可用的大将已所剩无几。他加快了攻城的节奏，派尚书令高盖率军在夜间突袭，攻陷长安城南门，直入南城。秦左将军窦冲、前禁将军李辩率军阻击，令弓箭手射出密箭，抵住燕军的进攻，又骑马与燕军肉搏，斩敌千人，终将高盖之军赶出城外；并拆掉民房，用木料砖瓦堵塞城门。然秦军士卒已断粮多日，对于敌尸，分其尸而食之。

慕容冲再次率众攀城。而苻坚强忍丧子之痛，亲自登上城墙指挥，身中流矢，血流全身，才勉强击退了慕容冲的进攻。

时至五月，天气燥热。包括皇宫内，长安城内几乎找不到吃的了。属下将领皆劝苻坚弃城，他却犹豫不定。谋士权翼找来长安有名的方士胡晋，带至苻坚面前。苻坚令其卜卦，此时该不该弃城。方士谶言"帝出五将久长得"。苻坚心中大悦，便只留太子苻宏守城，从长安出奔，欲往五将山。

慕容冲很快破城。太子苻宏带着皇后苟氏逃出城后，一路向南，投奔东晋。慕容冲终于坐到了苻坚的龙座之上，新恨旧恨一起涌上心头，他发誓要进行报复，将苻坚宫中未来得及逃走的嫔妃子嗣和家眷全部杀掉，并纵兵大掠长安，无辜百姓死者不可胜计。

他的心理已严重扭曲。但这何尝不是因果报应。少年时苻坚给他带来的无穷伤害曾让他痛不欲生。

苻坚带着家眷和几十个护卫刚出北门十里，就遇到了燕军的前后截击。正无路可逃，却见前方有一寺庙，名为“五重寺”。他猛然想起这乃名僧释道安的法场，于是慌不择路躲了进去。他见了释道安一脸愧意，说：“当初没有听大师之言，以至才有今日亡国之祸。真是惭愧，孤实在无颜以见。”

释道安说：“莫怪自己，一切皆是定数。僧先将皇帝一行好生安顿，以躲避追兵。其他再言。”于是将苻坚和家眷随从藏到寺中一隐秘的山洞之中。

追兵来至寺前，见是高僧释道安之寺，便不再进寺内搜查，只是问了问秦军的去向，就迅疾离开。至夜，苻坚谢过释道安，将要辞行。释道安问之：“皇帝此行欲向东还是欲向西？”

苻坚说：“东面皆燕军，还是向西安全。”

释道安却说：“贫僧却劝皇帝向东而行，出关后直奔邺城；而向西则吉凶难料，恐有危矣。”

苻坚信之，率众人向东而奔。而行不足一里，忽又想起方士之言，又改变主意，向西奔向五将山。那里是羌人的地盘，苻坚素与其首领相睦，他料羌人必会收留。五重寺的小僧回来报告释道安，说秦王没有听住持之言，径向西而去。释道安说：“且随他去吧，看来一切皆是定数。”小僧不解住持为何劝他向东。释道安说：“向东有苻丕接应，即使落入慕容垂、慕容冲之手，亦会保全其性命。而向西则危矣。秦向西连年征战，与部落夷族积怨太多，诸单于和族首皆视秦王如狮虎。如今这狮虎连奔跑的能力都快没有了，岂不被群狼撕杀食之？”

苻坚逃到五将山，才发现自己身陷险地，后悔不该不听释道安之言。

他没有料到，这里早已成为宿敌姚苌的地盘。这姚苌本为他手下的龙骧将军，随同苻坚之子苻睿征讨慕容泓，苻睿不听劝阻，轻敌而丧命。苻坚将丧子之痛迁怒于他，欲问其罪。姚苌害怕，不敢回长安复命，半路叛逃至渭北。西州的诸豪族闻之，慕其盛名，率手下五万余家投之，并推其为盟主。北地、新平、安定十余万户羌人慑于其威，亦归附之。姚苌于是也建国号为秦，自称大将军、大单于、万年秦王。苻坚更加痛恨，亲领步骑二万伐之，先断其运水之路。不至十日，姚苌军中数人渴死。正欲投降，却天降大雨，姚军中积水三尺，士卒皆以雨水解渴。姚军于是军威大振，毫无惧意。此时苻坚刚要进食，无心再吃，怒道："天其无心，何故降泽贼营。"几番交战，互有伤亡。苻坚只得罢兵回朝。姚苌躲过此难，实力大增，其所率之军竟发展七万之众。

姚苌接到苻坚逃至五将山的密报，派将军吴忠悄悄把五将山围得密不透风。吴忠令人士卒高呼："坚贼之秦已亡，速速向我万年秦王投降，不然活捉后定将之碎尸万段。"

苻坚身边只剩下十几个人，已无力反抗，知道难逃一死。他担心姚苌凌辱夫人张氏和两个女儿，便先杀死了她们；然后静静地坐下，让内侍送上饭菜和一壶酒，边吃边喝，毫无惧色。

吴忠兵至，苻坚内侍、护卫誓死护卫。吴忠率军把他们全部杀死，将苻坚捆缚送至姚苌的都城新平。

姚长见到苻坚，仍称陛下，并亲自为苻坚解缚。他说："陛下素待本王不薄，今若将传国玉玺交与本王，可保全全家。"

苻坚却怒而骂之："小小的龙骧将军竟敢逼迫天子，真是恬不知耻。那传国玉玺须有天命者掌之，尔等为羌首，乃五胡次序，又有何德何能得之？即使得之，违天不祥，其能久乎？再说，玉玺已经送至晋国，尔是永远得不到的。"

姚苌满脸涨红，说："如今长安已被燕占，能拯救秦的也只有我万年秦王。汝已是我阶下囚，如禅位给我，也可继续过太上皇的生活。"

苻坚又高声训之："禅让，是圣贤的事，尔为叛贼，有什么资格做这事。如尔还念旧情，但求速死。"

姚苌愤怒，于是下令吴忠杀之。吴忠将苻坚押入新平度安寺中缢杀，时年四十有八。寺主摩诃不敢阻拦，但苻坚死后，厚葬之，并为其念经超度；后将此寺改为祭祀苻坚及夫人侍卫的庙宇。

苻坚死后，姚苌夜夜噩梦。梦中苻坚率天官、鬼兵去袭击他。姚苌于是将苻坚的尸体挖出来鞭尸，脱掉衣服用荆棘裹起来，再以土坑埋掉。但仍然诸事不顺，屡屡败阵。他认为是苻坚鬼魂附身，在军中树立苻坚像祈求道："新平之祸，不是姚苌的错啊，皇帝杀了臣的兄长姚襄，兄长遗命臣一定要报仇。臣为自己的兄长报仇，又怎么说是忘恩负义呢？当年皇帝封臣为龙骧将军，还鼓励说，孤就是从龙骧将军当上了皇帝，卿也要好好努力。故臣号为万年秦王，亦是遵皇帝之诏谕。现在臣追谥皇帝为壮烈天王，又为皇帝立神像，请皇帝的灵魂进入这里，别再缠绕臣。”

几年后姚苌正式称帝，国号亦为秦，史称后秦，建都长安。但姚苌仍日日在自责和梦魇的恐惧中不能自拔。十年煎熬，几乎到了被逼“疯”的地步。一日，他令手下在大帐的门外，对着天空抛射长矛，以驱除苻坚的鬼魂。一只长矛从天上落下来，正刺伤了姚苌的裆部。他卧床不起，不久而亡。临终前跪伏床头，对着苻坚之像叩首不已。

一百一十五

慕容冲攻取了长安，住进了苻坚的宫殿，过上了帝王的生活。

他心中便有了新的想法。关中山河为障，沃野千里，亦曾是汉的天下。如今何不占据这一块地方，像原先的苻坚一样，做自己的帝王呢？那苻坚如不是这般不知足，兴许还悠哉地当他的大秦王，而自己至少还是燕国的大司马。

他打仗打得太累了，对攻伐之事已经厌倦。他亦知道，叔父慕容垂雄霸恣肆，亦有帝王之心，自己不是他对手。投奔之，连太子都做不成，顶多还做他的大司马。倒还不如让叔父独霸中原，去实现他的复兴大业，而自己偏安一隅，当个自在皇帝。

他不想再与中原的叔父慕容垂会合。遂督促农耕，建筑宫室，拟定都长安，作长久安居的打算。

但此时，跟随他的燕军士卒，以及当年被苻坚从中原强令迁来的王公贵族等鲜卑族四万多人却思乡心切。他们原先是有家不能回，不明白为什么打败了秦国后，还不能返回自己的家乡。无数人游荡在长安城中，泪流满面，思念关东的父母和妻儿，天天盼望东归。

黄门郎慕容永暗中纠集一批势力，欲向皇帝慕容冲发难。

早朝之上，慕容冲正商议修建皇宫之事。左将军韩延突然谏道：“这汉土偏远，与中原习俗迥异，我燕将士多为关东之人，故对长安皆厌倦不适，毫无亲缘。如今离别故国整整十五个年头了，许多人日夜期盼能回到关东，复兴燕之大业。请求皇帝带领我们向关东进发，与吴王会合，复兴大燕，还都于邺城。若皇帝割舍不下长安，也可将此作为别都，驻军据守。”

右将军段随和许多大臣皆附和。

慕容冲听后大怒，说：“孤打败苻坚，令秦亡，亦为燕复了国，功劳在孤而非吴王。我闻吴王连一个邺城至今尚未打下，又为何投之？长安几朝为都，土地肥沃，地产丰盛，又周边环山，易守难攻，比邺城强于百倍。我早有意据此为都。众卿就不要多言。若有哪位将军和慕容子嗣愿回关东，孤也不拦。”

慕容冲不知道已触犯了众怒。慕容永、韩延和段随便合谋杀死慕容冲。韩延说：“这贼娈只想当他的皇帝，全不顾为之拼命的关东父老子弟。看来，想让他同意我们离开长安是不可能了，只能杀之，我们才能回至家乡。”

当夜，韩延和段随率军杀入慕容冲的寝宫。慕容冲尚未就寝，闻宫外人声喧哗，知道生变，急喊护卫护驾，却无人应声。他挥剑正欲出宫门平之，便被韩延一戈刺死。韩延和段随一把火将慕容冲的寝宫变成灰烬。

长安又陷入一片动荡之中。

慕容永此时以慕容氏族的子嗣站了出来。他假意召韩延和段随俩人议事，突然将二人以叛乱者的罪名斩杀。众将推举他为首领。他顺应民心下令东归。长安城中的燕人一片欢腾。四万多户鲜卑族人及十万余户豪门贵族，连同裹挟的关东百姓，共计四十余万人动身启程，踏上了返乡之路。

途中，慕容永亦称帝，改年号为中兴，建都长子。

而此时在中原，慕容垂仍没有夺取邺城。邺城虽在苻丕手中，但守军粮尽，已无力坚持。因信息不通，苻丕在苻坚死后半年方知秦王被姚苌所杀，于是向西跪拜长泣不起。遂登皇帝位，并率领城中男女共六万余人撤出，西赴潞川。

慕容垂乘机进入邺城。

走在城里，慕容垂对满目疮痍的邺城却突然没有了兴趣。这座城攻了一年多才拿下，耗尽了他的体力耐心。不仅几近成为一堆废墟，且烙刻着当年他遭受的诸多屈辱。当他进入到昔日的皇宫，发现已被苻丕破坏得断壁残垣，目不忍睹。那明光大殿已全部被烧毁，龙椅更是不知去处。他忽然决定放弃在此立都，而将新都建于与它相隔不足百里的中山。

他派乐浪王慕容温至中山建造新都。慕容温又像当年阳裕为燕王慕容皝建龙城那样，极尽心思。新都建成后，慕容垂甚为高兴，大赞慕容温乃在世之萧何。

此时的慕容垂已到了六十岁的年纪，距他逃离邺城时已过去了十七年。这十七年隐忍、屈辱、韬光养晦，又渊图远算，为一线希望拼命搏杀。他还付出了最心爱的女人、最至疼的儿子。而现在，终于实现了复国的夙愿，又要做到君主的位置。他老泪涟涟，几夜不能寐。

他比曾经历过同样命运的叔伯慕仁翰要幸运得多。

公元386年正月，慕容垂自立为帝，改元建兴。立慕容宝为太子。以其左长史库辱官伟、右长史段崇、龙骧张崇、中山尹封衡为吏部尚书，慕容德为侍中，都督中外诸军事、领司隶校尉，抚军慕容麟为卫大将军。追尊母兰氏为文昭皇后，在狱中屈辱至死的段妃被追封为成昭皇后，可足浑氏皇后被追废为庶人；同时将无宠无出的段昭仪追封为"景德皇后"，用以配享亡兄慕容俊。

而中原大地上则同时出现了东西两个燕王朝。慕容垂之燕被史称后燕，慕容永之燕被史称西燕。

慕容垂并未把慕容永放在心上。他要做的是扫除其他割据势力。已届花甲之年的他，依旧雄心勃勃。他留太子慕容宝留守中山，自己率领范阳王慕容德等众将向南征讨丁零族翟钊。

翟钊其父乃丁零族首领翟辽。翟辽为人凶暴，反复无常。他周旋于晋、慕容永、慕容垂三者之间，反复归叛，借机争夺地盘，并在黎阳自封翟魏天王。慕容垂以慕容楷为前锋，率军讨伐他。看到大军真的到来，翟辽马上派遣使节到慕容垂军中请求投降。慕容垂大军到达黎阳，翟辽脱光上衣跪在城门前负荆请罪迎接慕容垂。慕容垂厚加安抚，任命他为徐州牧，封河南公。翟辽去世，其子翟钊又反，宣布重登天王位，改年号为定鼎。随即进攻邺城，意图以邺为都，建立魏国。后被辽西王慕容农击败。不久，又派遣部将翟都侵犯馆陶，屯驻在苏康垒。而苏康垒离燕都中山仅百里。

慕容垂忍无可忍，下决心要彻底消灭翟钊。

翟钊派使向西燕请求救援。西燕帝慕容永与群臣商议。尚书郎鲍遵说：

“不如拒之，这翟钊反复无常，亦不是可信任之人。干脆就让他们互相残杀，两败俱伤。”中书侍郎张腾却说：“须救翟钊，否则吴王下一个讨伐者就是我们。陛下不如派一支精骑迅速赶到中山，摆出大举攻城的样子。吴王必然畏惧而撤军。翟钊在后追赶，我们在前面迎击，前后夹攻，必败吴王。”

慕容永犹豫半天，还是畏惧慕容垂，回绝了翟钊。

一百一十六

慕容垂宝刀未老，久经沙场的他，对付翟钊还是轻而易举。他对属下说：“兵者诡道也。能而示之不能，用而示之不用，近而示之远，远而示之近。所谓实者虚之，虚者实之。攻其无备，出其不意。且看我如何捉弄这翟钊。”

翟钊的国都黎阳在黄河对岸。他兵分两处，一处在明，一处在暗。明处由他率兵直扑黄河上游的西津，此地离翟钊的国都黎阳约四十里。故意造了数百艘牛皮船，载上一些兵士车仗，准备渡河。此意图明显，就是自此渡河，然后顺河东上，进攻黎阳。暗处则由中垒将军慕容镇、骠骑将军慕容国昼行夜伏，在黄河下游黎阳附近直接渡河，直逼黎阳。翟钊本来以主力备守黎阳，看到慕容垂的军队向西津而去，于是离开营地，急忙带领部队直扑西津防卫。慕容垂暗中却派遣慕容镇、慕容国率兵在黄河下游渡河，在黎阳五里处扎下大营。天亮时，燕的大营已经全部构筑完成。翟钊听到这个消息后，又急忙返回，进攻慕容镇等人的军营。慕容垂命令慕容镇等只许坚守防备，不许出战。

翟钊的兵马跑来跑去，已疲惫热燥不堪。攻打燕军的营地难以取胜，正欲带兵退走，慕容镇等人突然带兵从营地中杀出。与此同时，慕容垂率后燕骠骑将军慕容农已从西津渡过黄河东上，正好赶到，与慕容镇等一起夹击翟钊。

翟钊大败。

翟钊回逃到滑台，携带妻子儿女，收集残兵败将数百人，向北渡过黄河，登上白鹿山，依靠山势险峻严密把守。燕军无法进击。慕容农却说：“翟钊没有军粮，定不会长时间在山中蜷缩。”自己则率军回营，仅留下一些骑兵等待观望翟钊的动静。翟钊见燕军撤走，果然下了山。慕容农马上挥师回军突袭，把翟钊的部众全部俘获，只有翟钊一人骑马逃奔到西燕都城长子，投降西燕。

西燕皇帝慕容永却接纳了翟钊，还任命其为东郡王、车骑大将军。慕容垂闻之，甚怒。朝上亦是为此争论不休。

慕容农说："那慕容永乃是先王之堂侄，而吴王是先王之五子。皇帝已崩，吴王打败仇国并重建复国大业，无人能及，理应登基。而一个旁系子嗣竟敢与正室嫡后争夺皇位，且容留燕之大敌，岂不是犯上作乱乎？请父王诏告天下，宣布慕容永僭越大罪，并即刻派军征伐。其若醒悟，率军到中山臣服，亦饶其不死。"

护军将军平幼、散骑常侍封孚却反对。他们说："我燕连年用兵，官兵已疲惫不堪。慕容永虽是伪帝，但亦同为慕容氏族。同根相生，相煎何急。可诏告天下，劝其归顺，而出兵之事可缓。"

慕容德马上反驳道："慕容永乃是燕国的一个小小枝叶，小枝叶竟敢妄称大树，真是不自量力。不能再容忍他擅自称帝，蛊惑人心。应先灭之，以正人心。"

慕容垂想了想说："我燕今日得以复国，实属不易。皇帝已崩，山河破碎，信息不通。慕容永虽然擅自称帝，但亦诚属可谅，算不上是僭越大罪。况且他在长安亦率兵与秦贼苻坚鏖战，以马坎之计大败秦将杨定，亦算是有功之臣。就依封孚之言，派使让他们撤去帝号，归顺我燕。我可封之为安平王，置藩国于长子，仍然自由自在。不过，翟钊可恶，定要将那逆贼交与我来处置。"

使者至长子。慕容永闻听大怒，说："先帝慕容冲灭秦复国，且早于吴王称帝，始为正统。今传至我登帝位，亦是上天之意。为何让我这正统皇帝撤去帝号，向伪帝俯首称臣，真是岂有此理。"慕容永言罢斩杀了来使，以铭其心。虽然未将翟钊交与慕容垂，但翟钊心虚，担心慕容永日后弃之，成为两国讨价还价牺牲品。于是再次反叛，欲率军逃往东晋，被慕容永斩杀。

慕容垂对属下说："我已仁至义尽，只能挥刀向内。虽近迟暮之年，但打败这小小的慕容永还不在话下。就等我的凯旋的好消息吧。"慕容垂诏告天下，令太子慕容宝守在都城，然后率军西攻慕容永。

西燕主慕容永陈兵五万，以抵拒后燕军。

长子西面是纵贯南北五百里的太行山脉，易守难攻。进军长子须经过台壁。慕容永将军队粮草聚于台壁。慕容垂却并不急于进攻长子，而是率军驻扎邺城西南而岿然不动。大军皆隐于帐中，且只允许很少的灶台生火，只派少量的兵在帐前走动。

此时，老到的他却要与稚嫩的慕容永打一场心战。

慕容永见慕容垂一个多月未有行动，虽大营帐不少，但只看见少数士卒在帐前走动，且冒烟的灶台不多，遂怀疑慕容垂军正化整为零，以小股从其他道路进山。而除了台壁，进军长子的还有一个名为轵关的隘口。慕容永便出重兵至轵关，扼守太行口。此时，台壁守卫孤立。慕容垂乘机率大军由滏口进军台壁，连破西燕之军，斩右将军勒马驹，擒镇东将军王次多，并包围台壁。

慕容永终于明白慕容垂的大军根本没动。他慌忙亲率大军由轵关回防。慕容垂则派骁骑将军慕容国在涧下埋伏重兵。那是慕容永回防的必经之路。两军交战，慕容垂假装败退，慕容永追出数十里，止中慕容国之埋伏。慕容垂的燕军立刻从涧中冒出，四面围攻，大败慕容永的西燕大军，斩八千余人。慕容永败回长子。燕军夺取台壁顺势越过太行山屏障，密围长子。

慕容永打算投奔后秦皇帝姚苌。侍中兰英说：“当年石虎讨伐大棘城，燕王慕容皝坚守城池不肯放弃，终于成就燕之辉煌。现在，慕容垂已经是一个近七十老翁，他没有了多少力气，不会成年累月地攻打我们。我们只应该严密守城，就能拖垮敌人。”慕容永依从兰英之见。

但慕容垂攻势越来越急。慕容永害怕，派其子慕容红向东晋雍州刺史郗恢求救，并奉献秦王苻坚的玉玺作为进见之礼。郗恢上奏朝廷建议派出援军，说：“慕容垂如果吞并慕容永，燕国就会像当年慕容俊在时一样，给我们带来威胁和祸患。不如让他们二者暂时并存，将来再寻找机会同时除掉。”孝武帝信之，便下令调青、兖二州刺史王恭和豫州刺史庾楷前去长子解救慕容永。

慕容垂闻知大惊。他明白长子之战亦速战速胜，不能久围。暗中派人进城，找到西燕将军伐勤劝降。这伐勤以前侍奉过慕容垂，早有降意，立刻作为内应，打开城门投降。慕容垂进入长子，怒杀慕容永和公卿大将刁云、大逸豆归等人。西燕所统辖八郡七万余户和大量物资粮草皆为后燕所有。

西燕灭亡。

慕容垂以垂暮之年，竭尽全力，打败了翟钊、慕容永两个最大的敌人。他完成了复国大业，燕国又成为中原最强盛的国家。公元 394 年的冬天，他来到邺城的皇陵，举行了盛大的祭祀仪式。他头戴通天冠，身穿黑底十二纹章的冕服，率百官和皇族，在太常的引导下，向祖庙行大礼。他跪在两个人的寝陵前泣不成声，久久不愿离去。一个是慕容恪，一个是慕容暐。

他感激慕容恪的知遇之恩。因为在这个世上唯一对他厚爱、赏识和呵护的就是他的兄长慕容恪。他要告慰临死还念念不忘复国的亡国之君慕容暐，那曾经丢掉的大燕江山终于又回来了。

但这两场胜仗似乎成了他这个战神的最后绝唱。他不但老了，身体亦越来越差。而且，他又重复了先帝慕容儁的老路，竟没有留下一个强劲的接班人。

未来得及重新辉煌的燕国，似乎就已向世人告别。

一百一十七

慕容垂的帝王日子，很快就不那么好过。

一个强大的国家正在燕的北方草原崛起。一切正如慕容氏族当年的成长壮大，开始时，悄无声息，几无征兆，只是偶尔露峥嵘。但未过几年，强大至足以与燕抗衡。

此乃北魏。

秦亡后，曾被苻坚征服的异族纷纷建立自己的王国。公元 386 年，代国首领拓跋什翼犍之孙拓跋珪正式复国，改国号为魏，自称魏王。他先后击败了匈奴族的刘显、刘卫辰两个强大部落，又灭了高车和柔然族，不断向南侵蚀，与燕形成对峙。

这个原向燕称臣的小国，如雏燕展翅，不再完全匍匐听命。也许是想一试锋芒，看看燕国的反应。它派使向燕明确宣布，将不再向燕贡献战马。

如芒刺在背，慕容垂感到了威胁和不安。他要采取主动，趁其方兴未艾，一举灭之。太子慕容宝意气风发，正欲建功立业，巩固太子之位，便主动请战，愿率军征魏。

散骑常侍高湖却极力反对。此人饱读诗书，富有见识，颇受朝野推崇，乃慕容垂最为看重的谋士。他说：“先王慕容皝曾将妹妹和女儿嫁给了代国国君拓跋什翼犍，因而我燕与魏亦是亲家，两国平素友睦，只是偶尔出了点儿问题，为什么就要对之起兵呢？就因为人家不再无偿提供战马给我们？但这件事说到底，还缘于我们关闭了边境集市。”

慕容宝说：“他们在边境集市用兽皮、马匹、草药来换我们中原的铁、铜、硫黄等，暗中制造武器准备对付我们，自然要将这交易的集市关掉。而向我提供战马，乃拓跋氏当时向燕称臣的许诺，也是以此换取我们对他们的保护。现在翅膀硬了，就不再把我们放在眼里。如此出尔反尔，难道不该讨伐？”

高湖不再辩解，只是说：“战事凶险可怕，拓跋珪阴险狡诈。皇太子慕容宝年轻气盛，让之领兵，恐怕会轻敌涉险，不宜独自行事。最后结果万一不像我们所想，损害了太子威望，还会让国家陷于被动。还是请皇帝选派其他战将出征为好。”

慕容垂却十分不悦，说：“我像太子这般年纪，早已率兵大败冉魏大军。常侍如此瞧不起太子，莫不是说宝儿无太子之才，我不该立之？”

高湖急忙跪下，声音颤抖地说：“太子既有大才，亦有大德，只是年轻尚需历练。臣绝不敢有质疑皇帝和太子之意。所谓忠言逆耳，还愿皇帝三思。”

慕容垂一气之下竟将高湖常侍之职罢免。随后命太子慕容宝和慕容麟率军八万为先锋，慕容绍率骑兵二万为后援向北魏国都平城进军。

大军临行前，慕容垂又觉高湖之见并非没有道理，于是又要御驾亲征。但身体有恙，恰逢不适。太子便百般劝阻：“父王复兴大燕，一雪前耻，乃举世之功。今我为太子，亦应为父王分忧。且父王年岁已大，本应颐养天年，又怎忍鞍马劳顿，风餐露宿。塞上风寒，父患微疾，实不宜出征。区区拓跋小贼，我十万大军，定会一举荡平。父王就在都城等待着我的好消息。”

北魏闻知燕十万大军将至，朝堂一片惊慌。拓跋珪召集群臣商议对策。长史张衮却说：“我王不必畏惧。燕虽有十万之众，但领军者不是慕容垂，而是太子慕容宝。慕容宝很少领兵打仗，且缺少谋略，以十万大军入侵，必定轻视我们，求功心切。我们应该表现得胆小怯懦，疲惫孱弱，以使他们更加骄纵。这样我们就有隙可乘，寻机突袭，打败他们。”

拓跋珪说：“长史之计可矣。兵法云，不若则能避之。我们就诱敌深入，拖而不打。先避其锋芒，再相机而战。”

拓跋珪下令转移所有部落的牲畜和财产，从都城盛乐开始撤退。为将示弱表现得更充分，他又渡过黄河，率军远远躲避到黄河以西。

燕军长驱直入。一路上没有遇到魏军的抵抗，顺利地进军到五原，收降了北魏部落的居民三万多户，收割杂粮一百多万斛，在那里设置了黑城。然后把大军开进到黄河边，打造船只，准备渡河西征。

拓跋珪则借机在黄河西迅速扩充和集结兵力，一个月后竟有了十五万骑兵，但还是避而不战。因为他知道，到了十一月以后，这里就寒风刺骨了。而燕军还穿着单衣，必定会不战而退。

慕容宝雄心勃勃，本想率兵与敌鏖战，一举扫荡拓跋珪。没有想到战局会如此诡异。大军四处奔波，却难寻决战之敌。他亦知时间不多了。战船终于打造完毕，他马上指挥军队开始渡河。

几十艘战船满载三百多全副武装的士兵驶入河中。突然，狂风大作，将船吹得东倒西歪。其中大半倾覆，仅剩下的几艘也偏离了航向，刮到黄河对岸很远的地方。魏军严阵以待，还未上岸，就被团团包围，成为俘虏。

大军统领慕容宝顿时陷入进退维谷之中。

而此时拓跋珪亦在为退敌而焦急。长史张衮又献一计。他说：“据中山间人来报，慕容宝大军从中山出发时，燕帝慕容垂突然患疾。想必太子对此定会挂念。不如派人暗中守候在路上，等待燕国送信人路过，然后将之抓住。敌人消息隔绝，定会人心大乱。”

拓跋珪说：“妙矣。”

远在前方的太子慕容宝几个月皆没有得到父王慕容垂的病情，心中自然焦急。他亦怕万一慕容垂病亡，宫中生变。此时，拓跋珪却把俘虏的燕国信差带到河边，命令他隔河对慕容宝大声喊道：“殿下，我燕皇帝已经驾崩，皇后令我传命太子速速撤军回去。”

慕容宝听后将信将疑，心中更加忧虑；而士兵闻皇帝驾崩，则惊骇不安。

慕容宝召集将士说："我皇身体一向安泰，决不可能驾崩。此乃拓跋珪狡诈诡计，意欲让大军陷入混乱，速告士卒，绝不可信矣。"

而此时拓跋珪已完成备战，胸有成竹，不再惧怕燕军。他派陈留公拓跋虔带领三万名骑兵从黄河上游悄悄渡过黄河，埋伏山谷，以便决战之时从南对燕军包抄；派东平公拓跋仪带领十万骑兵屯据黄河西岸正面，择机迅速渡河发起攻击；又派略阳公拓跋遵带领七万骑兵从黄河下游渡过黄河，悄悄埋伏，以便决战时从北对燕军包抄。

燕魏两军互相对阵，又僵持了二十多天。

一百一十八

拓跋珪的攻心之计果然奏效。燕军军心涣散，军中传言四起，一些将领趁机异动。

抚远将军慕舆嵩鼓动赵王慕容麟说："皇帝驾崩的消息多半是真，只是太子不敢承认而已。赵王和太子皆是皇子，且赵王比太子立下的战功更多，只不过太子是嫡出，陛下宠爱，才坐到现在这个位置。如太子仁德，倒也罢了。但恰恰相反，不但刚愎自用，还心胸狭小，如果他当了皇帝还有赵王的活路吗？不如趁机杀之，我和众将士愿意拥戴赵王登上皇位，请赵王莫要推辞。"

慕容麟为慕容垂所不喜欢的小妾所生，自小不被慕容垂所重视，因而对父亲多有怨恨。慕容垂当年欲逃亡辽东龙城时，就因慕容麟向皇帝慕容暐告发，才不得已逃往秦国。兄长慕容令遭王猛设计，被迫叛归燕国，又是慕容麟的告发致其被杀。慕容垂由此对此子更加厌恶，甚至不愿见之。后因其在复国征战中立下不少战功，尤其一举攻取中山，方为慕容垂所容。慕容垂称帝后，封其为赵王。但与太子慕容宝相比，他在父王心中的地位远远不及。

他听了慕舆嵩的话，心中高兴。但表面却说："休要胡言，此事乃大逆，小心掉了脑袋。"然后又说，"汝乃我的部下，跟我生死多年，这般心意我悉知。万不可轻举妄动。"

慕舆嵩本也是试探，见慕容麟果有此心，便放下心来，在军中四处游说，暗中密谋暴乱。孰料此事泄密，有将领密报太子。太子慕容宝知后大惊，倒亦果断，当夜先下手将慕舆嵩绑缚，亲手杀于帐前。他高言："有密谋叛乱者，谣言惑众者，同之。"

慕舆嵩虽没有牵连慕容麟，但慕容宝明白，背后之人肯定是慕容麟。他本就对慕容麟不信任，由此对之更加提防。而慕容麟亦暗在军中煽动。燕军人心慌乱，互相猜疑，士气低落。加上严寒到来，军中士卒棉衣不足，粮草将断，慕容宝无心恋战，只得打算大军撤回。

此时北风刺骨，虽然寒冷，但黄河尚未被冰封死，只是水面上有一层薄薄冰碴儿。右仆射、陈留悼王慕容绍说："是攻还是撤，请太子速断。如要撤退，亦要快撤。否则等到河面结上厚冰，魏军直接过河，很容易在背后偷袭追击我们。"

慕容宝不以为然。他说："这拓跋珪见了我们如耗子见了猫，一直胆怯避战，料他亦没有这个胆量。"但是慕容宝空手而回，心似有不甘，大军又犹豫了几天，然后才启征回国。

三天后，漠上忽然狂风大作气温骤降，黄河之冰结得又厚又结实。

拓跋珪喜出望外，他等的就是这机会。他挑选了五万多精骑过河，火速穿过黄河追赶燕军；另外自上游和下游渡过黄河的两路大军，亦向慕容宝的左翼、右翼包抄。

燕军散散漫漫地向自己的国家方向行进。至一高坡上，有人回头，望见大军后方的天空升腾起一片云烟，扶摇直上。一个叫昙猛的随军和尚看出了不妙，对慕容宝说："太子，这云烟不是平常之云烟，好似是由军队的马蹄扬起的尘土而激起的尘云。看来魏军就在后面，眼看就要追来了，太子要多加小心。"

慕容宝不以为然说："我们已经走出来将近四天了，魏军插上翅膀也追不上我们。"昙猛拉着慕容宝的马缰绳说："太子不得不防。应迅速布阵，以待来敌。"慕容麟故意呵斥道："以太子的英明神武和燕军强大，魏国不遭灭顶之祸就算幸运了，怎么还敢来追击？"昙猛急得要哭："当年苻坚败于淝水，都是因为麻痹轻敌，现在看来悲剧要重演了。"

慕容宝听后大怒，用马鞭将昙猛抽倒在地，令护卫将之驱走。

第二天黄昏时分，魏军追至一处叫参合陂的地方，终于悄悄追上燕军。而此时已先前过河的拓跋虔、拓跋遵两部也从左右两翼包抄上来，形成包围圈。

燕军浑然不知。他们扎营在蟠羊山南面的河谷。拓跋珪连夜部署各个将领，偷袭燕军。为不出声响，他命令士卒们口中含着树枝，所有战马扎紧马嘴，暗中接近燕军。第二天清晨，密密麻麻的魏军已经登上四周山冈，准备俯冲下去，而下面的河谷里正是燕军大营。

慕容宝麻痹大意，他认为魏军不敢追击；即使追击，因黄河阻断，也不会这么快就至，故犯了兵家大忌，既没有派兵四出侦察，也没有派精锐之军断后。燕军已成瓮中之鳖。

当士卒吃过早饭，大军向东准备进发时，慕容宝发现营旁不知是谁放了几个木匣，里面还有咕咕的声音。他令侍卫全部打开，只见一群鸽子飞了出来，这些鸽子身上带哨，顿时发出了一片哨音。哨音未落，四面喊杀声阵起。

原来这是魏军在燕军中的间人所为。他们故意放置了这些木匣。鸽哨声就是魏军一起发起攻击的信号。魏军听到哨音，迅速从山上冲杀下来。燕军这才发现漫山遍野都是魏军。

燕军惊慌失措，混乱不堪。拓跋珪趁势驱兵攻击，箭如雨飞。燕军奔跑落水，车撞马踩，轧死淹死者数以万计。

拓跋遵、拓跋虔的骑兵又横阻在逃亡燕军的前边。他们纵马挥刀，燕军成片倒下。剩下的四五万人亦立刻放下武器束手就擒，逃出去的不过几千人。慕容宝、慕容麟更是单人匹马逃出，得以幸免。魏军杀死右仆射、陈留悼王慕容绍，活捉鲁阳王慕容倭奴、桂林王慕容道成、济阴公慕容尹国等文武官员几千人，缴获的兵刃、衣甲、粮草、辎重等更是不计其数。

拓跋珪下令，将被俘大臣将领中有才能者予以重用，其余的全部发给衣服粮食，放他们回乡，希望用这样的举动来赢得后燕百姓的好感。中部大人王建对拓跋珪说：“此举不妥。燕国势强大，人口众多，这次动员全国力量来进攻，我们靠计谋和天气侥幸获得这次胜利。下一次未必如此幸运。故不能再放虎归山，不如将这些士卒全部杀之，断其兵源，以免他们再次来侵。”

拓跋珪犹豫再三，最终采纳了王建之主张，下令把所俘的后燕将士全部坑杀。

出城时浩浩荡荡的十万燕军，如今回城却只有五千不到。

慕容垂闻知，心火急攻，口吐鲜血。败归的慕容宝，深感耻辱，让人缚之，在慕容垂的寝宫前长跪不起，负荆请罪。而慕容垂却不愿见之。皇后段氏心疼他们父子，百般相劝，慕容垂才召见太子。

慕容垂说："让汝去率军出征，看来是我错了。亦不要过分自责，回去好好当汝的太子吧。"太子慕容宝却咬牙切齿，要求父王允许他来年春天再次率兵进攻北魏，以雪前耻。而慕容垂叹了口气说："如此大败，且未战先自乱，进退失据，说明太子还难以胜任三军之帅，既无勇，亦无谋，再去亦必败无疑。"

一百一十九

强大自尊的慕容垂自然难以咽下这颗苦果。

他想起了被革职的常侍高湖，派人召至宫中，并官复原职。

他对高湖说："爱卿受委屈了，当初不听卿之言，竟断了我燕十万儿郎性命。还是卿看人准矣。"

高湖说："夫事有人力之可致，犹不可期，况乎天理之深不可测，又安可得而推。太子文武皆备，只是缺少历练矣。"

慕容垂说："我看错人矣，如今追悔莫及，覆水难收。然最忧虑的还不是此役惨败，而是我死后燕国之气运。不知会不会重复我的兄长慕容俊之覆辙，因立储失当，而令燕再次亡矣？"

慕容垂的忧虑自然有其道理。这慕容宝，是慕容垂第四子，自小崇尚儒学，善于谈论，擅长写文章，还常常谦逊地向慕容垂身边的近臣请教，因而慕容垂的朝臣一致称赞他。慕容垂也认为他仁德贤能，能够继承大业，十分宠爱他。加之他又是那狱中屈死的段氏所生，慕容垂一直愧对其母，便亦想在他身上给予补偿，于是，立为太子。

但慕容宝的继母，亦是他的姨母，皇后段氏却反对这件事。她对慕容垂说："太子姿质雍容，优柔寡断，在太平盛世是个仁明的君主，在危难之时却非济世的雄杰，陛下把大业交给他，妾看不到子孙后代昌盛宏大。而辽西王慕容农和高阳王慕容隆是陛下儿子中贤明的，应该选择一个立为太子。赵王慕容麟奸诈负气，常有轻侮太子之心，陛下一旦辞世，定会跳出来反叛，国家将有灾难发生。这是陛下的家事，亦为国家大事，应该深入考虑。”

慕容垂不以为然，说：“皇后难道想让我做逼死太子申生的晋献公乎？”自此，与段氏疏远。

现在，他又想起了段氏的话，复述给高湖，问高湖：“皇后之言如何？”

高湖说：“皇后亦是为江山社稷着想，若论资质，辽西王慕容农略胜于太子。但自古以来，江山代代，阴差阳错为君乎亦不在少数，其中亦不乏佼佼者。陛下不要因为一场战事的胜败而自寻烦忧矣。”

慕容垂说：“后悔当初未听皇后之言。但废立太子是朝廷大事，只到了万不得已，太子之位方可更替。不说这些了。我想问卿，我欲亲征那拓跋珪，如何？”

高湖说：“臣赞同。魏军取得参合陂之胜，必轻视我燕，也视太子无能。燕魏必须有一战来决胜负。且燕要大胜魏，方能保燕五至十年太平。而皇帝御驾亲征，重在气势。拓跋珪闻之定会心惊胆战，而我燕大军定会士气大振。大败拓跋珪指日可待。”

而此时，已七十有余的慕容垂积劳成疾，身体状况已大不如前。段氏拼命阻拦，而慕容垂决心已下。他对段氏说：“打败了拓跋珪，太子将来才能做稳皇帝这个位置，妻担心之事才不会发生。此乃父为子做的最后一件事情。”

公元 396 年，春天刚刚来临，慕容垂留下慕容德守卫中山，亲自率领大军再次向北魏进攻。

而这次，则要战之必胜。他改变进军路线，慕容宝、慕容农从北路进军，慕容隆从西路进军，慕容垂从中路翻越恒山，凿通山道。三路大军向北魏都城云中城包抄。

平城是通往云中的必经之路，也是北魏最繁华的都市。拓跋珪令陈留公拓跋虔统领的部落约三万多户镇守在平城。慕容垂明白燕军曾遭惨败，心中皆畏惧魏军。而高阳王慕容隆所率乃镇守故都龙城之军，刚刚调往前线。他们没有与魏军交锋，平常训练有素，个个勇猛凶狠，以一抵十。慕容垂令慕容隆为先锋，奇袭平城。

这支奇兵趁夜悄悄摸到了城边，而拓跋虔却毫无察觉。

天亮后，慕容隆一声号令，燕军向城中发起冲锋。凶猛的燕军铁骑攻进城里，拓跋虔才接到报告。仓促之中率部迎战，没有多久，平城失陷。拓跋虔亦战败而死。慕容隆收编了他的部落，留下守将，继续向前进发。

拓跋珪闻之大惊。又闻三路大军直扑云中城，慌忙从城中逃出，向西北大漠深处狂奔。其他部落听说拓跋虔的死讯，皆生二心，纷纷向慕容垂投降。

燕军本应乘胜追击穷寇，然此时慕容垂在大帐之中却突然高热，昏迷不醒。他在离开中山时，旧病复发，且已加重，经过大漠风寒和车马劳顿，已是渐不能支。高湖等谋臣见状，立即建言大军回撤。慕容垂点头同意。于是中路燕军即夜带着战胜品撤离平城，向中山开进。

天亮时，慕容垂病有好转，头脑清醒。此时大军正路过参合陂，于是停下来祭奠死难者。看到燕军的尸骸遍野，尤其万人坑中几万人的尸首相互堆积，士卒皆放声恸哭，哭声顿时震撼山谷。

慕容垂见到如此惨烈之景，又听到震耳哭声，悲伤、气恼、懊丧、愤恨一起涌上心头。忽然，一口鲜血忍不住从口中喷出，然后摇摇晃晃，倒在士卒怀中。他的病情由此进一步加重，走到上谷时，已经奄奄一息。而此地离燕都中山还有一个多月的路程。

慕容宝、慕容农、慕容隆等另几路大军，闻知慕容垂病重，皆带兵从前方撤回。燕军里有叛逃的人，跑到北魏说，慕容垂已经死了，用车拉着他的尸首往回走。拓跋珪本打算再次追击燕军，但听说慕容宝另几路大军仍在魏境，便有所畏惧，打消了念头，带着大军撤回至都城云中。

四月初十日，慕容垂在回师路过上谷的沮阳时咽下了最后一口气。临终，他十分吃力地口授了几句遗言："现在国家多难，丧礼从简。为了防止强敌趁机追击侵扰，到中山以后再发丧。"

慕容垂说完就去世了，终年七十一岁。一代战神陨落。

他才略过人，一生坎坷，受尽屈辱；却又能慷慨奋起，实现复国之梦，不可谓非一世雄杰；但唯独择子不明，所复之国又失之于平庸之子。

太子慕容宝即位，却不忘继母、亦为姨母的皇后段氏反对立他为太子的事、就派赵王慕容麟逼迫段氏说："你经常在先皇面前说太子不能嗣守大统，现在太子继位，国家昌盛，天下太平，一切比先皇时还好，难道不该以死谢诬蔑之罪乎？"

段氏怒骂慕容宝不孝，先皇刚崩，就逼杀其母。慕容宝让慕容麟传言，段氏不死，就将诛杀段氏家族。段氏说："告诉那不孝之子，哀家定不会看错，汝定会成为亡国之君。"说罢，令侍女将五尺白绫系于房梁，上吊自杀。

一百二十

慕容垂的死讯传至北魏都城云中。

拓跋珪十分兴奋，感到出兵中原灭燕的机会已到，竟情不自禁地喊道："大雁南飞，大雁将要南飞矣。"

他召集群巨商议。尚书令拓跋仪进言："吾魏走出大漠，进军燕国的时机已到。参合陂一战，足以证明那慕容宝昏聩无能。请王旋即向燕起兵，臣愿为先锋。"

这拓跋仪乃拓跋珪之堂弟，深得信任。他身高七尺五寸，身材魁梧，又长得五彩胡须，骑术和箭术超人，打起仗来更是一员猛将，且颇有谋略。当年拓跋珪曾派他使燕，以窥伺燕之间隙。到了燕国，皇帝慕容垂问之："拓跋珪为何不亲自来？"拓跋仪说："先辈以来，世代占据北方土地，子孙相继，不失旧业。祖宗接受晋国的统辖，爵位称代王，东和燕国世代为兄弟。我奉王命而来，按道理是没有错误的。"慕容垂不悦道："我乃燕帝，声威遍及四海，你的大王不亲自来见我，怎能不是错误？"拓跋仪不卑不亢地说："燕国固然强大，但如不整修文德，只是用军威来威赫四方，天下又何人能服？"慕容垂觉得此人颇有胆识，竟不再为难，而盛情以待。而拓跋仪对慕容垂亦钦佩有加。返回北魏后，对拓跋珪说："慕容垂死后方可灭燕，现在不行。"拓跋珪问其原因，拓跋仪说："慕容垂虽至暮年，但余威尚在。而其子慕容宝，软弱而没有威信，短谋而不能决断。慕容农、慕容德等自恃有才华，定不会诚心侍主。我以为嫌隙将在慕容垂死后发生，那时可以图谋他们。”

现在，拓跋仪认为时机成熟。

拓跋珪说：“尚书令出使过燕国，且早有断言。今燕帝已亡，新君初立，多举不当，朝中四分五裂，正是南伐的最好时机。我将亲率大兵，马踏中原。”

公元396年夏天，拓跋珪亲率步骑四十万南下，兵分三路，直逼燕国。其左将军李栗攻打晋阳，尚书令拓跋仪攻打邺城，中部大人王建攻打信都。三路大军所向披靡，并州牧慕容农等燕将纷纷败退，并州、晋阳、渔阳皆失。众多郡县倒戈，皆向北魏投降。大半个的燕国竟很快已落入拓跋珪手中。

如当年的亡国之君慕容暐一般，慕容宝一筹莫展。

慕容麟假装忧心忡忡，暗中却看慕容宝的笑话。他向新帝建言：“贼魏势头正盛，臣以为不能与之硬拼。扼守关隘、多处设防的之略不如放弃，应将燕军全部退守中山、邺城等大的城池之中。想那贼魏之军生活在荒漠草原，习惯于游牧，没有攻城经验，又缺乏攻城器具。我军一旦入城，他们便无可奈何。其骑兵携带的粮草，不会超过数十日。可令各郡县将一千家编为一堡，深挖壕沟，高筑壁垒，清除郊野。贼军无处得到食物供给，不超六十日自然计穷而思退去。此时，我军出城奋力一击，定当大胜。”

尚书封懿反对说：“现在贼军有十万之众，可谓劲敌。百姓即使想集中起来，也不能自保。况聚集粮草收拢武器，岂不更会束手束脚，让敌人有恃无恐？还是要依仗险关抵御敌人，此为上策。”

慕容麟反驳说：“贼军现在乘着胜利，士气很高，他们的前锋锐不可当，我们要做的应该是避其锋芒。还是要等待贼军疲惫了，我们再出城迎击他们。”

慕容宝思来想去，还是听从了慕容麟之计。他想，不战而屈人之兵，不是更好吗？其实他已无人可派。连慕容农这样的大将都败归，还有谁能对付得了那拓跋珪？于是他令修筑城墙积累粮草，准备长久和敌人对峙。

慕容麟之计表面上看十分有理。但避而不战，龟缩于城池，反而增加了魏军的气势。仅仅两个月，燕军全线退防。魏军南下犹如一马平川。燕军据守的地方只剩下中山、邺城和信都三座大的城池。

不久，魏军攻克信都。拓跋珪率军乘势包围都城中山，燕国危在旦夕。

接连的胜利让拓跋珪得意洋洋。晚上，他在大帐中宴请众将。因为心中高兴，之前就多服了一些寒食散。这寒食散乃方士所炼的求仙药。由五种石药配成。服食之后，人便会全身发热，脑中亢奋，甚至如梦一般幻觉。或灾变屡见，忧懑不安；或数日不食，不寝达旦；亦常动辄归咎于他人，喜怒乖常。

酒宴中，拓跋珪果然由于服寒食散过多，而突然失常。他用马鞭抽打将领没根，一边鞭打一边痛骂道："燕贼慕容垂，你不是死了吗？竟又棺中诈尸，跑到本王的帐中，吓唬本王。看我如何收拾尔。"

他产生幻觉，将没根当成了慕容垂。

这没根乃尚书令拓跋仪的亲信。拓跋仪上前劝阻，竟亦遭鞭挞。拓跋珪怒斥拓跋仪说："本王刚封了汝为骠骑大将军、卫王，就居功自傲，想造反乎？"

当夜，没根羞辱难忍，悄悄叛逃至燕军，并反戈一击，引燕军偷袭魏军营帐。拓跋珪愤怒不已，又将拓跋仪唤来，痛骂他纵容属下叛逃。

拓跋仪心中不平。自己为堂兄立下了显赫战功，却屡屡遭到无端羞辱。于是和宜都公穆崇密谋杀掉拓跋珪，自立为王。不料事露，被长史张衮察觉。拓跋仪闻风而逃。拓跋珪命长史张衮率军追捕拓跋仪。拓跋仪被抓回，连同宜都公穆崇，一并被处死。

消息传开，忠于拓跋仪的各部相继叛乱，留守都城的堂兄拓跋顺自称摄政王，亦要起兵造反。拓跋珪焦头烂额，又要分兵赶往云中平叛，已无力与燕军决战。

长史张衮建议："大王不妨派使向燕求和，答应以世子为质，双方息战。"

拓跋珪痛惜道："看来亦只能如此，不然现在本王差不多打进中山城，正在燕宫里畅饮呢。"

一百二十一

魏使进了中山城，被带到宫中见到了燕帝慕容宝。说明了来意，就被安排至驿馆中等候回音。曾经气势汹汹、不可一世的魏军却要求和，让慕容宝不知如何是好。

终于，慕容宝知道拓跋珪陷入了内外交困之中。

朝会商议。慕容麟和众臣皆同意议和。唯独慕容农主张一战。他说："魏军长途跋涉，今又内生祸乱，首尾难顾，正是一举击溃他们的大好时机。如答应求和，待其消弭了内祸，卷土重来，燕又将危矣。陛下应抓住机会，迅速出击，何必迟疑。"

慕容宝忽然热血沸腾，唤来魏使，大声说："形势变矣，此乃父王在天之灵在帮助我们消灭那些贼寇。速回去告诉你们的大王，朕不与妄人讲礼，不与盗贼讲和。如不希望身首异处，魂灵回不了大漠，即刻撤兵吧。"

慕容宝自然不愿让燕国在自己手中重亡。他破釜沉舟，征调全国兵力，集结了步兵十二万，骑兵四万，全部开拔到柏肆驻守，并在滹沱河北岸设营，拦阻撤退的魏军，并要与之一决胜负。

此时大将军乞特真建言："陛下不妨以宫女和珍宝作为赏资，招募山野盗匪和亡命之徒，组成敢死之军。此为奇兵，关键之时定会以一克十，扭转乾坤。"

慕容宝说："善。国家到了危亡之际，留那些宫女和财宝还有什么用呢？"乞特真于是招募凶顽敢死之士一万余人，单独成师，列入燕军之中。

魏使回到魏军大营，拓跋珪闻知慕容宝之言，亦怒火中烧。他说："给尔一条生路反不领情，那就让本王一举灭燕，做尔的亡国之君吧。"他不再顾及后方叛乱之事，集结所有兵力，欲与燕军决战。

燕魏生死存亡的关键一役，终于在柏肆打响。

慕容宝先派乞特真率所募敢死军趁夜偷偷渡河，袭击魏军大营。此军将士勇猛，对魏军毫无惧怕。过河后，先是顺风放火，焚烧魏军营寨。火势蔓延至拓跋珪所居营帐，魏军惊骇四散。继而乘势对魏军发起进攻。拓跋珪在睡梦中惊醒，赤着双脚慌忙逃离大帐。前脚逃走，乞特真就带着敢死军后脚冲至拓跋珪的大帐，但只得到了拓跋珪仓促之间遗下的衣服和皮靴。乞特真正欲追赶，忽见自己的军队不知什么原因一片大乱，互相之间胡砍乱射。近前一看，才发现竟然是在争抢财宝。

紧挨着拓跋珪的大帐，有几个账中装满了魏军抢掠来的财宝。被敢死军发现后，都已忘记了打仗，争抢起财宝来。此情景竟被拓跋珪看呆了。好一会儿，才明白过来。他令人将更多的财宝扔向敢死军。敢死军更加大乱，自相残杀，连乞特真亦无法控制。拓跋珪亲自击鼓，召集起刚刚溃散了的兵士，又命令燃起无数火把以装声势，然后指挥骑兵冲杀燕之敢死军。

远远看见敢死军陷入围杀之中，慕容农劝慕容宝马上渡河增援。慕容宝却手握十万大军伫立不动。他想让这敢死军与魏军拼个你死我活之后再让大军出击。不料魏军愈战愈勇，很快占了上风。敢死军不愿舍弃到手的财宝，缩首缩脚，被斩首几千级。首领乞特真亦被生擒。慕容宝只好率领大军渡河，与魏军对阵。

而此时，闻知敢死军覆没，燕军士气大为低落。

拓跋珪率领大军乘势向燕军发起进攻。经过一夜激战，燕军大败。柏肆大地被鲜血染红，到处都是横躺竖卧的死尸。这情景颇似当年的参合陂。慕容宝惊恐不已，命剩余两万大军全部丢弃武器和铠甲，轻装往中山逃退。正值狂风暴雪，燕军冻死的士卒一路丢弃在茫茫原野上。所弃将士及文武大臣，降魏或被俘者甚众。

强大的燕国经过了参合陂和柏肆两场决战后，精锐消磨殆尽。而拓跋珪却掌握了主动，他在柏肆战胜燕军后，旋遣兵回国平定内乱，随即再次回军进攻中山。

魏军围困中山，城中将士皆想出战。慕容隆对慕容宝说："那拓跋珪虽屡获小胜，然顿兵经年，士卒马匹死伤大半，且人心思归，诸部离散，正是可破之时。加之举城思奋，若此时出兵，定会攻无不克。如犹豫不决，将卒气势渐衰，恐日久生变。"

慕容宝以为有理，说："可以出城一战。"

慕容麟却说："即使一战，亦尚无胜算。参合陂和柏肆两战，皆证明魏贼实力不可小觑。如果再败，燕将亡矣。眼下不如求和，答应将滹沱河以南和以西的土地割让给魏，以求暂解中山之围，再图长远。"

慕容宝亦觉有理。之前他未听慕容麟等臣议和之言，结果换来了柏肆之败。现在回想起来，竟有些后悔。他说："赵王举目千里，虑事颇周，就按赵王之意办，明日派人出城求和。"

第二天，燕帝慕容宝正欲派使者出城，慕容隆却堵在大帐门前，呈上了自己和数千将士的请战书。那上面写道："今困守穷城，臣等多次提出愿得出城一战。而陛下却屡屡抑之，徒望积久寇贼自退。今内外之势，强弱分明，敌必不会自退，宜从众一决矣。"慕容宝见众将激昂，对求和又生悔意，同意慕容隆率军出战。

慕容隆对其部下说："皇威不振，寇贼内侮，臣子同耻，义不顾生。今幸得而破贼，能生还固善；若遭不幸，亦算扬吾之志节。卿等有北见吾母者，为吾道此情也。"遂披甲上马，待命出战。

这时慕容麟又站出来阻止，他言："仓促出战，无异于送死乎？如果再败，贼将愈猖。而吾燕离亡亦不远矣。"慕容宝再次听从慕容麟的劝阻，不准出战。

将士们忿恨不已，慕容隆涕泣而还。

两方继续对峙。新年之后，燕军果生内乱。尚书郎慕舆皓企图杀害慕容宝，拥立慕容麟，没有成功，斩关出逃投降了魏军。此事虽不是慕容麟直接主使，但他心中却十分不安。几日后，他与禁卫军将领慕容精密谋，让慕容精率禁军杀掉慕容宝。不料，慕容精拒绝。慕容麟大怒，杀死慕容精，率亲信出城，跑到西山的丁零人部落那里去了。

一百二十二

慕容宝害怕慕容麟北下蓟城，夺了慕容会的军队，抢先占领龙城。那样的话，他连辽东也回不去了。他决定留下开封郡公慕容详据守中山，自己带兵赶赴龙城，在辽东重新集结力量后，再返回中原。他告诉慕容详："郡公只要死守两个月即可，朕必会率军南下解围中山。"

他与辽西王慕容农、高阳王慕容隆，以及太子慕容策等人悄悄离开中山城北逃；担心拓跋珪追击，便星夜兼程，终于风尘仆仆来到蓟城，远远地他看到了儿子清河王慕容会的辽东军，心中稍有安定。

儿子见了父亲表现得十分兴奋和亲切。慕容宝亲自下马，将跪在地上的慕容会扶起，端详着儿子的脸，不禁泪流满面。他说："是父王丢了大半个国家，真是无颜见你们啊。"

慕容会对慕容宝说："请陛下宽心，准予儿臣为主帅，我即刻率军南下解中山之围。"

慕容宝说："会儿一心为社稷着想，朕甚感心慰。不过魏贼势强，待朕赴龙城后，再集结龙城之军与汝汇合，让汝率军南下。"

然而慕容会却未必如他想象得那般忠诚。他乃慕容宝庶子，颇有才略，当年爷爷慕容垂在世时十分器重。慕容宝出兵北伐时，慕容垂便让他代太子掌管东宫，总录朝政，还曾留下遗令立慕容会为太子。而慕容宝却宠爱小儿子慕容策，并最终立为太子。此事让慕容会心中嫉恨，且开始怀有贰心。

慕容农明察秋毫。他私下进言说："清河王得不到太子之位，心中甚是不平。陛下如果听从他的话，让他率军南下，一旦中山解围，大军在握，必有卫辄拒父之事发生。"所谓的卫辄拒父，是指春秋时卫国太子卫蒯聩因违抗卫灵公之命出逃国外，后来他的儿子卫辄继位，却拒不接纳父亲卫蒯聩回国。

慕容宝心中犹豫，左右为难。他虽不信任慕容会，但此时还得依靠他的辽东军。于是又召慕容隆，三人一起商量。慕容农提议尽早除掉慕容会。慕容宝和慕容隆却强烈反对。慕容隆说："大敌当前，父亲处死儿子，传扬出去会丧失军心。"慕容农却叹息道："当断不断反受其乱。慕容会叛逆之心早有，陛下这般仁慈宽恕，定会后悔。"

三人的密谋之事外泄。慕容会决定下手，他派仇尼归、吴提染干率壮士二十余人，趁着夜色，分头袭杀慕容农和慕容隆。吴提染干趁夜摸进慕容隆的军帐，一刀砍下了他的头颅。慕容农虽被仇尼归刺中头部，但拼命抵抗，最后竟擒住了仇尼归，将之绑缚，逃入山中。慕容会连夜去见慕容宝，禀告说："辽西王、高阳王二人谋逆，被儿臣发现。怕他们逃亡，已先将他们除掉。请陛下饶恕儿臣先斩后奏。"

慕容宝心中大惊，十分后悔不听慕容农之言。但表面却不动声色，还安慰慕容会说："朕早就疑心二王，汝做得好。"慕容宝与慕容会一起，继续向龙城进发。半路上，头部负伤的慕容农突然从草丛中冲出来，拦住慕容宝，大喊："陛下请速擒叛贼清河王。不然迟早为其所害。"慕容宝却假意厉声训斥道："先帝驾崩时，你对先帝承诺全力辅佐。现在国还未亡，自己倒先做了叛贼，还诬告儿臣，离间我们父子，居心何在？"遂下令关押，严加看守。

到了夜晚扎营，慕容宝召慕容会来，说是要给叛臣慕容农定罪。慕容会刚刚就座，禁军将领慕舆腾便按照慕容宝的吩咐，挥剑向他的头颅砍去。慕容会早有防范，低头躲过，迅捷逃出营帐。他骑上快马，星夜向南逃往中山，投奔开封郡公慕容详。到了中山，他劝慕容详说："皇帝昏庸无能，燕之江山丢弃了大半，郡公不如趁其回龙城之际，自立为君。吾将誓死相随。"慕容详虚与委蛇，心中却想，莫不是皇帝派他儿子来故意试探我？不如假戏真做，让皇帝有苦难言。当夜派人将慕容会处死，并派人告诉慕容宝："陛下放心，我已将叛贼正法。"

慕容宝和慕容农终于回到了龙城。这龙城曾是慕容氏族的第二个都城，也是燕军的大本营。许多人回到了家乡，备感亲切，乐不思蜀。而慕容宝却不忘中山解围之事，整肃大军，准备出征。

慕容农和长乐王慕容盛极力劝阻说："兵疲力弱，魏新得志，未可与敌，宜且养兵观衅。"而抚军将军慕舆腾却说："百姓可与乐成，难与图始。今大军已集，宜下定决心，乘机进取，否则中山一失，国将亡矣。"

慕容宝却说："吾计决矣，敢谏者斩。"于是以慕容农为中军，亲率三万大军南下。

大军刚至乙连，其部将段速骨、宋赤眉等害怕征战，起兵反叛。慕容宝命令慕容农、慕舆腾率军平叛。孰料慕容农、慕舆腾的军队也因不愿离开龙城征战而溃散。慕容宝、慕容农只好再回至龙城。段速骨乘机收拢了大部分溃散之军，一时军力大增，率大军前来进攻龙城。

慕容农此时已心生叛意。一连串的事件，使他对皇帝慕容宝完全失望。他对属下说："父王一生英明，但却不能公允，竟挟私立四兄为太子，其实是害了国家矣。四兄既无才略，又不善识人，遇事优柔寡断，早晚为别人俎上鱼肉。我等还是自保，早早图谋吧。"于是一行竟趁夜潜赴段速骨军中投降。

第二天晨，段速骨率军攻城。城上士兵拼命抵抗，段速骨军死伤数千人。段速骨突生一计，派慕容农循城而走。慕容农素有忠节威名，城中士兵皆因此拼命抵抗，这时却见慕容农在段速骨军中，无不惊愕丧气，全部溃散。段速骨于是攻入城中。慕容宝、慕容盛等带小股之军南逃，而慕容农亦在段速骨之军内乱时被乱军杀死。

慕容宝重返中原，但此时中山被拓跋珪攻克。他带着不足万人之军，四处游击，竟无一座城池可安身。此时，从北方传来消息说，龙城已被兰汗控制。慕容宝眼前一亮，竟萌发了北归龙城之心。

这兰汗说起来亦是鲜卑贵族，世代和慕容氏族通婚。兰汗之父兰建乃慕容宝的舅舅，兰汗的女儿嫁给了慕容宝的二子慕容盛。慕容宝以为兰汗定会拥戴他这个大燕皇帝。

慕容盛坚决反对。他说："那兰汗乃臣的岳父，没有人比我更了解他。此人生性狡诈，且早有自立野心，断不会真心迎陛下回去。"但慕容宝归心已决，他反驳说："听闻兰汗在龙城大张旗鼓地祭祀燕室宗庙，这还不足以证明他对朕的忠心吗？"

慕容盛却死死抓住缰绳，拦住马首说："陛下一定要相信儿臣的话，不然会陷入危境。"

慕容宝明白自己已没有更好的选择，还是纵马向北，边走边收容失散的残兵败将。眼看就到了龙城，慕容盛又劝阻慕容宝停下来，观察兰汗的真实意图后再做打算。

此时，正好兰汗派遣左将军苏超前来迎接。苏超说："兰将军闻皇帝驾归龙城，高兴得几晚上睡不着觉，特派我前来迎驾。他对朝廷忠心可鉴，代陛下管理龙城之后，第一件事就是祭祀和修缮燕室宗庙。"

慕容宝大悦，说："危难之际，兰卿方显忠君护国本色。待朕赶出魏贼，定当重赏。"纵马跟随苏超进城。慕容盛仍不相信兰汗，流泪劝阻。慕容宝大怒，说："既然尔不相信兰卿，就自便吧。"说罢，抛下慕容盛，自己跟随苏超奔往龙城。

慕容宝到达距离龙城还有几十里的索莫汗陉时，龙城中的将士和百姓闻知皇帝将要驾到，无不奔走相告。兰汗心中害怕，准备放弃原先的图谋，自己出城去请罪。而其弟兰加难却拔出剑说："箭已在弦上，不得不发。"

兰汗于是痛下决心。他派弟弟兰加难率骑兵火速出城迎接。兰加难在索莫汗陉见到了慕容宝，行完了拜谒之礼，便一言不发跟在慕容宝一行后面。慕容宝的随从馀崇感觉气氛不妙，暗中提醒慕容宝说："我看兰加难的神色有异，恐有变故，陛下还是不要进城，先驻扎在城外再说。"慕容宝仍不听劝告。

又走出几里地，至一片树林之中，兰加难首先令人将馀崇从马上擒下绑缚。馀崇大声叫骂："兰氏成为燕室宗亲，蒙受国家的恩宠与荣耀，不思报答恩德，竟敢篡逆，天地不容。"兰加难手起刀落，馀崇人头落地。

慕容宝此时才真正看清兰汗篡逆之心。他知道自己亦难免一死，便神态安然地说："死在了宗庙不远之处，亦算叶落归根，只是惭愧和无颜去见先祖。速速杀了朕吧，就当为先祖和先帝惩罚我亡国之罪。"说罢朝宗庙方向跪拜。

兰加难于是绞杀了即位不足两年的燕帝慕容宝。兰汗随后又杀掉了太子及其他王公贵族一百多人，然后自称大都督、大单于，封兰堤为太尉，兰加难为车骑将军。

慕容垂辛苦复得的燕国终于彻底灭亡。

此后，尽管有慕容宝的叔叔慕容德建立的南燕，以及鲜卑贵族、西燕将军冯跋建立的北燕，皆昙花一现。北魏相继消灭了胡夏、北燕 、南燕、北凉等政权，统一了北方，结束了中原长期分裂的局面。

自慕容廆起，近百年的慕容王朝终化为令人慨惜的历史。他才略过人，一生坎坷，受尽屈辱；却又能慷慨奋起，实现复国之梦，不可谓非一世雄杰。但唯独择子不明，所复之国又失之于平庸之子。慕容垂死后，慕容宝继位，后燕内部互相倾轧，力量削弱。其死后仅四个月，拓跋珪率领四十万大军，南出马邑，越过句注，大举进攻燕国。不久攻占后燕都城中山，并迁都平城。慕容宝、慕容农皆在日后的内乱中被杀。慕容垂辛苦复得的燕国复又灭亡。

此后，北魏相继消灭了胡夏、北燕、北凉等政权，统一了北方，结束了北方长期分裂的局面。

慕容氏族的王朝燕国终化为令人慨惜的历史。